Jean-François Parot

Commissaire LE
FLOCH
und das Gift der Liebe

Jean-François Parot

Commissaire LE
FLOCH

und das Gift der Liebe

Roman

Aus dem Französischen von
Michael von Killisch-Horn

BLESSING

Originaltitel: L'affaire Nicolas Le Floch
Originalverlag: Édition Lattès, Paris

Verlagsgruppe Random House FSC® N001967

1. Auflage, 2019
Copyright © 2019 der Übersetzung by Karl Blessing Verlag, München,
in der Verlagsgruppe Random House GmbH,
Neumarkter Str. 28, 81673 München
Copyright de Originalausgabe 2002 Lattès
Satz: Leingärtner, Nabburg
Druck und Einband: CPI Books GmbH, Leck
Printed in Germany
ISBN: 978-3-89667-643-6

www.blessing-verlag.de

Für Maurice Roisse

Inhalt

Liste der handelnden Personen

NICOLAS LE FLOCH: Polizeikommissar im Châtelet

MONSIEUR GABRIEL DE SARTINE: Polizeipräfekt von Paris

MONSIEUR DE SAINT-FLORENTIN: Minister der Maison du roi

PIERRE BOURDEAU: Polizeiinspektor

PÈRE MARIE: Amtsdiener im Châtelet

TIREPOT: Spitzel und Besitzer eines ambulanten Toilettendienstes

RABOUINE: Spitzel

AIMÉ DE NOBLECOURT: ehemaliger Staatsanwalt

MARION: Köchin und Haushälterin von Noblecourt

POITEVIN: Diener von Noblecourt

CATHERINE GAUSS: ehemalige Marketenderin, Dienerin von Nicolas Le Floch

GUILLAUME SEMACGUS: Marinewundarzt

AWA: Köchin von Semacgus

CHARLES HENRI SANSON: Henker von Paris

MARIE-ANNE SANSON: seine Frau

LA PAULET: ehemalige Bordellbesitzerin

LA SATIN: Bordellbesitzerin

LA PRÉSIDENTE: Prostituierte

JULIE DE LASTÉRIEUX: Nicolas' Geliebte

CASIMIR: Diener von Lastérieux

JULIA: Köchin von Lastérieux

MONSIEUR DE LA BORDE: Erster Kammerdiener des Königs

KOMMISSAR CHORREY: Polizeikommissar im Châtelet

KOMMISSAR CAMUSOT: ehemaliger Kommissar
und Leiter der Abteilung für Glücksspiele in der Polizei

GASPARD: blauer Junge in Versailles

FRIEDRICH VON MÜVALA: Schweizer Reisender

BALBASTRE: Organist von Notre-Dame

THÉVENEAU DE MORANDE: nach London geflohener
französischer Pamphletist

CHEVALIER D'ÉON: französischer Geheimagent in London

LORD ASHBURY: Agent des englischen Geheimdienstes

MAÎTRE BONTEMPS: Doyen der Pariser Notargesellschaft

MAÎTRE TIPHAINE: Notar von Julie de Lastérieux

MAÎTRE VACHON: Schneider

MONSIEUR DE SÉQUEVILLE: Sekretär des Königs bei
der Conduite des Ambassadeurs

MONSIEUR RODOLLET: Schriftprüfer

NAGANDA: Micmac-Häuptling aus Kanada

MONSIEUR TESTARD DU LYS: Lieutenant criminel

MONSIEUR LE NOIR: Staatsrat

MADAME DE LA ROCHE-FONTENILLES: Äbtissin

Namen, Orte oder Begriffe, die bei der ersten Nennung
im Text *kursiv* gesetzt sind, werden im Anhang (Verzeichnis
der historischen Persönlichkeiten und Glossar) erläutert.

I

Nipptide

Donnerstag, den 6. Januar 1774

Die Kutsche verfehlte ihn knapp, der Satz, den er machte, um ihr auszuweichen, ließ ihn mit geschlossenen Füßen in einer Pfütze aus Schlamm und geschmolzenem Schnee landen. Die widerliche Mischung spritzte bis zu seinem Dreispitz hinauf, von dem sie herabzutropfen begann. Er fluchte leise. Ein weiterer Regenumhang aus guter Wolle, den er in die Reinigung bringen musste.

Nicolas Le Floch, Polizeikommissar im *Châtelet*, hatte sich aus seiner Jugend in der Bretagne die Gewohnheit bewahrt, praktische Kleidung zu tragen. In Paris hatte sich mittlerweile der Gehrock eingebürgert. Der schwere und warme Mantel, den er bevorzugte, wurde nur noch von Kavalleriesoldaten oder fliegenden Händlern getragen. Mâitre Vachon, sein und Monsieur de *Sartines* angestammter Schneider, den diese hartnäckige Treue zu den alten Gewohnheiten zur Verzweiflung brachte, hatte ihn immerhin überreden können, ein paar modische Extravaganzen zu dulden: einen besonderen Schnitt mit Kragen und einen weiteren Volant ohne Futter. Der Schneider hoffte, ohne allzu sehr daran zu glauben, dass Nicolas, der sowohl in der Stadt als auch bei Hof verkehrte, auf diese Weise helfen würde, eine neue Mode durchzusetzen.

Das Kleidungsstück würde die Demütigungen unerbittlicher Reinigungsbemühungen über sich ergehen lassen müssen; er konnte sich glücklich schätzen, wenn der ätzende Schlamm im Stoff keine unauslöschlichen Spuren hinterlassen hatte. Sachkundigen zufolge besaß er unglaubliche Haftungskräfte. Wenn er es recht überlegte, wäre es besser, ihn der sorgfältigen und liebevollen Pflege von Catherine und Marion, den beiden Schutzengeln des Hôtel de Noblecourt, anzuvertrauen. Wehmütig dachte er bei sich, dass Marion, vom Rheumatismus geplagt, nur noch symbolisch die Arbeiten im Haushalt leitete und alle sich bemühten, sie in dem Glauben zu wiegen, ihr Beitrag, so gering er auch sein mochte, sei immer noch für das reibungslose Funktionieren des Haushalts unentbehrlich.

Dieser kleine Vorfall, wie er sich häufig in den Straßen der Hauptstadt ereignete, hatte ihn für einen kurzen Augenblick aus unangenehmen Überlegungen gerissen. Jetzt grübelte er erneut über die Gründe für seinen Ärger, der fast schon in Wut umschlug. Er hielt es für besser, jetzt gleich darüber nachzudenken und es nicht auf später zu verschieben, wenn er versuchen würde einzuschlafen. Was für ein Jahresende! Seit Tagen quälte ihn eine unbestimmte Angst. Er hatte sich daran gewöhnt, doch alles schien sich verschworen zu haben, um ihm den Jahreswechsel zu vergällen, den er schon immer gefürchtet hatte und der ihm stets Bauchschmerzen bereitete. Das Jahr 1774 hatte begonnen, und er erinnerte sich, dass man an diesem Donnerstag das Fest der Heiligen Drei Könige feierte, doch dieses Detail machte seine Verstimmung nur noch schlimmer.

Die Krise mit Madame de Lastérieux schwelte schon seit Langem, aber die Wahrheit ist eine Frucht, die nur reif gepflückt wird. In seiner Wut stampfte er mit dem rechten Fuß auf und bespritzte sich erneut. Seine Nase juckte, und er nieste mehrmals, während ihm ein Schauer über den Rücken lief. Es fehlte noch, dass er sich den Tod holte, indem er durch den geschmolzenen Schnee lief!

Er rief sich die Ereignisse des Abends in Erinnerung ... Alles deutete darauf hin, dass diese Liaison keine Zukunft hatte. Auf seiner recht langen Fahrt hatte das Schiff der Leidenschaft in seinem Kielwasser alle Unvereinbarkeiten und Irritationen beiseitegeschoben, die das Einverständnis der Sinne lange kaschiert hatte. Ein ungetrübter Beginn hatte rasch ein Einvernehmen geschaffen, das die junge Frau in den Augen ihres Anbeters verklärt hatte.

Er sah wieder diesen Abend im Februar 1773 vor sich. Monsieur *Balbastre*, Organist von Notre-Dame, den er vor mehr als zehn Jahren über Monsieur de Noblecourt, der ein großer Musikliebhaber war, kennengelernt hatte, hatte ihn zum Abendessen eingeladen. Ihrer ersten, für den damals noch jungen Mann demütigenden Begegnung waren weitere gefolgt, bei denen die Liebe zur Musik und eine Art Verehrung für den großen Rameau sie einander angenähert hatten, trotz des sarkastischen Tons, den der Virtuose so liebte. Die Gäste, die in seinem Salon verkehrten, gerieten ins Schwärmen, wenn er auf einem *Ruckers*-Cembalo spielte, das der ganze Stolz des Hausherrn war. Das Instrument war auf allen Seiten innen wie außen mit einer solchen Sorgfalt bemalt, als hätte es sich um die Karosse oder die Tabakdose des Vertreters eines Königshauses gehandelt. Die Geburt der Venus schmückte die Außenseite, und auf der Innenseite des Deckels war die Geschichte von Castor und Pollux dargestellt, das Thema der berühmtesten Oper von Rameau. Die Erde, die Hölle und das Elysium waren abgebildet, und in Letzterem thronte der berühmte Komponist auf einer Bank, die Lyra in der Hand. Nicolas, der Rameau einige Zeit vor seinem Tod in den Tuilerien begegnet war, hatte gefunden, dass das Porträt ihm sehr ähnlich war.

An einer Wand des Salons stand eine große Pedalorgel. Balbastre spielte eine Fuge, wobei er den plärrenden Klang des Instruments und die Geräusche beklagte, die die Tasten beim Anschlag machten. Aber er brauche es für seine Übungen, zum Leidwesen – er lachte hämisch – seiner Nachbarn. Eine junge Frau mit flammendem Haar, das ein feines, ausdrucksvolles Gesicht rahmte, welches von der grau-schwarzen Kleidung einer im Dienstleistungsgewerbe tätigen Frau oder Witwe noch betont wurde, bewunderte lautstark die Virtuosität des Organisten. Als Freundin des Hauses wurde sie eingeladen, das Cembalo auszuprobieren. Sie spielte mit viel Gefühl eine ausgesprochen schwierige Sonate. Der Gastgeber setzte sich wieder ans Instrument, um eine Melodie von *Grétry* zu variieren. Der Klang des Instruments kam Nicolas eher zart als mächtig vor. Er wechselte ein paar Sätze mit der jungen Frau, die ihn aus goldbraunen Augen anblickte. Sie erklärte ihm, dass der Anschlag wegen der Vogelfederkiele sehr leicht sei. Sie setzten ihr Gespräch fort und fanden sich auf der Straße wieder. Nicolas bot ihr an, sie in seiner Dienstkutsche nach Hause zu bringen. Als sie in die Rue de Verneuil kamen, in der sie eine große Wohnung besaß, war es bereits zu einer ersten Annäherung gekommen und Nicolas schon ein glücklicher Mann. Die Augenblicke, die auf die Einladung, ein Fortepiano zu bewundern, folgten, besiegelten ihr Einvernehmen. Die folgenden Wochen waren ein einziger Rausch sehnsuchtsvoller Umarmungen, unterbrochen von langen Perioden der Abwesenheit und Ungeduld. Nichts schien dem unstillbaren Verlangen, das sie vereinte, ein Ende setzen zu wollen.

Was hatte er sich eigentlich vorzuwerfen? Ihre Schönheit war nicht zu leugnen in einer Zeit, in der das lange verrufene ins Rötliche gehende Blond wieder in Mode kam. Die Haarfarbe der jungen Dauphine hatte den Ausschlag gegeben, trotz des vehementen Widerstands von Madame du *Barry*, der amtierenden Favoritin. Geistreich und unendlich elegant, bezauberte Julie de Lastérieux' Konversation durch die Vielfalt ihrer Themen und die originellen Ansichten, mit denen sie sie spickte. Sie hatte, nachdem sie das Kloster verlassen hatte, sehr jung einen sehr viel älteren Marineintendanten geheiratet, der in Guadeloupe stationiert war. Die Berufung zum Conseiller-Secrétaire du Roi hatte Monsieur de Lastérieux geadelt, der so rücksichtsvoll gewesen war, fast sofort nach seiner Rückkehr von den Inseln zu sterben. Seine Witwe kam durch Erbschaft in den Genuss eines

15

ansehnlichen Vermögens und zog nach Paris in Begleitung ihrer schwarzen Diener.

Auch wenn sie aufgrund ihres Charakters dazu neigte, auf alles Einfluss zu nehmen, achtete sie darauf, Nicolas gegenüber eine gewisse bewundernde Zurückhaltung zu üben, welche diesen stärker beeindruckte als ein fester Wille. Dennoch hatte es immer wieder Misstöne zwischen ihnen gegeben. Anfangs hatte die immer noch heftig lodernde Leidenschaft diese Zerwürfnisse beilegen können, indem sie ihre Liaison mit wundervollen Versöhnungen gewürzt hatte. Im Laufe der Zeit hatten diese wiederholten Geplänkel ihn ermüdet. Sie drehten sich immer um die gleichen Fragen. Ständig lag sie ihm mit dem Wunsch in den Ohren, mit ihm zusammenzuleben. Er weigerte sich, da er hinter diesem Ansinnen einen anderen nicht formulierten Wunsch witterte, den er nicht verstehen wollte. Bei jedem Streit musste er sich erneut die ewige Klage über seine Abwesenheiten und die Fron seines Berufs, die ihm kaum freie Zeit ließ, anhören. Hinzu kam, dass er sie immer wieder ermahnen musste, ihn bei gesellschaftlichen Anlässen nicht als Marquis de Ranreuil vorzustellen. Was er, das spät anerkannte uneheliche Kind, vonseiten des Königs und der Mitglieder der königlichen Familie als eine Ehre akzeptierte, lehnten sein Stolz und sein Sinn für das rechte Maß ab, wenn es von anderen kam. Er spürte sehr wohl, wie heftig das Verlangen an ihr nagte, bei Hofe zu erscheinen, und erkannte die Ambitionen, die Julies Interesse an ihm förderten, und das war ihm peinlich wie eine Ungehörigkeit oder ein Fauxpas. Und er verbarg auch nicht, wie sehr es ihn ärgerte, dass Julie immer wieder versuchte, ihn von seinen engsten Freunden fernzuhalten, mit Ausnahme von Monsieur de La *Borde*, dem Ersten Kammerdiener des Königs, den seine Nähe zum König und sein persönliches Ansehen in ihren Augen sehr wertvoll machten.

Ein Abendessen bei Monsieur de Noblecourt hatte ein katastrophales Ende genommen. Weder der alte Staatsanwalt noch Doktor Semacgus hatten trotz ihrer Bemühungen, Nicolas gefällig zu sein, die junge Frau aufzuheitern vermocht. Er zog daraus die Lehre, die Menschen, die er liebte, nicht um jeden Preis zusammenzuführen, und quälte sich mit dem Gedanken, dass seine Wahl von seinen Freunden nicht gebilligt wurde. Sobald diese Obsession sich in seinem Kopf eingenistet hatte, war es vorbei mit seiner Vergötterung von Julie. Erschrocken stellte er fest, dass eine Liebe, die den Fehlern des geliebten Wesens gegenüber keine Nachsicht übte, schon keine richtige Liebe mehr war.

Die stumme Bestürzung der ihm nahestehenden Menschen betrübte Nicolas, aber er weigerte sich lange, die Konsequenzen daraus zu ziehen. Er musste sich damit abfinden, dass diese Liaison ein Irrtum war. Sein Stolz bekam einen Dämpfer, und nicht ohne sich Vorwürfe deswegen zu machen, litt er darunter, den sinnlichen Lockungen einer Frau nachgegeben zu haben, die seine Wertschätzung nicht verdiente; dennoch stellte er errötend fest, dass er sie noch immer liebte.

Die letzte Szene hatte das Fass zum Überlaufen gebracht. Warum hatte er dieses Souper unter vier Augen akzeptiert? Im Grunde wusste er es nur zu gut … Diese Zusage zwang ihn, Monsieur de Noblecourt zu enttäuschen, der an diesem Abend den Dreikönigskuchen mit ein paar Freuden hatte teilen wollen: Nicolas, Semacgus und Inspektor Bourdeau, denen sich, falls sein Dienst für den König es erlaubte, Monsieur de La Borde anschließen würde. Schweren Herzens hatte Nicolas absagen müssen.

Er war am späten Nachmittag in die Rue de Verneuil gekommen und hatte dort zu seiner großen Überraschung eine fröhliche Gesellschaft angetroffen. Der ironische Gesichtsausdruck, mit dem Julie ihre Verlegenheit darüber verbarg, dass er so früh auftauchte, missfiel ihm ebenso wie die Ankündigung eines großen Soupers mit einem Dutzend Personen, von denen manche bereits da waren. Sie ließ ihn stehen und lief fröhlich davon, um für einen jungen Mann die Noten umzublättern, der auf dem Fortepiano spielte. Balbastre begrüßte Nicolas, sein übertrieben geschminktes pausbäckiges Gesicht verzog sich ironisch, und seine schwarzen Augen fixierten Nicolas ohne jede Liebenswürdigkeit. Vier Unbekannte, ebenfalls jung, spielten Karten an einem kostbaren Lacktisch aus Coromandel-Holz. Abgesehen von dem Organisten, einem Stammgast des Hauses, war Nicolas der Älteste. Das erfüllte ihn mit Bitterkeit, zugleich warf er sich aber auch vor, wie lächerlich es von ihm war, sich so gekränkt zu fühlen. Für wen hielt er sich eigentlich, dass eine junge Frau in den Zwanzigern, eine Alceste, umgeben von Stutzern, ihn dazu bringen konnte, sich wie ein alter Knacker zu fühlen? Er lehnte sich an ein Fenster. Das Gesicht des jungen Manns am Fortepiano, der auffällig spitze Wangenknochen hatte, beunruhigte ihn wie das verblichene und unscharfe Bild eines Überbleibsels aus der Vergangenheit, das Antlitz eines Ertrunkenen, der aus der Tiefe des Wassers nach oben kommt; es kam ihm bekannt vor, aber er wusste nicht woher. Alles schien sich verschworen zu haben, um ihn zu beunruhigen.

Und im Übrigen, warum hatte Julie ihn nicht ihren Gästen vorgestellt? Auch das verletzte seinen Stolz und verlängerte die Liste der täglichen Kränkungen, unter denen er litt.

Casimir und Julia, die beiden Dienstboten von den kleinen Inseln der Antillen, servierten Säfte, Schokolade mit Macarons und ein köstliches Getränk, das Nicolas in intimeren Situationen durchaus schätzte, eine gelungene Mischung aus Zuckersirup und weißem Rum, dem die Dienerin Bergamottezesten und ein paar Tropfen eines mysteriösen Tranks hinzufügte, deren Geheimnis zu enthüllen sie sich stets mit schallendem Gelächter weigerte.

Wenige Augenblicke nach seinem Eintreffen beobachtete er, wie der junge Mann eine Sammlung von Trinkliedern aus der Tasche seines Anzugs zog. Konnte es sein, dass er so etwas wie Eifersucht verspürte? Julie beugte sich über seine Schulter und warf den Kopf mit einem kehligen Lachen zurück. Sie blickte Nicolas spöttisch an und bedeutete ihm näher zu kommen. Was wollte sie von ihm? Sie richtete sich auf, als er neben ihr stand.

»Monsieur, machen Sie mir eine Eiermilch, mein Mund ist so trocken, dass ich ihn erfrischen muss.«

Sie begleitete ihre Bestellung mit einem kurzen, heftigen Schlag ihres Spitzenfächers, mit dem sie spielte. Diese Geste zerriss Nicolas, der sie als Demütigung empfand, das Herz. Julie hatte sie mit provozierendem Blick und in einem hochmütigen Ton in Gegenwart eines anderen Mannes gemacht. Ganz zu schweigen davon, dass sie damit etwas Intimes zwischen ihnen beiden entwertete, denn diese Eiermilch hatte er zu Beginn ihrer Leidenschaft jede Nacht für sie zubereitet. Er, der sonst so geduldig war, verlor die Selbstbeherrschung und konnte seine Wut nicht länger verbergen.

»Madame, ich werde Ihr Personal von Ihrem Wunsch verständigen. Ich wünsche Ihnen einen guten Abend.«

Sie sah ihn an, mit hartem Blick und krampfhaftem Lächeln. Die übrigen Gäste hatten geschwiegen. Nicolas verbeugte sich und durchquerte den Salon so rücksichtslos, dass er Balbastres Glas umstieß, ohne sich dafür zu entschuldigen. Er warf seinen Mantel über die Schultern, wartete nicht, dass Casimir ihm die Tür öffnete, sondern stürmte die Treppe hinunter und stürzte sich in die Kälte und den Schnee der Rue de Verneuil. Er wusste nicht mehr, wohin er seine Schritte lenken sollte, und trat auf der Fahrbahn verstört von einem Bein aufs andere. In diesem Augenblick tauchte eine Kutsche auf, und er kehrte in die Wirklichkeit zurück.

Sein erster Impuls war, in die Rue de Montmartre zu seinen Freunden zu eilen. Aber er änderte schnell seine Meinung; es war weder ihm noch ihnen zuzumuten, sie spüren zu lassen, dass ihre Gesellschaft für ihn nur ein Notbehelf war, damit sein Abend nicht gänzlich verdorben war. Das hätte nicht der Wertschätzung und Zuneigung entsprochen, die er für sie empfand.

Er blickte auf seine Repetieruhr. Sie war ein Geschenk von Madame *Adélaïde,* der Tochter des Königs, als Dank für eine Untersuchung, in welcher er Schmuck, der ihr gestohlen worden war, wiedergefunden hatte. Monsieur Caron de *Beaumarchais,* der Uhrmacher der Mesdames und ihr Faktotum, hatte sie ihm geliefert. Der Bote, ein fröhlicher Mann, war ihm sympathisch gewesen. Er hatte ihm erklärt, wie die Uhr funktioniert, welche die Stunden und die Minuten mit zwei verschiedenen zarten Tönen schlug. Er hatte ihm tausend Ratschläge gegeben: den Deckel nicht zuschlagen, auf dessen Innenseite das feine Porträt der Prinzessin abgebildet war, den Mechanismus langsam aufziehen und die wertvolle Uhr niemals auf dem kalten Marmor liegen lassen. Nicolas hatte sich verwundert nach dem Grund für diese Vorsichtsmaßnahme erkundigt und erfahren, dass das Öl, das diesen Mechanismus am Laufen hielt, durch zu starke Kälte fest werde, was den Stillstand des Räderwerks verursache. Er drückte auf eine Feder: sechs tiefe Schläge und sechs kristallklare Schläge, es war sechs Uhr dreißig abends. Er wartete noch eine Weile an der Ecke der Rue de Beaune und wurde dabei versehentlich von einer Gruppe angeheiterter Musketiere angerempelt, die aus ihrer nahe gelegenen Kaserne kamen.

Er überlegte einen Augenblick, bevor er wusste, wohin er seine Schritte lenken sollte. Nein, er würde seine traurige Gestalt nicht in die Rue Montmartre schleppen. Er hatte schon lange den Wunsch, den neuen aufsteigenden Stern des Théâtre-Français zu hören, Mademoiselle *Raucourt*. Sie hatte vor einem Jahr in der Rolle der Dido debütiert. *Le Mercure* und *La Gazette* hatten von einer Sensation gesprochen. Seit Menschengedenken habe man so etwas nicht erlebt. Sie war noch keine siebzehn und schien wie geschaffen dafür, mit einer von allen zauberhaft genannten Stimme und einem außergewöhnlichen Rollenverständnis eine Ausnahmegestalt zu verkörpern. Er würde sich das Stück anhören, das heute Abend gegeben wurde, das könnte ihn von seinen Sorgen ablenken, und nebenbei dürfte er ein paar pikante oder erbauliche Nachrichten aufschnappen, die am nächsten Tag den Polizeipräfekten erfreuen würden.

Der Schnee hatte sich in Eisregen verwandelt, als er an der dunklen Masse der Wasserpumpe des Pont Royal vorbeiging. Die Laternen des Wegs, der das rechte Ufer des Flusses und die Terrasse der Tuilerien säumte, glänzten, umgeben von einem schwachen

Hof, in der Nässe der Umgebung. Mit einem Dauerpassierschein ausgestattet, ließ er sich, nachdem er am Schalter geklopft hatte, vom Concierge der Wache identifizieren. Dieser öffnete ihm brummend das Gittertor, weil er beim Genuss eines Glühweins gestört worden war, dessen Gewürze in seinem weißen Schnurrbart blühten. Sobald er in den Gärten war, bedauerte Nicolas seine Initiative. Weit davon entfernt, ihm den Weg zu erleichtern, führte die Abkürzung ihn in eine unendliche Schneewüste, in der die Wege verschwunden waren. Er dachte bei sich, dass er sich jetzt endgültig die Schuhe ruinieren würde, was ihn umso mehr ärgerte, weil sie wie Filzpantoffeln waren, in denen er stundenlang auf den Beinen bleiben konnte, ohne zu ermüden und ohne dass sie drückten. Den Weg über den Säulengang des Louvre zu nehmen wäre klüger gewesen. In der Stille des Abends hätte er sich ein Bild von den äußeren Verschönerungen machen können, welche die Stadt dort vornahm, indem sie den Platz von den kleinen Verkaufsbuden befreite, die sich seit Ewigkeiten dort angesiedelt hatten. Geplant war, sie, sobald der Boden eingeebnet worden wäre, durch eingerahmte Rasenflächen zu ersetzen. Ohne die Stände hatte man von hier einen schönen Ausblick auf den Point-du-Jour.

Die großen dunklen Gestalten der Statuen dienten ihm als Orientierung, um watend in einer halbwegs geraden Linie bis zum Schalter des Pont-Tournant zu folgen. Am Ende des Wegs stieß er auf den hohen Sockel der Cäsar-Statue von Coustou. Das achteckige Becken befand sich ihm gegenüber, sein Wasser schimmerte leicht in der Dunkelheit. Er musste nach rechts abbiegen, um zu der Passage der Orangerie zu gelangen und das Théâtre-Français zu erreichen. Dieses hatte lange im Jeu de Paume de l'Étoile in der Rue des Fossés-Saint-Germain gespielt. Als das Gebäude 1770 einzustürzen drohte und die im Palais Royal wiedererrichtete Oper den Maschinensaal von *Servandoni* in den Tuilerien leer zurückließ, zog es in diesen Saal. Nicolas teilte die Meinung zahlreicher Kritiker, welche die Einrichtung dieses provisorischen Theaters nicht für zweckdienlich hielten.

Die Vorstellung würde jeden Moment beginnen. An der Kasse wurde er als alter Stammgast begrüßt. Er fand sich hier immer ein, wenn er Bereitschaft hatte oder wenn Mitglieder der königlichen Familie oder ausländische Herrscher inkognito im Saal waren. Im Foyer wurde seine Aufmerksamkeit auf eine lebhafte Gruppe gelenkt, aus welcher der alte Chorrey, sein Kollege und Zweitältester der Kompanie, mit seiner langen Gestalt herausragte. Er trat näher an ihn heran. Ein Mann mit fahlem Gesicht in einer abgewetzten Sergejacke wurde von zwei *Gardes françaises* festgehalten, während der Polizist ihn durchsuchte. Er förderte immer neue Funde zutage und legte sie auf den Marmor eines Geländepfeilers.

»Und er behauptet, unschuldig zu sein. Dieser Tagedieb ist ja ein wahrer Hehlerladen im Temple! Ach, da ist ja Le Floch! Sie kommen gerade richtig, mein Freund! Dabei haben Sie doch gar keine Bereitschaft? Sollte ich mich im Dienstplan geirrt haben?«

»Keineswegs, mein Lieber. Ich bin als Zuschauer da.«

»Na, da werden Sie auf Ihre Kosten kommen! Dieser Spitzbube hat sich die Taschen gut gefüllt. Zwei goldene Uhren, eine aus Bronze, einen Double Louis d'or Barbette, sechs englische Guinees, und dann das noch …«

Er näherte die Münzen seinem Gesicht.

»Drei Berner Dukaten, einen Ducato aus Venedig, ein paar alte französische Écus. Man könnte glauben, ganz Europa hat sich heute Abend ein Stelldichein gegeben, um die Raucourt zu bewundern. Jedenfalls bist du reif für die Kette.«

Der Mann zitterte, als hätte er Fieber.

»Holen Sie mir den Oberleutnant der Wachen«, sagte Chorrey zu einem Jungen des Theaters, »und ein bisschen plötzlich.«

Nicolas war überrascht, dass ein alter Polizist, der mehr als vierzig Dienstjahre auf dem Buckel hatte, nicht zwischen einem *lieutenant des gardes*, das heißt der Leibwache, und einem *lieutenant aux gardes*, das heißt einem Offizier der Gardes françaises, unterschied. Er machte sich sogleich Vorwürfe wegen seines Urteils, da ihm klar wurde, dass sein Kollege nicht wie er bei Hof verkehrte und mit dessen Feinheiten nicht vertraut war. Der Oberleutnant erschien; mit arrogantem Gesichtsausdruck hörte er Chorrey zu, der ihm nahelegte, den Schuldigen zu übernehmen und die Nachtwache zu verständigen, damit sie ihn abholte und ins Châtelet brachte. Dann wandte er dem Offizier abrupt den Rücken zu und zog Nicolas in den Saal.

»Dieser Ganove bringt mich zur Verzweiflung; seine Geburt hindert ihn vermutlich daran, höflich zu sein. Es ist schon ein Kreuz, dass man sich die Kränkungen eines Boudoir-Emporkömmlings gefallen lassen muss!«

Sie nahmen in einer Loge auf der linken Seite Platz, von der aus man den ganzen Saal überblicken konnte, dessen eigenartige Form an seine ursprüngliche Bestimmung erinnerte. Mit dem Geräusch raschelnder Stoffe und unter dem Knacken des Fußbodens füllte er sich nach und nach im Halbdunkel.

»Ach, der Prince de Conti ist auch wieder da. Dieser alte Schlawiner. Die Neue hat es ihm wirklich angetan. Sie fehlt noch in seiner Sammlung!«

»Tja, die minderjährigen Mädchen der königlichen Theater sind eine leichte Beute«, sagte Nicolas. »Sie genießen, wie Sie wissen, ein ganz besonderes Privileg. Sie sind der väterlichen Autorität entzogen, und diejenigen unserer Beaus, die sie aushalten, sind von jeder Verfolgung befreit.«

»Wem sagen Sie das! Ich habe aufgehört, diejenigen zu zählen, die auf diese Weise angefangen haben und in der Gosse endeten. Für den Augenblick ist sie der Liebling der großen Damen, weil sie so anständig und sittsam wirkt, und sie überhäufen sie mit Schmuck und Kleidern, überglücklich vermutlich, weil sie in diesem seltenen Vogel keine neue Rivalin sehen. Der alte Vater ist übrigens immer da und behält sie im Auge. Wird das von Dauer sein? Warten wir den fünften Akt ab. Nun ja, es ist ein wahres Wunder, so recht geeignet, ihre schärfsten Konkurrentinnen vor Neid erblassen zu lassen.«

»An Erfahrung mangelt es Ihnen wahrlich nicht«, sagte Nicolas. »Mehr als vierzig Jahre, glaube ich?«

»Dreiundvierzig, um die Wahrheit zu sagen. Kein Wunder, dass man abstumpft und abgekämpft ist.«

»Aber wie viele Abenteuer! In unserem Beruf wird einem nie langweilig.«

»Na ja, kommt drauf an«, sagte Chorrey und kratzte sich unter der Perücke. »Mir ist die Verbrecherjagd immer lieber gewesen als die langweilige Büroarbeit. Am Anfang meiner Karriere beauftragte man mich immer mit Hausdurchsuchungen, Tag und Nacht. Ich habe sie schon sehr bald gegen Ermittlungen und Überwachungen von Wucherern, Betrügern und Geldverleihern eingetauscht, bevor die Pfandleihe aufmachte. Der übelste Abschaum, das können Sie mir glauben!«

»Das ist alles Routine!«, sagte Nicolas. »Sie haben doch sicher sehr viel ungewöhnlichere Dinge erlebt?«

»Ja, gewiss. 1757 hat der Polizeipräfekt, der würdige Vorgänger von Monsieur de Sartine ...«

»Der Sie sehr schätzt.«

Chorrey errötete bei dem Kompliment.

»Das freut mich sehr. Ich sagte also, dass ich mich 1757 krumm gemacht habe, als ich die Gegend von Arras und Saint-Omer und die gesamte Provinz Artois durchquerte, um die Verwandtschaft von Damiens, dem Mörder des Königs, ausfindig zu machen und zu befragen. 1760 hielten mich endlose Diebstahlsserien in den Theatern pausenlos auf Trab. Das führte mich zu einem Lager gestohlener Gegenstände in Briare: bergeweise Börsen, Netze, Uhren, Tabakdosen und Münzen aller Art. Und letztes Jahr schließlich habe ich eine Kompanie Grenadiere aus Enghien, die in Bouillon stationiert war, begleitet, um Druckereien und Buchhandlungen nach verbotenen Büchern zu durchsuchen.«

»Ein wahres Kreuz, das wir da zu tragen haben, diese ständige Suche nach der Nadel im Heuhaufen!«, sagte Nicolas seufzend.

Die Rampe leuchtete auf, und die drei Schläge unterbrachen ihr Gespräch. An diesem Abend wurde *Athalie* von Racine gegeben. Da Nicolas diese Tragödie bestens kannte, richtete er seine ganze Aufmerksamkeit auf die Schauspieler. Er war fasziniert von der Physiognomie der jungen Mademoiselle Raucourt, doch die Schauspielkunst ihres Partners, *Lekain*, überzeugte ihn weit mehr. Man vergaß als Zuschauer vollkommen, dass er unbeschreiblich hässlich war Er stellte die Figur des Heerführers der Könige von Juda, Abner, perfekt dar. Umgekehrt schien ein Teil des Publikums Mademoiselle Raucourt übelzunehmen, dass sie eine Rolle übernommen hatte, in der zuvor Mademoiselle Dumesnil und die *Clairon* geglänzt hatten. Die Berichte der Spitzel der Polizeipräfektur wiesen schon seit Wochen auf eine immer höhere Wellen schlagende Intrige hin, die von Mademoiselle Vestris, selbst Mitglied des Théâtre-Français, inszeniert wurde. Sie gehörte einer berühmten Tänzerdynastie an und wurde vom Duc de Choiseul, der immer im Exil in Chanteloup weilte, seit er in Ungnade gefallen war, und vom Duc de Duras protegiert. Diese hochrangigen Beziehungen bestärkten sie in ihrer Selbstgefälligkeit und verliehen ihr genug Macht, Rivalen zu schaden.

Plötzlich hörte man das Miauen einer Katze. Ob sie zum Theater gehörte oder unbemerkt eingedrungen war, die Wirkung des Schreis dieser Katze war jedenfalls erstaunlich; die Schauspieler unterbrachen fassungslos die Aufführung, und die jüngsten Mitglieder des Chors wurden von einem Lachkrampf geschüttelt, der sich augenblicklich aufs Publikum übertrug. Der Höhepunkt wurde erreicht, als ein junger Mann im Parkett mit näselnder Stimme laut rief: »Ich wette, das ist die Katze von Mademoiselle Vestris.« Die Heiterkeit breitete sich wie eine Welle im Saal aus. Lekain nahm von sich aus den Faden wieder auf und brachte das Publikum zum Schweigen, als ein weiterer Zwischenfall die Vorstellung erneut unterbrach. Ein Mann war von seinem Parkettsitz aufgestanden und hatte sich über die Rampe auf die Bühne geschwungen. Dort stieß er die Schauspieler, die ihn von der Bühne entfernen wollten, zurück und erklärte, sein Name sei Billard und er sei nach Paris gekommen, um dort ein eigenes Stück mit dem Titel *Der Verführer* zu präsentieren. Er behauptete, dieser Text sei von zahlreichen Leuten mit Geschmack gelobt, von den Schmierenkomödianten dieses Theaters jedoch abgelehnt worden. Der Saal, amüsiert von dieser zweiten Einlage, hörte ihm mit einer Aufmerksamkeit zu, die ihn ermutigte fortzufahren.

Er habe es satt, durch immer neue Ablehnungen ständig zurückgewiesen zu werden, und ihm bleibe daher nichts anderes übrig, als dieser Truppe offen den Krieg zu erklären. Er würde ihren schlechten Geschmack anprangern, ihren Mitgliedern im Allgemeinen und jedem im Besonderen die Pest an den Hals wünschen und sich rühmen, nicht mehr von solchen Richtern abhängig zu sein. Er appellierte an das versammelte Parkett, ihn doch seine Komödie vorlesen zu lassen. Sollte es sie für würdig erachten, würde er diesen »unwürdigen Areopag«, wie er die Theaterleitung nannte, zwingen, sie zu akzeptieren.

Man wollte ihn daran hindern, seine Ankündigung wahr zu machen. Er fuchtelte wild mit seinem Degen herum, der ihm sehr schnell von einem Garde français entrissen wurde. Eine wirre Masse von Soldaten und Angestellten des Theaters schleppte ihn gewaltsam ins Foyer.

Die Vorstellung wurde augenblicklich fortgesetzt, um den Tumult so schnell wie möglich vergessen zu machen, doch aus dem Parkett stieg ein einstimmiger Schrei auf, der nach dem Autor rief. Der Lärm würde immer stärker, die Gardes françaises kehrten zurück und verhafteten mehrere Zuschauer in einem heftigen

Handgemenge und gegen den Widerstand anderer Theaterbesucher. Es herrschte ein unbeschreibliches Chaos.

Nicolas eilte Kommissar Chorrey hinterher, der, rot vor Aufregung, wie ein Blasebalg schnaufte. Sie kamen ins Foyer, wo sie den Sonderling vorfanden, der auf einem Stuhl stand und feixenden Wachmännern sein Stück vorlas. Als die Nachtwache eintraf, wies Chorrey den Beamten an, den Mann nach Charenton zu bringen, zu den Verrückten, um mehr zu erfahren. So bestürzend diese Ereignisse auch waren, halfen sie dem gekränkten Nicolas doch, seine Wut und seinen Groll zu vergessen. Er hielt seine Anwesenheit nicht länger für notwendig, da er keine Lust hatte, Mademoiselle Raucourt weiter zuzuhören, die, wie ihm schien, mit gewissen wenig natürlichen Klangeffekten das Verführerische ihrer Erscheinung und der Anmut ihres Spiels verdarb. Tatsächlich zerstörte sie mit ihrer rauen exzessiven Deklamation zuweilen auch die Musik der Verse. Er verabschiedete sich von Chorrey, der ihm das Versprechen abnahm, sobald wie möglich zum Abendessen in seine kleine Wohnung in der Rue Maquignonne zu kommen, in der Nähe des Pavillons der Polizei des Pferdemarkts. Nicolas erinnerte sich, dass er in seiner Lehrzeit vor etwa zwölf Jahren der Einweihung dieses eleganten Gebäudes durch Monsieur de Sartine beigewohnt hatte. Und ihm fiel auch wieder ein, dass Chorrey von seinem Vater, einem Pferdehändler, ein nicht unbeträchtliches Vermögen geerbt hatte.

Die feuchte Kälte der Nacht brachte seine Angst zurück. Nicolas spürte entsetzt, dass ihn das Dauerproblem seiner Jugend wieder heimsuchte, diese Unfähigkeit, eine Vorstellungskraft im Zaum zu halten, die, sich selbst überlassen, zu delirieren begann und keinen einzigen der Wege, die sich anboten, außer Acht ließ. Dann quälte ihn seine Manie so lange, bis die Untersuchung mit all ihren Schlenkern beendet war. Er machte sich diese Überreiztheit des Geistes, die er vergeblich zu verscheuchen versuchte, zum Vorwurf. Bei der geringsten Unausgeglichenheit, der geringsten Verärgerung kehrte sie mit großen Schritten zurück. Was tat er nicht alles, um Wege zu finden, auf denen das Drama auf sein normales Maß reduziert wurde, und das Glück, diesen flüchtigen Augenblick, ohne große Umstände anzunehmen. Monsieur de Noblecourt, dieser perfekte Ehrenmann, hatte ihm Genesung versprochen: Die Weisheit würde mit dem Alter und der Abkühlung der Leidenschaften kommen.

Nicolas überdachte noch einmal mit gespielter Gleichgültigkeit die heutige Situation. Wieso denn aus der Laune einer Frau ein Drama machen! Und obendrein einer alleinstehenden Frau, mit einem Liebhaber, den seine Aufgaben die meiste Zeit von ihr fernhielten, eitel wie ihre Geschlechtsgenossinnen, empfänglich für die Schmeicheleien müßiger junger Männer und vielleicht ermuntert, in ihm die Eifersucht zu wecken, die allein ihr erlaubte, die Ernsthaftigkeit seiner Zuneigung zu ermessen. Und er, der Herr und Meister, tobte bei der ersten Provokation gleich los und bauschte zum Drama auf, was eigentlich nur ein kleiner Streit sein sollte, um eine aufrichtige Leidenschaft wiederzubeleben. Er beschloss, Julie mit seiner unvermuteten Rückkehr zu überraschen, und rasch entflammte ihn der Wunsch, sie wiederzusehen. Er hielt einen Fiaker in der Rue Saint-Honoré an, der ihn durch ein leeres und durch die Kälte erstarrtes Paris in die Rue de Verneuil brachte. Er bezahlte die Fahrt so großzügig, dass der überraschte Kutscher ihn mit *Monseigneur* anredete.

Er blickte hoch. Die Fenster der Wohnung von Madame de Lastérieux waren immer noch erleuchtet, und er sah Schatten tanzen. Seine Glut kühlte ab; er hatte sich eine leere und dunkle Wohnung vorgestellt, in der seine Geliebte niedergeschlagen über seinen vorzeitigen Aufbruch war. Aber er wollte die Hoffnung auf eine schöne Versöhnung noch nicht aufgeben und trat ins Haus. Als er im ersten Stock war, öffnete er die Tür mit seinem Schlüssel. Lautes Gelächter und das Aneinanderschlagen von Kristallgläsern empfingen ihn. Die Enttäuschung schnürte ihm das Herz ab. Was für ein Irrtum zu glauben, sein überstürzter Aufbruch hätte das Fest vorzeitig beendet!

Casimir erschien mit einem Tablett. Nicolas drückte sich in eine dunkle Ecke. Der Domestik kam, die Arme voller Flaschen, aus der Küche. Nicolas fiel, nicht ohne Schadenfreude, in einer ungewohnten Anwandlung kleinlicher Rache die wertvolle Flasche alter Tokaier aus Ungarn wieder ein, die er teuer von dem Maître d'hôtel des österreichischen Botschafters erworben hatte. Dieser Schlawiner besserte sein Gehalt auf, indem er mit Wein aus seinem Land handelte, den sein Herr in seinem Gepäck mitbrachte, und versorgte im Übrigen Monsieur de Sartine mit interessanten Informationen. Julie war ganz versessen auf diesen Wein, den sie zu Trüffeln, Wachteln und der Gänseleberpastete nach Art des Maréchal de Soubise zu kredenzen pflegte. Nicolas beschloss, die Flasche wieder an sich zu nehmen, die er am späten Nachmittag in die Küche gestellt hatte. Zum Glück war sie im Laufe der Schlemmerorgie des Abends noch nicht angerührt worden, vermutlich geschützt von dem dünnen Schleier aus Staub und Spinnennetzen und dem Stapel leer gegessener Platten. Er verbarg die Flasche in der Innentasche seines Mantels, auf diese Weise würde er nicht mit leeren Händen in die Rue Montmartre kommen, in die er sich jetzt doch noch begeben wollte. Als er sich umdrehte, stand er dem jungen Mann, der am Fortepiano gesessen hatte, gegenüber. Er lehnte am Türrahmen und sah ihn spöttisch an. Wo zum Teufel hatte er diesen Blick schon einmal gesehen? Nicolas ignorierte ihn und hätte ihn beinahe umgerannt. Casimir sah überrascht, wie er wie ein Wahnsinniger die Treppen hinunterstürmte.

Er irrte lange durch die Nacht und den Schlamm, an den Kais entlang, hin und wieder von Prostituierten angesprochen, deren zahnlose Münder anzügliche Obszönitäten ausstießen und unanständige Angebote machten. In einer von ihnen, die übermäßig geschminkt war und der die Nase fehlte, glaubte er die alte Émilie wiederzuerkennen, ein Gespenst aus der Vergangenheit, die er einst zum Galgen von Montfaucon geführt hatte, wo sie Fleisch aus den Pferdekadavern zu schneiden pflegte, um daraus Suppe zu kochen. Die Erinnerung an die alte Frau zog ihn in einen Strudel von Bildern und Gesichtern, unter denen wie eine Obsession immer wieder das Gesicht des jungen Mannes aus der Rue de Verneuil auftauchte. Er machte halt, um in einer verräucherten Schenke einen grauenhaften Rachenputzer zu trinken, und nach zahlreichen Umwegen stand er schließlich vor dem Hôtel de Noblecourt in der Rue Montmartre.

In der Küche herrschte die Unordnung einer lebhaften Abendgesellschaft. Lautes Stimmengewirr drang aus der ersten Etage, Worte und Gelächter, aus der die Bassstimme von Guillaume Semacgus heraustach. Als er die halb offene Tür der Bibliothek erreicht hatte, in der wie üblich der Tisch gedeckt worden war, blieb er stehen, drückte seine glühende Stirn an das Holz, dessen Lackgeruch in seine Nase drang, und hörte dem Gespräch seiner Freunde zu.

»Angesichts eines solchen Wunders«, rief Semacgus, »muss man mit der größten Behutsamkeit vorgehen. Ein zu langer Einschnitt würde die Luft draußen eindringen lassen, und der Kontakt mit derjenigen, die entweicht, könnte ein empfindliches Gleichgewicht bedrohen und das Ganze zusammensacken lassen. Das erinnert mich an eine Operation, die ich mitten im Sturm auf offener See vor der Île Bourbon durchführte. Es handelte sich um eine Trepanation, und die Hirnhaut …«

»Pfui! Da kommt der Marinewundarzt zum Vorschein«, sagte Monsieur de Noblecourt. »Was will er uns da beschreiben? Ich fürchte, das passt nicht so recht zu unserem Vergnügen. Was sagen Sie, La Borde?«

»Der König«, erwiderte La Borde, »versteht sich meisterhaft auf diese Art von Operation. Er verbindet Entschlossenheit mit Sanftheit. Wie bei einem Schätzchen, das man lockermachen möchte!«

»Wollen Sie wohl schweigen, Sie böser Bube!«, sagte der alte Staatsanwalt und schluckte. »Es sind Damen anwesend. Ich habe in meinem Alter nicht mehr die nötige Kraft für diese Dinge, und meine Hand zittert.«

»Bei meiner Ehre als Marinewundarzt, das ist eine Antwort, die moralisch sein will und die die Anzüglichkeit der Bemerkung noch verstärkt!«

Bourdeau mischte sich ein.

»Nicolas hätte sie uns im Handumdrehen geöffnet. Jetzt müssen Sie sich dazu durchringen. Zu lange zu warten würde ihrem vorzüglichen Geschmack schaden und die inneren Schichten aufweichen.«

»Ah! Uns fehlt unser Nicolas«, sagte Monsieur de Noblecourt seufzend, »aber er liebt, und *zu sehr* ist bei ihm, der in Gefühlsdingen so empfindlich ist, noch nicht *genug*.«

Semacgus schimpfte. »Unser Freund war ein fröhlicherer Gefährte, als er die junge Dame aus der Rue Saint-Honoré frequentierte.«

Alle schwiegen bei der Erwähnung von La Satin, Nicolas' erster Liebe in Paris; jetzt leitete diese Frau das Etablissement *Le Dauphin couronné*. Die zarten Bande zwischen ihr und Nicolas hatten sich nie ganz gelockert. Nicolas war überrascht, dass seine Freunde so gut über sein Privatleben Bescheid wussten, aber es tröstete ihn, dass er aus ihren Bemerkungen keine Bissigkeit heraushörte, sondern im Gegenteil den aufmerksamen und nachsichtigen Ausdruck ihrer Zuneigung zu ihm.

»Nun denn«, sagte La Borde, »möge, während wir auf die Rückkehr des verlorenen Sohns warten, die Staatsanwaltschaft ihres Amtes walten. Meine Damen, ans Werk!«

Nicolas hörte Geräusche, die ihn so neugierig machten, dass er einen Blick durch den Türspalt warf. Das Bild, das sich seinem Blick bot, erinnerte ihn an jene, welche die Kunstliebhaber schätzten und jedes Jahr im *Salon de Paris* bewunderten. Die Ansicht eines von der Außenwelt abgeschlossenen Innenraums, dessen Harmonie den Genuss der Annehmlichkeiten der Natur und der Gesellschaft zu begünstigen schien. Das Licht der schmalen Kerzen erhellte sanft einen bezaubernden Moment vertrauter Privatheit. In diesem schönen Zimmer, in dem drei Wände mit wertvollen Büchern in Bücherregalen aus hellem

Holz geschmückt waren, saßen die vier Tischgenossen an einem ovalen Tisch, auf dem ein Tafelaufsatz aus Silber thronte, der *Die Entführung der Omphale* darstellte. Poitevin reinigte ihn mit pedantischer Sorgfalt und rückte ihn nur widerwillig heraus, wenn ein eingeläutetes Fest oder ein bedeutender Anlass die Zurschaustellung dieses Gegenstandes auf dem Tisch als Monstranz einer großartigen Schlemmerliturgie rechtfertigten. Zwei Leuchter aus dem gleichen Metall flankierten dieses Meisterwerk. La Borde, Semacgus und Bourdeau beobachteten Monsieur de Noblecourt, der sich in seinem schwarzen Anzug und eine große Régence-Perücke auf dem Kopf anschickte, eine eigenartige Zeremonie einzuleiten.

Reglos vor dem Serviertisch stehend, hielt Poitevin eine Flasche in der Hand, die er halb aus einem Weinkühler gezogen hatte; sein Blick war auf eine gewaltige goldbraune runde Pastete gerichtet, die vor seinem Herrn stand. Marion, die am Fenster in einem Lehnsessel saß, das Kinn auf dem Knauf ihres Stocks, schaute fasziniert zu. Wie zwei Leviten, die dem Hohepriester assistierten, hielten Awa, Semacgus' afrikanische Köchin, und Catherine Gauss ein dünnes Tuch in ihren Händen, das sie nach und nach auf den Kopf von Monsieur de Noblecourt senkten, während dieser sich vorbeugte, um den besten Ansatzpunkt für den Anschnitt der goldbraunen Pracht zu finden. Die Spitze des scharfen Messers drang in die Kruste ein; das Tuch verbarg den Kopf des Opferpriesters. In andächtiger Stille war ein leises zischendes Pfeifen zu vernehmen, dem ein tiefes Einatmen des Staatsanwaltes folgte, begleitet von einem freudigen, fast wollüstigen Seufzen, mit dem ein anerkennendes Murmeln der Anwesenden korrespondierte. Marion, welche diese Meisterleistung vermutlich inspiriert, wenn nicht sogar geschaffen hatte, seufzte ebenfalls zufrieden. Poitevin zog die Flasche heraus und begann einzuschenken. Die beiden Köchinnen falteten das Tuch vorsichtig wieder zusammen, und die Gäste applaudierten der zeremoniellen Handlung, die mit größter Perfektion vollzogen worden war. Mit einer Behändigkeit, die man ihm nicht zugetraut hatte, schnitt der Hohepriester eine runde Öffnung in den Deckel der Pastete und schickte sich an, die Gabel in den Brunnen der Wunder zu tauchen, als Semacgus, der ihn beobachtete, ihn unterbrach.

»Was hatten Sie vor? Sollte Ihnen der Gedanke gekommen sein, im weichen Inneren unter dieser Kruste zu stochern, um die Herrlichkeiten herauszufischen, die sie einschließt? Und was ist mit Ihrer Gicht, Monsieur? Wollen Sie vor der Nase der Medizinischen Fakultät das Feuer eines Humors, der den Charme Ihrer Rede ausmacht und den Ihre Freunde so lieben, allein für das sinnlose Vergnügen einer Naschhaftigkeit löschen, unter der Ihre Hände, Ihre Knie und Ihre Füße tagelang zu leiden haben werden? Zählen der Kummer und das Leid von Marion nicht für Sie, die diese Bastion der Köstlichkeit, die im Sturm zu nehmen Sie sich anschicken wie ein Jüngling, geschaffen hat und die sich die Schuld für Ihre Pein geben wird? Die Folge wird ein Wiederaufflammen Ihres Rheumas sein, dem eine Melancholie folgen wird, für die ich Sie allein verantwortlich mache. War nicht abgemacht, dass Sie, indem wir Ihnen das Privileg der ersten duftenden Dampfwolke, die aus diesem Gericht aufsteigt, überlassen, ein einzigartiges Privileg genießen, nach dem wir uns seufzend sehnen, da wir uns mit der Schwere der Grundprodukte begnügen müssen?«

»Ich würde mich gern mit diesen Grundprodukten beschweren!«

Zerknirscht kitzelte Monsieur de Noblecourt mit der Spitze seiner Gabel die verborgenen Schätze der so begehrten Festung. »Das ist sehr grausam«, murrte er, »und ich bitte um die Gnade, ein winziges Stückchen dieses Schatzes probieren zu dürfen. Ein kleines Stück Trüffel zum Beispiel. Schließlich ist er nur ein Pilz.«

»Keineswegs«, fuhr Semacgus fort, »selbst ein kleines Stück Trüffel hat eine verstopfende Wirkung! Ich rate Ihnen, eher ein Stück Teig zu nehmen, aber selbst das könnte noch zu viel sein.«

»Verflucht sei das Alter, das uns alles nimmt, sei es, dass das Feuer fehlt, sei es, dass der Körper nicht mehr mitmacht. Muss man deswegen auf all diese Köstlichkeiten verzichten, verglichen mit denen die Rezepte unserer Nachbarn sich geradezu armselig ausnehmen und die am ehesten bei den brasilianischen Urvölkern genießbar sind als in einem reinen Klima wie dem unseren, in dem die Sauberkeit, das Feingefühl und der gute Geschmack das Ziel und der Gegenstand unserer beharrlichen Bemühungen sind.«

»Sie können noch so philosophisch argumentieren, Herr Staatsanwalt, wir lassen uns nicht erweichen«, murmelte Semacgus.

Monsieur de Noblecourt ließ sich genüsslich die Beute schmecken, die er sich hart erkämpft hatte, während Catherine die dampfende Festung in vier Stücke schnitt.

»Und warum vier Stücke?«, fragte er erstaunt. »Hast du etwa vergessen, dass ich gerade dazu verdammt wurde, nicht davon zu kosten?«

»Ja, ja«, sagte Marion im gleichen Ton. »Da zeigt sich der Kirchenvorstand von Saint-Eustache, der den Teil für die Armen vergisst! Und wenn ich eine Portion für Nicolas aufheben will? Auf einer Ecke des Herds, der Teller halb abgedeckt, bleibt er schön warm, ohne allzu trocken zu werden. Das ist eine schöne Stärkung für ihn nach dem ständigen Hin-und-her-Gerenne.«

»Das ist zu viel für einen Undankbaren, der in letzter Zeit häufig unseren Schlemmermahlen fernbleibt«, protestierte Semacgus.

Monsieur de Noblecourt warf ihm einen strengen Blick zu.

»Sind Sie denn nie jung gewesen? Und haben wir nicht alles versucht, was in unseren Kräften stand, um ihn besser zu verstehen und zu unterstützen in einer Situation, von der ich annehme, dass sie schmerzhaft für ihn ist?«

Um vom Thema abzulenken, ergriff Marion errötend das Wort.

»Wenn der Herr Staatsanwalt befiehlt, werde ich mein Rezept preisgeben.«

Die alte Köchin blickte Monsieur de La Borde von der Seite an.

»Ich muss als Erstes sagen, dass ich das Rezept von dem Herrn hier habe.«

Die Rufe der Gäste übertönten ihre Stimme, und der Erste Kammerdiener des Königs bedeckte sein Gesicht mit der Serviette, um eine gespielte Verlegenheit zu verbergen. Seine Stimme nahm einen kläglichen Ton an.

»Ich bin einfach nur bestrebt, das asketische Leben unseres Gastgebers aufzuheitern. Und im Übrigen ist das keineswegs mein Rezept. Es stammt von Seiner Königlichen Hoheit Louis-Auguste de Bourbon, Fürst von Dombes und Gouverneur des Languedoc.«

»Donnerwetter«, sagte Bourdeau spöttisch. »Ein Enkel des Großen Bourbonen, ein Mann, der sich vor allem in Malta und im Kampf gegen die Türken verdient gemacht hat!«

Der Staatsanwalt fügte eine weitere leicht spöttische Bemerkung hinzu, dass hier ein Festschmaus noch mit Berichten von Heldentaten gewürzt werde.

Marion ließ sie lächelnd scherzen und nutzte ein kurzes Schweigen, um das Wort zu ergreifen, ungeduldig, ebenfalls eine Rolle bei dieser Feier zu spielen.

»Ich brauche einen sehr dünnen Mürbeteig«, begann sie, »den ich im Kühlen ruhen lasse. Ich bereite eine Farce aus Gänseleber mit viel geriebenem Speck, Petersilie, Frühlingszwiebeln, Champignons und gehackten Trüffeln zu. Je länger sie durchziehen, desto intensiver der Geschmack. Ich öffne ein paar Dutzend grüne Austern aus Cancale, blanchiere sie in ihrem Wasser und lasse sie über einem Sieb abtropfen, um die Flüssigkeit zu bewahren. Dann streiche ich die Füllung auf den Boden der Form, darauf kommt eine Schicht Austern, und das wiederhole ich mehrmals. Das Ganze bedecke ich mit ausgerolltem Teig, den ich mit Eigelb bestreiche. Wenn der Ofen schön heiß ist, stelle ich die Pastete hinein und lasse sie so lange drin wie nötig. Die Flüssigkeit meiner Austern koche ich ein und füge zwei Stück Butter aus Vanvre hinzu, die ich mit sehr klein gehackten Kräutern habe schmelzen lassen. Diese Sauce ...«

Sie deutete auf eine Sauciere aus Silber.

»... wird mit Zitronensaft abgeschmeckt. Das ist Geschmacksache, aber ich finde, das ist ein gutes Mittel, um die Farce zu befeuchten und den Austern ihre Natürlichkeit zurückzugeben, die in dieser pikanten Sauce aufblüht.«

»Und wie heißt dieses Wunderwerk?«, erkundigte sich Noblecourt, dem die Augen vor lauter Gier aus den Höhlen traten. »Ich wusste gar nicht, dass Marion sich so gut darauf versteht, die Handgriffe ihres Berufs so poetisch zu schildern.«

»Undankbarer!«, sagte Semacgus. »Jetzt erst entdeckt er sie, obwohl sie schon seit vierzig Jahren in seinen Diensten steht!«

»Dreiundvierzig, um genau zu sein«, korrigierte Marion ihn bescheiden. »Aber um Monsieur zu antworten, das ist eine gefüllte Pastete mit grünen Austern. Ich füge hinzu, dass das Geheimnis ein Mürbeteig ist, der so lange geknetet wird, dass er fast wie ein Blätterteig wirkt, in der Form aber fest genug ist, um die ganze Füllung zu halten.«

»Man isst sie tatsächlich zweimal«, sagte La Borde lächelnd, »wenn man Ihnen zuhört.«

»Ich frage mich«, sagte Semacgus, »ob nicht schon das Anhören dieses Berichts die Gicht bei unserem Gast wieder aufleben lässt.«

Alle brachen in Gelächter aus. Nicolas hörte ihnen traurig und zugleich glücklich zu. Es war ein komisches Gefühl, diesem Fest beizuwohnen, ohne dass seine Freunde etwas von seiner Anwesenheit ahnten. Er brachte es nicht fertig, die Tür zu öffnen und die Schwelle zu überschreiten und im Licht der Bibliothek zu erscheinen. Er war fiebrig und fröstelte. Widersprüchliche Gefühle bedrückten ihn: die Traurigkeit, die aus einer Art Sehnsucht nach einer Vergangenheit rührte, die nicht zurückkehren würde, und das Bedürfnis nach einem tiefen Schlaf, der ihm Vergessen schenken würde. Er versuchte sich wieder in den Griff zu bekommen, indem er seine Aufmerksamkeit auf die Unterhaltung konzentrierte, die munter weiterging.

»Seine Majestät«, sagte La Borde, »hat lange Zeit seine Gäste bei den Soupers in den kleinen Gemächern bekocht und bedient. Nicolas könnte es bestätigen, wenn er bei uns wäre. Der König hat ihm einmal einen Teller Hühnerflügel serviert, hocherfreut, dass *der kleine Ranreuil*, wie er ihn zu nennen pflegt, seine Vorliebe für dieses schmackhafte Fleisch teilte.«

»Wie geht es dem König?«, erkundigte sich Noblecourt mit ernster Stimme.

»Gut und schlecht zugleich. Er spielt den jungen Mann, obwohl er schon die Erschöpfungszustände des Alters spürt, das ihn besiegt.«

»Na, na, ich bin zehn Jahre älter als er, und ich fühle mich …«

»Wie ein Mann, den seine Freunde vor den Versuchungen und den Unbesonnenheiten schützen, die sehr viel Rüstigere umbringen würden«, unterbrach ihn Semacgus.

»Da haben wir den Scheinheiligen, der sich berechtigt glaubt, darüber zu sprechen!«

»Ich zwinge mich selbst seit Jahren dazu, Monsieur le Procureur, mich an jene Vorsichtsmaßnahmen zu halten, die es mir erlauben, das Leben so lange wie Sie, hoffe ich, in guter Kondition zu genießen.«

»Das ist ja gerade das Problem«, sagte La Borde, »der König ist unvernünftig. Und die Jugend, die ihn umgibt, nutzt das aus. Madame du Barry reizt ihn mit ständigen Provokationen und schürt seine letzte Glut. Sie ist nicht die Pompadour und hat keine politischen Ambitionen, aber sie stellt ihren Einfluss in den Dienst derjenigen, die ihr einreden, welche zu haben.«

»Sie meinen, die sie anstacheln«, sagte Bourdeau seufzend.

Diese Anspielung auf den Ersten Minister den Duc d'*Aiguillon*, wurde mit Applaus bedacht. La Borde seufzte.

Nicolas erinnerte sich, dass sein Freund sich jüngst mit der Guimard überworfen hatte, der Maitresse, die er sich mit dem Prince de Soubise teilte. Dieser hatte die Beendigung einer Situation, die alle befriedigte, verlangt unter dem Vorwand, dass der Erste Kammerdiener des Königs die Schauspielerin mit einer Geschlechtskrankheit angesteckt hatte, die diese dem Prince weitergegeben hatte, der sie auf die Comtesse de l'Hospital übertragen hatte, und diese wiederum auf weiß der Teufel wen, eine Kette von Ursachen und Wirkungen, die sich in der Komplexität der Liaisons der Stadt und des Hofes verlor. La Borde hatte Nicolas anvertraut, dass er sich auf Rat des Maréchal de *Gontaut-Biron*, Oberst der Gardes françaises, mit den Dragees zur Bekämpfung von Geschlechtskrankheiten eines Scharlatans namens Keyser beholfen hatte, ein Mittel, das der alte Soldat an den Männern seines Regiments erprobt hatte, welche die Stadt verdorben hatte.

»Stimmt es«, fragte Noblecourt, »dass Madame du Barry für zwanzigtausend Livres in bar einen van Dyck gekauft hat, ein ganzfigürliches Porträt von Karl I. von England, das sie gegenüber dem des Königs aufgehängt haben soll, um ihn damit an das Schicksal zu erinnern, das ihm drohen würde, sollte er den *Parlements* nachgeben!«

»Ich weiß nicht, ob diese Erklärung wirklich stimmt. Jedenfalls habe ich dieses Porträt häufig bei der Favoritin bewundert. Es ist vielleicht ein Einfall von d'Aiguillon, der auf diese Weise der Vorliebe meines Herrn für alles Morbide schmeicheln wollte. Wie auch immer, sein Anblick bereitet mir jedes Mal Unwohlsein.

Denn der König ist geschwächt. Er braucht jetzt eine Trittleiter, um in den Sattel zu steigen. Er zieht in Erwägung, sich der Erfindung des Comte d'Eu zu bedienen, der, da er sich bei der Jagd nicht mehr bewegen kann, einen besonderen Wagen benutzt, der ihm dieses Vergnügen erleichtert. Der Graf dreht sich auf einem Drehzapfen, sodass er schnell alle Kehrtwendungen mitmachen kann, die die Bewegungen des Wildes erfordern. Und dauernd diese düsteren Gedanken.«

»Mein Freund, der Maréchal de Richelieu«, fuhr Noblecourt fort mit einem leichten Anheben seiner Perücke, womit er die Nennung dieses illustren Namens würdigen wollte, »hat mir erzählt, dass im letzten November, während einer Partie Whist, der Marquis de Chauvelin, da er sich nicht wohlgefühlt habe, sich auf den Sessel der Maréchale de Mirepoix gelehnt und gescherzt habe. Plötzlich habe Seine Majestät eine Veränderung seines Gesichtsausdrucks bemerkt. Und im selben Augenblick fiel de Chauvelin tot zu Boden.«

»Das stimmt«, erwiderte La Borde. »Alle Versuche, ihn wiederzubeleben, waren vergeblich. Seine Majestät hat dieses Erlebnis sehr erschüttert, umso mehr, als sein alter Freund erst siebenundfünfzig gewesen war. Danach hat der König sich, beunruhigt wegen einiger gesundheitlicher Probleme, seinem ersten Wundarzt anvertraut, den er sehr schätzt. Er hat ihm seine Ängste hinsichtlich seines schlechten Gesundheitszustands mit folgenden Worten geschildert: ›Ich erkenne sehr wohl, dass ich nicht mehr jung bin und dass ich bremsen muss.‹ ›Sire‹, erwiderte La Martinière, ›noch besser wäre es abzuschirren.‹«

Langes Schweigen trat ein, in dem jeder damit beschäftigt schien, sich den Ernst und die Folgen dieser Bemerkung bewusst zu machen. Nicolas spürte, wie ihm der Schweiß ausbrach. Ja, dachte er bei sich, das sind die Folgen dieses verrückten Herumlaufens in der eiskalten Nacht. Plötzlich rutschte er zu Boden, und die ehrwürdige Flasche Tokaier glitt aus seiner Hand und zerbrach. Cyrus, der alte Malteser, der zu Füßen seines Herrchens vor sich hin döste, richtete sich bei diesem Lärm auf und fing an, laut zu jaulen. Alle Gäste und Bediensteten stürzten los unter dem erschrockenen Blick von Monsieur de Noblecourt, der bleich und zitternd versuchte, sich aus seinem Sessel zu erheben.

II

Verdächtigungen

Ritter, antwortet der Ritter, ich sehe, dass ich von
meiner Schande und meinem Schmerz sprechen
muss … um meine Loyalität zu beweisen.

Buch vom Gral

Freitag, den 7. Januar 1774

Durch die Nebelschleier, die alles einhüllten, konnte Nicolas kaum die Gesichter der drei alten Knacker erkennen, die mit dem Haupt wackelten und einen vierten beobachteten, der, den Kopf mit einer Serviette bedeckt, unverständliche Worte von sich gab. Eine kleine Alte, deren Gesichtszüge unter dicken schwarzen Spitzen verschwanden, teilte mit einem Gegenstand, der wie eine Hippe aussah, einen Dreikönigskuchen. Nachdem jeder bedient worden war, kauten alle etwas mühselig ihren Anteil am Festschmaus. Gelegentlich sprachen sie kurze und undeutliche Worte. Plötzlich stieß diejenige, deren Kopf noch immer verborgen war, einen kurzen Schrei aus, steckte ihre Hand unter das Tuch und holte eine schwarze Bohne hervor. Nicolas fragte sich, was diese Szene zu bedeuten hatte, als die alte Frau mühsam aufstand und mit ihrer behandschuhten Hand eine Krone nahm, die sie zu ihrem Schädel hob, während die Serviette herunterfiel. Er erbebte vor Entsetzen beim Anblick des gekrönten Totenkopfes, der ihn aus leeren Augenhöhlen anstarrte. Die Alte schob ihre Spitzen zur Seite, und er stellte mit einem Gefühl heftiger Angst fest, dass ihr abgemagerter Körper, als gehörte er nicht dazu, den reizenden und gepuderten Kopf von Madame du Barry trug. Er schrie und schloss die Augen, um dieses Bild zu verscheuchen.

»Halten Sie ihn fest, Bourdeau. Er bewegt sich so heftig, dass er fallen wird.«

»Ihn plagt ein Albtraum.«

Semacgus fühlte Nicolas den Puls und legte die Hand auf seine Stirn.

»Das scheint ganz so. Das Fieber ist gesunken, und der Puls wird wieder normal. Kräuter wirken Wunder bei so heftigen Anfällen. Ich freue mich jeden Tag von Neuem, dass ich mir vor meiner Abreise aus Saint-Louis große Vorräte davon besorgt habe.«

»Er schläft aber auch schon zwölf Stunden«, sagte Bourdeau. »Es ist gleich ein Uhr nachmittags.«

Er hatte einen raschen Blick auf eine große Messinguhr geworfen und fuhr fort:

»Glauben Sie, er ist stark genug, um die Nachricht zu ertragen?«

»Zweifellos. Die Situation ist so, dass er nicht bewusstlos bleiben kann, und im Übrigen haben Sie ja selbst darauf bestanden, ihn zu wecken.«

»Was wollen Sie, Semacgus, Monsieur de Sartine will ihn so schnell wie möglich sehen und verlangt, dass er zu ihm ins Hôtel de police kommt. Allerdings frage ich mich, ob wir es Sartine überlassen sollten, ihm die Wahrheit zu sagen.«

»Das ist ein größeres Risiko als das, was wir ihm ersparen wollen. Und wir sind ein bisschen brutal. Mir wäre doch daran gelegen, dass wir Monsieur de Noblecourt bitten, damit er mit seiner gewohnten Klugheit und Ruhe mit ihm spricht.«

»Zu Ihren Diensten«, sagte der Staatsanwalt hinter ihnen, außer Atem, weil er die kleine Treppe hinaufgestiegen war, die zu Nicolas' Gemächern führte. »Lassen Sie mich mit ihm allein, aber tun Sie mir vorher noch den Gefallen, den Sessel da an sein Bett zu rücken.«

»Er öffnet die Augen«, sagte Bourdeau. »Wir lassen Sie mit ihm allein.«

Nicolas kam zu sich, und die Umrisse des vertrauten Ortes führten ihn in die Wirklichkeit zurück. Die ernste Miene des alten Staatsanwaltes erschreckte ihn. Er erinnerte sich an den Gesichtsausdruck des Stiftsherrn Le Floch, als dieser ihm vor vielen Jahren mitgeteilt hatte, dass er Guérande endgültig verlassen müsse. Ebendiese Beunruhigung und diese liebevolle Aufmerksamkeit erkannte er jetzt auch in den Gesichtszügen, die sich über ihn beugten.

»Ich wünsche Ihnen einen guten Morgen, Nicolas.«

»Habe ich lange geschlafen?«

»Länger, als Sie denken. Es ist Freitag und bald zwei Uhr nachmittags. Sie hatten gestern Abend an der Tür meiner Bibliothek das Bewusstsein verloren. Ihre Freunde haben Sie im Tokaier liegend gefunden, von dem man einen besseren Gebrauch hätte machen sollen.«

»Der süße Wein war ein Geschenk für Sie, mit dem ich mich für mein Fernbleiben von der Feier entschuldigen wollte. Mir war bewusst, wie undankbar ich mich Ihnen gegenüber verhalten habe.«

»So etwas gibt es zwischen uns nicht. Sie sind hier zu Hause. Der Wind der Rue Montmartre befreit. Ich erinnere mich, Ihnen, als Sie in dieses Haus einzogen, gesagt zu haben, dass es eine Dependance der *Abbaye de Thélème* sei, in der die Freiheit und die Unabhängigkeit verehrt wurden.«

Er begleitete seine Worte mit einem Nicken. Der geistreiche Mund ließ ein leichtes Lächeln erkennen, während sich die kräftige und gerötete Nase vor Zufriedenheit in Falten legte. Er fuhr fort:

»Also, was ist Ihnen passiert? Ihr Anzug stank nach billigem Schnaps. Er war dreckig und schlammig wie das Fell eines jungen Hundes, der sich auf dem Quai Pelletier verirrt. Sind Sie so viel herumgelaufen, Monsieur le Commissaire, weil Sie in einem Zustand sind, den man an Ihnen nicht kennt und der so gar nicht zu der Würde Ihres Amtes passt?«

»Sie haben leider nur allzu recht«, sagte Nicolas, der sich wie ein Schüler vor seinem Lehrer fühlte, »und ich werde Sie nicht mit dem Bericht über meinen Abend langweilen.«

Monsieur de Noblecourts Augen blickten ihn mit jenem Scharfsinn an, der ihn ausgezeichnet hatte, als er sich noch an Kriminaluntersuchungen beteiligt hatte.

»Kurz und gut«, sagte Nicolas mit erloschener Stimme, »ich bin in die Rue de Verneuil zu Madame de Lastérieux gegangen, wo ich zum Abendessen mit ihr verabredet war. Da sie es mir gegenüber an Achtung hat fehlen lassen, bin ich wieder gegangen. Ich begab mich zum Théâtre-Français, wo ich mir den ersten Akt von *Athalie* angesehen habe … Wieder beruhigt, beschloss ich, zu Julie zurückzukehren, aber die Fröhlichkeit, die dort herrschte, führte mir meinen Irrtum vor Augen. Gekränkt und wütend, bin ich durch Paris geirrt, bevor ich in die Rue Montmartre zurückkehrte, wie der verlorene Sohn.«

»Sie haben sich in der Tat wie ein dummer Junge aufgeführt, Sie, ein gestandener und erfahrener Mann. Haben Sie im Theater Bekannte getroffen?«

»Ja, meinen Kollegen, den diensthabenden Kommissar Monsieur Chorrey.«

Nicolas hatte geantwortet, ohne nachzudenken, doch plötzlich wurde ihm bewusst, dass Monsieur de Noblecourt ihn befragte, als erkundigte er sich nach dem Alibi eines Verdächtigen.

»Monsieur, darf ich Sie fragen, warum Sie mir diese Frage stellen?«

Der Staatsanwalt strich sich mit der bleichen Hand eines Prälaten über seine Hängebacken.

»Ihr Urteilsvermögen kehrt zurück, Nicolas. Ich habe eine schlimme Nachricht für Sie. Ich würde verstehen, wenn diese Sie erschüttert, aber ich bitte Sie, einen kühlen Kopf zu bewahren, den Sie in den nächsten Stunden dringend brauchen werden.«

»Was bedeuten diese Worte, Monsieur?«

»Sie bedeuten, mein Junge, dass heute Vormittag Schlag zehn Uhr ein Abgesandter von Monsieur de Sartine nach Ihnen gefragt hat. Der Polizeipräfekt will Sie auf der Stelle sehen. Bourdeau, der gekommen ist, um sich nach Ihnen zu erkundigen, hat ihm die Würmer aus der Nase gezogen. Seien Sie tapfer! Heute in den ersten Morgenstunden haben seine Leute Madame de Lastérieux tot aufgefunden. Die ersten Untersuchungen eines Arztes aus der Nachbarschaft haben ergeben, dass sie möglicherweise vergiftet wurde.«

Nicolas schnappte einen Augenblick lang nach Luft und war so blass und aufgelöst, dass Noblecourt sich wegen seines Schweigens ernsthaft Gedanken machte. Der Schmerz fuhr Nicolas wie ein Dolchstoß ins Herz, was dadurch verstärkt wurde, dass er im Bruchteil einer Sekunde noch einmal seine Leidenschaft durchlebte. Doch seltsamerweise verspürte er für einen Moment auch Erleichterung und so etwas wie Befreiung, woran er sich später noch lange erinnern sollte. »Vergiftet!«, wiederholte Nicolas. »Wollen Sie damit andeuten, dass verdorbenes Essen oder Pilze …«

»Leider nicht. Vergiftet mit allen Anzeichen und Mutmaßungen, wie man uns gesagt hat, einer kriminellen Absicht.«

»Ist es nicht vorstellbar, dass sie sich das Leben nehmen wollte?«

»Falls Sie über Anhaltspunkte verfügen, die auf eine Verzweiflung hinweisen, die so stark war, dass sie sich ihren Tod wünschte, müssen Sie sie unverzüglich denen mitteilen, die den Auftrag haben, Ihre Aussage aufzunehmen.«

Nicolas nickte und sagte mit kaum hörbarer Stimme:

»Das letzte Mal … Mein Gott! … als ich sie gehört habe – nicht gesehen, ich sage bewusst: gehört –, lachte sie aus vollem Halse, und nichts deutete auf eine Todesstimmung hin.«

»Sie werden all das erzählen müssen, und jede Einzelheit wird einer Erklärung bedürfen. Bewahren Sie ruhig Blut, und stellen

Sie sich den unangenehmen Prüfungen, die Sie, fürchte ich, erwarten. Sie haben sich nichts vorzuwerfen … Eilen Sie zu Monsieur de Sartine und versichern Sie ihn meiner Hochachtung.«

Monsieur de Noblecourt rückte die Samtkappe zurecht, die seinen kahlen Schädel bedeckte. Er machte das so umständlich langsam, als wollte er eine zunehmende Verlegenheit verbergen. Das bekümmerte Nicolas in gewisser Weise. Eine unausgesprochene Frage war ihm im Ton einer allzu offensichtlichen Behauptung gestellt worden. Nein, er hatte sich nichts vorzuwerfen. Und er begriff, dass er da gerade ein unbekanntes und gefährliches Gelände betreten hatte, auf dem sich zahlreiche Hindernisse, Fußangeln und Fallstricke befanden. Die geringste Äußerung, das harmloseste Wort, ein Blick, der Ausdruck der selbstverständlichsten Fürsorge eines Freundes könnten in ihm fortan schmerzhafte Verwirrungen auslösen, von denen er nie genau wissen würde, ob sie nur das Ergebnis seiner überstarken Phantasie waren. Der alte Staatsanwalt, der sich Vorwürfe machte, fasste sich wieder.

»Machen Sie sich nichts vor. Sie müssen den Tatsachen ins Auge sehen. Verhalten Sie sich wie ein Zuschauer, ein Polizeikommissar im Châtelet, der eine Untersuchung beginnt. Man erwartet von Ihnen eine genaue und ausführliche Aussage über eine Soirée, die, wie Sie behaupten, erhitzt war. Verpflichten Sie sich, detaillierte Angaben zu machen. Monsieur de Sartine kennt Sie gut genug, um auch nur im Geringsten an Ihrer Loyalität und Ihrer Unschuld in einem Drama zu zweifeln, über das Sie im Augenblick nichts wissen. Und wenn ich sage Monsieur de Sartine, so schließe ich Ihre Freunde mit ein. Glauben Sie nicht, dass Ihr Kummer uns gleichgültig ist, er rührt uns in einer

Weise, die Sie sich nicht vorstellen können, und es geht uns einzig und allein darum, Sie unserer Unterstützung zu versichern, seien Sie dessen überzeugt …«

Monsieur de Noblecourts Stimme zitterte und klang zugleich so warmherzig, dass sie alle Zweifel zerstreute, die Nicolas hinsichtlich der Gefühle seines Mentors hätte haben können, auch wenn das Wort Unschuld ihn immer noch erzittern ließ. Doch er wurde sich umso mehr der Gefahren bewusst, die ihm im Umgang mit Gesprächspartnern, Gegnern, Anklägern, Zeugen oder Richtern drohten, die ihm weniger wohlgesinnt waren. Entsetzt erkannte er, dass er, am wunden Punkt seiner Gefühle getroffen, außerdem bis zur Aufklärung des Falls mit der Tatsache würde leben müssen, dass er sich in der Situation derer befand, die in den zwölf Jahren seiner Karriere bei der Polizei die Hartnäckigkeit seiner Ermittlungen hatten ertragen müssen.

Die Tür seines Zimmers öffnete sich, und Inspektor Bourdeau erschien mit besorgter Miene.

»Ein von Monsieur de Sartine geschickter Fiaker ist soeben gekommen. Sie kennen Sartine ja, ich fürchte, er wird langsam ungeduldig. Ich lasse Ihnen die Zeit, sich fertig zu machen, und begleite Sie.«

Nicolas lächelte armselig.

»Aus Angst, ich könnte fliehen, vermutlich?«

Die bekümmerte Miene des Inspektors dauerte ihn so sehr, dass er aufstand und ihn in seine Arme nahm.

»Vergeben Sie mir, Pierre, ich wollte das nicht sagen, aber ich bin am Ende.«

»Na, na, meine Kinder«, sagte Noblecourt, »zerfließen wir nicht vor lauter Rührung. Nicolas möge sich fertig machen. Versprechen Sie mir, dass Sie mir, wenn Sie wiederkommen, gleich alles erzählen.«

Er zog sich zurück, wobei er sich auf Bourdeaus Arm stützte. Nicolas nahm sich die nötige Zeit, um sich von seiner besten Seite zu zeigen vor den Augen seines Chefs, der mit sarkastischem Blick die Gemütsverfassung seines Gegenübers nach der Schicklichkeit der Kleidung zu beurteilen pflegte. Jede Nachlässigkeit in der äußeren Erscheinung trübte seine Stimmung und ließ Sartine die schlimmsten Ausschweifungen vermuten. Daher achtete Nicolas darauf, sich beim Rasieren nicht zu schneiden, zog einen schwarzen Anzug an, die jüngste Kreation seines Schneiders, band eine makellose Krawatte aus Spitze um, und nachdem er sein Haar, in dem sich allmählich die ersten weißen Fäden des reifen Alters zeigten, lange gebürstet hatte, fasste er es mit einem Band aus dunklem Samt zu einem Pferdeschwanz zusammen. Die Perücke trug er nur am Hof oder zu den feierlichen Anlässen seines Amtes, wenn er die Robe des Polizeirichters trug. Nach einem letzten Blick in den Spiegel, der ihn den Ernst der Situation vergessen ließ, so sehr hatte der Fieberschub sein Gesicht verjüngt, ging er die kleine Treppe hinunter, und erst der Anblick Bourdeaus und Semacgus', die ihn in der Toreinfahrt erwarteten, brachte ihn in die Wirklichkeit zurück. Der Marinewundarzt näherte sich ihm.

»Vergessen Sie nicht, Nicolas, dass Sie mich um alles bitten können«, sagte er zu ihm. »Ich vergesse nicht, wem ich damals die Freiheit und die Bestätigung meiner Unschuld zu verdanken hatte.«

Nicolas drückte ihm kräftig die Hand und stieg nach dem

Inspektor in den Fiaker ein. Er versank in trübsinnigem Grübeln. Mit einem Mal erschien ihm die anmutige Gestalt Julies vor seinem inneren Auge. Diese Vision raubte ihm den Atem, er empfand eine Art von Schwindel und zog sich in sich selbst zurück, während er von Schluchzern geschüttelt wurde. Unfähig, seine Einbildungskraft zu bezähmen, musste er die furchtbaren Bilder eines Körpers ertragen, der auf den Stein der *Basse-Geôle* geworfen wurde und den Demütigungen der Ärzte und des Henkers ausgesetzt war, deren Aufgabe es war, die Leichenöffnung durchzuführen, welche die Situation erforderte; dieses Körpers, dessen süße Sanftheit er immer noch spürte … Bourdeau hustete verlegen. Die Stadt, die er so liebte, zog mit ihren Häusern und ihren Menschenmassen vorbei wie eine in verblassten Farben gemalte Kulisse, ohne Leben und Fröhlichkeit. Sie wechselten kein Wort.

Schon bald erreichte der Wagen die Rue Neuve-Saint-Augustin. Oben auf den Stufen des Hôtel de Gramont trafen sie die bekannten Gesichter der Kollegen des Sicherheitsbüros und der Lakaien, die sich vor ihnen mit vertrauter Ehrerbietung verneigten. Der alte Maître d'hôtel lächelte, als er Nicolas sah.

»Wundern Sie sich nicht über die Änderung der Gewohnheiten, aber Monsieur de Sartine ist am Mittag aus Versailles zurückgekommen.«

Bourdeau wollte gerade auf einer Bank Platz nehmen, da bedeutete der Diener ihm, dass seine Anwesenheit ebenfalls gewünscht werde.

Als sie das große Büro des Polizeipräfekten betraten, empfing sie ein unerwarteter Anblick. Eine stumme Versammlung von Perücken dicht nebeneinander wie Soldaten bei der Parade bevölkerte den Tisch. Monsieur de Sartine, der wegen einer im Schloss verbrachten Nacht nicht zu Hause gewesen war, hatte sein morgendliches Rendezvous mit der Sammlung, die ihm lieb und teuer war, verpasst. Und da er nicht die geringste Unterbrechung im Ausleben seiner unschuldigen Manie ertragen konnte, hatte er die übliche Durchsicht seiner Sammlung auf eine andere Zeit verlegt. Das hatte der Portier sagen wollen. Nicolas, den dieser Anblick zu anderen Zeiten amüsiert hatte, war jetzt eher beunruhigt, weil er seinen Chef nicht sah, als sich plötzlich eine der Perücken bewegte und Monsieur de Sartines spitzes Gesicht inmitten seiner leblosen Geschöpfe auftauchte.

Sein Gesichtsausdruck überraschte Nicolas aufs Höchste. Er war auf eine verärgerte und ungeduldige Miene gefasst gewesen, die sein Chef immer aufsetzte, wenn er sich anschickte, einem Untergebenen gegenüber seine Unzufriedenheit zum Ausdruck zu bringen, doch Monsieur de Sartine betrachtete ihn voller Zuneigung und mit entspanntem Gesicht. Der Gesichtsausdruck des Polizeipräfekten kam ihm beinahe ein wenig väterlich vor.

»Was meinen Sie, Nicolas« – die Benutzung des Vornamens war ebenfalls ein gutes Vorzeichen –, »wo hat der Marquis de Ranreuil, Ihr seliger Vater und mein verstorbener Freund, seine Perücken gekauft? Ich erinnere mich, dass sie eine exemplarische Form hatten und perfekt onduliert waren.«

»Ich glaube, Monsieur, dass er sie in Nantes fand, in einem kleinen Geschäft in der Nähe des Châteaus des Ducs de Bretagne.«

»Hm! Ich werde diesbezüglich Informationen einholen müssen. Aber im Augenblick haben wir eine missliche Affäre zu regeln. Sehr misslich, um die Wahrheit zu sagen, denn sie betrifft Sie ganz unmittelbar, und da alle wissen, wie sehr ich Sie schätze und wie sehr ich Ihnen vertraue, wären manche nur allzu glücklich, wenn sie über ein Ereignis klatschen könnten, in das die ›graue Eminenz‹ des Polizeipräfekten verwickelt ist.«

Sartine hatte das mit der Emphase gesagt, die er immer benutzte, wenn er von der Würde seines Amtes sprach. Seine Hände streichelten zwei Etagenperücken, die so symmetrisch angeordnet waren wie die Eiben eines französischen Gartens.

»Gehen wir jedoch«, fuhr er fort, »für den Augenblick einmal davon aus, dass es gar keinen Fall gibt. Eine junge Frau ist an etwas gestorben, das nach Meinung eines Quacksalbers aus der Nachbarschaft wie eine Vergiftung aussieht. Erstens, haben wir Gewissheit, was die Gründe dieses Todes betrifft? Zweitens, wenn das der Fall wäre, müssen wir Selbstmord, Mord oder ganz einfach einen durchaus möglichen häuslichen Unfall annehmen? Wenn all diese Gründe ordnungsgemäß ermittelt sind, müssen, drittens, die Zeugen angehört werden. Hm? …«

Diese Interjektion verlangte, wie Nicolas wusste, nicht nach einer Antwort; sie unterbrach eine Rede, die nach dieser Atempause fortgesetzt werden würde.

»Der Leichnam ist laut meinen Informationen nicht bewegt worden. Nur der Kommissar des Viertels ist informiert. Die Sache ist nicht durchgesickert; die beiden Domestiken sind zur Verschwiegenheit verpflichtet. Das Schlafzimmer, die Küche und der Salon sind versiegelt worden. Wir dürfen keine Zeit verlieren. Bourdeau, notieren Sie: Der Leichnam soll unauffällig in die Basse-Geôle gebracht und gründlich gesalzen werden, auch wenn wir Winter haben, und *Sanson* soll so schnell wie möglich geholt werden. Die diensthabenden Ärzte des Châtelet sind, wie Sie wissen, mehr als unfähig, sie haben bei mehr als einer Gelegenheit ihr Unvermögen bewiesen. Bitten Sie Semacgus, der sich bei unseren Untersuchungen schon häufiger bewährt hat, dem Henker bei seiner Aufgabe zu helfen.«

Er grinste.

»Die beiden sind eine verschworene Gemeinschaft! Vergessen Sie nicht, alle Elemente zu beschlagnahmen und zu sichern, die uns Aufklärung bringen können, Gläser oder Geschirr. Packen Sie in der Küche die Reste des Soupers ein, das, wie es heißt, von Madame Lastérieux gestern in der Rue de Verneuil zu Nicolas' Ehren organisiert wurde.«

Er blickte Nicolas lange in die Augen.

»Bleibt dieser Herr …«

Nachdenklich drehte er eine Locke seiner Perücke, bevor er fortfuhr:

»Monsieur le Commissaire, wenn Sie eine Erklärung abzugeben haben, höre ich Ihnen zu. Etwas, das Ihnen auf der Seele liegt und das Sie mir anzuvertrauen wünschen. Überstürzen Sie nichts, das, was Sie mir sagen werden, wird ausschlaggebend für die Zukunft sein, denn von dem Augenblick an werde ich von dem einzuschlagenden Kurs nicht mehr abrücken. Denn wenn jemand mein Vertrauen besitzt, dann Sie, und in meiner Position gibt es nur wenige, die es genießen. Hm? Was sagen Sie?«

Die Einleitung zur Schlussfolgerung mäßigte für Nicolas den inquisitorischen Ton eines Exordiums, das sich auf jeden beliebigen Verdächtigen beziehen konnte.

»Ich kann, Monsieur, nur antworten, dass ich Ihnen aus tiefstem Herzen für die Ehre danke, die Sie mir erweisen. Ich hatte gestern Abend eine Viertelstunde bei Julie de Lastérieux verbracht, als ein ungerechtes Wort mich vertrieb. Wieder beruhigt, kehrte ich zwei Stunden später zurück. Ich habe sie nicht wiedergesehen, da das Fest in vollem Gang war. Ich dachte, dass meine Anwesenheit die Fröhlichkeit der Gäste trüben würde, und habe daher davon Abstand genommen, mich zu zeigen. Und …«

Er zögerte kurz.

»Ich bin ein wenig herumgeirrt, bevor ich in die Rue Montmartre zurückgekehrt bin.«

»Sonst nichts, das ich von böswilligen Dritten erfahren könnte?«

»Sonst nichts, Monsieur. Ich bin Kommissar Chorrey begegnet, der Bereitschaftsdienst hatte im Théâtre-Français, und habe einen Augenblick mit ihm verbracht.«

Sartine machte eine ungeduldige Bewegung.

»Sie können sich denken, dass ich das bereits weiß! Jedenfalls ist es meine Pflicht, Sie darauf hinzuweisen, dass es, da Sie unmittelbar in diesen Fall verwickelt sind, nicht infrage kommt, Sie in die Ermittlungen einzubeziehen. Kehren Sie zu Ihren normalen Aufgaben zurück, mischen Sie sich auf keinen Fall weder direkt noch indirekt in die unverzüglich eingeleitete Untersuchung ein. Es ist schon mehr als genug, dass Inspektor Bourdeau, *Ihr* Freund …«

Er betonte das Possessivpronomen.

»… damit beauftragt ist, die Sache zu klären. Ganz zu schweigen, dass unsere Spitzel Ihnen ebenfalls nahestehen. All das, was man mir ohne Weiteres vorwerfen könnte, zwingt mich …«

»Aber, Monsieur …«

»Aber nichts! Ich sagte … zwingt mich, Sie von diesem Fall fernzuhalten. Glauben Sie aber nicht, dass ich Ihre Gefühle, Ihre Bestürzung und den berechtigten Wunsch, an den Ermittlungen bezüglich des Todes Ihrer Freundin teilzunehmen, nicht verstehe. Aber die Dinge zwingen uns ihren Verlauf auf. Es ist zu Ihrem Besten, wenn Sie gehorchen. Solange das Geheimnis nicht geklärt ist, würde jede Initiative Ihrerseits dem ordnungsgemäßen Gang unserer Ermittlungen schaden und mich in eine schwierige Position gegenüber einem dieser Richter bringen, die der Zeitgeist nur allzu gern verleitet, sich gegen die Autorität des Königs zu erheben.«

Monsieur de Sartine erhob sich, ging um seinen Schreibtisch herum, wobei er mit der Hand die Perücke festhielt, die ihm beinahe vom Kopf gefallen wäre, nahm Nicolas bei der Schulter und schob ihn sanft zur Tür.

»Hören Sie auf mich, und machen Sie sich ein paar gute Tage. Wie wäre es, wenn Sie nach Versailles fahren und Mesdames den Hof machen würden? Erst gestern noch hat Madame Adélaïde sich nach Ihnen erkundigt. Oder lassen Sie sich bei Madame du Barry blicken und erscheinen Sie bei der Jagd des Königs. Kurz, ein wenig Höflingsgeist würde Ihnen in der heutigen Zeit durchaus nicht schaden. Versailles ist ein Ort, wo man sich häufig zeigen muss, wenn man nicht vergessen werden will!«

Als Nicolas sich, gefolgt von Bourdeau, anschickte, die Treppe hinunterzugehen, hörte er, dass der Polizeipräfekt den Inspektor noch einmal zu sich rief zu einem kurzen vertraulichen Gespräch, das er nicht mitanhören konnte. Anschließend begaben sie sich zu ihrem Wagen, ohne dass Bourdeau den Mund aufgemacht hätte. Er blieb stumm, während sie durch die Straßen fuhren, in denen sich in dickem Nebel die undeutlichen Schatten der Passanten bewegten. Nicolas schwieg ebenfalls, ohne sich über den Bestimmungsort Gedanken zu machen. Den Launen seiner Einbildungskraft ausgeliefert, bevölkerte sich sein Geist mit grauenhaften Bildern, denen endlose und fiebrige Überlegungen über die Ursachen und Konsequenzen des Ereignisses folgten. Dann kamen ihm wieder, als wollten sie seine Verteidigungsmechanismen lahmlegen, Monsieur de Noblecourts Worte in den Sinn und, echohaft, Monsieur de Sartines Empfehlungen. All das klang in ihm wie Anzeichen unsichtbarer Gefahren, von denen er sich plötzlich umgeben fühlte. Noch war Julies Tod nicht im Entferntesten aufgeklärt, und schon überhäufte ihn jeder mit Ratschlägen und ermahnte ihn, vorsichtig zu sein. Ja, wirklich, sagte er sich immer wieder, wie groß die Freundschaft und das Vertrauen, die man ihm entgegenbrachte, auch sein mochten, er wurde doch immer als mutmaßlich Schuldiger behandelt. Aber wessen schuldig? Es war schwierig, das genau zu sagen. Und genau das war der Grund für sein Unbehagen, für diese unbestimmte Angst und dieses Gefühl, einen Abhang hinunterzurennen, ohne sich irgendwo festklammern zu können.

Von der Seite warf er einen Blick auf Bourdeau, dessen Reglosigkeit vermuten ließ, dass er mit offenen Augen schlief. Er wollte mit ihm sprechen, doch kein Laut kam aus seinem Mund, und was hätte er ihm auch sagen können? Die Einsamkeit, die ihn schon immer seit frühester Kindheit begleitet hatte, meldete sich völlig unerwartet auf grausamste Art zurück.

Der Lärm der Kutsche hallte unter dem düsteren Gewölbe des Châtelet. Die alten Mauern versetzten ihn in eine tiefe

Melancholie, aus der Bourdeau, der wieder munter geworden war, ihn reißen musste, indem er ihn am Arm zog. Der diensthabende Junge, der immer auf irgendwelche Besorgungen lauerte, betrachtete ihn, ohne in diesem niedergeschlagenen und mürrischen Mann den glänzenden Reiter zu erkennen, der ihm so häufig lachend die Zügel seines Pferdes zugeworfen hatte. Nicolas legte den üblichen Weg wie ein Automat zurück, ging am alten Marie, dem Amtsdiener, vorbei, ohne ihn zu grüßen oder ihm eine seiner freundschaftlichen Interjektionen zuzurufen, die für den Mann ein wertvoller Beweis vertrauten Umgangs miteinander waren. Dann befand er sich im Bereitschaftsbüro. Bourdeau blätterte im Register, und nachdem er Nicolas in die Augen geblickt hatte, schlug er hefig auf den alten Eichentisch.

»Das reicht jetzt, Sie müssen sich zusammenreißen. Ich habe Sie noch nie so gesehen, und dabei haben wir schon so einiges miteinander erlebt! Verletzt, bewusstlos geschlagen, entführt und bedroht, haben Sie schon viel schlimmere Prüfungen überstanden als diese. Sie müssen handeln.«

Nicolas lächelte gequält.

»Handeln? Was soll ich denn tun? Man empfiehlt mir, auf die Jagd zu gehen und den Damen den Hof zu machen!«

»Eben! Genau das werden Sie tun. Oder zumindest soll Monsieur de Sartine das glauben.«

»Was reden Sie da?«

Bourdeau hatte den Schrank geöffnet, in dem seit Jahren ein ganzes Arsenal von Verkleidungen aufbewahrt wurde, das Kleidung und Kopfbedeckungen verschiedenster Art und die entsprechenden Accessoires umfasste. Diese Sammlung, die immer wieder durch neue Funde bereichert wurde, benutzten die

Polizisten, wenn sie bei einer Beschattung oder einer Mission in einem gefährlichen Faubourg unbemerkt bleiben wollten. Der Inspektor nahm eine Art Steppweste, einen großen schwarzen Anzug, der seine Form verloren hatte und so abgetragen und abgewetzt war, dass er grünlich schimmerte, dicke Schuhe mit Kupferschnallen, einen breitkrempigen runden Hut, eine große antike Perücke, deren Haar der Mähne eines Schecken zu entstammen schien, ein dickes Leinenhemd, eine Baumwollkrawatte von zweifelhafter Sauberkeit und ebensolche Socken heraus. Er warf alles kunterbunt durcheinander auf den Tisch.

»Nicolas, ziehen Sie sich aus, und schlüpfen Sie in diese Sachen.«

Nicolas schüttelte den Kopf.

»Was für einen Wahnsinn haben Sie da vor?«, fragte er.

»Nichts anderes, als der Inspiration meiner Freundschaft zu folgen. Da es sich von selbst versteht – und das sage ich, noch bevor ich die geringste Gewissheit über die Ursache des Todes von Madame de Lastérieux habe –, dass ich Ihnen glaube und dass Sie für mich unschuldig sind, wüsste ich nicht, warum ich auf Ihre Hilfe in einer Untersuchung verzichten sollte, zu der Sie viel beitragen können.«

»Mein Gott, wie denn?«

»Stellen Sie sich einen Mann Ihrer Größe vor, der Ihre Kleidung trägt und einen Schal über der Nase, in Begleitung Ihres Dieners hinausgeht und eine Kutsche besteigt. ›Nach Versailles, fahren Sie los, Kutscher‹. Monseigneur wird sofort von Ihrer Abreise gemäß seinen Wünschen informiert werden. In der Zwischenzeit verlassen Sie unauffällig das Châtelet, treffen mich ein paar Straßen weiter und begleiten mich.«

»Aber in welcher Verkleidung?«

»Egal! Sie werden ein Spitzel sein, ein einfacher Polizist. Ach, besser noch, ein Amtsdiener, der meine Schlussfolgerungen notiert. Ein schmutziger Schreiber, dessen Augen so überanstrengt sind, dass er eine dunkle Brille trägt.«

Bourdeau reichte Nicolas eine Brille mit getönten Gläsern. Dieser richtete sich auf.

»Das werde ich Ihnen niemals erlauben«, rief er. »Wenn es sich um ein Verbrechen handeln sollte, riskieren Sie Ihr Amt und vielleicht mehr. Das werde ich auf keinen Fall zulassen.«

»Was kümmert mich mein Amt«, erwiderte Bourdeau, »wenn der Mann, den ich als meinen Chef adoptiert habe, als er zwanzig war, dem ich überallhin gefolgt bin, dem ich mehrmals das Leben gerettet habe und dessen Verhalten und Ehre ich zu schätzen gelernt habe, sich in einer heiklen Lage befindet? Was für ein Mann wäre ich, wenn ich nicht mit der ganzen Kraft meiner Überzeugung etwas dagegen tun würde? Und was für ein Mann wären Sie, wenn Sie meine Ergebenheit zurückweisen würden?«

»Nun gut«, sagte Nicolas, zu Tränen gerührt, »ich ergebe mich.«

»Ich füge hinzu, dass, sollte dieser Fall sich als komplizierter erweisen, Ihr Urteilsvermögen und Ihre Erfahrung wie immer zu einem Ergebnis führen werden.«

Der Inspektor lief hin und her und schlug seinen Dreispitz gegen sein rechtes Bein. Er dachte einen Augenblick nach.

»Wir müssen jemanden von Ihrer Gestalt finden, dem wir überdies auch vertrauen können. Rabouine hat, wenn ich's recht überlege, in etwa Ihre Statur.«

»Er hat ein spitzes Profil.«

»Das macht nichts, sein Gesicht wird von dem Schal verdeckt sein. Und diese Wahl hat noch einen Vorteil. Ich erinnere mich, dass er sehr gut den *blauen Jungen* kennt, der im Dienst von Monsieur de La Borde steht. Mist, mir fällt sein Name nicht ein …«

»Gaspard!,« rief Nicolas. »Er hat mir 1761 gute Dienste geleistet in der berühmten Affäre Truche de la Chaux.«

»Er ist also wunderbar geeignet. Mit ein paar Zeilen von Ihnen, die Sie mir schreiben werden, empfängt er den vermummten Rabouine mit großer Höflichkeit, führt ihn ins Schloss und versteckt unseren Mann bei Monsieur de La Borde. Es kommt nur auf den Preis an, der Schlingel lässt sich gern mit klingender Münze bezahlen.«

Bourdeau ahmte mit flinken Fingern eine Hand nach, die Münzen verteilt.

»Sein Herr schläft in Paris«, fuhr er fort. »Er hat mir gestern Abend anvertraut, dass er keinen Dienst hat. Man sagt, glaube ich, eine neue Eroberung habe ihm den Kopf verdreht. Auf Befehl gesprächig, klatscht Gaspard: ›Der kleine Ranreuil, der Freund meines Herrn, Sie wissen ja, der Kommissar, ruht sich aus, er ist krank.‹ Rabouine legt seine alten Klamotten ab und kehrt unbemerkt nach Paris zurück. Alle nehmen an, dass Sie beim Ersten Kammerdiener in Quarantäne bleiben. Sartine wird darüber informiert. Und wir haben unsere Ruhe.«

Angesichts dieser fast brutalen Energie und Entschlossenheit, die Bourdeau an den Tag legte, kam Nicolas zu dem Schluss, dass er seine larmoyante Stimmung besser bezähmen und sich ohne Umschweife den Vorkehrungen des Inspektors fügen sollte. Er empfand einen gewissen Widerwillen, grobe Kleidung anzuziehen, die muffig und verschimmelt roch. Die Hose schlotterte um ihn herum, und sie mussten eine Schnur suchen, die als Gürtel diente. Die Steppweste erlaubte ihm, die Hose zu füllen und so eine Illusion von Körperfülle zu vermitteln, die seine Gestalt veränderte. Die Perücke und eine schwarze Kappe verwandelten ihn zusammen mit der Brille so sehr, dass er sein Spiegelbild im Fenster nicht erkannte.

»Schön, ich werde Rabouine holen«, sagte Bourdeau. »Zu dieser Zeit ist er nie sehr weit weg. Sobald er Ihre Sachen angezogen hat, werde ich den alten Marie ablenken, er wird hinter mir vorbeigehen, und Sie werden sich unbemerkt in Monsieur de Sartines Büro begeben, das nie abgeschlossen ist. Sie brauchen nur die goldene Zierleiste des dritten Regals der Bibliothek zu drücken, um in den Geheimgang zu gelangen, den Sie kennen. Stufen führen zu einer kleinen Tür, die auf die Kurtine zur Grande Boucherie geht, wo ich auf Sie warten werde. In der Zwischenzeit rühren Sie sich nicht vom Fleck. Ich eile, um Rabouine zu holen, und schließe Sie vorsichtshalber ein.«

Nicolas hörte den Schlüssel im Schloss, und da er jetzt allein war, konnte er sich nicht eines Gefühls der Sorge erwehren, nicht um sich, sondern um Bourdeau. Die Loyalität und die Ergebenheit führten seinen Assistenten, der Familie hatte und berechtigterweise hoffte, eine bereits lange Karriere in aller Ruhe fortsetzen zu können, auf sehr gefährliche Seitenwege. Dieser Überlegung folgte eine zweite. Durfte er Sartine vorsätzlich täuschen, wo dieser sich doch so offen und geduldig gezeigt hatte? Nicolas besaß in hohem Maße die Gabe, in Gewissensentscheidungen zu versinken, aus denen er nur durch schmerzvolle kasuistische Übungen wieder herausfand, ein Überrest seiner Erziehung bei den Jesuiten in Vannes. Diese innere Aufregung hinterließ Narben auf seiner Seele. Und noch etwas ließ ihm keine Ruhe: Konnte er, der die schrecklichen Bilder, mit denen die Untersuchungen von Verbrechen ihn konfrontierten, nicht an sich heranließ, den Anblick von Julies Leichnam und die Unordnung eines von der Polizei durchsuchten Hauses ertragen? Würde er einen kühlen Kopf bewahren, die Bedingung für jedes zuverlässige Nachdenken über einen Fall, der ihm so naheging? Hatte Monsieur de Sartine nicht recht, wenn er ihn von diesen Ermittlungen fernzuhalten wünschte, und würde Bourdeau, mitgerissen von seiner Treue, sie nicht alle beide auf einen ausweglosen Irrweg führen?

Als Bourdeau mit Rabouine zurückkehrte, hatte er die Krise überwunden. Er schrieb die Nachricht für Gaspard und versiegelte sie mit dem Wappen der Ranreuil, nachdem er einige Louis d'or in den Umschlag gesteckt hatte. Zuvor hatte er in dem Bemühen um Klarheit einem alten Freund gegenüber, dessen Unterstützung in all diesen Jahren niemals nachgelassen hatte, eine Nachricht für Monsieur de La Borde geschrieben. Er hielt diese Geste für zweifach gerechtfertigt, einmal, um es diesem Freund gegenüber nicht an Respekt fehlen zu lassen, und dann, um Gaspard seinem Herrn gegenüber zu decken. Dieses Bemühen um Taktgefühl ließ ihn über die Schandtaten der Menschen nachdenken. Warum war er bereit, so offen dem Polizeipräfekten den Gehorsam zu verweigern, indem er seine ausdrücklichen Empfehlungen missachtete, und hielt es andererseits für wesentlich, nicht hinter dem Rücken des Ersten Kammerdieners des Königs zu handeln? Vermutlich, schätzte er, weil die Unsicherheiten der untergeordneten Stellung die Ungleichheit voraussetzten, aber vielleicht – allerdings traute er sich nicht, allzu sehr in diese Richtung zu suchen – hatte seine Haltung auch mit gewissen Abfuhren zu tun, die er erhalten hatte. Sie hatten bei aller Dankbarkeit und Bewunderung, die er für seinen Chef empfand, einen bitteren Geschmack hinterlassen. Es handelte sich jetzt also um einen kleinen Ungehorsam unter besonderen Umständen oder eine kleine Rache.

»Ich habe den alten Marie mit einer wichtigen Aufgabe betraut«, sagte Bourdeau, »einen Krug Schnaps zu holen, von dem er die Hälfte zum eigenen Gebrauch bekommen wird. Der Moment ist gekommen. Rabouine hat alles verstanden. Geben Sie ihm den Brief.«

»Er soll zuerst zu La Borde gehen und ihm diesen Umschlag übergeben.«

Bourdeau betrachtete verblüfft das kleine Papier, auf dem das Siegel wie ein Blutfleck aussah.

»Halten Sie es für notwendig, dass ...«

»Ja, oder ich mache nicht mit.«

Rabouine hatte sich umgezogen und mithilfe einer kurzen Perücke in einen akzeptablen Nicolas verwandelt. Ein Stück schwarzer Wolle, über das Gesicht gestreift, der hochgeschlagene Mantelkragen und der tief ins Gesicht gezogene Dreispitz vervollständigten die Illusion.

Und Nicolas setzte die Brille auf und machte ein paar Schritte.

»Weniger musketierhaft«, sagte Bourdeau, »mit gebeugten Beinen, rundem Rücken und fallenden Schultern. Ja, genau so ... Das ist viel besser.«

Er öffnete eine Schublade des Tisches und nahm Papier, Federn, ein Taschenmesser und ein Tintenfässchen heraus. Er reichte Nicolas die Gegenstände.

»Vergessen Sie nicht Ihr Arbeitsgerät. Diese Utensilien machen die Illusion vollkommen. Sie sehen schrecklich aus. Ein wenig zu sauber noch. Nehmen Sie die Brille ab.«

Bourdeau wischte mit der Hand über die Oberseite des Schranks und beschmierte Nicolas' Gesicht mit Staub, das dadurch eine gräuliche Farbe annahm und müde wirkte.

»Die Luft ist rein. Machen wir uns getrennt auf den Weg. Wir treffen uns am vereinbarten Ort.«

Der Inspektor verschwand, gefolgt von einem munteren Rabouine, stolz wie Artaban, dass er in die Haut des Kommissars schlüpfen durfte, für den er sich als alter Komplize in die Seine gestürzt hätte. Nicolas begab sich in den Audienzsaal. Die Stille in diesem Raum erinnerte ihn an sein erstes Gespräch mit dem Polizeipräfekten, als er noch grün hinter den Ohren aus seiner Heimatprovinz gekommen war, und an tausend weitere komische oder tragische Szenen, die sich mit den Jahren angesammelt hatten. Die goldene Zierleiste gab nach, und das Bücherregal drehte sich und gab eine Treppe frei, über die aus der Ferne die Geräusche der Stadt heraufdrangen. Zwei Stockwerke tiefer fand er die Tür, die sich hinter ihm schloss. Die hereinbrechende Dunkelheit verstärkte noch die feuchte Kälte der Straße. Er musste nicht lange warten. Ein Fiaker hielt, die Tür öffnete sich, und er sprang hinein.

»Dieser Rabouine ist erstaunlich«, sagte Bourdeau. »Er ist weltgewandt wie ein Amtsdiener des Palastes. Er wird alle täuschen in Versailles, und, nun ja, in Ihren Klamotten macht er eine gute Figur.«

Nicolas lächelte.

»Vielen Dank für diese Ausstattung. Man merkt, dass Sie nicht die Rechnungen von Maître Vachon, meinem Schneider, erhalten! Was Rabouine betrifft, möge Gott ihn uns erhalten, er weiß sich in allen Situationen zu helfen.«

»Sie haben gelächelt«, bemerkte Bourdeau. »Bald sind Sie wieder der Alte.«

Die Unterhaltung wurde in einem leichten Ton fortgesetzt, der Nicolas nach und nach aufheiterte und vergessen ließ, was ihn erwartete.

In der Rue de Verneuil überwachten Polizisten unauffällig das Haus. Sie erkannten sofort den Fiaker, der keine Nummer trug, und Bourdeaus vertrautes Gesicht. Ein Inspektor, der vor der Tür saß, an der die signierten Siegel aus Siegelbrot angebracht waren, eröffnete das Gespräch mit den Neuankömmlingen. Es wurde schnell klar, dass er versuchte, die Notwendigkeit ihrer Anwesenheit in Zweifel zu ziehen. Aber Bourdeau ließ den Namen Sartine fallen, und der zerstreute die Bedenken eines Kollegen, der lediglich die Vorrechte des Stadtviertelkommissars bewahren wollte. Bourdeau und Nicolas betraten die Wohnung von Madame de Lastérieux.

Die Zimmer, deren Fensterläden verschlossen waren, waren erfüllt von Dunkelheit und Stille. Die leere Diele öffnete sich auf einen Flur, der zu den Empfangsräumen führte. Rechts gelangte man durch eine Tür in die Küche. Am Ende kam man durch einen Türvorhang aus Samt in den großen Salon, der links übereck von einer Bibliothek und einem Musikzimmer verlängert wurde. Ebenfalls zur Rechten öffnete sich ein kleiner Flur, der zu einem kreisrunden Boudoir vor Julies Schlafzimmer führte. Eine Garderobe befand sich unmittelbar neben diesem Raum, dem sich die Flucht der Dienstbotenzimmer anschloss, die bis zur Küche reichte. Von den vornehmen Räumen hatte man einen Blick auf die Rue de Verneuil, von den restlichen auf einen Hof, ein dunkler Schacht der Dienstbotenzimmer. Die Fenster der Bibliothek und des Musikzimmers lagen zur Rue de la Beaune.

»Fangen wir mit dem Schlafzimmer an«, sagte Bourdeau.

Er ließ seinen Blick durch den Salon und über den noch aufgestellten, aber bereits abgeräumten Tisch gleiten, um den acht Stühle standen.

»Alles scheint in Ordnung zu sein, dabei gab es gestern Abend einen Empfang.«

»Der Service der Dienstboten von den Inseln ist perfekt«, erläuterte Nicolas, »und Julie war in dieser Hinsicht auch unerbittlich. Alles musste aufgeräumt und sauber sein. Sie konnte es nicht ertragen, wenn das Haus am frühen Morgen unaufgeräumt war.«

»Das ist fatal. Die Unordnung hat doch den unschätzbaren Vorteil, mehr zu verraten.«

»Aber in diesem Fall gibt uns auch die Ordnung einen Hinweis. Die Abendempfänge in diesem Haus, keiner weiß das besser als ich, dauerten kaum länger als bis ein Uhr morgens. Das Aufräumen nahm mindestens zwei Stunden in Anspruch. Das heißt, und die Dienstboten werden es uns sicher bestätigen, dass Madame de Lastérieux zu diesem Zeitpunkt nicht um Hilfe gerufen hat. Sie hätte es bequem von ihrem Bett aus tun können, indem sie an der Kordel zog, die es in der Küche läuten lässt. Ihre Dienerin wäre zu ihr geeilt.«

»Das ist ein nützlicher Hinweis«, räumte Bourdeau ein. »Sie könnte aber auch das Bewusstsein verloren haben, ohne Hilfe herbeirufen zu können.«

Zu anderen Zeiten hätte Nicolas sich amüsiert über die Umkehr der Rollen in ihrem Dialog. Lag es an seiner lächerlichen Aufmachung, dass es diesmal Bourdeau war, der die Schlussfolgerungen zog?

»Was für eine Schande«, murmelte Nicolas, »Julies Leichnam im Stich gelassen zu haben, ohne jemanden, der über ihn wachte!«

Bourdeau antwortete mit einem undeutlichen Grunzen.

Als sie die Tür zum Schlafzimmer öffneten, packte sie ein ekelerregender Geruch an der Kehle. Zuerst konnten sie nichts erkennen; das Zimmer, dessen Vorhänge zugezogen waren, lag im Dunkeln. Bourdeau holte eilig einen Leuchter, dann zog er aus seiner Tasche ein zylinderförmiges Gerät hervor, in dessen Hohlraum er einen Kolben mit etwas Feuerschwamm rieb. Er nutzte die Glut, um die Kerzen anzuzünden. Das flackernde Licht beleuchtete den Alkoven.

Julie lag gekrümmt im Nachthemd da, die Beine angezogen und gespreizt. Der Tod hatte sie in dem Augenblick überrascht, als sie die Hand an ihren Hals geführt hatte. Der Kopf lag auf dem Kopfkissen inmitten der flammenden Flut ihres Haars, und ihr offener Mund schien immer noch zu schreien. Orangefarbener, stellenweise blutiger Auswurf bedeckte ihren Körper und war auf die Laken und den Teppich getropft. Die Pupillen der aus ihren Höhlen getretenen Augen trübten sich bereits. Nicolas, der von seinen Erinnerungen übermannt wurde, empfand eine tiefe Trauer angesichts dieser so grauenhaften Inszenierung des Todes. Er musste über seinen Schatten springen und klammerte sich an seine Pflicht. Mit seiner ganzen Willenskraft bemühte er sich, so zu handeln, als wäre der arme Körper, der da in seinem Erbrochenen lag, nicht derjenige einer geliebten Frau. Er stellte wieder einmal fest, dass der Kleinmut seiner gefühlsmäßigen Reaktionen sofort einer kalten Entschlossenheit weichen konnte, selbst und vor allem, wenn sein eigenes Schicksal auf dem Spiel stand.

»Pierre«, sagte er, »keinen Schritt weiter. Sie kennen dieses Zimmer nicht. Ich will es aufmerksam in Augenschein nehmen, da ich es in all seinen Details kenne. Wir dürfen nichts übersehen. Heben Sie den Leuchter hoch, um mir zu leuchten.«

Er sah sich aufmerksam im Zimmer um, wobei er sich so viel Zeit nahm, dass Bourdeau ungeduldig seinen Ellbogen berührte, als fürchtete er, Nicolas sei eingeschlafen.

»He, Nicolas, die Zeit drängt …«

»Unter diesen Umständen ist es manchmal von Nutzen, ein paar Augenblicke zu verlieren.«

»Was für Feststellungen haben Sie gemacht?«

»Ein paar sehr erstaunliche, um die Wahrheit zu sagen. Zunächst einmal, das Feuer ist ausgegangen, aber das ist normal. Es ist fast sechs Uhr. Aber dass die Fenster geschlossen und die Vorhänge zugezogen sind, das passt nicht.«

»Passt nicht wozu?«

»Zu Julies Gewohnheiten. Sie verlangte stets ein Höllenfeuer – was ich verabscheue, wie Sie wissen –, aber das Fenster musste immer halb geöffnet und die Vorhänge halb zugezogen sein. Wenn bei der Entdeckung des Leichnams nichts verändert worden ist, und davon gehe ich aus …«

»Warum?«

»Schauen Sie sich die Leuchter auf der Kommode an. In ihrem Licht hat der Arzt, der gekommen ist, die Leiche untersucht. Sie haben nie hier gestanden, und der verstreute Schmuck hat hier ebenfalls nichts zu suchen. Wenn ein Toter im Winter eine Weile daliegt, lässt man vorzugsweise die Kälte von draußen rein … Ich bemerke auch auf dem Nachttisch ein Glas mit einer weißen Flüssigkeit, das halb ausgetrunken ist, und einen Teller mit etwas, das wie ein Hühnerflügel mit Soße aussieht. Und das ist absolut unmöglich und abwegig.«

»Und warum?«

»Julie hasste es, im Bett zu essen. Sie hätte sich niemals irgend-etwas zu essen ans Bett bringen lassen, und auch mir hätte sie es nie erlaubt, einen Anfall von Heißhunger an ihrem Bett zu stil-len. Damit will ich sagen, dass es mich ziemlich verwundert, hier einen Teller am Bett zu sehen.«

Er errötete im Halbdunkel, weil er so intime Details erwähnt hatte.

»Noch etwas«, fuhr er fort. »Wie kann es sein, dass sie vor dem Schlafengehen oder in der Nacht den Wunsch gehabt hat, etwas zu essen, wo sie doch von einem opulenten Souper kam? Das ergibt keinen Sinn.«

Nicolas betrachtete nachdenklich das Schreibzeug, das sich auf dem Tisch aus Rosenholz befand. Blätter lagen dort verstreut herum, zusammen mit einer Feder, einem Stempel und einer Stange aus grünem Wachs.

»Was Sie sagen, leuchtet mir völlig ein«, sagte Bourdeau. »Aber was ist mit der Leiche?«

»Wir müssen sie uns genauer ansehen. Sie erinnert mich an die-jenige eines alten Mannes, der eines Nachts im letzten Sommer in Chaville von Wespen in den Hals gestochen wurde. Die Position der Hände war identisch. Auf den ersten Blick sieht es hier nach einer Vergiftung aus, der Hals ist geschwollen. Die Leichenöffnung wird uns mehr verraten, hoffe ich. Wir müssen sorgfältig das Glas und seinen Inhalt sowie die Essensreste sichern lassen.«

»Überall Fußspuren!«, sagte Bourdeau. »Und voller Schlamm.«

»Die Polizei, der Arzt. Die bringen uns nicht weiter.«

Sie durchsuchten das Schlafzimmer nach weiteren Hinweisen. Bourdeau deutete auf eine Hintertür in der Wand.

»Wo führt die hin?«

»In die Küche durch die Garderobe, das Badezimmer und die Dienstbotenzimmer.«

Bourdeau öffnete die Tür und ging durch ein kleines Zimmer mit Schränken, das sich auf ein größeres öffnete, in dem ein Spiegeltisch und ein Ohrensessel standen. Er öffnete eine zweite Tür, die in einen langen Flur führte, der mit einem Läufer aus Jute bedeckt war.

»Hier sind die Spuren viel deutlicher«, stellte er fest. »Ein Mann scheint hin und her gegangen zu sein.«

Nicolas folgte ihm. Bourdeau schwieg verblüfft und starrte auf den Boden.

»Das ist sehr merkwürdig«, fuhr der Inspektor fort. »Ich will verdammt sein, wenn diese Spuren nicht mit denen identisch sind, die Ihre Stiefel auf dem Teppich hinterlassen. Prüfen Sie es selbst nach.«

Beide knieten nieder; nach einer Weile sagte Nicolas:

»Identisch. Absolut und vollkommen identisch.«

Er machte ein paar Schritte, ging in die Hocke und machte

sich daran, mit einem Blatt aus seinem kleinen Heft und einer Bleistiftmine den Abdruck auf dem Parkett nachzuzeichnen.

»Na ja, nicht ganz«, sagte er. »Schauen Sie, aus der Sohle muss ein Nagel geragt haben, der das Parkett zerkratzt hat.«

»Und diese Spuren sind außerdem frisch. Na ja, von heute Nacht«, murmelte Bourdeau verlegen.

»Ich weiß, was Sie denken. Es gibt eine Erklärung.«

Nicolas ging in die Garderobe zurück und öffnete einen Wandschrank, in dem Bourdeau einen Anzug von Nicolas hängen sah, den er wiedererkannte. Auf einem Quertraversenregal lagen zusammengefaltete Hemden und Taschentücher. Irgendetwas schien jedoch nicht zu stimmen, und der Inspektor erriet Nicolas' Niedergeschlagenheit.

»Verschwunden! Mein zweites Paar Stiefel, identisch mit diesem, ist verschwunden. Ich habe hier immer ein paar Sachen von mir gehabt.«

»Vielleicht haben die Dienstboten sie mitgenommen, um sie zu putzen.«

»Das wäre zu schön, um wahr zu sein!«, sagte Nicolas. »Ich habe vom Marquis, meinem Vater, gelernt, dass man diese Arbeit niemand anderem als sich selbst anvertrauen soll. Sonst bekommt das Leder niemals den Hochglanz, der der glänzenden Oberfläche einer gut polierten Rosskastanie gleicht.«

»Schön, schön«, sagte Bourdeau, der es nicht gewohnt war, dass Nicolas seinen Vater erwähnte. »Etwas anderes, das sind die Fußspuren der Dienstboten!«

»Unmöglich, sie sind es gewohnt, barfuß zu gehen. Julie hasst Lärm. Wenn es nach ihr gegangen wäre, hätte man über das Parkett gleiten müssen.«

»Dann stammen«, fuhr der Inspektor zögernd fort, »die einzigen Fußspuren in diesem Flur von Ihnen ...«

Er bemerkte Nicolas' ungeduldige Geste.

»Ihre oder Spuren, die von Ihren Stiefeln hinterlassen wurden ... Erlauben Sie, dass wir ihnen folgen.«

Sie führten sie in die Küche, die perfekt aufgeräumt war. In einem Vorratsschrank entdeckten sie die Reste eines Hühnchengerichts, das Bourdeau neugierig machte, Nicolas aber nur zu gut bekannt war, ein Rezept der Antillen, nach dem er sich ganz besonders die Finger leckte.

»Das muss alles gesichert und in die Basse-Geôle gebracht werden, wo Semacgus es untersuchen wird einschließlich des Rattenversuchs.«

Bourdeau krümmte sich immer mehr, ganz offensichtlich gequält von einem inneren Dilemma.

»Ich werde Monsieur de Sartine Bericht erstatten müssen ...«

Nicolas antwortete ihm in einem etwas heftigen Ton.

»Allerdings. Und warum ihn nicht auch darauf hinweisen, dass Sie in Begleitung eines Amtsdieners waren, den seine Kollegen nicht kennen und der sehr schöne Reitstiefel trug? Und der Sie im Übrigen auch darauf aufmerksam gemacht hat, dass er ein anderes Paar in einem Wandschrank aufbewahrt, in dem besagter, ich wiederhole unbekannter Amtsdiener ihm Klamotten gezeigt hat, die einem Polizeikommissar im Châtelet gehören, dem er aus gutem Grund niemals begegnet war, dessen Hose er aber wiedererkannt hat! Als ich Ihnen sagte, dass wir uns in eine Sackgasse begeben würden ... Sie sind jetzt in einer Falle gefangen, und ich mit Ihnen. Unsere Intrige wendet sich gegen uns. Ich hätte Ihr großzügiges Angebot niemals annehmen dürfen.«

»Der gerechte Gott gebe«, sagte Bourdeau, »dass es sich um eine natürliche Vergiftung handelt! Im gegenteiligen Fall …«

Weder der eine noch der andere hatten den Mut, diese Eventualität zu Ende zu denken. Was Nicolas am meisten schmerzte, war der Gedanke, dass er sich an Bourdeaus Stelle ebenfalls unwillkürlich Gedanken über die irritierende Präsenz der Stiefelspuren gemacht hätte.

III

Die Falle

Jesuz mab Doue, n'eo bet kredet,
Piv en e vro a ve profed?
Jesus, Sohn Gottes, ist nicht geglaubt worden,
Wer wäre Prophet im eigenen Land?

BRETONISCHES SPRICHWORT

Bourdeau nahm die Dinge entschlossen in die Hand, traf Entscheidungen und erteilte Anweisungen. Abgesandte waren zu Doktor Semacgus nach Vaugirard und zu Charles Henri Sanson, dem Henker von Paris, geschickt worden, der außerhalb der Mauern in einem Haus an der Ecke der Rue Poissonnière und der Rue d'Enfer wohnte, das ihm gehörte. Seit Langem stellte Monsieur de Paris – wie er genannt wurde – die Fähigkeiten seiner Kunst für die Öffnung der Leichen im Rahmen von Kriminaluntersuchungen zur Verfügung. Nicolas verband mit diesem gebildeten und diskreten Mann, der allerdings, wie er vor gar nicht so langer Zeit erfahren hatte, unvermutete Schwächen verbarg, eine aufrichtige und von Mitgefühl geprägte Freundschaft.

Die Wagen der zu ihnen geschickten Polizisten brachten die beiden Ärzte ins Grand Châtelet, wo am Abend die Untersuchung des Leichnams von Madame de Lastérieux stattfinden sollte. Von den Ergebnissen dieser Obduktion hing sehr viel ab. Ob es sich wirklich um eine vorsätzliche Vergiftung handelte und ob die schwerfällige Gerichtsmaschinerie mit ihrem Schwanz von Maßnahmen und Verfahren sich sofort in Gang setzen würde.

Schweren Herzens war Nicolas beiseitegetreten, um, an die Wand gedrückt, die Träger den Leichnam zum Transportwagen hinunterbringen zu lassen. Da das Rütteln des Fahrzeugs auf dem Pariser Pflaster zu Veränderungen an der Leiche führen konnte, war diese auf ein Strohbett gelegt und der Kopf mit Schienen fixiert worden, um die Stöße abzumildern. Zuvor hatte Bourdeau die Öffnungen des Leichnams mit Scharpie verschlossen, um zu verhindern, dass Flüssigkeiten herausflossen, deren Analyse unerlässlich war.

Er hatte die Vernehmung der Domestiken sowie diejenige der zum Souper in der Rue de Verneuil geladenen Gäste auf später verschoben. Eine sofortige Befragung war nicht zwingend. Die beiden Männer ließen den Wagen mit dem Leichnam abfahren und stiegen in ihren Fiaker, nachdem die Siegel ein weiteres Mal an den Türen der Wohnung angebracht worden waren. Bourdeau nahm in einem Korb, den er in der Küche gefunden hatte, die im Schlafzimmer und in der Küche gefundenen Essensreste sowie das weiße Getränk mit, das er in ein fest verschlossenes Fläschchen umgefüllt hatte.

Nicolas dankte dem Himmel für seine Verkleidung. Sie erlaubte ihm, sich einer Art Dösen hinzugeben, in dem sich Betroffenheit und Kummer mischten. Eine schlimme Vorahnung verfolgte ihn. Die hereingebrochene Nacht tat ein Übriges. Die Farben der Straßen verschwanden im herabsinkenden feuchten Nebel. Die Straßenlaternen hatten Mühe, ihr Licht zu verbreiten. Nicolas betrachtete die eingemummelten Passanten, deren Gesichter in den hochgeschlagenen Krägen der Mäntel verschwanden, so beißend war die Kälte wieder geworden. Der Anblick dieser dahineilenden Menge erinnerte ihn an ein flämisches Gemälde in der Sammlung des Königs, auf dem vor einem Schneehimmel gesichtslose Personen in einer Prozession zu einem Friedhof in der Ferne gehen. Bourdeau versuchte vergeblich, ihm ihren üblichen Halt in einer Schenke der Grande Boucherie schmackhaft zu machen, in der sie sich vor den Leichenöffnungen den Bauch vollzuschlagen pflegten. Nicolas hatte zu nichts Lust und wies Bourdeau schroff darauf hin, dass er mit seinem Aufzug die Aufmerksamkeit des Wirts erregen könne und dass dieser, da er sie seit Jahren zu seinen Stammkunden zähle und nichts so sehr liebe, als vor seinen Gästen zu reden, sein Inkognito lüften könne.

Das Geräusch der Räder, das in einem Gewölbe hallte, riss ihn aus seinen Überlegungen. Der Wagen hielt. Bourdeau zog mit väterlicher Geste den Schal hoch, der den unteren Teil von Nicolas' Gesicht verhüllte, und versicherte sich, dass die dunkle Brille richtig saß; dann inspizierte er die Umgebung des Eingangs zum Grand Châtelet. Der Weg war frei. Niemand trieb sich dort herum, und die üblichen Botenjungen hatten sich an wärmere Orte zurückgezogen. Sie stiegen in die Basse-Geôle hinunter. Zu Beginn seiner Karriere hatte Nicolas die Leichenöffnungen in dem spitzbogenförmigen Saal der *peinlichen Befragung* neben dem des Strafgerichts organisiert. Doch seit die Obduktionen immer mehr geworden waren, diente ein kleiner Keller mit einem Steintisch mit einer Rinne diesem Zweck, der zudem noch in unmittelbarerer Nähe der Morgue lag, die für das Publikum geöffnet war. Als Nicolas und Bourdeau eintraten, fanden sie zu ihrer Überraschung Semacgus und Sanson vor. Nicolas wunderte sich, sie dort zu sehen, denn es war unmöglich, dass man sie innerhalb so kurzer Zeit aus ihren jeweiligen Wohnungen hierhergeholt hatte. Sie waren in ein lebhaftes Gespräch vertieft, da sie beide eingeladen worden waren, einer schwierigen Steinoperation an einem Kranken im Hôtel-Dieu beizuwohnen. Danach hatte Sanson Semacgus gebeten, sich die neuen Instrumente anzuschauen, welche die Postkutsche ihm aus Russland gebracht hatte.

»Gute Abend, meine Herren«, sagte Bourdeau lächelnd.

Die beiden Männer drehten sich um. Nicolas, der sich abseits hielt, achtete darauf, nicht in das Licht der Leuchter zu treten. Er bemerkte, dass Sanson einen eleganten grünen Anzug trug. Es war das erste Mal, dass er ihn anders als in seinem ewigen rotbraunen Anzug sah. Er verjüngte ihn und ließ ihn nicht so völlig gesetzt aussehen, trotz des Bauchansatzes.

»Nicolas ist nicht bei uns?«, fragte Semacgus und warf einen kritischen Blick auf den Schatten, in dem der falsche Amtsschreiber stand.

»Diesmal nicht«, sagte Bourdeau. »Monsieur de Sartine hat es nicht für angebracht gehalten, dass er mit einer Untersuchung oder eher einer Voruntersuchung befasst wird, die ihm so nahegeht.«

Er machte eine seitliche Kopfbewegung in Nicolas' Richtung.

»Monsieur Deshalleux, Amtsschreiber. Er wird unsere Schluss-folgerungen notieren.«

Nicolas verbeugte sich.

»Monsieur l'Inspecteur«, sagte Sanson, »unser Freund hat mich mit den Fakten vertraut gemacht. Ich möchte Sie bitten, dass Sie Monsieur le Commissaire Le Floch ausrichten, wie sehr ich mit ihm fühle.«

Der Henker wurde unterbrochen durch die Ankunft der Bahre, die von zwei Männern getragen wurde, denen ein Polizist vor-ausging. Als der Leichnam auf den steinernen Tisch gelegt wor-den war, bereiteten Semacgus und Sanson schweigend ihre In-strumente vor. Was dann folgte, war für Nicolas eine furchtbare Prüfung. Es blieb ihm immer unbegreiflich, wie er das Knirschen des Skalpells auf der Haut, das Krachen der Rippen, wenn sie zu beiden Seiten des Brustbeins auseinandergebogen werden und den Blick auf die perlmuttfarbenen Schattierungen der Organe freigeben, und die diversen Geräusche und Gerüche der Opera-tion hatte ertragen können. Und noch unerträglicher waren die Kommentare, welche diese Arbeit begleiteten. Dieser gerade noch wie wahnsinnig geliebte Körper war nur noch ein armseli-ger, blutender Abfall. Nachdem sie ihn wieder zugenäht, einge-salzen und in einen Jutesack gehüllt hatten, begannen Bourdeau und Semacgus ein langes Getuschel, das mit einem Hagel von Höflichkeiten endete, um zu bestimmen, wer die Schlussfolge-rungen diktieren würde. Schließlich übernahm Sanson es, ihre Befunde zusammenzufassen. Bourdeau stieß Nicolas mit dem Ellbogen an, um ihn zu erinnern, dass er aufzuschreiben habe, was gesagt werden würde.

»Wir«, begann Sanson, »Guillaume Semacgus, Marinewundarzt, und Charles Henri Sanson, Henker und Scharfrichter der Vicomté et Sénéchaussée de Paris, getrennt in dieser Stadt und seinem Umland wohnhaft, versichern und bestätigen, dass wir uns an diesem Tag, 7. Januar 1774, kraft der Vorladung, die wir an besagtem Tag von Pierre Bourdeau, Inspektor im Châtelet, erhalten haben, gemeinsam zum und im Gefängnis des Grand Châtelet in einen Keller in der Nähe der Basse-Geôle begeben, eine Öffnung des Leichnams von Dame Julie de Lastérieux vorgenommen und diese sowohl äußere als auch innere Untersuchung zu Protokoll gegeben haben. Wir berichten nach bestem Wissen und Gewissen, dass wir den Körper der Dame de Lastérieux in allen seinen Teilen gesund und unversehrt vorgefunden haben, ohne Prellungen und Verletzungen und in seinem natürlichen Zustand, nur die Gelenke steif und die Haut der Schenkel und Beine mit Streifen wie ausgepeitscht, die natürliche Folge eines gewaltsamen Todes. Anschließend zur Öffnung des Leichnams übergehend und beginnend mit derjenigen des Unterleibs, haben wir die Eingeweide außen gesund vorgefunden; aus dem Magen haben wir ungefähr einen halben Liter einer bräunlichen Flüssigkeit vermischt mit Blutklumpen entnommen, und die Innenseite dieses Organs wirkte gereizt und mit einem hellen Rot eingefärbt, das sich durch Reiben mit einem Handtuch nicht entfernen ließ. Was die Farbe betrifft ...«

»Erlauben Sie, lieber Kollege«, sagte Semacgus, »aber ich fürchte, Sie haben einige Details ausgelassen.«

»Sie haben vollkommen recht, verzeihen Sie. Ich fahre fort: Also, der Magen enthielt keinerlei feste Substanzen, nur ein wenig Flüssigkeit. Was seine merkwürdige Farbe betrifft, so haben wir sie nicht im ersten Darm gefunden, der ganz gesund war, ebenso wie der Rest des Kanals. Wir haben dann die Öffnung der Brust vorgenommen. Die Lungen waren gesund, ebenso wie das Herz. Die Speiseröhre machte einen sehr gereizten Eindruck. Die Muskeln und Schleimhäute des Halses waren sehr geschwollen. Bei der Untersuchung des Mundes haben wir keine Verletzungen gefunden, die Zähne wiesen keine Frakturen auf, was unzweideutig darauf hinweist, dass keine Gewalt gebraucht wurde, um unbekannte oder schädliche Substanzen einzuflößen. Die Untersuchung der Sexualorgane besagten Leichnams hat aufgrund dessen, was wir gefunden haben, ergeben, dass kurz vor dem Tod ein Koitus stattgefunden haben könnte. Anschließend haben wir den Leichnam besagter verstorbener Dame de Lastérieux eingesalzen, um sie zum Zwecke späterer Untersuchungen konservieren zu können. Dieses Berichtsprotokoll wurde abgefasst und ausgefertigt, um verwertbar zu machen, was es enthält, mit der Möglichkeit, wiederholt zu werden, falls erforderlich. Diesen 7. Januar 1774, haben unterzeichnet Guillaume Semacgus, Charles Henri Sanson, Pierre Bourdeau und gegengezeichnet vom Amtsschreiber Deshalleux, der die Niederschrift ausgefertigt hat.«

Nicolas machte der ungewohnte Charakter dieser Obduktion über seine Betroffenheit hinaus zu schaffen. Auch wenn Bourdeau sich mit Entschlossenheit und Methode der Sache angenommen hatte, hatte die Leichenöffnung sich auf die Rätselhaftigkeit des medizinischen Dialogs beschränkt. Es hatten diese naiven, vom gesunden Menschenverstand und der Neugier geleiteten Bemerkungen gefehlt, die nur er im richtigen Augenblick zu formulieren vermochte. Allerdings stand ihm der Gegenstand der Untersuchung diesmal so nahe, dass ihm möglicherweise nicht die Worte gekommen wären, um seine Fragen zu stellen. Er hatte das Gefühl, einem Quartett zuzuhören, bei dem ein Musiker fehlte, derjenige, durch den sich alles organisierte und erklärte. Die Gerichtspraxis legte dem mit diesen Untersuchungen betrauten Arzt und Wundarzt allerdings auch nahe, sich besser nicht weiter zu äußern, da ihre Funktion sich darauf beschränkte, eine gewisse Anzahl von Feststellungen zu treffen, welche die Meinung der Schnüffler und Richter beeinflussten. Die weitere Beweisaufnahme und die Vernehmung der Verdächtigen, welche im Falle von Schwerverbrechen die peinliche Befragung einschließen konnte, vervollständigte die Ermittlungsverfahren. Der Inspektor wirkte, vermutlich selbst von den Zweifeln seines Chefs umgetrieben, ebenfalls ratlos und enttäuscht von dem, was er gehört hatte.

»Meine Herren«, sagte er, »das ist alles schön und gut, aber ich kann in Ihren Aussagen nicht wirklich die bedeutungsvollen Elemente erkennen. Und wie steht es mit den Gründen und Ursachen des Todes von Madame de Lastérieux?«

Semacgus und Sanson sahen sich an. Der Marinewundarzt hustete, faltete seine großen Hände und ließ die Gelenke knacken.

»Es ist noch zu früh, um mehr sagen zu können«, sagte er. »Es ist wahrscheinlich, dass diese Frau durch Vergiftung gestorben ist. Das würde die irritierenden Verletzungen in den Organen erklären und vor allem dieses sehr eigenartige Ödem am Hals. Ich zögere, darin die Haupttodesursache zu sehen, aber es könnte zu einem Gutteil dazu beigetragen haben.«

»Vielleicht«, sagte Sanson, »durch die Angst, aufgrund der Schwellungen zu ersticken. Das hätte zu Herzversagen führen können.«

Wieder trat langes Schweigen ein. Bourdeau schien in die Betrachtung des vom Sack verhüllten Leichnams versunken zu sein.

»Es gibt noch weitere Befunde«, sagte Sanson. »So ist es wahrscheinlich, dass es zu einer körperlichen Vereinigung gekommen ist; die Spuren sind verwirrend.«

Nicolas dachte bei sich, dass diese Einschränkung keinen Sinn ergab.

»Das Merkwürdige«, fuhr Semacgus fort, »ist die Abwesenheit von Nahrung in den Eingeweiden des Opfers. Ein paar Exkremente und Spuren von Flüssigkeit, das ist alles.«

»Daher ist es umso wichtiger«, sagte Bourdeau, »das weißliche Getränk zu analysieren, das auf dem Nachttisch des Opfers gefunden wurde, eine Art Milch. Ich wundere mich allerdings, meine Herren, dass keine Nahrung gefunden wurde, da wir doch verlässlich wissen, dass das Opfer von einem ausgiebigen Souper kam.«

»Vielleicht«, sagte Sanson, »ist sie gezwungen worden zu erbrechen, was sie gegessen hatte? Lassen Ihre Feststellungen in ihrer Wohnung die Möglichkeit einer solchen Hypothese zu?«

»Absolut nicht. Das Erbrochene war flüssig, und wir haben nichts von dem, woran Sie denken, in der Garderobe gefunden. Doktor Semacgus wird mit größter Sorgfalt besagte Flüssigkeit und die Reste der Mahlzeit, die sich in diesem Korb befinden, analysieren.«

»Dann muss man also glauben, dass die Lösung in dieser Flüssigkeit liegt, die ich so schnell wie möglich analysieren werde, und in den von Ihnen mitgebrachten Essensresten«, sagte der Wundarzt. »Ich glaube, für heute Abend haben wir unser Möglichstes getan. Treffen wir uns also morgen um drei Uhr nachmittags wieder. Ich werde Ihnen meine Ergebnisse mitteilen.«

Semacgus faltete das Ledertuch zusammen, das seine Instrumente einschloss. Er hatte es sichtlich eilig, sie unter dem Wasser eines Springbrunnens aus Kupfer zu reinigen, was für diejenigen, die seine Gewohnheiten kannten, darauf hindeutete, dass er ein Rendezvous hatte und das Beisammensein nicht länger fortzusetzen wünschte. Er verneigte sich und verschwand unter dem Gewölbe der Treppe; seine Schritte hallten in der Ferne wider. Sanson war ebenfalls im Begriff, sich zu verabschieden, als der Inspektor ihn in eine Ecke des Kellers zog und ihm etwas ins Ohr flüsterte. Nach einer Weile kehrten sie lächelnd zu Nicolas zurück.

»Monsieur le Commissaire«, sagte Bourdeau, »ich habe eine Unterkunft für die Nacht für Sie gefunden. Unser Freund hat eingewilligt, Sie in seinem Haus aufzunehmen. Das ist ein Ort, an dem niemand Sie suchen würde.«

Er hustete, verlegen, weil das, was er gerade gesagt hatte, den Scharfrichter möglicherweise verletzen könnte.

»Wir treffen uns morgen Vormittag vor dem Hôtel des Menus Plaisirs gegen Mittag. Wir werden die Untersuchung fortsetzen, die mir für den Augenblick wenig ergiebig erscheint. Gewiss, die Obduktion hat ergeben, dass das Opfer vergiftet wurde, aber die Ursache und die Umstände sind nach wie vor unbekannt.«

Nicolas nahm seine Brille ab.

»Ich habe Hemmungen«, sagte er, »mich unserem Freund aufzudrängen, das könnte ihn kompromittieren.«

»Monsieur«, sagte Sanson, »es ist eine Ehre für mich. Beruhigen

Sie sich! Ich riskiere nichts. Man verliert nicht ein Amt, das man noch gar nicht besitzt. Und selbst wenn dem so wäre, so wette ich, dass sie sich nicht gerade darum drängen werden!«

»Wie«, sagte Nicolas, »Sie haben das Amt nicht? Aber es kennt Sie doch jeder als Monsieur de Paris.«

Der Henker lächelte traurig.

»Mein Vater lebt ja noch und hat sich nie von einem Amt getrennt, das aufzugeben nur Seine Majestät ihm gestatten kann. Wenn es so weit ist, wird der König mich in diesem Amt durch einen Bestallungsbrief bestätigen.«

»Was ist das denn für ein Geheimnis?«, fragte Bourdeau erstaunt.

»Charles-Jean-Baptiste Sanson, mein Vater, hatte sich aufgrund einer Lähmung des rechten Arms 1754 aufs Land zurückgezogen. Deswegen hat, wie ich Ihnen einmal erzählt habe, mein Onkel Gabriel, Henker von Reims, mit mir die Hinrichtung des Königsmörders Damien 1757 geleitet. Von den grauenhaften Umständen dieser Hinrichtung hat er sich nie erholt.«

»Es kommt mir so vor«, sagte Bourdeau, »dass Ihr Vater sein Amt noch bei der Hinrichtung von Monsieur de *Lally-Tollendal*, ausgeübt hat.«

»Das ist richtig. Mein Vater kannte den Baron seit Langem. Als er ein junger Offizier bei den Royal-Irish war, hatte er sich bei einem sintflutartigen Regen in unser Haus geflüchtet. Er war auf die seltsame Idee verfallen, meinen Vater zu bitten, ihm seine Instrumente zu zeigen. Als er mit dem Finger über die zweischneidige Klinge eines schweren Schwerts fuhr, bemerkte er, dass der Kopf des Verurteilten mit einem einzigen Schlag abgetrennt werden müsse, und sagte anschließend den folgenden verblüffenden

Satz: ›Sollte der Zufall mich eines Tages in Ihre Hände geben, versprechen Sie mir, dass ich Sie daran erinnere.‹«

»Und?«, fragte Nicolas.

»Und als er nach der Kapitulation von Pondicherry wegen mutmaßlichen Verrats zugunsten Englands verurteilt wurde, erinnerte mein Vater sich an das Versprechen, das er dem jungen Offizier gegeben hatte. Er kehrte nach Paris zurück. Er musste allerdings feststellen, dass er nicht mehr über die nötige Kraft verfügte, um das schwere Schwert der Gerechtigkeit hochheben zu können. Deswegen war er verzweifelt und übertrug mir diese furchtbare und … ehrenhafte Aufgabe, aber …«

Sanson senkte den Kopf, sichtlich bewegt.

»Der Verurteilte war vierundsechzig, und sein langes weißes Haar löste sich. Als ich die Klinge fallen ließ, glitt sie ab und brach ihm nur den Kiefer. Die Menge auf der Place de Grève schimpfte. Monsieur de Lally wand sich vor Schmerzen auf dem Boden; ich wusste nicht, was ich tun sollte. Mein Vater riss mir mit einer für sein Alter überraschenden Behändigkeit und Kraft die Waffe aus den Händen, hob sie über seinen Kopf und trennte mit einem einzigen Schlag den Kopf des Verurteilten ab, dann stürzte er, überwältigt von seinen Gefühlen und im Stich gelassen von seinen Kräften, bewusstlos zu Boden.«

»Ich nehme an«, sagte Nicolas, »Sie haben seitdem nicht mehr die Gelegenheit gehabt, jemanden auf diese Weise hinzurichten?«

»Leider doch! Der Chevalier de la *Barre*, angeklagt der Gotteslästerung, weil er beim Vorbeizug einer Prozession den Hut nicht abgenommen und einen hölzernen Christus auf der großen Brücke von Abbeville beschädigt hatte, hatte das Unglück, dass er in meine Hände gegeben wurde. Er war ohne sichere

Beweise dazu verurteilt worden, dass ihm die Zunge herausgeschnitten, die rechte Hand abgeschlagen und er bei lebendigem Leibe verbrannt werde. Er wandte sich an das Parlement von Paris, das ihm die Gnade gewährte, vor der Verbrennung enthauptet zu werden. Der arme junge Mann war neunzehn …«

»War das nicht der«, sagte Bourdeau, »dessen Rehabilitierung Voltaire lautstark gefordert hatte?«

»Richtig. Ohne bisher gehört worden zu sein.«

»Aber«, fuhr Bourdeau fort, »Abbeville liegt doch gar nicht in Ihrem Zuständigkeitsbereich, oder?«

»Gewiss, doch da der Beamte dieser Stadt krank war und obwohl es Kollegen gab, hat der Kanzler Maupeou mir befohlen, die Hinrichtung durchzuführen. Er wollte dieser Hinrichtung, die den Wünschen der Kirche entsprach, vermutlich mehr Glanz verleihen. Ich habe meine Arbeit ohne Zwischenfall erledigt, und seitdem höre ich nicht auf, den Himmel um das Heil des unglücklichen Opfers zu bitten. Man denkt immer, wir üben unseren Beruf aus Lust an der Zerstörung des Lebens aus … Man muss diese absurde Idee bekämpfen.«

»Das wissen wir sehr gut«, sagte Bourdeau. »Ich glaube, wir sollten uns jetzt verabschieden, es ist schon spät. Wie sind Sie gekommen?«

»Ich habe mein Cabriolet«, sagte der Henker, »das von einem meiner Gehilfen gelenkt wird.«

»Kann man ihm vertrauen?«

»Wie mir selbst.«

Nicolas ging zum steinernen Tisch, Bourdeau und Sanson entfernten sich bereits. Mit zwei Fingern berührte er seine Lippen und legte sie dann auf den unförmigen Sack an der Stelle des

Kopfes. Einen Augenblick verharrte er so, mit verschlossenem Gesicht, dann folgte er seinen Freunden, die langsam die Treppe hinunterstiegen. Sie begegneten dem alten Marie, der einen neugierigen Blick auf den falschen Amtsschreiber warf.

»Mein lieber Sanson«, beeilte Bourdeau sich zu sagen, »wären Sie so freundlich, unseren Amtsschreiber Monsieur Deshalleux in der Rue Saint-Denis abzusetzen, das liegt auf Ihrem Weg.«

»Sehr gern«, sagte Sanson und zog Nicolas zur Toreinfahrt.

Im Wagen gelang es Nicolas nicht, schlichte Worte zu finden, um ein Gespräch zu beginnen. Sanson, der sein Schweigen respektierte, schloss die Augen und bot das Bild eines müden Mannes, der vor sich hin döste. Das Cabriolet bog in die Rue Trop-Va-Qui-Dure gegenüber dem Ende des Pont-au-Change und fuhr durch die Rue de la Sonnerie um das Châtelet herum, um in die Rue Saint-Denis zu gelangen. Paris wirkte menschenleer an diesem Winterabend; selbst der Markt und der Cimetière des Saints-Innocents, wo immer reges Leben herrschte, machten sich nur durch den üblen Geruch bemerkbar, der trotz der Kälte von diesen Orten zu ihnen drang. Nach und nach beschlugen die Fenster der Kutsche immer mehr durch ihren Atem. Nicolas schloss ebenfalls die Augen vor dem schrecklichen Anblick eines zerstörten Körpers, der sich vor das Bild seiner Geliebten in ihrer strahlenden Schönheit schob.

Er erinnerte sich plötzlich an eine Bemerkung, die während der Leichenöffnung gefallen war. Julie hatte an dem Abend also einen Mann empfangen … Nicht nur empfangen, sondern auch geliebt, wenn man den Experten glaubte. Sie hatte ihn betrogen. Das erfüllte ihn mit einem nachträglichen Schmerz, der, wie er hoffte, den Kummer über seinen Verlust vertreiben würde. Vergeblich: Die beiden Gefühle – die Bitterkeit des Kummers und die Wut über den Verrat – verbanden sich, ohne eins zu werden. Eine müßige Frage stellte sich ihm: Was hätte er getan, wenn er Julie in den Armen seines Rivalen angetroffen hätte? Wenn er ehrlich war, wusste er es nicht, doch diese Ungewissheit machte ihn fast wahnsinnig. Er atmete tief ein und bemühte sich, die Ruhe und Gelassenheit des Ermittlers wiederzufinden.

In seiner Verkleidung hatte Nicolas sich nicht in die Diskussion einmischen können. Dabei stellten sich ihm die Dinge mit großer Klarheit dar. Dass der Magen von Madame de Lastérieux leer war, erklärte sich durch ihre Gewohnheiten. Um ihr feuriges Temperament nicht noch mehr anzuheizen, aß sie niemals Fleisch. Außerdem hasste sie Hühnchen, besonders wenn es höllisch scharf zubereitet war, wie auf den Antillen üblich. Eier und Milchprodukte, Obst, Gemüse und Salat der Saison bildeten die Hauptbestandteile ihrer Ernährung. Der Teller, der auf ihrem Nachttisch gestanden hatte, konnte daher nicht für sie bestimmt gewesen sein. Alles wies darauf hin, dass sie nicht alleine gewesen war, und es war nur logisch, dass besagtes Gericht den Heißhunger eines Geliebten stillen sollte, der sie besucht hatte. Nun wusste Nicolas aber, dass dieses Gericht gewöhnlich für ihn zubereitet wurde und dass seine Anwesenheit nur eines bedeuten konnte, nämlich dass man es so aussehen lassen wollte, als hätte er einen Teil der Nacht mit seiner Geliebten verbracht. Das setzte eine gute Kenntnis der Gepflogenheiten des Hauses voraus. Und das Ziel all dessen war ganz offensichtlich, nämlich ihn als Hauptverdächtigen hinzustellen, sollte es sich erweisen, dass Julie vorsätzlich vergiftet worden war. Zu viele Details kamen zusammen und woben nach und nach ein Netz, in dem er sich schließlich verfangen würde wie das machtlose Opfer eines geheimnisvollen und unsichtbaren Raubtiers.

Seine Lage war also mehr als ungünstig. Seit Langem bestrafte die Justiz des Königreichs die Vergiftung, die als eines der schlimmsten Verbrechen galt, mit äußerster Härte. Damit sollte einer Form von Gewalt ein Riegel vorgeschoben werden, für die das vergangene Jahrhundert Beispiele zeigte, die noch heute allen im Gedächtnis waren. König Ludwig XIV. hatte mit großer Entschlossenheit auf diese Verletzung der fundamentalen Gesetze der Natur reagiert, und das umso mehr, als die Täter selbst vor den Stufen des Throns nicht haltmachten. Nicolas kannte die Härte des Vorgehens auf diesem Gebiet – die mehrmalige Anwendung der peinlichen Befragung – und auch die Härte der Strafe: Tod auf dem Scheiterhaufen und posthume Schande. Er erinnerte sich, dass der Verdächtige bei ihm zu Hause in der Bretagne mithilfe von Schwefelschuhen verhört wurde, eine besonders grausame Folter.

Nach der Porte Saint-Denis bog die Kutsche linkerhand in den Boulevard bis zu der Kreuzung mit der Rue Poissonnière. Nicolas bemerkte im Vorüberfahren die dunkle Masse des Hôtel des Menus Plaisirs, vor dem er am nächsten Tag mit Bourdeau verabredet war. Auf der Fahrt zur Ecke der Rue d'Enfer, wo sich Sansons Haus befand, dachte Nicolas bei sich, dass es merkwürdigerweise zwei Straßen mit demselben Namen in Paris gab, eine innerhalb der Mauern, in der Stadt, in dem Viertel Montparnasse, und eine zweite in dem Vorortviertel namens Nouvelle

France, wo die neu zugezogenen Bürger um den riesigen Besitz des Klosters von Saint-Lazare herum bauten. Die häufigen Unfälle entlang dieser Umfriedungsmauer hatten die Aufmerksamkeit von Monsieur de Sartine erregt.

»Wissen Sie«, sagte Sanson, dessen Gedanken in die gleiche Richtung gingen, »das ist ein sehr gefährlicher Ort. Von dort kommen die Gemüsebauern an, meist Frauen, die Kiepen mit Lebensmitteln für die Hauptstadt tragen. Jede Woche brechen sich mehrere von ihnen Arme und Beine auf diesem schmalen Streifen schlammiger und rutschiger Erde, auf dem zu gehen sie gezwungen sind aus Angst, von den Wagen umgefahren zu werden.«

»Das weiß ich nur zu gut«, erwiderte Nicolas. »Die Ordensgeistlichen sträuben sich, auf ihre Kosten einen vernünftigen Bürgersteig anzulegen.«

Nicolas hörte noch Monsieur de Sartine, Freimaurer und Anhänger von Voltaire, gegen die Kongregation der Prêtres de la Mission wettern, die millionenschwer war und zwanzig Straßen in Paris und fünfundzwanzig Dörfer im Stadtrandgebiet besaß und »ihre Écus ohne Nächstenliebe und Sinn für das öffentliche Wohl sparten«.

Während er diese Überlegungen anstellte, betätigte der Gehilfe des Henkers den Türklopfer des Hoftors eines prächtigen Hauses; schließlich öffnete es sich auf einen gepflasterten Hof. Sanson lud Nicolas ein, die wenigen Stufen hinaufzugehen, die in sein Haus führten. Zum ersten Mal seit zwei Tagen empfand dieser ein wohliges Gefühl, als hätte ein mitfühlender Mensch ihn in seine Arme genommen. Hier roch es nach Wachs und Holz. Paris und seine Verbrechen waren mit einem Mal ganz fern. Zwei Kinder, von denen das ältere höchstens acht war, standen am Fuß einer Treppe. Der Ältere umfasste seinen Bruder an den Schultern, als wollte er ihn gegen das Eindringen eines Fremden beschützen, offensichtlich ein seltenes Ereignis, das die Kette der Gewohnheiten zerbrach. Sanson entledigte sich seines Mantels und lachte, während er die Amtsschreiberverkleidung seines Gastes betrachtete.

»In dieser Aufmachung werden Sie meine Söhne erschrecken«, sagte er. »Kinder, ich stelle euch einen Freund vor. Lasst euch von seinem Aussehen nicht über seinen Charakter hinwegtäuschen. Es war lebensnotwendig, dass er unerkannt blieb. Beruhigt euch, er wird sich umziehen. Monsieur, ich stelle Ihnen Henri und Gabriel vor. Na kommt, küsst euren Vater.«

Immer noch eingeschüchtert, verneigten die Jungen sich und stürzten sich dann auf den Henker, warfen sich ihm an den Hals und überhäuften ihn mit Küssen.

»Na, na, nicht so wild! Lauft lieber zu eurer Mutter und sagt ihr, dass wir einen Gast haben. Ich werde ihn in der Zwischenzeit auf sein Zimmer führen.«

Er ging Nicolas auf der Treppe voraus und führte ihn in seine Unterkunft, ein Zimmer, das immer noch diese Art ländliche Bequemlichkeit ausstrahlte, die ihn an seine Kindheit erinnerte. Sanson ließ ihn für einen Augenblick allein und kam dann mit einem Hemd, Strümpfen, einer Krawatte aus Spitzen und einem grauen Anzug zurück, der Nicolas, auch wenn er etwas zu groß war, seine angeborene Eleganz zurückgab. Ein Gehilfe des Henkers brachte ihm einen Krug mit heißem Wasser, das er augenblicklich in die Porzellanschüssel auf dem Toilettentisch goss, neben dem ein Ankleidespiegel auf Rädern stand. Das Gesicht, das sich Nicolas präsentierte, nachdem die Staubschicht, die seine Gesichtszüge bedeckte hatte, verschwunden war, traf ihn wie eine brutale Erkenntnis. Er war kein junger Mann mehr. Die Prüfung, die er gerade durchmachte, legte einen tragischen Schatten auf sein Gesicht, der die ersten Falten betonte und die Narben seiner Jugend als Lausbub, der im Freien groß geworden war, und diejenigen seines bewegten Lebens deutlich hervortreten ließ.

Sanson kam zurück, um ihn ins Esszimmer zu begleiten. Auf der Schwelle begrüßte ihn eine Frau mit einer blütenweißen Spitzenhaube in einem Kleid aus granatfarbenem Serge, das von einer gestärkten Schürze geschützt wurde, mit einer Art Knicks. Sie war gut genährt, etwas älter als ihr Mann, und in ihrem freundlichen Gesicht war eine gewisse Autorität spürbar, sodass Nicolas schnell klar war, dass sie diejenige war, welche die Herrschaft über die Bewohner dieses Hauses ausübte, angefangen bei ihrem Mann. Zugleich strahlte dieses sympathische Gesicht auch Güte aus.

»Marie-Anne, du weißt, wer das ist«, sagte der Henker. »Madame Sanson, meine Frau.«

»Monsieur«, sagte diese, »mögen Sie der großen Ehre versichert sein, die es für mich bedeutet, Sie in diesem Haus zu empfangen. Ich hoffe, Sie werden die Einfachheit einer Familientafel entschuldigen, die von ihrem unerwarteten Besuch überrascht wurde.«

Sie warf ihrem Mann einen strengen Blick zu, der den Kopf senkte.

»Monsieur Sanson hätte mir Bescheid sagen sollen, dass Sie

heute Abend unser Gast sind. Er hat mir schon so viel von Ihnen erzählt ...«

Sie schenkte ihm ein anmutiges Lächeln, das in ihren runden Wangen Grübchen bildete.

»Madame«, sagte Nicolas, »ich bin untröstlich, dass ich mich Ihnen auf diese Weise aufdränge. Ich danke dennoch den Umständen, dass sie mir die Gelegenheit bieten, Sie kennenzulernen. Es ist ein Privileg für mich, von meinem Freund Sanson im Schoß seiner Familie empfangen zu werden.«

Er betonte das Wort »Familie«, und Marie-Anne errötete vor Freude.

»Nun denn! Setzen wir uns!«

Sanson nahm den Ehrenplatz ein an einem viereckigen Tisch, Nicolas saß zu seiner Rechten, seine Frau zu seiner Linken, und die Kinder saßen je eines auf jeder Seite. Marie-Anne zögerte einen Augenblick, stand auf, blickte Nicolas in die Augen und bat ihn, das Gebet zu sprechen. Alle erhoben sich. Nicolas, bewegt, eine Gewohnheit aus seiner Jugend in Guérande wiederzufinden, rief sich die Worte in Erinnerung, die er so oft aus dem Mund des Stiftsherrn Le Floch gehört hatte. Diese Erinnerung weckte die Schatten der Vergangenheit, den Marquis, seinen Vater, seine Halbschwester Isabelle, Pater Grégoire, den Apotheker der Unbeschuhten Karmeliter, den Gott zu sich gerufen hatte, und all seine verstreuten Freunde.

»*Benedic, Domine, nos et haec tua dona quae de tua largitate, sumus sumpturi. Per Christum Daminum nostrum.*«

»*Amen*«, antworteten die Anwesenden.

Madame Sanson schenkte ihm erneut ein Lächeln.

»Das ist eine heilige Gewohnheit in unserer Familie. Ich finde es erstaunlich«, sagte sie, »dass man an Tafeln, wo Überfluss herrscht, wo es eine große Vielfalt von Fleischsorten gibt, dem Herrn, von dem allein man all das erhält und dem allein wir dankbar sein müssen, ungestraft die Ehren verweigert, die ihm gerechterweise zustehen.«

Die beiden Gehilfen brachten eine dampfende Suppenschüssel, deren Inhalt der Hausherr zu verteilen sich anschickte.

»Das ist«, sagte seine Frau, »eine Suppe aus Kapaun und Kalbshaxe mit weißen Zwiebeln. Ich habe den ganzen Nachmittag damit verbracht, den Schaum abzuschöpfen, damit die Brühe schön klar wird. Bernard«, sagte sie zu einem der Gehilfen, »schenken Sie unserem Gast von dem Cidre meines Vaters ein. Ich glaube verstanden zu haben, dass er dieses Getränk sehr schätzt.«

Nicolas dankte ihr für ihre Aufmerksamkeit. Er wusste, dass der Vater von Madame Sanson Bauer in Montmartre war und dass der Henker seine zukünftige Frau bei der Jagd kennengelernt hatte. Er war wirklich sehr bekannt in diesem freundschaftlichen Haushalt. Nach einem Augenblick der Verlegenheit entspann sich eine Unterhaltung über das Kochen. Madame Sanson sagte Nicolas, dass sie seinen Geschmack und sein Wissen auf diesem Gebiet kenne. Auf die Suppe folgten Eier à la Tartuffe, deren Name Nicolas neugierig machte.

»Das bedeutet«, sagte Marie-Anne lachend, »dass das Weiße das Schwarze verbirgt, wie die Heuchelei die Frömmelei.«

»Und wie bereiten Sie dieses Gericht zu?«

»Oh, auf die einfachste Weise der Welt. Ich schneide Speck in dünne Scheiben und koche ihn mit etwas Wasser auf kleiner Flamme in einer Kasserolle. Die Flüssigkeit, die dabei entsteht, wird weggeschüttet, was den Salzgehalt vermindert und den leicht ranzigen Geschmack wegnimmt. Ich lege eine gewöhnliche Tonschüssel damit aus und füge einen Viertelliter Wein und eine gute Flasche Rotwein hinzu, die ich auf großer Flamme verdunsten lasse. Darüber schlage ich zehn Eier auf und würze mit Salz, grobem Pfeffer und geriebener Muskatnuss. Das Ganze muss auf kleiner Flamme kochen, und schließlich hält man die rote Schaufel darüber, um es ein wenig zu gratinieren, wobei man allerdings darauf achten muss, dass das Eigelb, das weich bleiben, soll, nicht hart wird.«

»Es ist köstlich«, sagte Nicolas. »Diese Mischung aus Geschmack und Konsistenz begeistert mich.«

Das Essen nahm seinen friedlichen Gang. Nicolas beobachtete, dass der Gastgeber gar nicht so häufig zu Wort kam und dass seine Frau auf alles eine Antwort hatte, und das immer in bester Laune. Es wurde ein Vorderrippenstück vom Schwein mit Erbspüree serviert und dann der Rest eines riesigen Dreikönigskuchens und ein Glas mit Marmelade aufgetragen.

»Bitte verzeihen Sie die Schlichtheit dieses Desserts, aber …«

»Aber Monsieur Sanson wird in Zukunft Bescheid sagen, wenn er einen besonderen Gast hat.«

Nicolas war überrascht von der Marmelade, die eindeutig aus Kirschen bestand, doch noch einen zusätzlichen Geschmack hatte, dessen Süße sich mit der dominierenden Säure verband.

»Wie nennen Sie diese Marmelade?«

Sie nickte, zufrieden, ihn überrascht zu haben.

»Das ist ein Familiengeheimnis, das ich Ihnen gern verraten will. Das ist ganz einfach eine Himbeer-Kirsch-Marmelade. Das Geheimnis besteht darin, dass man jede Kirsche, nachdem man

den Stein entfernt hat, mit einer Himbeere füllt. Außerdem empfiehlt es sich, Himbeersaft und ausgepresste Kirschen hinzuzufügen und zu gleichen Teilen mit Himbeeren gefüllte Kirschen
und Kirschen mit Stein zu verwenden. Letztere muss man an
zwei Stellen mit einer Nadel anstechen, um zu verhindern, dass
sie aufplatzen und der Stein austritt. Gekocht wird die Marmelade wie üblich mit Zucker.«

»Ich werde mich mein Leben lang an diese Köstlichkeit erinnern, und ich verspreche Ihnen, Madame, dass ich das Geheimnis sorgsam bewahren werde.«

Das Abendessen ging zu Ende, und alle fanden sich am Fuße
der Treppe wieder, einschließlich der Gehilfen und der Köchin.
Madame Sanson ließ alle niederknien und sprach mit fester
Stimme die Abendgebete. Anschließend verteilte sie Kerzenleuchter mit Empfehlungen für ihren Gebrauch. Die Kinder, die
inzwischen ihre Scheu verloren hatten, gaben dem Freund ihres
Vaters einen Kuss. Nicolas ging in sein Zimmer. Er spürte, dass
die Herzlichkeit dieses Abends im Kreis der Familie ihn beruhigt
hatte. Die Müdigkeit übermannte ihn, und er überließ sich der
Weichheit eines Bettes, das ihn sanft umhüllte, sodass er sofort in
tiefen Schlaf sank.

Samstag, den 8. Januar 1774

Das Geräusch der Vorhänge, die aufgezogen wurden, und ein
vertrauter Geruch weckten ihn. Einer der Gehilfen stellte einen
Becher mit einem dampfenden Getränk, eine Tasse und einen
Teller mit Brötchen, die, wie Nicolas vermutete, sicher haus-
gemacht waren, auf ein Tischchen. Vermutlich an Diskretion

gewohnt, sah der Mann ihn nicht einmal an. Während Nicolas sein Frühstück beendete, ging die Tür auf, und eine kleine Gestalt in einem weißen Nachthemd kam auf ihn zu.

»Guten Morgen, Monsieur. Ich bin's, Gabriel, ich bin fünf. Hast du gut geschlafen?«

»Sehr gut, ich grüße dich.«

»Ich möchte dich etwas fragen ...«

Er zögerte; Nicolas lächelte, um ihn zu ermutigen.

»Du bist der erste Freund meines Vaters, den ich sehe. Warum?«

Diese Frage brachte Nicolas in Verlegenheit. Was konnte er dem Kind antworten? Wusste es, welchen Beruf sein Vater ausübte? Er konnte sich nur schwer vorstellen, dass Sanson vor seinen Kindern die wahre Natur seines Amtes verbarg, denn damit würde er das Risiko eingehen, dass sie es selbst zufällig von anderer Seite erführen und dann erst recht erschüttert wären.

»Ich glaube, dass dein Vater in seiner Familie so glücklich ist, dass er sonst nichts zu seinem Glück braucht und dass er seine Freunde außerhalb in der großen Stadt trifft.«

Der Junge runzelte die Stirn und schien eine Weile heftig nachzudenken, bevor er sich entspannte und Nicolas dankbar anblickte. Die Erklärung, sosehr sie auch hinken mochte, hatte ihm vermutlich eine Frage beantwortet, die er aber noch nie bewusst ausgesprochen hatte. Und so trennten sich die beiden mit kurzem Gruß voneinander.

Nicolas wusch sich und zog sich an. Minutiös rekonstruierte er seine Verkleidung als Amtsschreiber. Er hatte Mühe, den Staub zu finden, den er benötigte, um seiner Physiognomie den letzten Schliff zu geben, und dann wartete er, indem er in

Andachtsbüchern blätterte, die er in einem kleinen Bücherregal fand. Und dieses friedliche und von den Gräueln der Welt so ferne Haus beherbergte den Henker.

Gegen Mittag ging er hinunter. Sanson war zu einer schrecklichen Arbeit gerufen worden. Seine Frau begrüßte ihn herzlich, bat ihn, ihr die Ehre zu erweisen wiederzukommen, und vertraute ihm an, wie sehr ihr Mann sich über seinen Besuch gefreut habe. Dass Nicolas wieder in die abstoßende Verkleidung seines Inkognitos geschlüpft war, verwunderte sie nicht. Sie war diskret und pflichtbewusst, und so leicht konnte sie nichts überraschen.

Man ließ Nicolas durch eine kleine Hintertür hinaus, die auf die Rue d'Enfer führte, die er ein Stück entlangging, bevor er kehrtmachte in Richtung Rue Poissonnière. Er vergewisserte sich, dass er nicht verfolgt wurde. Er hatte genügend Beschattungen von Verdächtigen durchgeführt, um in der Regel rasch zu bemerken, wenn er selbst überwacht wurde. Schon bald stand er vor der Fassade des Hôtel des Menus Plaisirs. Er wusste, dass dieses schöne Gebäude als Lager für alle Maschinen, Dekorationen und Kostüme diente, die für die Feste am Hof verwendet wurden. Er hatte es einmal besichtigt und nicht schlecht gestaunt, dort nebeneinander die Überreste eines Balls und die Reste eines Katafalks einer Fürstenbeerdigung zu finden.

Er musste nicht lange warten. Der Aufmarsch zahlreicher hübscher junger Frauen, einige fast noch Kinder, amüsierte ihn. Manche warfen ihm unverfrorene Blicke zu, die aber doch, wie er fast erschrocken feststellte, seine Neugier weckten. Dabei war seine Aufmachung keineswegs dazu angetan, solche Reaktionen auszulösen. Dann tauchte Bourdeaus Kutsche auf. Eine Tür öffnete sich, und Nicolas sprang hinein.

»Haben Sie nicht zu lange gewartet?«, fragte der Inspektor in herzlichem Ton.

»Überhaupt nicht, Sie sind so pünktlich wie die Uhr des Palais.«

»Sie wirkten irgendwie verdattert.«

»In der Tat, ich sinnierte über einen Aufmarsch hübscher, etwas übermütiger Frauen nach, die ins Hôtel des Menus Plaisirs gingen.«

»Ah!«, sagte Bourdeau und schlug sich auf den Schenkel. »Das ist ganz normal und wiederholt sich täglich. Alle Mädchen der Oper und der Theater kommen, vorausgesetzt, sie werden protegiert, in den Genuss eines Einführungsschreibens.«

»Einführung? Um dieses Lager zu besichtigen? Was für einen Vorteil haben sie davon?«

»Was für einen Vorteil? Na den verlockendsten, den es für eine Frau geben kann. Die verstreuten Materialien, Überreste der königlichen Feste, wieder herzurichten kostet genauso viel, als würde man sie neu kaufen. Man überlässt sie daher der Habgier dieser Mädchen. Ah, das ist eine schöne Verschwendung. Sie bedienen sich nach Lust und Laune und finden dort Satin und andere Stoffe, von denen sie niemals genug bekommen können.«

»Auf Kosten des Königs!«

»Des Königs? Auf unsere Kosten, jawohl! Dass man die Überreste der Feste des Hofs aus dem Fenster schmeißt, kann einen guten Bürger, der sich um die Verwendung der Steuergelder, die man uns aus der Tasche zieht, Gedanken macht, nur bekümmern. Wenn die Staatsgewalt in den Händen des Herrschers liegt, dann geschieht das eben. Eines Tages wird eine andere Gewalt die Oberhand bekommen, um ein Gegengewicht zu diesen verdammenswerten Exzessen zu bilden. Und ich spreche nicht vom König, der, wie es heißt, mit Saatgut spekuliert, um seine Schatulle zu füllen.«

Nicolas hörte diese Schärfe des Urteils heraus, die Bourdeau manchmal auszeichnete, häufig zu Recht.

»Na kommen Sie, Pierre, Sie vergaloppieren sich und ziehen voreilige Schlüsse. Können Sie sich wirklich vorstellen, dass Seine Majestät sich zu solchen Praktiken hinreißen lässt? Das taugt für die Klatschblätter und Schmähschriften von London und Den Haag. Und was für ein Gegengewicht meinen Sie? Sind Sie etwa für die Parlamente, die sich so beharrlich gegen die Autorität des Königs auflehnen?«

Bourdeau schüttelte wenig überzeugt den Kopf.

»Ich denke nicht an die Parlamente, sondern an das Volk, das so wenig vertreten ist, ohne Sprache und ohne Stimme.«

Die Kutsche scherte plötzlich so heftig aus, dass Nicolas auf den Inspektor geschleudert wurde. Flüche und lautes Knallen mit der Peitsche waren zu vernehmen. Das Fensterchen des Kutschers öffnete sich.

»Entschuldigen Sie, meine Herren, ein junger Schankkellner überquerte vor sich hin träumend die Straße. Wir hätten ihn beinahe überfahren.«

Die Kutsche fuhr weiter. Nicolas erblickte auf der rechten Seite das erschrockene Gesicht eines jungen Mannes mit lockigem Haar, der eine weiße Schürze umgebunden hatte und in der einen Hand eine silberne Kaffeekanne und in der anderen ein Tablett mit einer Schale und einer Pyramide aus Tassen trug, die er wie durch ein Wunder vor einer Katastrophe bewahrt hatte. Als sie das Châtelet erreichten, erwartete Doktor Semacgus sie mit verärgertem Gesicht im Bereitschaftsbüro.

»Was gibt es Neues?«, fragte Bourdeau. »Haben Ihre Untersuchungen zu einem Ergebnis geführt, und können wir den Fall abschließen?«

»Keineswegs«, erwiderte der Wundarzt. »Es liegt tatsächlich eine Vergiftung vor …«

»Das wissen wir bereits.«

»Gewiss, aber die Vorsätzlichkeit der Vergiftung ist jetzt erwiesen. All meine Untersuchungen – und glauben Sie mir, ich habe alles zweimal überprüft – bestätigen mir diese Behauptung.«

Bourdeau öffnete den Mund.

»Nein, ich höre Ihren Einwand, noch bevor Sie ihn aussprechen. Es handelt sich nicht um eine unabsichtliche Vergiftung, sondern um eine vorsätzliche.«

Nicolas spürte, wie eine eisige Decke sich auf ihn niedersenkte; er musste sich auf einen Schemel setzen. Was er von Anfang an befürchtet hatte, hatte sich also bewahrheitet.

»Und was veranlasst Sie zu dieser Behauptung?«, fragte Bourdeau.

»Oh, zwei Ratten! Sechs eigentlich, denn ich habe das Experiment dreimal gemacht, das macht zwölf, denn es gab eine Versuchsgruppe für die Flüssigkeit und eine für die Essensreste. Bei dem Hühnchen nichts; aber bei der Flüssigkeit das reinste Massensterben! Übrigens ist dieses Gift wirksamer als Arsen, wenn man diese Plage loswerden will. Am Anfang wirkten die Tiere verstört, und dann traten nacheinander alle Symptome auf:

Gähnen, gefolgt von Krämpfen, starke Schweißausbrüche und angstvolles Quieken. Wenn ich ihnen Wasser gab, stürzten sie sich darauf und erbrachen sofort, was sie zu sich genommen hatten, laut vor Schmerz schreiend. Und dann erbrachen sie blutigen Schleim, bevor sie innerhalb einer knappen Viertelstunde starben.«

»Und um was für ein Gift handelt es sich?«

»Das ist ja der Haken! Ich weiß es nicht.«

»Was heißt das?«

»Dass der ätzende Säuregehalt dieses Getränks noch bestimmt werden muss.«

»Sie kennen es also?«

»Ich habe es schließlich, wie man in der Chemie sagt, ausgefällt oder, genauer, winzige Fragmente gewonnen, indem ich die Reste der feuchten Materie reduziert und getrocknet habe. Es handelt sich um gemörserte Samenkörner.«

»Welcher Art? Ich platze vor Neugier.«

»Ach, wenn ich das wüsste! Genau das ergrimmt mich ja so. Ich erkenne es nicht, obwohl ich in viele Regionen der Welt gekommen bin. In mancher Hinsicht erinnert diese Substanz mich aufgrund ihrer Wirkung an pflanzliche Gifte, deren Gefährlichkeit ich in Amerika beobachten konnte, an Lianen mit giftigen Samen, die Krämpfe auslösen. Ich habe bis spät in die Nacht meine Bibliothek durchstöbert. Selbst bei Pouppé-Desportes in seinem Werk über die Arzneipflanzen in Santo Domingo habe ich nichts derartiges gefunden. Ich werde sofort in den Jardin du Roi eilen, um die Sammlungen zu konsultieren und meine Kollegen zu befragen. Sie wissen ja, dass ich an einem großen Werk arbeite, ein Herbarium der exotischen Pflanzen. Daher verfüge ich über einiges Wissen, und trotzdem ist dieser Fall eine Herausforderung für mich.«

»Sie werden uns auf dem Laufenden halten«, sagte Bourdeau. »Aber vorher möchte ich Ihnen noch eine letzte Frage stellen: Könnte dieses Gift Madame de Lastérieux von einem der schwarzen Dienstboten von den Inseln verabreicht worden sein?«

Semacgus dachte einen Augenblick nach.

»Das ist eine Hypothese. Die Flora dieser Regionen ist extrem vielfältig, uns aber wenig bekannt. Allerdings hätten die Diener es zum Zeitpunkt ihrer Überfahrt nach Frankreich mitnehmen müssen. Zu welchem Zweck? Das wäre ein von langer Hand vorbereitetes Verbrechen, aber das scheint mir doch eine sehr gewagte These zu sein! Ich verlasse Sie, mein lieber Bourdeau. Ach, ruht Nicolas sich immer noch in Versailles aus?«

Bourdeau spielte den Erstaunten.

»Seien Sie nicht überrascht, ich bin heute Morgen in der Rue Montmartre gewesen. Er hatte Monsieur de Noblecourt ausrichten lassen, dass er sich in Versailles befände, bei unserem Freund La Borde. Der Glückspilz angelt vermutlich am Ufer des Grand Canal!«

Bourdeau und Nicolas waren gleichzeitig beunruhigt wegen dieses geheimnisvollen Boten, den keiner von ihnen geschickt hatte.

Semacgus zog sich zurück, ohne den Amtsschreiber eines Blickes zu würdigen, der hartnäckig zu Boden blickte. Bourdeau wartete ein paar Augenblicke, bis sein Schritt sich entfernte, bevor er sich an Nicolas wandte.

»Ich bedaure sehr, was wir da gerade erfahren haben«, sagte er. »Jetzt hat Ihre Stunde geschlagen. Die wirkliche Untersuchung beginnt, und ich glaube, dass wir unsere beiden Vögel der Inseln befragen müssen. Was denken Sie? Die Domestiken von Madame de Lastérieux erweisen sich immer klarer als unsere Hauptverdächtigen. Dieser Kuddelmuddel vergifteter Samenkörner könnte durchaus auf ihrem Mist gewachsen sein. Kennen Sie die beiden gut?«

»Ziemlich, ja. Seit einem Jahr begegne ich ihnen in der Rue de Verneuil. Sie haben mich immer gut bedient. Sie sprechen Französisch und scheinen mir folgsam und diskret zu sein.«

»Hat Madame de Lastérieux sie gut behandelt?«

Bourdeaus scharfer Beobachtungsgabe entging nicht, dass Nicolas kurz zögerte.

»Vermutlich … Obwohl Julie auch hart sein konnte, da sie sich während ihres Aufenthalts auf Guadeloupe rasch von den Gewohnheiten der Kreolen hat anstecken lassen, die ihre Sklaven im Guten wie im Schlechten wie Möbelstücke behandelten. Manchmal glaubte ich aus Klagen, die ihnen zuweilen entschlüpften, zu verstehen, dass ihre beiden Dienstboten auf ihre Freilassung hofften, die Julie ihnen jedoch hartnäckig verweigerte. Sie war sehr locker, hätte es aber nicht geduldet, von Domestiken verlassen zu werden, die sie in der Hand hatte und die sie nur zu ernähren und zu kleiden brauchte.«

»Hätte die Freilassung denn eine Verbesserung für die beiden bedeutet?«

»Laut Gesetz hätten sie als Freigelassene nicht in Frankreich bleiben können. Aber sie hatten die Hoffnung, dann ihr Land wiederzusehen. Man hätte sie von Le Havre aus zurückgeschickt. Ich muss noch einmal die entsprechende Gesetzgebung nachlesen, um Ihnen genau Auskunft zu geben. So wurde beispielsweise unsere liebe Awa, die so köstliche Abendessen für uns zubereitet, von Semacgus lange vor der Verordnung von 1762 freigelassen, was ihr gestattet, bei ihm in der Rue de la Croix-Nivert zu leben.«

»Sie würde nicht um alles in der Welt unseren Freund verlassen und lieber wieder Sklavin werden, um hierbleiben zu können«, sagte Bourdeau lächelnd. »Sind sie alt?«

»Schwer zu sagen«, erwiderte Nicolas. »Diese Naturmenschen wirken sehr lange jung und altern dann ganz plötzlich. Casimir dürfte nicht älter als fünfundzwanzig sein, Julia etwa zwanzig.«

»Sind sie verheiratet? Ist das erlaubt?«

»Als gute Christen können sie heiraten, aber ich würde nicht schwören, dass sie vor dem Pfarrer erschienen sind.«

»Halten Sie sie eines so grausamen Kapitalverbrechens für fähig?«

Diesmal zögerte Nicolas nicht.

»Ich kann mir nicht vorstellen, dass diese beiden sich einen so verrückten Plan ausdenken oder auch nur in Erwägung ziehen könnten, um sich ihre Herrin vom Hals zu schaffen. Das gewählte Mittel, diese geheimnisvollen Samen aus Übersee, würde sie sofort verraten. Und ich füge hinzu, dass Madame de Lastérieux die Patin von Julia war, die kürzlich getauft worden ist, und dass dieses Band die Grausamkeit des Verbrechens in ihren Augen noch schlimmer machen würde.«

»Kehren Sie auf den Boden der Tatsachen zurück, Nicolas. Sie scheinen den Ernst der Situation nicht begriffen zu haben. Ich kann Ihnen nicht verhehlen, dass Ihre Lage in den Augen eines Richters, der sich dieses Falls annehmen würde, sehr unangenehm werden könnte, wenn unsere beiden schlauen Füchse unschuldig wären. Dann wären Sie ein idealer Schuldiger. Man würde sich kaum Gedanken darüber machen, ob Sie wirklich schuldig sind. Man würde sagen: Da haben wir einen betrogenen und abgewiesenen Liebhaber, der sich, getrieben von der Eifersucht, zum Äußersten hat hinreißen lassen. Außerdem würde man darauf hinweisen, dass Sie die Gewohnheiten des Hauses kannten und Sie in der Lage waren, die Dienstboten zu kompromittieren, indem Sie den Verdacht auf sie lenken. Man könnte sogar andeuten, dass Sie von Madame de Lastérieux' Vermögen profitierten ...«

»Hören Sie auf, Pierre. Sie belasten mich wie ein Staatsanwalt. Ich sitze noch nicht auf der Anklagebank.«

»Genau das meine ich, Nicolas, wir müssen uns aufs Schlimmste vorbereiten. Wissen Sie, ob Julie ein Testament gemacht hatte?«

»Sie war noch zu jung, um daran zu denken, obwohl es mir scheint, als hätte sie die Sache einmal vor mir erwähnt, denn sie sagte, da sie nur entfernte Cousins habe, sei es wünschenswert, ihre Angelegenheiten zugunsten karitativer Einrichtungen zu regeln. Der plötzliche Tod ihres Mannes veranlasste sie zu diesem Schritt.«

»Kennen Sie den Namen ihres Notars?«

»Der dürfte nicht schwer zu ermitteln sein. Die Kanzlei, die der Wohnung am nächsten liegt, erfüllt den Zweck für jemanden, der fremd in dieser Stadt ist wie sie.«

»Wenn wir ihn ausfindig machen, wird die Befragung des Notars erforderlich sein. Sie wissen ja aus Erfahrung, welche nützlichen Informationen der Ausdruck des letzten Willens manchmal enthalten kann. Aber am dringlichsten ist es, die Domestiken und die Gäste des Soupers bei Madame Lastérieux zu befragen. Kann eine Gästeliste erstellt werden?«

»Was die Zahl betrifft, kein Problem. Die Stellungen und die Namen zu ermitteln wird schwieriger sein. Als ich am späten Nachmittag das erste Mal in die Rue de Verneuil kam, befanden sich dort, abgesehen von Julie und den beiden Dienstboten, Monsieur Balbastre, Organist von Notre-Dame, ein Musiker, der Cembalo spielte, und vier junge Männer, die in eine Partie Karten vertieft waren. Sie sehen, dass ich nur sehr ungenaue Auskünfte geben kann.«

»Monsieur Balbastre«, sagte Bourdeau, »wird uns vielleicht mehr sagen können. Machen wir uns einen Schlachtplan. Zunächst Julia und Casimir im Polizeibüro in der Rue du Bac bei Kommissar Monnaye befragen. Sind Sie ihm schon begegnet? Er ist mir immer wie ein scharfer Hund vorgekommen.«

»Das ist noch untertrieben. Mir sind nicht sehr liebenswürdige Äußerungen von Monnaye über mich und beißende Misstrauensbekundungen gegen Monsieur de Sartine in Prosa und in Versen hinterbracht worden, die, wenn er sie zu Gesicht bekommen hätte, seine Perücke durcheinandergebracht hätten.«

»Verschwenden wir nicht unsere Zeit. Rücken Sie Ihren falschen Bauch zurecht, er hängt ganz schief auf der rechten Seite, das muss jeden stutzig machen.«

Die Tür des Bereitschaftsbüros öffnete sich plötzlich, und der Polizeipräfekt erschien.

»Ich weiß nicht, ob meine Perücke durcheinanderzugeraten droht«, rief er. »Aber ich erlaube mir zu denken, dass die Lage von Commissaire Le Floch, der sich angeblich – hören Sie gut zu, meine Herren – von seiner inneren Aufgewühltheit in einer behaglichen Zurückgezogenheit im Schloss unserer Könige erholt, mir schief, um nicht zu sagen gefährdet vorkommt.«

Er baute sich vor Nicolas auf.

»Seh sich einer diese Aufmachung an! Was für eine prächtige Erscheinung! Lumpen, die sich wunderbar eignen, um auf die Bühne zu gehen. Man lässt sich glatt täuschen. Sie sollten, mein Lieber, auf die Straße gehen oder bei *Ramponneau* auftreten. Sie würden noch am selben Tag engagiert!«

Plötzlich verzerrte sich sein Gesicht, er griff nach einem Schemel, um sich zu setzen, und wurde vor den besorgten Blicken Nicolas' und den furchtlosen von Inspektor Bourdeau von einem langen Lachkrampf geschüttelt.

IV

Schandtaten

*Die Erfahrung begann an die Stelle des Alters
zu treten, sie hatte die gleiche Wirkung auf uns
wie die Jahre.*

Abbé Prévost

Niemals, wirklich niemals, dachte Nicolas bei sich, hatte Monsieur de Sartine sich vor seinen Untergebenen so gehen lassen. Das Objekt seiner Heiterkeit musste es wirklich wert sein. Sobald er seinen Blick auf Nicolas' erschrockenes Gesicht und seine lächerliche Aufmachung richtete, bekam er einen Lachanfall, der sein Gesicht entspannte und ihm für einen flüchtigen Augenblick das Aussehen seines wahren Alters verlieh. Der Ernst und die Beherrschtheit, die es normalerweise prägten, platzten wie Firnis und ließen die erste Skizze eines fröhlichen Jugendlichen erkennen. Nach und nach beruhigte er sich, wurde wieder ernst und rückte beunruhigt seine Perücke zurecht.

»Monsieur le Commissaire«, sagte er, »Sie erwarteten, hoffe ich, einen, im Übrigen berechtigten, Wutausbruch. Ich könnte in der Tat so manches über Ihre Leichtfertigkeit sagen, und das ist ein schwaches Wort. Dass ein gedankenloser Mensch es für schlau gehalten hat, auf das arglistige Geplapper und die vergifteten Ratschläge eines Freundes zu hören, der auf meinen Befehl handelte, das übersteigt mein Fassungsvermögen. Ich verdanke diese Gerechtigkeit Bourdeau, dem der Gedanke widerstrebte, Sie zu täuschen.«

Nicolas warf Bourdeau einen empörten Blick zu; dieser verzog keine Miene.

»Oh, Sie können ihm verzeihen, er hat Ihre Unschuld mit Zähnen und Klauen verteidigt, mehr als jeder andere, noch bevor das Verbrechen erwiesen war. Sie brauchen mich gar nicht so konsterniert anzuschauen. Sie kennen mich seit bald fünfzehn Jahren. Habe ich Ihnen jemals den Eindruck vermittelt, ich sei so naiv, dass ich mich damit zufriedengebe, was ein Verdächtiger mir sagt? Denn potenziell waren Sie es, ob Sie wollen oder nicht, auch wenn meine natürliche Neigung und mein Wohlwollen Ihnen gegenüber mich veranlassten, Sie für unschuldig zu halten. Das war der Eindruck des Menschen, nicht der des Polizeipräfekten. Sie kennen meine Vorliebe für die Verschwiegenheit. Ich wollte sehen, wie Sie sich bei einer Untersuchung verhalten, die Ihnen alle Freiheit ließ und über die Bourdeau mir genauestens Bericht erstattete.«

»Monsieur«, sagte Nicolas, eine Pause nutzend, »eine Frage, eine einzige Frage. Warum diese Prüfung, gegen die ich keineswegs protestiere …«

»Das hätte gerade noch gefehlt! Sie sind kaum in der Position dafür, und ich stelle fest, dass Sie nicht an Reue ersticken.«

»Und warum«, fuhr Nicolas fort, »endet diese Prüfung so

plötzlich? Sie fortzusetzen hätte Ihnen erlaubt, Ihr Urteil noch zu bestärken.«

»Und er gibt mir auch noch Ratschläge! Ich habe, Sie Widerspruchsgeist, meine Gründe, für die ich mich nicht vor Ihnen rechtfertigen muss. Ersparen Sie mir, mich an den Rest von Verärgerung zu erinnern, die Ihre mangelnde Aufrichtigkeit in dieser Angelegenheit wieder hochkommen lassen könnte.«

»Was hätte ich denn tun sollen?«, protestierte Nicolas. »Einen Freund denunzieren, der mir seine Hilfe anbot? Indem ich es nicht tat, habe ich Sie nicht verraten. Ich habe unauffällig der Justiz geholfen, ihre Arbeit zu tun, da ich durch mein intimes Verhältnis mit Madame de Lastérieux besser in der Lage bin, die Wahrheit von der Lüge zu unterscheiden.«

»Darin erkenne ich den Schüler der Jesuiten in Vannes«, sagte Sartine. »Was für mich zählt, sind die Fakten. Bourdeaus Berichte beeinflussen mein Urteil zu Ihren Gunsten. Es bleibt ein entscheidendes Detail, das das Vertrauen, das der Mensch Ihnen schenkt und das der Polizeipräfekt Ihnen gern ebenfalls erneut entgegenbringen möchte, Nicolas, bestärken wird.«

»Ich stehe zu Ihrer Verfügung, Monsieur.«

»Ich will, dass Sie mir so genau wie möglich Ihren zweiten Besuch vorgestern Abend bei Julie de Lastérieux erzählen.«

»Das ist nicht schwer, Monsieur«, erwiderte Nicolas. »Ich bin ganz ruhig aus dem Théâtre-Français gekommen, entschlossen, Frieden zu schließen mit Julie. Als ich in ihre Wohnung trat, zu der ich die Schlüssel habe, hörte ich sofort die lebhaften Geräusche des Festes, das nach wie vor im Gange war. Die Wut stieg wieder hoch, und ich verzichtete darauf, mich zu zeigen. Monsieur de Noblecourt gab ein Souper aus Anlass des Dreikönigsfestes, und ich wollte nicht mit leeren Händen in der Rue Montmartre erscheinen. Ich bin daher in Julies Küche gegangen, um dort eine Flasche alten Tokaier zu holen, die ich auch ursprünglich für sie gekauft hatte. Als ich die Küche verließ, stieß ich mit einem Unbekannten zusammen, einem Musiker, den ich am Nachmittag am Fortepiano gesehen hatte. In meiner Eile habe ich ihn angerempelt. Und schließlich begegnete ich Casimir, dem Diener, bevor ich wieder im Treppenhaus war.«

»Ich bin Zeuge«, sagte Bourdeau, der sein Schweigen brach, »dass Nicolas, nachdem er zu Monsieur de Noblecourt zurückgekehrt war, das Bewusstsein verloren und die betreffende Flasche zerbrochen hat.«

»Danke«, sagte Sartine und reichte ihm einen Brief. »Das Vertrauen des Polizeileutnants und die Gewissheit Ihrer Unschuld sind Ihnen gewiss. Gebe der Himmel, dass alle ebenso davon überzeugt sind wie ich! Ein Gefühl, und sei es noch so stark, dient nicht als Beweis, vor allem vor einigen unserer Richter.«

Nicolas faltete den Brief auseinander und las. Schon bald stockte ihm der Atem.

Den 7. Februar 1774

Monsieur,
ich bin es mir und der Vorstellung, die ich mir von der moralischen
Aufrichtigkeit sowie dem Wohlwollen mache, das Sie mir stets
entgegengebracht haben, schuldig, Ihnen die folgenden Tatsachen
zur Kenntnis zu bringen. Ich habe soeben vom Tod von Madame
Julie de Lastérieux, einer Freundin, die mir sehr nahe steht, und einer
ausgezeichneten Cembalistin, unter Umständen erfahren, zu denen
ich mich nicht weiter äußern möchte.

*Allerdings berichtet die Gerüchteküche, dass sie vergiftet worden
sein soll. Zufällig war ich gestern Abend zu einem Souper mit
Freunden bei ihr eingeladen. Ihr Gehilfe, Monsieur Le Floch, der am
Spätnachmittag auftauchte, hat unsere Gastgeberin heftig angegriffen. Er hat mich zur Seite gestoßen und ist zur allgemeinen
Überraschung wie ein Wahnsinniger davongerannt. Zwei oder drei
Stunden später, während wir soupierten, erfuhr ich, dass er erneut
aufgetaucht war und unbemerkt in die Küche eingedrungen ist. Dort
soll er überrascht worden sein, aber ich möchte keinesfalls jemanden
beschuldigen, wie er sich auf geheimnisvolle Weise an den Schüsseln
zu schaffen machte.*

*Wie sehr ich mich ihm auch verbunden fühlen mag und sosehr ich
mir in meinem Alter nur allzu deutlich der Verirrungen bewusst bin,
zu denen die menschlichen Leidenschaften führen, war es mir wichtig,
meine Pflicht zu erfüllen, und ich stehe zu Ihrer Verfügung, indem
ich Ihnen versichere, mehr denn je Ihr sehr gehorsamer und ergebener
Diener zu sein.*

Balbastre

»Ich habe selten etwas Schändlicheres und Heuchlerischeres gelesen«, rief Nicolas. »Ich habe immer gewusst, ohne mir erklären
zu können, warum, dass dieser Mann es auf mich abgesehen
hatte, und das seit unserer ersten Begegnung. *Gehilfe!* So hat
mich Balbastre stets genannt, und aus seinem Mund klingt das
wie eine Beleidigung. Und dieses ›unbemerkt‹ und ›auf geheimnisvolle Weise zu schaffen machte‹ …«

Nicolas wedelte mit dem Brief.

»Ah, dieser Taugenichts!«

»Beruhigen Sie sich«, sagte Sartine. »Es stimmt, dieser Brief ist ziemlich widerlich. Aber Sie müssen auch verstehen, dass er alle Elemente enthält, die man braucht, um einen Verdächtigen vor einem Gericht zu verurteilen. Stellen Sie sich einen Augenblick lang vor, Sie hätten mir Ihr Eindringen in die Küche verschwiegen. Welche Schlussfolgerungen hätte ich daraus ziehen sollen? Wir müssen auf jeden Fall die Gründe herausfinden, die einen so abgrundtiefen Hass nähren. Er ist zu offensichtlich, um nicht etwas anderes zu kaschieren. Der Organist von Notre-Dame hasst Sie.«

»Was werden wir machen?«, fragte Bourdeau.

»Keine Zeit verlieren. Wir müssen die Domestiken befragen. Ich habe sie aus dem Revier in der Rue du Bac holen lassen. Sie sind hier, gut bewacht in meinem Büro. Nicolas, bleiben Sie noch einen Augenblick in Ihrer Verkleidung. Rabouine, der niemals weiter als bis zum Jardin de l'Infante gegangen ist, hat Ihre Kleidung in die Abstellkammer des alten Marie gelegt, wo Sie sich anschließend umziehen und diese lächerliche Aufmachung endlich ablegen können. Ich werde die Befragung selbst vornehmen.«

»Monsieur, noch etwas«, sagte Nicolas. »Ich verstehe nicht, was für ein Interesse Sie daran haben, sich mit den Details dieses Falls zu befassen. Ich wage kaum zu hoffen, dass meine Verstrickung nicht die einzige Erklärung dafür ist.«

Sartine nickte zufrieden.

»Es scheint so, dass die Vernunft nach und nach wieder in diesen wirren Kopf zurückkehrt. Ich werde Ihnen also mit der größten Offenheit antworten und Ihnen etwas mitteilen, das Sie, fürchte ich, überraschen wird. Was wussten Sie über Julie de Lastérieux?«

Nicolas öffnete den Mund, doch Sartine ließ ihm keine Zeit zu antworten.

»Nichts, Monsieur, nichts! Sie wussten nichts von ihr und waren glücklich über alles, was diese Dame Sie wissen lassen wollte. So ist beispielsweise ihr Ehemann nicht plötzlich am Fieber der Inseln gestorben. Sondern er nahm sich das Leben, weil er wegen Urkundenfälschung und Veruntreuung der Gelder des Königs verfolgt wurde und nur so der Justiz entgehen konnte. Sein Vermögen wurde beschlagnahmt, sein Hab und Gut verkauft. Ein nicht unbeträchtlicher Teil davon wurde jedoch aus Gründen, die Sie verstehen werden, der Witwe überlassen. Sie trafen sich mit Julie de Lastérieux drei- oder viermal pro Woche, manchmal weniger oft. Was können Sie über ihre Aktivitäten außerhalb dieser Abende sagen? Wenig.«

»Aber …«

»Es gibt kein Aber. Ich weiß alles über diese Dame, und Sie wissen nichts, Monsieur le Commissaire. Stellen Sie sich eine Frau vor, die Zugang zu den besten Häusern von Paris hat, die bei sich mehrmals pro Woche Höflinge, Literaten, Leute von Welt und diese Müßiggänger empfängt, denen man überall begegnet und die sich in alles einmischen. Sie verteilte Mahlzeiten, die die Polizei – meine Polizei – bezahlte. Ihr Haus in der Rue de Verneuil, das zu einem Treffpunkt von Menschen jeden Standes, anständigen und solchen, mit denen man besser nicht verkehrt, wurde, galt nicht wirklich als ein offenes Haus; es gab nur wenige Frauen, keine Glücksspiele. Aber man konnte dort ganz offen und ungehindert sprechen. Ich war der Einzige, der diese besondere Rolle von Madame de Lastérieux kannte. Sie hat es geschickt verstanden, das, was in ihrem Haus geschah, vor

Ihnen zu verbergen. Ich erfuhr häufig, was ich zu erfahren wünschte, und auf subtilere Weise als durch die gewöhnlichen Spitzel oder diejenigen, die Sie kennen und die wir als Gelegenheitsspione einsetzen.«

Nicolas war am Boden zerstört. »Darüber hat sie nie mit mir gesprochen!«

»Sie hatte den ausdrücklichen Befehl, darüber zu schweigen. Es war ihr wohlverstandenes Interesse, sich an diese Anweisung zu halten. Zu Ihrer Entlastung, Nicolas, muss ich zugeben, dass Sie selbst im Bett, wo viele Männer ihre Geheimnisse ausplaudern, niemals auch nur eines verraten haben, obwohl Sie mit vielen in Berührung kamen. Und die Dame ...«

Er begann zu lachen.

»... hatte die Anweisung erhalten – verzeihen Sie mir, lieber Nicolas –, Sie gnadenlos auszuhorchen. Sie sind niemals schwach geworden. Es ist befriedigend für einen Polizeichef, sich auf die Loyalität seines Beamten, der ihm am nächsten steht, verlassen zu können.«

»Aber Monsieur«, warf Bourdeau ein, »diese Rolle setzte sie, falls sie durchschaut oder denunziert worden wäre, den furchtbarsten Repressalien aus.«

»Diese Bemerkung, Bourdeau, zeugt von gesundem Menschenverstand. Das war ein Risiko, das wir eingegangen sind, und im Augenblick widerlegt oder bestätigt nichts die Hypothese, die Sie vorbringen.«

War es denkbar, dachte Nicolas, dass diese leidenschaftlich geliebte Frau ihn die ganze Zeit getäuscht hatte, dass er ein Spielzeug in ihren Armen gewesen war? Sartine sah ihn sanft an, er ahnte, in welche Richtung seine Gedanken gingen.

»Sie waren nicht Teil des Spiels, Nicolas. Sie hing sehr an Ihnen und hoffte, eines Tages dem Zwang zu entkommen, den wir auf sie ausübten. So erklärt sich auch, warum sie von dem Wunsch besessen war, von Ihnen geheiratet zu werden. Sie hoffte, wenn sie am Hof erscheinen könnte, wäre sie aus ihrer Abhängigkeit befreit. Aber Regel ist Regel. Um die Ordnung und den Dienst für den König aufrechtzuerhalten, greifen wir zu Mitteln, die die Moral missbilligt, der Zweck aber heiligt.«

»Und deren Preis ein Menschenleben ist.«

»Manchmal ja. Aber im Augenblick weist nichts darauf hin, dass dies die Ursache ihres Todes ist. Es ist allerdings für das Wohl des Staates äußerst wichtig, dass wir das klären.«

Der Polizeipräfekt nahm sie mit in sein Büro. Als sie eintraten, brannten dort riesige Holzscheite, die extra aus Vincennes beschafft wurden, fröhlich knackend und Funken sprühend. Wie immer hatte der alte Marie, wenn der Polizeipräfekt da war, ein Feuer in dem großen gotischen Kamin entfacht. In der Mitte des Saals standen gefesselt Julia und Casimir. Zwei Polizisten bewachten sie. Sartine stellte sich vor den Kamin, richtete seine schlanke Gestalt auf, befahl, die junge Frau hinauszuführen, und begann Casimir zu vernehmen.

In einer leicht singenden Sprache gab dieser Auskunft über sich. Er stammte von der Insel Guadeloupe, war etwa achtundzwanzig, römisch-katholisch und diente bei Madame de Lastérieux als Sklave. Er beschrieb den Abend des Donnerstags, an dem seine Herrin ein Souper gegeben hatte. Acht Personen seien da gewesen. Monsieur Nicolas sei am späten Nachmittag vorbeigekommen, aber sofort wieder gegangen. Er könne keine Erklärung für diesen übereilten Aufbruch geben. Die anderen Gäste habe er nicht gekannt, mit Ausnahme von Monsieur Balbastre, ein Stammgast, und einem jungen Musiker, den er in den letzten zwei Wochen mehrmals gesehen habe; er habe Madame de Lastérieux einige Male allein besucht. An einem Abend sei er sogar sehr lange geblieben. Das Souper sei ganz normal abgelaufen. Wie üblich habe Madame kaum etwas gegessen. Die Frage, ob er Nicolas im Laufe des Abends noch einmal gesehen habe, verneinte er ohne Zögern. Seine Herrin habe er zum letzten Mal gesehen, als sie sich in ihr Boudoir zurückgezogen habe, um dem jungen Musiker ein Parfum zu zeigen. Julia und er hätten aufgeräumt und seien schlafen gegangen. Ja, Julia sei seine Frau, auch wenn kein Priester ihre Verbindung gesegnet habe. Er wisse nicht, ob und wann der junge Musiker gegangen sei. Am nächsten Morgen sei Julia ins Zimmer ihrer Herrin gegangen und habe sie tot aufgefunden. Sie habe einen lauten Schrei ausgestoßen, und er sei herbeigeeilt.

Sartine überließ die weitere Befragung Bourdeau, der den Sklaven fragte, ob er in diesem Haus gut behandelt worden sei. Nach kurzem Zögern antwortete Casimir, dass er niemals misshandelt worden sei. Er habe daher keinen Grund, Groll auf seine Herrin zu empfinden. Allerdings habe sie sich immer geweigert, ihnen die Freiheit zu schenken. Für das besagte Souper habe er Hühnchen nach Art der Inseln zubereitet, mit Samenkörnern aus seinem Land, die man nicht mehr finden könne, da er den Vorrat aufgebraucht habe. Die Befragung von Julia bestätigte die Aussagen ihres Mannes. Entweder hatten sie sich abgesprochen, oder sie sagten ganz einfach die Wahrheit. Der Polizeipräfekt befahl, dass sie einzeln in den Kerkern des Châtelet eingesperrt werden sollten, bis der Fall gelöst sei.

»Was für einen Eindruck haben Sie von dieser Befragung, Nicolas?«, fragte er.

»Sie lässt mich ziemlich ratlos zurück und veranlasst mich zu ein paar Bemerkungen«, erwiderte dieser. »Zunächst einmal stelle ich fest, ohne es mir erklären zu können, dass Casimir vergessen – oder verschwiegen – hat, dass er mich gesehen hat, als ich die Rue de Verneuil zum zweiten Mal verließ. Zweitens erlauben diese Aussagen nicht zu bestimmen, wann der unbekannte junge Musiker Julie verlassen hat. Auch er reiht sich unter die möglichen Verdächtigen ein.«

»Ich verstehe, dass Sie sich das wünschen«, sagte Sartine. »Aber wir müssen ihn zunächst identifizieren, bevor wir ihn verhaften und befragen können.«

»Vielleicht«, bemerkte Bourdeau, »wäre es hilfreich, Monsieur Balbastre zu befragen. Unter Musikern kennt man sich.«

»Es lag durchaus in meiner Absicht, ihn vorzuladen, um ihm für seinen Brief als guter Bürger zu danken«, erwiderte Sartine mit einem ironischen Lächeln.

»Andererseits«, fuhr Bourdeau fort, »finde ich es auch merkwürdig, dass Casimir erwähnt, mit welchen Gewürzen er sein Hühnchen gewürzt hat, obwohl wir wissen, dass Samenkörner die Ursache der Vergiftung waren. Wenn er unschuldig ist, ist das verständlich. Im gegenteiligen Fall müsste er sich seiner Sache sehr sicher und überzeugt sein, dass die betreffende Substanz nicht mehr gefunden werden kann.«

Es kratzte an der Tür, und der alte Marie erschien, ein Schreiben in der Hand. Nachdem Sartine das Siegel betrachtet hatte, öffnete er es und las es. Er schwieg einen Augenblick.

»Genau das habe ich befürchtet«, sagte er schließlich.

Er las das Schreiben noch einmal und warf es dann wütend auf seinen Schreibtisch.

»Ihr Balbastre ist eine Schlange, und eine von denen, die mehrmals zubeißen! Nicht zufrieden, mir zu schreiben und Sie zu denunzieren, hat er diesen Brief an Monsieur Testard du Lys, den *Lieutenant criminel*, adressiert. Sie kennen ihn, der Schatten eines Schattens versetzt ihn in Panik, und er verkriecht sich in sein Schneckenhaus! Zum Glück haben wir ein langes und vertrauensvolles Verhältnis, und seit der Affäre Galaine ist er des Lobes voll über Sie. Aber er ist nicht nur von diesem verdammten Organisten unterrichtet worden, sondern auch von diesem unbekannten jungen Musiker, der nicht mehr unbekannt ist. Es handelt sich um einen gewissen Friedrich von Müvala, ein Schweizer. Bevor er abgereist ist, denn anscheinend hat er sich gestern aus dem Staub gemacht, hat dieser nichts Besseres zu tun gehabt, als Sie zu beschuldigen, Madame de Lastérieux bedroht zu haben, und zu erklären, er habe Sie überrascht, wie Sie sich auf geheimnisvolle Weise in der Küche in der Rue de Verneuil zu schaffen gemacht hätten.«

»Auf geheimnisvolle Weise!«, sagte Nicolas. »Die gleiche Formulierung wie in Balbastres Brief …«

»Es ist doch offensichtlich«, sagte Sartine, »dass diese beiden sich gegen Sie verbündet haben. Aber warum? Bourdeau, ich bin Chef der besten Polizei Europas. Überprüfen Sie auf der Stelle im Melderegister der Ausländer die Ankünfte und Abreisen. Erstere in den letzten sechs Monaten, Letztere seit gestern. Ich bin mir sicher, dass es da Doppelangaben gibt.«

Bourdeau eilte aus dem Büro. Der Polizeipräfekt lief hin und her.

»Und was wünscht der Lieutenant criminel?«, frage Nicolas.

»Nichts anderes als, mit den üblichen, durch seine pedantische Höflichkeit unerträglichen Windungen, dieses unglaubliche Ansinnen: dass ich meine Hand nicht mehr über Sie, Polizeikommissar im Châtelet, halte und Ihre Verhaftung gestatte, damit Sie in eine Justizanstalt gebracht und ordnungsgemäß verhört werden können im Rahmen einer strafrechtlichen Untersuchung. So weit sind wir jetzt, und wir müssen Sie da rausholen. Ich fühle mich schuldig, nicht rechtzeitig die Gefahren erkannt zu haben, die diese Liaison für Sie bedeutete. Um dieses Bedürfnis zu befriedigen, alles unter Kontrolle zu haben, das zugleich eine notwendige und eine schlechte Angewohnheit meines Amts ist, habe ich meinen besten Beamten gefährdet. Ja, Nicolas, und das bedaure ich und mache es mir zum Vorwurf.«

Wütend schlug er mit dem Schürhaken auf ein Holzscheit, das mit großem Getöse zusammenbrach. Nicolas sah entgeistert zu, wie dieser Mann, der in dem Ruf stand, kalt und gefühllos zu sein, seinen Kummer mit einem solchen Ungestüm zum Ausdruck brachte. Alles, was er in so vielen Jahren für ihn geleistet hatte, wurde dadurch bestätigt und in gewisser Weise belohnt. Dass Monsieur de Sartine mit einer solchen Hartnäckigkeit um sein Wohl besorgt war, selbst auf die Gefahr hin, seine immer angreifbare Position inmitten der Intrigen des Hofs und der Unsicherheit einer zu Ende gehenden Regierungszeit aufs Spiel zu setzen, tröstete und beruhigte Nicolas. Bourdeau kam zurück mit einem großen, grau eingebundenen Register.

»Seit Juni 1773«, erklärte er, »sind hundertzweiundneunzig Schweizer nach Paris gekommen. Der Name unseres Musikers taucht nirgends auf. Die alphabetische Liste der Ausländer in den Unterkünften und Hotels hat auch nichts gebracht. Für genauere Auskünfte werden wir uns an Balbastre halten müssen, da er ihn ja anscheinend kennt.«

»Finden Sie mir diesen Balbastre!«, befahl Sartine. »Ich nehme an, dass man ihn nachmittags in Notre-Dame findet, wo er entweder übt oder seine Schüler unterrichtet. Nicolas wird Sie in seiner Verkleidung als Amtsschreiber begleiten. Und ich werde in mich gehen. Kommen Sie heute Abend zu mir ins Hôtel de police, dann werden wir weitersehen. Bis dahin ist nichts zu befürchten. Wir haben Samstag, Testard du Lys wird auf meine Antwort warten und sich nicht rühren, da er weiß, dass ich den König bei meiner Sonderaudienz jeden Sonntagabend sehe. Also beeilen Sie sich und nehmen Sie sich vor dem Organisten in Acht, der alle Register zu ziehen weiß!«

Sartine griff rasch nach einem großen Umhang, dessen Kragen mit Zobel gesäumt war, hüllte sich in ihn, setzte einen grauen, schwarz paspelierten Dreispitz auf und verließ den Raum. Als Bourdeau und Nicolas ihrerseits hinausgingen, blinzelte der alte Marie ihnen unverfroren zu, den Finger auf dem Mund. Sieh mal an, dachte Nicolas, der hat ja nicht lange gebraucht, um die Situation zu begreifen. In der Kutsche, die sie nach Notre-Dame brachte, schwiegen die beiden Männer einen Augenblick. Bourdeau sprach als Erster.

»Was mir am meisten wehtut«, sagte er seufzend, »ist, dass Sie dieser Komödie, die ich Ihnen auf Befehl vorspielen musste, nur Ihre Loyalität entgegengesetzt haben. Sie veranlasste Sie, meinen Plan abzulehnen aus Furcht, mich in Gefahr zu bringen ...«

Nicolas drehte sich halb zum Inspektor und gab ihm einen Klaps auf die Schulter.

»Sprechen wir nicht mehr davon, einverstanden? Die Hauptsache ist, dass Monsieur de Sartine und Sie, Pierre, von meiner Unschuld überzeugt waren und sind, seit dem Augenblick, in dem das Schicksal sich gegen mich verschworen hat. Was Balbastre betrifft, so bleibt mir unsere erste Begegnung bei Monsieur de Noblecourt in grässlicher Erinnerung. Mit zwanzig konnte ich nur sehr schlecht die Arroganz und Verachtung einem kleinen Provinzler gegenüber, der gerade aus seiner heimatlichen Bretagne gekommen war, ertragen. Wir haben uns seitdem häufig wiedergesehen, ohne dass unser Umgang herzlicher geworden wäre. Der Mann ist in den Fünfzigern und spielt den affektierten, eingebildeten Jüngling im Kostüm eines Lackaffen und mit blonder Perücke. Er kam häufig zu Julie. Nehmen Sie sich vor ihm in Acht, er wird Sie von oben herab behandeln wollen. Beeindrucken Sie ihn von Anfang an mit dem Namen und der Macht von Monsieur de Sartine. Wenn ich huste, seien Sie auf der Hut.«

Während der kurzen Fahrt vom Châtelet nach Notre-Dame fiel es Nicolas schwer, Ordnung in die Gedanken zu bringen, die ihm durch den Kopf schwirrten. Julie erschien ihm jetzt nicht mehr einfach als eine reizende junge Witwe, sondern gehörte zu den von der Polizei gedungenen Agenten, mit deren Hilfe der Polizeipräsident die Hauptstadt überwachte und kontrollierte. Die begehrenswerte Frau war nur noch einer dieser Meinungsmultiplikatoren, die Monsieur de Sartine erlaubten zu behaupten, »wenn vier Personen miteinander sprechen, ist wenigstens eine mein Ohr«. Die Wirklichkeit bildete sich aus Vorgetäuschtem, und die Wahrheit täuschte über den äußeren Schein hinweg, und er war der Spielball dieses Schattentheaters gewesen.

Unter diesen Umständen zu wissen, ob die Gefühle, die Julie für ihn zu empfinden behauptete, aufrichtig waren, fiel kaum ins Gewicht angesichts dessen, was er soeben erfahren hatte. Durch eine Art nachträglicher Eifersucht quälte ihn die Tatsache, dass dieser unbekannte junge Musiker seine Geliebte ganz offensichtlich verführt hatte, wie ein aktueller Schmerz. Von hier aus führten seine Überlegungen ihn dazu, den Charakter von Madame de Lastérieux in einem schlechten Licht und in ihr ein allen gefälliges Geschöpf zu sehen, als könnte diese Erniedrigung einen Kummer lindern, der immer noch herzzerreißend war. Und er hoffte auch, dass diese Abwertung seiner Erinnerung alles Übrige mit sich nehmen würde, so wie das auf die Fahrbahn geschüttete Wasser den Abfall wegspült. Er hatte das Gefühl, an einem Abgrund entlanggegangen zu sein, ohne sich der Gefahr bewusst zu sein, und im Laster die Tugend bewundert zu haben. So wie die Selbstironie sich immer in Zeiten der Prüfung einstellt, sagte er sich, dass er vielleicht ein wenig Jansenist und daher auch etwas naiv war. Er hatte manchmal solche Anwandlungen von Strenge, die ihn blind machten; er würde darüber nachdenken müssen.

Nachdem ihre Kutsche den Pont-au-Change verlassen hatte, fuhr sie auf die Île de la Cité. Nicolas versuchte seine quälenden Gedanken zu verscheuchen. Er dachte an Notre-Dame, das Ziel ihrer Mission, und an ein Gespräch mit Monsieur de La Borde, der ein großer Kunstliebhaber und ein Verächter der »groben Arbeit der Goten« war. Nicolas, der die alte Kathedrale liebte, hatte ihm in aller Bescheidenheit die Ansichten von Père *Laugier*, Autor des *Essai sur l'Architecture*, entgegengehalten, in dem dieser trotz der grotesken Ornamente, die sie wie eine Ablagerung von Epochen verunstalteten, ein Loblied auf die gotischen Kirchen sang. Er zitierte den Eindruck des Abbé von Notre-Dame, »die die Vorstellungskraft durch die Ausmaße, die Höhe, den freien Raum des Kirchenschiffs und die Majestät des Ganzen beeindruckt«. Derselbe Autor fand, zur großen Empörung des Ersten Kammerdieners des Königs, dass Saint-Sulpice, die Pfarrkirche in Saint-Germain-des-Prés, dagegen in keiner Weise seinem Ruf gerecht werde; es gebe dort, schrieb er, »nur Dicke und Massen«. So war es zu einer langen Diskussion zwischen Nicolas und La Borde gekommen, in dessen Verlauf jeder seine Ansicht mit fröhlicher Boshaftigkeit bis zum bitteren Ende verteidigt und sich weit über seine ursprüngliche Idee hinaus hatte mitreißen lassen.

Als ein Kutschenstau sie an der Ecke der Rue de la Lanterne aufhielt, ergriff Bourdeau, der erneut Nicolas' Gedankengänge erraten hatte, das Wort.

»Lieben Sie die Kathedrale immer noch so?«

»Gewiss. Warum diese Frage?«

»Als ich Sie kennenlernte, besuchten Sie dort regelmäßig die Messen und geistlichen Konzerte in Begleitung Ihres Seminaristenfreundes aus dem Collège des Trente.«

»Pierre Pigneau. Ja, das stimmt! Das kommt mir alles so fern vor!«

»Na, na, Sie sind immer noch ein junger Mann. Was ist aus ihm geworden?«

»Den letzten Nachrichten zufolge, die bei ihm nie ganz frisch sind und vermutlich vor sechs Monaten eintrafen, dürfte er sich nach zahlreichen Abenteuern in Pondicherry befinden. Ich glaube zu wissen, dass Papst Clemens XIV. nach dem Tod von Monsignore Piguel, Bischof von Canatha, Pierre zu seinem Nachfolger bestimmt hat. Er trägt also jetzt eine Mitra und ist Koadjutor des apostolischen Vikars von Cochinchina. Davon hatte er immer geträumt. Und wir haben uns gemeinsam bei Stohrer, dem Konditor des Königs in der Rue Montorgueil, mit Babas vollgestopft!«

»Sie kennen natürlich«, sagte Bourdeau, »den aktuellen Streit?«

»Nein, aber ich denke, Sie werden mir davon berichten.«

»Man spricht davon, das Innere von Notre-Dame zu weißeln, um ihr mehr Helligkeit zu geben. Sie in gewisser Weise dem Zeitgeschmack anzupassen.«

»Das wäre ein schwerer Fehler. Man würde dieser Kirche diese ehrwürdige Patina und diese beeindruckende Dunkelheit rauben, die die religiöse Andacht fördert.«

Bourdeau ließ das Fenster herunter und beugte sich nach draußen. Seufzend setzte er sich wieder.

»Ein weiteres totes Tier, das zum Abdecker geschafft wird! Diese Klepper, die zu Tode geschunden werden, das müsste verboten werden!«

»Schreiben Sie einen Bericht für Sartine mit dem Titel *Verkehrsbehinderungen*. Er liebt Neuerungen, und jeder Vorwand ist ihm recht, um Verordnungen zu erlassen.«

»Das erinnert mich daran«, fuhr Bourdeau lachend fort, »dass Monsieur de Lalande, der Astronom, 1759 – ich weiß nicht, ob Sie damals schon in Paris waren – in der Académie des Sciences eine Abhandlung über die Kometen las, in der er die Möglichkeit einer Kugel einräumte, die mit unserem Planeten zusammenstößt und ihn pulverisiert. Das Gerücht über den Weltuntergang verbreitete sich sofort. Die Beichtstühle wurden massenhaft gestürmt. Ich wurde damit beauftragt, die Ordnung in der Umgebung von Notre-Dame wiederherzustellen. Es war beeindruckend. Stellen Sie sich eine albtraumhafte Menge vor, die gekommen ist, um vor dem Oberbeichtvater zu beichten, der allein ermächtigt war, die Beichten der extremen Fälle anzuhören. Ich sehe sie noch vor mir, diese furchterregenden Gesichter, richtige Galgenvögel. Wahrhaft ungemütliche Tage!«

Der Verkehr normalisierte sich wieder, und sie hielten vor der Kathedrale. Der Himmel hing so tief an diesem Wintertag, dass der Rauch der Schornsteine sich mit dem Nebel vermischte und die alte Kirche auf der Höhe des Frieses der Könige abgeschnitten schien. Schon beim Betreten der Kirche beeindruckte Nicolas wie stets die gewaltige Statue des heiligen Christophorus. Die Luft vibrierte von den Orgelklängen auf der Empore. Balbastre war also hier. Sie fragten einen Domherrn, der vorbeikam, nach dem Weg; er war so krumm, dass sein Kinn seine Brust berührte und er mit einer Hand sein Gesicht heben musste, um sie anzusehen. Er zeigte ihnen, wo sich die Treppe befand, die zur Empore hinaufführte, bevor er seinen Kopf schwer sinken ließ. Am Ziel angekommen, war Nicolas unter seinem falschen Bauch schweißgebadet, und Bourdeau, purpurrot im Gesicht, schnaufte wie ein Ochse. Sie warfen einen Blick auf die dem Feind geraubten Fahnen, die die Umrandung des Gebäudes bedeckten, und auf die Hüte der toten Kardinäle, die an Fäden vom Gewölbe hingen. Eine bekannte Stimme, schrill und schulmeisterlich, drang zu ihnen.

»Wollen Sie mir sagen, was der Tremulant ist, Monsieur? … Es ist vielleicht das Zittern, in das meine Frage Sie versetzt. Der

Tremulant ist die Vorrichtung, die in der Orgel den Luftstrom so verändert, dass er in gleichmäßigen Stößen in die Pfeifen geleitet wird und ein Tremolo erzeugt. Machen Sie es wieder gut, junger Ignorant. Was nennt man einen starken Tremulanten?«

»Ich glaube, Maestro«, sagte eine leise Stimme, »das ist derjenige, der im Grand jeu benutzt wird.«

»Das ist schon besser! Aber glauben Sie ja nicht, dass Sie damit schon aus dem Scheider sind. Definieren Sie mir das Grand jeu.«

»Das Grand jeu … Das ist das Jeu … das … wo …«

»Nichts dergleichen. Sie sind ein Vollidiot. Das Grand jeu ist der Name, den man dem Hauptmanual gegeben hat …«

Eine Faust war zu vernehmen, die dumpf auf Holz schlug.

»Ohne Grand jeu kein Jubel, kein Glanz, kein Dialog zwischen den verschiedenen Resonanzen.«

Bourdeau hustete. Ein halbes Dutzend erschrockener Köpfe drehte sich um, ohne dass der Hauptakteur der Szene auch nur geruhte, sein Haupt zu bewegen.

»Wer erlaubt sich, Monsieur Balbastre zu stören, während er unterrichtet?«

»Maestro, ich bin untröstlich«, sagte Bourdeau. »Monsieur Gabriel de Sartine, der Polizeipräfekt, hat mich beauftragt, so schnell wie möglich zusätzliche Auskünfte im Anschluss an den Brief einzuholen, in dem Sie ihn über die traurigen Geschehnisse in der Rue de Verneuil unterrichtet haben und für den er Ihnen sehr verbunden ist. Inspektor Bourdeau, zu Ihren Diensten.«

Bourdeaus Dreispitz fegte über den Boden. Nicolas fand die Geste ein wenig übertrieben, aber nichts war zu viel, um den Musiker zu beruhigen. Balbastre, der steif auf seinem Drehstuhl saß, drehte sich um. Umrahmt von einer blonden Perücke mit kleinen Locken, richtete sich sein rundes und blasses Gesicht, dessen Falten mit Bleiweiß abgedeckt waren und auf dem das Rouge die fehlenden Wangenknochen zu ersetzen versuchte, auf Bourdeau. Seine narzissengelbe Weste und eine in Zacken gemusterte Hose mit Goldfäden betonten durch ihre absurde Kombination noch sein Aussehen eines Automaten, der auf seinem Mechanismus thronte.

»Inspektor? Man schickt mir nur einen Inspektor? Ich werde nur mit dem Polizeipräfekten sprechen.«

»Ich bin untröstlich, Ihnen widersprechen zu müssen«, entgegnete Bourdeau. »Sie müssen mit mir sprechen. Monsieur de Sartine ist in Versailles. Aber zunächst einmal, meine Herren, Pause. Monsieur de Balbastre gibt Ihnen frei. Also …«

Er wedelte mit den Händen in Richtung Schüler, die sich zerstreuten wie ein Schwarm Spatzen.

Der Organist stieg von seinem Stuhl und ging watschelnd auf Bourdeau zu. Nicolas dachte, als er ihn so sah, dass er an ein exotisches Perlhuhn auf Coromandel erinnerte.

»Wer gibt Ihnen die Erlaubnis, Monsieur?«

»Monsieur de Sartine hat mir alle Vollmachten gegeben, Sie zu befragen«, sagte der Inspektor. »Setzen Sie sich, und hören Sie mir zu.«

Balbastre gehorchte.

»In besagtem Brief«, begann Bourdeau, »bringen Sie sehr schwere Anschuldigungen gegen Monsieur Le Floch vor. Ich würde gern aus Ihrem Mund die Argumente hören, die Ihren Argwohn begründen.«

»Es liegt mir fern, jemanden zu beschuldigen!«, widersprach

der Organist. »Ich beschränke mich darauf, die Tatsachen zu berichten. Und manchmal klagen die Tatsachen an ...«

»Seit wann kennen Sie Commissaire Le Floch?«

»Commissaire? Dieser kleine Notargehilfe? In welcher Zeit leben wir, in der die falschen Werte die Oberhand gewinnen? Ich habe ihn eines Tages bei Monsieur de Noblecourt, einem Freund, kennengelernt, vor gut fünfzehn Jahren. Wir sind uns seitdem öfter über den Weg gelaufen. Ihr ›Commissaire‹ hat das Vertrauen dieses ehrenwerten Staatsbeamten missbraucht und sich dort eingenistet, das Haus ausgeplündert und sich Hoffnungen auf das Erbe seines Wohltäters gemacht, der von seinem Spielchen nichts mitbekommt. Ich bin überzeugt, dass er es ebenso auf das Vermögen von Madame de Lastérieux, meiner schönen Freundin, abgesehen hat, als Meister der Arglist, der er ist.«

»Stützen sich Ihre Behauptungen auf präzise Tatsachen?«

»Wozu braucht man präzise Tatsachen? Die schöne Julie hatte keine Geheimnisse vor mir, müssen Sie wissen.«

Nicolas hustete, von einem empörten Blick des Organisten durchbohrt.

»Wollen Sie damit andeuten, dass Sie eine Liaison mit Madame de Lastérieux hatten?«

Mit einer Siegerpose schüttelte Balbastre seine blonde Perücke, ohne zu antworten, und sein Kopf war sofort in eine Wolke duftenden Puders gehüllt.

»Sie wollen nicht antworten? Nun gut, andere werden gesprächiger sein. Trotz Ihrer geringen Wertschätzung für Monsieur Le Floch ist allgemein bekannt, dass Sie mit ihm gesprochen haben.«

»Wenn man mit allen, die man verachtet, nicht sprechen wollte, könnte man nicht mehr aus dem Haus gehen. Ich geruhte seine Grüße zu erwidern. Er fürchtete mich vermutlich. Es stimmt, dass ich einigen Einfluss am Hof und in der Stadt habe. Die Dauphine nimmt häufig meine Dienste in Anspruch.«

»Ein so eingeführter Mann wie Sie, Maestro, kennt doch sicher die Stammgäste des Salons von Madame de Lastérieux.«

»Natürlich! Obwohl an dem Abend, von dem wir sprechen, die meisten Unbekannte waren.«

»Alle«, sagte Bourdeau, »oder die meisten?«

»Es waren vier sehr gut aussehende junge Männer da, die von diesem Schweizer Edelmann Monsieur Friedrich von Müvala vorgestellt wurden.«

»Ah! Erzählen Sie uns ein wenig von ihm. Was können Sie über ihn sagen?«

Seit einer Weile schon versuchte Bourdeau Nicolas' Aufmerksamkeit zu erregen, damit er sich endlich erinnerte, dass er aufschreiben musste, was gesagt wurde. Andernfalls würde Balbastre Verdacht schöpfen, dass er gar kein Amtsschreiber war.

»Ein interessanter Edelmann«, fuhr Balbastre fort. »Er stammt aus dem Wallis und ist durch ganz Europa gereist. Ein künstlerischer Geist, der hervorragend malt und recht gut das Fortepiano spielt. Er interessiert sich auch für die Botanik und versucht ein Herbarium der verschiedenen Regionen Europas zu erarbeiten.«

»Wo haben Sie ihn kennengelernt?«

»Als er mich eines Abends auf dem Opernball angerempelt hat, hat er sich mit so viel Anmut entschuldigt und eine solche Kenntnis meines Werks bewiesen …«

»Er kannte Sie also?«

»Nachdem wir uns vorgestellt hatten natürlich. Ich habe ihn zu einem meiner musikalischen Nachmittage eingeladen, um ihn auf dem Fortepiano zu hören. Bei der Gelegenheit habe ich ihn Madame de Lastérieux vorgestellt. Das ist drei Wochen her.«

Nicolas reichte Bourdeau einen kleinen Zettel, den dieser, nachdem er ihn gelesen hatte, in seine Tasche steckte.

»Jemanden, den Sie verachten, würden Sie nicht zu sich einladen, Monsieur?«

»Niemals«, sagte Balbastre lachend, »ich würde mich damit begnügen, ihn zu grüßen.«

»Allerdings, Maestro, weiß ich mit Gewissheit, dass Sie mehrfach zu Ihren Sitzungen Monsieur le Commissaire Le Floch eingeladen haben. In den letzten fünfzehn Jahren Dutzende Male. Er hat bei Ihnen sogar einmal die Bombarde vorgeführt, ein Blasinstrument seiner Heimatprovinz. Das alles steht, ich verhehle es Ihnen nicht, Monsieur, in einem gewissen Widerspruch zu dem, was Sie mir gerade vortrugen, was Ihre Aussagen insgesamt infrage zu stellen droht. Man verachtet, man grüßt, man verleumdet, man setzt herab, das alles lässt sich sehr gut verstehen, aber so jemanden Dutzende Male zu sich einladen, das ist seltsam, oder?«

Balbastre näherte sich einem gusseisernen Becken, gefüllt mit glühender Kohle, als wäre ihm die Kälte, die in der Kirche herrschte, plötzlich durch Mark und Bein gegangen.

»Monsieur l'Inspecteur, ich will offen zu Ihnen sein. Ich weiß nicht, ob ich kann … ob ich soll ∵… und welche Risiken ich eingehe …«

Der Organist hatte seinen Hochmut verloren, er blickte nach links und nach rechts wie ein von der Meute gestelltes Tier, schielte zur Treppe, drückte sich gegen das Orgelgehäuse und versuchte, in der Dunkelheit der Empore zu verschwinden.

»Um die Wahrheit zu sagen«, fuhr er fort, »habe ich nichts gegen Monsieur Le Floch, und ich gebe zu, dass ich ihn häufig eingeladen habe. Vielleicht ein wenig Eifersucht auf einen jungen Mann, der alle Erfolge einheimst. Nichts Schlimmes. Aber vor einem Jahr habe ich den Befehl erhalten, von oben, von hoch oben, ihn Madame de Lastérieux vorzustellen.«

»Wer hat Ihnen diesen Befehl gegeben?«

»Das kann ich nicht sagen, bei meinem Leben.«

Er drückte sich weiter in die Dunkelheit.

»Bleibt«, sagte Bourdeau, »dass Sie gegen Monsieur Le Floch schwere Anschuldigungen erhoben haben.«

Balbastre hob an zu protestieren.

»Das kommt Ihnen so vor, aber so ist es nicht! Ich habe nur die strikte Wahrheit berichtet, die Dinge so dargestellt, wie sie sich abgespielt haben. Die Auseinandersetzung mit Madame de Lastérieux hat jeder beobachten können. Er war so wütend, als er den Raum verließ, dass er mich angerempelt und den Inhalt meines Glases auf ein Wams aus Seide verschüttet hat, das für immer ruiniert ist. Ein Verrückter, und ich übertreibe nicht.«

»Und weiter?«

»Was den Rest betrifft, so bin ich es der Ehrlichkeit schuldig zu sagen, dass ich kein unmittelbarer Zeuge war. Monsieur von Müvala, der aus der Küche zurückkam, aus der er eine Flasche geholt hat, hat mir anvertraut, dass Le Floch erneut im Haus gewesen und in der Küche mit irgendetwas beschäftigt gewesen sei und dass er, als er überrascht wurde, überstürzt geflohen sei.«

»Gibt es dafür noch einen Zeugen?«

»Meines Wissens nicht.«

»Was ist Ihre persönliche Meinung über den Tod von Madame de Lastérieux?«

»Ich werde mich hüten, eine zu haben, da ich die wirkliche Ursache nicht kenne.«

»Und wenn ich Ihnen sage, dass es sich um Mord handelt, wie würden Sie reagieren?«

»Ebenso, Monsieur. Ich will niemanden beschuldigen und wünsche nur, dass die Wahrheit ans Tageslicht kommt, damit Gerechtigkeit geschehen kann.«

Nach kurzem Schweigen fragte Bourdeau:

»Etwas anderes, wann sind Sie nach Hause gekommen?«

»Ich hatte meinem Kutscher freigegeben. Es war nicht leicht, um die Zeit einen Fiaker zu finden. Ungefähr um Mitternacht.«

»Wer kann das bezeugen?«

»Sie verdächtigen mich!«, sagte der Organist empört.

»Ich klage Sie keineswegs an, aber alle Teilnehmer an dem Souper sind grundsätzlich verdächtig. Ich nehme an, Sie kennen die Nummer dieses Fiakers nicht?«

»Ich war nicht in der Verfassung, sie zu notieren, hätte auch nie gedacht, dass sie mich jemals interessieren könnte, ich habe keinen Polizistenblick.«

»Nein, aber Sie führen die Feder wie einer … Danke, Maestro, für Ihre liebenswürdige Mithilfe. Ich werde dem Polizeipräfekten von den Angaben, die Sie mir gemacht haben, berichten. Ich empfehle mich.«

Bourdeau ging, gefolgt von einem immer noch gekrümmten Nicolas, die Treppe der Empore hinunter. Auf dem Kirchenvorplatz stiegen sie wieder in ihre Kutsche, nachdem sie sich nicht ohne Schwierigkeiten aus einer Menge von Bettlern befreit hatten, die sie um Almosen baten. Das Pferd scheute in dem Aufruhr, und erst ein Peitschenhieb des Kutschers vertrieb die Menschenmenge.

»Ein komischer Kerl«, sagte Bourdeau, als die Kutsche losfuhr. »Wie kann man so viele bösartige Verleumdungen äußern, ohne sie wirklich zu denken und ohne von tiefem Hass getrieben zu sein?«

»Die Frage stellen heißt, sie beantworten«, sagte Nicolas.

»Was meinte er mit diesem von hoch oben gekommenen Befehl? Warum hat man angeblich gewollt, dass Madame de Lastérieux Ihnen vorgestellt wurde? Und was für ein Interesse hatte diese unbekannte Macht daran, Sie in die Arme dieser Intrigantin zu treiben? Tatsächlich ist dieser Plan ja nur zu gut aufgegangen. Haben wir es ein weiteres Mal mit einem dieser miesen Tricks vom Monsieur de Sartine zu tun, die wir bereits von ihm kennen?«

»Das glaube ich nicht«, erwiderte Nicolas. »Das hätte er uns gesagt, nachdem das Wesentliche ausgesprochen war. Dass ich überwacht und kontrolliert wurde aufgrund der Manie, alles wissen zu wollen, war die Hauptaussage. Dass man mir die Dame vorgestellt hat, ein kleines Detail.«

»Aber wer? Der Erste Minister, der Duc d'Aiguillon? Ich nenne nicht Monsieur de *Saint-Florentin*, Minister der Maison du roi, er ist ein enger Vertrauter von Monsieur de Sartine. Der König?«

»Warum nicht der Papst oder der Jesuitengeneral? Steigern

Sie sich da nicht hinein. Balbastre machte einen verängstigen Eindruck. Sollte er Freimaurer sein?«

»Sartine ist auch einer.«

»Ja, aber es gibt rivalisierende Logen und unterschiedliche Richtungen. Nehmen wir an, dass man Monsieur de Sartine kompromittieren wollte.«

»Da muss aber noch eine Gleichung gelöst werden. Die Polizei hat Julie in der Hand. Balbastre hat Einfluss und Macht über sie. Wie steht das alles in Zusammenhang, wenn es keine Beziehung zwischen seinen geheimen Funktionen und dem auf die Dame ausgeübten Druck gibt?«

»Das Beste wäre vielleicht, die Frage Monsieur de Sartine zu stellen.«

Bourdeau nickte und blickte auf seine Uhr.

»Fahren wir ins Châtelet, dort können Sie diese Verkleidung ablegen und sich wieder vernünftig anziehen. Anschließend begeben wir uns zum Hôtel de police.«

Nicolas versank in neuen Überlegungen. Was Bourdeau nicht wusste und was er ihm nicht sagen konnte, war, dass Sartine wie er selbst einer begrenzten Gruppe von Männern angehörte, denen der König vertraute und die er für seine Geheimdiplomatie einsetzte. Selbst der Duc d'Aiguillon, der Außenminister, war trotz der Wertschätzung, die der Herrscher für ihn empfand, nicht für würdig erachtet worden, in seine Geheimisse eingeweiht zu werden, aber vielleicht war es auch bequemer, ihn davon fernzuhalten. In seinem Geheimkabinett in den kleinen Gemächern empfing der König die Nachrichten aus den ausländischen Großstädten: einerseits von den offiziellen Botschaftern und andererseits in Form von chiffrierten Depeschen, von Geheimagenten. Es kam vor, dass manche Botschafter in ihrer Person beide Funktionen vereinten, aber das war selten. Auf diese Weise ergänzten, überschnitten und bereicherten sich die Informationen, manchmal widersprachen sie sich aber auch und gaben dem König Stoff zum Nachdenken. Nicolas selbst stand im Briefwechsel mit einem Indianer aus Neufrankreich, Naganda, Häuptling eines Micmac-Stammes, der Frankreich nach dem Verlust Kanadas an England treu geblieben und nach Paris gekommen war. Nach einer düsteren Affäre, in deren Verlauf er zu Unrecht verdächtigt worden war, die Nichte eines Kaufmanns und Pelzhändlers ermordet zu haben, war er vor seiner Rückkehr nach Kanada vom König rekrutiert worden, um die Engländer zu überwachen und heimlich an ihren Flanken zu agieren. Seitdem war er unmittelbar oder mittelbar in verschiedene Affären und Missionen verwickelt worden.

Alle möglichen Gruppen versuchten die Politik des Königs zu durchkreuzen. Um den Thron rumorten finstere Umtriebe, in denen sich die Anstrengungen der ausländischen Mächte, d'Aiguillons, der sich an die Macht klammerte, Maupeous, der gegen die Parlamente kämpfte, und schließlich Choiseuls vermischten, der die Heirat des Thronfolgers mit der österreichischen Erzherzogin in die Wege geleitet hatte und sich Hoffnungen auf die Vorteile machte, die er aus der Dankbarkeit der Dauphine Marie-Antoinette ziehen könnte.

Nicolas genoss es, wieder in seine Kleidung zu schlüpfen. Als er das Châtelet verließ, brach die Nacht herein. Man konnte keine fünfzehn Schritte weit sehen, so dick war der Nebel. Ein Schatten trat aus einem Winkel der Toreinfahrt des alten Gefängnisses. Er pfiff kurz, woraufhin Nicolas sich umdrehte, da er das Signal von Rabouine erkannt hatte. Dieser löste sich von der Mauer und berichtete ihm knapp, dass ihr Wagen verfolgt worden sei, dass ein Unbekannter aus einem Cabriolet ausgestiegen sei, dass er ihn aber in der Dunkelheit nicht habe erkennen können. All das konnte reiner Zufall sein, deswegen schenkte Nicolas dem für den Augenblick keine große Beachtung; er erwähnte es nicht einmal Bourdeau gegenüber, der halb eingeschlafen in der Kutsche auf ihn wartete.

In der Rue Neuve Saint-Augustin kam Monsieur de Sartine, der einen Empfang gab, für einen Augenblick zu ihnen ins Vorzimmer. Er ließ sich nicht anmerken, wie Bourdeaus Bericht auf ihn gewirkt hatte, sondern begnügte sich mit der Bemerkung, dass der Beginn der Untersuchung Nicolas' Lage nicht verbessert habe und dass der König von den Drohungen, die über dem Haupt *seines* Dieners schwebten, unterrichtet werden müsse. Während er das sagte, sah er Nicolas mit einem liebenswürdigen Lächeln an. Dieser solle sich um sechs Uhr im Hôtel de Gramont einfinden, er würde den Polizeipräfekten in seiner Karosse nach Versailles begleiten; sie würden der Messe in der Chapelle Saint-Louis beiwohnen. Monsieur de Sartine hoffte, seine Sonderaudienz auf die Zeit nach dem Gottesdienst vorziehen lassen zu können. Er fügte hinzu, dass Nicolas sich darauf nichts einbilden solle; eine andere, sehr viel ernstere Affäre, die dringende Entscheidungen verlange, müsse dem Herrscher unterbreitet werden. Dann wünschte er ihnen einen guten Abend.

Bourdeau begleitete Nicolas in die Rue Montmartre. Da dieser sich erinnerte, was Rabouine ihm gesagt hatte, ließ er den Wagen in der Nähe von Saint-Eustache halten. Bourdeau begriff, dass da etwas im Verborgenen bleiben sollte, und stellte keine Fragen. Er wies seinen Chef lediglich darauf hin, dass der Kutscher ihn am nächsten Morgen in der Rue Montmartre abholen würde. Nicolas verschwand in der Nacht, ließ die Kutsche weiterfahren und näherte sich, rückwärts gehend, der Fassade von Saint-Eustache. Er hörte das Geräusch der Hufe und den Atem eines Pferdes ganz in der Nähe, konnte allerdings in dem Nebel, der immer dicker wurde, kaum etwas erkennen. Mit Mühe fand er den Eingang der Kirche und trat ein. Das riesige Kirchenschiff wurde schwach vom Licht der Kerzen erhellt. Er verschwand in der Dunkelheit eines Seitenschiffs, um zu einer Kapelle zu gelangen, die er immer aufsuchte, wenn er sich vergewissern wollte, dass er nicht verfolgt wurde. Von dort aus überprüfte er mit dem Blick die Zugänge. Ein paar Sekunden später erschien eine von Kopf bis Fuß in einen Umhang gehüllte Gestalt von draußen und inspizierte ganz eindeutig den Kirchenraum. Sie näherte sich der Kapelle und streifte den Pfeiler, hinter dem Nicolas sich versteckte. Sie machte die Runde durch die Kirche, und als Nicolas sie auf der anderen Seite des zentralen Säulenjochs bemerkte, nutzte er die Entfernung und die Dunkelheit, die ihn einhüllte, um sich wie gewohnt zu der kleinen Tür zu begeben, die sich auf der Rückseite des Gebäudes auf eine Sackgasse öffnete, die in die Rue Montmarte führte, ein paar Schritte vom Hôtel de Noblecourt entfernt. Nicolas wurde etwas klar: Derjenige, der ihn verfolgte, konnte ihn nicht kennen, denn dann hätte er sich diese Mühe erspart und vor seinem Haus auf ihn gewartet. Die Bedrohungen um ihn herum verdichteten sich, ohne dass er deren Ursprung erkennen konnte.

Nicolas fand Monsieur de Noblecourt in Madras eingemummelt vor, in kleinen Schlucken an der Ecke des Küchenkamins einen Beruhigungstee trinkend, den Catherine ihm gerade zubereitet hatte.

Der alte Staatsanwalt wollte unbedingt, dass Nicolas ihm seinen Tagesablauf schilderte. Was er erfuhr, beruhigte ihn nur in einem Punkt: Die Hand des Königs würde von nun an als unantastbarer Schutz über Nicolas' Haupt ruhen. Auf seinen Arm gestützt, stieg Noblecourt zu seinen Gemächern hinauf. Cyrus empfing sie mit leisem, vorwurfvollem Bellen; er begriff nicht, dass man die Regelmäßigkeit des Zubettgehens seines Herrchens zu stören wagte.

»Wissen Sie«, sagte Noblecourt, »Sie sind mehrmals Zeuge dieser seltsamen Ahnungen geworden, die es mir manchmal erlaubten, Intrigen zu entwirren, ohne mir deren Gründe erklären zu können. Das Alter macht mich hellsichtig. Diese Affäre macht mir Angst, weil sie etwas anderes verbirgt, und dieses andere ist vermutlich mehr als eines.«

Noblecourt las auf dem Gesicht seines Gesprächspartners so etwas wie Unverständnis.

»Meine Worte kommen Ihnen verworren vor?«, sagte er. »Dann muss ich deutlicher werden. So wie ein Strom das Ergebnis des Zuflusses mehrerer Flüsse ist, ist dieses Verbrechen das Zeichen mehrerer ineinander verschachtelter Intrigen. Dessen bin ich sicher. Denken Sie darüber nach und schlafen Sie in Frieden.«

Während er über diese sibyllinische Bemerkung nachdachte, legte Nicolas seinen Hofanzug heraus und ging in der Ruhe des vertrauten Hauses schlafen.

V

Gaukelei

Du prüfst mein Herz und suchst es heim bei Nacht;
Du läuterst mich und findest nichts.

PSALM 17, 3

Sonntag, den 9. Januar 1774

Der Kardinal *de La Roche-Aymon*, *Großalmosenier*, hatte soeben
das *Domine salvum fac regem* angestimmt, das im Kanon von den
Choristen übernommen wurde. Weiß gekleidet, standen sie zu
beiden Seiten der Orgelempore über dem Chor. In den Weihrauchschwaden, die den Hauptaltar und die beiden vergoldeten
Bronzeengel, die sich dem Tabernakel zuneigten, einhüllten, waren sie kaum zu erkennen. Die Voluten des Opfers stiegen spiral-
förmig in die Halbkuppel der Apsis hinauf; sie verbanden sich
mit dem Himmel auf dem Gemälde von Charles de la Fosse, das
die Auferstehung Christi darstellte. Ein Gefühl der Ergriffenheit
überwältigte Nicolas, der die graue Gestalt betrachtete, die auf
ihrem Betstuhl kniete: König Ludwig XV., sein Herr.

Ihm wurde die Einsamkeit dieses Mannes bewusst. Neben dem König verkörperten der Dauphin und die Dauphine sowie seine Enkel Artois und Provence die Hoffnungen auf die Zukunft. Seit seiner Ankunft in Paris hatte der Sensenmann viele in der Umgebung des Throns dahingemäht: zwei Töchter Frankreichs – Anne-Henriette und Madame Infante –, ihre Mutter, die Königin Maria Leszczyńska, zu früh verstorben, die Söhne des Königs und seine Frau, die Prinzessin von Sachsen, und die feine Dame von Choisy und viele andere, an deren Gesichter er sich erinnerte. Dieser Gedanke machte Nicolas noch trauriger. Der Ablauf der Liturgie hatte ihm die Ratschläge des Stiftsherrn Le Floch, seines Vormunds und Adoptivvaters, in Erinnerung gerufen: »Du darfst dich nicht verlieren, weil du überall Qualen und Tote sehen wirst, obwohl du weißt, dass alles eine Prüfung ist. Trauer und Geduld müssen Hoffnung und Unerschütterlichkeit hervorbringen, durch die man für die Welt stirbt.« Leider hatte er diese Stufe der Weisheit noch nicht erreicht!

Sartine und er waren gerade rechtzeitig zum Beginn der Messe gekommen. Hinter seinem Chef auf einer Seitenempore sitzend, hatte er in aller Ruhe die Personen des Hofs beobachten können. Neben seinem gleichmütigen Chef saß eine kleine gebeugte Gestalt, Monsieur de Saint-Florentin, der Minister der Maison du roi. Er konnte ihn einfach nicht anders nennen, obwohl die Gunst des Herrschers seine Ländereien in Chateauneuf-sur-Loire zum Herzogtum verbunden mit der Pairswürde erhoben hatte und er seitdem den Titel des Duc de La Vrillière führte. Der bestinformierte Mann Frankreichs erfreute sich weiterhin seiner Gunst, und die Aufmerksamkeiten des Königs rissen nicht ab; so wurde der Verlust einer Hand infolge eines Jagdunfalls dadurch ausgeglichen, dass der König ihm eine Prothese aus Silber anfertigen ließ, die von einem Handschuh aus Seide verborgen wurde.

Weiter entfernt beobachtete der Duc d'Aiguillon, der Außenund Kriegsminister, in aller Ruhe die anwesenden Frauen, ohne Rücksicht auf die seine, überzeugt, dass sie ihm das nicht nachtragen würde, da sie die Seitensprünge des schönen Herzogs gewohnt war. Sie selbst, Nichte von Monsieur de Saint-Florentin, erbaute den Hof mit ihrer Frömmigkeit, Hingabe und Schicksalsergebenheit. Nicolas, der sie eingehend musterte, erkannte, dass wahr war, was man über sie erzählte. Er bemerkte den eingefallenen Mund, die schiefe Nase und die enorm dicken Arme. Dennoch war ihre Gesamterscheinung nicht unangenehm, und, wie er gehört hatte, »diese Person war ein Spektakel, überladen mit Maschinen und Dekorationen, in dem man so manches Wunderbare ohne Zusammenhang und Ordnung findet und das das Parkett bewundert, das von den Logen jedoch ausgepfiffen wird.«

Die Messe ging zu Ende in der Überschwänglichkeit einer triumphierenden Fuge der Orgel. Das Gemurmel der Gläubigen wurde lauter, und jeder wiederholte im Stehen die Segensformeln. Die Prozession der Zelebranten verließ die Kapelle, nachdem sie die königliche Empore gegrüßt hatte. Das Kirchenschiff leerte sich. Der König erhob sich und nahm seine Handschuhe und einen Hut aus den Händen eines Almoseniers entgegen. Die Türen des Salons der Kapelle öffneten sich, und die *Hundertschweizer* griffen, ein Spalier bildend, zu den Waffen.

Monsieur de Sartine flüsterte dem Minister etwas ins Ohr. Dieser verzog das Gesicht, und Nicolas hörte, dass er sofort mit dem König sprechen werde. Sie warteten eine ganze Weile auf seine Rückkehr. Der Polizeipräfekt vertiefte sich in die Betrachtung einer Statue des Salons, *Der Ruhm hält das Porträt von Ludwig XV*. Ein blauer Junge erschien und forderte sie auf, sich in den Ratssaal zu begeben, in dem der König Sartine ausnahmsweise empfangen werde. Der Bote grüßte Nicolas, der Gaspard wiedererkannte. Dieser, der früher im Dienst von Monsieur de La Borde gestanden hatte, war inzwischen dem inneren Dienst des Königs zugewiesen worden. Das Vertrauen des Königs in seinen Ersten Kammerdiener hatte ihm diesen schmeichelhaften Aufstieg eingebracht. Nicolas, dem Gaspard einst gute Dienste geleistet hatte, dachte bei sich, dass dies vielleicht keine so gute Wahl war und dass er ihn jedenfalls nicht empfohlen hätte, da der Schlingel so gar nicht der Verlockung des Goldes widerstehen konnte. Und die Versuchungen waren groß hinter den Kulissen und in den Vorzimmern des Schlosses. Sie durchquerten die Spiegelgalerie, welche die Menge der sonntäglichen Besucher noch nicht verlassen hatte. Nicolas, der lange für die Sicherheit der königlichen Familie verantwortlich gewesen war, fürchtete besonders diese Tage, an denen jeder, vorausgesetzt, er war anständig gekleidet, hatte den Hut in der Hand und trug den Degen an der Seite – einen Degen, den man am Eingang des Schlosses leihen konnte –, sich dem König und den Seinen nähern konnte. Sartine bedeutete Nicolas, auf einer Bank zu warten, und trat in den Ratssaal.

Nicolas kannte die Spiegelgalerie noch mit einem anderen Mobiliar, das der Wunsch nach Neuem 1769 entfernt hatte. Er bewunderte die runden einbeinigen Tischchen aus vergoldetem Holz, die Gruppen von Kindern darstellten, und die Frauen, die Füllhörner trugen. Darüber verkündete das Schriftfeld des zentralen Gemäldes: »Der König regiert selbst«. Merkur stieg vom Himmel herab, den Äskulapstab in der Hand und über einem römischen Ludwig XIV. schwebend.

»Sieh an!«, sagte eine sarkastische Stimme. »Der kleine Ranreuil hält Maulaffen feil!«

Nicolas stand auf und verneigte sich respektvoll vor einem kleinen alten, in weißen Satin gekleideten Mann, dessen Gesicht übermäßig geschminkt war und der ihn ironisch ansah.

»Monsieur, ich grüße Sie«, sagte er. »Ich verlor mich in den Sternen der Decke, obwohl ich von Ruhm umgeben bin. Sie haben Recht zu spotten. Das ist unverzeihlich, Monsieur le Maréchal, und würde Ihren lilienverzierten Stock verdienen.«

»Oh, den habe ich in meinem Hôtel gelassen. Um die Wahrheit zu sagen, er würde mich nur stören«, erwiderte der Maréchal de Richelieu lächelnd. »Niemand könnte liebenswürdiger sein als Sie, ein guter Rassejagdhund. Der Marquis, Ihr Vater, besaß diese Art von Schlagfertigkeit … Ist es der Marquis oder der Kommissar, der darauf wartet, dass die Tür des Ratssaals sich öffnet?«

Er seufzte. Das war die Verbitterung und Betrübnis des alten Mannes darüber, dass er niemals Zugang zu den Ratssitzungen des Königs bekommen hatte.

»Um die Wahrheit zu sagen, Monsieur, das weiß ich selbst noch nicht. Seine Majestät empfängt Monsieur de Sartine, und, wie Sie so treffend bemerkt haben, ich warte.«

»Dabei ist das gar nicht die Zeit der wöchentlichen Audienz. Ein außergewöhnlicher Fall oder ein schmutziger Skandal, der die melancholische Seele des Königs aufheitern könnte? Na egal, ich wünsche Ihnen, Monsieur, angenehmes Warten und werde inzwischen der göttlichen Comtesse den Hof machen.«

Der Marschall zählte Madame du Barry zu seinen Freunden. Er hoffte immer noch, durch ihre Vermittlung seine politischen Ambitionen befriedigen zu können. Er scheute sich nicht, daran zu erinnern, dass er der Favoritin wertvolle Dienste geleistet hatte, als es darum gegangen war, sie bei Hof vorzustellen. Ihm war es zu verdanken gewesen, dass die unerlässlichen Patenschaften wohl oder übel zusammengekommen waren.

Endlich öffnete sich die Spiegeltür des Ratssaals, und Sartines Kopf erschien. Ohne ein Wort zu sagen, blickte er Nicolas devot an. Dieser entschlüsselte die Mimik und folgte ihm. Der König klopfte mit einem Finger gegen das Zifferblatt einer Rocaille-Uhr, die in der Mitte des Kaminsimses aus rotem Marmor stand. Mit Bronze verziert, funkelte sie zwischen zwei Sèvres-Vasen.

»Commissaire Le Floch steht Ihrer Majestät zur Verfügung«, erklärte Sartine.

Er hatte Nicolas in die Mitte des Raums geschoben, auf halbem Weg zwischen einer Konsole und dem Ende des Tisches. Der König drehte sich lächelnd um. Er wurde immer krummer, und sein sich vorwölbender Bauch füllte den grauen, goldbestickten Anzug aus. Das Gesicht kam Nicolas noch ungesunder als sonst vor, aufgedunsen und voller blauer Flecken. Nur die braunen, fast schwarzen Augen erinnerten noch an den früheren Herrscher. Ludwig machte ein paar Schritte zum Tisch und stützte sich mit beiden Händen darauf; diese Bewegung ließ den Cordon du Saint-Esprit abstehen. Er drehte den Kopf und betrachtete nacheinander die Büsten von Scipio dem Afrikaner und Alexander dem Großen.

»Wer kann mir sagen, wo Scipio vernichtend Hannibal schlug?«

Nicolas warf Sartine einen Blick zu, der ihn mit einem Blinzeln ermutigte.

»Wenn ich mir erlauben dürfte, Ihrer Majestät nahezulegen, dass es die Schlacht von Zama sein könnte.«

»So ist es, genauso ist es! Ah, die Erziehung der Jesuiten ...«, sagte der König seufzend.

Nicolas wusste, dass der König nie direkt zur Sache kam. So wie ein Schiff gegen den Wind kreuzt, um den Hafen zu erreichen, nahm der König, aus Schüchternheit oder um seinen Gesprächspartner nicht zu brüskieren, stets mehrere Anläufe und Umwege.

»Der Herr Polizeipräfekt hat mir alles erzählt«, sagte er schließlich. »Sie müssen wissen, dass wir Sie für unschuldig in dieser Affäre halten. Die Sache zu ersticken scheint uns im Augenblick unangebracht. Das Drama ist inzwischen an die Öffentlichkeit gedrungen, und eine derartige Zensur würde nur für noch größeres Aufsehen sorgen. Dennoch möchte ich, dass Sie mir persönlich Ihr Wort als Edelmann geben.«

»Sire, Sie haben das Wort des Marquis de Ranreuil und Ihres Dieners. Ich habe weder unmittelbar noch mittelbar etwas mit dem Tod von Madame de Lastérieux zu tun.«

»Das genügt mir, Monsieur.«

Ohne allzu sehr auf Nicolas' Empfindsamkeit Rücksicht zu nehmen, ließ der König sich daraufhin in allen Einzelheiten die Öffnung des Leichnams des Opfers mit diesem morbiden Vergnügen erzählen, das einer der merkwürdigsten Züge seines Charakters war. Anschließend dachte er lange nach.

»Verstehen Sie, Monsieur, die englische Sprache?«

»Ja, Sire«, antwortete Nicolas. »Ohne die Geduld Ihrer Majestät überzustrapazieren, kann ich Ihnen berichten, dass der Marquis de Ranreuil beim Eindringen der englischen Flotte in die Mündung der Vilaine ein Kommando gefangen nahm, zu dem auch ein Marineoffizier gehörte. Dieser Oberleutnant zur See blieb ein Jahr als Gefangener auf Ehrenwort im Chateau de Ranreuil. Auf Bitten meines Vaters brachte er uns, meiner Schwester Isabelle und mir, seine Sprache bei.«

»Das ist sehr gut.«

Nach längerem Schweigen fragte der König:

»Sind Sie mit dem Wegzaubern vertraut, Sartine?«

»Sire, es gibt mehrere Arten …«

»Diejenige, die ich meine, ist die amüsanteste. Die Prinzen, meine Söhne, haben mir neulich Abend, um mich zu unterhalten, eine merkwürdige Person vorgestellt. Es handelt sich um einen englischen Juden namens Jonas, der vor vier Monaten nach Paris kam …«

»Vor viereinhalb Jahren«, verbesserte Sartine lächelnd.

»Wenn Sie es sagen! Er ist schnell bekannt geworden wegen seiner Talente für das Wegzaubern, und inzwischen gibt es kein Souper der eleganten Pariser Gesellschaft, zu dem er nicht eingeladen wird und Proben seiner Kunst gibt. Wie es heißt, verdient er sich damit seinen Lebensunterhalt.«

»Ihre Majestät hat recht, er nimmt drei Louis d'or pro Auftritt.«

»Es heißt, er sei besser als seine Kollegen«, fuhr der König fort. »Vor allem besser und raffinierter als Comus, der nur Physiker ist. Jonas hat etwas Tollpatschiges und eine rundliche Gestalt, die mehr durch die Distanz imponiert, die zwischen seiner Erscheinung und den wunderbaren Phänomenen von Verschwinden, die er bewirkt, besteht. Sie sehen, wohin mich meine Gedanken führen. Monsieur le Marquis de Ranreuil, Sie müssen für einige Zeit verschwinden. Ich zähle auf Ihre Intelligenz und Ihre Ergebenheit.«

Der König nahm ein Blatt Papier aus einer Schreibgarnitur aus hellem Schildpatt.

»Nehmen Sie diesen Passierschein, er wird Ihnen nützlich sein und macht Sie zu meinem Bevollmächtigen. Ich wünsche Ihnen eine gute Jagd. Eine befreundete Dame, die Sie kennt, wird Ihnen dafür dankbar sein …«

Er reichte ihm seine Hand, auf die Nicolas respektvoll seine Lippen drückte.

Trotz des grauen und kalten Wetters war Sartine mit Nicolas in dem menschenleeren Park bis zum Orangerie-Parterre gegangen, wo am Bassin die Sicht so frei war, dass niemand sich würde nähern können, ohne sofort ihre Aufmerksamkeit zu erregen. Der Kies knirschte unter ihren Schritten. Der Polizeipräfekt bereitete mit verschlossenem Gesichtsausdruck unter Nicolas' aufmerksamem Blick seine Einleitung vor.

»Ich wage zu hoffen«, sagte er schließlich, »dass Sie sich bewusst sind, Monsieur le Commissaire, dass Sie das besondere Vertrauen Seiner Majestät genießen und zu der kleinen Gruppe von Auserwählten gehören, die Anteil an seinen geheimsten Plänen haben. Damit will ich Ihnen sagen, dass Sie all das, was ich Ihnen jetzt sagen werde, in den tiefsten Tiefen Ihres Bewusstseins einzuschließen haben.«

Nicolas nickte.

»Sie wissen von diesem absurden und immer neu aufflammenden Kampf, den wir gegen all jene führen, die den König und den Staat schwächen wollen, indem sie Wagenladungen von Schändlichkeiten ausgießen, diesen ganzen Wust von Pamphleten, Schmähschriften und Propagandaschriften, nach denen wir unablässig auf der Jagd sind. Zerstören wir eine, werden sofort zahlreiche neue verbreitet!«

Das ist alles schön und gut, dachte Nicolas bei sich, aber nicht er stellt fünfzig Druckereien auf den Kopf, um eine dieser Schmiereien zu finden, die Madame de Pompadour keine Ruhe ließen und über die sich auch die gegenwärtige Favoritin aufregte. Madame du Barry verdächtigte Sartine, Choiseuls Freund, nicht energisch genug gegen diese Schriften vorzugehen. Er hatte sich rechtfertigen müssen.

»Wenn sie in Paris gedruckt werden«, fuhr Sartine fort, »ist die Sache nicht schwierig.«

Er bemerkte die zweifelnde Miene seines Assistenten.

»Nun ja, möglich … Wir verfügen über Mittel, um dagegen vorzugehen. Zu welchen Tricks sind wir dagegen gezwungen, wenn wir wirksam gegen die Täuschungsmanöver zu kämpfen haben, die heimlich die Produkte der Verleumdung einschmuggeln. Aber ich komme zur Sache. Ein Glücksritter, der meinen Diensten seit Langem bekannt ist und der nach England geflohen ist, publiziert ein Skandalblatt, *Le Gazetier Cuirassé*. Er lässt sich auf betrügerische Weise Chevalier de Morande nennen. Sein wahrer Name ist Thévenot, und sein Vater ist ein ehrbarer Arzt aus Burgund, der vor Kummer über die Entgleisungen seines Sohnes gestorben ist.«

»Er ist aber in England.«

»Ich komme darauf, unterbrechen Sie mich nicht, sonst

nehmen wir noch ein trauriges Ende an diesem Kreuzungspunkt der Wirbelstürme.«

Sartine bog die Zöpfe seiner altmodischen Perücke vor seinen Hals.

»Dieser moderne Arétin hat sich, ermutigt durch den Erfolg seiner Schmähschriften, eine schnellere und weniger gefährliche Art, Geld zu verdienen, ausgedacht. Er hat sich seine vorzugsweise reichen Opfer ausgesucht und teilt ihnen mit, dass er über skandalöse Anekdoten über sie verfüge und dass er es seiner Anständigkeit schuldig sei, sie darüber in Kenntnis zu setzen und sich zu erkundigen, ob es ihnen etwas ausmachen würde, wenn sie ans Licht der Öffentlichkeit gelangen würden. Und er fügt hinzu, dass er ihnen gegen Zahlung einer bestimmten Summe diese Unannehmlichkeit ersparen werde, indem er sie nicht veröffentliche.«

»Das ist reine Erpressung!«, rief Nicolas.

»Das ist ein schwaches Wort, denn der Unverschämte, nicht zufrieden, sich an Privatpersonen dieses Landes zu halten, nimmt sich berühmte Persönlichkeiten vor. So wagt er es, dem *Marquis de Marigny* zu schreiben, bis vor Kurzem Directeur des Bâtiments du roi und Bruder der verstorbenen Madame de Pompadour. Er droht ihm, eine Schmähschrift mit dem Titel *Le Pétangueule* zu verbreiten. Schließlich, und das ist das Schlimmste, wendet er sich an Madame du Barry und droht ihr, *Les Mémoires secrets d'une femme publique* zu veröffentlichen. Stellen Sie sich die Empörung des Königs vor angesichts der drohenden Beschmutzung der Erinnerung an eine Frau, deren Andenken ihm teuer ist, während man gleichzeitig seiner gegenwärtigen Freundin mit Schande droht.«

»Es fällt mir schwer, mir eine solche Gemeinheit vorzustellen. Eine tote Person unter Beschuss zu nehmen!«

»Seine Dreistigkeit hat ein solches Ausmaß angenommen, dass er der Dame direkt geschrieben hat, um sie nach Strich und Faden zu erpressen. Sie hat beim Duc d'Aiguillon, dem Ersten Minister, Klage eingereicht. Dieser hat sich heimlich mit dem englischen Botschafter besprochen, der ihre Klage seinem Hof zur Kenntnis gebracht hat. Seine britische Majestät hat sich, soweit der Antwort zu entnehmen war, nicht dagegen gesperrt, dass dieses Ungeheuer, diese Plage der Gesellschaft und Geißel der Menschheit auf seinem Boden entführt, in der Themse ertränkt oder erstickt werde. Albion werde beide Augen zudrücken, vorausgesetzt, die Sache würde unter größter Geheimhaltung geschehen, ohne auswärts die Rechte der britischen Nation zu verletzen. Daraufhin hat Seine Majestät seiner Freundin jede Freiheit eingeräumt, auf eigene Faust zu handeln, was sie voller Angst und in der Verwirrung der Überstürztheit getan hat.«

»Waren Sie daran beteiligt?«, fragte Nicolas.

»Man hat mich nicht um Rat gefragt. Ein gewisser Marie-Félix Dormoy, ein bankrotter Pferde- und Viehhändler, der vor seinen Gläubigern auf die andere Seite des Ärmelkanals geflohen war, hat seine Söldnerdienste angeboten. Daraufhin und kraft der Vereinbarung mit den Engländern hat Monsieur d'Aiguillon auf Betreiben der Comtesse und bestrebt, ihr gefällig zu sein, eine bewaffnete Landung einer Gruppe von Agenten der Connétablie in England unter der Leitung eines gewissen Béranger organisiert, angeblich ein Hauptmann der Infanterie, in Wirklichkeit aber ein Polizeispitzel. Dieser gedungene Mörder war ihm empfohlen worden, ohne dass ich um meine Meinung gefragt und irgendwie einbezogen worden wäre. Sie wissen, dass der Duc de La Vrillière, Monsieur de Saint-Florentin, ein angeheirateter Verwandter des Duc d'Aiguillon ist. «

»Wenn ich etwas sagen dürfte«, sagte Nicolas, »es scheint mir sehr gefährlich, dem Engländer zu vertrauen.«

»Die legitime Bemerkung eines Bretonen! Aber ich fürchte, Sie haben unrecht. Vor zwei Tagen hat uns eine Nachricht erreicht. In London läuft nichts wie vorgesehen. Fallen und Fußangeln ausgelegt von diesem Dämon Morande, öffnen sich unter den Schritten unserer verlorenen Kinder unter der Leitung dieses unfähigen Béranger. Wir müssen dringend etwas dagegen unternehmen. Auf meinen Vorschlag hin hat der König Sie für diese Mission auserwählt, die den zusätzlichen Vorteil bietet, Sie für einige Zeit von Paris fernzuhalten, wo Ihnen in diesen Tagen ein scharfer Wind entgegenweht. Nehmen Sie also die Anweisungen Seiner Majestät entgegen. Erstens, wahren Sie größtes Stillschweigen über Ihre Mission und versuchen Sie, die Situation ohne Skandal zu regeln. Zweitens, bringen Sie die Mitglieder Ihrer Expedition nach London wohlbehalten zurück, es geht um das Ansehen der Krone und die Bewahrung des Friedens. Dazu haben Sie jede Macht und Befugnis, um von Macht zu Macht zu verhandeln, mit einem Vertreter des Court of Saint James's. Drittens nehmen Sie Kontakt mit Morande auf, auch wenn Sie nichts bei ihm erreichen ...«

»Man kann es immerhin versuchen; ich verspreche Ihnen, daran zu arbeiten.«

»Bei diesem Schurken sind ein Versprechen geben und halten zweierlei Dinge«, sagte Sartine lächelnd. »Also, hören Sie mir gut zu. Ich muss Sie warnen. Eine Menge Leute interessieren sich in mehr als einer Hinsicht für diese Affäre. Jeder wird ein Interesse daran haben, Sie abzufangen, einschließlich der Engländer, die geschickt darin sind, zweigleisig zu fahren, indem sie öffentlich verhandeln und insgeheim versuchen, Sie loszuwerden. Vor allem, verstehen Sie mich ohne allzu viele Worte, sind große Interessen im Spiel im Königreich selbst. Der König wird alt, Sie haben ebenso wie ich ermessen können, wie müde er ist, obwohl die Jugend, die ihn umgibt, ihn zerstreut, aber eben auch … erschöpft. Passen Sie gut auf sich auf und kommen Sie wohlbehalten zurück.«

Nicolas, der an seiner Idee festhielt, fragte:

»Wurde der Duc de La Vrillière über die Mission informiert, die Seine Majestät mir anvertraut?«

Ein vielsagendes Schweigen antwortete ihm. Sartine machte ein paar Schritte zur Seite, wobei er besorgt die Regenwolken betrachtete, welche die Sicht auf die Umgebung trübten.

»Bis zu einem gewissen Grad … Je nachdem … Na ja, in groben Zügen, es wurde die Hypothese einer Rettungsmission erwähnt, egal, ob mit Ihnen oder einem anderen. Die Hauptsache ist, dass Sie vom König und von mir gedeckt werden.«

Das Paket war ungeschickt verschnürt, und Sartine drückte sich ohne jede Scheu uneindeutig aus. Das konnte nur eines bedeuten: Der Minister der Maison du roi war nicht in diesen kühnen Plan eingeweiht. Und das war noch nicht alles.

»Ich muss Ihnen auch sagen«, fuhr Sartine mit übertriebenem Ernst fort, »dass es den Anschein hat, dass sich für besagte Schriften, diejenigen, die die Dame de Louvenciennes betreffen, viele Leute interessieren. Aiguillon natürlich, ich habe Ihnen gesagt, warum, aber auch etliche andere. Sie kennen mein vertrauensvolles Verhältnis zu Choiseul, aber es steht nicht über meiner Sorge für den Staat. Ich weiß sehr wohl, dass er auf seinem Jagdschloss in Chanteloup auf all die Umstände lauert, die seinen Ausschluss beenden könnten. Was die Parlamentarier betrifft, sie stürzen sich auf alles, was den Thron bedroht und sie für ihr Exil entschädigt. Das sind viele Raubtiere, die um Unschuldige herumstreichen. Ah, noch etwas. Sie müssen wissen, dass Madame de Lastérieux deswegen beauftragt worden war, ohne den Grund für ihre Mission zu kennen, Sie auszuhorchen, weil Seine Majestät beabsichtigte, Sie zu den wenigen handverlesenen Dienern zu zählen, die er in seine geheimsten Pläne einweihte. Das erfordert, wie Sie verstehen werden, gewisse Vorsichtsmaßnahmen.«

»Gewiss«, sagte Nicolas, wenig überzeugt. »Ich warte, Monsieur, auf präzise und konkrete Anweisungen.«

»Das ist«, sagte Sartine, plötzlich wieder munterer, »die Sprache, die ich hören möchte, diejenige des Handelns, die sich nicht mit der mageren Kost der Ratschläge zufriedengibt. Sie werden nach Paris zurückfahren und in der Rue Montmartre schlafen. Bereiten Sie Ihr Gepäck vor. Finden Sie einen Vorwand, um Ihre Abwesenheit zu rechtfertigen, höchstens zehn Tage. Nehmen Sie es mit der Wahrheit nicht allzu genau. Morgen früh um neun Uhr wird Sie ein Einspänner abholen. Diese Art Kutsche ist weniger auffällig, und niemand wird auf den Gedanken kommen, dass Sie in einem solchen Gefährt zu einer langen Reise aufbrechen.«

»Das kommt mir schon ein wenig abenteuerlich vor. Sollte ich überwacht werden …«

»Lassen Sie mich ausreden. Der Wagen wird Sie in das Viertel des Palais Royal bringen. Was haben Sie mir nicht mit dem Verkehrschaos in den Ohren gelegen, das dort jeden Morgen herrscht! Und Sie haben ja recht; Paris ist eine große Stadt, in der täglich sechstausend Wagen durch die Straßen fahren. Sie haben auf mich eingeredet, etwas dagegen zu unternehmen. Ich habe auf Sie gehört, mein Herr Reformator. An der Place Louis-le-Grand und in der Rue Neuve-des-Petits-Champs sind Wachposten und Polizisten postiert, um die für den Verkehr nötige Ordnung herzustellen oder wiederherzustellen. Ihr Einspänner wird in ein vorgetäuschtes Chaos geraten. Ich werde dafür sorgen. Von Wagentür zu Wagentür werden Sie mit Ihrem Gepäck in eine Reisekutsche springen. Ein Mann meiner Dienste wird Ihren Platz in dem Einspänner einnehmen. Man muss schon sehr schlau sein, um inmitten der Spediteure, Kutschenvermieter, Fuhrleute, Schuttkärrner, Sänftenträger und Männer mit Schubkarren etwas davon zu bemerken.«

Er rieb sich die Hände bei dem Gedanken an das Manöver, das er sich ausgedacht hatte.

»Potztausend, Monsieur«, fuhr er fort, »machen Sie doch nicht so ein missbilligendes Gesicht! Anschließend werden Sie sich nach Calais begeben, wo Sie das Passagierschiff nehmen können. In London werden Sie sich in die Nummer 4 Berkeley Square begeben, wo Sie die für Ihre Mission notwendigen Hinweise erhalten. Was für eine Erleichterung für mich, Sie dort zu wissen!«

»Und der Gesandte des Königs in London?«

»Der Comte de Guines, unser Botschafter? Beachten Sie ihn am besten gar nicht. Er hat ein gespanntes Verhältnis zu Seiner

Majestät, weil er ungeschickt in Angelegenheiten vorgegangen ist, die mehr Fingerspitzengefühl und Scharfsinn erforderten. Lassen Sie sich von dem bescheidenen Niveau seiner Talente nicht irritieren, seine Schwülstigkeit entspricht seiner Belanglosigkeit.«

Nicolas erinnerte sich an die Gerüchte über einen skandalösen Streit zwischen dem Botschafter und seinem Sekretär, der seinen Chef der Spekulation an der Börse auf der Grundlage von vertraulichen Informationen beschuldigte. Und der amouröse Klatsch verbreitete außerdem die Meldung, dass der französische Botschafter von Lord Crewen zum Duell gefordert worden war. Dieser hatte seine Frau eingesperrt. Monsieur de Guines hatte sich absichtlich an einem verrufenen Ort in London die Syphilis geholt und die Geliebte des gehörnten Ehemanns verführt, um erst sie und damit auch ihn anzustecken. Die arme eingesperrte Frau, die über das Abenteuer in Kenntnis gesetzt worden war, hatte sich gerächt, indem sie lauthals verkündete, dass man sie in ihrem Turm gefangen halte, um zu vermeiden, dass sie über die Krankheit, die ihren Mann befallen habe, klatschte.

»Und wer wird mir meine Anweisungen geben?«

»Der Chevalier *d'Éon*. Im Anzug oder im Kleid, je nachdem«, sagte Sartine grinsend.

Nicolas erinnerte sich, dass diese merkwürdige Person in den Geheimaktionen der Politik des Königs eine Rolle gespielt hatte, die ebenso uneindeutig wie sein mutmaßliches Geschlecht war. Die bestinformierten Kreise sprachen auch von einer Erpressung im Zusammenhang mit einem Dokument, dessen Verbreitung schwerwiegende Konsequenzen für die Beziehungen zwischen

Frankreich und England hatte. Der Chevalier hielt seinen Herrn hin, indem er ständig aktiv war, sich aber wohlweislich hütete, seine Ergebenheit aufzukündigen. Seine Haltung bewegte sich also immer zwischen offener Revolte und bedingter Loyalität hin und her.

»Und welche Haltung soll ich Inspektor Bourdeau gegenüber einnehmen?«, fragte Nicolas schließlich.

»Immer nur Fragen! Stillschweigen Bourdeau und allen anderen gegenüber. Es gibt ja keinen Grund, dass Sie ihn vor Ihrer Abreise noch treffen, und falls doch, ist absolutes Stillschweigen Gebot. Es handelt sich um eine geheime Mission. Ich selbst werde seine Neugier zügeln, indem ich ihn mit unbedeutenden Dingen beschäftige.«

Der Polizeipräfekt stampfte mit den Füßen, sei es, weil Nicolas' Fragen ihm auf die Nerven fielen, sei es, weil, und das war wahrscheinlicher, die feuchte Kälte ihm zu schaffen machte, die sie beide erstarren ließ.

»Ah, noch etwas, und das ist nicht unwesentlich.«

Sartine suchte in der Innentasche seines Anzugs und holte eine prall gefüllte Börse aus hellrotem Samt und ein Bündel Papier heraus, die er Nicolas reichte.

»Hier ist Geld! Das ist ein hübsches Sümmchen in Guineen und Louis d'or für die Ausgaben der Reise. Gehen Sie sparsam und klug damit um. Tauschen Sie Geld gegen Scheidemünzen, sobald Sie können. Was diese Papiere betrifft, das sind Wechsel, handelbar in allen Banken vor Ort. Ich möchte für alle Eventualitäten vorsorgen und Sie nicht ohne finanzielle Mittel lassen. Achten Sie darauf, dass dieser Morande nicht versucht, Ihnen einen exorbitanten Beitrag abzupressen, sollte es Ihnen gelingen, eine Verhandlung erfolgreich zum Abschluss zu bringen. Man braucht diese Art von Raubvogel nur ködern, und schon klammert er sich gnadenlos an Sie; er verschlingt Sie, indem er immer größere Stücke verlangt. Brechen wir hier ab, Sie müssen jetzt sofort nach Paris zurückfahren, um Ihr Gepäck vorzubereiten. Eine Karosse des Königs erwartet Sie im Louvre. Vergessen Sie nicht, Ihre Waffen mitzunehmen. Bis bald.«

Nicolas entfernte sich. Sartine sah ihm nachdenklich nach. Er machte eine kleine Abschiedsgeste, und der Wind trug Nicolas seine letzten Worte zu.

»Misstrauen Sie Verstellungen, Spiegeln, die zu sehr spiegeln, offenen Türen und Seeunfällen. Kommen Sie wohlbehalten zurück, der König braucht Sie und …«

Nicolas war schon zu weit entfernt, um die letzten Worte seines Chefs noch hören zu können, aber er glaubte sie zu erraten: »… und ich auch«. Aber es spielte keine Rolle, ob sie wirklich gesprochen worden waren, er glaubte es, und das erfüllte ihn mit fiebriger Freude, denn ihm lag sehr an der Wertschätzung dieses Mannes.

Montag, den 10. Januar 1774

Hätte er nicht in einer Karosse des Königs gesessen, wäre Nicolas' Glück auf der abendlichen Rückfahrt nach Paris vollkommen gewesen. Aber die schlechten Gewohnheiten hielten sich hartnäckig am Hof, und die privilegierten Benutzer dieser offiziellen Fahrzeuge hatten keinerlei Hemmungen, ihre Blase in der Kabine zu erleichtern und den Samt der Polster zu besudeln. Und so legte Nicolas in einem penetranten Pissegeruch bei heruntergelassenen Fenstern die wenigen Meilen, die Versailles von der Rue Montmartre trennten, zurück.

Er bemühte sich, nicht an die Zukunft zu denken, die ihn erwartete, doch eine fast wilde Freude erfüllte ihn bei der Aussicht auf die Mission, die man ihm anvertraut hatte. So wie ein auf die Weide gelassenes Pferd schnaubt und herumtollt, schweifte sein Geist bereits über das Meer. Dieses Gefühl begleitete ihn bis zum Hôtel de Noblecourt, wo er völlig durchgefroren, mit klopfendem Herzen und leerem Magen ankam. Seine letzte Mahlzeit kam ihm wie eine Kindheitserinnerung vor. Er inspizierte die Küche und fand schließlich eine Tonschüssel, die ein Schweineragout enthielt, dessen Sauce unter dem erstarrten Fett geliert war. Er schnitt sich lange Scheiben Brot ab und bestrich sie mit dem Fett, nachdem er sie mit ein paar großen Salzkörnern bestreut hatte. Anschließend machte er sich über das Fleisch in seiner zitternden bernsteinfarbenen Umhüllung her. Der Rest einer Flasche Cidre begleitete dieses improvisierte Festmahl, das er mit ein paar Löffeln Quittengelee beendete.

Ein wenig später hatte er einen Anzug zum Wechseln, zwei Hemden, Hosen, zwei Paar Strümpfe, ein Paar Schnallenschuhe, die *Metamorphosen* von Ovid in französischer Übersetzung, ein Fläschchen Karmelitergeist, eine Erinnerung an Pater Grégoire, und seine Miniaturpistole eingepackt, die im Flügel des Huts befestigt werden konnte, ein nützliches Geschenk von Bourdeau. Er reinigte seinen Degen und fettete sorgfältig seine Stiefel ein. Schließlich bürstete er seinen guten schwarzen Wollanzug und sein Reisecape. Er fügte ein Paar Handschuhe hinzu und legte das Ganze auf einen Stuhl. Er vergaß auch nicht, sein Rasiermesser zu schärfen, um das Leder nicht mitnehmen zu müssen, und legte eine Reserveseife dazu, aus Furcht, unterwegs keine zu finden. Dann sprach er seine Kindergebete, versuchte, an nichts zu denken, und schlief ein.

Die Abreise fand ohne übertriebene Gefühlsaufwallung statt. Nicolas gab vor, für zehn Tage in die Provinz zu fahren. Monsieur de Noblecourt schien nicht darauf hereinzufallen. Nicolas stieg in den angekündigten Einspänner, und das Pferd verfiel, mit einem Peitschenhieb ermuntert, in leichten Trab. Im Viertel des Palais-Royal stellte er fest, dass subtile Manöver um ihn herum stattfanden und andere Kutschen ihn umgaben. Die Gesichter der Fahrer waren ihm nicht unbekannt: Spitzel, Polizisten und andere Beamte der hohen Polizei, lauter Vertraute von Sartine.

Die ganze Polizeiarmee schien sich in diesen engen und belebten Straßen ein Stelldichein gegeben zu haben, um ein chaotisches Gewimmel zu erzeugen. Ein schwerer grün lackierter Wagen mit goldenen Borten hielt ganz dicht neben Nicolas' zierlichem Gefährt. Eine flüchtige Gestalt schlüpfte durch die nur einen Spalt geöffnete Wagentür und sprang leichtfüßig auf den Boden. Sie bedeutete Nicolas zu öffnen. Dieser nahm seinen Koffer und schlängelte sich nach draußen, nicht ohne Mühe, denn es war kaum Platz zwischen den beiden Wagen. Draußen erkannte er Rabouine, der ihm in seiner Verkleidung zum Verwechseln ähnlich sah. Das wird allmählich zur Gewohnheit, dachte er und stieg in die Reisekutsche. Die Vorhänge der Fenster waren halb zugezogen. Auf der Sitzbank lag deutlich sichtbar ein mit Sartines Zeichen – drei Sardinen – versiegelter Brief, auf dem stand: »Monsieur Le Floch möge den Inhalt zur Kenntnis nehmen, ihn sich einprägen und das Ganze bei der ersten Gelegenheit verbrennen.« Er platzierte das Schreiben auf seine Brust, zwischen Hemd und Anzug, um es zu lesen, sobald er die Grenzen der Stadt hinter sich gelassen hätte.

Wie durch ein Wunder und auf Weisung eines unsichtbaren Ballettmeisters nahm das Chaos ein Ende; der Weg war jetzt frei, und der Kutscher ließ seine Peitsche kreisen, bevor er die Schnur auf die Kruppen von vier kräftigen Pferden knallen ließ.

Die Schranken wurden problemlos passiert, da der Postillion mit einem Passierschein und Kurierbriefen versehen war. Nachdem sie die Faubourgs hinter sich gelassen hatten, brach Nicolas das Siegel des Umschlags. Er enthielt mehrere Berichte, einen über die allgemeine Situation des britischen Königreichs und einen über die besondere Position des englischen Kabinetts gegenüber der persönlichen Politik von König George III. Sie wiesen mit Nachdruck auf die Schwierigkeiten der Engländer in Indien und den liederlichen Lebenswandel der Direktoren der Ostindienkompanie hin. Er erfuhr auch von den Angelegenheiten Amerikas und der Verärgerung der Bewohner der Kolonien, insbesondere derjenigen von Massachusetts, deren Rechtsprechung erneut den Gerichten des Mutterlands unterstellt und deren Handel mit den tyrannischsten Restriktionen belastet werden sollte. Dieser Aufruhr blieb nicht ohne Auswirkungen auf das Parlament und spülte einen brillanten Neuling, Charles Fox, in die erste Reihe der antiministeriellen Front. Das Kabinett war der Meinung, dass die Charta der Kolonien nicht so heilig sei, dass sie England daran hindere, neue Verfügungen zu erlassen, um die aufrührerische Fraktion zu stoppen. Es folgten ein paar weitere Porträts und Notizen über die Franzosen in London.

Nicolas ließ die Kutsche an einem freien Gelände halten, vertrat sich ein wenig die Beine und verbrannte die Papiere; er stieg erst wieder in die Kutsche, als sie nur noch ein Haufen schwarzer Asche waren, die der Winterwind verstreute.

Er entdeckte weitere Papiere, die mit Siegelbrot an der Wand befestigt waren. Eines zählte die verschiedenen Poststationen auf dem Weg von Paris nach Calais auf. Von den Faubourgs von Paris würde er über Saint-Denis, Écouen, Luzarches, Chantilly, Clermont, Saint-Just, Wavigny, Flers, Breteuil und Hébécourt in Richtung Amiens fahren. Von der Hauptstadt der Picardie aus sollte er anschließend über Picquigny, Flixecourt, Ailly-le-Haut-Clocher, Abbeville, Nouvion, Bernay, Nampont, Montreuil-sur-Mer, Cormont, Boulogne, Marquise und Hautbuisson Calais erreichen. Die Kosten dafür waren beträchtlich, weil er neunundvierzig Stationen bezahlen musste. Er rechnete im Kopf aus, dass diese Reise in einer vierspännigen Sonderpostkutsche die Kasse der Polizeipräfektur ungefähr neunhundertachtzig Livres kosten würden, das heißt, wie er amüsant bemerkte, das Äquivalent von hundert beim Rotisseur gekauften Brathähnchen oder von drei gut geschnittenen Brautkleidern. Letztere Schätzung verdankte er einer Bemerkung, die Maître Vachon, sein Schneider, kürzlich gemacht hatte.

Ein kleines Informationsblatt wies darauf hin, dass die Engländer kein französisches Geld akzeptierten, sodass er also gleich bei seiner Ankunft in Dover seine Goldstücke würde eintauschen müssen; dem aktuellen Kurs zufolge war ein Louis d'or eine Guinee wert, deren Nennwert einundzwanzig Shilling betrug. Doch er verfügte bereits über eine nicht unbeträchtliche Summe in englischen Münzen.

Sein Fuß stieß gegen einen Gegenstand, der ein Geräusch von sich gab. Er bückte sich und entdeckte einen Nachttopf mit Deckel aus weißem Porzellan mit Blümchenmuster, deren Inneres mit duftenden getrockneten Kräutern ausgekleidet war. Er schloss daraus, dass man ihm mit dieser rücksichtsvollen Aufmerksamkeit nahelegen wollte, unterwegs nicht zu trödeln, da das Öffnen der Wagenfenster immer noch das beste Mittel war, bei schneller Fahrt ein überlaufendes Gefäß zu leeren. Er argwöhnte in diesem Arrangement die Vorliebe für Schülerspäße, die sich bei Monsieur de Sartine manchmal bemerkbar machte. Diesem Gebrauchsgegenstand war ein kleiner Fußwärmer aus Metall und Holz, gefüllt mit noch warmer Glut, beigefügt. Er schätzte diese Aufmerksamkeit und schob das Metall unter die Reisedecke, wo es eine wohlige Wärme zu verbreiten begann. Das Schaukeln der Kutsche machte ihn allmählich ein wenig benommen, und er begann vor sich hin zu dösen. Dieser Halbschlaf stellte jedoch die Gedanken nicht ab, mit denen sein müder Geist unablässig auf die Phasen des Dramas zurückkam, das er seit dem Tod von Madame de Lastérieux durchlebte. Ein quälender Schmerz meldete sich wieder, der nicht so sehr von dem Wissen rührte, dass Julie ihn betrogen hatte, sondern eher daher, dass diese Enthüllung Zweifel in ihm geweckt hatte hinsichtlich der Aufrichtigkeit einer Beziehung, die er inzwischen bereute. Verzweifelt versuchte er herauszufinden, was geschehen sein konnte, das auf akzeptable Weise den Verrat erklärte. Dann wieder sah er das liebenswürdige Gesicht des Königs vor sich, mit seiner weltmännischen Fähigkeit, Distanz zu wahren und zugleich denen, die sein Vertrauen genossen, ein Wohlwollen zu signalisieren, das durch das schwarze und sanfte Feuer eines erstaunlich jung gebliebenen Blicks noch verstärkt wurde. In seiner Verzweiflung wurde ihm bewusst, was für ein Glück er doch hatte, auf die Milde des Herrschers zählen zu können.

Paris hinter sich zu lassen gab ihm ein Gefühl von Freiheit. Er floh, wie ein Vogel im Gewitter, die grausamen Qualen, die sein Leben seit Tagen bestimmten. Nicolas war kurz davor, in einen ruhigen Schlaf zu versinken, als der Wagen mit einem lauten Quietschen der Handkurbelbremse und einem Schleifen der Räder über den Schotter der Fahrbahn anhielt. Die Pferde, die so unvermittelt aus vollem Galopp zum Stillstand gezwungen wurden, wieherten schrill. Noch bevor er, eingemummelt in die Decke und von dem Fußwärmer behindert, eine Bewegung machen konnte, öffnete sich die Tür mit lautem Getöse und wehenden Vorhängen. Ein Reiter in einem rotbraunen Jagdanzug stieg wortlos ein und setzte sich ihm gegenüber. Als sein Besucher den Kopf hob, der von einem großen Filzhut mit weißer Feder verdeckt wurde, erkannte Nicolas zu seiner Überraschung die blauen, mandelförmigen Augen und das sanfte Oval des Gesichts von Madame du Barry. Sie nahm ihren Hut ab und entblößte eine kleine weiße, mit einem leuchtend roten Band zusammengebundene Perücke.

»Monsieur le Marquis, ich grüße Sie. Verzeihen Sie diese Verkleidung, ich hoffe, Sie erkennen mich wieder?«

Sie rümpfte die Nase, und der Mund deutete ein schelmisches Schmollen an.

»Das möge Gott verhüten, Madame, dass ich Sie nicht …«

Er richtete sich auf, und sein Kopf stieß gegen das Kabinendach. Sie brach in Gelächter aus.

»Wer das Privileg hatte, Ihnen zu begegnen, kann Sie nicht

vergessen«, stammelte er verwirrt. »Aber was verschafft mir diese Ehre?«

»Keine Ehre zwischen uns, Monsieur. Ein enger Freund, der um meine Interessen besorgt ist, hat mir von der Mission erzählt, mit der Sie betraut worden sind. Der Erfolg Ihrer Reise nach London interessiert mich in höchstem Maße, und ich wollte mich vergewissern, dass mein Glück in guten Händen ist, dass meine Seelenruhe Ihnen am Herzen liegt, kurzum, dass ich auf Ihre Treue zählen kann.«

»Madame«, sagte Nicolas, verblüfft von diesem Redefluss, »das versteht sich von selbst. Ihre Sorge ist unbegründet. Wie ich vor ein paar Jahren Gelegenheit hatte, Ihnen zu sagen ...«

Sie unterbrach ihn, indem sie die Hand hob.

»Vier Jahre, Monsieur, vier Jahre! Ich habe nichts vergessen. Ich war damals überzeugt, dass Sie eines Tages die Gelegenheit bekommen würden, mir einen Gefallen zu tun ...«

»Ich hatte Ihnen damals versprochen, dass Sie sich auf meinen Eifer und meine Ergebenheit verlassen können«, erwiderte Nicolas. »Ich bin Ihr Diener.«

Sie sah ihn eindringlich an. Erneut erbebte er, empfänglich für die Verführungskraft, die von der Comtesse ausging. Ein frisches Parfum drang in seine Nase. Sie reichte ihm die Hand, die er küsste.

»Marquis, meine Wünsche begleiten Sie. Erinnern Sie sich, dass Sie von nun an zu meinen Freunden zählen. Vergessen Sie es nicht!«

Sie verließ den Wagen ebenso schnell, wie sie eingestiegen war. Er lehnte sich aus der Wagentür und sah, wie sie in einer Hofkarosse, eskortiert von zwei Leibwächtern, verschwand.

Sein anfängliches Staunen machte, als die Reisekutsche weiterfuhr, schnell einer Art Verärgerung Platz. In was mischte die Favoritin sich da ein? Vertraute sie ihm nicht, dass er alles getreulich ausführte, was der König ihm befahl, ohne dass man ihn öffentlich bedrängen musste? Wie kam sie auf die Idee, diese wenigen Minuten, dieses kurze Gespräch könnten ihn veranlassen, seine Aufgabe besser zu erfüllen? In seiner Verärgerung wurde ihm bewusst: Diese angebliche Geheimmission war nicht mehr geheim. Die Favoritin, ein Kutscher, zwei Lakaien, zwei Leibwächter und wer sonst noch alles hatten Wind von seiner Abreise nach London bekommen. Wer hatte Madame du Barry eingeweiht?

Da er seit vierzehn Jahren Umgang mit dem König hatte und mehrfach seinen Hang zur Verschwiegenheit hatte feststellen können, konnte er sich nicht vorstellen, dass er seiner Maitresse davon erzählt hatte. Damit würde er ein Unternehmen gefährden, dass er selbst initiiert hatte, um den Ruf der *Belle Bourbonnaise* zu retten. Und auch Sartine, unablässig bestrebt, der Dame den Hof zu machen, hätte so etwas nie gemacht, da er sich seiner Pflicht bewusst war, stets für die Sicherheit seiner Agenten zu sorgen. Saint-Florentin schien über seine Mission nicht informiert zu sein, Sartines verlegene Äußerungen ließen daran keinen Zweifel. Wer dann? Der Duc de Richelieu? Der konnte es nicht sein, er stand nicht in dem Ruf, Geheimnisse zu bewahren, weswegen er auch in keine eingeweiht wurde; und wer hätte es ihm sagen sollen? Oder der Duc d'Aiguillon? Das war ebenfalls unwahrscheinlich, da der König gern auf parallelen Wegen arbeitete, die sich naturgemäß nie trafen. Nicolas fragte sich plötzlich, ob das Gespräch zwischen Ludwig XV., Sartine und ihm an einem so öffentlichen Ort wie dem Ratssaal nicht belauscht worden war. Unter der Menge der Lakaien und Amtsdiener befanden sich bestimmt ein paar schwarze Schafe im Dienste derjenigen, die ein Interesse daran hatten, die Geheimnisse der Macht zu erfahren, um ihre Position zu sichern oder ihren Einfluss zu vergrößern. Überdies war Nicolas ein wenig enttäuscht über seine Unterhaltung mit der Favoritin, wenn er sie mit den einstigen Gesprächen verglich, die er mit Madame de Pompadour geführt hatte, eine Kämpferin mit einem ganz anderen Temperament und einer sehr viel scharfsinnigeren Intelligenz.

Dienstag, den 11., Mittwoch, den 12., und Donnerstag, den 13. Januar 1774

Die durchschnittliche Zeit, um mit der normalen Pferdekutsche von Paris nach Calais zu gelangen, schwankte zwischen sechs und acht Tagen. Man hatte ausgerechnet, dass diese Zeit halbiert werden müsse; und so reiste er nicht, er flog. Nichts entsprach bei dieser rasenden Fahrt den unveränderlichen Regeln der *Messagerie royale*. Er wechselte mehrmals den Kutscher; alle hatten das gleiche mürrische Wesen und die gleiche respektvolle Zurückhaltung. Frische, ungeduldig mit den Vorderhufen stampfende Pferde warteten an jeder Station auf die Ankunft ihrer erschöpften Vorgänger. Die unfreundlichsten Postmeister mühten sich ab, unter den Tritten der ausschlagenden Pferde sofort die Gespanne zu wechseln. Nicolas stärkte sich in den Gasthöfen, an denen er unterwegs haltmachte und deren Vorräte er plünderte und in der Kutsche aß. Er verbrachte seine Zeit damit, im traurigen Licht des Winters oder, nachts, im schwachen

Schein einer Kabinenlaterne zu lesen. Morgens nutzte er den Pferdewechsel, um sich an den Brunnen oder Springbrunnen der Poststationen zu waschen, und er lachte über seine von Kälte blau angelaufene Haut und die Seitenblicke der Weiber oder der aufreizenden Dienstmädchen.

In Ailly-le-Haut-Clocher überquerte auf der Straße nach Abbeville ein Schwein die Fahrbahn und wurde von der dahinrasenden Kutsche seitlich erwischt. Die Pferde strauchelten, und die Kutsche wurde gegen einen im Dickicht verborgenen Kilometerstein geschleudert. Eines der Räder zerbrach. Es musste repariert und eines der Pferde, das sich bei dem Unfall ein Bein verstaucht hatte, ausgewechselt werden. Der Wagner und der Schmied waren im Nachbardorf beschäftigt. Nicolas beschloss, in dem lokalen Gasthof abzusteigen, der auch Poststation war. Er war es müde, neben einem Stall zu warten, der mehr einem überdachten Misthaufen ähnelte, umgeben von dem neugierigen und spöttischen Gesindel der Stallburschen. Die Reparatur würde mehrere Stunden dauern, die Nacht brach herein, und Schnee kündigte sich an.

Nicolas legte Wert darauf, das getötete Schwein zu einem guten Preis dem Postmeister abzukaufen, dem es gehörte, eine großzügige Geste, denn das Tier hätte eingesperrt sein müssen und nicht auf der Landstraße herumlaufen dürfen. Dieses Entgegenkommen machte den Weg frei zu den Schätzen des Wohlwollens des Postmeisters, der Diener und Dienstmädchen aufscheuchte, um den Reisenden zufriedenzustellen. Das Feuer wurde sofort wieder angefacht, und neben dem Kamin wurde ein Tisch fürs Abendessen gedeckt. Kurz darauf dachte Nicolas, dass ein Reisender unter diesen Umständen glücklich wie ein

Gott in Frankreich sein konnte. Der armseligste Gasthof verbarg immer noch irgendwelche unerwarteten Leckerbissen. Seine naschhafte Neugier wurde nicht enttäuscht. Man brachte ihm eine Terrine, die eine in ein Netz gewickelte Pastete enthielt. Ihren Geschmack würde er sein Leben lang nicht vergessen, und er würde sich vergeblich bemühen, dieses Aroma wiederzufinden.

Er versuchte erfolglos, das Rezept zu bekommen. Der Wirt versicherte ihm, es müsse ein Familiengeheimnis bleiben, das auf dem Totenbett weitergegeben werde. Die Innereien des getöteten Schweins, in der Feuerstelle gegrillt, ergänzten zusammen mit einer kräftigen Kohlsuppe seine Mahlzeit. Nicolas verschlang ohne Gewissensbisse die knusprigen Überreste seines Opfers. Ein Krug Bier, das zwar bitter war, aber einen schönen weißen Schaum hatte, begleitete das improvisierte Festmahl, das mit ein paar *pommes tapées* und einem Glas stärkenden Wacholderschnapses abgeschlossen wurde.

Das Zimmer, das man ihm wortreich als das beste des Hauses anpries, ließ dagegen zu wünschen übrig. Mit seinen wackligen Möbeln und seinen geweißelten Wänden, an denen Reste alter Tapeten hingen, Schlupfwinkel für Spinnen und halb aufgefressene Nachtfalter, glich es vielen Unterkünften in der französischen Provinz. Die Tür schloss schlecht, und ihre Angeln quietschten grässlich. Eisige Luft pfiff durch die Spalten des Fensterladens, der als Fensterscheibe diente. Er war schwer zu öffnen und, nachdem man das geschafft hatte, auch schwer wieder zu schließen. Die Schmutzigkeit des Bettlakens überzeugte Nicolas davon, sich besser nicht darauf zu legen. Der Abscheu, den er vor seiner kriechenden und stechenden Bevölkerung empfand, veranlasste ihn, es sich so bequem wie möglich auf einem Sessel zu machen, der mit völlig abgewetztem Utrecht-Samt bezogen war. Die Beine würde er auf einen Fußschemel ausstrecken. Er brauchte nicht lange, um einzuschlafen, doch in den frühen Morgenstunden wurde er durch das Quietschen der Tür geweckt. Er blieb reglos liegen, mit klopfendem Herzen, in seinen Mantel eingemummelt, um nur ja nicht auf sich aufmerksam zu machen. Ein Schatten näherte sich dem Bett, ein Arm hob sich und schlug zweimal zu. Er hörte einen überraschten Ausruf, hastige Schritte und das Zuschlagen der Tür. Er richtete sich auf, griff sofort nach seinem Degen und machte sich eilig an die Verfolgung des Unbekannten. Auf dem kreisrunden Balkon, von dem man in den zentralen Raum der Poststation blicken konnte, blieb er stehen, um zu lauschen. Kein Geräusch störte die bleierne Stille. Das erste Licht der Morgendämmerung begann die Finsternis zu vertreiben. Plötzlich fiel ihm ein, dass in den drei anderen Zimmern der Etage möglicherweise ebenfalls Reisende schliefen. Vorsichtig öffnete er nacheinander die Türen; die Zimmer waren leer. Schließlich stieß er auf das Zimmer des Gastwirts, den sein morgendliches Eindringen furchtbar erschreckte. Er begleitete Nicolas nach unten. Das Feuer wurde wieder angefacht, und die Kerzen wurden angezündet, während die Wirtin etwas Suppe vom Vorabend aufwärmte. Nicolas trat über die Schwelle der nicht geschlossenen Tür. Er erkannte den Grund für diese merkwürdige Stille; in der Nacht hatte es ausgiebig geschneit. Im fahlen Licht des anbrechenden Tags bemerkte er männliche Fußspuren auf dem Boden, die ein beredtes Muster bildeten. Er folgte ihnen lange querfeldein, bis zu einem Wäldchen. Vorsichtig ging er weiter, auf alle Geräusche achtend, und stieß auf eine Lichtung, wo die Schritte in einem Chaos von

Fußabdrücken verschwanden; offensichtlich hatte bei einer großen Eiche ein Pferd auf seinen Reiter gewartet. Der Unbekannte
schien in Richtung Abbeville geritten zu sein. In diesem Augenblick wurde Nicolas, vollkommen durchgefroren schlagartig bewusst, dass man versucht hatte, ihn zu töten, und dass er dem
Tod ein weiteres Mal von der Schippe gesprungen war.

Er ging wieder in sein Zimmer hinauf, wo sich ihm ein Bild
der Verwüstung bot. Sein Koffer war geöffnet und auf den Boden geleert worden, seine Sachen durchwühlt und das Innere
nach außen gekehrt worden. Die Einbände der wenigen Bücher,
die er auf die Reise mitgenommen hatte, waren aufgeschlitzt
und ihr Papier mit Pfauenfedermuster zerrissen worden. Allerdings war nichts gestohlen worden; der Eindringling hatte etwas anderes gesucht. Glücklicherweise bewahrte Nicolas das
Gold, seine Kreditbriefe und seine Akkreditierungsschreiben
immer an seinem Körper auf, doch dieser Überfall bewies, dass
dieses Attentat sich gegen seine Mission richtete und dass die
Angreifer vor nichts zurückschreckten, um ihn daran zu hindern, sie zu erfüllen. Vermutlich gehörten sie nicht zu der Klasse
von Dieben und Straßenräubern, die in den einsamen ländlichen
Gegenden stets Angst und Schrecken verbreiteten. Er bemerkte,
dass sein Fensterladen offen stand. Er lehnte sich aus dem Fenster, konnte aber nichts erkennen auf dem nach Norden gelegenen und noch in Dunkelheit getauchten Boden. Nicolas wusste,
was er entdeckt hätte: andere Spuren, die zu einem anderen
Wäldchen führten, wo ein anderes Pferd warten würde. Er faltete so gut er konnte seine Kleidung zum Wechseln und seinen
Anzug zusammen, packte alles ein und bezahlte dem Postmeister, der ein niedergeschlagenes Gesicht machte, die Übernach-

tung und das Abendessen. Sein Kutscher erwartete ihn in der benachbarten Wagnerei. Er hatte die Reparatur bereits bezahlt; ein neues Rad war angebracht worden. Die Pferde wurden gebracht, um angespannt zu werden. Kaum war er eingestiegen, galoppierten sie in einer Wolke stiebenden Schnees los in Richtung Abbeville.

VI

London

Wir sind die einzige Nation, welche die Franzosen
nicht verachten. Dafür erweisen sie uns die Ehre,
uns mit der größtmöglichen Herzlichkeit zu hassen.

FOUGERET DE MONTBRON

Der Wind vertrieb den Morgennebel und schob die Wolken nach
Osten. Nach und nach kam die Sonne heraus. Nicolas dachte
nach, während er mit den Augen dem Horizont einer ebenen
und langweiligen Landschaft folgte, deren Regelmäßigkeit ab
und zu durch dichte Wälder unterbrochen wurde. Er hatte darauf verzichtet zu schlafen und war auf der Hut: den Kutscher
hatte er angewiesen, die Pferde beim geringsten Anzeichen von
Gefahr sofort anzutreiben. Er verlor sich noch immer in Vermutungen über die Motive des nächtlichen Anschlags auf ihn, der eindeutig das Ziel gehabt hatte, ihn zu töten. Monsieur de Sartines
Empfehlungen fielen ihm wieder ein. Die Interessen, um die es
ging, waren so mächtig, dass die Geheimhaltung seiner Mission,
davon war er überzeugt, nicht hatte gewahrt werden können.
Dadurch schwebten jetzt immer zahlreichere Bedrohungen über

seinem Kopf. Und das war nur zu begreiflich, da er durch sein Amt die Macht und den Einfluss gewisser Cliquen im Staat kannte.

Was ihm jedoch unklar blieb, war die Verbindung zwischen dem Tod von Madame de Lastérieux und der Hetzjagd auf ihn. Sein Wohl und der Erfolg seiner Mission würden von nun an von dem Scharfsinn abhängen, mit dem er die Gefahren voraussah und ihnen aus dem Weg ging. Man versuchte ihm zu schaden, ihn zu entehren, ihn in die Klauen einer Justiz zu schleudern, von der er wusste, dass sie sofort und bisweilen ohne Rücksicht auf die menschlichen Schicksale zuschlagen konnte. Die Falle in der Rue de Verneuil und das versuchte Attentat in Ailly konnten nicht getrennt voneinander betrachtet werden, aber noch hatte er nichts in der Hand, was ihm erlaubte, den genauen Zusammenhang zu erkennen. Die gemeinsame Intrige hinter diesen beiden Ereignissen hatte sich ihm noch nicht erschlossen. Er erinnerte sich an die prophetische Bemerkung von Monsieur de Noblecourt, die in seinem Kopf widerhallte wie eine unheilvolle Warnung: »So wie ein Strom das Ergebnis des Zuflusses mehrerer Flüsse ist, ist dieses Verbrechen das Zeichen mehrerer ineinander verschachtelter Intrigen.«

Er wechselte die Pferde in Abbeville, das ihn mit seinen alten, schlecht gebauten Häusern aus Holz und Strohlehm überraschte. Die Nacht brach herein, aber er befahl dennoch weiterzufahren. Eine weitere Poststation verlangsamte seine Fahrt in Montreuil, wo er an Torfmoorgebieten vorbeifuhr, die ihn an die Umgebung seines Heimatortes Guérande erinnerten. Er musste laut werden, um Pferde zu bekommen, die ein anderer Reisender, der mit Gold nur so um sich schmiss, für sich reservieren wollte. Der Postmeister rang sich trotz der Drohungen des Unbekannten schließlich dazu durch, dem zu gehorchen, der im Namen des Königs sprach, doch diese Episode ärgerte Nicolas, der miterleben musste, wie sein Inkognito immer löchriger wurde.

Freitag, den 14. Januar 1774

Die Häuser von Boulogne-sur-Mer tauchten in der Morgendämmerung vor ihm auf. Nicolas ließ die Kutsche halten und beschloss, seine Reiseroute zu ändern. Er empfahl dem Kutscher, mit geringerer Geschwindigkeit und ohne übertriebene Eile nach Calais, seinem ersten Ziel, weiterzufahren. Er wolle den Eindruck erwecken, er sei krank und erschöpft. Die Vorhänge würden zugezogen sein, und es wäre besser, um Lebensmittel zu bitten, um an den letzten Poststationen vor Calais den Anschein zu erwecken, da sei ein Reisender in der Kutsche. Tatsächlich aber stieg er schon jetzt aus, um zu Fuß und über die Vororte in die Stadt gehen, denn er wollte das erste Passagierschiff nach Dover nehmen. Er setzte auf die Geschicklichkeit seines Kutschers und hoffte durch diese List seine Verfolger zu verwirren.

In der schneidenden Kälte stand Nicolas auf einem freien Hügel und lehnte mit dem Rücken an einer ausladenden Buche. Diese erhöhte Position gab ihm die Sicherheit, nicht von hinten angegriffen zu werden. Endlich ging die Sonne in seinem Rücken auf und tauchte die Landschaft in ein glühendes Rot. Der Tag versprach, schön zu werden, und er konnte Boulogne in seinen Stadtmauern erkennen. Die Liane überschwemmte das Tal und breitete sich in einer schimmernden, halb zugefrorenen Fläche aus. Reglose Zugvogelschwärme markierten die Lage der Eisplatten. Neben der Stadt stürzte der Fluss sich zwischen zwei Klippen ins Meer. In der Ferne erkannte Nicolas undeutlich einen riesigen Strand und die austernfarbenen Fluten mit ihren Schaumkronen.

Er stieg durch armselige Vororte zur Stadt hinunter und betrat eine Schänke, wo er eine Schale Glühwein mit einem kräftigen Schuss Schnaps trank, der ihn aufwärmte. Nicolas gewann den Wirt für sich, indem er ihm ein paar Gläser spendierte. Dieser bestätigte seine Informationen. Es gab einen Passagierschiffsdienst zwischen Boulogne und Dover, und zwar seit dem Frieden, den die beiden Länder 1763 geschlossen hatten. Diese Schiffe transportierten nicht nur das ganze Jahr über Passagiere, sondern auch französischen Wein in Flaschen nach England. Aufbewahrt in den Weinkellern von Boulogne, blieben diese Massen von Wein Eigentum der Briten, die sie je nach ihren Bedürfnissen einführten. Nicolas interessierte sich für die Gründe dieses Systems. Der Wirt erklärte ihm, dass der englische Weinliebhaber aufgrund dieses Arrangements nur entsprechend seines Konsums die beträchtlichen Abgaben zahlte, mit denen der französische Wein bei seiner Einfuhr ins Vereinigte Königreich belastet wurde.

Der Wirt beschrieb ihm genau, wo er sich einschiffen konnte, und so ging Nicolas in die Stadt hinein, deren Tore gerade geöffnet wurden. Er passierte problemlos die Wachen, die über diesen gut gekleideten Fußgänger nur staunten. Das Passagierschiff sollte gegen neun Uhr den Anker lichten. Nicolas ging ein wenig spazieren, wobei er die allzu belebten Straßen mied, wunderte sich aber doch über die Menge an Engländern, denen er begegnete und die er an der anderen Kleidung erkannte. Er bemerkte darunter Frauen der gehobenen Gesellschaft mit ihren modischen Kleidern und kleinen Hüten, während die Frauen aus Boulogne an ihren geschlossenen Hauben und ihren Umhängen erkennbar waren, die bis zu den Füßen gingen. Sein Gesichtsausdruck erregte die Neugier eines Bürgers, der frische Luft vor seiner Tür schnappte. Er beglückte Nicolas mit einem Kommentar über die Invasion der Engländer und erklärte, dass Boulogne seit Langem ein Zufluchtsort für diejenigen sei, die auf der anderen Seite des Meeres wegen ihrer chaotischen Angelegenheit oder ihres exzentrischen Verhaltens den Aufenthalt im Ausland dem in ihrer Heimat vorzögen. Da es allmählich Zeit wurde, begab Nicolas sich zum Hafen, wo er das Büro, das die Fahrkarten für die Überfahrt nach Dover ausgab, offen fand.

Er ging an Bord des Passagierschiffs und empfand sofort eine gewisse Bewegtheit. Es war das erste Mal, dass er das Königreich verließ. Er hatte immer schon davon geträumt, einmal über das Meer zu fahren, und jetzt war es so weit, ohne dass er es wirklich angestrebt hatte. Das Schiff, *Le Zéphir*, war ein ehemaliges Handelsschiff, das teilweise umgebaut worden war, sodass es Schlafplätze für ein Dutzend Personen bot, eine Zahl, die weit unter derjenigen der möglichen Passagiere lag. Der Kapitän begrüßte Nicolas und teilte ihm mit, dass der Sturm seit ein paar Tagen Schiffe aller Nationalitäten in die englischen Häfen getrieben und dort festgehalten hatte. Dennoch war er der Meinung, dass der Wind noch nicht fest aus einer Richtung blies. Je nach Windrichtung sei es möglich, die Überfahrt um drei Stunden zu verkürzen. Die *Zéphir* würde jeden Augenblick in See stechen.

Ein paar Passagiere suchten in der Innenkabine Zuflucht, während die meisten auf dem Achterdeck blieben, um dem Ablegen beizuwohnen, ohne die Manöver zu stören.

Nicolas musterte verstohlen jeden einzelnen seiner Reisegefährten. Es gab da einen französischen Händler mit seinem Angestellten, die sich laut unterhielten, und in ihrer Nähe zwei junge Engländer, deren Gebaren, Äußerungen und Ungezwungenheit darauf hindeuteten, dass sie gerade die *Grand Tour* beendet hatten, die jeder etwas wohlhabende Sohn aus guter Familie zu absolvieren sich schuldig war, um, wenn auch nur oberflächlich, Italien, Deutschland und Frankreich kennenzulernen. Der Marineoffizier, der einst Gefangener auf Ehrenwort im Château de Ranreuil gewesen war, hatte ihm erklärt, dass man die neue Welt in ihrer Vielfalt kennenlernen müsse. Ein Satz von Voltaire aus seinem *Essai sur les mœurs* fiel ihm ein: »Alles, was eng mit der menschlichen Natur verbunden ist, ähnelt sich überall im Universum. Alles, was vom Brauchtum abhängt, unterscheidet sich und ähnelt sich nur durch Zufall.« Und da waren die vier Domestiken der vier jungen Leute, eine Matrone mit Witwenschleier, deren mit Bleiweiß geschminktes Gesicht ihn an dasjenige der Paulet, seiner alten Komplizin aus dem *Dauphin couronné*, erinnerte, zwei weitere Domestiken und die Mannschaft. Auf den ersten Blick nichts Verdächtiges.

Matrosen waren am Spill beschäftigt, um die Ankerkette einzuholen. Das Schiff bewegte sich an seinem Tau vorwärts. Nicolas hörte, dass der Bootsmann ankündigte, dieses sei »senkrecht« und der Anker würde rutschen. Laufstege und Decks hallten von Schreien und Befehlen wider. Während das Manöver durchgeführt wurde, verteilten sich Männer in den Masten, um die Bramsegel zu setzen. Nicolas sah ihnen besorgt zu, wie sie sich an den Rahen entlang bewegten. Die Segel knallten wie Peitschenhiebe. Ein Beben erschütterte das Schiff, und die Blöcke quietschten. Die Segel blähten sich an den Masten, und die *Zéphir* segelte hart am Wind.

Nicolas blieb auf dem Achterdeck, glücklich, Seeluft zu atmen, und wenig geneigt, sich in die Enge der Passagierkabine zu begeben, in der manche, die mit bleichem Gesicht nach oben kamen, schon jetzt das Zusammengedrängtsein im Gestank der Exkremente nicht mehr ertrugen. Eine Stunde nach dem Auslaufen hatte der Wind gedreht und blies jetzt kräftig von hinten. Nachdem er die Lage ein paar Minuten beobachtet hatte, beschloss der Kapitän, Segel zu reffen, damit die Vordersegel besser vom Wind gebläht würden. Nacheinander fielen das Besan- und das Großsegel. Das reichte nicht aus, um die Geschwindigkeit des Schiffes zu stabilisieren. Es wurde offensichtlich, dass der Kapitän sich in seinen Berechnungen und Vorhersagen um vier Stunden geirrt hatte. Das Schiff hatte zu langsam Fahrt aufgenommen, um den Zeitpunkt der Gezeiten zu respektieren. Eine leichte Dünung wirbelte die *Zéphir* in alle Richtungen. Kurz darauf warf man in Sichtweite der englischen Küste, deren Klippen man in der Ferne erkennen konnte, den Anker. Man musste in jedem Fall den richtigen Augenblick abwarten. Das Segel wurde eingeholt, und das Schiff hielt sich im Gegenwind, den Bug nach Frankreich gerichtet, von wo der vorherrschende Wind blies, der immer kälter wurde.

Für die eingeschlossenen Passagiere war die Situation schwierig, denn ein Schiff, das regungslos allen Launen der Fluten preisgegeben ist, schaukelt noch spürbarer als eines, das schnell dahinsegelt. Auf dem Oberdeck genoss Nicolas den Anblick der

Schiffe, die, aus den englischen Häfen befreit, alle auf einmal ankamen und Kurs auf den Kontinent nahmen. Besorgt schätzte er das Risiko einer Kollision ein, denn ständig tauchten große Schiffe auf, umzingelten die *Zéphir* und drohten, mit ihr zusammenzustoßen, aber im letzten Augenblick vermied eine geschickte Kursänderung die Katastrophe, und Grüße wurden hin und her geschickt.

Die Nacht brach herein, als der Befehl gegeben wurde, den Anker einzuholen. Nicolas, der es leid war, am Bug von schäumenden Sturzwellen überrollt zu werden, hielt sich jetzt auf dem Dollbord am Heck auf. Plötzlich spürte er, wie er von kräftigen Händen an den Beinen gepackt und ins Leere geschleudert wurde. Er kam nicht dazu, den Sturz ins flüssige Element zu fürchten, denn ein Hindernis fing ihn hart auf. Er fand sich in einem Beiboot wieder, das nach Teer stank, doch noch nie war ihm ein Geruch so angenehm vorgekommen. Mit verdrehtem Rücken blieb er reglos liegen und spürte unter seinem Kreuz eine Taurolle. Er begriff sofort, dass die kleine Jolle, die am Heck hing, ihn aufgefangen hatte. Wer immer ihn da hinterrücks angegriffen und über Bord geschleudert hatte, würde in der Dunkelheit die Jolle kaum erkennen. Die Klugheit riet Nicolas, reglos dort liegen zu bleiben, wohin die Vorsehung ihn hatte fallen lassen. Er machte sich keine Sorgen um sein Gepäck, da er es in einen Schrank eingeschlossen hatte, zu dem nur der Kapitän den Schlüssel besaß. Während der restlichen Überfahrt fürchtete er daher nur eins: dass die Seekrankheit, unter der er so gut wie nie litt, da er als Kind oft die Fischer von Le Croisic begleitet hatte, ihm zusetzen könnte. Zwei Stunden später fuhr die *Zéphir* in den Hafen von Dover ein.

Nicolas wartete eine gewisse Zeit, und seinen Dreispitz, den er auf dem Boden des Boots wiedergefunden hatte, zwischen den Zähnen, gelang es ihm mithilfe der Taue und Skulpturen des Hecks und ein paar Klimmzügen, bei denen ihm sein Degen etwas im Weg war, sich auf das Deck zu hieven, vor den Blicken zweier erschrockener Matrosen. Ohne weitere Erklärung lief er weiter, um sich seinen Koffer zu holen, den ein ungeduldiger und beunruhigter Kapitän ihm aushändigte. Ohne jeden Kommentar sprang er auf den Kai und setzte den Fuß auf das Ufer des alten Englands.

Sofort stürzte sich eine Schar von Straßenjungen und Dienern auf ihn und bot ihm ein Transportmittel, eine Unterkunft oder sonstige Dienste an. Er wurde sie recht schnell wieder los, als sie erkannten, dass er ihre Sprache sprach und ihnen antworten konnte. Ein schlecht gekleideter Mann erschien und bat ihn um die Erlaubnis, sein Gepäck zu durchsuchen. Da er sich nicht als Gesandter zu erkennen geben wollte, gestattete er die im Übrigen korrekte Durchsuchung. Sie kostete ihn den Gegenwert eines Écu, den er dem Zöllner zu zahlen hatte, um eine Nutzungsgebühr zu entrichten, die »Vizegrafschaftsabgabe« genannt wurde. Anschließend ging er in die Stadt, um einen Gasthof zu finden, wo er etwas essen und schlafen konnte. Die Größe der Schilder der Gasthäuser überraschte ihn, ebenso wie die Fülle von Verzierungen, die sie auszeichnete. Von allen Seiten strömten die Reisenden herbei. Nicht ohne Mühe und Drängelei gelang es ihm – nach hartem Kampf und für ein kleines Vermögen –, einen elenden Schlafplatz in einem zweitklassigen Hotel zu ergattern. Um ein Abendessen zu bekommen, musste er selbst in die Küche gehen und sich von der rauchenden Glut ein

Stück Rindfleisch nehmen. Etwas anderes war nicht verfügbar, und die einzige Beschäftigung des Wirts bestand darin, über das Feuer zu blasen, um die Verbrennung der Steinkohle in Gang zu halten, die halb vom Fett des gegrillten Fleisches erstickt wurde, und die Fleischstücke, welche die Gäste seines Hotels ihm nach und nach entrissen, durch neue zu ersetzen.

In der Absicht, sich in seiner Kleidung schlafen zu legen, zog Nicolas seinen Mantel aus und bemerkte auf Höhe seiner Schenkel, dort, wo er gespürt hatte, dass mörderische Hände ihn hochhoben, Spuren von Fingern, die weiße und fette Abdrücke hinterlassen hatten. Im Licht seiner Kerze untersuchte er sie näher und roch an ihnen; es handelte sich um Bleiweiß. Es war kein Zweifel möglich, die geschminkte Witwe, die er im Augenblick des Ablegens bemerkt hatte, musste ein verkleideter Mann und der Urheber dieses neuerlichen Attentats gewesen sein. Entsetzt wurde ihm bewusst, dass seine Verfolger über eine wirksame Meute verfügten, dass seine List verpufft war und dass, wie es schien, jede seiner Bewegungen von einem unsichtbaren Feind vorausgesehen wurde. Er würde Mühe haben, den Maschen eines Netzes zu entkommen, das sich unablässig immer fester um ihn zusammenzog.

Samstag, den 15., und Sonntag, den 16. Januar 1774

Gegen vier Uhr morgens rüttelte ihn ein Diener wach, damit er sein Bett einem Neuankömmling überließ, der fluchend vor seiner Tür mit den Füßen stampfte. Nicolas aber ließ sich nicht zur Eile drängen. Er hatte Mühe aufzustehen, sein Rücken tat ihm weh. Catherine war nicht da, um ihn mit einem ihrer Hausmittel zu behandeln, die sie aus ihrem heimatlichen Elsass mitgebracht hatte und die einen Mann oder ein Pferd im Handumdrehen wieder auf die Beine brachten. Er dachte wehmütig an die Rue Montmartre und fragte sich, ob er bereits unter Heimweh litt.

Nachdem er zwei Stunden später den Gasthof verlassen hatte, erkundigte Nicolas sich bei einem Straßenjungen, der um ihn herumhüpfte und immer wieder rief: »One shilling, Sir!«, nach den Möglichkeiten, auf schnellstem Wege nach London zu gelangen. Während man ihm seinen Koffer abnahm, erfuhr er, dass achtundzwanzig Meilen Dover von London trennten und dass die beste Möglichkeit sei, die Postkutsche bis zum Hafen von Gravesend an der Themse zu nehmen, von wo aus Schiffe den Fluss hinaufführen. Man riet ihm auch, seinen Platz in einer der Kutschen zu reservieren, denn angesichts des Andrangs würden sie vermutlich gestürmt. Nicolas setzte sich neben den Postillion; so würde er an der frischen Luft sein und die Landschaft sehen. Das Wetter versprach kalt, aber schön zu werden. Ein Cabriolet zu mieten hätte Aufmerksamkeit erregt; er fühlte sich inmitten normaler Passagiere sicherer.

Im Sonnenlicht wirkte die Landschaft friedlich und erstaunlich grün im Vergleich mit der französischen Landschaft zu dieser Jahreszeit. Er frühstückte in Canterbury. Wie es schien, ernährte das Volk sich im Wesentlichen von Rindfleisch. In Gravesend verließ er die Postkutsche. Da die Gezeiten erneut gegen ihn waren und die Fahrt stromaufwärts nachts nicht möglich war, beschloss er, ein Zimmer in einem Gasthof aus gelben Ziegeln zu nehmen, das ihn durch seine Sauberkeit überraschte. Die gewischten und gewachsten Holzfußböden glänzten. Das Zimmer, das man ihm anbot, war klein, aber hübsch, verfügte über lackierte Mahagonimöbel, und frisch gewaschene Tücher umgaben das Bett. Das anständig gekleidete und diskrete Personal bestand aus jungen Leuten beiderlei Geschlechts, die bei der Arbeit lächelten. Das Abendessen bestand aus einer Rinderpastete mit Schweinenieren in einer dicken Sauce, die, wie man ihm erklärte, *steak and kidney pie* genannt wurde. Er verbrachte eine ruhige Nacht und ging in den frühen Morgenstunden an Bord eines Lastkahns, der nach London unterwegs war.

Das Wetter hielt sich, und die Ufer des Flusses boten angenehme und vielfältige Aussichten. Schöne Häuser wurden sichtbar auf den Hängen der Hügel inmitten geschmückter Gärten. Ihm wurde bewusst, dass die Themse einer der breitesten Flüsse Europas war und dass die größten Schiffe ihn problemlos befahren konnten. Die englische Hauptstadt näherte sich, und der Fluss war jetzt so stark befahren, dass nur noch ein schmaler Kanal für die Schiffe blieb, die stromaufwärts fuhren. Der Lastkahn war umgeben von einem Wald aus Masten, in denen der Wind blies und in den Rahen und Wanten brauste. Da die Gezeiten günstig waren, hatte er in wenigen Stunden den Tower von London erreicht und fand ohne Schwierigkeiten eine Kutsche, die ihn in das Viertel brachte, in das er sich begeben sollte. Wurde er immer noch verfolgt? Er konnte sich nicht mehr auf seine Wachsamkeit verlassen, zu viele merkwürdige Details, unbekannte Gesichter und neue Eindrücke lenkten ihn ab.

Berkeley Square präsentierte sich als ein schöner rechteckiger Platz, umgeben von Häusern in einem gefälligen Stil, wenn auch ein wenig monoton in ihrer Anordnung. Diese Backsteingebäude hatten nur zwei oder drei Etagen und besaßen eine Art

Souterrain, in dem die Küche untergebracht war, soweit er es erkennen konnte. Die unteren Räume bezogen ihr Licht über einen drei Fuß breiten Graben, der die Häuser von der Straße trennte. Der Bürgersteig war von diesem Graben durch Eisengitter getrennt. Nicolas fand ohne Mühe die Nummer, die er suchte, und hob den Türklopfer mit der Angst, sich in einem unbekannten und fremden Haus vorzustellen. Nach ein paar Augenblicken öffnete sich die Tür, und eine ältere Frau empfing ihn. Sie war mit einer gewissen Strenge gekleidet; ein Tuch bedeckte ihre Brust, sie trug ein schwarzes Kleid, und ihr graues, nach hinten gekämmtes Haar war mit einem Spitzentuch bedeckt. Nicolas hatte das Gefühl, eine Art Nonne vor sich zu haben, ein Bild, das noch verstärkt wurde durch einen schweren Schlüsselbund, der an ihrem Gürtel hing. Diese Klosterschwester blickte ihn aus ihren kleinen durchdringenden Augen an, die tief in einem rundlichen Gesicht lagen. Der kleine, schmale Mund kontrastierte mit den Falten des Halses, die von einem mit einer Kamee geschmückten Band zurückgehalten wurden. Sie betrachtete ihn, als wäre er eine giftige Art, der gegenüber Vorsicht geboten war. Die Tatsache, dass er sich in seiner Sprache vorstellte, schien sie zu überraschen, und sie verzog das Gesicht zu einem Lächeln.

»Ich muss Ihnen, Monsieur, eine Frage stellen.«

»Ich höre, Madame.«

»Können Sie mir den Namen Ihres Schneiders geben?«

»Maître Vachon«, erwiderte Nicolas, der diese Frage nicht erwartet hatte.

»Wo hat er sein Geschäft?«

»Rue Vieille-du-Temple in Paris.«

193

»Seit wann sind Sie sein Kunde?«

»Seit 1760, um genau zu sein.«

Nicolas hätte geschworen, dass hinter diesen Fragen Anweisungen von Sartine standen. Offensichtlich beruhigten seine Antworten die Frau, deren Gesicht sich nach und nach aufhellte. Sie deutete eine Verneigung des Oberkörpers an, die als Verbeugung durchgehen konnte.

»Madame Williams, zu Ihren Diensten. Würden Sie so freundlich sein, mir zu folgen, ich werde Ihnen Ihre Gemächer zeigen.«

Nachdem sie eine mit Filz bedeckte Treppe hinaufgestiegen waren, führte sie ihn in eine Flucht von drei Zimmern, eine Mischung aus Salon und Bibliothek, ein Alkoven und ein Badezimmer. Er akzeptierte das Angebot eines Bads und fragte, ob seine Anzüge ausgebürstet und gebügelt werden könnten. Madame Williams nahm dienstbeflissen diejenigen entgegen, die er aus seinem Koffer holte. Ein paar Augenblicke später erschien ein Diener mit Krügen voll heißem Wasser. Er kam mehrmals zurück, und bei seinem letzten Besuch übergab er Nicolas einen Morgenmantel aus indischem Baumwollstoff. Bevor sie sich zurückzog, wies die alte Frau ihn darauf hin, dass ihm Tee serviert würde und dass »besagte Dame« ihn um sechs Uhr besuchen werde.

Nicolas stieg genussvoll in eine Badewanne aus Kupfer. Die Schmerzen, die er seinem Sturz in das Beiboot der *Zéphir* zu verdanken hatte, ließen sofort ein wenig nach. Tja, dachte er, das ist das, was der Marquis de Ranreuil, sein Vater, Komfort genannt hätte. Bisher hatte er dieses Vergnügen immer nur sehr kurz genossen, in den russischen Bädern in der Rue de Bellechasse oder in den Sonderkabinen der *bois flottants* an den Ufern der Seine, lauter Orte, die von der Polizei, die dort der Zügellosigkeit Einhalt gebieten wollte, engmaschig überwacht wurden. In dem parfümierten Dampf nickte er kurz ein. Aber er wurde wieder wach, da das Wasser rasch abkühlte. Er rasierte und frisierte sich. In seinem Schlafzimmer fand er seine Kleidung gereinigt und gebügelt vor. Die gewachsten Stiefel glänzten im Licht eines Kohlenfeuers, das in einer Schale im Kamin brannte. Er nahm sich die Zeit, die Wände zu bewundern, die mit Siamoise-Stoff mit Pagodenmuster bedeckt waren, der ihn an die Stoffe erinnerte, die das so beliebte Geschäft in der Rue du Roule in Paris anbot, das sich auf den Handel mit Chinoiserien spezialisiert hatte. Überall dominierte das Mahagoni. Die große Zahl gerahmter Stiche an den Wänden, die ländliche Szenen oder Seeschlachten darstellten, überraschte ihn. Frisch gekleidet, entdeckte er schließlich im Salon auf einem kleinen Spieltisch eine Kanne Tee, Butter, Brot und mehrere Schalen mit Marmeladen. Das Brot war eine ganz neue Erfahrung für ihn; etwas Vergleichbares hatte er nie zuvor gegessen. Es war weiß und weich, mit zarter Krume, aber wenig Geschmack und ohne Kruste. Auf der Kaminuhr schlug es sechs, aus dem Treppenhaus drangen Geräusche zu ihm. Die Besucherin kündigte sich an. Ihre hastigen Schritte, bemerkte Nicolas, klangen allerdings nicht so, als würden sie dem schönen Geschlecht gehören. Sie schlugen hart und zugleich schwer auf das Parkett des Treppenabsatzes, das knackte. Die Tür öffnete sich, ohne dass gekratzt oder geklopft worden wäre. Ein kleiner Turm aus Stoff kam herein und sagte kokett mit Säuferstimme:

»Charles, Geneviève, Louis, Auguste, André, Timothée de Beaumont, Demoiselle d'Éon wünscht sich mit dem Marquis de Ranreuil zu unterhalten.«

Nicolas fand diese Einleitung in der dritten Person und mit dieser zweideutigen Aufzählung von Vornamen unpassend. Er wusste nicht so recht, wie er sich dieser abgetakelten androgynen Schönheit gegenüber verhalten sollte. Allerdings hätte man auch erst einmal die Umrisse und Gesichtszüge erkennen müssen, was diese Anhäufung von Manipulationen, die Éon entstellten, nicht erlaubte. Sie ließ sich in einen Ohrensessel fallen, ohne eine Antwort abzuwarten, und schlug kräftig mit ihren beiden mit Florettseide behandschuhten Händen auf ihre Falbeln, um sie zu glätten. Sie trug ein graues Kleid mit weiten Ärmeln aus Valencienne-Spitze mit einem Oberteil, das bis zu einem dicken Hals reichte, der von einem breiten schwarzen Band umschlossen war. Nicolas bemerkte den roten Fleck des Croix de Saint-Louis, das auf den glänzenden Dienst als Soldat unter dem Befehl des Maréchal de *Broglie* hindeutete. Das übermäßig geschminkte Gesicht erinnerte Nicolas an dasjenige der Schauspielerinnen, bevor sie auf die Bühne gehen, wenn ihre hervorgehobenen Gesichtszüge völlig überzeichnet wirken; auf dem Kopf trug sie eine Haube aus gerüschter Spitze. Das Wesen suchte seine Position, streckte die Beine aus und ließ in der Unordnung seiner Kleidung die Stiefel des Dragoneroffiziers sehen, der es immer gewesen war.

»Nehmen Sie Tee?«, fragte Nicolas.

»Absolut nicht. Ein stärkeres Getränk würde mir mehr zusagen, aber es ist weder die Stunde noch der Augenblick. Um es ganz klar zu sagen, wir sind beide, Sie und ich, in einige Angelegenheiten eingeweiht, mit denen ich Ihnen, wie mir scheint, nicht mehr in den Ohren liegen muss. Ich komme daher gleich zur Sache. *Man* sagt mir, dass man Ihnen die Anfänge erklärt hat.«

»Das kann ich Ihnen bestätigen. Monsieur de Sartine hat mir nichts verheimlicht.«

»Zwei ernste Motive rechtfertigen Ihre Mission in London. Das erste, das dringende Maßnahmen erfordert, ist, alles zu unternehmen, um ein paar unglückselige Versager zu retten, die von einem Dummkopf gelenkt werden und die in die Fallen unserer englischen Freunde getappt sind. *Man* hat zu verstehen gegeben, dass Sie über die Befugnisse eines Bevollmächtigten verfügen. Es liegt an Ihnen, überzeugend zu sein, wenn nicht gar überzeugt, und vor allem mehr als geschickt …«

Er lachte sehr laut und unnatürlich.

»Sie werden es mit einem gefährlichen Gegner zu tun haben. Ich habe alle Register gezogen für Sie. Es war nicht einfach, das kann ich Ihnen versichern. Ein Vertreter von Whitehall wird sich heute Abend mit Ihnen an einem Ort treffen, den ich nicht kenne. Ein Fiaker wird Sie um neun Uhr abholen. Seien Sie auf der Hut, ich verkehre mit diesen Leuten seit Jahren. Sie sind durchtrieben und zu allem bereit. Schwierig, gegen so viele Verdienste zu kämpfen.«

Er ließ sich lang und breit über dieses Thema aus und zog eine schwerfällige und ermüdende Unterhaltung in die Länge, die nur durch heftige und geschmacklose Sarkasmen ein wenig Würze bekam.

»Kurz und gut«, schloss der Chevalier, »sie werden Ihnen mit der korrektesten und kältesten Höflichkeit begegnen und ihre Hintergedanken verbergen. Unsere Leute – na ja, diese Schurken, die Aiguillon geschickt hat – werden im Kommissariat in der Bow Street unter der zweifachen Wachsamkeit der Justiz und ihrer Polizeigehilfen und des gemeinsten Pöbels festgehalten.

Dieser wäre nur allzu geneigt, Franzosen übel mitzuspielen, unter der völligen Gleichgültigkeit der anderen. An diesem Ort sind dieser Hauptmann Béranger, zwei Polizisten und vier Schutzleute. Und jetzt muss ich mit Ihnen über Morande sprechen.«

»Kennen Sie ihn gut?«, fragte Nicolas.

Éon wühlte in ihrem Oberteil und rückte ihre Haube zurecht.

»Jeden Tag, den Gott werden lässt, geht mir dieser Halunke mit Briefen und Treffen auf die Nerven. Ich höre ihm zu und treffe ihn, und da ich ihm nicht zustimmen kann, bemühe ich mich, ihn zur Vernunft zu bringen. Ich muss feststellen, dass meine Predigten nicht fruchten. Es ist vergebliche Liebesmüh. Dieser Mann liebt nur seine Brut; er hat seinen Vater vor Kummer sterben lassen und wollte seine Mutter hängen lassen. Lange in Armentières eingesperrt, hat er einen praktischen Zufluchtsort in England gefunden. Wenn Sie mir glauben wollen, wird er in Tyburn enden, wo seine klobigen Füße dem Lumpenpack von London ihren Segen geben werden, das gekommen ist, um zu sehen, wie er seine böse Zunge herausstreckt!«

»Wie würden Sie diesen Charakter beschreiben?«

»Der Mann hat keinerlei gute Eigenschaften und verkörpert das Böse. Er hat Schulden und weiß nicht, wo er sich hinwenden soll, um sich durchzuschlagen. Aber, ich wiederhole, ein guter Vater und guter Ehemann. Gleichwohl lässt seine ehrgeizige Mittelmäßigkeit ihn im Schlamm waten, in dem er ertrinkt, ob er will oder nicht, und er ist für kein Argument empfänglich. Er greift nie entschlossen an, da und dort Marken setzend, provozierend und ärgerlich wie ein Hund, der stoßweise fickt.«

Éon streckte die Spitze eines seiner Stiefel aus und beugte sich vor, als wollte er sich darin betrachten.

»Er hat mir alles erzählt vom Abenteuer der Gauner, die gekommen sind, um ihn zu töten«, fuhr er fort. »Ich habe versucht, ihm klarzumachen, dass mich das überhaupt nicht wundere, dass ich ihm das, was passiert ist, immer schon vorausgesagt hätte und dass er selbst die Hauptursache für die Gefahren sie, in die er sich brächte. Hätte er sich nicht, fügte ich hinzu, andere Ziele für seine Zensur aussuchen können als die aktuelle Favoritin, ganz zu schweigen von ihrer Vorgängerin, um seine abscheuliche Feder zu wetzen und sein Gift zu verspritzen?«

»Und wie hat er reagiert?«

»Wie ein Tollwütiger, Marquis. Ich erspare Ihnen die Einzelheiten, bilden Sie sich selbst ein Urteil. Er hat mich mit dem Rat verabschiedet, dem Duc d'Aiguillon und ›der ganzen Clique‹ des Hofs ausrichten zu lassen, dass all ihre Umtriebe und ihre Gefolgsleute ihn einen Dreck interessierten. Obwohl ich ihn abermals ermahnt habe, diese Torheiten endlich zu beenden, hat er sich nicht davon abbringen lassen. Stellen Sie sich vor, er hat die Berichte über seine Abenteuer an die Zeitung geschickt, und sie sind am 11. Januar in der *Morning Post and Daily Advertiser* veröffentlicht worden. Er will gerichtlich gegen die Schande vorgehen, die ihm angetan worden ist. Ich habe ihn entnervt verlassen, und ich habe seiner armen Frau gesagt, sie solle sich vor den Folgen der Handlungen ihres Mannes, der mir sehr gestört vorkomme, in Acht nehmen und sich wegen der katastrophalen Auswirkungen für sie und ihre Kinder an ihm rächen.«

»Und was ist meine Rolle in diesem Albtraum?«

Die Chevalière schlug sich fröhlich auf die Schenkel.

»Gemach! Verzweifeln Sie nicht. Mit einem Individuum seines

Schlags ist alles möglich. Nicht, dass andere es nicht schon versucht hätten, aber ...«

»Aber?«

»Der Mann ist allem Anschein zum Trotz alles andere als verrückt. Er lacht schallend über dieses erbärmliche Unternehmen, obwohl dieses Abenteuer ihn ins Wanken gebracht und beunruhigt hat. Sprechen Sie mit ihm. Auch wenn Sie im ersten Augenblick nichts erreichen, werden Sie seine Abwehrmechanismen für spätere Angriffe schwächen. Darüber hinaus weiß er Bescheid, denn ich habe es auf mich genommen, ihm mitzuteilen, dass Sie nicht der Gesandte des Duc d'Aiguillon sind, sondern der des Königs. Ich habe meine Informationsquellen, er hat seine, und manchmal überschneiden sie sich. Den Gerüchten zufolge, Marquis, sind Jagdhunde hinter Ihnen her; das wird Sie ihm sympathisch machen! Aber selbst in England entkommt der Fuchs manchmal! Ich wünsche Ihnen alles Gute. Ach übrigens, sind Sie bewaffnet?«

»Ja, eine gute Klinge und eine Pistole.«

»Ansonsten hätte ich Ihnen das Nötige besorgen können. Meine Degen sind die besten Londons. Wissen Sie, dass ich von Dumonchelle und Rousseau, Fechtmeister in Paris, erzogen worden bin?«

Er richtete seine kleine Gestalt auf.

»Misstrauen Sie allem und jedem«, fuhr er fort. »Morande wird Sie respektvoll behandeln und recht offen mit Ihnen sprechen, lassen Sie sich davon nicht täuschen. Er ist in ein verhängnisvolles Würfelspiel verstrickt, das ihn rasend wütend macht und das all seine Gedanken verdüstert und vollkommen ausfüllt.«

»Wann werde ich ihn sehen?«, fragte Nicolas.

»Morgen vermutlich. Madame Williams wird es Ihnen mitteilen. Er wollte Sie bei sich empfangen. Zu auffällig. Ich organisiere etwas anderes auf neutralem Gebiet.«

Éon betrachtete Nicolas mit einem leichten Lächeln und einer Art freundschaftlichem Mitleid.

»Passen Sie auf sich auf, die Angst ist manchmal ein guter Ratgeber, und es wäre gefährlich, keine zu empfinden. Wir sind nicht so viele, die für Seine Majestät kämpfen, den besten der Könige, mein erlauchter und heimlicher Beschützer ...«

Nicolas bemerkte überrascht die sichtliche Ergriffenheit dieser merkwürdigen Person.

»Ach!«, sagte Éon. »Ich vergaß ... Unsere Botschaft ist mit einer Angelegenheit befasst, um die ich mich parallel kümmere. Ich fürchte, dass sie sie zum Scheitern bringt. Sie werden den König bei Ihrer Rückkehr aus London sehen. Richten Sie ihm von mir aus, dass Monsieur Flint, der 1736 nach China gereist ist und 1759 die Chinesische Mauer entlanggegangen ist, ohne allerdings nach Peking hineinzudürfen, und der mehrere Jahre von den Chinesen gefangen gehalten wurde, immer noch zögert, unsere Angebote anzunehmen. Er hat mir gesagt, dass man seit seiner Landung nie etwas von dem englischen Schiff von hundert Registertonnen und mit einer Mannschaft aus zwölf Mann gehört habe, auf dem er auf dieser Expedition gefahren ist.«

»Sie können sich auf mich verlassen«, erwiderte Nicolas, ohne zu begreifen, worum es sich handelte.

»Das ist noch nicht alles«, fuhr Éon fort. »Meinen Erkenntnissen zufolge sind die Beobachtungen, die die Engländer an diesen Küsten sammeln konnten und die so wesentlich für unsere Interessen sind, verloren gegangen, mit Ausnahme dessen, was sich im Kopf des Sieur Flint befinden mag, der behauptet, er habe diese Gegenden und Meere studiert, bevor er an Bord besagten Schiffes gegangen sei.«

»Aber was ist das Ziel Ihrer Verhandlung?«, fragte Nicolas. »Entschuldigen Sie, dass ich so in Sie dringe.«

»Wir müssen die Nachteile für ihn oder seine Familie, wenn er mit uns verhandelt, ausgleichen oder ihn für ein Exil entschädigen, sollte es sich nicht vermeiden lassen. Die Lords der Admiralität behalten ihn im Auge. Als ich ihn das letzte Mal getroffen habe, habe ich ihm begreiflich zu machen versucht, dass es sich für einen großen Fürsten und eine Regierung wie die unsere gehört, alle Arten von Männern zu suchen, die über seltene Auskünfte, Talente oder Kenntnisse verfügen. Um ihn zu überzeugen, habe ich ihn an die Zeit von Colbert erinnert, in der die Belohnungen die Verdienste in allen Nationen suchten, in denen sie zu finden waren. Sehen Sie, mein Lieber, das ist vielleicht wichtiger für den Ruf des Königs in der Zukunft als alle *moranderies* der Welt. Marquis, ich grüße Sie und wiederhole Ihnen meine Sorge. Passen Sie auf sich auf.«

»Mademoiselle«, sagte Nicolas, »ich bin Ihnen verbunden für Ihre Fürsorge; die jüngste Vergangenheit spricht dafür, dass ich Ihre Empfehlungen ernst nehme.«

Die Chevalière verabschiedete sich mit einem Händedruck, der Nicolas fest und aufrichtig vorkam, und ging, gehüllt in ein Sammelsurium von Stoffen, hinaus.

Der Eindruck, den Éon auf Nicolas machte, hatte sich im Laufe des Gesprächs verändert. Die Art und Weise, wie dieser vom König sprach, konnte ihn nicht ungerührt lassen, ebenso wenig wie seine Sorge um die Erfolge des Königreichs. Allerdings war da immer noch diese Art von Erpressung, die Éon gegen seinen Herrn aufrechterhielt, indem er im Besitz von Dokumenten war, die ihm als Sicherheit dienten. Doch in seiner gegenwärtigen Situation hatte Nicolas durchaus Verständnis für die extremen Mittel, deren Einsatz einem das Schicksal unter schwierigen und besonderen Umständen nahelegen konnte. Dennoch neigte sich die Waage zugunsten des Chevalier – oder der Chevalière –, was Nicolas kaum für möglich gehalten hätte. Und der Inhalt von Éons Äußerungen bestätigte ihm die Komplexität einer Affäre, in der die Interessen des Staates und undurchsichtige Umtriebe sich mischten, um sich besser bekämpfen zu können.

Er hatte auch vor, dem englischen Gesprächspartner zu misstrauen, dessen Böswilligkeit bereits der Hinterhalt gezeigt hatte, mit dem das Abenteuer von Hauptmann Béranger geendet hatte. Was Morande betraf, da verdunkelten sich die Aussichten. Was würde er erreichen können, wenn die Beschreibung, die Éon ihm von diesem verdorbenen Menschen gegeben hatte, der Realität entsprach? Was konnte er von einer solchen Unmoral erwarten? Mit welchen Hebeln konnte er ihn in die vom König gewünschte Richtung bewegen? Sollte er mal locken, mal drohen, um die auf Lüge und Verleumdung gegründeten Abwehrmechanismen zu zerstören?

Schließlich rief Nicolas sich zitternd die wiederholten Warnungen seines Besuchers ins Gedächtnis. Sie waren ebenso zweideutig wie derjenige oder diejenige, der oder die sie ausgesprochen hatte. Dass er bedroht wurde, daran hatte er nie gezweifelt; die Frage stellte sich, woher die Schläge kamen und ob diese Kette von Ereignissen einen einzigen Ursprung hatte oder nicht. Seine Ratlosigkeit konzentrierte sich auf diesen verhängnisvollen Abend des 6. Januar, als ein Eifersuchtsanfall den Lauf eines Schicksals verändert, Madame Lastérieux in einen grausamen Tod getrieben und ihn selbst in die Netze des Argwohns und die Gefahren einer mörderischen Jagd gestürzt hatte. Allerdings vergaß er in seiner Trauer die zweideutige Rolle, die sie ihm gegenüber gespielt hatte.

Die Uhr schlug halb acht. Der Diener trat ein, und nachdem er die Reste des Tees abgeräumt hatte, deckte er den Spieltisch. Nicolas seufzte vor Wohlbehagen, während er diesen Vorbereitungen zusah, als Madame Williams mit empörtem Gesichtsausdruck wie ein Kriegsschiff hereinrauschte.

»Monsieur, da ist ein Mann, der empfangen zu werden wünscht. Ich habe ihm bedeutet, dass Sie nicht da seien, aber er beharrt darauf und versichert, dass Sie um neun Uhr mit ihm verabredet seien. Er bittet darum, den Zeitpunkt des Treffens vorzuverlegen.«

»Was macht er für einen Eindruck?«, fragte Nicolas.

»Durchaus den eines ehrenwerten Gentleman.«

»Gut. Seien Sie so freundlich, ihn heraufzuführen und uns zwei Gläser zu bringen und etwas, das man in London vor dem Abendessen trinkt.«

Die gute Dame verließ verärgert den Salon. Sie kam zurück in Begleitung eines kleinen dickbäuchigen, etwa sechzigjährigen Mannes ohne Perücke mit einem kahlen Schädel, der von einer weißen Haarsichel umkränzt war. Das blasse Gesicht mit buschigen Augenbrauen, einer spitzen roten Nase und einem langen Hals, um den ein Krawattenschal aus weißer Gaze gebunden war, schaute aus einem grünen Anzug hervor, in den ein unförmiger Körper gezwängt war. Eine Hose aus makellos weißem Kaschmir endete in schwarzen Strümpfen und Schuhen mit silbernen Schnallen. Der Mann richtete sich auf seinen kurzen Beinen in die Höhe, nahm mit zwei Fingern eine Lorgnette, die an einem schwarzen Band hing, und beäugte Nicolas, nachdem er einen kreisrunden und beifälligen Blick durch das Zimmer und über seine Möblierung geworfen hatte. Ohne dazu aufgefordert worden zu sein, setzte er sich Nicolas gegenüber, musterte ihn abermals von Kopf bis Fuß und ergriff das Wort in einem aristokratisch gefärbten Englisch.

»Monsieur le Marquis«, sagte er, »haben Sie sich jemals gefragt, ob wir glücklich sind, Sie zu empfangen?«

Nicolas hatte nicht vor, sich auf diese Weise aus der Fassung bringen zu lassen.

»Zunächst einmal«, sagte er, »mit wem habe ich die Ehre? Denn Sie scheinen mich zu kennen, aber ich habe nicht dieses Vergnügen.«

»Ich bin Lord Ashbury, Robert Ashbury. Sie hätten heute Abend zu mir geführt werden sollen, aber ich habe den Zeitpunkt vorverlegt. Denn ich möchte nicht, dass ein so distinguierter Gesandter wie Sie zu abscheulichen Dingen gezwungen wird. Und ich füge hinzu, dass ich nur in Maßen schätze, dass unser gemeinsamer Freund unsere Vergnügungen organisiert.«

Er hatte das alles mit einer gewissen Süffisanz gesagt, während die Lorgnette an seinem Hals baumelte. Nicolas erhob sich und schürte das Feuer, während er amüsiert dachte, dass das eine Gewohnheit von Monsieur de Sartine war, wenn er Zeit zum Nachdenken brauchte. Der beißende Geruch der brennenden Kohle stieg ihm in die Kehle, und er musste husten. Dadurch gewann er ein paar Sekunden, die ihm erlaubten, eine aufkeimende Verärgerung zu beruhigen.

»Verfügen Sie, Mylord, über Papiere, die mir versichern, dass Sie die Person sind, als die Sie sich mir vorstellen?«

Sein Gast brach in Gelächter aus.

»Monsieur le Commissaire, Sie werden meinem Wort vertrauen müssen. Ich bitte Sie auch nicht um die Bevollmächtigungsschreiben, die Ihr Herrscher unterzeichnet hat, um Sie zu akkreditieren, und die Ihnen gewiss …«

Er deutete mit dem Finger auf Nicolas' Brust.

»… das Herz erwärmen. Diese Art von Angelegenheiten, müssen Sie wissen, werden in einer Atmosphäre des Vertrauens – oder des Misstrauens, wie Sie wollen – behandelt.«

Madame Williams kam herein mit einem Fläschchen eines bernsteinfarbenen Alkohols und zwei Gläsern, die sie auf den Spieltisch stellte. Lord Ashbury füllte sein Glas sofort bis zum Rand und trank es in einem Zug aus, wobei er auf eine Art und Weise mit der Zunge schnalzte, die Nicolas sehr primitiv fand.

»Exzellenter Sherry! Kompliment an Ihre Gastgeberin.«

Spöttisch nickend, ließ er sich in seinen Ohrensessel fallen.

»Also, Herr Bevollmächtigter, was haben Sie mir zu sagen?«

»Ich will nicht lange drum herumreden«, erwiderte Nicolas. »Lord Stormont, Ihr Botschafter in Paris, hatte uns alle Zusicherungen gegeben, damit eine französische Polizeimission auf britischem Boden durchgeführt werden kann, um Monsieur de Morande daran zu hindern, Schaden anzurichten, dessen unverschämte Schriften Seine sehr christliche Majestät und diejenigen, die ihm nahestehen, aufs Schlimmste verleumden.«

»Sie meinen *die Damen*, die ihm nahestehen.«

Nicolas überhörte die Provokation.

»Und was sehen wir? Diese geduldete und, das räume ich ein, heikle Mission ist von Anfang an von heimtückischen Hinterhalten bedroht gewesen, die sie zum Scheitern verurteilt haben. Nach einer Denunziation ist der Pöbel gegen sie aufgewiegelt worden, und am Ende sind unsere Leute eingesperrt worden und dem Zorn Ihrer Justiz preisgegeben. Die Verpflichtungen, die Ihre Regierung eingegangen ist, sind nicht respektiert worden; jetzt muss verhindert werden, dass diese Angelegenheit dauerhaft und auf gefährliche Weise die Beziehungen zwischen unseren beiden Ländern, die seit elf Jahren in Frieden leben, beschädigt. Wir haben es mit einem Hindernis zu tun, einem *stumbling block*, wie Sie hier sagen, einem Stolperstein.«

»Ihre Kenntnis unserer Sprache übertrifft die Qualität Ihrer Argumente«, sagte Ashbury lächelnd. »Was Sie da vorbringen, Monsieur, wäre annehmbar, wenn Ihre Abgesandten mit der Vorsicht und dem Geschick vorgegangen wären, die ein so ungewöhnliches Vorgehen erfordert, und wenn die Gesetze Englands respektiert worden wären.«

Er blähte seine Backen, atmete aus und holte Luft.

»Aber was sehen wir? Eine Truppe von Elenden, die sich indiskreterweise einer gewissen Madame de Godeville anvertrauen, einer ehrlosen Französin, einer Dirne, würden Sie sagen, nicht wahr? Ihr ist es zu verdanken, dass alles entdeckt wurde, was wir wohlgemerkt, getreu unseren Versprechen, keineswegs wünschten. Ihre Leute haben sich mit besagtem Pamphletisten getroffen, der angefangen hat, von jedem von ihnen dreißig Louis d'or zu erpressen. Anschließend hat er auf so gemeine Art und Weise Alarm geschlagen, dass Ihre Unterhändler – wenn man einen solchen Pöbel überhaupt so nennen kann –, aufs Heftigste vom englischen Volk verdächtigt, das so aufrecht, so gerecht ist und so sehr an seinen Freiheiten hängt, das Ziel einer Menschenjagd wurden. *Morande* hat sie mithilfe unserer Presse angeprangert, die frei ist. Ihre Leute wurden in ihrem Hotel belagert, einer von ihnen ist ergriffen und mit Pech eingeschmiert in die Themse geworfen, von unserer Polizei wieder herausgefischt und in eine Irrenanstalt gesteckt worden. Die anderen haben sich in die Arme der Justiz geworfen, die sie beschützt und verurteilen wird, sollten sich die Beschuldigungen, die gegen sie vorgebracht werden, als wahr erweisen.«

»So ungeschickt sie auch gewesen sein mögen«, sagte Nicolas, gedemütigt von dieser Lektion, die ihm von oben herab erteilt worden war, »nichts in dem, was Sie sagen, deutet auf das legitime Wohlwollen hin, das Ihre Regierung einer Mission hätte entgegenbringen müssen, deren Ziel und Notwendigkeit Sie kannten.«

»Das wäre natürlich auch der Fall gewesen, wenn alles unter dem Siegel der Verschwiegenheit stattgefunden hätte, ohne öffentlich die Rechte und Gepflogenheiten der englischen Nation zu verletzen. Sie müssen sich damit abfinden und sich in Geduld üben: Wenn sie nicht gehängt werden, werden Sie sie in ein paar Jahren wiederbekommen.«

Er goss sich ein weiteres Glas Sherry ein, und seine Wangen röteten sich ein wenig. Nicolas dachte nach. Er erhob sich.

»Mylord«, sagte er schließlich, »ich fürchte, wir haben uns

nichts mehr zu sagen. Ich werde meinem Herrn vom Misserfolg einer Mission berichten, die die Verpflichtungen, die Ihre Botschaft in Paris eingegangen ist, gestattete. Kein Zweifel, dass ihr Ergebnis denen gefallen wird, die in meinem Land die Schwierigkeiten des Ihren mit dem festen Willen beobachten, davon zu profitieren. Das Kriegsglück ist wechselhaft. Der Duc d'Aiguillon, bestrebt, den Frieden zu erhalten, kann nach einem solchen Affront den Kurs seiner Politik ändern. Was Monsieur Choiseul betrifft, der, wie Sie wissen, nur davon träumt, in die Politik zurückzukehren, und dessen Gedanken vom Wunsch nach Rache bestimmt werden, wird es sich nicht nehmen lassen, Nutzen aus einem solchen Geschenk des Lebens zu ziehen.«

Lord Ashburys Gesicht lief puterrot an angesichts dieser Beleidigung.

»Die Schwierigkeiten meines Landes? Was wollen Sie damit sagen?«

»Ich lese die Blätter Ihrer freien Presse. Sie sind voll von den Problemen, mit denen Ihre Regierung in Indien und in Ihren Kolonien in Amerika konfrontiert ist.«

Nicolas war froh, dass er aufmerksam die Dokumente gelesen hatte, die Sartine ihm überlassen hatte. Er spürte, dass sein Gesprächspartner sich getroffen fühlte.

»Wollen Sie damit andeuten, dass ...«

»Ich deute nichts an, ich behaupte, und als Bevollmächtigter stelle ich die Unmöglichkeit fest, einen bedauerlichen Zwischenfall angemessen zu regeln, den es nicht geben würde, wenn eine so unselige Person wie Monsieur de Morande ordnungsgemäß daran gehindert worden wäre, Schaden anzurichten, anstatt Zuflucht, Halt und Unterstützung in Ihrem Land zu finden. Ebenso ...«

»Na, na, Monsieur le Marquis, Sie haben das Feuer der Jugend; Sie müssen sich noch die Gelassenheit zulegen, die hier die wichtigste Eigenschaft ist. Ich bitte Sie, sich zu setzen.«

Nicolas fügte sich widerwillig.

«Die Regierung Seiner huldvollen Majestät«, fuhr Lord Ashbury fort, »wünscht aus dieser Geschichte keinen *casus belli* zu machen. Sehen wir über die unantastbaren Rechte, die Freiheit unserer Presse und die Unabhängigkeit unserer Rechtsprechung hinweg, um sechs Uhr morgens können Sie Ihre Helden in Empfang nehmen und mit ihnen auf dem Schiff in See stechen, das sie nach Hause bringt. Voilà. Monsieur, ich grüße Sie; wir werden uns vermutlich nicht wiedersehen.«

Lord Ashbury lächelte gezwungen, während er mit einer Hand über seinen weißen Haarkranz strich. Nicolas war sich nicht sicher, inwieweit er den Lord beeindruckt hatte. Seine Argumente verstärkten vermutlich nur die Sorge der Engländer, dass diese erbärmliche Geschichte eine Krise auslösen könnte, die umso ernster war, als sie die Ehre zweier Nationen betreffen und ihr Echo den Thron von Frankreich beschmutzen und damit jede Lösung unmöglich machen würde. Die Sache war der Mühe nicht wert. Vielleicht hatte London gehofft, etwas im Gegenzug zu erhalten? Falls es einen Erfolg gab, müsste man ihn in dieser Richtung suchen. Der Engländer erhob sich.

»Monsieur le Marquis, Monsieur le Commissaire, Monsieur le Plénipotentiaire, Sie sind ebenso verschiedenartig und vielfältig wie Ihre Chevalière. Ich verlasse Sie.«

Mit dieser letzten Spitze und ohne Nicolas die Hand zu reichen, machte er ein paar Schritte, blieb dann stehen und drehte sich um, wobei er seine Lorgnette umherwirbeln ließ.

»Ziehen Sie Ihren Aufenthalt in London auf keinen Fall in die Länge. Meine Landsleute können rachsüchtig und grausam sein. Ich glaube zu wissen, dass unbekannte Auftraggeber auf Ihren Kopf einen Preis ausgesetzt haben. *God save the commissioner.* Leben Sie wohl.«

Lord Ashbury verließ den Salon mit kleinen Schritten. Die Tür hatte sich geöffnet, während er sich ihr näherte. Nicolas wurde beinahe schlecht, als er feststellen musste, dass Madame Williams vermutlich ihr ganzes Gespräch mit angehört hatte. Er sagte sich, dass seine Naivität und Unerfahrenheit dieser für ihn neuen Welt gegenüber groß waren. Was für eine unmögliche Situation für diese Engländerin im Dienst eines französischen Spions, der als solcher bekannt war und der seinerseits gemeinsame Sache mit den Männern des englischen Geheimdienstes machte. Wie sollte er sich in einem solchen Durcheinander zurechtfinden, und auf welche Grundlage gründete Éon das Vertrauen, das er ihm entgegenzubringen schien? Nicolas fügte dieser Überlegung eine Feststellung hinzu: Jeder schien über die Bedrohungen, die über ihm schwebten, Bescheid zu wissen, seine Freunde wie seine Feinde. Der Gegner war nirgends, aber die Gefahr war für Nicolas überall und würde auftauchen, wenn er es am wenigsten erwartete.

Ein Roastbeef mit einem Pudding und dazu ein guter Bordeaux zerstreuten seine düsteren Gedanken. Am Ende seines Abendessens sah er zu seiner Überraschung, dass ein staubiges Fläschchen behutsam auf den Tisch gestellt wurde. Der Diener kündigte ihm einen kostbaren Wein aus Portugal an, der normalerweise zum Abschluss der Mahlzeiten serviert würde, und zwar ausschließlich den Männern. Der dekantierte Porto schimmerte im Funkeln der Kerzen mal amarant-, mal bernsteinfarben. An diesem Nektar zu schnuppern erwies sich als ein seltenes Vergnügen, ihn zu trinken war reine Wonne; seine samtige Süße breitete sich kraftvoll und warm aus und war in der ganzen Brust spürbar. Nüsse und Käsewürfel brachten den Geschmack dieses wunderbaren Getränks noch mehr zur Geltung. Nicolas konnte dem Vergnügen nicht widerstehen; er leerte die Flasche und verschob es auf den nächsten Tag, das Knäuel der Hypothesen zu entwirren, die sich in seinem Geist verhedderten.

Montag, den 17. Januar 1774

In aller Herrgottsfrühe aus dem Schlaf gerissen, konnte Nicolas in der angenehmen Wärme des Alkovens nicht faul liegen bleiben. Der verlockende Geruch von Toastbrot weckte ihn vollends auf. Wieder fand er die unvermeidliche Teekanne vor. Madame Williams wartete, bis er seine Toilette beendet hatte, bevor sie erschien. Sie konnte es kaum erwarten, ihm mitzuteilen, dass ein Fiaker ihn in die Stadt bringen würde, an einen nicht weiter bezeichneten Ort, und dass er sich nicht wundern solle über die Vorsichtsmaßnahmen, die auf dieser Fahrt getroffen würden und die ihn zu »er wisse schon« bringen würde. Der Kutscher werde ihm die erforderlichen Manöver erklären. Alles diene nur dem Ziel, die Geheimhaltung seiner Bemühungen zu wahren.

Er fand in der Tat einen Fiaker vor der Tür vor, der losfuhr, sobald er Platz genommen hatte. Durch London zu fahren war ebenso schwierig wie durch Paris. Er konnte nichts Verdächtiges feststellen und verließ sich vollkommen auf seine englischen

Komplizen, die Vorkehrungen, die Éon getroffen hatte, und das Schicksal. Der Kutscher stieg in aller Ruhe von seinem Sitz und forderte ihn auf, in den Laden eines Perückenmachers zu treten. Die Aussicht auf eine lange Reihe unterschiedlichster Modelle hätte Monsieur de Sartine verrückt gemacht vor Begierde. Ein junges Mädchen nahm Nicolas an der Hand, führte ihn hinter den Tresen aus Ebenholz und poliertem Kupfer und ging ihm in einen dunklen Korridor voraus. Eine Tür wurde geöffnet. Er spürte einen kalten Luftzug auf seinem Gesicht und unter seinen Füßen einen Steinboden. Dann wurde es wieder hell; eine zweite Tür wurde geöffnet, und das Mädchen vertraute ihn einem Jungen an, der ihn erwartete, das Gesicht halb verdeckt von einer zu großen Wollmütze. Dieser zog ihn am Ärmel und führte ihn zu einem anderen Fiaker, der von einem anderen Kutscher gelenkt wurde.

Der Wagen irrte umher und bog mehrmals im rechten Winkel ab; eine lange Viertelstunde verging. Endlich hielt er. Die Tür öffnete sich, und der Kutscher bat ihn, in eine Kirche zu treten, die er *Queen's Chapel* nannte. Er drückte ihm ein katholisches Messbuch auf Französisch in die Hand und erklärte ihm, dass er für den Rückweg die Adresse kenne und auf eigene Faust zurückkehren könne. Die gesuchte Person sei diejenige, die ihm anböte, ihm die Kirche zu beschreiben, und er solle ja niemand anderen ansprechen.

Die Kapelle war nicht groß, aber bewundernswert in ihren Proportionen, mit einer geschnitzten Kassettendecke. Nicolas näherte sich dem Altar und hörte, wie sich jemand hinter ihn schob. Als er sich umdrehte, entdeckte er einen Mann mittlerer Größe in einem Mantel mit hohem Kragen, eine Perücke auf dem Kopf und den Dreispitz in der Hand, mit einem runden, flachen Gesicht, aber neugierig blickenden Augen.

»Monsieur«, sagte der Unbekannte auf Französisch, »will vielleicht die Geschichte dieser Kapelle erfahren?«

Der Mann nahm Nicolas das Messbuch aus der Hand, öffnete es, überprüfte etwas und steckte es in seine Tasche.

»Sehr gern«, sagte Nicolas.

»Der Architekt Inigo Jones hat sie 1627 für die Prinzessin Henriette von Frankreich, der Gemahlin von Charles I., erbaut. Ich empfehle Ihrer Aufmerksamkeit den Altar, der von Annibale Carrache geschmückt wurde. Erfüllt das Ihre Erwartungen?«

»Monsieur«, sagte Nicolas, »Sie wissen, wer ich bin und wessen Gesandter ich bin. Man hat mich autorisiert, Ihnen jedes Arrangement anzubieten, das geeignet ist, eine Situation zu beenden, die für alle nachteilig ist und zuallererst für Sie und die nur ein Missverständnis sein kann.«

»Das ist leicht gesagt«, protestierte der Mann. »Sie sehen doch, wie man mich behandelt. Schauen Sie sich die Banditen an, die man mir auf den Hals hetzt, um mich zu töten. Wie soll ich was für ein Angebot auch immer akzeptieren! Ich will mich rächen, so wahr ich Morande heiße. Ich werde Anzeige erstatten, und ich werde als Opfer des Despotismus bestimmt etwas erreichen.«

Er beruhigte sich und sprach plötzlich honigsüß.

»Ich habe nichts gegen Sie. Besuchen Sie doch meine Frau und meine Kinder. Ich bitte Sie sehr demütig, zu mir zu kommen und eine Lachssülze zu essen, die man mir geschenkt hat und die es mit allen Fischen Frankreichs aufnehmen kann, und das flankiert von frittierten Austern. Hm? Eine Freude für jeden Magen. Meine Frau ist sehr krank, sie leidet unter Blutstürzen. Haben Sie Mitleid mit ihr, seien Sie nett.«

»Sie sehen mich bereit, Ihnen auf alle möglichen Arten zu helfen«, erwiderte Nicolas. »Ich habe diesen ganzen Weg nicht gemacht, ohne Ihnen eine Lösung anbieten zu können, die alle betroffenen Parteien zufriedenzustellen vermag.«

»Nein«, entgegnete Morande, »es ist zu spät, um zu verhandeln. Man bedroht mich, ich greife an, ich greife an …«

Er stampfte mit dem Absatz auf den Boden.

»Ich habe Juristen konsultiert, und ich werde erneut in den öffentlichen Blättern die Geschichte der Spitzbuben der Pariser Polizei in allen Einzelheiten ausbreiten, die Aiguillon hierhergeschickt hat, um mich zu entführen und zu erdolchen.«

»Monsieur«, erwiderte Nicolas, »es ist gut und schön, Anklage zu erheben, aber Sie sind selbst die Ursache des Ärgers, den Sie haben. Können Sie keine andere Beschäftigung finden, als den Ruf von Männern von Stand zu beschmutzen, die keine Ahnung haben, wer Sie sind?«

»Und was soll ich tun? Zum Henker, beweisen Sie mir, dass es bessere Themen gibt als diese Huren des Hofs, um mir Geld zu beschaffen. Würde ich Theaterstücke und Romane schreiben, würde mich niemand lesen und kaufen! Durch die Themen, die ich mir wähle, und die Art, wie ich sie behandle, sichere ich mir Käufer und Leser in ganz Europa. Diejenigen aus Versailles, die Sie schicken, können mir ruhig Mörder auf den Hals jagen. Ich pfeif auf ihr Gift und ihre Dolche, und wenn ich auf diese Weise sterbe, werde ich wenigstens nicht gehängt, und das wird die Anstifter dieses Mordes entehren.«

Er hatte sich an Nicolas' Mantel geklammert, den er wie besessen schüttelte, knirschte mit den Zähnen und schäumte vor Wut.

»So weigern Sie sich also, Monsieur«, sagte Nicolas, »mich, der ich Sie nicht bedrohe, der ich Ihnen im Gegenteil einen ehrenhaften Weg anbiete, aus dieser Angelegenheit herauszukommen, indem ich Ihnen die Möglichkeit biete, Ihre Familie zu ernähren und zu lieben, ohne die Qualen, die Sie ängstigen, mich kurz und gut, der ich Ihnen die Hand reiche, anzuhören! Akzeptieren Sie meine Angebote, und zerstören Sie diese maßlos übertriebenen Blätter, die einer Frau die Tränen in die Augen treiben, die ein weiches Herz für die Unglücklichen hat und die bei vielen Gelegenheiten bewiesen hat, dass sie voller Mitleid auf die Zeichen eines großzügigen Temperaments zu antworten weiß.«

Nicolas kam es so vor, als würde diese gefühlvolle Einleitung Morande berühren und als zögere er einen Augenblick. Er knetete seinen Dreispitz mit den Fingern, doch schließlich siegte der Stolz.

»Ich will vor den Schranken der öffentlichen Meinung streng über die Hofschranzen richten lassen. Ah, Sie kennen die englischen Richter nicht. Béranger und seine Polizisten befinden sich in ihrem Rachen in der Bow Street. Ich werde sie zertreten, diese niederträchtigen Schlangen, und mit ihnen all jene des Hofs! Was Sie betrifft, genießen Sie meine Gastfreundschaft, ich mache Sie zum Richter über meinen Stil.«

Nicolas grüßte ihn angeekelt und verließ die Kapelle. Die kalte Luft tat ihm gut. Er beschloss, aufs Geratewohl durch die Straßen zu laufen und, sollte er müde werden, einen Wagen zu nehmen. Wie Éon vorausgesagt hatte, so hatte Morande, vergiftet vom Hass, nicht nachgegeben. Hatte er ihn wenigstens ein wenig verunsichert? In seine Gedanken vertieft, stieß er mit voller Wucht mit einer Frau in leuchtendem Rot und einem Mäntelchen aus Kaninchenfell zusammen.

»Renn mich ruhig um, mein Schöner. So ein brutaler Kerl!«

Plötzlich erstarrte ihr mit Schminke beschmiertes Gesicht in einem Ausdruck der Überraschung.

»Ich glaube meinen Augen nicht, das ist ja Monsieur Nicolas! Du bist wirklich der Letzte, den ich in London zu treffen erwartet hätte! Weißt du, wer ich bin? Erinnere dich, die Präsidentin, die Freundin der Satin, einer Ehemaligen des *Dauphin couronné*.«

Er erkannte tatsächlich unter der Schminke die ehemalige beleibte Bewohnerin des Freudenhauses in der Rue Saint-Honoré.

»Und wie! Wie geht es dir, meine Schöne?«

»Ich habe 1770 den Ärmelkanal überquert, vom Frieden profitierend. Französinnen sind hier sehr begehrt. Du kannst ihnen hier massenhaft begegnen, bezaubernde Französinnen. Hier ist es viel einfacher, die Polizei ist viel weniger hinter dir her. Die Bierläden dienen uns als Boudoirs und ihre Hinterzimmer als Alkoven. Man versteckt sich nicht, es herrscht absolute Freiheit, und es gibt eine öffentliche Liste derjenigen, die ihre Dienste anbieten, mit den Namen, den Adressen und den heißesten Einzelheiten über ihre Größe, ihre Figur und die Talente, die sie am besten zur Geltung zu bringen verstehen. Und der Katalog wird bei jeder neuen Zufuhr erneuert.«

Sie zwinkerte Nicolas zu.

»Dann scheint die Polizei hier also nachsichtiger zu sein?«, sagte Nicolas.

»Nicht unbedingt, aber sie machen weniger Razzien, außer was die *bagnos* betrifft. Die Esel sind überall die gleichen. Verzeih, Nicolas.«

»Ich bin nicht beleidigt. Die *bagnos*, sagst du?«

»Ja, das sind Orte, wo man schlüpfrige Abende organisiert. Die Wirte dulden dort keine allzu skandalösen Szenen. Im Übrigen würden sie sich Ärger einhandeln, wenn sie den Männern erlauben würden, die Mädchen zu beleidigen.«

»Dann bist du also glücklich in London?«

»Oh, Paris fehlt mir schon, aber es gibt Arbeit für die Huren, die sich nicht herausputzen. Ich schaffe mir hier eine Rücklage, um eines Tages in den Faubourg Saint-Marcel zurückzukehren und ein kleines Geschäft zu eröffnen; ich komm zurecht, aber ich bin auch nicht mehr die Jüngste. Wie geht es der Satin?«

»Gut. Sie hat die Nachfolge der Paulet angetreten.«

»Na, das ist ja mal eine Nachricht! Die Satin, immer so lieb als Puffmutter! Ich fass es nicht. Liebt ihr euch immer noch?«

Nicolas antwortete nicht.

»Stimmt ja«, fuhr sie fort, »ihr seid ja liiert. Wie geht es deinem Sohn?«

»Meinem Sohn?«

»Na ja, der kleine Louis, er ist dir wie aus dem Gesicht geschnitten. Den kannst du nicht verleugnen.«

Nicolas fühlte sich, als hätte man ihn mit eiskaltem Wasser übergossen; er lehnte sich an die Mauer. Das Blut entwich so schnell aus seinem Gesicht, dass sie es bemerkte.

»Oh, das sieht mir ähnlich! Immer zu geschwätzig. Du bist vielleicht blass! Was habe ich denn gesagt? Na klar doch, du wusstest es nicht! Ich könnte mich ohrfeigen ... Ich bin nach

England gegangen, und Satin dachte, sie würde mich nie wiedersehen.«

Nicolas ließ sie einfach stehen und entfernte sich eilig. Er marschierte wie ein Besessener und dachte fieberhaft nach. Als die Satin ihm 1761 die Geburt eines Kindes mitgeteilt hatte, hatte er sie gefragt, ängstlich besorgt, ob der Kleine von ihm sein könnte; er erinnerte sich sehr gut. Ihre Antwort hallte noch in seinem Ohr wider: »Ich habe nachgerechnet, du warst schon lange nicht mehr zu mir gekommen.« Er hatte ihr aufs Wort geglaubt. Ihre offensichtliche Verlegenheit hatte er auf ihr Schamgefühl zurückgeführt. Jetzt schalt er sich einen Dummkopf. Einen Augenblick später redete er sich ein, dass das nicht sein könne, dass die Frau phantasiere, inspiriert vom Bordelltratsch. Zurück in Paris, würde er dieses neue Geheimnis klären. Er bemühte sich, nicht mehr daran zu denken.

Die Schmutzigkeit der Straßen Londons stand der von Paris nicht viel nach, trotz der unaufhörlichen Arbeit riesiger Kippkarren, die den Schlamm wegräumten. Der Rauch und der ständige Nebel verschleierten die Sonne. Der Gebrauch der Erdkohle – dem einzigen Brennstoff in den Küchen und Wohnungen – war verantwortlich für den Dreck.

Schließlich nahm Nicolas einen Fiaker, der ihn ohne Probleme in den Berkeley Square brachte, wo Madame Williams seufzte, erleichtert, dass er wieder da war. Ein versiegeltes Schreiben ohne Wappen und Unterschrift teilte ihm in einer hohen geneigten Schrift mit, dass die Ausschiffung seiner Schützlinge wegen der Gezeiten noch am selben Abend stattfinden solle. Nicolas möge sich um Punkt siebzehn Uhr in dem Polizeirevier in der Bow Street einfinden. Er und die verhafteten Franzosen würden sofort zum *Embankment* gebracht, wo eine Schaluppe sie an Bord ihres Schiffes bringen würde. Nicolas ging hinauf, um seinen Koffer zu packen, und gab dem dankbaren Diener ein paar Guinees. Madame Williams zierte sich zunächst, bevor sie schließlich Geld annahm. Nicolas hatte ihre Zuneigung gewonnen, und ihre Griesgrämigkeit war verschwunden. Sie servierte Nicolas einen noch warmen Kuchen mit Rosinen und Gewürzen aus Indien, deren Duft das Haus erfüllte. Sie trennten sich als gute Freunde.

Der Empfang durch die englischen Autoritäten war von Gereiztheit geprägt. Ein Beamter erklärte ihm das weitere Vorgehen, wobei seine Augen ständig Nicolas' Blick auswichen. Der Wagen der Polizei würde an die Außentreppe des Reviers heranfahren, um die Franzosen aufzunehmen und so weit wie möglich die feindselige Menge abzuhalten. Nicolas hatte bei seiner Ankunft eine aggressive Fauna erlebt, den Abschaum des Hafens und der Straße. Sein Anblick hatte Beleidigungen und Schreie ausgelöst, ein Klumpen Schlamm hatte ihn knapp verfehlt.

In ihren Zellen fand er seine blassen, aufgelösten Landsleute vor, in Lumpen und mit dichten Bärten. Hauptmann Béranger zitterte am ganzen Leib, und Nicolas erkannte sofort, dass er nicht der geeignete Mann für eine so heikle Mission sein konnte. Sartines Informationen hatten ihn im Übrigen vor diesem skrupellosen Offizier gewarnt, einem Aufschneider, der alles riskierte, weil er nichts zu verlieren hatte, in den Spielhöllen als betrügerischer Bankhalter beim *Pharao* bekannt und für eine hohe Summe zu allem bereit. Einer der Polizisten lag am Boden und schien zu delirieren. Ein anderer fing zu weinen an, und alle klammerten sich an seine Knie und flehten ihn an, sie zu retten.

Der Abtransport vom Kommissariat verlief tumultuös. Ein Regen von Wurfgeschossen prasselte auf die Kutsche nieder. Der Hass des Mobs auf die Franzosen kannte weder Maß noch Ziel, und Nicolas dachte bei sich, dass das nichts Gutes verhieß für die künftigen Beziehungen zwischen den beiden Königreichen. Er verzichtete darauf, seinen eigenen Fiaker zu benutzen, und quetschte sich zwischen die Gefangenen, besorgt, sein Gepäck zu verlieren. Als sie auf dem Kai angekommen waren, dankte er der Geistesgegenwart von Éons Dienern; der Kutscher war ihnen vorausgefahren und reichte ihm lächelnd seinen Koffer. Eine Guinee lehnte er ab, schüttelte Nicolas jedoch herzlich die Hand. Warum empfand dieser so uneigennützige Engländer eine solche Sympathie für ihn? Er hatte nicht die Zeit, das herauszufinden, und sprang in die Schaluppe.

Der Kapitän des Schiffes – ein großer Fischkutter – legte sofort ab, aus Furcht, die Flut zu verpassen. Ein günstiger Wind brachte sie nach Calais. Auf der ganzen Überfahrt musste Nicolas sich die zusammenhanglosen Berichte der Polizisten anhören, begleitet von den Schreien des armen Geistesgestörten. Bei Tagesanbruch betrat er französischen Boden, gealtert, aufgeklärt in den Geheimdienstaffären und mutmaßlicher Vater eines vierzehnjährigen Sohnes, der, wie ihm plötzlich aufging, den Vornamen seines Vaters, des Marquis Louis de Ranreuil, und den des Königs, seines Herrn, trug. Er überließ die Ritter des traurigen Unternehmens ihren Kollegen vom Hafen, ließ sich in der Poststation das beste Pferd geben und gab ihm die Sporen, bestrebt, so schnell wie möglich nach Paris zurückzukehren.

VII

Verwirrung

Der Mensch ist kalt für die Wahrheit, jederzeit
feurig entflammt für eitel Lügen.

LA FONTAINE

Dienstag, den 18. Januar 1774

Die Rückkehr nach Paris war für Nicolas ein Albtraum. Die
Pferde unterschiedlicher Qualität, welche die Poststationen ihm
zur Verfügung stellten, hatten ihn zweimal abgeworfen und in
Löcher voller Schlamm und Eis geschleudert. Das war keine
Bosheit oder schlechte Angewohnheit der Pferde, zu denen er
einfühlsam und zärtlich sprach, sie waren einfach auf den Eisplatten ausgeglitten, erschreckt von gespensterhaften Wolken,
die eine ununterbrochene Folge von Regenfällen und Nebel als
bedrohliche Hindernisse vor ihre müden Augen schob. In den
wenigen Ruhepausen hatte er sich mit schlechtem Essen den
Bauch vollgeschlagen und war sofort weitergeritten, seinem Ziel
zustrebend, ohne weiter nachzudenken oder Angst zu haben.

Am Samstagmorgen erreichte er endlich die Rue Montmarte und ließ sich vom Sattel fallen. Die Lehrlinge der Bäckerei im Erdgeschoss hatten ihn fast gelähmt in sein Zimmer hinaufgebracht. Jeder bemühte sich um ihn, Poitevin schnitt seine Stiefel auf, um sie ihm ausziehen zu können, Marion fachte das Feuer wieder an und erhitzte Wasser, und Catherine zog ihn, als ehemalige Marketenderin, die auf allen Schlachtfeldern Europas so einiges gesehen hatte, aus und verhätschelte ihn wie ein Baby, indem sie ihm mit der Wärme von Schnaps und bäuerlicher Salben ordentlich einheizte. Anschließend schlief er zwei Tage. Am Montagmorgen kam er wieder zu sich. Ausgeruht erschien er halb nackt in der Küche, lief in den Hof und drückte mit heftigen Armbewegungen den Hebel der Pumpe, um sich mit kaltem Wasser zu überschwemmen, wobei er lauthals sang, bevor er die Küche plünderte und Marion und Catherine, zu Tode erschrocken, neckte. Anschließend plauderte er über dies und das mit Monsieur de Noblecourt, der entzückt war über die Rückkehr des verlorenen Sohns, und verschob es auf später, ernstere Themen anzusprechen. Frisch rasiert, frisiert und gekleidet, ging er zu Fuß zum Châtelet, wo er, wie er wusste, um diese Zeit Bourdeau vorfinden würde. Er hatte das Feuer und die Lebenslust eines Mannes, der zu neuem Leben erwachte.

Erst die vertraute Silhouette des königlichen Gefängnisses versetzte ihn wieder in die düstere Realität: Er war immer noch der Hauptverdächtige eines grausamen Mordes. Keiner der ihm Nahestehenden hielt ihn für schuldig, doch alles schien darauf hinauszulaufen, den Verdacht vieler anderer zu bestätigen. Er verlor sich noch immer in Vermutungen über den Ursprung der Mordversuche, deren Ziel er gewesen war. Sie hatten ihn davon überzeugt, dass eine geheimnisvolle Koalition von Mächten es auf sein Leben und auf seine Ehre abgesehen hatte. Mit welchem Maß würden Sartine und vor allem der König den zwiespältigen Erfolg seiner Mission in London messen? Und zusätzlich zu diesem bedrohlichen Tableau musste er sich auch noch mit der Vergangenheit eines Kindes beschäftigen, das jetzt ein Jugendlicher war und dessen Zukunft ihn möglicherweise aus nächster Nähe betraf. Doch diese Angelegenheit, sagte er sich, konnte noch ein bisschen warten; vierzehn Jahre Schweigen rechtfertigten vollauf seine Vorsicht.

Bourdeau saß im Bereitschaftsbüro und konsultierte das Register der nächtlichen Ereignisse. Diese Szene atmete die alltägliche Routine und beruhigte Nicolas. Die Freude über das Wiedersehen, die seinen Freund aufstehen ließ, und der heftige Klaps, den Bourdeau ihm mit freudigem Brummen gab, rührten ihn.

»Bei Gott, was für eine Freude, Sie wiederzusehen, geheimnisvoller Reisender!«

Nicolas wusste in seiner Verlegenheit nicht, wie er eine Abwesenheit erklären sollte, deren Gründe Bourdeau ja eigentlich nicht kannte.

»Ich weiß«, fuhr Bourdeau fort, »ich weiß. Staatsaffären! Monsieur de Sartine hat genügend durchblicken lassen, damit ich Sie nicht mit Fragen belästige. Und das Gerücht ...«

»Sie haben mir gefehlt!«, rief Nicolas erleichtert. »Eines Tages werde ich Ihnen alles erzählen. Aber was gibt es hier Neues?«

»Die Höhe der Frisuren nimmt allmählich zu«, erwiderte Bourdeau, ernst wie ein Papst. »Genauer gesagt, ich beruhige Sie bezüglich des Gerüchts. Die Equipage von Madame du Barry hat spöttische Bemerkungen gemacht über eine Begegnung mit einem Marquis und Kommissar auf der Straße nach Norden ... Der Polizeipräfekt, dem die Sache berichtet wurde, hat die Beherrschung verloren, sich die Perücke vom Kopf gerissen und versprochen, er würde die Schwätzer, die das Leben seines besten Kommissars gefährden, den schlimmsten Foltern aussetzen – er hat einen stärkeren Begriff benutzt. So viel zu meiner Sorge und meiner Freude, Sie wiederzusehen.«

»Gut, gut. Aber klären Sie mich auf: Wie steht es um unsere Angelegenheiten?«

»*Adagio ma non troppo.* Der Reihenfolge nach und in aller Kürze: Erstens, Sie beerben Madame de Lastérieux; zweitens, ein anonymer Brief behauptet, Sie seien an einer geheimnisvollen Tat beteiligt; drittens, Casimir, der Sklave Ihrer Freundin, ist der peinlichen Befragung unterzogen worden, ohne Ergebnis, aber ich würde gerne Ihre Meinung über diese Befragung hören.«

»Gut, gehen wir das der Reihe nach durch.«

»Ich habe den Namen des Notars von Madame de Lastérieux gefunden. Wie Sie vermutet haben, wenn es nicht einer aus dem Viertel ist, ist es zumindest ein Notariat in der Nähe. Es handelt sich um Maître Tiphaine, in der Rue de La Harpe, gegenüber der Rue Percée. Da ich den Befehl erhalten habe, ihn zu befragen, hat dieser Mann mir aus seinen Schubladen ein handschriftliches Testament Ihrer Freundin geholt, das Sie als Universalerben einsetzt.«

Er betrachtete Nicolas, der niedergeschlagen den Kopf senkte.

»Aber es kommt noch schlimmer! Dieses Dokument ist drei Tage vor ihrem Tod unterschrieben worden.«

»Unter welchen Umständen? Ist sie vor dem Notar erschienen?

Hat sie ihn in die Rue de Verneuil kommen lassen? War das Siegel unversehrt?«

»Gute Fragen! Sie ist nicht erschienen, er gibt keine Zeugen, und das Testament ist von einem unbekannten Boten in die Kanzlei gebracht worden.«

»Die Unterschrift?«

»Es gibt mehrere, die laut der maßgeblichen Meinung eines Experten des Palais echt zu sein scheinen, und das rote Siegel war unversehrt. Sie wissen ebenso gut wie ich, wie leicht es in solchen Fällen zu Fehlern kommen kann. Im Grunde hat man nie Gewissheit. Das Dokument kann echt sein oder eine Fälschung. In letzterem Fall kann sich der Verdacht auf Sie richten, den Nutznießer ... Und in ersterem ebenfalls.«

Nicolas dachte nach.

»Die echte Unterschrift reicht nicht aus«, sagte er, »und das Dokument muss vollständig mit der Hand geschrieben sein und das Datum ebenfalls. Diese drei Bedingungen werden für die rechtmäßige Anerkennung dieser besonderen Kategorie des Testaments verlangt. Usus in Paris, geändert 1581 durch einen Versuch des Parlaments, das auf diese Weise die Vorrechte der königlichen Notare beschneiden wollte, die allein befugt sind, diese Art von Dokument auszustellen. Jedenfalls empfehle ich Ihnen, mein lieber Pierre, Ihre Ermittlungen auf diesen Notar zu konzentrieren, von dem ich als alter Pariser bis jetzt nicht einmal den Namen kannte.«

»Sie haben den Finger auf die Wunde gelegt«, erwiderte der Inspektor. »Dieser Tiphaine ist gerade erst in die Gesellschaft aufgenommen worden. Jeder ist erstaunt, dass er das nötige Geld für den Kauf eines Amts aufgetrieben hat, das eine Familie plötzlich aufgegeben hat, die es seit Jahrhunderten innegehabt hatte. Solche Rückkäufe sind sehr selten und werden häufig von Ehegemeinschaften begünstigt. Sie sind extrem problematisch und verlangen viel Fingerspitzengefühl. Aber woher haben Sie all dieses Wissen?«

»Sie vergessen, dass ich Notar werden sollte und dass ich vor meiner Verbannung nach Paris Notargehilfe in Rennes war.«

Sie lachten, und Bourdeau fragte:

»Was würden Sie mir denn nun raten?«

»Es wäre gut, wenn Sie sich an Maître Bontemps wenden, den Doyen der *Compagnie des notaires royaux*, um Informationen über diesen Tiphaine einzuholen. Wir werden mit Monsieur de Noblecourt darüber sprechen; sie sind etwa gleichen Alters, und ich weiß, dass sie enge Freunde sind. Und dieser anonyme Brief, den Sie erwähnten?«

Bourdeau öffnete ein Register und holte ein kleines fleckiges Papier heraus, das in Druckbuchstaben beschrieben war.

»Das wurde in den Wagen von Monsieur de Sartine geworfen. Eine Schrift ohne Charakter, vermutlich also verstellt, gewöhnliches Papier und ebensolche Tinte. Kein brauchbares Indiz.«

Er las das Schreiben vor.

»*Fragen Sie Nicolas Le Floch, was er in den Fluss warf an der Ecke des Kais mit dem Pont Royal, gegenüber der Rue de Beaune, in der Nacht vom 6. zum 7. Januar 1774. Möge die Gerechtigkeit siegen!*«

»Das ergibt keinen Sinn«, sagte Nicolas, dessen schöne morgendliche Begeisterung immer mehr verflog. »Was für eine perverse Hand verfolgt mich da, und aus welchen Gründen? Julies

Ermordung und andere Dinge, die ich Ihnen nicht sagen kann. Dieses Testament … Wann werden diese Geheimnisse endlich ein Ende finden?«

»Wenn wir den oder die Schuldigen verhaftet haben. Was den letzten Punkt betrifft, kommt mir eine Idee. Monsieur de Sartine hat mich während Ihrer Abwesenheit gebeten, für ihn einem Experiment beizuwohnen, das ein Erfinder einer Kommission der Académie des Sciences vorführte.«

»Und was hat dieses Experiment mit unserem Fall zu tun?«

»Das werden Sie gleich verstehen. Es handelt sich um eine neue Maschine, mit deren Hilfe man, wie sein Erfinder behauptet, mindestens eine Stunde unter Wasser bleiben kann, ohne jegliche Verbindung mit der Außenluft. Er behauptet, dass er mit ihr eine Tiefe von dreißig Fuß erreichen wird. Verstehen Sie, worauf ich hinauswill? Das Bett der Seine ist nicht so tief. Ich komme Ihrer Frage zuvor: Wir haben an diesem Ort bereits mit dem Schleppnetz gesucht, ohne Ergebnis. Es genügt, dass dieses Experiment an der Ecke des Pont Royal stattfindet, es ist uns überlassen, den Ort zu bestimmen, und zwar in zwei Tagen, am 20. Januar.«

»So ungewöhnlich Ihre Idee auch ist, ich finde sie ausgezeichnet und würde gern bei diesem Versuch dabei sein.«

»Da spricht nichts dagegen. Monsieur de Sartine hat mit Zustimmung des Königs beschlossen, dass Sie mich bei dieser Untersuchung unterstützen können, ohne Verkleidung diesmal, auch wenn bald Karneval ist.«

»Und das drittens?«, sagte Nicolas seufzend.

Bourdeau reichte ihm ein Blatt Papier, bedeckt mit dem Gekritzel eines Gerichtsschreibers.

»Das ist das Protokoll der Befragung von Casimir, dem Sklaven von Madame de Lastérieux.«

Nicolas nickte.

»Man erkennt diese Leute nicht als freie Menschen an, aber wenn es darum geht, sie zu quälen, werden sie als gewöhnliche Menschen angesehen, und sie werden gefoltert wie ihre Herren. Man hört sie an, und ihr Wort gilt ebenso viel wie das eines anderen!«

»Da erkenne ich Ihr gutes Herz«, sagte Bourdeau, »und ich teile Ihre Meinung. Zu Ihrer Orientierung müssen Sie wissen, dass dieser Fall durchgesickert ist, ohne dass Ihr Name gefallen ist, aber für Casimir sah die Sache ganz anders aus! Gewisse Kreise haben den Staatssekretär der Marine informiert. Alle besprechen sich und verlangen, dass ein in ihren Augen außergewöhnlich schweres Verbrechen aufgeklärt wird. Bedenken Sie, ein Mord, begangen an einer weißen Frau, Witwe eines Anweisungsbefugten der Marine auf den Antillen, von einem Negersklaven – und noch dazu in Frankreich! Was würde in den Kolonien geschehen, wenn mit dem Gerücht über diesen Fall nicht zur gleichen Zeit die beruhigende Nachricht einer unerbittlichen und sofortigen Bestrafung einträfe? Auf Monsieur de Sartine, dessen aufgeklärte Meinung über die Sklaverei und die Folter grundsätzlich Sie ja kennen, wird immenser Druck ausgeübt.«

»Was denn, hat er sich dieser Kabale etwa widersetzt?«

»Genau das hat er getan, indem er Sanson anwies, Mäßigung walten zu lassen. Sie kennen ja die Menschlichkeit unseres Freundes; seine Anweisungen sind gewissenhaft befolgt und die Foltern nur angedeutet worden. Es ging eher darum, den Beschuldigten zu erschrecken, um ihn zum Sprechen zu überreden, als ihn tatsächlich zu verletzen. Die Instrumente der peinlichen Befragung sind eindrucksvoll genug, um den Widerstand eines armen Sklaven zu brechen, der tausend Meilen von seiner Heimatinsel entfernt eines Verbrechens angeklagt wird!«

Nicolas nahm das Dokument und las es vor.

»*Im Jahr 1774, den fünfzehnten Januar im königlichen Gefängnis des Châtelet, sind wir, Pierre Bourdeau, Polizeiinspektor, im Sonderauftrag von Monsieur le Lieutenant criminel und in Anwesenheit …*«

»Überspringen Sie das«, sagte Bourdeau, »er hat Wort für Wort wiederholt, was er vorher schon gesagt hatte. Ich habe mit Bleistift die Passagen unterstrichen, wo es ein paar neue Angaben gibt.«

Nicolas setzte die Lektüre fort.

»*… ließ zum zweiten Mal besagten Casimir auf der Folterbank festbinden und befragen, ob er nicht versucht habe, seine Herrin zu vergiften. – Antwortet: Nein, und diese habe ihn niemals misshandelt, es sei aber wahr, dass er sie oft gebeten habe, ihn freizulassen, ihn und seine Gefährtin, und dass sie es immer abgelehnt habe, worüber der Befragte sehr unglücklich gewesen sei. Gefragt, ob er sich einem Dritten anvertraut habe. – Antwortet: Er wolle die Identität der Person nicht preisgeben, die ihm geraten habe, auf die Inseln zu fahren. Gefragt, ob er wisse, dass das einer Desertion gleichgekommen wäre und dass er damit riskiert hätte, gesucht und streng bestraft zu werden, sobald er gefasst worden wäre, was mit Sicherheit geschehen wäre. – Antwortet: Das habe er gewusst, aber seine Freiheit habe keinen Preis. Gefragt nach der Herkunft der Gewürze, die er für seine Gerichte verwende. – Antwortet: Das seien Samenkörner aus Saint-Domingues, Ziegenpfeffer genannt, die bei ihm zu Hause ganz normal verwendet werden. Erneut über die Anwesenheit von Monsieur von Müvala am Abend* *des Todes seiner Herrin befragt. – Antwortet: Darüber wisse er nichts, und er habe ihn an dem Abend erst in dem Augenblick zum letzten Mal gesehen, als seine Herrin ihm Düfte präsentiert habe, nach denen er sich erkundigt habe. Gefragt, warum er in dem Augenblick von seiner Herrin gerufen worden sei. – Antwortet: Sie habe ihn beauftragt, einen Brief zur Post zu bringen, was er sofort getan habe, und er wisse nicht, für wen er bestimmt gewesen sei, da er weder lesen noch schreiben könne. Gefragt, ob seine Herrin sexuellen Verkehr mit Monsieur von Mülvala gehabt habe. – Antwortet: Er sei sich sicher, dass das nicht der Fall gewesen sei und dass seine Herrin zu sehr in Monsieur Le Floch vernarrt gewesen sei, um sich ihr Vergnügen anderswo zu holen.«*

Bourdeau reichte Nicolas ein weiteres Papier.

»Das ist der Antrag des Staatsanwaltes.«

»*Ich beantrage*«, fuhr Nicolas fort, »*für den König angesichts der Ergebnisse der Untersuchung und der Schriftstücke des Verfahrens, dass besagter Casimir, Negersklave, dazu verurteilt wird, bei lebendigem Leib auf einem Scheiterhaufen verbrannt zu werden, der zu diesem Zweck für die Hinrichtung auf der Place de Grève dieser Stadt errichtet und angezündet wird. Besagter Casimir wird vorher der normalen und außerordentlichen peinlichen Befragung unterzogen, damit er seine Komplizen preisgibt.*«

»Es versteht sich von selbst, dass das alles Routine ist, um die Dinge zu beschleunigen, so eilig haben es gewisse Leute, dass er überzeugt und bestraft wird! Aber es fehlen die Beweise für seine Schuld, das ist das Mindeste, was man sagen kann. Mord durch Vergiftung hat schon immer wahnwitzige Reaktionen ausgelöst. Wissen Sie, dass man darüber nachdenkt, die Strafen dafür noch weiter zu verschärfen? Es gibt einen Staatsanwalt, den wir beide kennen, Monsieur Vermeil, der predigt, dass der Schuldige, wenn er auf dem Hinrichtungsplatz angekommen und auf das Schafott gestiegen ist, in einen Kessel mit kochendem Wasser getaucht wird.«

»Pfui, wie schrecklich!«

»Was halten Sie von Casimirs Aussagen?«, fragte Bourdeau.

»Geheimnisvoller Vermittler, Ratgeber, unbekanntes Gift, Ungewissheit hinsichtlich Julies Liebschaft mit Müvala, mitten in der Nacht abgeschickter Brief, warum und an welchen Adressaten? Diese Befragung verdunkelt mehr, als dass sie erhellt! Außerdem ist die Ausbeute dürftig.«

»Genau. Ich habe für heute Abend einen inoffiziellen Kriegsrat organisiert. Semacgus empfängt uns in Vaugirard. Ausnahmsweise. Wir werden den Fall aus allen Blickwinkeln betrachten, ausgeruht, falls dieser Ausflug Ihnen zusagt. Catherine wird kommen, um Awa zu helfen, das verspricht köstlich zu werden! Monsieur de Noblecourt wäre gern dazugestoßen, aber seine Anwesenheit könnte Monsieur de Paris einschüchtern.«

»Das passt mir gut, ich brauche die Freundschaft von Ihnen allen. Ganz zu schweigen von der Freude, wieder die französische Küche zu genießen.«

Das war ihm herausgerutscht. Er biss sich auf die Lippen und nannte sich einen Esel. Bourdeau reagierte nicht, kniff jedoch seine Augen leicht ironisch zusammen. Um vom Thema abzulenken, stand Nicolas auf und kramte in einem Fach, in dem sich Mitteilungen und Post türmten, die an seinen Namen im Châtelet eingetroffen waren. Sein Herz schlug wie wild, als er auf einem kleinen quadratischen Schreiben mit einem Siegel aus rotem Wachs die Schrift von Madame de Lastérieux erkannte.

Auf dieses erste Gefühl folgte die Verwunderung darüber, dass die Adresse lautete: »*an Monsieur Nicolas Le Floch, Commissaire au Châtelet, Rue Montmartre, Hôtel de Noblecourt, gegenüber der Passage de la Reine de Hongrie*«. Warum war dieser Brief trotz all dieser Präzisionen ins königliche Gefängnis gelangt? Er vergaß die Anwesenheit des Inspektors und öffnete ihn. »*Nicolas, der uns nicht heiratet, riskiert, dass das Objekt seiner Leidenschaft ihn seinen Ärger darüber spüren lässt, so groß ist seine Trauer über diesen Verzicht, und sich selbst zu Wünschen gegen Sie versteigt. Ich will mich nicht für einen allzu realen Fehler rechtfertigen und diesen auch nicht kleinreden. Glauben Sie mir, dass ich mich verachte, so sehr es mir möglich ist, weil ich einer Laune nachgegeben habe, indem ich Ihnen den Eindruck vermittelte, die Schwäche gehabt zu haben, von der Anwesenheit dieses jungen Mannes zu profitieren, der mir nichts bedeutet und der nichts besitzt, das rechtfertigen würde, Sie zu verlieren. Wie immer auch das Schicksal aussehen mag, das Sie mir zugedacht haben, Ihre Reaktion, in der ich die ganze Zärtlichkeit gespürt habe, die Sie für mich empfinden, hat mich sehr erschreckt; seien Sie versichert, dass ich mich niemals genügend bestraft glaube, denn, das gebe ich zu, es gibt nichts Unerträglicheres und Abscheulicheres als eine Frau, die ohne Grund kokett ist. Kommen Sie, ich flehe Sie an, sobald Sie können, man kann sich über die erheben, die einem fehlen, indem man ihnen verzeiht. Ihre liebende und treue Julie.*« Diese Stimme drang aus dem Grab zu ihm. Er hätte gerührt sein sollen, doch die Gespreiztheit des Stils störte ihn. Ohne nachzudenken, reichte er den Brief Bourdeau. Dieser überflog ihn, betrachtete die Adresse, drehte ihn in alle Richtungen und dachte einen Augenblick nach.

»Im Grunde häufen sich die beunruhigenden Fragen. So viele

Vermutungen, aber auch so viele Ungewissheiten! Denken wir einmal ganz genau nach. Zunächst die körperlichen Indizien, die – nicht ohne Zweifel – von unseren Freunden bei der Öffnung der Leiche von Madame Lastérieux festgestellt wurden. Wenn man nicht behaupten will, dass die Frau weiterhin lügen würde – was sie, vergessen wir das nicht, während unseres gemeinsamen Lebens unaufhörlich getan hat – wirft dieser Brief ein anderes Licht auf den Abend des 6. Januar und seinen Verlauf. Es ist in der Tat seltsam, dass sie ihn in Gegenwart von Müvala geschrieben und Casimir übergeben hat. Außerdem beschäftigt mich das Schicksal dieses Briefs. Dem Diener zufolge ist er noch in der Nacht in den Briefkasten gesteckt worden; wir müssen als Erstes überprüfen, wo sich derjenige befindet, der ihrem Haus am nächsten ist.«

Der Inspektor öffnete eine Schublade des Schreibtischs, und nachdem er in aller Eile Papiere durchgesehen hatte, zog er ein gedrucktes Plakat heraus.

»Sehen wir mal … Das ist eine Bekanntmachung, deren Veröffentlichung von Monsieur de Sartine mit Datum des 13. Oktobers 1761 autorisiert wurde, um die Öffentlichkeit über die Usancen der Post zu informieren. Das Postamt … Ah, da ist es ja. Das Postamt, das dem Wohnsitz von Madame de Lastérieux entspricht, ist für das ganze Viertel des Faubourg Saint-Germain zuständig, und sein Briefkasten steht in der Rue du Bac zwischen der Rue de l'Université und der Rue de Verneuil. Auf jedem Brief müssen drei Stempel erscheinen. Der erste ist ein Buchstabe, der die verschiedenen Postämter und die Briefkästen, die zu ihnen gehören, voneinander unterscheidet.«

Er deutete mit dem Finger auf einen Vermerk über der Adresse.

»Das ist der Buchstabe F, der tatsächlich demjenigen des Viertels entspricht. Die folgende Ziffer gibt den Briefträger an, der den Brief empfangen hat, und dient dem Postamt hauptsächlich für die Nachforschungen, die man manchmal anstellen muss, denn, wie Sie wissen, macht man häufig die Post für Fehler verantwortlich, die sie nicht begangen hat. Wie viele Einladungskarten gelangen nicht in die Postämter, die erst nach dem Datum dorthin gebracht wurden, an dem die Feier stattfinden sollte? Wie viele Leute sagen, um keine Scherereien zu bekommen, dass sie Briefe mit der Post verschickt haben, die sie nicht einmal geschrieben haben? Und wie viele andere haben Gründe, um zu leugnen, welche erhalten zu haben?«

Nicolas beugte sich über Bourdeaus Schulter und fragte nach den anderen Hinweisen.

»Man findet den Tag des Monats auf den Briefen, die nicht aus dem Viertel kommen. All jene, die nicht in ein und demselben, vom selben Buchstaben markierten Kreis geleert werden, werden spätestens zwei Stunden – und oft sogar eine halbe Stunde – später ihren Adressaten zugestellt. Die anderen werden sortiert, aber sie werden innerhalb von vier Stunden zugestellt. Und was sehen wir hier? F, Viertel der Rue de Verneuil, 7, das Datum und 1, die erste der neun täglichen Leerungen. Diese fand um sechs Uhr morgens statt. Folglich hätte der Brief von Madame de Lastérieux spätestens mittags in der Rue Montmarte eintreffen müssen. Aus welchen Gründen hat er das Hôtel de Noblecourt nicht erreicht? Ich bemerke, dass Ihre Freundin, vermutlich, ohne groß nachzudenken, den Teil der Adresse unterstrichen hat, wo ausdrücklich ›Commissaire au Châtelet‹ vermerkt ist. Der Blick war zu schnell beim Sortieren, und der fehlgeleitete Brief ist hier angekommen. Sinnlos, sich damit aufzuhalten. Ich denke, Sie brennen darauf, Monsieur de Sartine zu berichten. Ich verlasse Sie. Rendezvous um fünf Uhr. Sanson wird auch da sein und uns nach Vaugirard begleiten. Ein Wagen wartet unten auf Sie.«

Nicolas machte eine Handbewegung, die Bourdeau aufhalten sollte, doch der entgegnete:

»Nein, Sie werden allein fahren; die Geheimnisse müssen geheim bleiben.«

Nachdem er den alten Marie begrüßt hatte, fand Nicolas einen Wagen in der Toreinfahrt. Dichter Schneefall setzte ein und verwandelte den Matsch der Straßen nach und nach in einen plätschernden Schlamm, mit dem die Passanten sich bespritzten. Seine Kutsche fuhr auf dem Weg zum Châtelet und zum Palais an dem schwarzen Pulk der Justizgehilfen vorbei. Ihre komische Prozession, eine Mischung aus Beffchen, Roben, Aktentaschen, kam, ein einziger Klumpen, nur mühsam voran auf dem glitschigen Boden, gefolgt von der Menge der prozessführenden Parteien, deren Geschrei bis zu den letzten Stockwerken der Häuser hinaufdrang. Da und dort trugen Tagelöhner auf ihren Schultern verängstigte Bürgerinnen über die verdreckten Straßen. Ein Arbeiter, der auf seinem Rücken einen ovalen Spiegel trug, wäre beinahe gestürzt, er strauchelte und drehte sich um sich selbst; Nicolas sah das Spiegelbild seiner Kutsche auf der polierten Oberfläche hin und her schwanken.

Es hatte nicht lange gedauert, bis der Fall ihn wieder voll beanspruchte. Er war derart kompliziert, dass es unmöglich wurde, die einzelnen Elemente unabhängig voneinander zu behandeln. Sie alle verbanden sich zu einem Gewebe, das aus dem Verbrechen und der Verschleierung gewebt wurde. Was würde man in der Seine entdecken, wenn man überhaupt etwas finden würde? Was bedeutete dieser in einem exaltierten Stil abgedroschener Gespreiztheit verfasste Brief? Drückten diese gewundenen Sätze wirklich die Gefühle – die letzten – seiner Geliebten für ihn aus, oder … Er wagte die verrückten Hypothesen, die ihm durch den Kopf gingen, nicht zu formulieren. Und was diesen Unbekannten betraf, der Casimir Ratschläge gegeben hatte, warum verschwieg dieser, der sich in anderen Fragen durchaus auskunftsfreudig gezeigt hatte, so hartnäckig dessen Identität, auf die Gefahr hin, die Verdächtigungen, die über ihm schwebten und die ihn aufs Schafott bringen konnten, noch zu verschärfen?

In der Rue Neuve-Saint-Augustin wurde er wie üblich sofort in das Büro des Polizeipräfekten geführt. Monsieur de Sartine saß an seinem Tisch und schrieb. Offenbar war ihm kalt gewesen, jedenfalls bullerte ein Höllenfeuer im Kamin. Ganz in seinen Brief vertieft, hob er den Kopf erst nach einigen Minuten. Nicolas bemerkte, dass aufgrund des bereits weit fortgeschrittenen Vormittags die Stunde der Präsentation der Perücken bereits vorbei war. Er bedauerte, dass ihm die Zeit gefehlt hatte, seinem Chef ein neues Modell mitzubringen, eines von denen, die er in diesem prächtigen Geschäft bewundert hatte, das er während seines Aufenthalts in London kurz betreten hatte. Ein Blick richtete sich auf ihn.

»Monsieur«, sagte Sartine, »wir sind zufrieden mit Ihnen und erst recht, Sie wohlbehalten wiederzusehen, denn vielleicht haben Sie ermessen, wie schwierig es ist, sich auf geheime Affären einzulassen. Sie wirken nachdenklich.«

Das »Monsieur« war weder aggressiv noch sarkastisch gemeint, sondern Ausdruck einer unausgesprochenen Zuneigung.

»Um Ihnen die Wahrheit zu sagen, Monseigneur«, erwiderte Nicolas, »ich habe es bedauert, das Geschäft eines Perückenmachers in London zu durchqueren, ohne dass die Angelegenheiten des Königs mir Zeit ließen, eine Perücke für Ihre Sammlung auszuwählen.«

Der Polizeileutnant kniff die Augen so zusammen, dass sein Gesichtsausdruck ironisch wirkte.

»Schon allein der Gedanke an Ihr Feingefühl erfüllt mich mit Dankbarkeit. Geben Sie mir die Adresse, und Monsieur de Guines, unser Botschafter, wird sich darum kümmern.«

»Leider haben die Affären, die Sie ansprachen ...«

»... Ihnen nicht die Zeit gelassen, sie ausfindig zu machen. Der Chevalier d'Éon wird sie finden. Erzählen Sie mir lieber haarklein Ihre Abenteuer.«

Monsieur de Sartine hatte eine so gute Laune, dass Nicolas sich ermutigt fühlte, ihm einen lebendigen, farbigen und packenden Bericht zu geben. Er verstand es, mit den richtigen Worten Bericht zu erstatten; damit hatte er schon an einem Tag im Jahre 1761 in den kleinen Gemächern in Versailles vor dem König und Madame de Pompadour geglänzt, und die Erinnerung an diesen ersten Tag hatte die Wertschätzung des Herrschers für den »kleinen Ranreuil« begründet. Verdankte er dieses Talent den Abenden seiner Kindheit in der Bretagne, an denen ein alter Erzähler am Kamin eine mit Crêpes und Cidre verwöhnte Zuhörerschaft fasziniert hatte? Sartine hörte ihm jedenfalls, das Kinn auf die Hand gestützt, aufmerksam und geduldig zu.

»Das Einzige, was ich bedaure«, sagte Nicolas abschließend, »ist, dass ich bei Morande versagt habe.«

»Beklagen Sie sich nicht, mein Lieber, Sie sind dem Tod entgangen. In unserem Beruf sammelt man Gefahren leichter als schmeichelhafte Erfolge. Das Beste wissen Sie übrigens noch gar nicht: Morande hat schließlich doch nachgegeben.«

»Wie das?«

»Ja, ein Kurier, der London etwa zur gleichen Zeit verlassen hat wie Sie, ist gestern mit einer Nachricht eingetroffen, die mich darüber informierte, dass dieser Lump, beeindruckt von Ihrer Bestimmtheit und Ihrer Weigerung zu verhandeln – denn Sie haben ihm nichts angeboten, nicht wahr? –, sich bereit erklärt hat einzulenken. Eine Finte hätte alles zunichtegemacht! Sie sind wie Ihr Vater direkt zur Sache gekommen, ohne zu zaudern.«

Nicolas nickte, berührt von der Erwähnung seines Vaters.

»Unser Mann war daraufhin so beunruhigt, so gequält von unheilvollen Vorstellungen, kurz, so sehr überzeugt, dass Ihre Entschlossenheit nur ein Vorgeschmack schrecklicher Repressalien war, dass er sofort mit unserem Agenten Rücksprache nahm, um ihm mitzuteilen, dass er sich eines Besseren besonnen hätte. Er sei bereit, einen neuen Abgesandten zu empfangen, vorausgesetzt, dieser sei befugt, ihm finanzielle Angebote zu machen, insbesondere, um seine Schulden zu tilgen und eine eventuelle Pension zu gewähren. Im Gegenzug würde er sich verpflichten, die Exemplare seines Pamphlets zu verbrennen, mit allen Zusicherungen, die man sich geben lassen muss, wenn man mit einem solchen Schuft verhandelt.«

»Sie sehen mich glücklich.«

»Seine Majestät, mit der ich gestern Abend gesprochen habe, singt in höchsten Tönen ein Loblied auf Sie, ebenso wie eine Dame, die es leider für wohlerzogen hielt, Sie in den Wäldern von Chantilly zu treffen. Nun ja, Gott sei Dank sind Sie da! Erwarten Sie nicht von mir, dass ich Ihnen die Hände verrate, die Ihre Angreifer bewaffnet haben. Das alles ist in Wolken gehüllt, und ich kenne nicht wenige, die sich wünschen, dass sie sich noch undurchdringlicher um diese Affäre zusammenballen. Der König hat es überhaupt nicht geschätzt, dass man Ihnen, seinem Vertreter, nach dem Leben trachtet. Er wird deutliche Warnungen aussprechen.«

»Hoffen wir, dass die Warnungen auch gehört werden«, sagte Nicolas seufzend. »Der Chevalier d'Éon hat mir eine Nachricht für Seine Majestät mitgegeben, betreffend den Sieur Flint und irgendwelche Angelegenheiten in China.«

Eine nervöse Hand überprüfte den Sitz der Perücke. Diese Geste gab Nicolas zu verstehen, dass sein Chef sich über ein Thema ärgerte, von dem er keine Ahnung hatte.

»Sie werden den König sehen«, sagte Sartine. »Er muss abgelenkt werden, und dafür sind Sie der Richtige. Aber abgesehen davon, wie steht es denn nun mit dem traurigen Fall der Rue de Verneuil?«

Nicolas fand, dass sein Chef sehr rasch über die Attentate auf ihn hinwegging, doch er wusste, dass Sartine auch seine eigene Situation im Auge behalten musste, die den Bedrohungen heimtückischer Kabalen ausgesetzt war. Er kommentierte die letzten Ereignisse, ohne zu sehr in die Einzelheiten zu gehen, die den Polizeipräfekt ohnehin nicht interessierten. Für ihn zählten nur die Ergebnisse. Schließlich erwähnte er den Brief von Madame de Lastérieux und reichte ihn Sartine, in der Annahme, dass dieser ihn nicht kannte.

»Unnötig, ich habe seinen Inhalt bereits zur Kenntnis genommen.«

»Inspektor Bourdeau hat wie immer keine Zeit verloren!«, sagte Nicolas, ein klein wenig verärgert.

Sartine lächelte.

»Da sind Sie aber ungerecht! Nicht er hat mich informiert! Und hätte er es getan, wäre es seine Pflicht, mir alles zu sagen. Sie werden dafür bezahlt, Monsieur, zu wissen, dass ich in meiner Position in der Lage bin, und der Einzige in diesem Fall, in die Privatkorrespondenzen Einblick zu nehmen, zum Wohl des Staates und zur Sicherheit Seiner Majestät. Das ist ein sehr belastendes Privileg.«

Er war aufgestanden und ging mit großen Schritten in seinem Büro auf und ab, gereizt plötzlich.

»Zufällig haben meine Büros – das, was ein oberflächliches Volk das *Cabinet noir* nennt – mir diesen Brief vorgelegt. Einerseits, weil er von einer Agentin stammte, die im Dienst der Staatspolizei stand – Madame de Lastérieux, um keinen Namen zu nennen –, und andererseits, weil er ein wichtiges Beweisstück eines laufenden Geheimverfahrens darstellt, in das ein Mann, der mein Vertrauen genießt, ob er will oder nicht in höchstem Maße verstrickt ist. Sie brauchen mir nichts zu beweisen. Das galt nicht für den Lieutenant criminel, dessen, sagen wir übliche Vorsicht Sie schon zu spüren bekommen haben. Hätten Sie aus Versehen oder mit der bewussten Absicht der Verschleierung vergessen, diesen Brief zu melden, hätten weder der König noch ich Sie weiterhin beschützen können. Und vor allem Monsieur

Testard du Lys, der aufgrund Ihrer Position eine Staatsaffäre daraus gemacht hat, wird mit seinem *nihil obstat* Ihre Mitwirkung an den weiteren Ermittlungen absegnen. Es sei denn«, sagte er lachend, »es handelt sich um das machiavellistische Manöver eines Schuldigen, der vorausgeahnt hat, was eine gespielte Offenheit ihm bringen würde. Machen Sie nicht so ein Gesicht, ich scherze.«

»Ich habe geredet, ohne allzu sehr nachzudenken«, sagte Nicolas seufzend.

»Das macht ja gerade Ihren Charme aus! Ich kann verstehen, dass die beiden letzten Wochen auch die stärkste Standhaftigkeit auf die Probe gestellt haben. Ich gehe davon aus, dass Sie sich vorbildlich verhalten haben, und freue mich schon sehr darauf, dem Lieutenant criminel das Maul zu stopfen. Setzen Sie Ihre Ermittlungen fort und berichten Sie mir.«

Als er das Büro des Polizeipräfekten verließ, begegnete Nicolas einem Mann, der eine Opernarie pfeifend die Stufen der Treppe hinaufstürmte. Er erkannte Caron de Beaumarchais, ein Mann, der gerade sehr beliebt war und das Faktotum der Töchter des Königs. Sie waren sich bereits bei Madame Adélaïde begegnet. Er nahm Nicolas das Versprechen ab, an einem Abend seiner Wahl zu ihm zum Essen zu kommen. Dieser offene und amüsante Mann war ihm spontan sympathisch gewesen.

Nicolas ging zu seinem Wagen. Vor dem Treffen bei Semacgus würde er nicht mehr zu Abend essen. Er beschloss, sich zu Maître Vachon, seinem Schneider, in die Rue Vieille-du-Temple fahren zu lassen. Die Abenteuer seiner Reise hatten sichtbare Spuren auf Kleidungsstücken hinterlassen, die eigentlich strapazierfähig und lange tragbar sein sollten. Er hing an seinen Gehröcken, Anzügen und Mänteln, und sie aufzugeben tat ihm jedes Mal in der Seele weh. Um diesem unangenehmen Zustand abzuhelfen, wollte er von nun an immer zwei identische Paare bestellen.

Maître Vachon war zwar gealtert, die Gestalt gebeugter und die Gesichtshaut durchsichtiger, aber er war immer noch gesprächig und strahlte nach wie vor eine Autorität aus, die es ihm erlaubte, halb schimpfend, halb väterlich über eine Schar spöttischer Lehrlinge zu herrschen, die jedoch beim geringsten strengen Blick ihres Meisters imstande waren, die Nadel in der richtigen Richtung durchzuziehen. Während er Maß nahm mit der ironischen Bemerkung, Nicolas habe nicht schlecht zugelegt, erzählte der Schneider ihm kleine Klatschgeschichten aus der Stadt. Nicolas wählte seine Stoffe, einen rotbraunen, goldbraun schimmernden Satin für den Anzug und einen dunkleren Wollstoff für den Mantel. Die beiden ähnlichen Farben waren von schöner Wirkung. Maître Vachon zog ihn für einen Augenblick in einen Winkel seines Ladens, weg von den Lehrlingen, wo man sie nicht hören konnte.

»Monsieur le Commissaire«, begann er, »ich bekomme in Zeiten wie diesen viel zu hören. Das Volk schimpft immer stärker gegen Seine Majestät. Böse Leute bringen verheerende Gerüchte über ihn in Umlauf. Oh, ich ahne, was Sie vermuten. Darum geht es nicht, das Volk ist das Privatleben des Königs gewohnt, es empört sich nicht wirklich darüber. Es heißt allerdings, er verfüge über einen Privatschatz, und um seiner neuen Favoritin großzügige Zuwendungen machen zu können, vermehre er ihn durch Spekulationen wie ein Händler, aber mit einem geringeren Risiko, weil er, informiert über den Zustand der Finanzen, den Anstieg und das Fallen der Kurse vorhersehen könne. Man sagt, seine Spekulationen beträfen den Handel mit Weizen, und Seine Majestät habe sich ein unmoralisches Monopol verschafft, dem man die Hungersnot und die Verteuerung des Korns zuschreibt. Voilà. Sagen Sie das Monsieur de Sartine. Ich halte es für meine Pflicht, Ihnen davon zu berichten, als guter Bürger und treuer Untertan.«

Nicolas dankte dem Schneider, der ihn niedergeschlagen zur Tür begleitete. Seine Worte überraschten ihn kaum. Traurig stellte er fest, dass sie mit dem übereinstimmten, was die Spitzel und Spione der Polizeipräfektur seit Monaten wiederholten, ohne dass es ihnen gelungen wäre, die Gerüchte zum Schweigen zu bringen und ihren Ursprung herauszufinden. Er erinnerte sich an die Gerüchte, die, an den öffentlichen Orten und in den Salons gesammelt und in den Hinterzimmern von Monsieur de Sartine geordnet und redigiert, anschließend auszugsweise an die Minister geschickt wurden, die sich möglicherweise für diesen Klatsch interessierten.

Das enge Netz schmaler Gassen zwischen dem Quartier du Marais und dem Quartier de la Halle, wo eine einzige Kutsche nur mit Mühe durchkam, verlangsamte seine Rückkehr in die Rue Montmartre. Manche Gassen waren so schmal, dass Nicolas die Häuser hätte berühren und jedes Mal, wenn die Kutsche hielt, die zahllosen Plakate auf den Mauern hätte lesen können, die bedeckt waren mit Erlassen, Anzeigen von Quacksalbern, Beschlüssen des Parlaments, Urteilen des Châtelet, Versteigerungen nach Gerichtsbeschlüssen, Vorladungen, Todesanzeigen, Werbung für eine Sondervorstellung eines sizilianischen *Teatro dei Pupi*, das den *Orlando furioso* von Ariost spielte, und schließlich die zehnfach verbreitete Adresse eines Herstellers von elastischen Bruchbändern. Die Dienste von Monsieur de Sartine wachten darüber, dass die meisten von ihnen schon am nächsten Tag wieder abgerissen wurden, um anderen Platz zu machen und zu verhindern, dass sie die Fahrbahn übersäten. Daher zerstörte die Hand, die sie anklebte, ihre Arbeit ein paar Stunden später, indem sie sie zerriss. Manchmal stürzten Ströme von Schnee und Wasser auf den Fiaker und erschreckten eine Equipage, die zur Seite fuhr, überglücklich, den Bruchstücken von Ziegeln, Gips oder sogar Blei zu entkommen, die das Unwetter von den Dächern gerissen hatte. Trotz des ekelhaften Wetters amüsierte Nicolas sich über den Hang des Parisers, auf seinem Weg anzuhalten, sobald irgendetwas sein Interesse erregte. Ein Passant brauchte nur zu irgendeinem Punkt aufzublicken, und schon taten mehrere andere es ihm gleich, um zu sehen, was seine Aufmerksamkeit erregt haben könnte. Dieses schwierige und scheue Volk blieb in seinem Innersten ein glückliches Volk, das sich leicht ablenken ließ.

Einen Augenblick lang überkam ihn die Versuchung, dem Kutscher zu befehlen, in die Rue du Faubourg Saint-Honoré zu fahren, um dem *Dauphin couronné* einen unerwarteten Besuch abzustatten. Er sah sich, wie er, selbstsicher in der Würde eines durch eine Lüge tief verletzten Mannes, der erschrockenen Satin die entscheidende Frage stellte. Seine Phantasie war so groß, dass er die vorhersehbaren Szenen seines Lebens erlebte, noch bevor sie stattgefunden hatten. Er hörte sich sprechen und hörte die Antworten seiner Freundin. Diese mentale Vorstellung erreichte bisweilen eine solche Komplexität, dass sein gequälter

Geist die Varianten wählte, deren Elemente, sorgfältig geordnet wie die einer Polizeiakte, Veränderungen im Ton, unerwartete Richtungswechsel und glückliche oder unheilvolle Ausgänge auslösten. Beunruhigt über seine zunehmende Erregung, überzeugte er sich selbst, dass es besser war, ein grausames Spiel zu beenden, das widersprüchliche Gefühle hinsichtlich einer tiefen Wunde in ihm auslöste, die er als solche noch gar nicht erkannt hatte, deren Schmerz er jedoch spürte. Ein weiteres Mal unterdrückte er diesen Wunsch, Bescheid zu wissen, der ihn seit seiner Unterhaltung mit der Präsidentin in einer Straße in London quälte, und er verschob einen Schritt, der unvermeidlich war, auf später.

In der Rue Montmartre fand Nicolas Monsieur de Noblecourt in seiner Bibliothek. Er saß in einem großen Tapisseriesessel und blätterte in einem in Kalbsleder gebundenen Folianten, der auf einem Spieltisch lag. In seinem grauen Anzug, frisiert und gepudert, wirke er verjüngt. Er lächelte, als er Nicolas hereinkommen sah.

»Es ist wirklich schade, dass ich so spät geboren wurde!«, sagte er seufzend.

»Was rechtfertigt eine so merkwürdige Behauptung?«, fragte Nicolas.

»Wäre ich fünfzig Jahre früher geboren worden, hätte ich Molière *Le Misanthrope* spielen sehen! Wie langweilig kommen mir dagegen die heutigen Stücke vor, mit Ausnahme vielleicht der Stücke von Marivaux, die in der feinfuhligen Schilderung der Leidenschaften so wahr sind, aber bereits aus einer anderen Zeit, der meiner Jugend. Und selbst ihm gegenüber habe ich Vorbehalte, denn meiner Meinung nach neigt er allzu sehr dazu, die

Ideen zu schütteln, damit sie aneinanderstoßen und leere Subtilitäten erzeugen. Ich stimme mit Rousseau überein, der das Leben nicht zu kompliziert machen will, denn dann findet man nur Tränen.«

»Sie wären vermutlich enttäuscht worden«, bemerkte Nicolas. »Ich habe mir sagen lassen, dass der berühmte Molière seine Interpretation ins Komische zog, mit vielen Grimassen und Possenreißerei, und dass er die Darstellung der Rolle recht schnell an den jungen Baron abgegeben hat.«

»Na, na«, protestierte Noblecourt, »rauben Sie mir nicht meine Illusionen! Hören Sie lieber diese perfekte Verbindung von Inhalt und Form:

Ah, niemand auf der Welt liebt so hingebungsvoll.
Mein Herz brennt so darauf,
dass es sein Lieben allen zeigt,
dass es sich selbst zu Wünschen gegen Euch versteigt.

Spüren Sie nicht, dass der Mann, der das geschrieben hat, gelebt und gelitten hat? So viel Wahrheit kann nur zur Perfektion führen. In diesem Stück liegt so etwas wie eine moralische Musik. Aber, was ist mit Ihnen? Sie sind ja ganz blass! Setzen Sie sich.«

Nicolas hatte den Brief von Madame de Lastérieux aus seiner Tasche geholt. Leise erklärte er seinem alten Freund die neuen Aspekte des Falls.

»Dieser Brief«, sagte er, »hat mich stutzig gemacht, weil er so wenig dem entsprach, was ich von ihr kannte, und auf mich den Eindruck einer abgedroschenen Gespreiztheit machte. Jetzt begreife ich plötzlich den Grund. Er enthält einen Satz: ›*und sich selbst zu Wünschen gegen Sie versteigt*‹, der schamlos von Molière entliehen ist.«

»Lassen Sie sich nicht täuschen«, erwiderte der Staatsanwalt. »Worte kann man aneinanderreihen, und Zufälle existieren. Der Gedanke ist sicher gesucht, aber er kann Ihrer so kultivierten Freundin durchaus selbst eingefallen sein, oder er schlummerte in einem Winkel ihres Gedächtnisses.«

»Sosehr Sie es auch versuchen, Sie werden mich nicht überzeugen. Eine Frau würde in einem Augenblick der Leidenschaft nicht nach Zitaten suchen, um ihrem Geliebten zu schreiben. In Wirklichkeit atmet dieser Brief entweder die Perfidie eines Herzens aus Stein, oder er ist eine Fälschung, und ich neige zu letzterer Hypothese. Ich befürchte noch weitere Unaufrichtigkeiten.«

Er erwähnte das Testament, das ihn zum Alleinerben des Opfers machte.

»Das würde also bedeuten«, sagte Noblecourt, »dass dieses Dokument ebenso wie dieser Brief gefälscht ist?«

»Es fehlt in Paris nicht an geschickten Händen für diese Art von Arbeit. Der König selbst ist umgeben von Sekretären, die für ihn unterschreiben und schreiben. Da lässt sich kaum ein Unterschied zum Original erkennen!«

»Wenn ich Sie recht verstehe«, sagte Noblecourt nachdenklich, »erwarten Sie von mir, dass ich Ihnen dazu verhelfe, von Maître Bellime empfangen zu werden, dem Doyen der Compagnie des notaires royales, dem berühmten ›Katzenmann‹.«

»Katzenmann?«

»Das werden Sie verstehen, wenn Sie seine Treppe hinaufgehen. Er ist ein Original. Wir sind alte Komplizen, obwohl er deutlich älter ist als ich. Ich werde auf der Stelle ein paar Zeilen schreiben, die Ihnen als ›Sesam-öffne-dich‹ dienen werden.«

Den armen Cyrus aufweckend, der auf seinen Füßen schlief, stand Monsieur de Noblecourt schwungvoll auf und holte ein Blatt Papier aus einem Sekretär. Er bedeckte es mit seiner kleinen raschen Schrift, trocknete die Tinte mit einer Handvoll Sand, zündete eine Kerze an, näherte ihr ein Stück rotes Wachs, ließ ein paar Tropfen auf das Papier fallen und drückte seinen Stempel darauf.

»Wundern Sie sich nicht über die Art, wie er Sie empfängt. Er täuscht eine gewisse Unhöflichkeit vor, über die man hinwegsehen muss. Was Ihre geheimnisvolle Reise betrifft«, sagte er und setzte sich wieder, »fürchten Sie nicht meine Neugier, die, so lebhaft und eigennützig sie auch sein mag, niemals die Verschwiegenheit des Staates missachtet. Bourdeau hat mich informiert.«

Nicolas lächelte angesichts dieser Kette von Warnungen, die, von Sartine über Bourdeau bis hin zu Noblecourt, der Freundschaft Diskretion und Zurückhaltung auferlegte.

»Allerdings empört es mich«, fuhr er fort und schlug auf die Lehnen seines Sessels, »dass meine Freunde – was sage ich, meine Kinder – sich von mir entfernen und mich allein zurücklassen in der Rue Montmartre, wo ich Trübsal blasen werde vor Ärger und Neid, wenn ich mir ihr opulentes Schlemmermahl heute Abend vorstelle!«

»Sie sind durchaus zu bedauern«, sagte Nicolas lachend, »umgeben von den Aufmerksamkeiten derjenigen, die sich um Ihre Gesundheit sorgen und die, da sie Ihre natürliche Naschhaftigkeit kennen, Ihnen eine Versuchung ersparen möchten, die zu einem dreifachen Gichtanfall führen würde, während Sie jetzt munter, rüstig, ausgeruht, frisch, gesprächig und zwanzig Jahre jünger sind ...«

»Ach! Nichts als Schmeichelei ...«

»Überhaupt nicht, ich beschreibe, was ich sehe. Davon abgesehen wollen wir vor allem Sanson nicht einschüchtern. Er hat einen solchen Respekt vor Ihnen, dass Ihre Anwesenheit ihn lähmen würde. Und wir brauchen ihn heute Abend, um über unseren Fall zu sprechen.«

»Dieses schlitzohrige Argument lasse ich mir gefallen, auch wenn da der Jesuit aus Ihnen spricht«, sagte Noblecourt lächelnd. »Aber ich werde mich in der Fastenzeit dafür rächen, indem ich Ihnen allen Fisch servieren lasse, der nach Heringsfass riecht.«

Nicolas machte sich lachend aus dem Staub und stieg in sein Zimmer hinauf, um sich frisch zu machen. Als er aufbrechen wollte, dachte er plötzlich an seine Schlüssel. Er suchte, ohne sie in den Taschen seines Mantels, den er in England getragen hatte, zu finden. Er wurde unruhig; sein Schlüsselbund, der die Schlüssel des Hôtel de Noblecourt und diejenigen der Wohnung von Madame de Lastérieux enthielt, hing an einem blauen Band, das seine Geliebte ihm geschenkt hatte. Er ging hinunter und befragte Poitevin und Marion und dann die Lehrlinge der Bäckerei. Niemand hatte den Schlüsselbund gesehen. Es schien also, dass er tatsächlich verschwunden war; ihm blieb nur die schwache Hoffnung, dass Catherine, die bereits in Vaugirard bei Semacgus war, ihm Näheres darüber sagen könnte. Diese Feststellung machte ihm Angst. Er erstarrte vor Entsetzen, als er sich die Episode in Ailly-le-Haut-Clocher noch einmal vergegenwärtigte, wo er im Haus des Postmeisters erstochen worden wäre, wenn er nicht wegen des vielen Ungeziefers auf einem Sessel statt im Bett geschlafen hätte. Damals war es ihm so vorgekommen, als wäre nichts gestohlen worden. Er könnte sich einfach nicht erinnern, wann er den Schlüsselbund das letzte Mal in der Hand gehabt hatte. War es nach seinem letzten Eindringen in der Rue de Verneuil gewesen? Er strengte sein Gedächtnis an; in dieser schrecklichen Nacht war er in die Rue Montmartre zurückgekommen, die Tür war nicht verschlossen gewesen, wie immer, wenn Monsieur de Noblecourt Gäste zum Abendessen hatte. Vielleicht hatte er seine Schlüssel ja während seines nächtlichen Umherirrens verloren, an deren Einzelheiten er sich nach wie vor nicht erinnern konnte, oder als er auf dem Weg von Calais nach Paris gestürzt war? Plötzlich fiel ihm ein Detail ein: Während der Inszenierung, die organisiert worden war, damit er aus seinem Einspänner in die Reisekutsche in der Rue Neuve-des-Petits-Champs umsteigen konnte, hatte er gefürchtet, den Schlüsselbund zu verlieren, und seine Hand hatte ihn in seiner Tasche umklammert, damit er nicht herausrutschte. Das reduzierte die Möglichkeiten: Er musste ihm also auf seiner Englandreise abhandengekommen sein. Er bat Poitevin, den Schlüssel der kleinen Treppe, die zu seinem Zimmer führte, in der Ecke eines Fensters zu deponieren, wo niemand nach ihm suchen würde. Denn er wollte niemanden wecken, wenn er spätnachts aus Vaugirard zurückkommen würde.

Sein Wagen brachte ihn ins Châtelet zurück. Das schlechte Wetter hatte seinen Höhepunkt erreicht, als die Lichter der Stadt angingen. Sanson, in einem grünen Anzug, und Bourdeau, in einem mausgrauen, erwarteten ihn in der Toreinfahrt, mit Rabouine plaudernd. Dieser teilte Nicolas mit, dass er seine Nachforschungen bezüglich Müvala fortsetzte, der, wie es aussah, die Grenzen des Königreichs nicht überschritten hatte. Der Wagen setzte sich in Bewegung und nahm den üblichen Weg, den Nicolas seit seiner ersten Begegnung mit Semacgus mehrmals pro Monat zurücklegte. Der Pont Royal, das eindrucksvolle Gebäude des Hôtel des Invalides und die Schranke von Vaugirard zogen vorüber. Ein paar Sterne begannen am Himmel zu funkeln. Die Höhen von Meudon blieben wie eingemauert von einer Zusammenballung niedriger Wolken, dunkelblau wie Tinte. Dieser schieferfarbene Himmel schien sich auszubreiten und nach und nach die Faubourgs im Westen zu erreichen. Der Schnee blieb nicht liegen, und die Räder des Fiakers beschmutzten mit langen schwarzen Spritzern die wenigen Passanten, die in aller Eile ihren Wohnungen zustrebten.

Semacgus' massives Haus tauchte in dem schmutzigen Grau auf wie eine Oase des Friedens. Die Fassade wurde von Laternen beleuchtet. Durch die Fensterscheiben konnte man die Tätigkeiten einer Hausgemeinschaft erkennen, die Besucher erwartete. Die hohe Gestalt des Marinewundarztes stand in der Tür der Küche. Das Wiehern der Pferde hatte ihnen ihre Ankunft angekündigt. Er hatte das Jackett abgelegt und trug eine Schürze. Sanson wurde herzlich empfangen und brach sofort sein Schweigen, in das er während der ganzen Fahrt versunken gewesen war.

»Ich half gerade Catherine und Awa«, sagte Semacgus.

»Und wobei?«, fragte der Henker, der sich neugierig über die Gerichte beugte, die da zubereitet wurden.

»Ah, bei der heiklen Operation, die darin besteht, Würste aus

Gänsestopfleber und Kapaun zu pochieren! Das muss in Milch geschehen, die nicht kochen, sondern nur sanft sieden darf, ohne die Harmonie der Zutaten zu zerstören und vor allem ohne den zarten Darm, der sie enthält, platzen zu lassen.«

»Das klingt vielversprechend«, sagte Bourdeau mit geweiteten Nasenlöchern und den Kopf erhoben wie ein Vorstehhund. »Und was tun Sie in diese zerbrechlichen Wunder?«

»Eine Handvoll sehr klein geschnittenen Flomen, Gänsestopfleber und Kapaunfleisch, sehr klein gehackt, zu gleichen Teilen, Kräuter, Frühlingszwiebeln, Salz, Pfeffer, Muskat, gestoßene Nelken und sechs rohe Eigelb. Ich vermische alles und fülle es in kleine Schweinedärme.«

Semacgus ging mit ihnen in sein Arbeitszimmer, in dem der Tisch gedeckt war. Sie nahmen am Feuer Platz, das in einem großen Kamin aus hellem Stein bullerte. Der Raum war vollgestellt mit Ausstellungsstücken, die ihr Gastgeber auf seinen Reisen in Übersee zusammengetragen hatte. Es gab da zahlreiche Gegenstände, präparierte exotische Tiere, Mineralien, wunderschöne Stoffe, Herbarien und andere Relikte. Nicolas fühlte sich in diesem Raum immer weit weg versetzt; er bot ihm einen ebensolchen Kontakt mit einer fremden Welt wie die Lektüre von Reiseund Seefahrerberichten und weckte in ihm die Sehnsucht nach der offenen See.

Catherine brachte eine Flasche Ratafia und schenkte jedem ein Glas ein.

»Das wird uns an die gute alte Zeit im *Dauphin couronné* erinnern«, sagte Semacgus, »als die Paulet ihre Kunden mit den Sendungen eines ihrer Galane von den Antillen verwöhnte.«

Diese Bemerkung weckte wieder die Angst, die Nicolas quälte.

Mit einem kleinen Stich im Herzen erinnerte er sich, dass der Marinewundarzt kurz der Liebhaber der Satin gewesen war, die in dem Freudenhaus gewohnt und gearbeitet hatte. Er beruhigte sich mit dem Gedanken, dass ihr Kind damals schon seit Langem geboren war.

»Meine Herren«, sagte Bourdeau, »wir sind hier zusammengekommen, um die Freundschaft zu feiern und zugleich Nicolas zu helfen, Licht in den traurigen Fall zu bringen, den Sie kennen. Was sind die Ergebnisse Ihrer Überlegungen, die neue Wege eröffnen könnten?«

»Ich«, sagte Semacgus, »habe eine Entdeckung gemacht, und Sie werden mir sagen, ob sie, wie ich glaube, für uns interessant sein könnte. Sie wissen, dass ich an einer umfangreichen Arbeit sitze, einem allgemeinen Herbarium. Es führt mich immer wieder in den Jardin du roi und zu seinen bewundernswerten Sammlungen. Vor Kurzem habe ich einen Mann kennengelernt, den ich sehr schätze und der ein Meister auf diesem Gebiet ist: Monsieur Duhamel du Monceau, der Botaniker und zugleich der hervorragendste Kenner unseres Schiffbaus ist.«

»Bei welcher Gelegenheit haben Sie sich kennengelernt?«, fragte Nicolas.

»Er ist der Autor eines Werks über die Kunst, die Gesundheit der Mannschaften auf den Schiffen des Königs zu erhalten. Er wollte damals von der Erfahrung eines Marinewundarztes profitieren, der viel auf den Meeren herumgekommen ist. Bei unserem Wiedersehen habe ich ihm von unseren berühmten Samenkörnern erzählt. Er ist eindeutig: Wenn es sich um Ziegenpfeffer handelt, ist dieser nicht imstande, die festgestellten toxischen Wirkungen hervorzurufen. Er hat angedeutet, dass der Pfeffer vielleicht dazu diente, eine andere unbekannte und giftigere Substanz zu verbergen.«

»Casimirs Aussage bringt uns nicht weiter«, bemerkte Bourdeau. »Er bereitet ein Hühnchen zu. Aber das Gift befindet sich nicht in dem Hühnchen; man findet es in der Eiermilch für Madame de Lastérieux. Casimir hat Nicolas gesehen, der es selbst bestätigt; aber er behauptet, er sei ihm nicht begegnet. Er sagt uns, dass Müvala den Abend in der Rue Vaugirard verbracht hat, und ist zugleich nicht bereit, in Erwägung zu ziehen, dass seine Herrin eine Schwäche für diesen Lackaffen gehabt haben könnte. Lauter Widersprüche!«

»Im Grunde«, sagte Sanson, »veranlasst mich meine bescheidene Erfahrung – ich würde eher sagen meine Intuition, da ich ihn ja befragt habe –, zu glauben, dass er gelogen hat.«

»Aber warum diese Lüge?«, fragte Bourdeau. »Man könnte glauben, jemand drängt oder zwingt ihn, die Wahrheit zu verschweigen.«

»Fassen wir zusammen«, sagte Semacgus. »Ich glaube, Bourdeau stellt die richtige Frage. Wer hat in dieser Affäre Interesse, dass die Verdächtigungen so gravierend sind, dass sie schließlich einen Kommissar im Châtelet belasten? Ein eifersüchtiger Kollege, ein Rivale oder einer dieser Verbrecher, die einmal durch die Intelligenz unseres Freundes überführt worden sind?«

Nicolas biss sich auf die Lippe, da es ihm nicht möglich war, seinen Freund auf die richtige Fährte zu bringen, indem er ihnen die verborgene Seite der Affäre enthüllte, nämlich dass Madame de Lastérieux ein Werkzeug der Staatspolizei gewesen war. Vermutlich war sie selbst auf niederträchtige Weise erpresst oder anderweitig unter Druck gesetzt worden. Und was war mit den

Attentaten auf ihn, deren Zusammenhang mit dem Verbrechen in der Rue de Verneuil im Übrigen nicht bewiesen war? Wie sollte man diesen wütenden Hass verstehen, der die falschen Beweise anhäufte, als wollte der unsichtbare Feind ihn nicht nur zerstören, sondern auch entehren, indem er ihn aufs Schafott brachte? Was wäre aus ihm geworden ohne die Hilfe und das Vertrauen seiner Freunde und des Polizeipräfekten, vom König ganz zu schweigen?

Ein dreifaches Gelächter riss ihn aus seinen Überlegungen. Catherine, wie eine Afrikanerin in eine wogende gelb-rote Stoffmasse gehüllt, kündigte das Abendessen an, ihr breites, plattes Gesicht von einem wunderschönen zusammengebundenen Kopftuch aus Madras umkränzt. Hinter ihr schlug sich Awa fröhlich auf die Seiten und genoss die Überraschung der Gäste. Sie nahmen Platz an einem kleinen Tisch, der am Fenster gedeckt war. Semacgus zog ein Papier aus seiner Tasche.

»Meine Herren«, sagte er, »hier das Menü. Eine Galantine d'oseille et haricots à la bretonne. Ihnen zu Ehren, Monsieur le Commissaire. Anschließend Oreilles de porc à la barbe Robert, denen Boudins de foie gras et de chapon folgen. Zu guter Letzt ein großer Fischtopf, zubereitet von Dame Catherine Gauss, ehemalige Marketenderin des Königs. Ein Zwischengericht aus Blumenkohl mit Parmesan, ein Gâteau à la Bavière und eine Brioche gefüllt mit Hagebuttengelee.«

Er erntete begeisterte Rufe.

»Und welche guten Tropfen werden all das begleiten?«, erkundigte sich Bourdeau.

»Claret-Rotweine aus der Region Bordeaux, genauer aus Fronsac, ein Geschenk des Maréchal de Richelieu an Monsieur de Noblecourt, der mir ein paar Flaschen überlassen hat, als kleine Aufmerksamkeit, um dennoch bei diesem Abendessen anwesend zu sein. Wir werden sie auf sein Wohl trinken und …«

Er nahm eine längliche Flasche aus einem Weinkühler.

»… ein Rheinwein, ein Eiswein. Stellen Sie sich eine Traube vor, die zur äußeren Reifung gezwungen wird durch die morgendlichen Herbstnebel, die ›Traubendrücker‹ genannt werden. Ein plötzlicher Frost, und das in Eis verwandelte Wasser bleibt auf der Presse und gibt einen Extrakt süßer, intensiv duftender Öle ab.«

»Und wo findet man dieses Wundergetränk?«

»Im deutschen Rheingau, in der Gegend von Johannisberg.«

»Ich wusste gar nicht«, sagte Nicolas, »dass Sie diese Sprache beherrschen.«

»Sie wissen so einiges nicht von mir«, erwiderte Semacgus geheimnisvoll.

Das Abendessen verlief wie eine gut dirigierte Symphonie. Sanson erwies sich nach seiner anfänglichen Zurückhaltung als ein durchaus gesprächiger Gast, sehr viel mehr als in Gegenwart seiner Frau. Die Süße des Eisweins und die Lebhaftigkeit des Fronsac belebten die Unterhaltungen. Awa wirbelte um sie herum. Manchmal legte sich ihre Hand mit einer unverhohlenen Zärtlichkeit auf Semacgus' Schulter. Ihr neues Einvernehmen drängte sich allen auf, der unverbesserliche Libertin schien sich eine Aufpasserin gekauft zu haben. Nicolas vermutete, dass gesundheitliche Alarmsignale ein wenig Vernunft in dieses stürmische Leben gebracht und den Marinewundarzt von den Reizen eines behaglichen Heims überzeugt hatten, in dem sein Temperament sich in der Beziehung mit einer Hausangestellten ausleben konnte.

Die Folgen dieser Bekehrung machten sich auf erfreuliche Weise in den Gesichtszügen eines Mannes bemerkbar, der lange Zeit auf Nächte der Ausschweifung abonniert gewesen war; sein rotes und ausgeruhtes Gesicht erstrahlte in neuer Würde, ohne die Makel von früher. Der Höhepunkt des Abendessens wurde erreicht, als der Fischtopf aufgetragen wurde. Catherine wurde gerufen, um das Rezept preiszugeben.

»Also, meine Herren, man muss Aale und Karpfen klein hacken. Was den Karpfen betrifft, so hat Awa das große Tier eine Woche lang in einem Wasserbottich gehalten, damit er seinen Schlammgeruch verliert. Anschließend muss man mit Salz, Pfeffer, Muskat würzen und dann die Hackmischung in einen Tontopf füllen, dessen Seiten gebuttert sind. Die Haut des Karpfens wird innen rundum an die Seiten gedrückt, und das gehackte Fleisch einen halben Zoll hoch eingefüllt; darauf kommen Trüffel, Morcheln, Hechtleber, Karpfenzunge und Butter. Das Ganze wird mit Farce bedeckt wie eine Pastete. Man schließt den Topf mit einem Silberteller und kocht es vor dem Feuer, wobei man regelmäßig dreht. Zum Schluss wird der Inhalt in eine Schüssel gestürzt, mit Zitronensaft beträufelt und mit geschälten Pistazien bestreut.«

Applaus brandete auf und ließ Catherine vor Stolz erröten.

»Das Köstliche daran«, sagte Nicolas, ein Liebhaber der Kontraste in der Küche, »ist die knusprige Oberfläche und die Weichheit der inneren Schichten.«

»Köstlich die Fischzungen und -lebern, die den Geschmack intensivieren, ohne das Gericht schwer zu machen«, ergänzte Bourdeau.

»Trinken wir! Trinken wir!«, sang Sanson, der das Jackett seines schönen grünen Anzugs ausgezogen hatte und sein Glas hob. »Das ist der wahre *Nepenthes*, der Sie fröhlich macht und Sie von den düsteren und schwarzen Gedanken befreit!«

Sie setzten ihr Gespräch über die Vorstellungen, die gerade in Mode waren, und die Gerüchte in der Stadt fort. Semacgus erzählte sogar das Gerücht über Polizisten, die in London verhaftet worden waren, weil sie Théveneau de Morande, den Autor infamer Pamphlete, hatten ermorden wollen. Nicolas verzog keine Miene. Später, als sie plauderten und, wie die Tradition des Hauses es verlangte, einen alten Rum aus Semacgus' Sammlung tranken, der mindestens zweimal um die Welt gereist war, kehrte das Gespräch auf die Affäre der Rue de Verneuil zurück. Bourdeau führte die Gesprächsfäden, die in alle möglichen Richtungen liefen, wieder zusammen.

»Meine Herren, es gibt ein Detail, über das ich im Interesse der Untersuchung und der Sicherheit von Commissaire Le Floch gerne Klarheit hätte.«

Die Feierlichkeit dieser Einleitung stellte die Aufmerksamkeit wieder her, die durch die Wirkung des Alkohols und die durch das Festmahl hervorgerufene Schläfrigkeit stark gelitten hatte.

»Hat Madame de Lastérieux«, fuhr er fort, »am Abend ihres Todes Geschlechtsverkehr gehabt? Keiner von Ihnen scheint mir bei der Öffnung der Leiche eine eindeutige Aussage darüber gemacht zu haben.«

Sanson und Semacgus, wieder nüchtern geworden, sahen sich an, ohne dass einer von beiden sich entschließen konnte zu antworten.

»Das liegt daran« sagte der Marinewundarzt schließlich, »dass man es nicht mit Sicherheit sagen kann.«

»Was denn nun«, sagte Bourdeau, »ja oder nein?«

»Um die Wahrheit zu sagen, beides ist möglich.«

»Der Zustand der Organe widerlegt keine der beiden Hypothesen«, fügte Sanson hinzu.

»Seien Sie etwas genauer, ich bitte Sie.«

»Tja«, rang Semacgus sich endlich durch, »bedenken Sie, dass es mehrere Möglichkeiten gibt, es so aussehen zu lassen, als hätte eine Vereinigung stattgefunden, und das in Übereinstimmung mit dem, was wir festgestellt haben, obwohl in Wirklichkeit nichts geschehen ist …«

»Ich muss darauf bestehen«, sagte Bourdeau. »Es ist von wesentlicher Bedeutung. Das ganze Geheimnis dieses Abends und dessen, was bis heute daraus resultiert, hängt zu einem Gutteil von dem ab, was der unbekannte Kapellmeister vorgaukeln will: dass Nicolas an diesem Abend einen Teil der Nacht mit seiner Geliebten verbracht hat.«

»Nach bestem Wissen und Gewissen«, sagte Semacgus abschließend mit Zustimmung von Sanson, »ist es uns nicht möglich, eine eindeutige Aussage zu machen. Eine Inszenierung ist allerdings nicht auszuschließen …«

Während alle nachdenklich schwiegen, drangen wiederholte dumpfe Geräusche zu ihnen. Awa erschien erneut, um zu melden, dass ein Mann Inspektor Bourdeau zu sprechen wünsche. Dieser stand auf und folgte der Köchin. Schon wenige Augenblicke später kehrte er zurück.

»Meine Herren, der Totentanz geht weiter«, sagte Bourdeau tonlos. »Der Sklave Casimir ist tot in seiner Zelle im Châtelet aufgefunden worden. Er wurde vergiftet.«

VIII

Sackgasse

Merkwürdige Unfälle, die einstigen, die heutigen,
Stunden des Unglücks veranlassen uns,
die Strudel des Schicksals kreisen zu lassen.

EURIPIDES

Mittwoch, den 19. Januar 1774

Es war kurz nach Mitternacht. Sie beschlossen, sofort nach Paris zurückzukehren. Semacgus bestand darauf, sie zu begleiten, er wollte das Opfer zusammen mit Sanson untersuchen. Alle standen noch unter dem Schock der Mitteilung vom Tod Casimirs. Aufgrund eines merkwürdigen Ansteigens der Temperatur hatte sich Nebel gebildet und hüllte die Gärten der Faubourgs in immer dichtere Schwaden ein. In der Stadt, wo die Feuchtigkeit sich mit dem Rauch aus tausend Schornsteinen verband, war es noch schlimmer, sodass die Kutsche nur mühsam vorankam. Die Pferde wagten sich nur widerwillig in dieses Unbekannte, das sich bewegte. Die Nähe des Flusses vervielfachte die Gefahren noch; man konnte nichts mehr erkennen, weder die Laternen noch die Fackeln, welche die wenigen Nachtschwärmer trugen, um sich zu leuchten.

Einen Augenblick lang war der Kutscher gezwungen, von seinem Sitz zu steigen, um das Gespann zu führen, während er den Boden und die Hindernisse mit dem Fuß und der Hand abtastete, um die Straßenecken zu erkennen. Um das bedrückende Schweigen zu durchbrechen, erinnerte Nicolas seine Gefährten, dass noch vor ein paar Jahren die Winternebel so dicht gewesen waren, dass man darauf verfallen war, rechtzeitig Blinde aus dem Hôpital des Quinze-Vingts zu mieten. Sie hatten Fußgänger und Wagen mittags durch alle Viertel geführt. Man entlohnte sie sogar mit fünf Louis d'or, so genau war ihre Kenntnis der Topografie von Paris, die sogar diejenige der Zeichner und Stecher der Stadtplaner übertraf. Auch diese Bemerkung brachte die Unterhaltung nicht wieder in Gang. Nach dem Pont Royal wurde es leichter, sich zu orientieren. Der Kutscher kehrte auf seinen Sitz zurück und begnügte sich damit, den Kais bis zum Pont-au-Change in der Nähe des Châtelets zu folgen.

In dem alten Gefängnis liefen Polizisten mit ernsten Gesichtern, Wächter und Kerkermeister geschäftig hin und her. Nicolas und seine Begleiter wurden in den ersten Stock geführt, wo der Beschuldigte als Gefangener in Einzelhaft in einer größeren Zelle untergebracht war, die nichts gemeinsam hatte mit den grauenhaften, vor Feuchtigkeit schimmligen Löchern, in die Luft und Licht nur durch Kellerfenster direkt am Boden drangen. Ein widerlicher Gestank empfing sie, als sie eintraten, und im Schein der Fackeln erkannten sie undeutlich eine zusammengekauerte Gestalt auf dem Strohsack. Mit angezogenen Beinen auf der Seite liegend, die Hände auf Höhe des Magens verkrampft und den Kopf, dessen Augen geöffnet und blutunterlaufen waren, nach hinten gebeugt, schien Casimir einen blutigen Brei zu erbrechen. Während Sanson und Semacgus sich am Leichnam zu schaffen machten, untersuchten die beiden Polizisten sorgfältig die Zelle. Nicolas hasste diese Umstände, die er schon mehrmals erlebt hatte; er machte sich stets Vorwürfe wegen des Todes eines Häftlings, vor allem wenn es sich um Selbstmord handelte. Das Bild eines alten Soldaten, der durch Armut auf die schiefe Bahn geraten war, tauchte dann wie ein Gewissensbiss auf. Auf einem Schemel entdeckte er sofort einen Steingutteller mit Resten eines Eintopfs aus Cervelat und Bohnen. Er hielt einen Tonkrug an seine Nase, der dem Geruch nach einen Wein von recht guter Qualität enthalten hatte. All das war so weit von den normalen Haftbedingungen entfernt, dass er Bourdeau darauf aufmerksam machte und ihm befahl, alles zu tun, um die Herkunft dieser Lebensmittel herauszufinden.

»Beachten Sie den Löffel«, sagte Bourdeau. »Aus Silber! Das ist allzu durchschaubar!«

»Es ist ganz, wie ich denke: Alles deutet auf eine Behandlung *à la pistole* hin. Da nimmt man den Beschuldigten in Einzelhaft, um die geheimen Absprachen zu verhindern, die täglich zwischen Besuchern und Häftlingen stattfinden, und dann geschieht das! Ein wichtiger Zeuge, einer der wenigen festen Fäden in einem wirren Knoten, reißt zwischen unseren Fingern.«

Zwei Wächter erschienen mit einer Bahre. Der Leichnam wurde daraufgelegt und sofort in die Basse-Geôle gebracht, eskortiert vom Henker und vom Wundarzt. Nicolas und der Inspektor befragten die Kerkermeister fast eine Stunde lang. Es stellte sich heraus, dass um acht Uhr abends ein Mann, der weder alt noch jung und weder groß noch klein gewesen war, sondern völlig unauffällig, sodass niemand ihn wiedererkennen würde, gekleidet wie ein Küchengehilfe, gekommen war, um eine Mahlzeit für Casimir zu liefern. Trotz ihrer Überraschung waren den Wächtern keine Zweifel gekommen. Der Fall, wegen dem der Sklave eingesperrt worden war, blieb für sie geheimnisvoll, und die Behandlung, die ihm zuteilwurde, ungewöhnlich. Wie kam es, dass er in einer so bequemen Zelle untergebracht worden war? Und der Gipfel war, dass er sich auf Commissaire Le Floch berufen hatte und dass die Nennung seines Namens alle eventuellen Bedenken ausgeräumt hatte. Kurz nachdem die Mahlzeit dem Gefangenen gebracht worden war, war Stöhnen nach draußen gedrungen. Als die Tür geöffnet worden war, hatte der arme Schwarze bereits mit dem Tod gerungen; er war innerhalb weniger Minuten gestorben.

Was für eine Meisterschaft in der Ausübung des Bösen, dachte Nicolas. In der Tat, was könnte einfacher sein, als dass ein Unbekannter, geschminkt vermutlich und einen offiziellen Namen benutzend, wie es Brauch ist, eine außerhalb des Gefängnisses gekaufte und zubereitete Mahlzeit liefert. Diese wird dem Wärter übergeben, man erklärt, dass der Preis bezahlt sei und dass ein direkter Kontakt mit dem Opfer nicht nötig sei, das sich, ohne Verdacht zu schöpfen und hochbeglückt über diese unerwartete angenehme Abwechslung vom Gefängnisalltag, auf das Essen stürzt. Was für eine Niedertracht und Perfidie! Nicolas zitterte bei dem Gedanken, dass jetzt unweigerlich wieder neue Verdachtsmomente gegen ihn entstanden wären, was nur dadurch ausblieb, dass sein gestriger Tagesablauf keine Möglichkeit bot, so etwas einzufädeln; er war zu keinem Zeitpunkt allein gewesen. Man konnte mit einiger Sicherheit davon ausgehen, dass der unbekannte Mörder das nicht gewusst hatte, was darauf hindeutete, dass er nicht mehr auf Nicolas' Spur war, zumindest im Augenblick nicht.

Die Öffnung des Leichnams Casimirs fand am frühen Vormittag statt, sobald die beiden Ärzte die nötigen Instrumente und ein paar Ratten geholt hatten. Die Obduktion war kurz und eindeutig: Der Gefangene war mit einer unbekannten Substanz vergiftet worden, die in den Nahrungsmitteln enthalten gewesen war. Aber diesmal hatte das Gift nichts mit dem Einsatz bestimmter Kräuter zu tun. Für Nicolas ergab sich daraus eine Gewissheit: Wenn auch Fragmente zerstoßener Samenkörner in Madame de Lastérieux' Eiermilch gefunden worden waren, war diese harmlose Zutat möglicherweise nur hinzugefügt worden, um den Verdacht auf Casimir und über ihn auf Nicolas zu lenken. Da Wirkungen gleiche Ursachen hervorrufen, deutete alles auf einen einzigen Schuldigen hin, der geschickt seine Vorgehensweise wiederholte. In letzterem Fall hatte der Schuldige allerdings nicht versucht, die Natur des tödlichen Produkts zu verschleiern. Die Suche nach dem angeblichen Küchenjungen, der ins Gefängnis hineingelangt war, käme, sagte Bourdeau, der Suche nach einer Nadel im Hauhaufen gleich. Wenn Müvala und die anderen jungen Leute, die in der Rue de Verneuil gewesen waren, sich bereits in Luft aufgelöst hatten, sodass man an ihrer Existenz zweifeln konnte, wäre es mit Sicherheit unmöglich, die Identität von Casimirs Mörder festzustellen.

Nicolas bat Bourdeau, noch einmal Julia, die Lebensgefährtin des Toten, zu befragen, die seit ihrer Verhaftung am Boden zerstört und halb verrückt war. Schließlich verfügte er die Mobilisierung sämtlicher Spitzel und Polizeigehilfen der Hauptstadt, wobei er besonderen Wert auf Tirepot legte, dessen Geschicklichkeit und Scharfsinn oftmals Wunder wirkten. Rabouine würde die Operation koordinieren und die Informationen zentral im Bereitschaftsbüro im Grand Châtelet sammeln. Während er Befehle erteilte, versuchte Nicolas zugleich, einen flüchtigen Gedanken festzuhalten, der ihm wegen des Ziegenpfeffers durch den Kopf ging. Er hatte das Gefühl, dass ein wichtiges, bis jetzt vergessenes Element versuchte, an die Oberfläche seines Bewusstseins zu gelangen. Er zwang sich nicht, überzeugt, dass es, wie so oft, im richtigen Augenblick schon auftauchen würde.

Er verließ das Grand Châtelet, um sich zu dem Doyen der königlichen Notare zu begeben. Wind war aufgekommen, stürzte sich in das Bett des Flusses und trieb Wolken und Nebel vor sich her. Ausschnitte des blauen Himmels wurden sichtbar und bildeten eine Art Würfelmuster über der Stadt. Maître Bontemps stand wie viele alte Männer vermutlich früh auf, ihn sozusagen aus dem Bett zu holen hätte jedoch zu sehr gegen die Regeln des Anstands verstoßen, und Nicolas musste sich bemühen, ein Original für sich zu gewinnen, von dem er sich viel erwartete. Er machte sich zu Fuß auf den Weg, froh darüber, seine Reitstiefel anbehalten zu haben, als er feststellte, dass er in einem fast flüssigen Schlamm watete. Um sich vor diesem zu schützen, musste er auf die Quais de Bourbon, de la Mégisserie und de l'École ausweichen. Er bog nach links ab, um über die

Rue des Poulies zur Rue Saint-Honoré zu gelangen. Die Rue Saint-Thomas du Louvre führte hinunter zu den Galerien des Palais, dessen hohe Gebäude sich vor ihm erhoben. Maître Bontemps wohnte in einem prächtigen Haus direkt gegenüber dem Hôtel de Longueville, das, erworben vom Generalfinanzpachtamt des Königreichs, eine Nebenstelle seiner Zentraldirektion beherbergte. Monsieur de Sartine hatte Nicolas erklärt, welche Macht die Compagnie im Staat darstellte. Immer mehr Gebäude gehörten ihr. Monsieur de La Borde sagte, dass man die Steuerpächter nicht aufhalten könne, dass sie ein Vorgeschmack auf die Zukunft seien und dass die Generaldirektion siebenhundert Personen umfasse, weitaus mehr als die, welche den Ministern des Königs dienten. Dreißigtausend Angestellte, die direkt oder indirekt von der Institution abhängig waren, arbeiteten für sie im gesamten Königreich. Nicolas hatte zu seiner Überraschung entdeckt, dass die Verwalter durch Aufnahmeprüfungen rekrutiert wurden, dass sie auf ihre Ämter vorbereitet und ihr ganzes Berufsleben lang beurteilt wurden und dass sie eine Pension erhielten, die durch die gemeinsame Beteiligung der Compagnie und der Angestellten an einem dafür vorgesehenen Fonds gesichert war. Das Volk schimpfte unaufhörlich auf diese Macht und hielt sie verantwortlich für die hohe Steuerlast.

Nicolas präsentierte sich in der Kanzlei, froh, Monsieur de Noblecourts Empfehlungsschreiben in den Aufschlag seines Anzugärmels gesteckt zu haben. Der Gang durch die Büros rief die Erinnerungen an seine Jugend in Rennes wach, mit diesem Geruch nach Tinte, Pergament, Schimmel und ungesundem Schweiß junger Männer, die den ganzen Tag eingesperrt waren, um die Urkunden zu schwärzen im nervtötenden Kratzen der Federn auf dem Papier. Die Gesichter der jungen Männer, die schüchtern aufblickten, als er vorbeiging, erschienen ihm wie Spiegelbilder seiner selbst in jenen jungen Jahren. Je höher er die Treppe hinaufstieg, desto penetranter stieg ihm ein Geruch nach Katzenpisse in die Nase, sodass er schließlich seine Schnupftabakdose hervorholen musste, wie er es sonst nur bei den Leichenöffnungen in der Basse-Geôle zu tun pflegte. Im ersten Stock wurde er von einem alten schwarz gekleideten Diener empfangen, der eine gestärkte Halskrause trug, deren Weiß durch das häufige Waschen ins Grau überging.

Die Wohnung war groß, dunkel und staubig. Nicolas wurde sofort von Dutzenden von Katzen umringt, was ihn geradezu lähmte. Die einen strichen um seine Beine, die anderen, misstrauischer, hielten Abstand und ließen ihn ihre Verärgerung über sein Eindringen spüren. Das Vorzimmer vermittelte ihm das Gefühl, in ein Bild vom Anfang des vorigen Jahrhunderts einzudringen. Hohe Büfetts aus dunkler Eiche, die an den mit gaufriertem Leder bezogenen Wänden standen, verstärkten diesen Eindruck noch. Er wurde in einen Raum geführt, der als Büro und Bibliothek diente, mit Bücherregalen voller Folianten ringsum an den Wänden. Ein riesiger wachstriefender Kirchenleuchter erhellte den Raum.

In Kissen gedrückt auf einem reich verzierten Stuhl mit steifer Lehne, ließ eine kleine, ganz in Pelze gehüllte Gestalt nur einen kahlen Kopf erkennen, dessen Augen ihn durch eine Brille mit Vergrößerungsgläsern mit einem merkwürdigen und strengen Blick voll unterdrückter Wut ansahen. Aus den Pelzen tauchten in verschiedenen Höhen Katzenköpfe auf, die den Besucher betrachteten, bevor sie wieder in dem Körper, der ihnen Schutz bot, verschwanden.

»Was verschafft mir die Störung Ihres Besuchs?«, sagte eine schrille Stimme.

»Maître«, sagte Nicolas, »Ihr Freund, Monsieur de Noblecourt, hat mich gebeten, Ihnen dieses Schreiben zu übergeben.«

Er machte einen Schritt auf den Notar zu, doch eine riesige schwarze Katze richtete sich auf und fauchte mit gesträubten Haaren und den Schwanz in langsamen Schlangenbewegungen verdrehend.

»Ruhig, Ajax, braves Tier!«

Die Katze zog sich gekränkt zurück, mit langsamen Schritten. Der Notar nahm den Brief und las ihn.

»Dieser alte Schurke erinnert sich, dass ich noch lebe, wenn er mich braucht!«, brummte er. »Ich bin gerade mal gut genug, um ihm seine Wünsche zu erfüllen. Was wollen Sie? Nehmen Sie Platz.«

Nicolas blickte sich um und bemerkte einen bezogenen Schemel. Er wollte sich gerade auf ihn setzen, als der alte Notar laut aufschrie, wobei sichtbar wurde, dass er kaum noch Zähne im Mund hatte.

»Nicht da, Elender! Das ist der Platz von Friquette. Sie sucht dort Zuflucht mit ihren Jungen, sie wird Ihnen die Augen auskratzen.«

Da er nicht wusste, wo er sich setzen sollte, zog Nicolas es vor, stehen zu bleiben. Der Raum schien sich in einem unbeschreiblichen Gestank zu beleben. Ganze Regimenter von Katzen sprangen von den Lehnsesseln, kamen unter den Kissen hervor, tauchten hinter den Büchern auf und rutschten, sie zerkratzend, die

Brokatvorhänge herunter. Es kam zu einer Rauferei, die Katzen balgten sich in einem wilden Durcheinander, bis der Hausherr die Ordnung wiederherstellte, indem er die Schnur einer kleinen Peitsche knallen ließ. Jedes Tier kehrte, ein paar letzte Krallenhiebe austeilend, in sein Versteck zurück. Nicolas konnte endlich sein Anliegen vorbringen.

»Die Untersuchung eines Verbrechens«, begann er, »veranlasst mich, mir über die glänzende und rasche Karriere eines Ihrer jungen Kollegen, Maître Tiphaine, Gedanken zu machen.«

»Viroulet, du bist ein Ferkel! Mach deine Schweinereien gefälligst woanders als auf deinem Herrchen.«

Der Notar nahm ein Kätzchen von seiner Brust, das er am Hals gepackt hielt, und schleuderte es etwas weiter auf den Teppich, nachdem er es auf die Nase geküsst hatte. Er wischte sich die Hände an seinen Pelzen ab.

»Das sind«, sagte er zu Nicolas gewandt, »die perfekt gegerbten Felle ihrer Großeltern. Ich trage sie mit großer Freude. Sie lindern meine Schmerzen und ersparen mir mit ihrer Wärme extreme Kosten für Holz. Maître Tiphaine? Und wer sagt Ihnen, dass ich über ihn sprechen will? Warum holen Sie sich Ihre Auskünfte nicht bei Ihren Spitzeln, Herr Polizist?«

»Es scheint mir legitim«, sagte Nicolas demütig, »mich zunächst an den Doyen der Compagnie zu wenden. Ich bin überzeugt, dass dieser eine so lobenswerte Vorgehensweise nur billigen kann, die dem Dienst des Königs entspricht und nützt.«

»Ja, Sie heuchlerischer Süßholzraspler. Doyen, Doyen! Ich könnte gut darauf verzichten, glauben Sie mir. Das ist eine Frage des Überlebens, sie lauern mir auf. Zum Glück leben meine Katzen nach mir weiter … Ich würde lieber jung sein wie damals, als Noblecourt und ich jeden Abend hinter den Weibern her waren …«

Nicolas nahm sich vor, das seinem alten Freund zu erzählen.

»Tiphaine … Hm! Einer dieser landläufigen Armleuchter, die zu nichts taugen und vor allem nicht für die ehrwürdige Compagnie. Wie es scheint, sind die Regeln nicht eingehalten worden. Er ist noch keine fünfundzwanzig. Er muss eine königliche Ausnahmebewilligung erhalten haben, denn er hat nicht die obligatorischen fünf Jahre als Notargehilfe gearbeitet. Was die Nachforschungen über das Leben und den Lebenswandel dieser Person betrifft, hätten Sie alle Bordelle und Spielbanken der Stadt abklappern sollen, um dort die Puffmütter, die Zuhälter, die Mädchen und andere Tripperbrutstätten zu befragen. Ganz zu schweigen von den eingefleischten Pharaospielern! Ah, der schöne mit allen Wassern gewaschene Notar! In Wahrheit gibt er sich nur mit Kleinigkeiten ab.«

Eine dicke graue Kartäuserkatze, die in den dreifachen Pelzschichten eingezwängt war, zerkratzte mit einer Pfote die Spitze des Stiefels von Nicolas, der genervt war. Glücklicherweise hatte der Schlamm das Leder mit einem schützenden Panzer bedeckt.

»Einige Kollegen haben sich mir anvertraut«, fuhr Maître Bontemps fort. »Ich habe mir sagen lassen …«

Die in Pelze gemummelte Gestalt beugte sich vor und winkte Nicolas zu sich heran.

»Ich habe mir sagen lassen, dass das für den Kauf dieses Amtes nötige Geld direkt von einer hochgestellten Persönlichkeit kam, die einen Notar zu ihrer Verfügung haben wollte, der ihr seinen Aufstieg zu verdanken hätte. Die Summe ist wie durch ein Wunder in klingenden Écus in versiegelten Beuteln der Contrôle général des finances aufgetaucht.«

»Sie nehmen also an, dass ein ...«

»Nicht, nichts. Ich habe nichts gesagt, ich wundere mich über nichts. Die Zeiten sind eben so. Sie haben mich schon richtig verstanden. Vergessen Sie mich und gehen Sie, meine Kinder bekommen jetzt ihr Essen.«

Der Diener erschien mit Platten, auf denen verschiedene Fleischsorten lagen. Es gab einen Tumult, Miauen und erneute Raufereien. Nicolas verabschiedete sich und zog sich zurück, ohne einen Ton von sich zu geben. In seinem Wagen stellte er fest, dass dieses kurze Gespräch all das bestätigte, was er und Bourdeau befürchtet hatten. Das Amt von Maître Tiphaine, erworben unter zwielichtigen Umständen außerhalb der üblichen Regeln, bildete das Pfand für eine gekaufte Treue, die zu allen Zugeständnissen bereit war. Eine Razzia und eine erneute Befragung am Wohnsitz des Betroffenen drohte den angestrebten Zielen zuwiderzulaufen. Das Manuskript des Testaments musste einem Experten für Schriftenvergleich vorgelegt werden, dessen Prüfung vielleicht keine Gewissheit bringen, aber zumindest, im Falle einer Fälschung, zu einer Vermutung führen würde, und der junge Notar musste unter strenge Überwachung gestellt werden, um seine Umgebung besser kennenzulernen und zu versuchen, seine Geldgeber zu entlarven. Erst danach würde man den Notar befragen und in die Enge treiben können.

Nicolas kehrte ins Châtelet zurück, um dort den Inspektor zu treffen und mit dieser Arbeit zu beauftragen. Er machte einen so müden und verstörten Eindruck auf Bourdeau, dass dieser ihn überzeugte, so schnell wie möglich in die Rue Montmarte zurückzukehren. Die morgendliche Erregung war von ihm abgefallen und hatte einer großen Mattigkeit und einem unabweisbaren Schlafbedürfnis Platz gemacht, das noch eine Nachwirkung seines England-Abenteuers war.

Im Hôtel de Noblecourt beunruhigte Nicolas Catherine, die aus Vaugirard zurückgekehrt war, durch seine Energielosigkeit. Er antwortete zerstreut auf die drängenden Fragen des alten Staatsanwalts, der darauf brannte, dass er ihm von seinem Gespräch mit dem »Katzenmann« erzählte, und begnügte sich damit, ihm zu versichern, dass sein Empfehlungsschreiben seinen Zweck erfüllt hatte. Dann ging er hinauf und legte sich schlafen; die Glocke von Saint-Eustache schlug vier Uhr nachmittags.

Donnerstag, den 20. Januar 1774

Eine riesige schwarze Katze betastete seine Brust und hinderte ihn immer mehr am Atmen. Panik ergriff ihn, zumal der Kater mit ihm sprach und aus seinen grünen, gelb gesprenkelten Augen ein ferner menschlicher Blick blitzte; seine Angst wurde immer größer, weil er die heiseren Laute des Tiers nicht verstand. Er versuchte sich aus seiner Umarmung zu lösen. Plötzlich zerriss der Schleier, er schluckte, hustete, öffnete die Augen und blickte in das gutmütige Gesicht von Bourdeau.

»Ah, endlich, der Herr Kommissar geruht aufzuwachen! Ich schreie mir schon seit einer Weile die Lunge aus dem Hals.«

»Ich habe meine Nacht beendet«, sagte Nicolas gähnend.

»Na, solche Nächte wünschte ich mir auch! Von vier Uhr nachmittags bis neun Uhr morgens, siebzehn Stunden. Sind Sie wenigstens ausgeruht?«

»Ganz wunderbar«, sagte Nicolas und sprang aus dem Bett. »Ich hatte Sie für eine Katze gehalten.«

Mit diesem Satz, der seinen Freund verblüffte, eilte er davon, um sich anzukleiden. Kurz darauf war er wieder bei Bourdeau, der mit Marion einen Milchkaffee trank. Nicolas, der Schokolade vorzog, hatte festgestellt, dass dieses Getränk alle Schichten der Gesellschaft erreicht hatte und dass die Marktweiber der Halle es ebenso probierten wie die Herzoginnen. Da Bourdeau sich die Zunge verbrannte, empfahl Marion ihm, die Schale in die Kutsche mitzunehmen, um sie in aller Ruhe auszutrinken.

»Dieses Getränk ist nur gut, wenn es zu Hause zubereitet wird«, sagte Bourdeau, als ihr Wagen losfuhr.

»Monsieur de Noblecourt, der es schätzt, erzählte mir, dass in seiner Jugend das erste Café auf der Foire Saint-Germain von Armeniern geführt worden war. Anschließend eröffnete ein Perser ein zweites Café in der Rue de Buci. Das, was aber wirklich die gegenwärtige Mode und Schwärmerei ausgelöst hat, war das prächtige Kaffeehaus eines Sizilianers in der Nähe der Comédie-Française, in der Rue des Fossés-Saint-Germain, namens Francesco *Procopio* dei Coltelli.«

»Daher der Name *Procope* dieser Hochburg der Genießer und Schachspieler.«

»Wo so viel geredet wird, dass wir dort dauerhaft ein gutes halbes Dutzend Spitzel postiert haben!«

»Ihr Kaffee ist wirklich nicht schlecht, und sie lassen ihn von Jungen mit Tabletts in ganz Paris ausliefern.«

»Ich habe ihn nie getrunken«, sagte Nicolas. »Als ich nach

Paris kam, war die ›Bavaroise‹ sehr in Mode, die ebenfalls ausgeliefert wurde.«

»Sie haben unser Rendezvous am Pont Royal nicht vergessen, hoffe ich?«, fragte Bourdeau. »Sollte das Experiment von Erfolg gekrönt sein, was werden wir entdecken?«

»Das werden wir sehen«, sagte Nicolas. »Eigentlich ist die Jahreszeit nicht gerade günstig für diese Art des Tauchens. Und mit all dem, was die Stadt in den Fluss leitet, gibt es nur ein paar Augenblicke im Sommer, in denen das Wasser etwas klarer zu sein scheint als sonst. Was soll man im Januar von dem Morast, dem Schlamm und dem Schnee erwarten, die, von der Strömung ganz zu schweigen, das Wasser extrem trüben?«

»Ich bedaure den Erfinder, der das Vergnügen haben wird, in das eiskalte Wasser zu tauchen, und ich fürchte, dass er es nicht schaffen wird«, stimmte Bourdeau zu. «Ich habe auf jeden Fall Maßnahmen getroffen, um ihm Hilfe zu leisten und die Neugier der Passanten durch die Anwesenheit unserer Leute im Zaum zu halten.«

Als ihr Wagen über den Pont Royal fuhr, erhellte die zurückgekehrte Sonne immer wieder in Abständen den Quai des Tuileries. Auf dem anderen Ufer tanzten im Schatten in Strudeln Schuten und Schiffe, aus denen Lastträger Holz und Baumaterialien ausluden, die in großer Menge auf den Baustellen des Faubourg Saint-Germain benötigt wurden, das sich im Aufschwung befand. Jenseits der Brücke erhoben sich die hohen hellen Fassaden des Hôtel de Mailly und des Hôtel de Belle-Isle am Quai d'Orsay und am Quai des Théatins. Eine kleine Menschenansammlung drängte sich am Anfang der Rue de Beaune.

Wagenreihen warteten neben einer Gruppe offizieller Vertreter des Staats, die oben an einer Treppe, die von der Brücke zum Fluss hinunterführte, mit den Füßen stampfen, um sich aufzuwärmen. Eine Kette von im Halbkreis angeordneten Booten grenzte einen Raum ab, der für das Experiment vorgesehen war. Der Wachposten ließ sie durch. Ein noch junger Mann in einer Art Militärmantel begrüßte Nicolas mit einem herzlichen Händedruck.

»Ein Irrtum ist nicht möglich, Sie sind Kommissar Le Floch. Ich stelle mich vor, Chevalier de *Borda*, Oberleutnant zur See, Mitglied der Académie royale des Sciences und der Académie royale de la Marine. Ich bin mit meinen Kollegen hier.«

Er stellte sie nacheinander vor, wobei er eine Rangordnung nach Alter und Amt zu respektieren schien, Monsieur Leroy von der Königlichen Gesellschaft von London und der Philosophischen Gesellschaft von Philadelphia, Monsieur Petit, Anatomieprofessor und Inspektor der Militärkrankenhäuser, und schließlich ein Abbé mit einer kindlichen Figur, eingemummelt in einen Otterpelzmantel.

»Monsieur l'Abbé *Bossut*, Prüfer der Ingenieure. Wir bilden die Sonderkommission der Académie des Sciences, die einschätzen soll, wie wertvoll eine neue Erfindung sein könnte. Monsieur de Sartine hat uns gebeten, das Nützliche mit der Wissenschaft zu verbinden und unseren Beitrag zu den Ermittlungen zu leisten, die für die Untersuchung eines Verbrechens erforderlich sind. Wir kommen diesem Wunsch sehr gerne nach.«

»Wir sind Ihnen dankbar für Ihre gelehrte Gesellschaft«, sagte Nicolas. »Darf ich Ihnen meinerseits Inspektor Bourdeau vorstellen, meinen Assistenten? Gestatten Sie mir eine kleine Frage.

Sie scheinen mich zu kennen. Sind wir uns schon einmal begegnet?«

»Ich hatte die Ehre«, sagte Monsieur de Borda und hob die Hand an seinen Dreispitz, »mit dem Marquis de Ranreuil, Ihrem Vater, im Siebenjährigen Krieg zu dienen. Seeleute kämpfen manchmal auch an Land. Sie sehen ihm sehr ähnlich, für einen Moment dachte ich, er wäre wieder da. Er war ein Soldat und ein Weiser ...«

Nicolas zitterte vor innerer Bewegtheit bei diesen Worten. Dass alle seine persönliche Geschichte kannten, überraschte ihn immer wieder, doch der Hof und die Stadt behielten Geheimnisse nicht lange für sich, vorausgesetzt, das Objekt der allgemeinen Neugier bekleidete eine gewisse Position in der Gesellschaft. Wie lange, dachte er, wird man wohl noch nach seiner Herkunft und seiner Geburt beurteilt werden?

An der Brüstung wartete in einem groben Hemd und einer Hose aus *Calemande,* ein Schaffell über der Schulter, ein Mann mit einem verschlossenen Gesichtsausdruck, der Nicolas an die ungehobelten Bauern der Bretagne erinnerte. Ein Diener, der ebenso ungeschliffen wie sein Herr war, bereitete einen merkwürdigen Anzug vor, von dem man im Augenblick nur einen formlosen Haufen Leder und Metall erkannte.

»Meine lieben Kollegen, Monsieur le Commissaire«, sagte Borda, »ich bitte um Ihre Aufmerksamkeit. Unser Freund hier, der kein Redner ist, hat mich gebeten, Ihnen seine Erfindung vorzustellen. Ich werde also für ihn sprechen. Es handelt sich um eine neuartige Maschine, die es erlaubt, mindestens eine Stunde unter Wasser zu bleiben, ohne jede Verbindung zur Außenwelt. Sie besteht aus einer Art Schneiderpuppe aus Leder, eine der Gestalt eines Menschen exakt nachgeformte Hülle. Derjenige, der das Tauchen versucht, schlüpft, mit einem Hemd oder Leibchen bekleidet, durch eine Öffnung am Hals hinein. Auf diese Weise ausstaffiert, bekommt er einen Helm aus Kupfer …«

Der Diener reichte ihm eine große funkelnde Metallkugel, welche die Wissenschaftler neugierig betrachteten.

»… der seinen ganzen Kopf umschließt und mit einem breiten Kragen aus dem gleichen Metall auf dem eingefetteten Leder aufliegt, auf dem es fest verschraubt wird. Sie können sehen, dass es Öffnungen aus Glas gibt, zwei für die Augen und eine dritte auf der Stirn. Oben auf dem Helm befinden sich zwei Schläuche übereinander mit einer Leitung aus Leder und mit dem Durchmesser einer dicken Kerze. Diese beiden Schläuche münden in eine Kupferkugel. Diese Kugel, hat man mir erklärt, besitzt eine Feder, die mit einem Schlüssel aufgezogen wird. Die darin erhaltene Luft wird durch den inneren Kanal zum Mund des Tauchers gepresst, und die verbrauchte Luft wird durch die obere Leitung nach oben in die Kugel geleitet, wo sie gereinigt wird, bevor sie zum Mund zurückkehrt.«

»Aber, mein Lieber«, unterbrach ihn Monsieur Leroy, »können diese Lederschläuche nicht zusammengedrückt werden oder unter dem Druck verkleben? Was geschieht dann mit dem Unglücklichen, der in dieser Rüstung gefangen ist?«

»Dafür ist vorgesorgt worden«, erwiderte Borda. »Das Leder der Schläuche wird in regelmäßigen Abständen von Eisenringen gestützt, die die negative Begleiterscheinung, die Sie zu Recht ansprechen, vermeiden sollen, mein lieber Kollege.«

»Aber was«, fragte Abbé Bossut und zog seine Handschuhe

zurecht, »enthält denn diese Kugel aus Kupfer, das imstande ist, die durch das Atmen verunreinigte Luft zu reinigen?«

»Das kann ich nicht beantworten. Unser Freund will die Wirksamkeit seiner Maschine beweisen, bevor er bereit ist, das Geheimnis seiner Erfindung zu enthüllen.«

Gemurmel erhob sich. Der Mann hob trotzig den Kopf, und einen Augenblick lang glaubte Nicolas, er würde sich zurückziehen.

»Und wozu dient dieser Apparat?«, fragte Leroy. »Wird er unserem aufgeklärten Jahrhundert einen nennenswerten Fortschritt bringen, der für die Menschheit nützlich ist, denn das, und nur das, wird die Türen öffnen können und …«

Borda sprach in Nicolas' Ohr.

»Gott bewahre uns vor diesem geschwätzigen Philanthropen. Er ist ein netter Mensch und zum Glück beendet er nie, was er sagt.«

Dann drehte er sich zu den Anwesenden und erklärte:

»Abgesehen davon, dass er sehr nützlich sein wird, um ohne Trockendock den Zustand des Rumpfs unserer Schiffe zu überprüfen, dürfte er es ermöglichen, die Tiefe der Meere, ihre Fauna und ihre Flora zu erforschen.«

Der Mann fühlte sich angesprochen und begann leise und hastig zu sprechen.

»Ich hab zwanzig Jahre als Schmied in der Marine gedient«, erklärte er. »Ich hab die Maschine gezeichnet und hergestellt, nicht, um unter Wasser nach Kleinkram zu suchen. Es liegt mir fern, so verdammt gelehrte Herren wie Sie zu betrügen. Ich erklär's Ihnen. Ich hab an einer Küste in der Nähe von Cherbourg gelebt, wo Schiffbrüche häufig sind. So viele schöne

Schiffe laufen dort auf Grund. Ich hab mir gesagt, dass es doch blöd wär, sich die Ladungen entgehen zu lassen, dass es traurig wär, all diese Schätze im Wasser zu lassen. Wenn ich also die Möglichkeit hätte, bei klarem Wetter in die Wracks, nicht sehr tief unter der Oberfläche, zu kommen, würde ich bestimmt etwas rausholen. Die Zeiten sind schwierig …«

Monsieur Leroys Stock schlug ungeduldig auf den Boden. Um Ärger zu vermeiden, hielt der Chevalier de Borda es für besser, den Vortrag des Mannes abzukürzen.

»Ich glaube, wir sollten zur Tat schreiten«, sagte er. »Sie wissen, was die Polizei von Ihnen erwartet und was zum Teil das Interesse Ihrer Erfindung untermauern wird.«

Der Mann zog seine Schuhe und seine Hose aus. Der Anzug lag schlaff auf dem Boden. Mithilfe seines Dieners schlüpfte er zuerst in die Beine und tauchte dann unter zahlreichen Verrenkungen seine Arme in die Ärmel. Er sah jetzt aus wie ein Ritter in seiner Rüstung vor der Schlacht. Der Helm aus Kupfer und Glas wurde ihm vorsichtig aufgesetzt und sorgfältig festgeschraubt. Die Vorstellung dieses in seinem Panzer eingeschlossenen Mannes löste ein Erstickungsgefühl in Nicolas aus. Er konnte nicht umhin, Monsieur de Borda eine Frage zu stellen.

»Vielleicht irre ich mich, aber ist die Gefahr nicht groß, dass er kopfüber umkippt, sobald er unter Wasser ist?«

»Das würde in der Tat geschehen, wenn die Füße des Anzugs nicht in weiser Voraussicht beschwerte Schuhe wären, die ihn aufrecht und im Gleichgewicht halten sollen wie der Kiel eines Schiffes.«

Der Diener richtete sich auf und zog mit einem kleinen

Schlüssel gleichmäßig die Feder der Kupferkugel auf. Ihr Rattern hallte in der kalten Luft wider und ließ die Gespräche und das Gelächter der Menge verstummen, die plötzlich in gespannter Aufmerksamkeit verharrte. Bereit für das Experiment, ging der Mann mit schweren Schritten zu der Treppe, die von einem Pfeiler des Pont Royal steil zum Fluss hinunterführte, in dem seine letzten Stufen sich verloren. Man band ihm ein Seil um die Taille. Es diente dazu, ihn im Fall von Gefahr hochzuziehen; er brauchte nur daran zu rucken, damit sein Gehilfe am anderen Ende begriff, dass es notwendig sei, ihn so schnell wie möglich hochzuholen. In der Hand hielt er ein zweites Seil, das ebenfalls mit dem Gehilfen verbunden war, mit einer Art grobmaschigem Netz, mit dem er jeden Gegenstand, den er im Flussbett finden sollte, einsammeln und aus den Fluten holen konnte. Der Mann verschwand langsam in dem gelblichen Wasser, und jeder der Assistenten beugte sich über die Brüstung. Die folgenden Augenblicke schienen sich endlos hinzuziehen. Fünf Minuten nach dem Eintauchen spannte sich eines der Seile mehrmals. Der Diener holte sie ein. Nicolas stieg mit dem Inspektor zum Wasser hinunter. Eine kleine bräunliche Masse in seinem Schlammpanzer erschien auf dem Grund des Netzes. Bourdeau nahm den Gegenstand heraus und reichte ihn Nicolas, der die Seiten grob reinigte. Es handelte sich um ein kleines offenes und leeres Metallkästchen.

»Sind diese Metallwaren irgendwie von Interesse?«, fragte der Inspektor. »Was würde man nicht alles im Fluss finden, wenn es möglich wäre, ihn trockenzulegen!«

Nicolas hielt Bourdeau den Gegenstand unter die Nase.

»Man würde vielleicht nicht jeden Tag ein Schmuckkästchen

aus Zinn mit … den eingravierten Initialen von Julie de Lasté-rieux finden.«

Monsieur Leroy, den ihr Gemurmel störte, klopfte mit dem Griff seines Stocks auf Nicolas' Schulter. Dieser schwieg darauf-hin, und das Experiment ging weiter in einer Stille, die nur durch das Plätschern des Wassers getrübt wurde. Fast zehn Minuten waren seit dem Beginn des Experiments verstrichen, als das Ret-tungsseil sich plötzlich spannte und so heftig bewegte, dass der Gehilfe fast in den Fluss gefallen wäre. Er bat um Verstärkung; Nicolas und Bourdeau, die ihm auf der schmalen Plattform am nächsten standen, stürzten zu ihm. Zwei Minuten waren nötig, um eine leblose Puppe hochzuholen. Der Kupferhelm schwankte hin und her, als wäre das Wesen, das er schützen sollte, bereits gestorben. Man trug ihn zum Quai d'Orsay hinauf. Der Helm wurde hastig abgeschraubt. Ohne zu versuchen, ihm den Anzug auszuziehen, eilte Monsieur Leroy zu ihm, um einzugreifen. Der Mann hatte das Bewusstsein verloren, und sein blau angelaufe-nes Gesicht zeigte kein Lebenszeichen mehr. Der Arzt holte eine kleine Phiole aus seiner Tasche und bewegte sie mehrmals unter der Nase des Experimentators hin und her. Die Wirkung der Salze belebte den Mann sofort wieder. Nach ein paar Augenbli-cken hatte er seinen normalen Atemrhythmus wiedergefunden und öffnete die Augen.

»Ich hätte es geschafft«, sagte er hustend, »wenn diese ver-dammte Feder nicht zerbrochen wäre.«

»Es ist schon eine Leistung, zehn Minuten unter Wasser ge-blieben zu sein«, sagte der Chevalier de Borda, der auf seine Uhr blickte. »Aber das Experiment ist nicht wirklich überzeugend. Verbessern Sie Ihren Apparat, und wir werden Ihnen erneut die ganze Aufmerksamkeit schenken, die er verdient, nicht wahr, meine lieben Kollegen?«

Die Akademiker stimmten zu. Der Mann schüttelte den Kopf und brummte:

»Na ja, immerhin überzeugend genug, um aus diesem Schlamm ein Kästchen zu holen, das den Kommissar wohl zu interessieren scheint.«

Nicolas nahm ein paar Louis d'or aus seiner Westentasche und gab sie ihm.

»Und der Kommissar ist Ihnen auch dankbar dafür«, sagte er. »Möge diese kleine Summe Ihnen helfen, Ihre Erfindung zu perfektionieren.«

Das Geld wurde gierig eingesteckt. Die beiden Polizisten verabschiedeten sich von der Kommission und stiegen wieder in ihren Fiaker. Die Menschenmenge, die sich am Pont Royal angesammelt hatte, machte ihnen nur widerwillig und schimpfend Platz. Eine Frau lief ihnen hinterher, stieg auf das Trittbrett und klammerte sich fest; ihr grimassierendes, zahnloses Gesicht wurde hinter der Fensterscheibe sichtbar.

»Blutsauger!«, schrie sie. »Die Schätze gehören dem Volk!«

Sie spuckte aus und sprang hinunter, wobei sie geschickt einem Peitschenhieb des Kutschers auswich.

»Was ist denn mit der los?«, rief Nicolas.

»Das Volk sieht immer das Böse, wo es nicht ist«, erwiderte der Inspektor. »Sie haben gesehen, dass wir etwas aus dem Fluss mitgenommen haben. Gerüchte verbreiten sich schnell.«

»Seit einiger Zeit liegt Hass in der Luft.«

»Oh«, sagte Bourdeau ironisch, »das Volk ist schon seit allzu vielen Jahrhunderten hasserfüllt.«

Er wollte fortfahren, besann sich jedoch eines anderen. Es war nicht das erste Mal, dass Nicolas bei seinem Assistenten diese Anflüge von Bitterkeit bemerkte. Gewiss, die bescheidene Herkunft, das tragische Schicksal seines Vaters, der bei einem königlichen Vergnügen – der Jagd nach einem Wildschwein – tödlich verletzt worden war, und eine undefinierbare Mischung aus Kritik, Groll und Sympathie für die Interessen der Ärmsten mochten Bourdeaus Haltung erklären. Man spürte bei ihm so etwas wie unterdrückte Wut, die vermutlich eines Tages explodieren würde.

»Gibt es einen besonderen Grund, uns als Blutsauger zu bezeichnen?«, fragte Nicolas.

»Sie kennen vermutlich die Gerüchte, denen zufolge der König seine Schatulle aufbessert, indem er mit Getreide spekuliert?«

Nicolas erinnerte sich an Mâitre Vachons besorgte Bemerkungen zu dieser Frage.

»Sagen Sie mir nicht, dass Sie derartigen Niederträchtigkeiten Glauben schenken.«

Bourdeau schüttelte den Kopf, als bedauerte er Nicolas' Naivität.

»Ich glaube gar nichts, ich gehorche und handle. Haben Sie nicht den *Almanach Royal* für 1774 gelesen?«

»Ich lese ihn nie«, erwiderte Nicolas. »Ich konsultiere ihn nur, um einen Namen, ein Amt, eine Adresse zu suchen.«

»Andere tun es für Sie. Und Sie wären überrascht gewesen, auf Seite 553 die Erwähnung eines gewissen Demirlavaud zu entdecken, Schatzmeister des Königs für Getreide.«

»Na und, was ist dabei?«, sagte Nicolas verärgert. »Das wird ein Amt im Finanzbereich sein. Gott weiß, wie sehr wir sie vermehrt haben!«

»Finanzen! Allerdings. Sie legen den Finger in die Wunde. Amt oder nicht, jeder hat die Nachricht auf seine Weise gelesen, und diese ist wie ein Feuerwerkskörper in alle Richtungen explodiert und in alle Schichten der Gesellschaft gelangt. Das Königreich lacht schallend. Man lästert darüber, zumal ...«

»Zumal?«

»... ein Befehl erlassen wurde, die Exemplare, die noch im Handel sind, zu beschlagnahmen, den Drucker zu bestrafen und seine Werkstatt bis auf Weiteres zu schließen. Diese Häufung von Ungeschicklichkeiten hat zu der Gewissheit geführt, dass diese Angabe aus Bosheit eingefügt wurde, dass sie als Anklage gedacht war, dass das Volk sich davon überzeugt und dass der Almanach 1774 eine Seltenheit geworden ist und von den Sammlern gesucht wird, die Preise dafür bezahlen, die sich seit der Beschlagnahme verhundertfacht haben. Die Sache wird auch schon besungen:

> Was getuschelt wurde, ist heute allgemein bekannt,
> Der Herr handelt mit der Ceres Gaben,
> Und anstatt es für sich zu behalten,
> Verrät der gute König, damit alle es wissen,
> In seinem Großen Almanach so ganz nebenbei
> Adresse und Namen seines glücklichen Agenten.

Deswegen, Monsieur le Commissaire, haben die Leute des Königs, die wir sind, den Vorteil und das Privileg, vom guten Volk so bezeichnet zu werden.«

Nachdenklich strich Nicolas über das Zinkkästchen, das trotz seines kleinen Formats sehr schwer war. Von der Brücke hinuntergeworfen, musste es wie ein Stein gesunken sein. Wogegen war es geprallt, dass es sich geöffnet und seinen Inhalt freigegeben hatte? Vermutlich gegen einen Stein im Fluss. Wie so oft folgte Bourdeau Nicolas' Gedankengang und kam mit ihm zu dem gleichen Schluss oder zu der gleichen Ratlosigkeit.

»Ein Schmuckkästchen, Ihrer Meinung nach? Aber wo ist der Schmuck?«

»Ich glaube, ich habe ihn bei unserer Hausdurchsuchung in Julies Schlafzimmer herumliegen sehen. Auf der Kommode, ich habe Sie darauf hingewiesen.«

»Ich erinnere mich. Was folgern Sie daraus?«

»Dass dieses Kästchen etwas anderes enthielt. Dass dieses andere dort hineingetan worden war mit dem einzigen Ziel, mich ein weiteres Mal zu kompromittieren, da ich es in den Fluss geworfen hatte. Dass dieses andere verloren gegangen ist, als das Kästchen sich öffnete, und dass alles darauf hindeutet, dass es im Schlamm versunken oder von der Strömung mitgerissen worden ist.«

Bourdeau drehte sich zu Nicolas.

»Und Sie haben keine Ahnung, was es sein könnte?«

»Was nützt es herumzuraten? Das ist nicht meine Sache. Derjenige, der diese Schurkereien zu verantworten hat, soll sich dazu erklären. Ich sehe, dass ein verborgener Feind mich heimlich verfolgt. Aber die Verleumdung und die Anklage ohne Beweise dürfen uns nicht täuschen. Auf dem Gebiet des Verbrechens muss man über die Tatsachen zu den Absichten gelangen und nicht umgekehrt. Dieser Feind benutzt zu viele übereilte Mittel, sodass man versucht ist, ihm zu sagen: ›Monsieur, Sie übertreiben.‹«

Diese gewundene Antwort war weder sehr aufrichtig noch sehr geschickt; sie grenzte sogar an Verschleierung. Bourdeau schien sich trotzdem damit zufriedenzugeben. Im Grunde verfolgte Nicolas die ganze Zeit eine Idee, die ihn quälte, ohne dass es ihm gelang, sie zu fassen. Wie ein verängstigter Vogel flatterte sie richtungslos in seinem Kopf herum. Würde er sie noch einfangen können?

Im Châtelet erwartete sie eine Überraschung. Semacgus durchstreifte die Gänge der alten Festung und plauderte mit dem alten Marie, der Mühe hatte, mit ihm Schritt zu halten. Semacgus stieß einen Seufzer der Erleichterung aus, als er seine Freunde sah, und zog sie nach draußen, einen Finger auf dem Mund.

»Ich bin froh, dass ich Sie treffe. Ich habe überraschende Neuigkeiten für Sie.«

Er blickte auf seine Uhr.

»Die Zeit, sich zu stärken, naht, und diese Uhr drängt mich, ihrem Ruf zu folgen. Was halten Sie von einem kleinen Besuch in Ihrer Stammkneipe, bei Ihrem Landsmann, mein lieber Bourdeau?«

Sie legten einen Schritt zu, neugierig auf die Informationen des Marinewundarztes und zugleich verlockt von der Aussicht auf eine Pause bei einem Gericht ihres Wirts. Sie begaben sich in die Rue du Pied-de-Bœuf, wo sich das Lokal befand. Der Wirt führte sie zu einem Tisch in einer Ecke, wo sie keine Nachbarn hatten und fröhlich Platz nahmen.

»Dieser Ort«, sagte Nicolas, »erinnert mich an ein schlimmes Besäufnis, zu dem ich von dem Inspektor hier und von Tirepot verleitet wurde.«

»Beklagen Sie sich nur, wir haben Sie halb tot aufgegabelt, und der Trank, der Ihnen serviert wurde, hat Sie wieder auf die Beine gebracht und gesprächig wie eine Elster gemacht!«

»Schluss mit den Possen«, sagte Semacgus und wandte sich an den Wirt, »was haben Sie für uns zum Mittagessen?«

»Eine Kalbskeule, wie meine Großmutter sie in Montsoreau zubereitete«, antwortete dieser. »Ich gebe in eine Kasserolle frische Speckschwarten mit drei großzügigen Handvoll Zwiebeln und in Scheiben geschnittenen Karotten. Darauf lege ich meine Keule wie ein Baby in die Krippe. Eine halbe Stunde im geschlossenen Topf im Ofen schwitzt sie ihre Säfte aus. Dann begieße ich sie mit einer Flasche Weißwein und ein paar Schöpflöffeln Bouillon, bis sie bedeckt ist. Ich stelle sie beiseite auf dem Herd, gehe meinen Beschäftigungen nach, plaudere mit meinen Kunden, leere fünf, sechs Gläser, und nach zwei, drei Stunden ruft die Keule sich mir in Erinnerung durch ihren köstlichen Duft. Ich werde sie Ihnen aufschneiden auf Zwiebelpüree. Und dazu ein paar Krüge Chinon, wie üblich. Und schließlich, um es rutschen zu lassen, ein Kuchen aus getrockneten Pflaumen, der Sie zum Jubeln bringen wird.«

»Das hört sich gut an«, sagte Semacgus strahlend, »und erspart uns die Frostbeulen.«

Er wartete, bis der Wirt gegangen war, und wandte sich dann mit lauter Stimme im Ton der Marktfrauen der Halles an seine Freunde:

»Für sechs Sous, für sechs Sous, sehen Sie mein Portulak, sehen Sie meinen Kopfsalat!«

»Was versetzt Sie in eine so gute Laune?«, fragte Nicolas und schenkte den Wein ein, der gerade gebracht worden war.

Es gab eine Pause, um den ersten Schluck zu probieren. Dieser erfüllte alle am Tisch mit einer solchen Zufriedenheit, dass Nicolas sofort nachschenkte.

»Also«, fing Semacgus an. »Als ich unsere Untersuchung im Jardin du roi fortsetzte und seine Sammlungen durchsah …«

»Was sind das für Sammlungen?«, fragte Bourdeau.

»Große Holzmöbel mit Schubladen, die Herbarien in Kartons enthalten mit getrockneten Blüten und Blättern und Samenkörnern, mit gelehrten Beschreibungen und Namensangaben. Ich öffnete also, betrachtete, dachte nach und schloss wieder, bis ich nach zahlreichen Schubladen auf einen leeren Karton stieß. Es war offensichtlich, dass er nicht immer leer gewesen war. Das machte mich neugierig, zumal auf dem Etikett stand, na raten Sie mal …«

»Ziegenpfeffer«, sagte Nicolas.

»Na so was! Woher wissen Sie das?«

»Das schien mir ganz natürlich zu sein«, sagte Nicolas bescheiden.

»Ich bin noch nicht fertig«, sagte Semacgus mit einer ungeduldigen Handbewegung. »Sie müssen wissen, dass der Konservator der Sammlungen, Monsieur Bichot, der Assistent von Monsieur de Jussieu, Demonstrator des Botaniksalons, ein Mann ist, der seine Schätze sehr liebt, und ein wenig schrullig. Er notiert in einem Register mit nummerierten und wie bei notariellen Urkunden paraphierten Seiten die Namen der Besucher der Sammlungen. Er hat diese Gewohnheit angenommen, nachdem es zu kleinen Diebstählen durch Sammler gekommen war. Auf diese Weise besitzt er nicht nur die Namen, sondern auch die Adressen der Besucher und, was noch besser ist, ihre genauen

Anfragen. Davon abgesehen, Sie wissen vielleicht nicht, dass der Jardin nur dienstags und donnerstags für das Publikum geöffnet ist.«

»Meiner Treu, das ist ganz schön irre!«, sagte Bourdeau und leerte begeistert sein drittes Glas.

»Nun«, fuhr der Marinewundarzt fort, »der letzte Besucher, der sich für diese Abteilung interessierte, kam ... am Dienstag, dem 4. Januar 1774, also genau zwei Tage vor dem Abend des 6. Januar, an dem Madame de Lastérieux vergiftet worden ist!«

»Sie sind zu schnell für meinen armen Kopf«, stöhnte Bourdeau. »Oder es ist der Chinon, der mir das Gehirn vernebelt. Zum Henker, wir wissen, dass sie nicht mit dem Ziegenpfeffer vergiftet worden ist, der im Übrigen diese Eigenschaft gar nicht besitzt ...«

»Sicher«, mischte Nicolas sich ein, »aber wir haben entdeckt, na ja, Semacgus hat bewiesen, dass die Eiermilch gemahlene Samenkörner von Ziegenpfeffer enthalten hat, um den Einsatz eines unbekannten und hochwirksamen Gifts zu verschleiern.«

»Warum sich die Mühe machen, welchen zu stehlen?«, beharrte der Inspektor.

»Casimir hatte vermutlich nichts mehr von diesem Gewürz, dessen Vorräte von den Inseln erschöpft waren«, erklärte Nicolas bedächtig. »Es musste so aussehen, dass eine zweifelsfreie Verbindung zwischen dem verschleierten Gift und einem Produkt des Hauses bestand, zu dem ein regelmäßiger Besucher – ich in diesem Fall – Zugang haben konnte. Die Rolle Casimirs in alldem? Wir werden es nicht erfahren; ein Toter redet nicht mehr.«

»Meine Herren, meine Herren«, schaltete Semacgus sich ein, »lauter Vermutungen! Hören Sie lieber die Fortsetzung meines

Berichts. Also, am Dienstag, dem 4. Januar 1774, bat ein gewisser Charles du Maine-Giraud, die Sammlungen der Inseln konsultieren zu dürfen. Laut Monsieur Bichots Erinnerung war er, seinem Anzug nach zu urteilen, ein junger Mann von Stand, sehr höflich und ansonsten eher unauffällig. Nachdem er gegangen war, hat der Konservator den Diebstahl bemerkt.«

»Und seine Adresse?«, fragte Bourdeau.

»Das ist genau der Punkt. Dieser Herr wohnt in einer möblierten Unterkunft in der Rue Saint-Julien-le-Pauvre.«

»Dann wird es Zeit für einen raschen Besuch bei diesem Vogel«, rief Bourdeau.

»Zumal er«, fügte Semacgus triumphierend hinzu, »– ich habe das von Rabouine, der sich für mich schon mal in dem Viertel umgesehen hat – in einer möblierten Unterkunft wohnt, die …«

Alle hingen gebannt an seinen Lippen.

»…Monsieur Balbastre gehört, dem Organisten von Notre-Dame, der Monsieur Nicolas Le Floch, Kommissar im Châtelet, abgrundtief hasst.«

Der Wirt fand seine Gäste mit fassungslosem Gesichtsausdruck vor, als er einen großen Tontopf, den er gerade vom Feuer genommen hatte, vor ihnen auf den Tisch stellte. Er schrieb das der Bewunderung und einem großen Appetit zu. Die Kalbskeule dampfte, und ihr butterweiches Fleisch zerfiel fast auf seiner Schicht aus Zwiebeln.

IX

Jagden

Wir erreichen alle lebendig das Ufer der Hölle.

CRÉBILLON

Die Mahlzeit verwandelte sich in einen Kriegsrat.

»Also«, sagte Nicolas, »Bourdeau wird sich zur Wohnung dieses jungen Mannes begeben. Wenn der Vogel im Nest ist, wird er ihn uns ins Châtelet bringen, wo wir eine erste Befragung vornehmen werden. Was mich betrifft, so muss ich Julies Testament prüfen. Ich besitze ein paar handschriftliche Texte von ihr, die ich einem Experten vorlegen will. Ich glaube zu wissen, dass ein Angestellter des Außenministeriums, der sich auf die Öffnung von umgeleiteten, gekauften oder den Kurieren der wichtigsten Mächte gestohlenen Schreiben versteht, uns helfen könnte. Dafür werde ich mich nach Versailles begeben, wo …«

Er beherrschte sich gerade noch rechtzeitig; beinahe hätte er den Bericht erwähnt, den er dem König über seine Mission in London geben musste.

»… Monsieur de La Borde mir wie üblich eine große Hilfe sein wird. Zurück in Paris, nachdem ich, wie ich hoffe, Gewissheit erlangt haben werde, werde ich, je nachdem, wie das Ergebnis ausgefallen ist, zu Maître Tiphaine gehen und ihn in die Enge treiben. Wenn alle Stricke reißen, werden ein paar Drohungen seiner Aufrichtigkeit auf die Sprünge helfen. Was Monsieur Balbastre betrifft, so werden die Ermittlungen des Inspektors genügend Stoff für die Befragung dieser launischen Person liefern, die uns ein Vergnügen sein wird. Er wird uns eine Menge klärende Auskünfte geben können, denn wir stoßen im Laufe unserer Untersuchungen zu oft auf ihn, als dass das ein Zufall sein könnte!«

»Vergessen wir nicht, dass er kein Alibi hat.«

Während er sich über sein Stück Pflaumenkuchen hermachte, dachte Nicolas über die Verbindungen nach, die zwischen dem Organisten von Notre-Dame und seinem eigenen Leben bestanden. Es war bei ihm gewesen, dass er Julie zum ersten Mal begegnet war. Und Balbastre kannte diesen Müvala, von dem es hieß, dass er geheimen Zirkeln angehörte. Und in dem Gespräch mit ihm, Nicolas, war Balbastre irgendwie das Geständnis entschlüpft, dass eine Macht ihn in der Hand habe und ihm sein Verhalten vorschreibe. Vielleicht war er auch von Madame de Lastérieux bezaubert gewesen, aber über sein Privatleben wusste man nichts. Nicolas versuchte sich noch an ein Detail zu erinnern, das ihm während des Gesprächs mit Balbastre vor der großen Orgel von Notre-Dame aufgefallen war, ohne dass er hatte erkennen können, was es genau war.

Das Mittagessen endete weniger fröhlich, als es begonnen hatte. Ein zusätzliches Gewicht schien auf den Überlegungen der drei Freunde zu lasten.

Nicolas kehrte ins Châtelet zurück, um den *Almanach Royal* zu konsultieren und den Namen des Angestellten des Außenministeriums herauszufinden, den er in Versailles treffen wollte. Da es ihm nicht gelang, beschloss er, sich an Monsieur de Séqueville zu wenden, *Secrétaire ordinaire du roi à la conduite des ambassadeurs*. Dieser wohnte in der Rue Saint-Honoré, gegenüber der Rue Saint-Florentin. Er beschloss, sich die Beine zu vertreten, da das Laufen, die körperliche Bewegung sein Nachdenken in höchstem Maße günstig beeinflussten. Das Treiben auf den Straßen, die vielen unterschiedlichen Gesichter, Geräusche und Gerüche wirkten wie Stimulanzen auf seinen Verstand.

Monsieur de Séqueville war zu Hause. Nach den üblichen Komplimenten hörte er sich Nicolas' Ansinnen an und erklärte nach kurzem Nachdenken, dass die Sache möglich sei, riet ihm aber nachdrücklich ab, sich an einen Angestellten des Außenministeriums zu wenden, da diese naturgemäß keine Kenntnis der Privatkorrespondenzen hätten. Er senkte die Stimme, bevor er gestand, dass er allerdings im Faubourg Saint-Marcel einen öffentlichen Schreiber kenne, der ein ausgezeichneter Kalligraf sei. Seine Stimme wurde fast unhörbar, als er erklärte, *man* habe die Gelegenheit gehabt, seine Dienste in Anspruch zu nehmen, um gewisse zweifelhafte Papiere und für gefälscht gehaltene Unterschriften zu überprüfen; es könne gut sein, dass Monsieur Rodollet Nicolas weiterhelfen könne. Da der Mann jedoch zu Recht misstrauisch sei, sei es riskant, ihn ohne entsprechende Vorbereitung aufzusuchen. Nicolas müsse ein Empfehlungsschreiben haben, das er, Séqueville, sofort für ihn verfassen werde. Tatsächlich händigte er Nicolas kurz darauf ein kleines quadratisches Papier aus, auf das er undeutlich eine Federzeichnung ohne jeden handschriftlichen Zusatz gekritzelt hatte, bevor er es faltete und versiegelte. Monsieur de Séquevilles gutmütiges Gesicht und sein amüsiertes Lächeln hielten Nicolas davon ab, Fragen zu stellen. Er ließ sich die Adresse nennen, die ihm mit einem leicht säuerlichen Lachen gegeben wurde.

Obwohl er darauf brannte, diesen entscheidenden Punkt so schnell wie möglich zu klären, ließ er sich von einer unwillkürlichen Regung mitreißen, die ihn zum *Dauphin couronné* führte. Ihm fiel kein anderer Vorwand ein als der, Satin, die inzwischen Besitzerin des Etablissements war, einen schönen Tag zu wünschen.

Als er vor dem Haus stand, mit dem ihn ebenso viele schöne wie tragische Erinnerungen verbanden, betätigte er den Türklopfer. Kurz darauf öffnete ihm eine junge, gut gekleidete Dienerin und fragte ihn lächelnd, was er wünsche. Sie wies ihn sogleich darauf hin, dass Kunden erst ab dem frühen Abend empfangen würden. Sie stehe ihm aber für jede Auskunft zur Verfügung, wie sie mit einem anmutigen Knicks hinzufügte. Nicolas erkundigte sich nach der Hausherrin. Sie sei bei Lieferanten und werde erst am Abend wieder zurückkehren. Er wollte schon gehen, als eilige Schritte zu hören waren und eine ungeduldige Hand die Dienerin zur Seite schob. Ein junger Mann, fast noch ein Kind, in schwarzem Anzug und mit weißer Krawatte, einen Dreispitz in der Hand, bat, ihn zu entschuldigen und den Weg freizugeben. Nicolas erstarrte. Im Gesicht und im Verhalten des Jungen glaubte er wie in einem Spiegel sich selbst zu sehen, zwanzig Jahre früher. Er war so aufgewühlt, dass er sich sanft beiseiteschieben ließ. Der Junge warf ihm einen neugierigen Blick zu, doch Nicolas stand im Gegenlicht, sodass er sein Gesicht wohl nicht sehen konnte. Die Erscheinung entfernte sich fast rennend. Nachdem er sich wieder gefasst hatte, konnte Nicolas nicht umhin, die Dienerin nach dieser flüchtigen Vision zu fragen.

»Das ist Louis, der Sohn von Madame«, erwiderte sie errötend. »Er ist noch im Collège und ein guter Schüler. Er kommt nur sehr selten hierher ...«

Sie wurde puterrot.

»Madame wäre nicht sehr erfreut, wenn sie wüsste, dass er hier war. Angesichts seines Benehmens, seines Fleißes und seiner Noten strebt sie eine Position für ihn an, eine Position ...«

Sie verstummte, den Tränen nah.

Sieh an, dachte Nicolas, seinerseits bewegt, ein Schlingel, dem die Herzen zufliegen; sein Aussehen spricht für ihn. Er gab dem verblüfften Mädchen einen Louis d'or. Wenn er je Zweifel gehabt hatte, dass das Gerücht über seine Vaterschaft stimmte, so waren sie jetzt zerstreut. Er war so aufgewühlt, dass er die Passanten nicht zu sehen schien, die ihm entgegenkamen und ihn schimpfend anrempelten. In seiner Seele rang ein Gefühl von Glück mit großer Angst. Was für ein Schicksal erwartete dieses Kind in einer Welt, in der die Geburt stets ausschlaggebend war? Er selbst hatte sehr unter seinem unehelichen Status gelitten, die Vorteile seiner Herkunft hatte er erst im Laufe der Jahre kennengelernt. Was würde aus dem unehelichen Kind eines Polizisten und einer Prostituierten werden? Sein gequälter Geist gab ihm zu bedenken, dass Satin zu dem Zeitpunkt, als dieses Kind gezeugt worden war, noch eine Kammerzofe namens Antoinette gewesen war. Was sollte er machen? Ein weiteres Mal verschob er die Entscheidung in einer so ernsten Angelegenheit auf später. Er ahnte, dass er danach, wie immer seine Entscheidung ausfiel, nicht mehr derselbe sein würde.

Er hielt eine Kutsche an und fuhr ins Châtelet zurück, wo er sich das Testament von Madame de Lastérieux und den an ihn gerichteten Brief holte; dann fuhr er in die Rue Montmartre, wo allen sein ungewohnter Ernst auffiel, steckte Julies Briefe ein und befahl seinem Kutscher, zum Faubourg Saint-Marcel zu fahren. Nachdem er die Grenzen der Stadt hinter sich gelassen hatte, fuhr sein Wagen in die Rue Mouffetard bis zur Rue du Fer-à-Moulin und weiter in die Nähe des Hôtel Scipion, wo sich rechter Hand die gleichnamige Straße befand, die auf die Nebengebäude des Klosters Saint-Marcel ging.

Dieses Viertel, das ärmste der Hauptstadt, beherbergte neben den Klöstern und Krankenhäusern eine Bevölkerung, die der zentralen Bewegung der Stadt fernstand. Hier versteckten sich ein paar fleißige und misanthropische Weise in isolierten Zufluchtsorten. Dieser Faubourg galt als gefährlich, streitsüchtig und leicht entflammbar, empfänglicher als jeder andere für den Zorn des aufgebrachten Volkes. Monsieur de Sartine riet stets zu Mäßigung im Umgang mit den Einwohnern dieses Viertels: Aufruhr lasse sich zwar unterdrücken, aber nicht ersticken. Seine Polizei fürchtete sich davor, diese Menschen zu provozieren, und behandelte sie rücksichtsvoll aus Angst, sie könnten zurückschlagen und sich zu den schlimmsten Exzessen hinreißen lassen. Nicolas und Bourdeau kamen im Zuge ihrer Untersuchungen häufig in die verräucherten Zimmer in schmutzigen Kneipen, in denen der arbeitslos gewordene Manufakturarbeiter seine Tage verbrachte, nur von Rauch und geschmuggeltem

Schnaps lebend. Hier versammelten sich auch desertierte Soldaten, Lastträger und Müllmänner, bedrängt von den Vertreterin-
nen des niedersten Straßenstrichs. Er konnte nicht umhin, sich
zu fragen, was für ein Unterschied zwischen diesen armen Ge-
schöpfen, die sich im Schlamm suhlten, und der Satin in ihren
Spitzen und ihrem Samt bestand. Er hütete sich, darauf zu antworten, sich der Ungerechtigkeit bewusst, die er in Gedanken
beging. Er betrachtete die armseligen Häuser aus Strohlehm, die
bleichen Gesichter und die völlig durchgefrorenen Kinder, die
mit nackten Füßen durch den eisigen Schlamm liefen. Es war der
Ort des gesellschaftlichen Abstiegs, an dem schlechtes Brot, ver-
giftetes Öl, saurer Wein und das Frieselfieber an der Tagesord-
nung waren. Dieser Ruf ließ die ruhige und diskrete Anwesenheit ebenso bescheidener wie erfolgreicher Kunsthandwerker
vergessen, die sich der Kunst der Möbel- und Textilherstellung
und vor allem des Buchdrucks und der Buchbinderei widmeten.

In der Rue Scipion grenzte das kleine Haus von Monsieur
Rodollet mit seiner efeubewachsenen Fassade an eine Druckerei.
Über der Glastür zeigte ein kleines, elegant geschmücktes Schild
das Gewerbe des Bewohners an. Nicolas wurde in einer Art
Büro-Werkstatt empfangen, in der illuminierte Pergamente und
Kalligrafievorlagen mit Klammern an Schnüren quer durch den
Raum aufgehängt waren. Fächer enthielten Papiere unterschied-
lichster Qualität und zahlreiche Federn. Tintenvorräte in Fla-
schen häuften sich in allen Ecken.
Ein dicker Mann mittleren Alters, eine graue Kappe auf dem
Kopf, die nur mühsam gelbliche Locken zurückhielt, betrach-
tete Nicolas misstrauisch, während er sich langsam die Hände

rieb. Er trug eine Art Chasuble, das sich bauschte und in eine schwarze Hose gestopft war; seine Füße steckten in Lederpantoffeln. Der Mann bemerkte Nicolas' überraschten Blick.

»Ich ziehe sie an«, sagte er, »um bei dieser Kälte die Füße auf meinen Fußwärmer legen zu können. Was kann ich für Sie tun, Monsieur?«

»Eine ganz besondere Arbeit, die Diskretion erfordert. Ich bin Polizeikommissar im Châtelet und ermittle in einem Fall von Fälschung. Monsieur de Séqueville hat Sie mir empfohlen und mir versichert, dass Sie der beste Mann am Ort sind, um die ernsthaften Zweifel zu zerstreuen, die auf einem Testament lasten.«

Der Mann sagte kein Wort, doch seine Augen hatten sich verengt, und er beobachtete Nicolas.

»Unser gemeinsamer Freund«, fuhr Nicolas fort, »hat mir das hier für Sie gegeben.«

Er reichte ihm das quadratische Stück Papier. Ein Blick genügte Rodollet, was Nicolas' Vermutung über die Natur der Empfehlung bestätigte. Das Sesam-öffne-dich wurde sofort der Flamme einer Kerze übergeben und verbrannt, als dürfte nicht das geringste Teilchen davon übrig bleiben. Das kleine Siegel knisterte und verbreitete einen schwarzen Rauch; Harzgeruch erfüllte die Werkstatt. Rodollet drehte sich zu ihm um.

»Also, Monsieur le Commissaire, was ist Ihr Problem?«

Nicolas holte Julies Briefe und das Testament hervor. Rodollet nahm sie und vertiefte sich mithilfe eines Vergrößerungsglases lange in ihre Betrachtung. Schließlich stellte er mehrere Kerzen in eine Reihe, legte das Testament auf einen der Briefe, wiederholte diesen Vorgang mit den übrigen Briefen und prüfte die Dokumente anschließend ein weiteres Mal. Nicolas biss sich auf die Lippe vor Ungeduld und Ärger, denn er empfand es als eine Art Demütigung, dass ein Fremder Einblick in die intimsten Augenblicke seines Lebens nahm. Das war wohl der Preis, den er zahlen musste, um den Mörder seiner Geliebten zu entlarven.

»Hm«, brummte Rodollet und nahm seine Kappe ab, wodurch er eine Glatze entblößte, die von einem feinen Kranz weißer Haare umgeben war. »Also, ich kann mich täuschen, aber das, Monsieur le Commissaire, wären meine Schlussfolgerungen: Eine Schrift, selbst diejenige, die am wenigsten von der Schule geprägt ist, ist immer sehr aufschlussreich. Von allen Bewegungen des Körpers sind diejenigen der Hand und der Finger die vielfältigsten. Stellen Sie sich ein Meisterwerk vor, das von hundert Malern auf Genaueste kopiert wird. All diese Kopien gleichen dem Original, und doch besitzen sie für das Auge des aufgeklärten Liebhabers ein besonderes Merkmal, eine Farbgebung oder eine Pinselführung, die sie unterscheidet.«

»Das heißt, für Sie …«

»Für mich besitzt jeder eine eigene, individuelle Schrift, die unnachahmlich ist oder zumindest nur sehr schwer und unvollkommen gefälscht werden kann. Die Beispiele, die diese Regel widerlegen könnten, sind zu wenige. Etwas anderes: Die Schrift ein und derselben Person kann sich verändern, denn die Stimmungen beeinflussen die Ausprägung der Schrift. Mit derselben Feder formt man die Buchstaben anders, je nachdem ob es sich um einen Liebesbrief handelt oder um ein ernstes Dokument wie ein Testament. In der Schrift gibt es wie anderswo eine Physiognomie der Gefühle.«

»Und in dem Fall, den ich Ihnen vorlege?«

Rodollet betrachtete Nicolas mit einem etwas mitleidigem Gesichtsausdruck.

»Ich glaube, ich muss Ihnen sagen, dass ich nicht verstehe, wie Briefe, die, bitte verzeihen Sie mir, vor Leidenschaft brennen, und eine nachlässige Schrift, in der die Gedanken schneller laufen als die Feder, so sehr einem Text ähneln können, der seinen Verfasser so bindet wie dieses Testament. Kurz, ich glaube, dass das Testament eine Fälschung ist, fabriziert nach dem Muster der echten Schrift.«

»Und die Unterschrift?«

»Ebenfalls nachgemacht, dessen bin ich überzeugt. Auf dem Dokument gibt es mehrere Unterschriften, und sie sind identisch und deckungsgleich. Das passt nicht zusammen. Tja, Monsieur le Commissaire, das ist alles, was ich Ihnen sagen kann.«

Nicolas hatte den Brief, den er mit der Post bekommen hatte, bis zum Schluss aufbewahrt. Rodollet warf nur einen raschen Blick darauf und bestätige die Fälschung.

»Wenn ich den Hintergrund dieser Angelegenheit verstanden habe«, sagte er, »helfen Ihnen meine Schlussfolgerungen aus einer argen Verlegenheit. Haben Sie einen Verdacht, wer diese Fälschungen gemacht haben könnte?«

»Im Augenblick«, erwiderte Nicolas, »ist alles noch offen.«

»Wenn Ihnen das helfen kann … Oh, es ist nur ein vager Eindruck, aber ich würde es mir verübeln, wenn ich es Ihnen verschweige. Eine frühere Erfahrung und Beobachtungen in der Vergangenheit über die Art und Weise, eine Linie zu beginnen, haben mich darauf gebracht … Das ergibt vielleicht keinen Sinn, und ich will Sie auf keinen Fall verwirren …«

»Nur zu, reden Sie.«

»Also, die Person, die diese Fälschung gemacht hat, könnte, und ich sage bewusst *könnte*, ein Musiker sein, genauer jemand, der komponiert oder Musik kopiert. Wenn man Noten in ein Notensystem schreibt, nimmt man mit der Zeit eine Gewohnheit an, die in der eigenen Handschrift durchscheint. Meine Empfehlungen an Monsieur de Séqueville.«

Der Mann verbeugte sich und lehnte höflich das Geld ab, das Nicolas ihm für seine Begutachtung geben wollte.

»Tausend Dank, Monsieur le Commissaire, Monsieur de Séqueville ist mir noch was schuldig.«

Allein in seiner Kutsche, dachte Nicolas so intensiv nach, dass das Blut in seinen Schläfen hämmerte. Das Testament sowie Julies Schreiben waren also Fälschungen. Das war die Bestätigung dafür, dass eine böse Macht sich an seine Fersen geheftet hatte und sich mit allen Mitteln bemühte, ihn als Giftmörder zu verleumden und aufs Schafott zu bringen.

Ein anderer, heimtückischerer Gedanke ging ihm durch den Kopf. Monsieur Rodollets letzte Bemerkungen deuteten an, dass der vermutliche Fälscher etwas mit Musik zu tun hatte. Er dachte sofort an Balbastre, der täglich mit Musik zu tun hatte, und an Müvala, der so einnehmend das Fortepiano spielte und dessen Verschwinden zu den unterschiedlichsten Vermutungen Anlass gab. Es durchlief ihn kalt, als er an Monsieur de La Borde dachte, ein eklektischer Geist und gelegentlicher Komponist von Opern. Er erinnerte sich an die Nachsicht, mit der Madame de Lastérieux den Ersten Kammerdiener des Königs behandelt hatte. Er war der einzige seiner Freunde, dem diese großzügige Aufmerksamkeit zuteilwurde. Lange Zeit hatte er diese Haltung mit dem

Bestreben seiner Freundin erklärt, sich Zugang bei Hof zu verschaffen. Doch jetzt zweifelte er, dass sie wirklich einen solchen Ehrgeiz gehabt hatte, da sie in die entehrende Rolle eines willfährigen Instruments der Staatspolizei gedrängt worden war. Könnte es sein, dass da etwas anderes gewesen war zwischen seinem Freund, dessen ausschweifender Lebenswandel allgemein bekannt war, und der hübschen Witwe, die von den Inseln gekommen war? Und war Monsieur de La Borde nicht derjenige, der genau über Nicolas' Beschäftigungen Bescheid wusste und in die Geheimnisse seiner Missionen eingeweiht war? Er wies diesen Gedanken von sich, und im Übrigen, war Monsieur de La Borde an dem schicksalhaften Abend nicht bei Monsieur de Noblecourt gewesen? Das alles war schrecklich verworren, und Nicolas fühlte sich in den Netzen einer Intrige gegen sein Leben und seine Ehre gefangen, die nur von einer vielfach verzweigten Organisation angezettelt worden sein konnte.

Als er in die Rue Montmarte kam, dunkelte es bereits. Er fand den Hausherrn in die Lektüre Ovids vertieft in einem großen steifen Sessel sitzend, das Buch aufgeschlagen auf der Schreibfläche eines Sekretärs. Monsieur de Noblecourt behauptete, er könne nur so lesen, als wäre die Starrheit dieser Gewohnheit Ausdruck des Respekts, den er für die Bücher empfand, und zugleich der liebevollen Rücksichtnahme, mit der er sie behandelte.

»Sie sind ja ganz schön nachdenklich«, sagte er und betrachtete durch seine Brille Nicolas' verschlossenes Gesicht.

Er hörte sich den Bericht über den Besuch bei Monsieur Rodollet an, ohne irgendeine Regung zu zeigen. Die Kerze knisterte und erlosch dann rauchend nach einem letzten Aufflackern. Monsieur de Nobelcourt schloss behutsam sein Buch und sagte nach einer kurzen Pause:

»Haben Sie sich nie gefragt, mein lieber Junge, was Sie dazu gebracht hat, Polizist des Königs zu werden?«

»Eine Reihe von Zufällen und ein Empfehlungsschreiben des Marquis de Ranreuil für Monsieur de Sartine.«

»Aber nein! Hören Sie einen alten Skeptiker an und wundern Sie sich über das, was er sagt. Es ist die Vorsehung, die den Wunsch hatte, einen jungen Mann in die Arme des Verbrechens zu werfen.«

»Das ist sehr liebenswürdig«, sagte Nicolas, der sich allmählich entspannte, »aber das verhilft mir nicht zu dem Namen desjenigen, der den Ton angibt in dem Konzert, das man mir spielt.«

»Erinnern Sie sich, dass die Elemente sich am Ende stets zusammenfügen, um der Wahrheit den Weg zu ebnen. Und das selbst durch undurchschaubare Machenschaften.«

»Ist es die Dämmerung, die Sie so gnädig stimmt, oder Ihre Lektüre …«

Er beugte sich über das Buch und las nicht ohne Mühe den Titel.

»… Ovids. Ah, ich weiß, die wehmütige Erinnerung an die Liebe …«

Monsieur de Noblecourt nickte.

»Sie treffen den Nagel auf den Kopf. Gerade als Sie hereinkamen, dachte ich an meine Frau, dieses so edle und so treue Herz. Wie mühselig wäre das Leben für mich ohne sie gewesen, die ich so sehr geliebt habe, ohne meine Freunde und ohne Sie, lassen

Sie mich Ihnen das sagen, der Sie den Platz eingenommen haben, den ein Kind, das ich mir lange gewünscht hatte, leer gelassen hatte, wie ein in Vergessenheit geratener Gewinn.«

Das war eine unerhörte Erklärung. Noch nie hatte der alte Staatsanwalt sein Herz so sehr geöffnet. Hatte Nicolas sie der Dunkelheit zu verdanken, die sie umhüllte? Diese vertrauliche Mitteilung machte dem Schmerz, der sich so lange in ihm gestaut hatte, vollends den Garaus. Mit vor Ergriffenheit gedämpfter Stimme – aber immer noch genug Herr seiner selbst, um die Londoner Episode für sich zu behalten – erzählte er seinem alten Freund von seiner Liebesbeziehung mit der Satin und seiner mutmaßlichen Vaterschaft, die jetzt auf ihm lastete. Er schilderte seine Ängste und seine Unentschlossenheit in Bezug auf dieses vom Himmel gefallene Kind, das seit vierzehn Jahren keine Ahnung von seiner Herkunft hatte.

»Zügeln Sie Ihre heilsame Erregung«, sagte Monsieur de Noblecourt sanft. »Sie sind am besten in der Lage, den Weg zu erkennen, Sie, der Sie Ihren wahren Vater sogar erst nach dessen Tod entdeckt haben. Das Problem ist mehr das mangelnde Vertrauen als die Spontaneität eines Impulses, der Sie zu diesem unbekannten Sohn treibt. Denken Sie nach, lassen Sie sich Zeit, und wenn Sie Ihre Entscheidung getroffen haben, geben Sie diesem Sohn einen Vater und sich selbst ein Kind. Schenken Sie ihm, solange es noch Zeit ist, die Liebe und die Unterstützung, die er zu Recht von Ihnen erwarten kann. Werfen Sie die Vorurteile über Bord, wie Sie es für sich selbst getan haben. Ich sehe den Tag kommen, wo sie keine Bedeutung mehr haben. Geben Sie diesem Kind zurück, was wir, der Stiftsherr Le Floch, der Marquis de Ranreuil und, das kann ich sagen, ich selbst Ihnen gegeben haben. Handeln Sie beherzt. Aber ich rege mich auf … Wir sprechen noch darüber.«

Er stand auf und kramte im Sekretär.

»Ein an Sie adressierter Brief vom Hof ist heute Nachmittag gekommen.«

Nicolas nahm das quadratische Schreiben entgegen, dessen Siegel das Wappen von Frankreich trug. Er öffnete es, nachdem er die Kerze angezündet hatte.

»Der Secrétaire des commandements Seiner Majestät schickt mir eine Einladung zur Jagd des Königs morgen früh bei den Weihern von Satory. Ich werde meinen grünen Anzug herauslegen müssen, der einzige, der für die Jagd mit dem Gewehr erlaubt ist. Die große Kälte treibt die Wasser- und Sumpfvögel auf die Weiher.«

»Sie verfügen da«, sagte Monsieur de Noblecourt, »über ein Wissen, das den Edelmann von Geburt erkennen lässt, eine schöne Tradition, die vom Vater auf den Sohn weitergegeben werden sollte.«

Nicolas dachte, dass es höchste Zeit sei, seinen Sohn einzuführen. Die Unterhaltung mit seinem alten Freund verlief jetzt in ruhigeren Bahnen, sie sprachen über verschiedene Flötenmodelle, ein Instrument, das der Hausherr gelegentlich spielte. Nicolas ging früh in seine Gemächer hinauf, um noch etwas Schlaf zu bekommen, bevor er noch vor Tagesanbruch aufbrechen musste, um an der Jagd des Königs in Versailles teilzunehmen.

Freitag, den 21. Januar 1774

Die Sonne ging auf, als seine Kutsche aus der Avenue de Paris auf die Place d'Armes rollte. Das kalte, helle Licht versprach einen heiteren Tag. Alles war zu Reif und Eis erstarrt. Durchsichtige Lanzetten fielen als Stalaktiten von den goldenen Gittern des Schlosses. Das Pflaster unter Nicolas' Stiefeln war rutschig und knackte. Er ging in den Park, wo vor dem Flügel der Prinzen eine lange Reihe von Kutschen auf die Gäste wartete. Sie würden den König und die Jäger nach Satory bringen, zu den überschwemmten Feldern, zu denen die Zugvögel flogen. Nicolas ging auf und ab, um sich aufzuwärmen, und tauschte Grüße und höfliche Worte mit Höflingen aus, die er kannte. Er warf einen wohlwollenden Blick auf ein paar Neue, die steif und ungelenk dastanden in ihren Anfängeranzügen, die jugendlichen Gesichter gerötet vor Kälte und Aufregung. Ein Page der Petite Écurie, der kleinen Pferdestallung, zog ihn am Ärmel, um ihm zu sagen, dass er sich sofort an der Wagentür der Karosse des Königs einzufinden habe, der gerade von seiner täglichen Messe komme.

Nicolas spürte, dass neugierige Blicke auf ihn gerichtet waren, und hörte ein Gemurmel, das diesen Befehl kommentierte, der so laut übermittelt worden war, dass alle ihn gehört hatten. Er grüßte die Offiziere der Leibwächter, welche die Eskorte bildeten, und wartete.

Geräusche auf dem Kies kündigten ihm die Ankunft des Herrschers an. Dieser trug seinen Jagdanzug und einen Mantel im selben Farbton mit einem pelzgesäumten Kragen. Er stützte sich auf einen großen schlaksigen Jungen, der ihn einen guten Kopf überragte und in dem Nicolas den Dauphin erkannte. Monsieur de La Borde winkte ihm freundschaftlich zu. Der König lächelte, stieg in die Karosse und setzte sich mühsam. Der Dauphin wollte ihm folgen, als der König ihm befahl, seinen Platz Nicolas zu überlassen.

»Berry, nehmen Sie Ihren Wagen, ich habe mit dem kleinen Ranreuil zu reden.«

Der Angesprochene errötete und grüßte Nicolas, bevor er watschelnd zu seiner Kutsche ging. Nicolas nahm gegenüber dem König Platz. Der Konvoi formierte sich, um sich auf den Weg zum großen Park zu machen. Der König saß schweigend da, das Kinn auf die Hand gestützt, und betrachtete die vorbeiziehende Landschaft. Die Augen halb geschlossen, beobachtete Nicolas ihn. Er wurde zusehends älter, die großen Bögen der Augenbrauen färbten sich weiß, die Nase wurde schmaler, und die immer ausgeprägteren Hängebacken zerstörten das Gleichgewicht seiner Gesichtszüge, die einmal harmonisch gewesen waren. Die von einer unendlichen Melancholie erfüllten Augen hatten ihren Glanz verloren, und bläuliche Schatten schienen die Augenhöhlen zu erweitern.

»Kalt und lebhaft«, sagte der König endlich. »Der Flug der Vögel wird gut zu sehen sein. Haben Sie früher solches Wild mit dem Marquis de Ranreuil geschossen?«

»Ja, Sire. In den Sümpfen, in der Brière.«

»Welche Hunde benutzte Ranreuil?«

»Wachtelhunde, Sire. Robuste Wasserspaniel, die gut schwimmen können und kälteunempfindlich sind.«

»Eine gute Wahl. Man sagt mir, dass die Wasser- und Sumpfvögel häufig über der Somme gesehen werden. Haben Sie sie bemerkt auf dem Weg nach London?«

»Ich bemühte mich, nicht das Wild zu sein, Sire.«

Der König lachte.

»Kommen Sie, erzählen Sie, um mich zu zerstreuen.«

Nicolas schmückte seinen Bericht mit absurden oder barocken Details aus. Das Auftauchen der Comtesse du Barry in Chantilly erzählte er wie eine Märchenepisode. Der König lachte schallend. Le Floch drückte sich mit Leichtigkeit aus und setzte seine ganze Erzählkunst ein, ohne schwerfällig oder verstiegen zu wirken. Er scheute sich nicht, sich über sich selbst lustig zu machen, und da er die Abneigung des Königs gegen die zunehmende Anglomanie kannte, beschrieb er England und die Engländer mit einer gewissen Ungerechtigkeit und gab keinerlei Bewunderung zu erkennen, als er von London und seinen Bauwerken sprach. Dabei wurde ihm bewusst, was für eine Karriere als Höfling sich ihm hätte bieten können, wenn das Schicksal einen anderen Lauf genommen hätte. Er würzte seinen Bericht mit kleinen Szenen, die so lebendig und gesalzen waren, dass sie den König aufheiterten und zum Lachen brachten, was ihn sichtlich verjüngte.

Der Konvoi näherte sich den Weihern von Satory. Schließlich blieb die Karawane in der Mitte einer mit Heidekraut bedeckten Lichtung stehen, die von Birken und Pappeln umstanden war und sich in der Nähe von halb zugefrorenen Wasserflächen befand. Der König ließ das Fenster herunter und rief einen der Offiziere.

»Ich bin mit dem kleinen Ranreuil noch nicht fertig. Sagen Sie dem Dauphin, dass er ohne mich anfangen soll.«

Sein Blick richtete sich erneut auf Nicolas.

»Ich mache mir Vorwürfe, Monsieur, dass ich Sie in so viele

unangenehme Situationen gebracht habe, die mich die Ergebenheit eines guten Dieners hätten kosten können.«

»Ihre Majestät weiß, dass es darum ging, mich vor einer anderen Gefahr zu bewahren.«

»Ist sie abgewendet?«

»Das lässt sich nicht sagen. Aber Ihre Majestät muss wissen, dass alles so gut arrangiert ist, um mir die Schuld zuzuschreiben, dass dieses Übermaß an Niedertracht meine Unschuld einfach bestätigen muss.«

Der König dachte nach. Er murmelte vor sich hin, ohne dass Nicolas sicher sein konnte, ob es sich um eine Frage handelte.

»Überaus beunruhigende Zufälle, in der Tat, dieses Zusammentreffen bösartiger Aktionen gegen Sie. Sollte es einen Zusammenhang geben zwischen Ihrem Fall und der Mission, mit der ich Sie betraut hatte?«

Nicolas nicke, da er der Meinung war, dass die Frage ihre Antwort enthielt. Rings um sie herum ertönten jetzt Schüsse.

»Die Vögel sind da«, sagte der König mit seiner heiseren Stimme. »Ich werde Mesnard für die Richtigkeit seiner Vorhersagen danken müssen. Er ist alterslos. Der Duc de Penthièvre kannte ihn schon in seiner Kindheit! Was für ein Wissen über die Vögel! Fast genauso vollkommen wie das von Ludwig XIII., dem Vater meines Urgroßvaters … Und der Chevalier d'Éon, was halten Sie von ihm?«

»Der Chevalier d'Éon hat Ihren Abgesandten mit größter Zuvorkommenheit behandelt. Und wenn Sie erlauben, würde ich Ihrer Majestät sagen, dass Sie keinen ergebeneren und treueren Diener haben.«

Der König lachte leise.

»Ergeben, das weiß ich! Aber treu? Wenn die Nichtbeachtung meiner Befehle das Merkmal dieser Tugend ist, dann schon. Allerdings glaube ich, dass er mit all seinen Fehlern nur allzu gern bereit ist, mir zu dienen, und ich wäre hocherfreut, wenn er uns mit seinen Kenntnissen weiterhin nützliche Dienste leisten könnte. Was er im Übrigen in der Angelegenheit getan hat, bei der Sie ein so glückliches Händchen bewiesen haben, da es Ihnen gelungen ist, diesen Morande zu überzeugen, sich unseren Bedingungen zu unterwerfen. Wir sind Ihnen dankbar dafür, Ranreuil.«

Nicolas hatte das Gefühl, das dieser Pluralis Majestatis den bezaubernden Schatten der Favoritin erkennen ließ.

»Sie haben ein weiteres Mal bewiesen, dass nichts zu heikel und waghalsig für Ihr Talent ist. Sartine kann glücklich sein, dass er Sie hat!«

»Sire, der Chevalier d'Éon hat mich gebeten, mit Ihnen über die Angelegenheit des Sieur Flint zu sprechen.«

Der König antwortete nicht sofort. Bei jeder dieser Begegnungen wurde Nicolas bewusst, wie kompliziert die Triebfedern dieses Mannes waren. Ein Herrscher, der niemandem oder nur sorgfältig ausgesuchten Personen traute, der von Skrupeln gequält wurde und gelassen hundert verschiedene Angelegenheiten erledigte, ohne jede Laune oder Ungeduld, und von größter Offenheit, sobald er Einverständnis spürte. Warum verkannte das Volk ihn so sehr und warum sprach der äußere Anschein seit Jahren gegen ihn?

»Wie weit kann man diesem Engländer Ihrer Meinung nach trauen?«, fragte der König.

Nicolas antwortete mit dieser Spontaneität, die einen Mann,

der an die Bedenken der Höflinge und die Spitzfindigkeiten des Hofs gewohnt war, immer wieder überraschen musste.

»Wie kann man einem Mann vertrauen, der seinen König und seine Nation verrät? Ich denke, dass man sich nicht ohne Garantien in seine Hände begeben darf und seine Informationen überprüfen muss oder so tun, als hätte man es getan.«

»Das nenne ich Weisheit, fürwahr! Ich werde darüber nachdenken.«

Der König ließ das Fenster herunter.

»Man soll meine Gewehre dem kleinen Ranreuil geben. Rufen Sie La Borde. Und Sie, Ranrueil, gehen Sie jagen und sprechen Sie mit dem Dauphin über den Sieur Flint. Ich will, dass er Sie mag. Eines Tages wird er Sie brauchen.«

Er reichte Nicolas die Hand; dieser verbeugte sich und küsste sie, bevor er rückwärts den Wagen verließ, unter dem aufgeheiterten Blick des Königs. Ein Page begleitete ihn zu dem Ort, wo der Dauphin schoss. Die Vögel flogen jetzt in größeren Abständen vorbei, und Nicolas' Auftauchen schien den Prinzen nicht sehr zu stören.

»Das Wetter ist schön, Monsieur.«

Nicolas tat sich schwer, zur Sache zu kommen.

»Seine Majestät wünscht, dass ich Ihnen von einer Angelegenheit berichte, um die ich mich heimlich in London gekümmert habe.«

Der junge Mann konnte eine freudige Interessensbekundung nicht unterdrücken, die Nicolas nicht verborgen blieb.

Der Dauphin reichte sein Gewehr einem Pagen und lehnte sich an eine Birke. Seine leicht verschleierten blau-grauen Augen sahen Nicolas wohlwollend an. Dieser kürzte seine einleitenden

Bemerkungen ab und betonte, da er das Interesse des Dauphins für die Kartografie kannte, die Vorteile, die es für die Marine hatte, über neue Kenntnisse über einen Teil der Küsten des großen chinesischen Reichs sowohl unter militärischen Gesichtspunkten als auch, was die Ankerplätze für französische Handelsschiffe betraf, zu verfügen. Der Dauphin kniete sich hin und zeichnete mit einem dünnen Zweig aus dem Gedächtnis die Küsten Asiens auf den Boden. Er blühte geradezu auf und entwickelte Argumente, die so begründet und wohlüberlegt waren, dass Nicolas ganz überrascht war. Die Entscheidung liege allerdings beim König, und er hoffe, dass dieser sich seinem Erben anschließen werde.

»Monsieur«, sagte der Dauphin, »ich freue mich sehr, mit Ihnen über ein Thema zu sprechen, das so entscheidend für die Interessen des Königs ist. Ich denke, es wird Sie freuen, wenn ich Ihnen von Naganda berichte, diesem Micmac-Häuptling, den Sie mir vor ein paar Jahren vorgestellt haben. Sie müssen wissen, dass seine Berichte von anhaltendem Interesse sind. Die Stämme, mit denen er Kontakt aufgenommen hat, betrachten ihn als jemanden, der gekommen ist, um ihnen im Kampf gegen die Engländer zu helfen. Sie kennen ja die Aufruhrstimmung der amerikanischen Kolonisten gegen ihr Mutterland ... Seine Kontaktaufnahme mit den Stämmen macht gute Fortschritte. So hat er bereits mit den Tuscarora, den Onondaga, den Seneca, den Mohawk, den Oneida und den Cayuga gesprochen. Er ist ein Schatz, dieser Getreue! Wir danken Ihnen dafür.«

Nicolas staunte über das Gedächtnis und die Kenntnisse des Prinzen, als die Pagen ihn am Ärmel zogen. Neue Vogelschwärme tauchten auf. Die beiden Männer gaben sich eine

Weile den Freuden der Jagd hin, die darin bestand, auf Schwärme zu schießen, die in großer Geschwindigkeit flogen und sich dann auflösten und neu formierten. Das war nicht wie bei der Hetzjagd der Kampf mit edlen Tieren oder die Gefahr, der man sich Auge in Auge mit dem Schwarzwild aussetzte, sondern ein gesteigertes Vergnügen durch den Überfluss an Wild und die Schnelligkeit des Flugs. Der Dauphin beglückwünschte Nicolas dazu, dass er mit den Gewehren des Königs schoss, und gab ihm zu verstehen, dass das eine außergewöhnliche Geste sei, die Seine Majestät denjenigen vorbehalte, die er auszuzeichnen wünsche. Die Vögel fielen einer nach dem anderen zu Boden, so schnell, dass die Wasserspaniel ganz außer Atem kamen und sie nicht mehr zu apportieren vermochten. Schweizer luden die Gewehre und reichten sie den Pagen, die sie an die Jäger weitergaben. Das zusammengetragene Wild würde vom ersten Pagen der Petite Écurie auf Platten gezählt; anschließend begab dieser sich ins Kabinett des Königs, um die Befehle für seine Verteilung entgegenzunehmen. Der größte Teil ging an die Pagen, zusammen mit den zwölf traditionellen Champagnerflaschen. Der König war in seiner Kutsche geblieben. Man hatte ihm seinen Fußwärmer gebracht, und er unterhielt sich mit La Borde. Die Jagd ging zu Ende, und der Dauphin lud Nicolas liebenswürdigerweise in seine Karosse ein. Sie unterhielten sich ganz ungezwungen über die Jagd, ein Thema, über das der Prinz nicht zu bremsen und Nicolas ein Quell des Wissens war.

Nicolas wohnte, wie es sich gehörte, dem Stiefelausziehen des Königs bei, der ihm ein glückliches Lächeln schenkte. Monsieur de La Borde, der nach Paris zurückkehrte, bot ihm an, ihn mitzunehmen. Kaum saß er in der Hofkutsche, ließ er trotz der Kälte die Fensterscheibe herunter.

»Ist Ihnen etwa warm?«, fragte Nicolas.

»Mein Lieber, die Pest möge über den Maréchal de Richelieu kommen! Ich stand neben ihm im Kabinett des Königs. Dieser alte Geck bemisst seine Jugend nach der Stärke des Gestanks, den er ausströmt. Er überschüttet sich ständig mit Moschus, sodass er die männlichen Gerüche des brünstigen Dachses, Hirschs und Wildschweins an sich trägt oder danach verlangt, und man in Paris singt:

Wenn Richelieu ein Schlafzimmer betritt, muss man
sein Herz verteidigen und sich die Nase zuhalten.

Er lässt sich Hosen aus spanischem Leder schneidern, die mit dem gleichen Parfum imprägniert sind. Im Theater ist sein Geruch so stark, dass sich die Nachbarlogen in der Pause leeren. Welchen Eindruck haben Sie vom König?«

Nicolas stellte fest, dass die Diener, die dem Herrscher am nächsten standen und sich am meisten um ihn sorgten, seit einigen Jahren unweigerlich diese angstvolle Frage stellten.

»Um die Wahrheit zu sagen, noch ein wenig mehr gealtert ...«

Das Gesicht des Ersten Kammerdieners verzerrte sich, und ein Seufzer drang aus seiner Brust, als wollte er sich von einer Angst befreien, die sein Herz zusammenkrampfte.

»Allerdings scheint es ihm besser zu gehen, sobald er spricht und in Schwung kommt.«

»Sie sollten ihn öfter sehen!«, rief La Borde. »Man braucht nur Ihren Namen zu nennen, schon leuchtet sein Gesicht auf. Ich weiß nicht, woher diese Gabe kommt, die Ihnen erlaubt, ihn zu zerstreuen; viele versuchen es vergeblich. Aber Sie, ein Gespräch unter vier Augen mit Seiner Majestät, und er ist verjüngt! Es ist schon traurig, ihn frierend in seiner Kutsche sitzen zu sehen, er, der die Jagd so liebte.«

Er schwieg einen Augenblick, als würde er nachdenken, und seufzte erneut.

»Zur Zeit von Madame Pompadour folgten der Jagd kleine köstliche Mittagessen, bei denen man sich amüsierte. Jetzt ist es anders ... Die schöne *Temperamentsbestie* bereitet uns wirklich Sorge und beunruhigt die Ärzte des Königs. Er will sich ihrer Leidenschaft gewachsen zeigen ... Der alte nach Moschus duftende Galan versorgt ihn mit gefährlichen Stärkungsmitteln, die er in Unmengen einnimmt. Letztlich macht ihm das zunehmende Alter Angst. Er muss sich ständig vergewissern, dass er noch nicht schwach ist. Hirschhornpulver und Pastillen gefüllt mit Spanischer Fliege werden ständig zu Hilfe genommen.«

»Semacgus hat mich stets vor diesen Produkten gewarnt.«

»Zu Recht. Leider kommt die Zeit, wo die alte Maschine nicht mehr mithalten kann, ihre Federn spannen sich durch zu große Beanspruchung, und gegen diesen Verschleiß kann man nichts tun. Das Schlimmste ist, dass diese festgestellten Schwächen nicht zu größerer Weisheit führen, sondern dazu verleiten, sich erst recht in Experimente zu stürzen.«

»Aber«, sagte Nicolas, »Seine Majestät hat den Parc aux cerfs doch an Monsieur Sevin verkauft, den Huissier de la Chambre von Madame Victoire?«

»Ja, aber die Versuchungen bestehen weiter. Manche haben ein Interesse daran, sie noch zu vervielfachen; im Harem des

Großtürken sind die begehrenswertesten Mädchen diejenigen, die sich noch nicht in ihm befinden.«

Nicolas fragte sich, ob sein Freund, ausschweifend und vergnügungssüchtig, mit fortschreitendem Alter die gleichen Ermahnungen zur Vorsicht und Mäßigung befolgen würde. Jeder führt sein Leben, wie es ihm beliebt, und manchmal siegt die Weisheit. Der Beweis: Semacgus' neue Lebensweise.

»Leider, mein Freund, wie der Präsident de Saujac bis zum Überdruss wiederholt, ›ändert man seine Gewohnheiten nicht, sondern die Gewohnheiten ändern einen‹.«

Nicolas beschloss, frontal anzugreifen.

»Welche Gefühle hatten Sie für Madame de Lastérieux?«

Er hatte das Gefühl, dass die Verwendung des Worts »Madame« ihn weniger direkt in die Frage einschloss. La Borde sah ihm mit einem leicht traurigen Ernst in die Augen, der plötzlich den Altersunterschied zwischen ihnen spürbar werden ließ, als käme eine ganze Liebeserfahrung wieder hoch.

»Nehmen Sie es mir nicht übel«, erwiderte er, »ich hielt sie für eitel, ganz das Gegenteil dessen, was Sie sich eigentlich gewünscht hätten. Es ist ein Jammer festzustellen, dass ihr Tod Sie in gewisser Weise befreit und vermutlich vor Enttäuschungen bewahrt hat. Dass sie eine Neigung zu Ihnen gefasst hatte, bestreite ich nicht. Wichtig wäre herauszufinden, worauf ihre Zuneigung beruhte: die Liebenswürdigkeit des Mannes, den sie zu lieben behauptete, oder der Wunsch, Erfolg zu haben. Ich würde letzterer Hypothese zuneigen. Ich weiß nicht, ob das nur ein Eindruck war. Ich hatte das Gefühl, dass sie mich anders behandelte und ihren Hochmut in meiner Gegenwart mäßigte. Ihre Koketterie war ein Köder und erhöhte ihren Charme.«

»Und Sie meinen …«

»Dass sie den Höfling in mir bevorzugte. Sie sehnte sich so sehr danach, dort Zugang zu finden und ihren Weg zu machen …«

Angesichts dieser Offenheit verflogen die letzten Zweifel, die Nicolas noch gehabt hatte, augenblicklich, auch wenn ein Teil seiner Polizistenmentalität ihm einflüsterte, dass Gefühle in einer ordentlichen Untersuchung nichts zu suchen hatten. Sie schwiegen lange; dann sagte der Erste Kammerdiener plötzlich:

»Ich habe Sie zur Jagd des Königs einladen lassen. Seine Majestät hat mich darauf hingewiesen, dass es nicht nötig sei, Sie einzuladen, weil Sie von Haus aus berechtigt seien, daran teilzunehmen. Er fügte hinzu, dass er bedaure, Sie nicht so häufig bei der Jagd zu sehen, wie er es sich wünschte. Ich bitte Sie, machen Sie sich weniger rar, für ihn und für mich!«

Monsieur de La Borde setzte Nicolas am Grand Châtelet ab. Der alte Marie, der sehr aufgeregt war, informierte ihn, dass etwas Ernstes geschehen und Inspektor Bourdeau in die Rue Saint-Julien-le-Pauvre gefahren sei. Der Inspektor habe darauf bestanden, dass er nach seiner Rückkehr aus Versailles so schnell wie möglich ebenfalls dorthin komme. Ein Wagen der Polizei wartete auf ihn, um ihn auf die andere Seite der Seine zu bringen.

Die Fahrt war nicht sehr lang, doch die spätnachmittäglichen Staus blockierten die Kutsche in der Rue du Marché-Palu, an der Ausfahrt der Stadt. Nicolas musste sie verlassen und befahl dem Kutscher nachzukommen, sobald der Weg wieder frei sei. Er nahm die Rue du Petit-Pont und dann die Rue de la Boucherie, bevor er in die schmale Rue Saint-Julien-le-Pauvre einbog.

Eine aufgeregte Menge umdrängte einen Karren der Polizei.

Gardes françaises hielten das Volk von der Tür eines alten Hauses fern, dessen Fassade durch die Jahre geneigt war. Nicolas bahnte sich einen Weg und nannte seinen Namen. Bourdeau rief ihn durch ein Fenster. Im Vestibül musste er erneut ein paar Klatschweiber beiseiteschieben, die ihn wüst beschimpften. Im vierten Stock traf er auf Inspektor Bourdeau und einen Polizisten. Sein Assistent nahm ihn beiseite und erklärte ihm die Situation.

»Rabouine überwachte das Haus seit gestern. Er hatte nichts Besonderes beobachtet, außer dass heute Punkt zwölf Uhr Balbastre kam. Er ist zu Monsieur du Maine-Giraud hinaufgegangen. Balbastre blieb nur ein paar Augenblicke, dann entfernte er sich verstört. Rabouine hat unverzüglich gehandelt. Er hat mir einen Boten geschickt, um mich zu informieren, und hat den Organisten beschattet. Ich hatte keine Nachrichten von ihm. Sobald man mich erreichen konnte – ich war wegen eines Falls von Weinschmuggel in Montmartre –, bin ich sofort hierhergeeilt. Dieses Zimmer war nicht verschlossen; der Riegel fällt zurück, wenn man an der Tür zieht. Der junge Herr wurde tot aufgefunden, durchbohrt von einem Degen, der zwischen den Stäben der Rückenlehne eines Stuhls eingeklemmt war. Alles deutet auf Selbstmord hin. Ich habe nichts berührt, weil ich wollte, dass Sie der Erste sind, der den Leichnam, seine Lage und alles, was man hier finden kann, untersucht.«

Nicolas öffnete wortlos die Tür. Ein Blick genügte, um das Drama zu erfassen. Die wenigen Möbel waren so armselig, dass das Zimmer leer wirkte. Ein weißer Holzschrank, ein Bett mit einer Matratze, die mit einer gesteppten Tagesdecke aus abgewetztem Damast überzogen war, ein wackliger Tisch und ein Paravent aus Ölpapier, der halb zusammengeklappt auf einem

Frisiertisch mit Waschschüssel lag. Das Fenster, das vermutlich von Bourdeau geöffnet worden war, befand sich gegenüber der Tür. Zu seiner Rechten, ein wenig diagonal zur Tür, gekippt über einen in die Ecke des Zimmers geklemmten Stuhl, überraschte ein mit einem Hemd bekleideter Körper, das natürliche Haar über dem Gesicht, durch seine Reglosigkeit. Das Ende einer Degenklinge glänzte links unter dem Schulterblatt.

Nicolas näherte sich dem Opfer vorsichtig wie ein Vorstehhund. Er untersuchte den blutbesudelten Boden und registrierte jedes Detail. Er richtete sich wieder auf und las die Titel der Bücher, die auf einem Tablett lagen. Ein paar wenige Kleiderstücke hingen an Nägeln, darunter befand sich ein Paar Stiefel. Als er sich erneut über das Parkett beugte, bemerkte er eine Reihe von Kratzern. Die Schnitte in der Blümchentapete waren so frisch, dass der Gipsstaub noch den Boden bedeckte. Nicolas machte einen Schritt, um den Leichnam zu betrachten. Er zog an einem noch weichen Arm. Offensichtlich war der Tod erst vor Kurzem, höchstens ein paar Stunden, eingetreten. Er rechnete aus, dass der Zeitpunkt sich in etwa mit Balbastres Besuch deckte. Er rief Bourdeau und den Polizisten. Gemeinsam nahmen sie den Leichnam vom Stuhl und legten ihn auf die Seite, da Nicolas wollte, dass die Waffe an ihrem Platz blieb in Hinblick auf eine aufmerksame Untersuchung im Rahmen der Leichenöffnung in der Basse-Geôle. Wie seine Helfer überraschte ihn der Ausdruck panischer Angst auf dem fast noch kindlichen Gesicht. Er musterte es genauer, und nach einer Weile erkannte er in den verzerrten Gesichtszügen einen der Kartenspieler, die er an dem Abend bei Madame de Lastérieux flüchtig gesehen hatte. Dann wurde der Leichnam auf eine Bahre gelegt, während Nicolas Abdrücke von den Kratzern auf dem Parkett nahm. Bevor sie das Zimmer verließen und die Siegel anbrachten, durchsuchten der Inspektor und er den Raum. Die Aufgabe wurde ihnen erleichtert durch die Dürftigkeit der Einrichtung. Bourdeau machte ihn, indem er die Kleider entfernte, auf die bereits bemerkten Stiefel aufmerksam. Es handelte sich um die von Nicolas, und zwar jene, die in der Rue de Verneuil verschwunden waren. Tatsächlich enthielt eine der Sohlen Samenkörner, die hervorstanden. Er stellte einen Zusammenhang her mit den Kratzern auf dem Boden, die denen ähnelten, die in Julies Schlafzimmer gefunden worden waren.

So verließen sie die Rue Saint-Julien-le-Pauvre. Im Châtelet gab Nicolas Anweisungen, die Öffnung des Leichnams früher stattfinden zu lassen. Trotz seiner Hemmungen, sich ein weiteres Mal an Sanson und Semacgus zu wenden, konnte er sich nicht dazu durchringen, diese so wichtige Untersuchung der Mittelmäßigkeit der Ärzte des Gefängnisses zu überlassen.

Er begab sich zur Kanzlei von Maître Tiphaine, dem Notar von Madame de Lastérieux in der Rue de la Harpe. Dort fand er verstörte Schreiber und eine in Tränen aufgelöste junge Ehefrau vor, die ihm mitteilte, dass ihr Mann soeben nach dem Besuch einer Person, die sie nicht kenne, in aller Eile in seiner Kutsche weggefahren sei. Er habe ihr lediglich gesagt, postlagernd an seinen Bankier in Den Haag in Holland zu schreiben. Er würde regelmäßig unter dieser Adresse seine Post abholen. Enttäuscht und deprimiert über diesen neuerlichen Rückschlag, traf Nicolas, wieder zurück im Bereitschaftsbüro, auf Rabouine, der Bourdeau berichtete. Während er das Haus von Monsieur du Maine-Giraud überwacht habe, habe nichts seine Aufmerksamkeit erregt. Nur ein paar Frauen aus dem Volk seien heraus- und hineingegangen, und dann ein Mönch, den er nicht wiedergesehen habe.

»Von welchem Orden?«, fragte Nicolas.

»Ein Kapuziner«, sagte Rabouine. »Mit ins Gesicht gezogener Kapuze.«

»Tja, das war's dann!«, sagte Bourdeau grinsend. »Ein schlauer Fuchs wie du, Rabouine, du hast dich reinlegen lassen!«

Der Spitzel senkte den Kopf.

»Später«, fuhr er fort, »ist ein junger Mann herausgekommen, ein zusammengefaltetes Laken unter dem Arm; ich habe ihn für einen Wäschereijungen gehalten. Eine Stunde später ist dann Monsieur Balbastre, den ich kenne, gekommen. Er wirkte sehr nervös und blickte nach links und rechts, als fürchtete er, verfolgt zu werden.«

»Har er dich gesehen?«

»Unmöglich, Monsieur Nicolas. Er ist fünf, sechs Minuten später wieder herausgekommen.«

»Trug er irgendetwas?«

»Ein eingewickeltes Paket.«

»Und dann?«

»Na ja, ich dachte, ich müsste ihm folgen. Er hat eine Kutsche genommen, um zu sich nach Hause zu fahren, in der Nähe von Saint-Gervais. Er ist nicht lange geblieben und hat mit großen Schritten das Haus verlassen und dabei einen Brief gelesen, den er anschließend zerrissen und weggeworfen hat.«

»Hast du die Schnipsel aufsammeln können?«

»He, wie soll das gehen, zugleich laufen und aufsammeln!«

Es hilft alles nichts, dachte Nicolas, wenn das Pech einem einen Streich nach dem anderen spielt.

»Bist du ihm denn wenigstens bis zu seinem Ziel gefolgt? Du hast ihn doch hoffentlich nicht verloren?«

Rabouine reckte sein scharfes Profil.

»Ganz im Gegenteil, Monsieur Nicolas, wir sind gemeinsam dort angekommen, wo er hinwollte.«

»Und?«

»Also, seine Kutsche ist in die Rue de l'Université gefahren und hat in der Nähe des Palais Bourbon gehalten. Balbastre ist ausgestiegen und durch das Portal des Hauses von Monseigneur le Duc d'Aiguillon gegangen.«

»Da haben wir ins Schwarze getroffen!«, rief Bourdeau.

»Und du hast ihn nicht weiter beschattet?«

Rabouine zwinkerte.

»Es sieht ganz so aus, als würde man heute hier an meinen Fähigkeiten zweifeln. Ich habe meine Männer in allen guten Häusern, zu Ihren Diensten. Und um eine Sache zu einem guten Ende zu bringen, muss man die menschliche Natur kennen und ihre Fähigkeiten nutzen.«

Er machte die Geste des Geldzählens.

»Gut«, sagte Nicolas ungeduldig, »wir zweifeln nicht an deinen Fähigkeiten, aber die Zeit drängt.«

»Kurz«, sagte Rabouine, »ich habe meinen Mann einige Zeit danach befragt. Er hat mir erzählt, dass unser Mann sich mit jemandem unterhalten habe, der dem Minister nahesteht, und dass dieser Befehle gegeben habe, eine kleine Wohnung auf dem Dachboden des Hauses vorbereiten zu lassen und den Organisten dorthin zu führen. Um diese Zeit schläft er, von einem Fieber befallen, begleitet von Schüttelfrost.«

»Bravo, bravissimo!«, rief Bourdeau. »Rabouine, du bist der

Beste, und mit diesem Meisterstück machst du deine vorherige Nachlässigkeit wieder gut!«

Als sie allein waren, zogen Nicolas und Bourdeau Bilanz. Dieser neuerliche Todesfall stand ganz offensichtlich mit dem Mord an Madame de Lastérieux in Verbindung. Sie mussten jetzt so schnell wie möglich die genauen Umstände des Selbstmords von Monsieur du Maine-Giraud klären. Außerdem waren da noch ein geheimnisvoller Mönch und der Besuch von Balbastre, der anschließend mit einem Paket aus dem Haus des Toten eilte. Offensichtlich in Panik, sucht er Zuflucht beim Duc d'Aiguillon, dem Ersten Minister, wo er als Gast aufgenommen wird.

Und schließlich, warum war Maître Tiphaine, der Notar von Julies Testament, überstürzt ins Ausland geflohen?

Die beiden Polizisten teilten sich erneut die Aufgaben. Nicolas würde der Öffnung des Leichnams beiwohnen, die möglichst noch in der Nacht stattfinden würde, während sein Assistent Balbastres Wohnung in der Nähe der Église Saint-Germain durchsuchen würde. Danach würden sie, um die Erlaubnis zu weitergehenden Ermittlungen zu bekommen, bei Monsieur de Sartine vorsprechen, der am Samstag normalerweise nach Versailles fuhr in Erwartung seiner wöchentlichen Audienz beim König.

Samstag, den 22. Januar 1774

Das Gespräch mit Monsieur de Sartine hatte unter den günstigsten Vorzeichen begonnen. Mit seiner Marotte beschäftigt, informierte er Nicolas zunächst, dass, nachdem er in London Auskünfte eingeholt hatte, jetzt ein Reisekoffer voller Perücken per

Schiff nach Frankreich unterwegs sei, dessen Ankunft er kaum erwarten könne. Dennoch war Nicolas nicht wirklich beruhigt, er argwöhnte, dass diese Einleitung irgendetwas verschleierte, und da er den Charakter seines Chefs kannte, begriff er ziemlich rasch, dass die scheinbare Sanftheit des Tons eine zunehmende Verärgerung verbarg.

Nicolas trug seinen Bericht daher in einem bewusst neutralen Ton vor und achtete darauf, dass keine Übertreibungen die Schleusen für eine Flut von Vorwürfen öffneten. Vergebliche Hoffnung: Casimirs Tod, die Entdeckungen von Semacgus im Jardin du roi und die Prüfung der mutmaßlich von Julie geschriebenen Dokumente lösten zwar keinen Wutausbruch aus, führten aber dazu, dass Sartine einige Gegenstände verrückte, was ein eindeutiges Zeichen seiner Ungeduld war. Die Nachricht vom Tod von Monsieur du Maine-Giraud und die mögliche Verstrickung von Balbastre wurden ebenso aufgenommen. Dagegen ließen die Flucht des Organisten in das Haus von d'Aiguillon und die jüngsten Ereignisse der Nacht Monsieur de Sartine zusammenzucken. Die Hausdurchsuchung bei Balbastre hatte zu der Entdeckung von blutbeschmierten Stiefeln und, in einem Schrank versteckt, der ebenfalls blutbesudelten Kutte des Kapuziners geführt. Darüber hinaus hatte die Leichenöffnung in der Basse-Geôle durch Semacgus und Sanson einen Selbstmord ausgeschlossen. Monsieur du Maine-Giraud war tatsächlich ermordet worden. Die Untersuchung der Wunde hatte ergeben, dass ein erster Stich die Leber verletzt und eine tödliche Blutung des Organs ausgelöst hatte und dass der Tod anschließend inszeniert worden war. Der Körper war auf den Degen gespießt worden, der zwischen die Stäbe der Stuhllehne geklemmt worden war, wobei die Klingenspitze in die erste Verletzung eingeführt worden war. Dieses zweite Eindringen hatte einen anderen Weg als das erste genommen. Jeder Zweifel war ausgeschlossen, und im Übrigen bewiesen das im Zimmer vergossene Blut und die Kratzer im Parkett, verursacht von den Stiefeln, die, bevor man sie weggeräumt hatte, gereinigt worden waren, einen heftigen Angriff. Das bedrohte Opfer hatte sich entweder widersetzt oder versucht, den tödlichen Stoß abzuwehren. Zum Schluss bat Nicolas den Polizeipräfekten um die Erlaubnis, Balbastre zu verhaften, der vielleicht nicht der Mörder war, aber sicherlich über Informationen verfügte, die für den weiteren Verlauf der Untersuchung von entscheidender Bedeutung sein könnten. So logisch sie auch war, diese Schlussbemerkung ließ Sartine explodieren, und er schimpfte laut los, während er mit großen Schritten durch sein Büro ging.

»Der reibungslose Ablauf der Untersuchung. Wie viel ungereimtes Zeug wollen Sie mir eigentlich noch auftischen, Monsieur le Commissaire? Wo herrschen Chaos und Ohnmacht, wenn nicht in einem unsicheren Fall, in den Sie uns durch eine unüberlegte Liaison hineingezogen haben?«

Nicolas, empört über die böswilligen Unterstellungen seines Chefs, versuchte zu protestieren.

»Hätte ich mich darauf eingelassen, wenn Sie selbst, der Sie alles wussten, mir das ausgeredet hätten?«

Monsieur de Sartine versetzte einer Pyramide aus Holzscheiten einen so heftigen Schlag mit der Feuerzange, dass diese mit lautem Getöse im Kamin zusammenstürzte.

»Schweigen Sie! Und wie es Ihre unglückselige Gewohnheit ist, hinterlassen Sie auf Schritt und Tritt Tote! Nicht nur Ihre

Geliebte wurde ermordet, sondern auch ihr Diener, ein unbekannter junger Mann, und wer sonst noch? Sie verbreiten Unruhe in der Stadt, und ich frage mich, wie berechtigt der Schutz ist, den Sie bis jetzt genossen haben.«

Er holte Luft.

»Was glauben Sie eigentlich? Wer wüsste besser als Sie, Monsieur, will mir scheinen, was Ihnen erspart geblieben ist. In diesem Königreich war ich, man mag es bedauern oder nicht, vergessen Sie das nicht, Lieutenant criminel zu einem Zeitpunkt, als Sie sich noch bei den Jesuiten in Vannes herumtrieben und vermutlich Unruhe verbreiteten an diesem Ort des Studiums. Was sagte ich? Ja, zufällig hat unsere Vorgehensweise das Ziel, den Erfolg einer Anklage zu gewährleisten, mag sie richtig oder falsch sein. Und obwohl eine akribische Sorgfalt bei der Ermittlung der geringsten Beweisstücke festzustellen ist, ein anhaltendes Bemühen, sich an die Regeln zu halten, und das Bestreben, die größtmögliche Anzahl von Beweisen zusammenzutragen, weiß man ja, dass der Richter von Anfang an seine Arbeit mit der Einstellung beginnt, dass die Person, die ihm vorgeführt wird, schuldig ist und dass das Ermittlungsverfahren vor allem darauf abzielt, ein Opfer an den Pranger zu stellen und dem Volk ein Beispiel heilsamen Schreckens zu liefern. Wie immer es um die Integrität, Sensibilität und Intelligenz der Richter auch bestellt sein mag, dies ist die Richtung, die seine Arbeit bestimmt.«

»Aber was habe ich damit zu tun, Monsieur?«

»Was für ein Idiot, fürwahr!«, rief Sartine. »Nehmen wir an, Monsieur, der Sie den Dummkopf spielen, ein Bürger hat einen gefährlichen Feind, der ihn zugrunde richten will, indem er ihn eines Kapitalverbrechens beschuldigt. Ist Ihnen klar, in was für eine schreckliche Klemme dieser arme Unschuldige dadurch geraten wird? Gemäß unserem Edikt von 1670 gerät er in die Mühlen des sogenannten ›außerordentlichen‹ Strafverfahrens, das für die schwersten Verbrechen in Anwendung kommt. Können Sie sich vorstellen, mit welchen extremen Schwierigkeiten er zu kämpfen hat, um sich zu rechtfertigen? Zunächst einmal denunziert ihn sein Feind anonym. Er wird nicht erfahren, wer ihn denunziert. Der Lieutenant criminel wird es nicht versäumen, Zeugen zu produzieren, und natürlich, Sie Schlaumeier, nur diejenigen, die der Denunziant ihm präsentiert. Die auf diese Weise versammelten Zeugen werden unter größter Geheimhaltung von einem einzigen Richter angehört, ohne befürchten zu müssen, dass man ihnen widerspricht. Darüber hinaus kann es sein, ich will es nicht glauben, aber immerhin … es kann sein, dass dieser Richter voreingenommen und bestechlich ist. Tja, der arme Unschuldige! Die Informationen nehmen ihren Lauf; unser unglücklicher Unschuldiger wird unter großem Aufsehen ins Gefängnis gebracht oder, was schlimmer ist, in Einzelhaft, in Ketten gelegt und manchmal in einen grauenvollen Kerker gesteckt, wo er von Brot und Wasser leben und auf Stroh schlafen muss, ohne jede Verbindung zur Außenwelt.«

»Aber …«

»Es gibt kein Aber. Er wird aus seinem Kerker geholt, um Verhören unterzogen zu werden. Es ist ihm ausdrücklich verboten, sich beraten zu lassen. Der Richter übt Druck auf den Angeklagten aus, im Einklang mit dem Gesetz, das von seiner Schuld ausgeht. Er versucht mit allen Mitteln – ich sage bewusst, mit *allen* Mitteln –, ihm das Geständnis des Verbrechens zu entreißen, das ihm zur Last gelegt wird. Je größer die Gefahr ist, desto weniger gibt das Gesetz dem Angeklagten also die Möglichkeit, sich zu verteidigen. Außerdem kann der Angeklagte bei den Gegenüberstellungen die Zeugen nicht direkt ansprechen. Das ist, Monsieur, das Verfahren, das bereits zahlreiche Beschwerden im Namen der Menschlichkeit ausgelöst hat und das mehr als einmal zu verhängnisvollen Missverständnissen geführt und häufig die Interessen der Gerechtigkeit aufs Spiel gesetzt hat. Das ist das Verfahren, Monsieur, das Ihnen dank des Vertrauens, das man in Sie und die Macht, die Sie schützt, setzt, erspart geblieben ist. Seien Sie sich Ihrer Chance bewusst, und sagen Sie mir, ob Sie das Schicksal wirklich herausfordern müssen, indem Sie sich so verbeißen.«

»Monsieur«, protestierte Nicolas, »ich verbeiße mich in die Suche nach der Wahrheit, wie Sie es mich gelehrt haben.«

»Ah, der gute Schüler! Aber vielleicht werden Sie ja verstehen, Sie bretonischer Sturkopf, dass die Justiz nur so weit ausgeübt wird, wie eine andere Macht, in deren Hand sie sich befindet, es ihr erlaubt?«

»Seine Majestät widersetzt sich ...«

»Lassen Sie den König da raus! Ich meine, da Sie ja nicht zu begreifen scheinen, dass ich heute Morgen ordnungsgemäß vom Duc d'Aiguillon in sein Hôtel bestellt worden bin, um mir in dem Ton, den Sie kennen, sagen zu lassen, dass Monsieur Balbastre unter seinem Schutz bleiben werde, dass es sein Wunsch sei, dass er in Ruhe gelassen werde, dass die Missachtung seiner Empfehlungen bedeute, dass man sich ihm widersetzte, und dass er niemals dulden werde, dass der Polizeipräfekt, ich zitiere, ›einen kleinen Bastard von Kommissar, in den der König vernarrt ist‹, beschütze. Das waren seine Worte, die ich Ihnen, so leid es mir tut, nicht vorenthalten will. Und daher muss ich Ihnen befehlen, diesen Fall nicht weiterzuverfolgen.«

Nicolas traute seinen Ohren nicht. Er schwieg einen Augenblick, bevor er seinen ganzen Mut zusammennahm.

»Allerdings ist unsere Untersuchung ohne die Aussage Balbastres und ohne seine Handlungen zu verstehen eine Sackgasse, und ich denke, dass Monsieur de Saint-Florentin …«

»Denken Sie nicht, vor allem denken Sie nicht! Haben Sie denn eine Nachthaube über den Augen, dass Sie nicht verstehen und sich merken, dass Monsieur de Saint-Florentin, den Sie verdammt noch mal Duc de La Vrillière nennen sollen, der Onkel der Ehefrau des Duc d'Aiguillon ist. Und ich füge hinzu, Sie Schlaumeier, dass Ihr Balbastre, um den herum Sie Leichen verstreuen, nicht nur ein renommierter Musiker ist, der Organist von Notre-Dame und derjenige der Chapelle royale in Versailles, sondern obendrein auch noch der Cembalolehrer unserer Dauphine. Ich rate Ihnen weiterzumachen. Ja, wirklich, machen Sie weiter! Spaß beiseite, gehen Sie Ihren Beschäftigungen als Kommissar im Châtelet nach und freuen Sie sich über die Wendung, die dieser Fall nicht genommen hat.«

Nicolas grüßte wortlos seinen Chef, der langsam zu seinem Sessel zurückging. Ein fast geschriener Satz erreichte ihn auf der Schwelle der Tür.

»Ich habe es nicht auf Sie abgesehen, Nicolas. Ich bin wahrlich nicht stolz auf mich …«

Nicolas schloss die Tür hinter sich, halb fröhlich, halb bestürzt über das, was er soeben erfahren hatte. Während er die Stufen des Hôtel de police hinunterging, fielen ihm wieder die ersten

Lektionen seines Chefs ein, insbesondere die bis zum Überdruss wiederholte Definition, die Colbert dem herausragenden Amt des Polizeipräfekten gab: »Dieser muss ein Mann des Talars und des Degens sein, und wenn auch der gelehrte Hermelin des Doktors seine Schultern umschmeicheln muss, muss dennoch an seinem Fuß der starke Sporn des Reiters klingen, er muss unerschütterlich als Richter und als furchtloser Soldat sein und darf weder erbleichen angesichts der Überschwemmungen des Flusses und der Pest der Krankenhäuser noch angesichts der Unzufriedenheit des Volks und der Drohungen der Höflinge.«

Nicolas dachte wehmütig, dass die Zeiten sich geändert hatten und dass die Macht des Königs nicht mehr so stark wie in der Vergangenheit die Hand des Polizeipräfekten stärkte.

X

Der kranke König

Hier ruht dieser geliebte Bourbone
Der recht gut aussehende Monarch
Der für die Kohle bezahlt
Was er am Mehl verdient

ANONYM

Donnerstag, den 28. April 1774

Zwei Monate waren in täglicher Routinearbeit vergangen. Monsieur de Sartine, der zu seiner gewohnten Gelassenheit zurückgefunden hatte, behandelte Nicolas mit besonderer Zuvorkommenheit, als wollte er wiedergutmachen, dass er sich gezwungen gesehen hatte, die Untersuchung des Mordes in der Rue de Verneuil einzustellen. Nicolas tat so, als würde er sich damit abfinden, in der heimlichen Hoffnung, dass irgendwann günstigere Umstände der Justiz wieder erlauben würden, ihren gewohnten Lauf zu nehmen. Eines immerhin heiterte ihn auf und ließ ihn diese Niederlage vergessen: Der König lud ihn immer häufiger nach Versailles ein. Neben seiner Anwesenheit bei den Jagden zeugte seine wiederholte Teilnahme an kleinen Zusammenkünften von einer Gunst, die noch mehr von dem liebenswürdigen Wohlwollen von Madame du Barry beglaubigt wurde. Sie hörte bereitwillig auf La Borde, der ihr eingeflüstert hatte, dass der kleine Ranreuil besser als jeder andere den König zu zerstreuen vermochte.

Und das schien sich tatsächlich auch als immer notwendiger zu erweisen. Der König hatte gerade sein dreiundsechzigstes Lebensjahr erreicht. Er hatte zugenommen und vertrug immer weniger Exzesse jeder Art. Die Momente geistiger Abwesenheit, bei denen er den Eindruck machte, er wäre betrunken, wurden häufiger und nährten die Gerüchte an den ausländischen Höfen. Wie im letzten Lebensabschnitt seines Urgroßvaters begann man in London auf die Dauer seiner Regierungszeit zu wetten. Er fiel häufig vom Pferd, trat jedoch trotz der wiederholten Ermahnungen seines Arztes nicht kürzer. Nach wie vor Liebhaber der Frauen und guten Essens, hatte er sich zuletzt jedoch durchgerungen, Vichy-Wasser zu trinken und fast vollständig auf das Abendessen zu verzichten. Eine Reihe plötzlicher Todesfälle in seiner Umgebung machte ihn, den der Gedanke an den Tod ein Leben lang gequält hatte, trübsinnig. Jedes seiner Worte wurde hinterbracht, und man kommentierte eifrig seine Anwandlungen praktischer Religionsausübung. Seine immer häufigeren Besuche bei Madame Louise, seiner Tochter, Karmelitin in Saint-Denis, blieben nicht unbemerkt.

Der Abbé de *Beauvais*, Bischof von Senez, hatte am Gründonnerstag in Versailles gepredigt. Nicolas erinnerte sich noch an diesen unheimlichen Augenblick, der alle Anwesenden in Schrecken versetzt hatte. Der Bischof hatte den Tod als Thema seiner Predigt gewählt. Zunächst zerstörte er die Illusion, die Menschen würden in diesem Jahrhundert länger leben als in den vorangegangenen. Überaus wortgewandt schilderte er das Elend des Volks, dessen Liebe zum Herrscher immer schwächer wurde. Dann befasste er sich mit dem Leben des Königs, den er unter der durchsichtigen Maske von Salomon beschrieb. Nicolas erinnerte sich an seine Worte: »Schließlich suchte dieser Monarch, welcher der Wollust überdrüssig und es müde war, um seine schlaffen Sinne zu wecken, alle Arten von Vergnügungen auszuschöpfen, die den Thron umgeben, eine neue Art in den abscheulichen Resten der öffentlichen Sittenlosigkeit.« Die letzte Bemerkung des Prälaten hatte den König erbleichen lassen und die Höflinge aufs Höchste bestürzt: »Noch vierzig Tage, und Ninive wird zerstört.« Die Favoritin, mitten ins Herz getroffen und bedrängt von düsteren Vorahnungen, machte keinen Hehl aus ihrer Angst und wünschte sich, »dieser schlimme Monat April« möge vorübergehen, seit der *Almanach de Liège**, wie ihr unter der Hand hinterbracht worden war, den bevorstehenden Fall »einer großen Dame, die eine Rolle an einem ausländischen Hof spielt« vorhergesagt hatte.

Nicolas war tags zuvor eingetroffen, von einer Nachricht Monsieur de La Bordes nach Versailles gerufen. Er war beunruhigt, denn ihm war ohne jede weitere Erklärung eine Überraschung angekündigt worden. Während der Jagd hatte La Borde kein Wort gesagt. Der König hatte seinen Wagen nicht verlassen und

* Lüttich

sich trotz des milden Wetters über die Kälte beklagt. Er sah schlecht aus und litt unter dem Zustand seines Zahnfleisches, das sein Zahnarzt ein paar Tage zuvor untersucht hatte. Nicolas hatte in der Wohnung des Ersten Kammerdieners geschlafen. Am nächsten Tag erfuhr er, als er gegen drei Uhr nachmittags ins Petit Trianon zurückkehrte, dass der König, da er sich nicht wohlgefühlt habe, ein paar harmlose Medikamente genommen habe, ohne eine Besserung zu spüren, und sich, nachdem er sein Spiel gemacht habe, hingelegt habe in der Hoffnung, der Schlaf würde seinem Unwohlsein ein Ende bereiten. Während sie auf Nachrichten warteten, gingen La Borde und Nicolas in dem kleinen französischen Garten spazieren, der die Treibhäuser verlängerte, in denen der König die Kaffeepflanze, den Feigenbaum und die Ananas zu akklimatisieren versuchte. Sie näherten sich dem kleinen *Pavillon* von *Gabriel*, in dem der König häufig haltmachte, um seine Herbarien zu klassifizieren oder sich mit Milchprodukten und Erdbeeren zu stärken. Plötzlich blieb Nicolas stehen, als er einer Gestalt auf den Stufen des Pavillons ansichtig wurde.

Er traute seinen Augen nicht. Da stand Naganda und sah ihn lächelnd an.

Monsieur de La Borde überließ sie der Freude des Wiedersehens. Sie hatten sich seit dem Sommer 1770 nicht mehr gesehen, als Nicolas den jungen Micmac-Häuptling nach Nantes begleitet hatte, wo er sich nach Kanada eingeschifft hatte. Sie sprachen über ihre gemeinsamen Erinnerungen, und der Indianer erkundigte sich nach Bourdeau und Semacgus. Er erzählte, unter welchen Umständen er das Erbe seines Vaters an der Spitze seines Volkes angetreten hatte. Anschließend erklärte er, dass die Fülle an Informationen, die er von den Stämmen, aber auch von den amerikanischen Siedlern erhalten hatte, in den Büros von Versailles den Wunsch geweckt hätte, er möge kommen und alles mündlich erklären, insbesondere die kartografischen Skizzen und die strategischen Erkenntnisse, die er gewonnen hatte. Ein Fischerboot, das die englische Flotte in die Irre geführt hatte, hatte ihn heimlich an den Ufern des Sankt-Lorenz-Stroms aufgenommen und nach Saint-Pierre-et-Miquelon gebracht, wo ihn ein Schiff des Königs erwartet hatte. Stolz zeigte er Nicolas seine Offiziersuniform. Schließlich vervollständigte er das Bild der Situation in Amerika, das dieser bereits durch seine Unterhaltung mit dem Dauphin kannte, die noch nicht lange her war. Er würde nur kurz bleiben. Er würde vom König und vom Marineminister empfangen werden und anschließend mit neuen Instruktionen sofort wieder in See stechen. Er wohne in Versailles, im Hôtel de la Belle Image, Place Dauphine. Nicolas schlug ihm vor, ihn nach Paris zu begleiten, da Monsieur de Noblecourt es stets bedauert habe, den »Mann aus der Neuen Welt« nicht kennengelernt zu haben. Ihre Unterhaltung wurde von einem Offizier unterbrochen, der den Indianerhäuptling suchte, und von La Borde, der Nicolas, nachdem Naganda sich entfernt hatte, erzählte, was er soeben erfahren hatte.

»Der König hat eine sehr schlimme Nacht gehabt«, sagte er. »Kopfschmerzen und obendrein noch Kreuzschmerzen. Monsieur Le *Monnier*, Erster Leibarzt des Königs, ist geweckt worden. Auf Befehl des Königs hat man Madame du Barry kommen lassen. Le Monnier, der die Wehleidigkeit des Königs gewohnt ist, schenkt den Symptomen keine Bedeutung und vermutet eine

Magenverstimmung. Die diensthabenden Junker haben diese Unpässlichkeit ebenfalls nicht ernst genommen.«

»Und die Comtesse?«, fragte Nicolas.

»Sie fürchtet, dass die Angst vor dem Teufel, die den König beim geringsten Anlass überfällt, ihn veranlasst, seinen Beichtvater kommen zu lassen. Daher ist sie mit den anderen einer Meinung. Sie will die Einzige sein, die über den König wacht, und hat erreicht, dass niemand im Palais benachrichtigt wird.«

»Aber am Hof bleibt nichts verborgen …«

»Eben, lieber Nicolas, Sie können sich vorstellen, dass die Familie Seiner Majestät sich sofort Sorgen gemacht hat. Da sie nicht gewagt hat zu erscheinen, hat sie La Martinière, seinen ersten Chirurgen, geschickt. Er ist soeben eingetroffen. Beeilen wir uns und kehren wir ins neue Schloss zurück.«

La Borde hatte Nicolas am Arm genommen, um ihn mit sich zu ziehen. Auf den Stufen der Treppen, die in die Beletage führten, in der sich die Empfangsräume befanden, warteten die Diener. Im Vorzimmer begrüßte sie Gaspard, der blaue Junge, an einen der Fayenceöfen gelehnt. Mehrere Höflinge warteten ebenfalls dort, unter denen Nicolas Monsieur de Boisgelin erkannte, der, als er noch jung gewesen war, seinen Vater, den Marquis de Ranreuil, zur Jagd im Wald der Bretesche, in der Nähe von Guérande, begleitet hatte. Die Wohnung des Königs befand sich im Attikageschoss. Eine kleine Treppe, an der er gewöhnlich seinen Kaffee nahm, erlaubte ihm, direkt in sein Schlafzimmer zu gelangen. Die beiden Fenster konnten abends durch ein ausgeklügeltes System beweglicher Spiegel verschlossen werden. In einem Nachbarzimmer schlug eine Uhr fünf. Der Prince de *Condé* kam aus der Wohnung des Königs.

»Monsieur«, sagte er zu La Borde, »da der Chirurg dem König erklärt hat, dass er nicht im Trianon bleiben könne und man in Versailles krank sein müsse, hat der Duc d'Aiguillon Seine Majestät unter Druck gesetzt, und dieser hat soeben seine Befehle gegeben. Man möge sofort Kutschen kommen lassen!«

Alle liefen sofort in alle Richtungen. La Borde eilte ins Attikageschoss. Schon bald hallte der Lärm der Pferde und Karossen draußen auf dem Pflaster wider und beendete die bedrückende Stille, die geherrscht hatte, seit die ersten Befehle gegeben worden waren. Nicolas sah am Fuß der Treppe, wie der Erste Minister zu ihm herunterkam und ihm einen scharfen Blick zuwarf; ihm folgte ein Mann in schwarzer bürgerlicher Kleidung, in dem Nicolas La Martinière zu erkennen glaubte. Kurz darauf erschien der König, auf La Borde gestützt. Über seinem Schlafrock trug er einen Jagdmantel, den er in aller Eile über seine Schultern geworfen hatte. Sein Gesicht war gerötet und aufgedunsen. Als er unten angekommen war, sah er Nicolas an. Sein Blick war so flehentlich, dass dieser ihm ohne nachzudenken den Arm bot. Die vom Fieber glühende Hand des Königs stützte sich auf sein Handgelenk. Auf diese Weise doppelt gehalten von La Borde und Nicolas, ging der König zu seinem Wagen. Als er einstieg, rief er mit brüchiger Stimme: »Hals über Kopf!« Da er Nicolas' Arm nicht losgelassen hatte, sah dieser sich gezwungen, ihm zu folgen, ebenso wie La Borde. Unter lautem Geschrei setzte sich der Wagen in Bewegung. Peitschen knallten, und Räder quietschten. Der König zog den Mantel enger um sich; er zitterte. Einen Augenblick lang sah er Nicolas an, als würde er ihn zum ersten Mal erblicken. Sein Kopf wackelte im Ruckeln der Kutsche hin und her. In einem Höllentempo hatten sie nach drei Minuten das Schloss erreicht.

Die Kutsche hielt unter dem Gewölbe der Wohnung von Madame Adélaïde. Die beiden Freunde stützten den König bis zur Schwelle des Salons seiner Tochter, in dem er sich setzte, bis sein Bett vorbereitet war, da seine Rückkehr in das Petit Trianon für diesen Abend nicht vorgesehen gewesen war. Sofort verbreitete sich das Gerücht, der König sei krank. Die Prinzen und die hohen Offiziere eilten herbei. Sobald der König im Bett lag, wurde die königliche Familie zu ihm gelassen, sie blieb jedoch nur einen Augenblick. Der Comtesse du Barry und dem Duc d'Aiguillon wurde das Privileg zuteil, an seinem Bett zu wachen. Die Favoritin verkündete hartnäckig mit lauter Stimme, dass es sich nur um eine Magenverstimmung handele. Um halb zehn empfing der König die Vertreter des Kabinetts, den Comte de Lusace, die Botschafter von Neapel und Spanien und gab wie üblich die Parole aus. La Borde erkundigte sich nach dem Befinden des Königs und berichtete, dass das bereits hohe Fieber noch gestiegen sei und die Kopfschmerzen immer schlimmer würden.

Nicolas wartete lange auf einer Bank in der großen Galerie. Gegen zehn holte ihn der Erste Kammerdiener. Es galt, die Sicherheit und Ruhe des Kranken zu gewährleisten. Da das Bett des Königs in seinem wirklichen Zimmer aufgestellt worden war, musste man die Besucher und alle, die Zugang zu ihm hatten, fernhalten. Zusammen mit den blauen Jungen und den Leibwächtern unternahmen sie alles, um das Vorzimmer mit dem Rundfenster zu versperren und die für die Honneurs vorbehaltenen Räume um einen zurückzuverlegen, sodass das Paradeschlafzimmer das Sitzungszimmer ersetzte. La Borde teilte Nicolas mit, dass der König, als es ihm kurzfristig etwas besser gegangen sei, den Wunsch geäußert habe, der »kleine Ranreuil« solle bei ihm bleiben, um dem Ersten Kammerdiener zu assistieren. Der Duc d'Aiguillon hatte versucht, Einwände dagegen vorzubringen, die der König gereizt zurückgewiesen hatte. Die Comtesse dagegen hatte diesen Wunsch unterstützt und sich gefragt, warum der Minister einem so treuen Diener gegenüber eine solche Feindseligkeit an den Tag legte. Nicolas döste einen Teil der Nacht auf einer Bank im Sitzungszimmer.

Freitag, den 29. April 1774

Am frühen Morgen wurde er von La Borde geweckt. Der König hatte, so erfuhr er, eine schlechte Nacht gehabt, geprägt von extremer Unruhe. Weder Opiumpflaster auf den Schläfen noch irgendein anderes Mittel hatten ihn zu beruhigen vermocht. Der Morgen verstrich in ängstlichem Warten. Gegen neun beschloss Le Monnier mit Zustimmung des ersten Chirurgen, den König zur Ader zu lassen. Die Operation fand öffentlich statt, und jeder konnte auf einer Konsole die drei blutgefüllten Lassbecher betrachten. Nicolas, der im Schatten am Kamin lehnte, stellte wie die übrigen Anwesenden fest, dass der Kranke sich nicht besser zu fühlen schien. Die beiden Ärzte zogen sich in das Sitzungszimmer zurück, um über das weitere Vorgehen zu beraten. Le Monnier, der am Abend zuvor noch so optimistisch gewesen war, erwog jetzt, seine Kollegen zu Rate zu ziehen. Nicolas, der ihnen gefolgt war, wurde Zeuge einer langen Diskussion darüber, wem diese Ehre zuteilwerden sollte. Lorry, der Arzt des Duc d'Aiguillon, und Bordeau, derjenige der Favoritin, wurden ausgewählt. Letzterer, der in dem Ruf stand, ein guter Arzt zu sein, war, einer Bemerkung, die der Comtesse entschlüpft war, zufolge wohl bereit zu kommen, sollte die Unpässlichkeit sich als Krankheit herausstellen. Lassone, der Arzt der Dauphine, wurde ebenfalls zu diesem Konsilium hinzugezogen, ebenso wie einige weitere. Gaspard, der blaue Junge, trat auf Nicolas zu und zog an seinem Ärmel; man verlange nach ihm im Schlafzimmer des Königs.

Das Zimmer musste geräumt werden. Zu viele Leute drängten sich darin, es war furchtbar stickig, und die Luft war verbraucht. Der König lag schweißgebadet auf einem Feldbett mitten im Zimmer. Er redete mit heiserer Stimme zusammenhangloses Zeug, rief häufig nach La Borde, schickte ihn schließlich zu Madame du Barry und verlangte, dass der kleine Ranreuil bleiben solle, »unbedingt, unbedingt«. Er wiederholte dieses Wort mehrmals, wobei er Nicolas mit den Augen suchte. Am Mittag trafen die Ärzte aus Paris ein, mit übertrieben ernster Miene.

Sie untersuchten den König lange und fragten ihn, wo es ihm wehtue. Mit gerötetem Gesicht klagte er über Kopfschmerzen. Es war in keinem Augenblick die Rede davon, die Natur seiner Krankheit festzustellen, und die Herren von der medizinischen Fakultät erörterten lange die Möglichkeit eines Katarrhalfiebers. Der König war nach wie vor sehr unruhig, und nach langem Zögern ordneten die Ärzte einen zweiten und vielleicht einen dritten Aderlass an. Die Nachricht von dieser Maßnahme verbreitete sich sofort in ganz Versailles, und die königliche Familie eilte erneut herbei. Das Getuschel und die Intrigen nahmen kein Ende.

»Ein dritter Aderlass!«, sagte der König. »Ein dritter Aderlass!

Es ist also eine Krankheit. Er wird mir alle Kraft nehmen, das sage ich Ihnen.«

Er klammerte sich an diese Idee und warf den Anwesenden fragende Blicke zu.

»Ich wünsche, dass man ihn nicht macht. Warum noch ein dritter?«

In den Räumen, die vor dem Zimmer des Königs lagen, wurde Nicolas daraufhin der entgeisterte Zeuge des weiteren Fortgangs der tuschelnden Beratungen. Dieser Aderlass weitete sich zu einer Staatsaffäre aus. Die Ärzte, die von allen Seiten angegriffenen wurden und abwechselnd den beiden widerstreitenden Lagern zuneigten, zögerten. Der Grund für diese Aufregung war mehr als offensichtlich. Je nachdem, ob sie die Interessen der Favoritin unterstützten oder ihnen zuwiderhandelten, fürchteten oder erwarteten sie das Urteil. Die einen vertraten die Meinung, dieser Vorschlag habe den König so sehr getroffen, dass er sich ernsthaft einreden würde, krank zu sein, und diese Angst sei sehr gefährlich für einen Mann, der so geschwächt sei. Um keinen Zweifel zuzulassen, zählte man die Folgen dieses dritten Aderlasses auf, der unweigerlich zur Verabreichung der Sterbesakramente und zum Hinauswurf von Madame du Barry führen würde. Gemütern, die noch schwankten, führte man vor Augen, wie gefährlich es sei, sich die Favoritin und den amtierenden Minister zu unversöhnlichen Feinden zu machen. Monsieur de La Borde kam dem Clan der Comtesse zu Hilfe, sowohl aus aufrichtiger Freundschaft zu ihr als auch aus Sorge um seinen Herrn. Die anderen argumentierten, dass der König in der Gefahr, in der er sich zu befinden schien, unbedingt mit seinem Gewissen ins Reine kommen

345

müsse, und verschleierten mit religiösen Geboten ihren Wunsch, sich an der Favoritin und am Duc d'Aiguillon zu rächen. Nicolas wusste nicht, was er von alledem halten sollte. Letzten Endes begnügte man sich mit einem zweiten Aderlass gegen Abend. Der König fühlte sich gar nicht gut und verlangte nach Essig. Er ließ sich jeden Augenblick den Puls fühlen und machte keinen Hehl aus seiner Besorgnis.

»Sie sagen mir immer wieder, dass ich nicht krank bin und dass ich bald wieder genesen sein werde. Sie glauben selbst kein Wort davon. Sie müssen es mir sagen!«

Um fünf Uhr besuchten die Töchter, die von La Borde sozusagen als Pendant zum Besuch der Favoritin gerufen worden waren, ihren Vater. Nicolas bedauerte, dass so viele Menschen in das Zimmer strömten. Abgesehen von den Prinzen, den Kammerjunkern, dem Personal, den Ärzten, den Chirurgen und Apothekern ging trotz der Anweisungen ständig eine Menge von Neugierigen ein und aus. Die Luft wurde erneut knapp. Gegen zehn zeigte der König dem Arzt seine Zunge, und Martinière glaubte, als er ihm zu trinken gab, verdächtige rote Flecken in seinem Gesicht zu erkennen. Ohne seine Überraschung zu zeigen, bat er das Personal, ihm zu leuchten, unter dem Vorwand, der Kranke könne sein Glas nicht sehen. Jeder der Quacksalber nahm das Phänomen überrascht zur Kenntnis, was ein Eingeständnis ihres Unwissens war. Dennoch ließen sie sich nichts anmerken und gingen ins Nebenzimmer, um sich zu beraten. Nicolas folgte ihnen wie ein Schatten.

Alle zögerten, klar und deutlich ihre Meinung zu sagen, und wanden sich, indem sie der Krankheit die absonderlichsten Namen gaben. Manche sahen darin nichts als einen Hautausschlag

und andere Windpocken, ohne den wahren Namen auszuspre-
chen. La Martinière ergriff das Wort.

»Meine Herren, wir diagnostizieren hohes Fieber, heftige Kopfschmerzen, Schmerzen in den Lenden, eine trockene Haut und
Ausschlag im Gesicht. Was müssen wir daraus schließen?«

Erneut wurden belanglose Bemerkungen gemacht. Der erste
Chirurg reagierte sofort.

»Was denn, meine Herren«, sagte er ungeduldig, »haben Sie
denn alle Ihren Beruf verlernt? Ich sage es Ihnen: Der König hat
Pocken mit unangenehmen Komplikationen, und für mich ist er
nicht mehr zu retten.«

Tiefes Schweigen folgte diesem Ausbruch.

»Was Sie da sagen, ist sehr unvorsichtig«, sagte Monsieur
de Duras, Erster Kammerjunker, der die Diskussion verfolgt
hatte.

»Monsieur«, erwiderte La Martinière, »es ist nicht meine Aufgabe, Seiner Majestät zu schmeicheln, sondern ihm die Wahrheit
über seine Gesundheit zu sagen, und was ich behaupte, wird
von keinem dieser Herren bestritten werden können. Alle denken wie ich, aber ich bin der Einzige, der es ausspricht, weil ich
glaube, dass ich es mir schuldig bin, die Dinge zu sagen, wie sie
sind.«

Gemurmel erhob sich unter den Anwesenden.

»Der König ist also verloren?«, sagte der Duc de Duras. »Was
kann man noch tun?«

»Ihn behandeln und sein Leben verlängern, soweit es men-
schenmöglich ist, denn er hat keine Kraft mehr; er wollte die
Natur herausfordern, aber sie hat nicht auf ihn gehört.«

»Können wir denn sicher sein, dass es sich wirklich darum

handelt?«, fragte Le Monnier. »Ich habe oft gehört, dass der König schon 1728 unter Pockenausschlag gelitten hatte. Und außerdem, in seinem Alter!«

»Das Alter Seiner Majestät hat nichts damit zu tun«, sagte Lorry seufzend. »Und im letzten Januar ist Monsieur Doublet, der Kanzler der spanischen Königin und Onkel der Marquise de Montesquieu und der Comtesse de Voisenon, mit achtundsiebzig daran gestorben.«

»Welche Gründe veranlassen Sie, auf eine solche Schwere des Anfalls zu schließen?«, fragte Lassone, der Arzt der Dauphine.

»Leider«, sagte La Martinière, »deuten die Symptome auf die gefährlichste Art hin. Der Ausschlag bedeckt fast den ganzen Körper. Haben Sie die Pusteln bemerkt, sie sind nicht abgegrenzt, sondern gehen ineinander über. Der ganze Körper, und vor allem der Kopf, wird anschwellen, begleitet von starkem Speichelfluss. Diese Form der Krankheit bezeichnet man als schwarze Pocken, bei der ausgedehnte Hautblutungen auftreten, und führt in der Regel am elften Tag nach Ausbruch der Krankheit zum Tod.«

Ein unheimliches Schweigen folgte dieser Erklärung.

»Ich bin sicher, dass man die Krankheit kurieren kann«, sagte Le Monnier.

»Wir können es versuchen«, sagte La Martinière, »aber wenn jemand durch die übliche Methode überlebt, dann verdankt er es mehr der Natur als den Bemühungen desjenigen, der ihn behandelt!«

»Man diskutiert viel über die Behandlungsweise«, sagte Lassonne, »weil die Meinungen darüber sehr geteilt sind. Die Deutschen praktizieren den Aderlass wenig, *Alsaharavius* verordnete den Aderlass hingegen bis zur Ohnmacht.«

»Es heißt«, flüsterte ein Apotheker, der von den Ärzten wegen dieser Einmischung auf ihrem Gebiet sofort mit Blicken durchbohrt wurde, »dass Pferdemist ein ausgezeichnetes Medikament sei, weil es die Schweißbildung fördert und den Hals schützt.«

»Schluss mit all diesem Unfug!«, sagte La Martinière. »Man muss Zugpflaster auflegen und den Abfluss erleichtern, indem man mit einer Folge von Einläufen die körpereigenen Substanzen mobilisiert. Man muss um jeden Preis die Eiterung und das Eintrocknen auslösen. Man muss alles tun, um zu verhindern, dass der Eiter nach innen zurückfließt. Man muss den Kranken mit reinigenden, balsamischen und stärkenden Tees traktieren und die Pusteln mit Rosensalbe einschmieren. Auf jeden Fall muss man sofort den Ausschlag mit Abkochungen von Schwarzwurzel, Linsen und Schwalbenwurz fördern. Und man muss dem Kranken auch jede Menge verdünnende und befeuchtende Getränke einflößen und klare, nährstoffarme Bouillon, die das Fieber nicht steigen lässt.«

Sobald die Beratung beendet war, flüsterte Nicolas die Entscheidung der Ärzte La Borde ins Ohr, der erbleichte. Die königliche Familie wurde von den Ärzten ermahnt, das Zimmer des Herrschers nicht mehr zu betreten. Obwohl sie, als sie seine Krankheit offiziell bekanntgaben, nicht versäumt hatten hinzuzufügen, »dass er aufs Beste versorgt ist und dass alles gut verlaufen wird«, verbreitete sich sofort die Angst vor einer möglichen Ansteckung. Die königliche Familie hatte sich als einzige unter den europäischen Königshäusern nicht impfen lassen, und bis jetzt hatte noch keines ihrer Mitglieder diese Krankheit bekommen. Als Erstes galt es, den Dauphin zu zwingen, das Appartement zu verlassen; seine Frau kümmerte sich darum. Alle Fürsten zogen sich zurück, mit Ausnahme des Duc d'Orléans, des Comte de La Manche, des Duc de Penthièvre und des Prince de Condé, die, da sie die Krankheit bereits gehabt hatten, erklärten, sie wollten den König auch weiterhin sehen. Mesdames Adélaïde, Victoire und Sophie beschlossen, die Krankenwache ihres Vaters zu übernehmen, und richteten sich in seinem Privatkabinett und in dem Salon mit der Uhr ein.

Von den Dienern wollte sich jeder als Erster aus dem Staub machen. La Borde drängte Nicolas mit einem gezwungenen Lächeln, sich zurückzuziehen; die Vorsicht verlange es. Nicolas erklärte, er sei vor ein paar Jahren geimpft worden, auf das freundschaftliche Betreiben von Semacgus hin, der – da die Epidemie in regelmäßigen Abständen zurückkehrte – die ganze Hausgemeinschaft in der Rue Montmartre einschließlich Monsieur de Noblecourt zu dieser Vorsichtsmaßnahme überredet hatte. Nicolas hatte sich überzeugen lassen, da er immer noch die Bemerkungen des Marquis de Ranreuil im Ohr hatte, der ein glühender Anhänger der Neuerungen des Jahrhunderts gewesen war und den der englische Offizier, der als Gefangener in Guérande gewesen war, von der Wirksamkeit der Impfung überzeugt hatte. Er konnte also bleiben, zur großen Freude seines Freundes. Das Gleiche galt für Gaspard, den blauen Jungen, der behauptete, er habe die Krankheit in jungen Jahren gehabt. Die Comtesse du Barry erschien. Sie wurde ohne Überheblichkeit merkwürdig versöhnlich begrüßt. Am frühen Morgen ging Nicolas in die Wohnung des Ersten Kammerdieners hinauf, um sich frisch zu machen und zwei Briefe zu schreiben, die Monsieur de Sartine und Monsieur de Noblecourt über die Ereignisse und die Gründe, die ihn in Versailles zurückhielten, unterrichten sollten.

Samstag, den 30. April, Sonntag, den 1. Mai, und Montag, den 2. Mai 1774

Der Tag verstrich, ohne dass sich der Zustand des Königs nennenswert verschlechterte. Die Krankheit nahm ihren Lauf, und die anwesenden Fraktionen beobachteten einander voller Misstrauen. Tagsüber verließen die Töchter des Königs nicht den Platz, den sie am Abend der Favoritin höflich grüßend überlassen hatten. Mit Einbruch der Nacht stieg das Fieber, und der König litt Qualen.

Am Tag darauf, einem Sonntag, lebte die Diskussion über die Sterbesakramente wieder auf. Die Töchter des Königs schlossen sich der Partei d'Aiguillons an, aus zärtlicher Liebe zu ihrem Vater und um ihm eine heftige Aufregung zu ersparen, deren Folgen sie fürchteten. Dennoch nahm die Empörung zu, und bald gärte es so sehr, dass der Kardinal de la *Roche-Aymon*, der Großalmosenier von Frankreich, befahl, Christophe de Beaumont, den Erzbischof von Paris, zu holen, der allein das Recht hatte, den König in Kenntnis zu setzen.

Während ihrer langen Wache hatte Monsieur de La Borde Nicolas mit allen Aspekten des Problems vertraut gemacht. Der Erzbischof eilte mit den Sterbesakramenten nach Versailles. Das würde den eklatanten Hinauswurf der Favoritin bedeuten. Insgeheim war sich der Prälat jedoch dankbar der Dienste bewusst, die

Madame du Barry der Parti dévot, der katholischen Geheimgesellschaft, geleistet hatte, indem sie Choiseul gestürzt, d'Aiguillon erhoben und die Parlamente abgeschafft hatte. Die Verbündeten des Erzbischofs und die Freunde der Comtesse sprachen sich offen gegen das Austeilen der Sakramente aus. Auf der anderen Seite drängten die »Choiseuls« mit aller Kraft darauf, jetzt dem König die Sterbesakramente zu spenden. Diese würden die Comtesse du Barry aus Versailles entfernen, die maßgeblich am Sturz des Herzogs von Choiseul beteiligt gewesen war. Und so führte dieses Geschacher um das Gewissen des Monarchen seltsamerweise dazu, dass die Partei des amtierenden Ministers und die Katholiken sich verbündeten, um das Austeilen des Sakraments an Ludwig XV. zu verhindern, während die Choisel-Partei und diejenige der Philosophen und der Ungläubigen sich zusammentaten, damit er die Sterbesakramente empfing. La Borde hatte nur einen Wunsch: sich ganz dem Dienst des Königs zu widmen, er wollte sich nicht in die Intrigen einmischen – aber auch nicht das gefährdete Schiff der Comtesse du Barry aufgeben.

Nicolas irrte verzweifelt durch die Grands Appartements. Er betrachtete, ohne sie wirklich zu sehen, die Herrlichkeiten, die ihn umgaben, als er hinter sich jemanden weinen hörte. Er drehte sich um und stand Madame Adélaïde gegenüber, deren Gesicht geschwollen und deren Augen gerötet waren und die sich den Mund abtupfte, als wäre dies das einzige Mittel, ihren Kummer zu lindern. Er grüßte sie mit einer Verbeugung. Das war nicht mehr die hochmütige und schöne junge Frau, der er vor vierzehn Jahren bei der Jagd im großen Park begegnet war, sondern eine gealterte Frau, deren zerknittertes Gesicht sich bei seinem Anblick erhellte.

»Ah, der kleine Ranreuil, wie unser Vater sagt.«

Sie schluchzte erneut. Nicolas wusste nicht, was er tun sollte; sie ergriff seine Hände, wie man sich an einen Ast klammert.

»Monsieur«, flehte sie, »ich frage Sie, was sollen wir tun? Sie, der Sie ein treuer und loyaler Diener Seiner Majestät sind, sagen Sie mir, was sollen wir tun?«

»In welcher Angelegenheit, Madame?«

Sie sah ihn empört an, als hätte er sie beleidigt.

»Wird es nicht Zeit, Monsieur le Marquis, den König auf die Verabreichung der Sterbesakramente vorzubereiten? Der Duc d'Orléans drängt mich, das zu befürworten. Er meint, man solle die Ärzte konsultieren.«

Nicolas hatte das letzte Gesundheitsbulletin des Königs gelesen und es alles andere als beruhigend gefunden.

»Und was haben sie Ihnen geantwortet, Madame?«

»Dass sie schon bei den ersten Anzeichen der Krankheit den Grands officiers der Maison du roi das Austeilen der Sterbesakramente vorgeschlagen hatten, dass diese sich aber nicht hatten entschließen können, sie zu befehlen. Nun ja …«

Sie musste erneut schluchzen.

»… sie fürchteten, den Duc d'Aiguillon zu verärgern, der sie überwacht. Und sie sind auch der Meinung, dass es in der gegenwärtigen Krankheitsphase des Königs zu einer verhängnisvollen Verschlechterung seines Zustands kommen könnte, wenn er sich zu sehr aufregt.«

»Dann muss man also, Madame, behutsam vorgehen.«

»Ja, das glaube ich auch. Es besteht das Risiko, unseren Vater ernsthaft in Gefahr zu bringen. Ich verlange, dass der Erzbischof überwacht wird. Man darf ihm nicht von der Seite weichen, wenn er im Zimmer des Königs ist, und muss ihn daran hindern, ihm etwas zu sagen, das unseren Vater erschrecken könnte.«

»Madame, ich glaube, man muss auf Gott vertrauen, und ich bin sicher, dass Seine Majestät, wenn es so weit ist, wissen wird, was zu tun ist.«

Madame Adélaïde dankte ihm mit einem schwachen Lächeln und trippelte zu einem Nachbarzimmer, in dem ihre Schwestern auf sie warteten. Nicolas bemerkte gerührt, dass der Absatz einer ihrer Pantoffel sich löste und sie hinkte.

Am nächsten Tag traf der Erzbischof von Paris in vollem Staat ein. Es ging das Gerücht, dass er an Blasensteinen leide und dass in der Nacht zwei große Steine abgegangen seien. Für den Fall eines erneuten Anfalls hatte er seine Badewanne mitbringen lassen. Nachdem er zu seinem großen Ärger, da er Schmerzen hatte, eine ganze Weile im Raum der Wachen hatte warten müssen, wurde er vom Maréchal de Richelieu empfangen, der ihn mit belanglosem Geschwätz im Vorzimmer mit dem Rundfenster festhielt. Eingeklemmt in der Ecke des Raums und belästigt von den Düften des Herzogs, musste er einen regelrechten Angriff über sich ergehen lassen, der das Ziel hatte, ihn von seiner Pflicht abzubringen. Die laute Stimme des Ersten Kammerjunkers erregte große Aufmerksamkeit, und die Blicke all derer richteten sich auf sie, die sich mit eigenen Augen von der Ungehörigkeit dieser Komödie überzeugen wollten.

»Monsieur l'Archevêque«, sagte der Marschall, »wenn Sie unbedingt die Beichte abnehmen wollen, kommen Sie in diese Ecke, und ich schwöre Ihnen, dass Sie so einiges zu hören bekommen werden, vor allem wenn Sie neugierig auf meine hübschen Sünden sind! Schlagen Sie Seiner Majestät nichts vor, Sie würden ihn ebenso unfehlbar töten wie mit einem Pistolenschuss und würden grundlos den Triumph von jemandem vorbereiten, der Ihrer Kirche enorm schaden würde.«

Bestürzt über das, was er da entdeckte, machte Christophe de Beaumont sich schließlich frei. Er sah die Töchter des Königs nur flüchtig, doch als er ins Zimmer des Königs trat, erblickte er eine Frau, die sich über das Bett beugte. Beim Anblick des Erzbischofs stieß Madame du Barry einen Schrei aus und floh zum großen Alkoven, wo sie durch eine in der Holztäfelung verborgene Tür verschwand.

In Anwesenheit des Duc d'Orléans erkundigte der König sich nach seinen Koliken, dann drehte er sich auf die andere Seite. Christophe de Beaumont zog sich zurück. Als er das Kabinett des Königs durchquerte, verfing er sich mit den Füßen in einem Teppich und stolperte. Nicolas eilte zu ihm, um ihn zu stützen. Der Erzbischof sah ihn mit seinen geröteten Augen an. Er war stark gealtert seit ihrer letzten Begegnung. Das Gesicht war grau, und um den schlaffen Mund hatten sich tiefe Falten der Verbitterung eingegraben.

»Monsieur le Commissaire«, sagte er, als er Nicolas erkannte, »der Teufel ist niemals weit weg, wenn Sie auftauchen. Dabei will der Herr, dass Sie Wall und Stütze sind ...«

Bis zu seiner Kutsche redete er unablässig, und Nicolas konnte nicht erkennen, ob seine Worte sich an ihn richteten oder Teil eines leise gesprochenen inneren Monologs waren. Der Prälat orakelte die ganze Zeit und erwiderte keinen Gruß.

»Er hört nicht auf, um uns herum zu sein, und vor allem im Augenblick des Todes, dieses Übergangs, verdoppelt er seine

Wachsamkeit und entfaltet das ganze Ausmaß seiner Bosheit. Wer nicht auf sein eigenes Haus achtgibt, wie soll der auf die Kirche Gottes achtgeben?«

Er wurde vom Maréchal de Richelieu verabschiedet, der sich ins Fäustchen lachte. Als der Prälat gegangen war, drehte er sich prustend zu Nicolas um.

»Das sind die großen Maulhelden des Glaubens! Da zieht er mit gesenktem Kopf mit seiner Badewanne ab. In Paris blutet er wie ein Schwein, und in Versailles pisst er klares Wasser!«

Dienstag, den 3., und Mittwoch, den 4. Mai 1774

Die eintönige Leier der von den Ärzten veröffentlichten Bulletins nahm kein Ende. In ihnen war nur von beruhigenden Symptomen die Rede, von wirksamen Zugpflastern, moderatem Fieber, ruhigerem Schlaf, heilsamem Schwitzen und klarem Ausschlag. Nicolas sah aber mit eigenen Augen, wie der König immer schwächer wurde. Auf seinem Feldbett, das an der Brüstung stand, wirkte er ruhig, aber wer sich ihm näherte, erschrak, wie dick und rot sein Kopf angeschwollen war. Aiguillon und Richelieu zogen weiter unter den niedergeschlagenen Blicken der Töchter des Königs die Fäden und verschwiegen ihrem Herrn den Ernst seines Zustands. Dieser machte sich seine eigenen Gedanken und bemerkte, dass er, auch wenn er mit achtzehn nicht sicher gewesen sei, die Pocken gehabt zu haben, jetzt glaube, daran zu leiden. Er ließ seine Pusteln von Madame Adélaïde betasten und sich die Stirn von der Favoritin reiben, um das Jucken zu lindern. Alle um ihn herum waren ständig auf dem Sprung und versuchten, jede Aufregung von ihm fernzuhalten.

Am nächsten Tag erschien der Erzbischof erneut, trotz seiner Schmerzen, und wie beim ersten Mal fing der Duc de Richelieu ihn ab, um ihn von seiner Pflicht abzuhalten. Er drohte sogar dem Pfarrer von Versailles, ihn aus dem Fenster werfen zu lassen, sollte er dem König gegenüber die Beichte erwähnen. Am frühen Nachmittag betrachtete der König in Anwesenheit des Duc de Noailles, La Bordes und Nicolas' aufmerksam die Pusteln an seinen Händen.

»Das sind die Pocken«, sagte er im Brustton der Überzeugung.

Er drehte sich um.

»Das ist erstaunlich!«

Die Ärzte versuchten vergeblich, ihm diese Idee auszureden, aber es war nichts zu machen. Am Abend machte der König einen normalen Eindruck. Die Fenster waren geöffnet, und das Zimmer war gut gelüftet; die Frühlingsdüfte des Parks vertrieben die üblen Gerüche der Krankheit. Der Kranke, nur mit einer dünnen Decke bedeckt, zog ständig die Hände unter dem Laken hervor, obwohl die Ärzte ihn davon abhalten wollten. Mit gleichmäßiger Stimme sprach er wie üblich makabre Themen an. Angesichts dieser Gesprächigkeit schöpfte Nicolas neue Hoffnung. Plötzlich wandte sich der König an den Duc de Liancourt, den Großkammerherrn.

»Haben Sie dieses Jahr an Weihnachten den Mönch gesehen, der mitten im Fluss Violine spielte?«

»Ja, Sire«, erwiderte der Herzog.

Alle sahen sich an, beunruhigt über diesen Wortwechsel, der um den Verstand des Königs fürchten ließ. Als der Herzog die Bestürzung des Personals bemerke, lächelte er.

»Seine Majestät hat ein sehr gutes Gedächtnis. Meine Vorfahren hatten den Mönchen ausgedehnte Besitztümer angeboten mit der ausdrücklichen Bedingung, dass jedes Jahr an Weihnachten einer von ihnen mit einem Boot in die Mitte des Flusses fahren und eine Melodie auf der Flöte oder der Violine spielen sollte. Der Besitzer würde seine Schenkung rückgängig machen, sollten die Nutznießer sich nicht an diese Tradition halten.«

Der König nickte für einen Augenblick ein, dann wurde er erneut unruhig und sprach lange mit La Borde. Dieser näherte sich dem Duc de Liancourt, der ihm sagte, der König wolle sich ausruhen und man solle sich zurückziehen. Die Grands officiers und das Personal gingen hinaus, und La Borde bedeutete Nicolas zu bleiben. Der König warf einen Blick in die Runde, und als er begriffen hatte, dass alle hinausgegangen waren, forderte er die beiden Freunde auf, sich seinem Bett zu nähern.

»Wie steht der Mond?«, fragte er.

»Heute letztes Viertel und Neumond am 11., Ihre Majestät.«

»Schwarzer Mond im *Almanach*?«

»Ja, Sire«, sagte La Borde.

Trotz seiner Krankheit pflegte der König weiterhin seine Gewohnheit, nicht sofort zur Sache zu kommen. Er seufzte.

»Man versucht mir einzureden, dass es nicht die Pocken sind; man versucht mich davon zu überzeugen. Von Ihnen beiden möchte ich die Wahrheit hören. Ich will es, ich befehle es.«

Die Worte, die aus dem Mund dieses dicken roten Kopfes drangen, waren diejenigen eines Monarchen in seiner ganzen Majestät, der ein *Lit de justice* beendet. Nicolas sah La Borde an, der mit verzerrten Gesichtszügen und den Tränen nahe den Kopf senkte.

»Sire«, sagte er endlich, »sie sind weit fortgeschritten, und sie sind in der Phase der Eintrocknung.«

Der König fiel auf seine Kopfkissen zurück.

»Danke, La Borde. Ranreuil, sind Sie bereit, Ihrem König einen letzten Dienst zu leisten? Kommen Sie näher.«

Er betrachtete Nicolas eine Weile und zog dann ein kleines Kästchen mit Intarsien unter seiner Decke hervor. Ungeschickt betätigte er eine Feder, die von einer der bronzenen Ecken in Gang gesetzt wurde. Der Deckel sprang auf und gab die Sicht auf einen Beutel aus Samt und ein versiegeltes Schreiben frei.

»Dieses Kästchen enthält Steine von großem Wert und eine Münze von noch erheblich größerem Wert für die Person, die sie besitzen wird. Wenn ich sterbe …«

»Sire!«

»Wenn ich sterbe«, fuhr der König mit fester Stimme fort und schloss das Kästchen wieder, »werden Sie das hier unter Einsatz Ihres Lebens der Comtesse du Barry bringen. Das ist ihr Pass für die neue Herrschaft und ihre Garantie gegen mögliche Rachegelüste. Wenn Gott mir erlaubt, diese Krankheit zu überleben, werden Sie mir das Kästchen zurückgeben. Vergewissern Sie sich, dass niemand an den Türen geblieben ist.«

Als Nicolas zurückkam, nachdem er die Tür des Sitzungssaals und diejenige des Salons mit der Uhr überprüft hatte, reichte der König ihm das Kästchen.

»Einstweilen bringen Sie das an einen sicheren Ort …«

Seine Sprache verwirrte sich, und seine Worte wurden unverständlich. Das Fieber stieg erneut, und die Augen lagen tief im aufgedunsenen Fleisch. Atembeklemmungen hoben seine Brust, öffneten das Hemd einen Spalt und entblößten den mit Pusteln übersäten Oberkörper.

»*Euer König in den Blutebenen / Den Tod vor Augen / fliegt von Reihe zu Reihe …*«, sang er plötzlich. »Ah, dieser Voltaire … Ja, Richelieu, Sie sind der, der hier kommandiert, und ich bin der Erste, der mit gutem Beispiel vorangeht.«

Er richtete sich schreiend auf.

»Das Haus des Königs greift an … Zieht die Säbel! Ranreuil in der ersten Reihe … Wir waren glücklich. Erinnerst du dich, Ranreuil?«

La Borde flüsterte Nicolas zu, er solle antworten, der König deliriere und halte ihn für seinen Vater.

»Ja, Sire, Fontenoy war ein schöner Tag.«

»Ja, ja, der schönste!«

Er schwieg und schien einzuschlafen. Zwei Stunden vergingen, bevor er wieder aufwachte. Er war wieder bei vollem Bewusstsein, und seine Stimme war klar.

»La Borde, jetzt, da ich über meinen Zustand Bescheid weiß, darf sich der Skandal von Metz nicht wiederholen. Ich gehöre Gott und meinem Volk. Lassen Sie Madame du Barry rufen. Sie soll Versailles verlassen.«

Donnerstag, den 5. Mai 1774

Gaspard, der blaue Junge, kümmerte sich auf Anweisung von La Borde darum, dass Nicolas mitten in der Nacht ein Pferd aus den königlichen Stallungen zur Verfügung gestellt bekam. Denn er wollte das wertvolle Kästchen, das der König ihm anvertraut hatte, rasch an einen sicheren Ort bringen. Während des Rittes achtete er darauf, dass er nicht beschattet wurde, indem er die üblichen Listen anwandte, um einen möglichen Verfolger in die Irre zu führen.

Der Tag brach an, als er in vollem Galopp die Rue Montmartre erreichte. Seine Stute schlug heftig mit dem Kopf und atmete ausgelassen in vollen Zügen die frische Morgenluft ein. Unter dem bewundernden Blick der Bäckerlehrlinge, denen er die Zügel zuwarf, betrat Nicolas das Hôtel de Noblecourt. Er sprang in seine Wohnung hinauf, nahm zwei Bücher aus dem Bücherregal und verbarg das Kästchen dahinter. Von außen war nichts zu sehen. Wer würde es hier schon suchen? Es würde so lange hierbleiben, wie der Ausgang der Krankheit des Königs ungewiss war.

Nachdem er sich im Hof gewaschen hatte, frisierte Nicolas sich und zog frische Kleidung an. Er hatte seine Toilette gerade beendet, als Catherine an seiner Tür kratzte, um ihm zu sagen, dass Monsieur de Noblecourt, der wach sei und seine Rückkehr bemerkt habe, ihn so schnell wie möglich zu sehen wünsche. Nicolas folgte der Köchin, begleitet von Cyrus' Kläffen. Der alte Staatsanwalt thronte in seinem Schlafrock im Bett, den Kopf unter einem Kopftuch aus Madras verborgen. Er lächelte, als er Nicolas' ansichtig wurde.

»Und? Was bringen Sie für Nachrichten? Endlich sind Sie zurück! Das Haus ist recht traurig, wenn Sie nicht da sind.«

»Leider«, sagte Nicolas, »ist der König sehr krank, und ich muss auf der Stelle zurück nach Versailles.«

»Zum Teufel, das wissen wir nur zu gut! Und was sagen die Ärzte?«

Nicolas, der im Besitz eines bedrückenden Geheimnisses war, verabscheute es, Monsieur de Noblecourt zu belügen.

»Sie sind unschlüssig.«

»Wie, unschlüssig! Pocken sind eine klare Sache, für allem bei einem Mann in seinem Alter. Man muss sie mit aller Entschiedenheit behandeln.«

Nicolas wurde verblüfft bewusst, dass das ganze Land über den Zustand des Königs Bescheid wusste, während er in der Abgeschiedenheit des Schlosses immer noch geglaubt hatte, nur die engsten Vertrauten und die Familie des Königs seien im Bilde. Die veröffentlichten Gesundheitsbulletins hatten zu keinem Zeitpunkt die verhängnisvolle Krankheit erwähnt, auch wenn sie ihre Symptome eindeutig beschrieben hatten.

»Fassen Sie sich«, sagte Noblecourt. »Wussten Sie etwa nicht, woran der König erkrankt ist?«

»Doch, natürlich, aber dass die Krankheit so publik ist, überrascht mich.«

»Auf der Straße wird von nichts anderem gesprochen, und die Aufregung ist groß. Der Erzbischof hat in allen Diözesen vierzigtägige Gebete, die Aussetzung des Allerheiligsten und das Gebet *pro infirmo* angeordnet. Und doch …«

»Und doch?«

»Das Publikum, das man auffordert zu beten, hat kein Verständnis für die Ausflüchte hinsichtlich der Beichte. Daher ist die Aufregung der Gemüter auf ihrem Höhepunkt. Den beruhigenden Bulletins der Ärzte wird kein Glauben mehr geschenkt. Gestern wurde eine Dame, die sich unterstand, ihren Inhalt zu kritisieren, verhaftet und sofort ins Gefängnis geworfen. Ganz Paris ist voll von Ihren Leuten aus dem Châtelet oder ihren Helfershelfern, die die mehr oder weniger barmherzigen Reden der Passanten anhören und sie zwingen, vorsichtiger zu sein.«

»Sie tun ihre Arbeit, Herr Staatsanwalt«, erwiderte Nicolas und zwang sich zu lächeln.

»Das mag ja sein, aber das trägt zum Unbehagen der öffentlichen Meinung bei. Und ich erspare Ihnen, was man über den Ursprung dieser Krankheit erzählt. Eine schreckliche Anekdote, die zu wiederholen mein Mund sich weigert. Trotzdem wird sie geglaubt, ja, sie wird geglaubt wie das Evangelium ... Jedenfalls danke ich dem Himmel, dass er uns Guillaume Semacgus geschickt hat, dessen Scharfsinn Sie vermutlich rettet. Die Impfung schützt uns und vor allem Sie, der Sie jung sind. Tun Sie Ihre Pflicht, und kommen Sie rasch zu uns zurück!«

Nicolas verabschiedete sich und versprach, ihn auf dem Laufenden zu halten, und nachdem er sich aus der Küche ein paar Croissants geholt hatte, fand er seine Stute wieder, die Poitevin verwöhnt hatte, indem er ein wenig alten Wein unter ihren Hafer gemischt hatte. Er ritt im langsamen Trab los, da er sein Pferd nicht ermüden wollte. Das gemächliche Tempo half ihm beim Nachdenken, wozu er durch den Ernst der Ereignisse, deren Zeuge er in den letzten Tagen geworden war, nicht gekommen war. Dieses endlose Warten kam ihm wie ein Albtraum vor, in dem alles schwankte und die stabilsten Grundlagen seines Lebens auf ihrem Untergrund zitterten. Er empfand echten Schmerz bei dem Gedanken an das nahe Ende des Königs, als könnten die seit so vielen Jahren mit ihm geknüpften Bande, so fern ein einfacher Untertan Seiner Majestät dem Thron auch sein mochte, nicht zerrissen werden, ohne einen Teil seines eigenen Lebens zu zerbrechen. Eine neue Welt zeichnete sich bereits ab, in der alles wieder aufzubauen wäre, bevor man die Ruhe, die Erleichterung und die Sicherheit der gewohnten Dinge und der normalen Tage wiederfand.

Auf der Straße nach Versailles herrschte ungewöhnlich starker Verkehr. Der Pont de Sèvres war mit allen möglichen Wagen verstopft, die sich anschließend wie eine Herde an der Einfahrt zur königlichen Stadt drängten.

Kurz nach drei erreichte Nicolas das Schloss. Er vertraute seine Stute einem Stallburschen an. Als er in den Bogengang kam, streifte ihn eine zweispännige Kutsche mit einem grauen Lakaien, in der er die Comtesse du Barry erkannte, in Tränen aufgelöst und in Begleitung ihrer beiden Stiefschwestern und der Duchesse d'Aiguillon. Die Angst vor Ansteckung hatte die Appartements geleert, und der Gestank der Krankheit drang bis in den Salon mit dem Rundfenster.

La Borde umarmte ihn. »Die Comtesse ist soeben zum Haus des Duc d'Aiguillon in Rueil abgefahren.«

»Ich bin dem Wagen im Bogengang begegnet. Wie geht es dem König?«

»Schweigsam, er spricht nur, um um etwas zu bitten, das er braucht. Er fragt sich, ob die Dame abgereist ist. Ich habe ihm gesagt, das sei heute Morgen geschehen, um ihn nicht zu beunruhigen. ›Was, schon?‹, hat er mir geantwortet. Er weinte zwei Tränen und hat sich ohne ein weiteres Wort umgedreht. Er hat den Erzbischof empfangen.«

Und das lange Warten begann erneut. Am Abend fühlte sich der König besser und wollte aufstehen. Die Ärzte waren einverstanden. Man zog ihm Hosen an. Als er zu seinem Sessel gehen wollte, schmerzten die Pusteln auf seinen Fußsohlen und die Zugpflaster so sehr, dass er aufgeben musste. Man trug ihn in sein Bett zurück.

Von Freitag, dem 6., bis Dienstag, den 10. Mai 1774

In der Nacht schlief der König unruhig und delirierte ein wenig. Madame Adélaïde saß in einem Sessel und kümmerte sich um die Pflege, die vorher die Comtesse du Barry übernommen hatte. La Borde und Nicolas wechselten sich ab an ihrer Seite und reichten ihr feuchte Tücher.

Am Tag empfing der König erneut den Kardinal de la Roche-Aymon und den Erzbischof. Er weigerte sich, mit ihnen zu reden, unter dem Vorwand, keine zwei zusammenhängenden Gedanken fassen zu können. Am Abend wirkte sein Gesicht schwärzer, und die Stimme wurde von den Bläschen beeinträchtigt, welche die Nase und den Hals bedeckten. Sobald man ihn auf die Beichte ansprach, wiederholte er, dass er fürchte, der Eiter seiner Pusteln könnte sich mit der heiligen Hostie vermischen; das war wie eine Besessenheit, welche die Töchter zur Verzweiflung brachte. Der Samstag verstrich ohne nennenswerte Veränderung.

Am frühen Morgen des 7. Mai bat der König den Duc de Duras, jetzt den Abbé Maudoux, seinen Beichtvater, zu holen, der ins Gebet versunken in der Kapelle wartete. Der König sprach mit ihm eine gute Viertelstunde. Als hätte er alles im voraus geplant, fand er zu einer Geistesgegenwart zurück, die seine Umgebung verblüffte. Er unterhielt sich mit Monsieur d'Aiguillon, dann ließ er seine Töchter eintreten und bat sie, seine Enkelkinder zu wecken und ihnen ganz genau einzuschärfen, wie weit sie sich nähern dürften. Im Grunde gab er alle nötigen Befehle, bevor er erneut mit seinem Beichtvater sprach. Um sieben hielten sich die Dauphine und die Comtesse d'Artois im Sitzungszimmer auf, die Töchter des Königs harrten an der Tür seines Zimmers, und der Dauphin war am Fuß der Treppe geblieben. Nur das Personal sowie La Borde und Nicolas umringten den Geistlichen kreisförmig am Bett des Königs, der das Abendmahl erhielt.

»Meine Herren«, sagte der Bischof von Senlis, der Erste Almosenier, »der König bittet mich, Ihnen zu sagen, dass er Gott um Vergebung bittet, dass er ihn beleidigt habe, und für den Skandal, den er dem Volk zugemutet habe, und dass er sich, wenn Gott ihn wieder gesund werden lasse, darum kümmern werde, die Religion zu unterstützen und seinen Völkern zu helfen.«

Vom Bett ertönte eine krächzende Stimme.

»Ich hätte gern die Kraft gehabt, das selbst zu sagen.«

Am Sonntag, dem 8. Mai, kam es zu einer Verschlimmerung, der Puls des Königs raste, das Fieber stieg, und sein Gesicht nahm einen furchterregenden Ausdruck an. Nicolas begriff, dass das Ende nah war. Um elf Uhr führte man die Suttons herein, berühmte englische Inokulatoren. Sie besaßen ein besonderes wundersames Pulver, das wirksam die Pocken bekämpfte. Da sie sich weigerten, die Zusammensetzung preiszugeben, wurden sie nicht in die medizinische Fakultät aufgenommen, die allem Unbekannten und Neuen misstraute, und als Quacksalber abgetan.

Am Montag, dem 9. Mai, gab der König nur wenige Lebenszeichen von sich. La Borde, der erschöpft war, wich ihm nicht mehr von der Seite, und Nicolas bemühte sich, ihm das Nötige zu bringen, damit er nicht vor Entkräftung umfiel. Man flößte dem König einen sehr starken Arzneitrank ein, der keinerlei Wirkung zeigte. Gegen zehn wurde beschlossen, ihm die Sterbesakramente zu verabreichen. Die Türen wurden geöffnet, und eine Menschenmenge strömte herein, in der, wie Nicolas empört bemerkte, die Neugierigen überwogen und die Anwesenheit bestimmter Personen wichtiger schien als aufrichtiges Mitgefühl. Der Körper des Königs schien sich geradezu aufzulösen, und ein widerlicher Geruch drang aus dem Zimmer, obwohl die Fenster ständig offen standen. Er war umgeben von Kerzen, die seine Bronzemaske beleuchteten, ein enorm dickes Gesicht, dessen Züge nicht entstellt, sondern aufgedunsen waren, dessen Augen mit Krusten bedeckt waren und dessen Mund geöffnet war. Die ganze Nacht sprachen der Erste Almosenier und der Beichtvater Sterbegebete. Von Zeit zu Zeit reagierte der König mit unzusammenhängenden Worten auf die Gebete. Das Fieber blieb unverändert hoch bis zum frühen Morgen des 10. Mai. Die Krämpfe waren so heftig, dass sie seinen Körper hin und her warfen, mal quer, mal in Längsrichtung im Bett, das zu den Fenstern geschoben worden war. Die Ärzte kämpften weiterhin verbissen und flößten ihm unaufhörlich Medikamente ein.

Gegen Mittag begann der Todeskampf. Kurz nach drei Uhr nachmittags hauchte Ludwig XV., als Kardinal de la Roche-Aymon gerade die Worte »Proficiscere, anima christiana, de hoc mundo«* ausgesprochen hatte, in den Armen von Monsieur de La Borde seine Seele aus. Man löschte die Kerze des Fensters, das

---

* »Brich auf, christliche Seele, von dieser Welt«

auf den Marmorhof ging. An der Tür des Salons mit dem Rund-fenster verkündete der Duc de Bouillon feierlich den Tod des Kö-nigs. Daraufhin hörte man in der Ferne ein lautes dumpfes Ge-räusch, wie eine angreifende Armee, einem Donnergrollen ähnlich; das war die Menge der Höflinge, die ihre Appartements verließen und herbeieilten, um den neuen Herrscher zu begrüßen.

Nicolas ging in den Park hinunter. Ein leichter, nach Blumen duftender Wind bewegte die großen Bäume. Auf den Alleen war viel Volk unterwegs. Als die Nachricht die Spaziergänger er-reichte, wurden die Gespräche und das Gelächter lauter. Nicolas hörte, wie ein Arbeiter zu einem anderen sagte: »Was soll's? Es wird uns nicht schlechter gehen als jetzt.« Nicolas' Kehle war wie zugeschnürt, als fände sein Kummer, den die allgemeine Gleichgültigkeit noch schlimmer machte, keinen Ausgang. Er bemerkte, dass er seine Fäuste so fest geballt hatte, dass die Fin-gernägel sich in das Fleisch der Handflächen drückten.

Als er gegen fünf zum Schloss zurückkam, war die königliche Familie am Aufbrechen, der König und die Königin nach Choisy und Mesdames nach *La Muette*, in sechzehn Karossen mit acht Pferden. Das Volk, das den Platz und die Avenue füllte, hatte den alten König schon halb vergessen und brach in Jubel aus, als die Kutschen vorbeifuhren.

In den verlassenen Appartements machte der Duc de La Vrillière eine Bestandsaufnahme der Gegenstände, die im Schlafzimmer und im Büro des Königs gefunden worden waren. Der Duc de Villequier, Erster Junker, hatte Monsieur Andouille befohlen, die Öffnung und Einbalsamierung des Leichnams vorzunehmen. Nicolas hörte, wie der Wundarzt feixte:

»Ich bin bereit, Monsieur de Duc. Sie werden den Kopf halten, während ich operiere, wie Ihr Amt es verlangt, und in achtundvierzig Stunden werden wir beide tot sein.«

Niemand bestand darauf. Für Nicolas waren die beiden folgenden Tage das reinste Martyrium. Man begnügte sich damit, den Leichnam des Königs in große parfümierte Tücher zu hüllen, bevor man ihn, bestrichen mit einer Spachtelmasse aus Kalk, Essig und Kampferspiritus, in einen Bleisarg legte. Der Sarg wurde zugeschweißt und in einen doppelten Eichensarg gelegt. Priester, Missionare, *Récollets* und *Feuillants* verharrten im Gebet in der Aufbahrungshalle, bis der Sarg nach *Saint-Denis* gebracht wurde.

Donnerstag, den 12. Mai 1774

Der Leichenzug sollte um halb acht, bei Einbruch der Dunkelheit, aufbrechen. Naganda hatte Nicolas um die Erlaubnis gebeten, ihn zu begleiten, um seinem Herrscher die letzte Ehre zu erweisen. Sie stiegen beide in den Wagen von Monsieur de La Borde, der um Jahre gealtert zu sein schien. Alle drei blieben stumm. Der Sarg wurde in eine große, mit schwarzem Samt bezogene Karosse geladen. Zwei weitere waren den Kammerjunkern, dem Almosenier und dem Pfarrer von Notre-Dame de Versailles vorbehalten. Diese Kutschen waren diejenigen, die der verstorbene König benutzt hatte, um auf die Jagd zu gehen. Die Gardes françaises und die Schweizer machten sich aus dem Staub. Eine Gruppe von Pagen, die sich, das Taschentuch unter der Nase, so weit wie möglich vom Sarg entfernt hielten, trieben Schabernack mit ihren Fackeln. Auf dem ganzen Weg wurde dieser Zug Zielscheibe der Scherze der Neugierigen. Mal schrie das Volk »Taïaut! Taïaut!«, wie Ludwig XV. es bei der Jagd zu tun pflegte, dann wieder sang man »Voilà le plaisir des femmes, voilà le plaisir!« Vorausschauend hatte der König die *Route de la Révolte* bauen lassen, auf der man von Versailles aus über die Porte Maillot Saint-Denis erreichte, ohne Paris durchqueren zu müssen. Die alte Basilika wurde gegen elf erreicht. Nach ein paar Segenssprüchen wurde der Sarg in die Gruft der Bourbonen gebracht, und es wurde sogleich ein kleiner Sarkophag aus Ziegeln um ihn herum errichtet.

Schon bald blieben lediglich ein paar Mönche im abnehmenden Licht der Kerzen vor dem Altar ins Gebet versunken. Neben einem Pfeiler standen La Borde, Nicolas und Naganda, eine unnahbare Statue in stummer Einkehr. In ihrer Nähe hörten sie jemanden weinen. Das war Monsieur de Séqueville, der wie aus dem Nichts aufgetaucht war. Auf Knien psalmodierte dieser Mann des Zeremoniells mit leiser Stimme und schilderte, unterbrochen von Schluchzern, das Protokoll einer imaginären Bestattung.

»Ach, mein Gebieter, wie man Sie behandelt. Nach der Messe müsste man die letzten Handlungen der Bestattung vollziehen. Zwölf Leibwächter holen den Sarg und bringen ihn in die Gruft hinunter. Der *Wappenkönig* entledigt sich seines Waffenrocks und seines Baretts, wirft sie zusammen mit seinem Äskulapstab auf den Sarg, tritt drei Schritte zurück und ruft: ›Waffenherolde Frankreichs, kommt und erfüllt euer Amt!‹ Die Offiziere nähern sich der Öffnung der Gruft und werfen ihrerseits ihren Äskulapstab, ihren Waffenrock und ihr Barett hinunter. Der Wappenkönig ergreift das Wort und befiehlt den Dienern, den königlichen

Schmuck, die Ehrenzeichen des Verstorbenen, die Krone, das Zepter, die *Main de justice*, den Wimpel, die Sporen, den Schild, den Waffenrock, den Helm und die Handschuhe hinunterzubringen. Der Großkammerherr nähert auf Geheiß des Wappenkönigs das Banner Frankreichs der Gruft und ruft als Großmeister des königlichen Hauses: ›Der König ist tot, der König ist tot, der König ist tot‹; und er fügt hinzu: ›Beten wir alle für die Ruhe seiner Seele.‹ Jeder verneigt sich und betet stumm. Der Großkammerherr erhebt seinen Stab, den er zur Gruft gesenkt hatte, ruft dreimal: ›Es lebe der König!‹ und fügt hinzu, ach … ach…«

In diesem Augenblick richtete Monsieur de Séqueville sich auf und hob die Hände zum dunklen Gewölbe. Sein Schrei weckte die Echos der Nekropole; ein paar eingesperrte Tauben flogen erschrocken auf.

»Es lebe König Ludwig, sechzehnter seines Namens, durch die Gnade Gottes, König von Frankreich und Navarra, sehr christlich, sehr erlaucht, sehr mächtig, unser hochverehrter Herr und Gebieter, möge Gott ihm ein sehr langes, sehr glückliches Leben schenken.«

Und dann hörte man in der alten Kirche Weinen, fast wie das eines Kindes; ein Algonkin, eine Waise Frankreichs, weinte neben einem treuen Bretonen um seinen gestorbenen König.

XI

Lichtschimmer

*Wir sind für sie wie ein zerbrochenes Gefäß,
das man wegwirft und von dem man keinen
Gebrauch macht.*

DER HEILIGE BERNHARD

Freitag, den 13. Mai 1774

Diese Nacht der Trauer endete mit einer stummen Rückkehr nach Versailles. La Borde, dessen Amt unmittelbar nach dem Tod des Königs beendet war, lud Nicolas und Naganda ein, sich in seiner Wohnung zu stärken, die er bald würde verlassen müssen. Alle drei fuhren in Begleitung von Gaspard, der in Tränen aufgelöst war, nach Paris zurück. Das verlassene Schloss wirkte wie ein großes Schiff, das den Putzleuten überlassen worden war, die ab sofort die Appartements für die Rückkehr des Königs und des Hofes nach Ablauf der Quarantäne in Ordnung bringen mussten. La Borde berichtete ihnen, dass Madame du Barry tags zuvor in die Abtei Pont-aux-Dames in

Couilly, zehn Meilen von Paris, entfernt gebracht worden sei. Unter anderem erzählte er, den Blick auf Nicolas gerichtet, sie werde dort abgeschirmt und dürfe im Augenblick keine Besuche empfangen.

»Und Sie, was werden Sie machen?«, fragte Nicolas.

»Ich kehre nach Paris zurück. Ich habe zu lange meine Studien, meine Arbeiten und meine Angelegenheiten vernachlässigt. Das wird mir helfen, zu vergessen und das zu ertragen, was kommen wird. Ich werde mich mit Musik, Schreiben und mit Frauen betäuben. Es ist ja klar, worauf das hinausläuft … Man muss sich damit abfinden. Sie werden sehen, wir werden ›der alte Hof‹ werden! Unsere Ergebenheit und unsere Treue werden nichts mehr zählen. Die Blicke werden durch uns hindurchgehen, wenn wir uns nähern, man wird uns kaum noch grüßen, und die abgewandten Rücken werden unser Horizont sein!«

»Ich finde, Sie klingen sehr düster und bitter.«

»Sie sind noch jung, und ich bin es etwas weniger …«

»Bei meinem Volk«, warf Naganda ein, »hat man früher, wenn der Häuptling starb, alle Krieger getötet. Sie sollten ihm im Jenseits dienen.«

»Danken wir Gott, dass wir keine Micmacs sind«, erwiderte La Borde mit einem kümmerlichen Lächeln. »Obwohl …«

»Unsere Treue zum König«, erklärte Nicolas, »bedeutet, dass wir seinem Enkel dienen.«

»Gewiss. Die nahe Zukunft wird allerdings nicht leicht werden. Den wahren Dienern zusetzen, seine Rachegelüste stillen, sich auf die Ehren und Ämter stürzen und für Verbannungen und Entlassungen sorgen, das wird die Beschäftigung der sogenannten anständigen Leute sein. Ich habe bereits gehört, dass Choiseul nach Paris zurückgekehrt ist, da seine *Lettres de cachet* aufgehoben worden sind. Er hat einen Sprung von seiner Pagode in Chanteloube nach Paris gemacht und beabsichtigt, dem König im Schloss La Muette den Hof zu machen.«

»Dann empfiehlt es sich«, sagte Nicolas sibyllinisch, »eine bestimmte Reise nicht auf die lange Bank zu schieben.«

»Ich bezweifle, dass Choiseul jemals das Interesse des neuen Königs wird wecken können, obwohl man mit der Dauphine rechnen muss, ich meine der Königin, die ihm ihre Heirat verdankt. Man kann also nie wissen. Und Sie, Monsieur, was sind Ihre Pläne?«

»Ich fahre morgen nach Brest«, erwiderte Naganda, »um nach Amerika zurückzukehren. Ich habe vorgestern von Kurieren erfahren, dass die Ereignisse, die ich angekündigt hatte, tatsächlich stattgefunden haben. Eine Ladung Tee ist am 16. Dezember in Boston ins Meer gekippt worden. Die Engländer haben eine Blockade beschlossen, und die Siedler wollen bewaffneten Widerstand leisten. Es heißt, dass bereits Regimenter von verschiedenen Häfen Großbritanniens aus in See stechen.«

»Ich hoffe«, sagte La Borde, »dass das nicht Choiseuls Absichten fördert, der ein großer Feind Englands ist und sich für unsere Niederlagen in der Vergangenheit rächen möchte.«

La Bordes Kutsche setzte Nicolas und Naganda in der Rue Montmarte ab. Die Hausgemeinschaft war in heller Aufregung. Zwei Tage zuvor war Catherine, die wenig schlief und häufig vor sich hin dösend am Herd saß, von Cyrus, der ungewöhnlich aufgeregt war, aus ihrer Benommenheit gerissen worden. Sie war dem Hund gefolgt, der sie jaulend und knurrend zu Nicolas' Wohnung geführt hatte, in der sie einen maskierten Unbekannten überrascht hatte, der sein Bett und seine Wäsche durchwühlt hatte. Aber Catherine war nicht umsonst Marketenderin in den Armeen des Königs gewesen, wo sie, wenn es sich ergab, soldatische Aufgaben übernommen hatte. Im Angesicht des verbrecherischen Eindringlings hatte sie sich auf ihre wehrhafte Vergangenheit besonnen. Mit einer gusseisernen Pfanne bewaffnet hatte sie den Übeltäter mit zahlreichen heftigen Schlägen auf den Kopf in die Flucht geschlagen, kräftig unterstützt von einem kläffenden Cyrus, der dem Unbekannten ein Stück aus dem Anzug gerissen hatte. Der Missetäter war die Treppe hinuntergestürmt, die in den Hof führte, und war entkommen.

Als Nicolas das erfuhr, spürte er, wie ihm das Blut in den Adern gefror. Er ließ Catherine und Naganda stehen, stürmte die Treppe hinauf und stürzte in sein Schlafzimmer. Seine zitternde Hand durchkämmte rücksichtslos die Reihe der Bücher in seinem Regal. Es war ihm egal, dass die Schriften polternd zu Boden fielen. Die Angst, den letzten Wunsch des verstorbenen Königs nicht erfüllen zu können, war übermächtig. Er würde sich ein Versagen bei diesem Auftrag niemals verzeihen können. Doch da sah er das Kästchen und nahm es in die Hand. Er betätigte die Mechanik, es enthielt immer noch den Beutel und das Schreiben. Erleichtert ließ Nicolas sich auf das Bett fallen und beschloss, sich nicht mehr von dem Kästchen zu trennen. Er steckte es in die Innentasche seines Anzugs; dann kehrte er zu Naganda und Catherine zurück, die sein plötzliches Verschwinden verblüfft hatte.

»Und«, sagte die Köchin, »hat er etwas gestohlen? Ich hoffe, er hat dafür nicht genug Zeit gehabt. Und ich verspreche Ihnen, dass sein Kopf immer noch widerhallt von den Schlägen, die ich ihm versetzt habe!«

Nicolas bedankte sich überschwänglich bei ihr.

Naganda wurde Monsieur de Noblecourt vorgestellt, den er mit seinen Manieren, seiner Bildung und der Eleganz, mit der er sich ausdrückte, bezauberte. Der alte Staatsanwalt befragte ihn mit der Begeisterung eines Schülers zu seinem Volk und seinen Bräuchen. Der junge Micmac-Häuptling musste leider nach Versailles zurückkehren und verabschiedete sich, begleitet von liebenswürdigen Worten. Monsieur de Noblecourt wollte ihm *De L'Esprit des Lois* von Montesquieu schenken, eine Geste, die für ihn, der an seinen Büchern hing und sie ungern weggab, so ungewöhnlich war, dass Nicolas seinen Freund leise auf die besondere Generosität dieser Geste aufmerksam machte. Naganda übergab Monsieur de Noblecourt seinerseits einen Beutel mit getrocknetem Bärenfleisch, das in Bouillon ein wirksames Mittel gegen Rheuma sei, und zwei Zähne dieses Tiers aus schönstem Elfenbein, das der Beschenkte sofort den anderen Schätzen seines Kuriositätenkabinetts hinzufügte. Poitevin rief eine Kutsche, und Naganda verabschiedete sich, umringt von der ganzen Hausgemeinschaft und beobachtet von den Bäckerlehrlingen, und verließ die Rue Montmartre begleitet von allen guten Wünschen.

»Dieser Mann ehrt jeden, der sich seinen Freund nennen darf«, sagte Monsieur de Noblecourt. »Was wäre aus Neufrankreich mit solchen Talenten geworden!«

Er wünschte, dass Nicolas ihm erzählte, wie der König verschieden war. Der Bericht war detailliert, doch gereinigt von den unerträglichsten Einzelheiten. Nicolas betonte vor allem das ruhige Ende des Königs und seine wirklich königliche Haltung in den letzten Augenblicken. Monsieur de Noblecourt hörte nachdenklich zu, ohne irgendeine Reaktion zu zeigen, sodass Nicolas fürchtete, ihn in eine trübsinnige Stimmung versetzt zu haben. Hätte er besser daran getan, weniger ausführlich Auskunft zu geben?

»Ich muss Ihnen etwas anvertrauen«, fügte er hinzu. »Dass mein Zimmer durchsucht worden ist, ist kein Zufall. Ich bin im Besitz eines Geheimnisses …«

Monsieur de Noblecourt machte eine abwehrende Handbewegung.

»Das Ihnen gehört und das ich nicht wissen will …«

»Eines Geheimnisses«, fuhr Nicolas fort, »und eines Gegenstands, die mich in große Gefahr bringen können. Meine Schlüssel sind verloren gegangen, vermutlich gestohlen während einer kürzlichen Mission. Ich habe gute Gründe, eine ganz bestimmte Intrige dahinter zu vermuten. Ich werde alle nötigen Anweisungen geben, damit die Schlösser ausgewechselt werden, an der Toreinfahrt und der an meiner Treppe. Das verlangt die Vorsicht, zumal ich die Bewohner dieses Hauses und Sie nicht gefährden will.«

»Es wird alles so gemacht, wie Sie es wünschen. Bleiben Sie noch ein wenig bei uns?«

»Noch nicht. Ich muss noch eine letzte Aufgabe erfüllen, ein Versprechen halten, das ich dem König gegeben habe.«

Nicolas ging hinauf, um sich fertig zu machen. Er überlegte, welche Anweisungen wohl hinsichtlich des Exils der ehemaligen

Favoritin in der Abtei Pont-aux-Dames erteilt worden waren. Dann traf er seine Entscheidungen; der Zweck würde die Mittel heiligen. Selbst wenn er lügen oder die Wahrheit verfälschen müsste, nichts würde ihn aufhalten. Da er vielleicht Eindruck würde schinden müssen, nahm er seinen Talar und den Elfenbeinstock, Symbol seiner Autorität, mit. Er benutzte sie nur selten, ausschließlich bei den Zeremonien im Châtelet oder im Parlament. Um elf verließ er die Rue Montmartre, nachdem er zwei gegrillte Schweineohren mit Senf verschlungen hatte, die Catherine und Marion ihm gemacht hatten, während sie einen Schweinskopf für ein Souper zubereiteten, das Monsieur de Noblecourt als Vorstand des Verwaltungsrats der Fabrik der Pfarrgemeinde Saint-Eustache jedes Jahr gab. Nachdem er Poitevin angewiesen hatte, sofort einen Schlosser kommen zu lassen, ging er in die Sackgasse, die zur Kirche führte, in der er eine gute Viertelstunde blieb, und kehrte dann zurück, um gegenüber des Hôtel de Noblecourt in der dunklen Passage de la reine de Hongrie zu verschwinden, die zur Rue Montorgueil führte, wo er eine Kutsche fand. Er machte sich keine Illusionen über diese Vorsichtsmaßnahmen, obwohl die Gewohnheit der Beschattungen ihm erlaubte, Wetten abzuschließen über die stets möglichen Schwachstellen oder Unaufmerksamkeiten derer, die ihm folgten. Er ließ sich zunächst zum Hôtel de police fahren, da er seine Abwesenheit melden wollte, ohne allerdings die Gründe dafür zu nennen. Monsieur de Sartine hatte die Rue Neuve Saint-Augustin gerade verlassen, um sich, vom König gerufen, zum Schloss La Muette zu begeben. Nicolas wechselte den Wagen, fuhr nach Vincennes und nahm die Route de Lagny, die ihn nach Meaux führen sollte.

Als er halb eingeschlafen einen Wald durchquerte, weckte ihn ein lauter Knall. Der Wagen machte einen Schlenker und hielt. Nicolas stieg aus und bemerkte, dass der Kutscher den Kopf auf seinen Knien hatte. War er betrunken eingeschlafen? Als er versuchte, ihn wach zu rütteln, ertönte ein Schuss, und er hörte das Pfeifen der Kugel nah an seinem linken Ohr. Ihm blieb keine große Wahl; er tat so, als wäre er getroffen, und ließ sich zu Boden fallen. Sein Dreispitz war im Wagen geblieben mit der Taschenpistole in seinem rechten Flügel, ein Geschenk Bourdeaus, das er immer bei sich hatte. Ein Reiter näherte sich hinter dem Wagen. Nicolas war es nicht möglich, seinen Degen zu ziehen. Neben dem Graben liegend, zwischen den Beinen der Pferde, spannte er all seine Muskeln an, um sich in einem verzweifelten Versuch durchs Gras zu rollen. Er schloss halb die Augen und nahm seine Umgebung durch eine Art Nebelschleier wahr. Alles hing von den Absichten des Gegners ab. Er gab keinen Pfifferling für sein Leben, sollte ein zweites Mal auf ihn geschossen werden. Mit dem Degen hätte er dagegen eine winzige Chance, die Situation zu seinen Gunsten zu wenden. Er hörte das Pferd, das sich vorsichtig im Schritt näherte. Einen kurzen Augenblick herrschte Stille, in der er nur seinen Herzschlag vernahm. Nicolas fürchtete, sein Gegner könnte es ebenfalls hören. Das Pferd schnaubte und scharrte ungeduldig mit dem Huf. Die Kutschpferde reagierten mit Wiehern. Erneut bleierne Stille, dann knirschte der Kies auf dem Weg; der Reiter war vermutlich abgestiegen. Offensichtlich wollte er misstrauisch die Lage erkunden. Nicolas hörte Schritte, die sich langsam näherten. Ein zweiter Schuss ertönte ganz in seiner Nähe. Nicolas spürte nichts, vernahm aber einen erstickten Schrei, dem das

Geräusch eines fallenden Körpers folgte. Jemand näherte sich im Laufschritt.

»Nicolas, Nicolas!«

Das war Bourdeaus Stimme. Er richtete sich auf. Die wuchtige Gestalt des Inspektors tauchte auf. Nicolas stand auf, und sie umarmten sich.

»Das ist das zweite Mal, Pierre, dass Sie mir das Leben retten. Ich stehe in Ihrer Schuld.«

Sie betrachteten die Katastrophe: Der Kutscher war tot, und der Unbekannte lag neben seinem Pferd auf dem Boden. Er hatte ein rotes Loch im Nacken, aus dem ein dünner Blutfaden rann.

»Glückwunsch, Bourdeau. Was für ein Schuss!«

»Ich habe mich bemüht, und es eilte«, sagte der Inspektor bescheiden.

»Gehen wir der Reihenfolge nach vor«, fuhr Nicolas fort. »Bei Gott, was machen Sie hier?«

»Ach«, sagte Bourdeau spöttisch, »das ist eine lange Geschichte. Es hätte nicht viel gefehlt, und Monsieur Le Floch wäre getötet worden! Ich hätte Monsieur de Sartine darüber berichten müssen, der mich gelb im Gesicht und eiskalt zur Rechenschaft gezogen hätte, während er eine Perücke malträtiert hätte. Ah, ich sehe die Szene vor mir! Kurz, alles hat angefangen, als Monsieur de Noblecourt mich wegen des versuchten Einbruchs in Ihrer Wohnung hat kommen lassen. Weder er noch ich haben an einen Zufall geglaubt. Zu viele bekannte oder vermutete Ereignisse geschehen um Sie herum. Die Rue de Montmartre wurde mit dem Segen von Monsieur de Sartine überwacht. Zudem hat Monsieur de La Borde mich heute Morgen aufgescheucht, ich müsse Ihnen folgen, Sie seien mit einer mehr als gefährlichen Mission betraut worden ... Sie haben mir ganz schön zu schaffen gemacht: verschlungene Wege, Listen, das ganze Programm!«

»Ich war in einer guten Schule bei Ihnen«, sagte Nicolas lächelnd.

»Ihr Diener! Schön, also bis Vincennes unmöglich, etwas zu beobachten, zu dichter Verkehr. Später habe ich dann auf dem Weg endlich einen Reiter bemerkt, dessen Verhalten mich misstrauisch gemacht hat. Es war gar nicht so leicht, auf Distanz zu bleiben, damit er mich nicht bemerkte; weit genug entfernt, um nicht gesehen zu werden, und nah genug, um Sie beschützen zu können. Der arme Kutscher war das erste Opfer. In dem Augenblick hat Ihr Diener seinem Pferd die Sporen gegeben, da er den Ausgang ahnte. Ich nahm einen parallelen, von Bäumen überdachten Querfeldeinweg und kam gerade rechtzeitig, um den Übeltäter im richtigen Augenblick zu erschießen. Ich war schweißgebadet bei dem Gedanken, Sie könnten verletzt sein oder Schlimmeres. Aber sehen wir uns unseren Mann mal aus der Nähe an.«

Sie untersuchten den Leichnam. Der Mann war sehr korpulent, um die fünfzig Jahre alt und trug einen grau melierten Schnurrbart. Bourdeau beugte sich noch tiefer über ihn.

»Meiner Treu, ich glaube, ich kenne den Kerl. Ich bin fast sicher, dass es sich um Cadilhac handelt.«

»Cadilhac?«

»Ja, ein Galgenvogel, stets verdächtig und nie erwischt. Er hat früher die Spieler, die eine Glückssträhne hatten, ausgeraubt, wenn sie aus den Spielhöllen kamen. Es hieß, dass er von jemandem geschützt würde. Ich glaube, er war eine Kreatur von Kommissar Camusot, Ihrem Kollegen von der Glücksspielpolizei, dessen Machenschaften Sie vor vierzehn Jahren denunziert haben. Dieser Cadilhac bildete ein Paar mit Mauval, diesem anderen Mistkerl, den Sie nach allen Regeln der Kunst im *Dauphin couronné* ins Jenseits geschickt haben.«

»Was für ein Zufall!«, sagte Nicolas. »Und das ist nicht alles: Er hat Blutergüsse auf dem Schädel.«

Er verschob die Perücke aus weißer Wolle. Der kahle Kopf des Toten war ganz verbeult von grünlichen Spuren. Der Gedanke ging ihm durch den Kopf, dass diese Verletzungen von einem Ereignis herrührten, das sich vor gar nicht langer Zeit zugetragen hatte.

»Diese Beulen sind aufschlussreich, Bourdeau. Könnten das nicht, wenn ich nach ihrer Farbe urteile, die Nachwirkungen der Schläge mit einer Pfanne sein, die die brave Catherine meinem ungebetenen Gast neulich Nacht versetzt hat?«

Bourdeau brummte und zog an der Kleidung des Leichnams. Er deutete auf den unteren Teil des braunen Anzugs, wo ein dreieckiges Stück fehlte, das offensichtlich herausgerissen worden war.

»Und das ist das Markenzeichen von Cyrus! Er hat gute Zähne für einen alten Hund.«

Sie fuhren fort, den Leichnam zu untersuchen, und durchwühlten die Taschen des Anzugs. Sie fanden einen Dolch, ein kariertes Taschentuch, ein Stück Kautabak, ein Pulverhorn und mehrere Kugeln. Die Pistole war auf den Boden gerollt. Nicolas, der häufig die Aufschläge seiner Ärmel benutzte, um sein schwarzes Heft dort hineinzustecken, kam auf den Gedanken, in denjenigen von Cadilhac nachzusehen. Er entdeckte ein kleines, doppelt gefaltetes Papier mit einer Adresse: »Rue des Douze-Portes, gegenüber dem Pergamenter, vierter Stock«.

»Das ist ja interessant«, sagte Nicolas. »Endlich ein Hinweis!«

»Einverstanden, aber was machen wir?«, entgegnete Bourdeau mit einer weit ausholenden Armbewegung.

»Ich bin auf Mission, wie Sie schon ahnten. Ich habe Ihnen im Übrigen nichts zu verbergen: Ich muss mich so schnell wie möglich ins Exil einer gewissen Dame begeben.«

Er dachte einen Augenblick nach.

»Das Einfachste, mein lieber Pierre, wäre, dass Sie den Kutscher spielen und die beiden Leichen nach Paris bringen. Wir werden sie in den Wagen legen. Ich nehme Cadilhacs Pferd, das Ihre wird Ihnen folgen. Tun Sie Ihr Bestes für den armen Kutscher und seine Familie. Für den anderen die Basse-Geôle und absolutes Stillschweigen. Ich will, dass diejenigen, die diese Kreatur beauftragt haben, denken, er sei verschwunden oder, besser noch, er habe sie betrogen, habe sein Ziel bei mir erreicht, die Beute seines Überfalls aber für sich behalten wollen. Bringen Sie durch unsere Spitzel das Gerücht in Umlauf, dass ich von einem Banditen angegriffen und ausgeraubt worden sei. Das Gerücht wird den betreffenden Personen zu Ohren kommen und sich mit den Hypothesen über das Verschwinden Cadilhacs überschneiden. Mein armer Pierre, es tut mir leid, dass ich Ihnen eine so unangenehme Aufgabe zumute.«

»Ich bringe lieber diese beiden da zurück als einen halb toten Kommissar!«, sagte Bourdeau. »Aus Ihren Worten schließe ich, dass Sie der Überbringer von etwas sehr Wertvollem sind.«

»Ihrem Scharfsinn bleibt auch nichts verborgen«, sagte Nicolas, den Finger auf den Lippen.

Sie legten die Leichen in den Wagen und schlossen sorgfältig die Vorhänge. Bourdeaus Pferd wurde mit einem Halfter am Fahrgestell festgebunden. Sie trennten sich, und während Bourdeau die Kutsche auf die Straße zurückbrachte, näherte Nicolas sich dem Pferd von Cadilhac. Es war ein schöner Schimmelwallach, schwerfällig und ein wenig phlegmatisch, aber neugierig und willig. Er flüsterte ihm einen Augenblick lang ins Ohr und streichelte die weichen Nüstern. Die Ohren des Pferdes waren nach vorne gerichtet als Zeichen interessierter Aufmerksamkeit. Es würde keine Probleme geben. Nicolas sprang in den Sattel und galoppierte los in Richtung Meaux, glücklich wie sein Pferd, die Nase im Wind zu haben, umgeben von ländlichen Gerüchen inmitten von Wolken aus Löwenzahnsamen, die der Wind von den umliegenden Feldern aufwirbelte. Er bemühte sich, nicht an diese neuerliche Episode einer langen Reihe von Attentaten zu denken, die sein Leben zu einem Spielball von Zufällen gemacht hatte. Wäre Bourdeau nur ein paar Augenblicke später gekommen, würde er jetzt nach Paris zurückgebracht werden. Das Wiederauftauchen einer schon vergessenen Vergangenheit irritierte ihn wie eine unverständliche Anomalie voller Bedrohungen und beängstigender Fragen. Was würde er unter der Adresse vorfinden, die er bei seinem Angreifer gefunden hatte? Zu welcher Entdeckung würde die Untersuchung ihn führen?

Er vermied Meaux, weil er nicht bemerkt werden wollte, falls weitere Meuchelmörder hinter einer Wegbiegung auf ihn warten sollten. Eine Frage quälte ihn: Es war unmöglich, dass all diese Zufälle nur das Ergebnis der Beschattungen waren. Jemand, der über die Mission, die der verstorbene König ihm anvertraut hatte, Bescheid wusste, handelte im Schatten, oder die Kräfte, die wie Reptiliennester um den Thron herum handelten, hatten ihn, da der Verrat eine undurchsichtige Rolle spielte, als Beute einer Hetzjagd ausersehen, die vor Monaten begonnen hatte und deren Signal durch das Verbrechen in der Rue de Verneuil gegeben worden war.

Das Ziel seiner Reise befand sich in einem kleinen Tal in der Nähe eines Weilers, den die Damen der königlichen Familie zwangsläufig passieren mussten, wenn sie sich in einer langen Karawane nach Reims zur Krönung begaben. Massiv und gräulich tauchten die Gebäude vor ihm auf. Er machte halt in einem kleinen Wald und zog seinen Talar an. Für alle Fälle hatte er den vom König unterschriebenen Pass mitgenommen, der ihm auf seiner Reise nach England als Vollmacht gedient hatte. Er war nicht mehr gültig, da der König gestorben war, aber wenn man ihn aus einiger Entfernung betrachtete, konnten die Unterschrift und das Siegel des Königs immer noch Eindruck machen. Er stieg wieder auf sein Pferd und ritt im Schritt durch das offene Portal des Klosters. Er kam in einen großen, von dunklen Gebäuden, Scheunen, Holzschuppen, Keltereien und Ställen umgebenen Innenhof. Der Boden bestand aus großen, lockeren Pflastersteinen, auf denen sein Pferd keinen rechten Halt fand. Ein Blick genügte, um die Trostlosigkeit und Schmutzigkeit des Ortes zu erfassen, und er konnte sich vorstellen, wie das nach der Pracht von Versailles und *Louveciennes* auf die Comtesse wirken musste. Ganz offensichtlich fehlte es der Abtei an Wartung und Instandhaltung, und ihre religiöse

Bestimmung war hinter dem gefängnisartigen Aussehen kaum zu erahnen.

Nachdem er den Wallach an einem Ring festgebunden hatte, betätigte er den schweren Hammer an der Tür der Umfassungsmauer. Das dumpfe Echo löste keine Reaktion im Inneren des Hauses aus. Er bemerkte einen Griff, der aus der Mauer ragte und vermutlich zu einer Glocke im Inneren gehörte; er zog daran. In der Ferne hörte er das erhoffte Läuten. Kurz darauf öffnete sich das Fensterchen, und ein Schatten hinter dem hölzernen Flechtwerk fragte ihn, was er wünsche.

»Schwester«, antwortete er, »ich habe eine dringende Nachricht für Madame de la Roche-Fontenilles, Ihre Mutter Oberin.«

La Borde hatte ihm auf ihrer Rückfahrt nach Versailles die nötigen Informationen mitgeteilt.

»Von wem, Monsieur?«

»Nicolas Le Floch, beratender Sekretär des Königs, Polizeikommissar im Châtelet und Richter auf Mission.«

Er hatte nicht mit seinen Titeln gegeizt.

»Wer schickt Sie?«

»Monsieur Gabriel de Sartine, im Namen des Königs.«

Dieser Zusatz war nicht überflüssig an einem Ort wie dieser Abtei, die nicht nur ein Kloster, sondern tatsächlich auch ein Staatsgefängnis war, das der Polizeipräfektur unterstand und in das die Frauen geschickt wurden, die aufgrund von Lettres de cachet inhaftiert wurden.

»Ich werde Bescheid geben«, sagte die Klosterpförtnerin.

Das Fensterchen wurde mit einem lauten Knall geschlossen. Nicolas wartete einen Augenblick, dann wurde die schwere Tür geöffnet. Die Schwester in weißem Habit mit Brusttuch, schwarzem

Schleier und *Skapulier* forderte ihn wortlos auf, ihm zu folgen. Innen wirkte das Kloster noch trister als von außen. Von den alten gotischen Gewölben tropfte Wasser auf den Boden und trat aus den mit grünlichem Schimmel bedeckten Mauern. Nicolas fühlte sich erschauernd an seinen ersten Besuch in der Bastille erinnert. Die Nonne öffnete eine weitere Tür und trat beiseite, um ihn eintreten zu lassen. Der riesige Raum war leer; nur ein großes schwarzes Holzkreuz überragte einen rechteckigen Eichentisch, hinter dem die große Gestalt der Mutter Oberin stand. Er näherte sich und grüßte sie. Er erhielt keine Antwort.

»Darf ich erfahren, Monsieur le Commissaire, was Sie in diese Mauern führt?«

»Ich bin, ehrwürdige Mutter, vom Polizeipräfekten mit einer Mission betraut worden. Ich muss unverzüglich mit der Comtesse du Barry sprechen.«

Das ausgemergelte Gesicht der Nonne verzerrte sich, als wäre ihr übel.

»Wissen Sie, Monsieur, dass ich sehr präzise und deutliche Befehle habe, sie abzuschirmen? Sie kommen von oben, und jeder muss verstehen, dass ich mich strikt daran halten muss. Außerdem bin ich der Meinung, dass die Ruhe und der Frieden dieser armen jungen Frau nicht gestört werden dürfen.«

Nicolas erkannte sofort, dass der Charme der Comtesse bereits auf die Mutter Oberin gewirkt hatte.

»Madame, ich führe einen Befehl des Königs aus und habe keine andere Wahl.«

Mit einer theatralischen Geste zog er sein Bevollmächtigungsschreiben aus der Tasche. Er zeigte es seiner Gesprächspartnerin mit ausgestrecktem Arm. Sei es, dass sie sich nicht vorstellen konnte, dass er nicht die Wahrheit sagte, sei es – was er für wahrscheinlicher hielt –, dass sie eine Brille brauchte, sie aber als heilige Frau nicht benutzen wollte, oder sei es, dass die Bestimmtheit der Geste sie verwirrte, sie gab nach.

»Monsieur, den Befehlen des Königs kann ich mich nicht widersetzen. Doch wenn Sie so gut sein würden zu gestatten, dass das Gespräch in meiner Anwesenheit stattfindet.«

Er stimmte zu, überglücklich, so glimpflich davongekommen zu sein. Sie klatschte in die Hände. Die Tür öffnete sich, und die Klosterpförtnerin wurde gebeten, die Comtesse zu holen. Ein paar Augenblicke später erschien diese. Sie trug schwarze Spitze als Zeichen großer Trauer und eine Mantilla auf dem Kopf. Nicolas war ihr dankbar, dass sie nicht Weiß gewählt hatte, die Farbe der Trauer der französischen Königinnen. Ihre Augen wirkten vergrößert und gerötet, doch das ungeschminkte und von offensichtlichem Schmerz geprägte Gesicht kam ihm irgendwie jünger vor. Sie hatte wieder diese Frische und Jugend, die den König so sehr verführt hatten. Sie erwiderte Nicolas' Gruß, und mit einem Blick erkannte er, dass sie die Situation begriffen hatte und mit jener bewundernswerten Gerissenheit einer Frau, die in den Intrigen des Hofs erfahren war, mitspielte.

»Madame, die ehrwürdige Mutter gestattet mir, mit Ihnen zu sprechen.«

Er zog sie vom Tisch weg, ohne dass Madame de La Roche-Fontenilles eine protestierende Geste machte, um zu hören, was er der Gefangenen zu sagen hatte.

»Ich habe nicht viel Zeit. Der König hat mich, Madame la Comtesse, beauftragt, Ihnen etwas zu übergeben.«

Er hatte sich so hingestellt, dass sein weiter Talar die Sicht auf das versperrte, was er machte. Er gab der Comtesse das Kästchen, das sie ohne Schwierigkeiten öffnete. Sie gab es ihm zurück, nachdem sie es geleert hatte. Ihre Hände zitterten, als sie das Siegel des Schreibens erbrach. Sie las es, und ihr Gesichtsausdruck änderte sich. Sie zerknüllte das Papier und schüttete den Inhalt des Beutels auf ihre flache Hand: fünf gräuliche Kiesel. Sie ballte wütend die Fäuste, und Nicolas glaubte, sie würde ihm die Steine ins Gesicht schleudern.

»Monsieur«, sagte sie leise, »das ist empörend. Ein weißes Blatt Papier und Kiesel! Sie machen sich über eine in Ungnade gefallene Frau lustig und vergrößern ihr Unglück noch durch Verrat.«

»Madame, ich flehe Sie an, mich anzuhören. Wie können Sie annehmen, dass ich mich ehrvergessen, wie Sie glauben, vor Ihnen blamieren würde. Sie sollen wissen, dass ich unter Einsatz meines Lebens hierhergekommen bin, um das Versprechen zu halten, das ich meinem sterbenden König gegeben habe. Ich habe gelogen, Meineid geleistet und Madame de La Roche-Fontenilles getäuscht, um zu Ihnen vorzudringen und meine Pflicht zu erfüllen. Wie können Sie so etwas nur annehmen? Habe ich Ihnen jemals Grund gegeben, an meiner Treue und Loyalität zu zweifeln? Ich würde mir lieber einen Dolch in den Leib rammen, als Sie an eine solche Niederträchtigkeit glauben zu lassen.«

Er war laut geworden, und die Mutter Oberin bewegte den Kopf hin und her in dem Versuch, das merkwürdige Verhalten des Kommissars und der Comtesse zu verstehen.

»Monsieur«, sagte Madame du Barry in ruhigerem Ton, »ich

bin bereit, Ihnen zu glauben. Sie klingen aufrichtig, und Ihre Vergangenheit im Dienst des Königs spricht zu Ihren Gunsten. Aber Sie müssen auch meine Erregung verstehen …«

»Ich verspreche Ihnen, Madame, die Angelegenheit aufzuklären und den Inhalt dieses Kästchens wiederzufinden. Sie sollen wissen, dass der König Diamanten hineingelegt hatte und ein Dokument, das, wie er sagte, für denjenigen, der es besitzen würde, sein Pass für die neue Regentschaft wäre«.

»Gut, Monsieur. Ich werde warten und inmitten dieser heiligen Mädchen beten, dass Ihre Suche von Erfolg gekrönt sein wird.«

Sie zögerte einen Augenblick, bevor sie Nicolas die Hand reichte, die er küsste.

»Ich will an Sie glauben«, flüsterte sie.

Sie zog sich zurück wie ein Schatten. Nicolas dankte Madame de La Roche-Fontenilles, die nicht wusste, was sie von der Begegnung halten sollte, deren eingeschränkter Zeuge sie geworden war. Nicolas hielt sich nicht länger auf. Er ritt weiter nach Meaux, wo er sich in der Poststation ein neues Pferd geben lassen musste, da der Schimmelwallach trotz seines guten Willens nicht mehr konnte und ihn nicht nach Paris gebracht hätte.

Die Nacht war schon seit Langem hereingebrochen, als er die Schranken passierte. Während des ganzen Ritts hatte er in fieberhaftem Nachdenken zu verstehen versucht, was da passiert sein mochte, und er hatte vor allem den Schatten gesehen, den dieses Ereignis auf seine Ehre warf. Er wusste, dass er sich niemals verzeihen würde, sich nicht vor der Comtesse rechtfertigen zu können. Das Dringendste war jetzt, Monsieur de La Borde zu befragen, den einzigen Zeugen der Anweisungen des verstorbenen Königs, der ihn vielleicht über die Hintergründe seiner Mission aufklären könnte.

Der Erste Kammerdiener besaß eine Zweitwohnung im Hochparterre in der Rue de la Feuillade in der Nähe der Place des Victoires. Nicolas blickte auf seine Repetieruhr, die elf schlug. Ein wenig bekümmert ließ er sich die Wohnung öffnen, in der sein Freund ihn im Nachthemd empfing. Er erzählte ihm seine Abenteuer auf dem Weg nach Meaux und die Qualen, die er durchmachte, seit der Inhalt des Kästchens verschwunden war. La Borde versicherte ihm, dass auch er nicht mehr wisse. Der König habe ihm nichts anvertraut. Während sie sich in Vermutungen über die Unterschlagung der Steine und des Dokuments ergingen, meldete ein Diener dem Hausherrn, dass ein Priester ihn zu sprechen wünsche. La Borde bat seinen Freund, ihn zu entschuldigen, und zog sich in sein Vorzimmer zurück. Es dauerte eine Weile, bis er zurückkehrte; auf seinen Gesichtszügen war Niedergeschlagenheit zu erkennen.

»Nicolas«, sagte er und ließ sich in einen Lehnsessel fallen, »machen Sie sich auf das Schlimmste gefasst. Was halten Sie von Gaspard?«

»Der Junge ist ergeben, geschickt, hilfsbereit und angenehm, aber, nun ja, viel zu geldgierig, um ihm zu vertrauen.«

»Das haben Sie sehr richtig erkannt, und Ihre Klarsicht deprimiert mich, der ich dachte, er sei die Ergebenheit selbst, und ihn dem König empfohlen hatte im Vertrauen auf seine Diskretion.«

»Was hat er getan, dass Sie sich solche Gedanken machen?«

»Er hat uns ständig verraten, und das seit Langem schon. Der Priester, der mich sprechen wollte, hat ihm soeben die Beichte abgenommen. Er befindet sich in einer Kammer unter dem Dach des Hauses, in dem meine Domestiken wohnen. Seit seiner Rückkehr aus Versailles ist er krank. Der gerufene Arzt hat den Beginn von Pocken der schlimmsten Art diagnostiziert.«

»Ich meine mich zu erinnern, gehört zu haben, dass er, als man das Personal aus dem Zimmer des Königs geschickt hat, gesagt hat, er habe keine Angst, da er sie bereits gehabt habe.«

»Er hat uns belogen. Zutiefst erschüttert über den Tod Seiner Majestät, glaubt er, er sei verloren, und wollte sein Gewissen erleichtern. Er hat den Beichtvater gebeten, mich zu holen, weil er vertraulich mit mir sprechen müsse. Ich komme von ihm. Der Pfiffikus hat den König ausspioniert und alles berichtet, was um ihn herum vorging. Er hat auf mehreren Hochzeiten getanzt, da er von Natur aus geldgierig war, wie Sie richtig bemerkt haben. Die Leute von Choiseul und d'Aiguillon bezahlten ihn gleichzeitig für seine Dienste, und vielleicht auch noch andere. Wenn man ihn bezahlte, plauderte er. Zu seinem Pech erhielt er von seinen verborgenen Herren den ausdrücklichen Befehl, in den Gemächern des Königs zu bleiben, auf die Gefahr hin, sich anzustecken.«

In Nicolas blitzte die Erinnerung an eine Audienz im Sitzungszimmer auf, bei welcher der König ihm in Anwesenheit von Sartine seine Anweisungen vor seiner Reise nach England gegeben hatte. In seiner Erinnerung war der blaue Junge in der Nähe gewesen, er war es gewesen, der ihn nach der Messe geholt hatte. Das war also vermutlich die Erklärung für die Ereignisse, die sich auf seinem Weg nach London abgespielt hatten.

»Zweifellos«, fuhr La Borde fort, »war er da, als der König

Ihnen das Kästchen ausgehändigt hat, versteckt im Alkoven hinter den Vorhängen. Er ist herausgekommen, sobald der König eingeschlafen war. Erinnern Sie sich, wir sind in dem Salon mit der Uhr auf und ab gegangen, bevor der König aufgewacht ist und mich gebeten hat, Madame du Barry zu holen.«

»Das ist alles schön und gut«, sagte Nicolas. »Trotzdem erklärt das für mich nicht den Austausch des Inhalts des Kästchens. Und wenn dieser irgendwann stattgefunden hat, warum hat man mich dann so erbittert verfolgt auf dem Weg nach Meaux?«

»Vielleicht einfach nur, weil es mehrere parallele Verschwörungen gab und die Drahtzieher des einen nicht zwangsläufig von den Machenschaften des anderen wussten. Jedenfalls bittet er Sie um Verzeihung, weil er, wie er sagt, bedauert, dass er Ihnen Schaden zugefügt hat, Ihnen, der Sie immer so gut zu ihm gewesen sind.«

»Ich hoffe, dass er mit dem Leben davonkommt. Aber er kann ganz beruhigt sein: Da ich ihm niemals mein Vertrauen geschenkt habe, bin ich ihm nicht böse. Um einen Gefallen bitte ich Sie jedoch: Sorgen Sie dafür, dass man ihn für tot hält. Das bedeutet Sicherheit für ihn und für Sie, zumal wir nicht wissen, was die Zukunft uns bringen wird und welchen Gebrauch wir von seinen Enthüllungen werden machen können.«

»Es wird geschehen, wie Sie wünschen. Was werden Sie jetzt tun?«

»Sie sich ausruhen lassen, denn das haben Sie nötig! Morgen früh beabsichtige ich Monsieur de Sartine zu berichten und ihn um Rat zu fragen. Was meinen Sie, kann ich ihn in das Geheimnis, das uns verbindet, einweihen?«

»Der König ist tot. Das entbindet uns nicht von unserer Treue, erlaubt uns aber, das Wesentliche hinsichtlich der Erfüllung seines letzten Willens zu enthüllen. Im Übrigen kannte der Polizeipräfekt, der das volle Vertrauen seines Herrn genoss, all seine Geheimnisse. Außer dieses, vielleicht.«

Als Nicolas in die Rue Montmartre zurückkehrte, war Catherine noch wach und öffnete ihm. Sie händigte ihm sofort die Schlüssel für die neuen Schlösser aus, die noch am selben Tag angebracht worden waren. Sie war dabei, Kuchen mit den ersten Sauerkirschen eines Baums in dem kleinen Garten des Hôtel de Noblecourt zu backen, der sehr früh bereits zahlreiche kleine, feste und duftende Früchte trug. Nicolas ließ sich auf einen Stuhl in der Küche fallen, und als Catherine ihn so erschöpft sah, machte sie sich daran, ihm ein paar Süßigkeiten zu bereiten. Sie schnitt aus den Teigresten ungleichmäßige Dreiecke, die sie in heißes Öl tauchte, in dem sie sich krümmten und dann aufblähten wie von einem inneren Atem beseelt. Sie wurden mit dem Schaumlöffel gerade rechtzeitig herausgeholt, bevor sie braun wurden, und auf ein Gitter gelegt, um abzutropfen, bevor sie mit Zucker bestreut wurden. Nicolas verschlang aus Nervosität oder weil er wirklich Hunger hatte, ein gutes Dutzend, wozu er seiner Gewohnheit entsprechend eine Flasche Cidre trank. Nachdem er in seine Wohnung hinaufgegangen war, ließ er sich erschöpft auf sein Bett fallen.

Samstag, den 14. Mai 1774

Am frühen Morgen erschien Nicolas im Hôtel de Gramont in der Rue Neuve Saint-Augustin. Als er eintrat, begegnete er Monsieur

Dufort de Cheverny, der früher beim König die Botschafter einge-führt hatte und jetzt Gouverneur von Le Blésois war; er war ein Freund von Sartine. Er schätzte Nicolas, den er bei einem klei-nen Diner des Königs kennengelernt hatte und der einmal eine heikle Geschichte mit Wechseln hatte regeln können.

»Monsieur le Commissaire«, sagte der Comte, »ich hoffe, dass Ihre Anwesenheit unseren Freund aufheitern wird. Erlau-ben Sie mir vorab, Ihnen zu sagen, dass Ihre Aufopferung am Totenbett Seiner Majestät bis zum letzten Augenblick für alle seine Angehörigen ein großer Trost war. Jetzt ist der Tod unse-res Herrn für ein unsensibles Volk Anlass zum Singen und La-chen. Wenn eine Regentschaft endet und eine andere beginnt, weiß man genau, was man verliert, aber noch nicht, wen man bekommt. Sie werden Monsieur de Sartine sehr verbittert vor-finden.«

»Dann ist also etwas Ernstes geschehen im Schloss La Muette, wo er den König treffen sollte?«

»Das kann man so sagen. Ich fürchte, dass er, der sonst so be-sonnen ist, es an Geistesgegenwart hat fehlen lassen. Der Dau-phin – nun ja, der neue König – ist der beste Mensch. Es ist kein Wunder, dass die Last der Krone ihn erschreckt. Er weiß natür-lich nicht, wem er vertrauen kann, da er zu den gegenwärtigen Amtsinhabern kein Vertrauen hat. Deswegen war es ihm wich-tig, als Erstes den Polizeipräfekten zu fragen.«

»Das war eine gute Entscheidung.«

»Gewiss, aber Seine Majestät hat unseren Freund in Verlegen-heit gebracht, indem er ihm einen Sessel hinrückte und ihn zwang, sich zu setzen. Er hat ihm viele Fragen zu seinem Amt gestellt und dann sein Herz geöffnet und verlangt, dass er ihm

Personen nenne, die imstande wären, die Geschäfte zu leiten. Aber ...«

»Aber?«

»Aber Monsieur de Sartine hat die Gelegenheit nicht beim Schopf gepackt. Wenn er, anstatt zu sagen, er würde ihm übermorgen darauf antworten, sein Wissen über die Regierungsangelegenheiten, die besonders im Argen liegen, weitergegeben hätte, könnte man mit einiger Sicherheit davon ausgehen, dass der junge König ihm sofort sein ganzes Vertrauen geschenkt hätte. Er wäre der Erste Minister geworden, aber so wird Seine Majestät, da er die erhoffte Unterstützung nicht von ihm bekommen hat, sich anderswo umsehen.«

Nicolas war vorgewarnt: Sein Chef würde ihn wie an seinen übellaunigen Tagen empfangen. Tatsächlich erwiderte er Nicolas' Gruß nur brummend, wie abwesend, und sogar ohne Interesse für die mit Siegeletiketten und Schnüren bedeckten Weidenkörbe, Perückenneuheiten, die vermutlich von den besten Perückenmachern aus allen Ecken Europas stammten. Der Polizeipräfekt hob nicht einmal den Blick, sondern betrachtete seine Hände. Nicolas hatte keine Lust zu warten, bis Sartine eine Frage zu stellen geruhte, und berichtete von seiner Anwesenheit am Bett des verstorbenen Königs zusammen mit La Borde und schilderte ohne Umschweife die Mission, mit der er betraut worden war, die Ereignisse in der Rue Montmartre und diejenigen auf der Straße nach Meaux, bis hin zu seiner Begegnung mit der in Ungnade gefallenen Favoritin und dem Verrat des blauen Jungen.

Während er dies erzählte, konnte er spüren, dass das Interesse von Monsieur de Sartine allmählich erwachte, ohne dass er jedoch irgendeine Reaktion zeigte. Schließlich stand er auf und wanderte durch das Zimmer. Dann setzte er sich wieder, nahm ein Blatt Papier, schrieb ein paar Worte und faltete und siegelte es.

»Danke, Nicolas«, sagte er, »dass Sie dort gewesen waren, wo ich nicht sein konnte, weil meine Aufgaben und der Aufruhr in Paris mich davon abgehalten haben. Im Übrigen schätze ich Ihre Loyalität. Wir müssen jetzt dem neuen König vertrauen. Er erweist mir die Ehre, mich anzuhören … oder zumindest …«

Er beendete den Satz nicht und lächelte bitter.

»Im Übrigen kennt er Sie, glaube ich. Das hier ist ein Schreiben, das Ihnen problemlosen Zugang zu ihm verschaffen wird. Verlieren Sie keine Minute. Zögern Sie nicht, sobald Sie zurück sind, mir Bericht zu erstatten, selbst wenn ich dafür geweckt werden muss. Ich habe gute Gründe anzunehmen, dass es im Interesse des Königreichs ist. Wir werden darauf zurückkommen. Die Intrige weidet auf dem Feld der Lilien wie nie zuvor!«

Nicolas stürmte die Stufen des Hôtel hinunter, ließ sich einen Wagen geben und befahl, ihn unverzüglich zum Schloss La Muette zu fahren, das am Rand des Bois de Boulogne lag. Während der Fahrt vergegenwärtigte er sich noch einmal den Verlauf seines Treffens mit Monsieur de Sartine. So erschüttert wie heute hatte er den Polizeipräfekten im Laufe ihrer langen Zusammenarbeit zuvor erst ein einziges Mal erlebt. War es der Kummer darüber, dass die engen Bande, die Sartine über Jahre hinweg mit seinem Herrscher geknüpft hatte, nun durch den Tod zerrrissen worden waren? Oder handelte odes sicher um die Angst eines Machtmenschen, dessen Einfluss unter der neuen Regentschaft abzunehmen oder sogar zu verschwinden drohte Nicolas dachte, dass dies für alle Diener gelten würde, die Ludwig XV. nahegestanden hatten, denn La Borde drückte die gleiche Furcht auf andere Weise aus.

Als er sich dem Schloss La Muette näherte, wurde er von der fröhlichen Atmosphäre überrascht, die eine müßige Menge unter dem Laub des Bois de Boulogne animierte. Improvisierte Schenken waren errichtet worden, wo Oblaten und Kokosnüsse verkauft wurden. Er beobachtete einen dieser Händler mit seinem Springbrunnen aus Blech auf dem Rücken und einer mit Kupferplatten und Reiherfedern geschmückten Kappe auf dem Kopf. Um die Taille hatte er eine weiße Schürze gebunden, und an seinem Gürtel hingen an einer Kette zwei Silberbecher. Da die Kutsche in den langsamen Menschenströmen für einen Augenblick halten musste, hörte Nicolas den traditionellen Ruf: »In der Kühle, in der Kühle, wer will trinken?« Ein Mann, der seinen Durst stillte, musste zu seiner Überraschung mit ansehen, wie ihm sein Becher aus den Händen geschleudert wurde, fortflog und die Menschen um ihn herum mit Süßholzwasser benetzte. Jemand war auf die Kette getreten, die sich gespannt und das Unglück ausgelöst hatte. Weiter entfernt drängten Schaulustige sich um eine Laterna magica. Ihr glücklicher Besitzer versprach, um Kundschaft anzulocken, zu zeigen, »was man nirgendwo anders zu sehen bekommen wird, nämlich die Entjungferung eines Mädchens der Oper«. Er hatte sich mit einer dicken Frau zusammengetan, die den Menschenauflauf nutzte, um duftende Croquets aus einer Dose zu verkaufen, die an einem Riemen um ihren Hals hing. Nicolas war trotz seines Kummers nicht unempfänglich für die Fröhlichkeit des liebenswürdigen Völkchens, das sich da in der unmittelbaren Umgebung der königlichen Residenz versammelte, in der oft enttäuschten Hoffnung, einen Blick auf die Bewohner zu erhaschen und ihre Wünsche für die neue Zeit hinauszuschreien.

La Muette – oder La Meute, wie die alten Pariser aus der Zeit, da es den Hauptmann der königlichen Jagden beherbergt hatte, immer noch sagten – hatte den Tod der Duchesse de Berry, der allzu geliebten Tochter des Regenten Philippe II. d'Orléans, erlebt. 1747 hatte der verstorbene König es wieder aufbauen lassen, um es in ein Lustschloss und einen Jagdtreffpunkt umzuwandeln. Ludwig XVI. und Marie-Antoinette residierten dort mit einem reduzierten Hofstaat. Nicolas hatte keine Schwierigkeiten, ins Schloss zu kommen. Der Hauptmann der Leibwache gab ihn in die Obhut von Monsieur Thierry, bis jetzt Erster Kammerdiener des Dauphin, der mit der Thronbesteigung seines Herrn der Nachfolger von Monsieur de La Borde wurde. Dieser diskrete und höfliche Mann nahm das Schreiben von Monsieur de Sartine entgegen, zog sich zurück und kam dann wieder, um den Besucher in einen Salon zu führen, in dem sich bereits zwei Männer befanden. In dem einen, der einen violetten Traueranzug trug, erkannte Nicolas denjenigen, den er immer noch in seinem Inneren den Dauphin nannte, und in dem anderen Monsieur de la Ferté, den Intendanten der *Menus-Plaisirs*.

»Wer sind Sie?«, fragte der König, der Letzteren prüfend betrachtete und nach links und rechts blinzelte.

»Sire, ich heiße La Ferté und komme, um Ihre Befehle entgegenzunehmen.«

»Wie! Warum?«

Nicolas fiel der etwas zu schroffe Ton auf. Monsieur de La Ferté wich verunsichert zurück.

»Weil ich … Sire, ich bin der Intendant des Menus.«

»Was sind diese Menus?«

»Sire, das sind die kleinen Vergnügungen Ihrer Majestät wie etwa Theatervorstellungen.«

»Meine kleinen Vergnügungen sind unsere Spaziergänge zu Fuß im Park. Wir brauchen Sie nicht.«

Er wandte ihm den Rücken zu und bemerkte Nicolas. Der Herrscher erkannte ihn nicht sofort. Seine hellen Augen voller Sanftmut und Unsicherheit verrieten eine Kurzsichtigkeit, die ihn ohne Brille in eine verschwommene Welt versetzte und seinem Blick jede Selbstsicherheit raubte. Nicolas meinte die ausdrucksvollen dunklen Augen des verstorbenen Königs wiederzusehen. Erneut überraschte ihn die Größe seines neuen Herrschers, der ihn um einen guten Kopf überragte. Doch es fehlte seiner Gestalt an Harmonie, die Beine waren zu kräftig, das Gesicht war ein wenig schlaff, und die Zähne standen ziemlich schief. Bereits irritiert von Monsieur de La Ferté, kam der König auf Nicolas zu, um ihn zu mustern, dann hellte sich sein Gesicht auf in einem liebenswürdigen, aber wenig anmutigen Lächeln.

»Ah, Monsieur, wissen Sie, dass wir ein gutes Gespräch mit Ihrem algonkinischen Freund gehabt haben? Wirklich sehr interessant.«

Er zog den vollkommen zerknitterten Brief Sartines aus seinem Anzug.

»Monsieur de Sartine, in den ich großes Vertrauen habe, drängt mich, Ihnen zuzuhören.«

Er blickte hinter sich. Monsieur de La Ferté, der begriff, dass er überflüssig war, zog sich rückwärts gehend zurück.

»Wir hätten es sowieso getan«, fuhr der König fort. »Unser Großvater schätzte Sie außerordentlich, womit Sie uneingeschränkten Zugang zu unserer Person verdienen. Wir hören, Monsieur.«

Er hatte das alles ohne jedes Zögern und im Bewusstsein seiner Majestät gesagt, was durch den Gebrauch der ersten Person Plural, die eine etwas künstliche Distanz schuf, noch betont wurde. Er setzte sich und forderte Nicolas auf, sich ebenfalls zu setzen; dieser zögerte, musste aber nach einer zweiten, herrischeren Geste gehorchen. Er kam sofort zur Sache, ein wenig abrupt, und erklärte klar und prägnant, was der verstorbene König ihm befohlen hatte, sowie die genauen Umstände, unter denen das Kästchen ihm in Gegenwart von Monsieur de La Borde übergeben worden war. Dann sprach er Gaspards Beichte an. Der König unterbrach ihn nicht; von Zeit zu Zeit holte er eine kunstvoll gearbeitete Uhr hervor, mehr um versonnen ihr Uhrwerk zu betrachten, als um irgendeine Ungeduld zu zeigen. Nicolas erwähnte auch in aller Kürze die Möglichkeit, dass diese Episode die Folge einer Angelegenheit sein könnte, die ihn persönlich betreffe und wegen welcher der verstorbene König ihn nach England geschickt habe. Ludwig XVI. sagte kein einziges Wort. Er stand auf und zog an einer Tapisserieschnur. Fast sofort erschien Monsieur Thierry, dem er befahl, den Duc de La Vrillière zu holen, der immer noch Minister der Maison du roi war. Der kleine unscheinbare Mann erschien, verneigte sich vor dem König und warf einen zerstreuten Blick auf Nicolas. Dieser war an seine flüchtige Höflichkeit gewöhnt.

»Monsieur le Duc«, sagte der König, »Commissaire Le Floch hat mir alles erzählt. Das überrascht Sie nicht, nicht wahr?«

»Gut, gut. Er ist ein Mann von uns, ein Mann der Ehre, der Ehre. Es konnte gar nicht anders sein.«

Nicolas verstand kein Wort von diesem Wortwechsel. Der König begann zu lachen, er schüttelte sich förmlich vor Fröhlichkeit, was Nicolas schockierte, der in seinem Herzen noch die Trauer um seinen alten Herrn wie eine offene Wunde trug. Ihm wurde bewusst, dass der Dauphin erst zwanzig war.

»Monsieur«, fuhr der König fort, »unser Großvater schätzte Sie. Er bevorzugte auch eine Art des Handelns, deren höchster Wert die Geheimhaltung ist, die wichtiger ist als die Rücksicht, die man den menschlichen Werkzeugen, die man benutzt, und sogar dem Völkerrecht schuldet. Fahren Sie fort, Monsieur le Duc.«

»Gut, gut«, sagte La Vrillière und blickte an die Decke, »der König hat harmlose Steine und weißes Papier in das Kästchen legen lassen, das er Ihnen übergeben hat. Eine geschickte List, um Ihnen diejenigen auf den Hals zu jagen, die ein Interesse daran hatten, dieses Kästchen an sich zu bringen. Das war eine Möglichkeit für ihn, sie zu verwirren.«

»Aber, Monsieur le Duc«, sagte Nicolas verblüfft, »wie konnte Seine Majestät vorhersehen, was mir anschließend passiert ist?«

»Wie? Wie? Bilden Sie sich nur nicht ein, Monsieur, im Mittelpunkt der Intrigen zu stehen und das einzige Opfer der Machenschaften zu sein. Wir haben wiederholt festgestellt, dass auf unverständliche Weise Informationen durchsickerten, von denen nur der König und einige der Seinen wussten. Wir verdächtigten

403

schon seit Langem jemanden vom Personal, von denen, die immer um den König sind und die man nicht mehr bemerkt, so sehr gehören sie zur Einrichtung. Wer dieser Verräter ist, werden wir vermutlich niemals erfahren.«

»Irrtum«, sagte der König, »Monsieur de Ranreuil hat den Schuldigen soeben entdeckt. Ein blauer Junge, ein gewisser Gaspard.«

»Gut, gut«, sagte La Vrillière, »dann ist dieses Thema also beendet. Commissaire Le Floch bleibt in Ihrem Dienst, Sire, das empfehle ich Ihnen. Dieser Fall beweist uns erneut, wenn es dessen überhaupt bedurfte, seine Loyalität.«

Nicolas hatte das Gefühl, dass es damit sein Bewenden haben würde, doch er konnte sich damit nicht abfinden. Schließlich ging es hier auch um seine Ehre. Und um das Versprechen, das er einer gefallenen Frau gegeben hatte: jenes Kästchen wiederzufinden, das der König ihm anvertraut hatte. Sollte er das Opfer eines Schweigens sein, das todsicher dazu führen würde, dass die Comtesse du Barry ihn verachten würde? Er zögerte nicht mehr.

»Monsieur«, sagte er zu La Vrillière, »ich kann die Vorsichtsmaßnahme des Königs verstehen, aber mit Ihrer Erlaubnis, Sire, würde ich doch gern wissen, was mit dem echten Kästchen geschehen sollte.«

»Na ja«, sagte La Vrillière, »ich sollte es der Dame nach dem Tod des Königs aushändigen lassen.«

»Und …«

»Und, Sie neugieriger Mensch, ich tat es nicht, da ich mir dachte, dass mein Dienst nach dem Tod meines Herrn sofort enden würde und seine Befehle keine Relevanz mehr hätten. Sein

Nachfolger würde entscheiden müssen, ob er sie widerrufen oder erneuern wollte.«

»Aber«, sagte Nicolas empört, »ich habe einer unglücklichen Frau mein Wort gegeben. Was soll ich ihr jetzt sagen?«

»Gemach, gemach! Es gibt nichts zu sagen«, erwiderte La Vrillière schroff. »Sie soll sich glücklich schätzen, dass der König so nachsichtig ist.«

Nicolas wurde schwindlig vor Empörung. Der König blickte ihn scharf an, und sein Gesicht verschloss sich.

»Monsieur Le Floch hat recht«, sagte Ludwig XVI. schließlich. »Gutes Blut kann nicht lügen. Nehmen Sie, Monsieur.«

Der König holte den kleinen roten, versiegelten Samtbeutel heraus, der die Diamanten enthalten sollte, und reichte ihn ihm lächelnd.

»Überprüfen Sie den Inhalt, Monsieur.«

»Ihre Majestät macht sich lustig über mich. Sie weiß, dass ich dem König stets und mit geschlossenen Augen gehorche.«

»Es ist gut, Monsieur. Hier ein Brief für die Äbtissin. Wir haben Ihnen so sehr vertraut, dass wir Ihr Kommen vorhergesehen haben. Was besagte Dame betrifft, richten Sie ihr von mir aus – und mein Wort ist so gut wie ein Fetzen Papier –, dass der Respekt, mit dem wir das Andenken unseres Großvaters ehren, jede Art von schlechten Manieren ihr gegenüber ausschließt. Sie soll sich beruhigen, geduldig sein und nicht von sich reden machen. Diese Unglückliche ist mehr zu bedauern als viele von denen, die sie im Stich lassen.«

Er sah La Vrillière von der Seite an.

»Jedenfalls soll sie überzeugt sein, dass Choiseul, dessen Rache sie, wie ich weiß, fürchtet, niemals – wir sagen niemals – in die Politik zurückkehren wird. Also, Monsieur, eilen Sie, um Ihre Ehre reinzuwaschen; sie ist mir teuer.«

Nicolas fiel vor dem König auf die Knie, der ihn unter dem ausdruckslosen Blick des Ministers hochzog.

Auf dem Rückweg bemühte sich Nicolas, an nichts zu denken und seine Aufmerksamkeit auf das Treiben auf der Straße zu konzentrieren. Seine erste Reaktion war gewesen, die letzte Vorsichtsmaßnahme des Königs zu akzeptieren und zu verstehen. Dennoch sagte er sich, dass ein aufrichtigeres Vorgehen ebenso wirksam gewesen wäre und ihm erlaubt hätte, die mit dieser Mission verbundenen Risiken abzuschätzen. Dann hätte er aus ganzem Herzen akzeptiert, dass man ihn als Köder benutzte. Im Übrigen zählte sein Leben in dieser Angelegenheit so gut wie nichts. Die Kugel, die ihm bestimmt war, hatte ihn knapp verfehlt, und ohne Bourdeaus Eingreifen würde sein Leichnam in irgendeinem schattigen Dickicht der Brie vermodern. In Wahrheit wusste er überhaupt nicht mehr, was er denken sollte. Er erinnerte sich an La Bordes Worte während der schrecklichen Tage der Agonie des Königs. Der König hatte unermüdlich einen lange vorbereiteten Plan verfolgt. Die Bestimmtheit und die Hartnäckigkeit, mit denen er ihn verfolgte, hatten sogar seinen Ersten Kammerdiener überrascht. Er hatte nach den Sterbesakramenten erst verlangt, als er überzeugt gewesen war, dass es keine Rettung mehr gab.

Andere, bittere Worte, wie diejenigen Bourdeaus, fielen Nicolas wieder ein. Der Inspektor, der seine Arbeit sehr ernst nahm, machte sich schon lange keine Illusionen mehr über die Dankbarkeit und die Wertschätzung der Mächtigen. Erstere war ihm zufolge der einzige Reichtum der Armen und Letztere eine

Illusion derjenigen, die glaubten, sie zu genießen. »So sind die Großen eben ...«, fügte er hinzu und blickte zum Himmel. Nichtsdestoweniger versah er weiterhin seinen Dienst ohne überflüssige Launen. Nicolas nahm sich vor, seinem Beispiel zu folgen. Mit den Jahren blieben Enttäuschungen nicht aus. Die Lektionen häuften sich, ohne dass man Konsequenzen aus ihnen zog. Musste man die Ergebenheit und Loyalität in diesen Zeiten der Disziplinlosigkeit und Verlotterung nicht eigentlich naiv nennen? Dennoch wollte er es nicht glauben. Es lag mehr Ehre darin, sich an seine eigenen Regeln zu halten, als sich durch das Jahrhundert treiben zu lassen. Mit diesen Gedanken betrat er das Hôtel de Gramont.

Monsieur de Sartine beendete gerade sein Mittagessen*, ziemlich spät, weil dringende Angelegenheiten seine Aufmerksamkeit erfordert hatten. Die Serviette noch in der Hand, eilte er herbei. Nicolas berichtete ihm Wort für Wort seine Audienz beim neuen König. Sartine hörte ihm zu, ohne ihn zu unterbrechen, mit frostigem Gesichtsausdruck. Ein langes Schweigen folgte.

»Dann kannte der Duc de La Vrillière also die Mission, mit der der König Sie betraut hatte«, sagte er schließlich, »und das von Anfang an?«

Erneutes Schweigen, bevor Sartine wieder sprach, aber er schien nur mit sich selbst zu reden, und Nicolas konnte seine Worte kaum verstehen.

»Ich kenne ihn nur zu gut ... Es war dumm von mir, dass ich ihn verkannt habe, indem ich Zuneigung zu ihm gefasst habe.

---

* Damals aß man um 11 Uhr vormittags zu Mittag (Anm. des Autors).

Man soll Gefühle nicht mit den Geschäften vermischen … Was für ein Irrtum! Zwanzig Jahre hat mein Stolz sich mit Niederträchtigkeit vollgestopft, und ich sollte heute überrascht sein, dass einem davon übel wird! Dieser Augenblick ist entscheidend … Verzichten wir auf die Vornehmheit, möge die Klarheit unseren Verstand leiten.«

Er blickte auf, als würde er plötzlich gewahr, dass er nicht allein war. Sein Gesichtsausdruck war jetzt wieder gewohnt undurchdringlich.

»Da es nun mal so ist«, fuhr er fort, »ist es meine Pflicht, den König zu informieren. Hier meine Anweisungen: Commissaire Le Floch – Sie, Nicolas – soll, nachdem er sich zur Abbaye de Pont-aux-Dames begeben hat, sofort nach Paris zurückkehren. Er soll, unterstützt von Inspektor Bourdeau, die Akte des Mords an Madame de Lastérieux wieder öffnen. Er soll die verstreuten Zeugen, die bisher unter dem Schutz einer amtierenden Macht stehen, unter die Aufsicht der Polizei stellen. Sie sollen ergriffen werden und, ordnungsgemäß vernommen, endlich aussagen. Die Ergebnisse der ersten Untersuchung sollen ein förmliches und – ich werde es gegebenenfalls von Seiner Majestät verlangen – geheimes Ermittlungsverfahren speisen. Dafür wird eine Kommission, der ich zusammen mit dem Lieutenant criminel und einer kompetenten Person, die der König bestimmen wird, vorstehen werde, zusammenkommen, Sie anhören und darüber entscheiden, was weiter zu tun sein wird. Ich will, dass diese Folge von Ereignissen, die zweifellos auf geheime und politische Machenschaften zurückzuführen sind, vollständig aufgeklärt wird. Monsieur, Sie wissen, was Sie zu tun haben. Gehen Sie.«

Monsieur de Sartine, dessen Gesicht wieder Farbe angenommen hatte, schlug seine Waden mit der Serviette, als wäre sie eine Reitgerte, die Jagdstiefel peitscht.

Hinter Meaux durchflutete die aufgehende Sonne die Straße und die Wiesen und Felder mit ihrem Licht. Durch die geöffneten Fenster wehte eine leichte Brise Düfte von nassem Gras und Blumen herein, und man hörte unaufhörlich die Vögel zwitschern. Der wolkenlose Himmel verstärkte noch die Heiterkeit dieser erneuten Reise, zu der Nicolas eilig aufgebrochen war, glücklich, seine Mission vollenden zu können. Er war in ungeduldiger Erwartung, endlich handeln und, wie er hoffte, ein Schicksal wieder in die Hand nehmen zu können, das lange genug ungünstig gewesen war.

Er erreichte die Abtei Pont-aux-Dames kurz vor der Abendmesse. Diesmal wurde er ganz anders empfangen. Die Mutter Oberin, die vermutlich über sein Kommen informiert worden war, überhäufte ihn mit Aufmerksamkeiten. Er musste an der Messe teilnehmen. Madame du Barry, in großer Trauer, das Gesicht über ihr Stundenbuch gebeugt, wirkte wie eine himmlische Erscheinung, die aus einem Kirchenfenster herabgestiegen war. Trotz ihrer Zurückhaltung beobachteten die jüngeren Schwestern ihn verstohlen unter den strengen Blicken der älteren. Im Übrigen hatte Madame de La Roche-Fontenilles nicht mit Lob gespart über »die arme junge Frau« und ihre Sanftmut, ihren Charme, den kristallinen Klang ihrer Stimme, die Lebhaftigkeit ihrer Manieren und sogar ihre glühende Frömmigkeit gepriesen. Anschließend folgte die Comtesse ihm ins Kloster. Die Frühlingsluft vertrieb die feuchten Ausdünstungen der Gewölbe. Die

Äbtissin beobachtete sie diskret im Hintergrund mit wohlwollendem Lächeln. Er berichtete, was der König gesagt hatte, und übergab Madame du Barry den Samtbeutel, dessen Inhalt sie nicht überprüfte, den sie aber seufzend an ihr Herz drückte.

»Wie, Monsieur le Marquis, kann ich Ihnen meine Dankbarkeit ausdrücken?«

Nicolas erinnerte sich, dass eine andere Favoritin, die ebenfalls in Gefahr gewesen war, ihn einst so genannt hatte.

»Indem Sie mich als einen treuen und loyalen Diener des Königs in Erinnerung behalten, Madame.«

»Ich bete zum Himmel, Monsieur, eines Tages erneut Ihre Hilfe in Anspruch nehmen zu können.«

»Sie ist Ihnen sicher.«

Sie bat ihn, einen Augenblick zu warten. Als sie zurückkam, reichte sie ihm eine kleine goldene Tabakdose mit Guilloche-Muster, deren Deckel mit einem Miniaturporträt Ludwigs XV. geschmückt war.

»Das ist alles, was eine arme Frau tun kann, um ihre Dankbarkeit zu zeigen.«

Nicolas verbeugte sich. Seine Rührung war nicht groß genug, um sich ein inneres Lächeln zu verkneifen, als er die Comtesse, deren Reichtum enorm war und den er sogar noch vermehrt hatte, indem er ihr fünf Diamanten, letzter Liebesbeweis eines alten Geliebten, gebracht hatte, von ihrer Armut sprechen hörte.

»Madame, ich bitte Sie zu glauben, dass ich mich von diesem Erinnerungsstück niemals trennen werde.«

Er verabschiedete sich von den beiden Frauen und machte sich auf den Weg zurück nach Paris. Er brannte immer noch vor Tatendrang. Das Verbrechen und der Verrat, die ihre Netze um ihn knüpften, würden ihren Meister finden. Er würde die Hydra niederzwingen, in deren Klauen er seit Julies Tod gefangen war. So wie die Sonne die Schatten vertreibt, würden die Ermittlungen und die Justiz die Schuldigen entlarven. Das Innere der Kutsche wurde von Abendlicht durchflutet, das den abgewetzten Samt der Bänke mit einem Moirémuster überzog. In diesen Tagen, in denen alles ins Wanken geriet, nährte ein neuer, von aller Trauer und allem Schrecken befreiter Wille sein Glück.

XII

Die Thermen des Julian

In den Dingen ist alles vermischt …
Nichts ist eins, nichts ist rein.

Chamfort

Sonntag, den 15. Mai 1774

Nach einer traumlosen Nacht wachte Nicolas erholt und mit klarem Kopf auf. Er begleitete Marion und Poitevin zur ersten Messe in Saint-Eustache, wo er sich der beruhigenden Wirkung der Gebete und Gesänge überließ, umgeben von Weihrauchschwaden, mit denen einerseits Gott geehrt werden sollte und andererseits bei diesem stürmischen Wetter die durchdringenden Gerüche vertrieben wurden, die aus der Krypta emporstiegen, in der die Bewohner der Pfarrgemeinde beerdigt wurden. In ebendieser Kirche hatte er der Begräbnisfeier für Rameau beigewohnt und an Madame de Pompadour gedacht, die hier getauft worden war. Dann schalt er sich für seine Zerstreutheit wie einst im Collège, vertiefte sich in eine einfache Meditation und bat den Himmel, ihm zu helfen, damit endlich Gerechtigkeit geschähe.

Ein Hirtenbrief des Erzbischofs von Paris, der vom Tod des Königs berichtete, wurde von der Kanzel verlesen. Der wortreiche und salbungsvolle Text endete mit der Schilderung einer Geste des Dauphins, der Almosen an die Armen hatte verteilen lassen, um sie einzuladen, den Himmel um die Bewahrung der Tage seines Großvaters zu bitten. Ein Gemurmel inbrünstigen Glaubens stieg aus der Menge der Gläubigen auf.

Wieder zurück in der Rue Montmartre, weckten die warmen morgendlichen Wohlgerüche, die aus der Bäckerei drangen, seinen Appetit und erinnerten ihn daran, dass er am Vorabend nichts gegessen hatte. Catherine, ein Freigeist, die sich gewöhnlich über die Messen und Machenschaften der Priester lustig machte, empfing sie spöttisch, die Hände in die Hüften gestemmt. Diese Haltung betrübte die alte Marion, die erfolglos versuchte, die ehemalige Marketenderin zu bekehren, die sie wie eine Tochter liebte, die ihr auf ihre alten Tage noch geschenkt worden war. Nicolas setzte sich an den Tisch vor einen Berg von Brioches und einen Becher dampfender Schokolade.

Obwohl der Sonntag etwas Heiliges war, beschloss Nicolas, sich ins Châtelet zu begeben, um die Notizen in seinem schwarzen Heft durchzugehen und die verstreuten Elemente von Ereignissen zusammenzufügen, die durch einen roten Faden miteinander verbunden waren. Trotz des immer drückenderen und feuchteren Wetters machte er sich zu Fuß auf den Weg. Er war froh, dass er einen weißen Überzug aus leichtem Drillich angezogen hatte, da er das Gefühl von Feuchtigkeit auf der Haut hasste. Der alte Marie begrüßte ihn, ohne überrascht zu sein, da er seit

Langem an die unkonventionellen Arbeitszeiten seiner Chefs gewöhnt war. Im Bereitschaftsbüro fand er zu seiner Freude Bourdeau vor, der Blut und Wasser schwitzte über einem Bericht.

»Wunderbar«, sagte dieser, »Ihre Anwesenheit beraubt Sie eines in Schönschrift geschriebenen Berichts. Ich wusste nicht, dass Sie schon aus Meaux zurückgekehrt sind. Ich habe mich für Sie abgeplagt.«

Nicolas erzählte ihm kurz die letzten Ereignisse: Die Audienz bei Monsieur de Sartine, seine Begegnung mit dem neuen König, und zum Schluss informierte er ihn über die überraschenden Anweisungen, die sie wieder auf die Fährte eines geheimnisvollen Gegners setzten.

»Damit ist wenigstens Klarheit geschaffen«, sagte Bourdeau anerkennend. »Unsere Hintergedanken stehen von jetzt an im Einklang mit dem Willen des Polizeipräfekten. Keine Bedenken mehr! Ich habe die beiden Leichen nach Paris gebracht, diejenige des Kutschers wurde, würdig zurechtgemacht, seiner Familie übergeben, zusammen mit einer anständigen Summe, die ihr berechtigtes Verlangen nach Erklärungen stillen wird. Der Leichnam Cadilhacs, des Mannes also, der nach Ihrem Leben trachtete, wurde in der Basse-Geôle untersucht. Die Beulen und Blutergüsse stammen in der Tat von Catherines Schlägen mit der Pfanne. Sie ist seit der Schlacht von Fontenoy vor fast dreißig Jahren wirklich nicht aus der Übung gekommen! Um die Rue Montmartre nicht in Panik zu versetzen, habe ich im Garten mithilfe eines Kekses Cyrus um seine Zeugenaussage gebeten. Als der brave Hund mit Cadilhacs Kleidung in Berührung kam, haben sich ihm die Haare gesträubt, und er hat gesabbert vor Wut. Ich habe ihn noch nie so außer sich gesehen.«

»Dann hat Cadilhac also mein Zimmer durchsucht?«

»Ohne jeden Zweifel. Und schließlich habe ich einen Schwarm Spitzel unter Leitung von Rabouine in die Rue des Douze-Portes geschickt. Die Fallen sind aufgestellt, und ich warte auf Tirepot, der uns als Bote dient und dessen vielsagende Ausrüstung so sichtbar ist, dass er nicht mehr auffällt.«

»Das ist alles schön und gut«, sagte Nicolas, »aber das Dringlichste ist jetzt, Balbastre und Maître Tiphaine, den Notar von Madame de Lastérieux, im Châtelet einzusperren, und zwar in strengster Einzelhaft. Ich habe auch über eine andere Maßnahme nachgedacht, man müsste das mit Semacgus besprechen: Könnte Awa sich nicht mit Julia, der Lebensgefährtin des Sklaven Casimir, unterhalten? Vielleicht kann sie diesem armen Mädchen besser als wir die Würmer aus der Nase ziehen?«

»Vermutlich. Die Idee gefällt mir«, sagte Bourdeau. »Das würde uns erlauben, gewisse Verhaltensweisen des Sklaven besser zu verstehen, die nicht so recht zu unseren bisherigen Ermittlungsergebnissen passen. Sie haben recht, wieder ganz von vorn anfangen zu wollen. Ein neuer und klarer Blick wird uns vielleicht helfen, das zu entdecken, was wirklich hinter der ganzen Geschichte steckt.«

Nicolas breitete einen Haufen Papiere aus, die in einem Schrank eingeschlossen gewesen waren. Er öffnete sein kleines schwarzes Heft und vertiefte sich in die Lektüre. Währenddessen erstellte Bourdeau eine Liste, in welcher er manchmal eine Zeile durchstrich, mit vor Anstrengung gerunzelter Stirn. Tirepot überraschte sie bei ihrer zielstrebigen Beschäftigung. Er kam herein, verfolgt von der entsetzten Empörung des alten Marie, der nicht begriff, wie dieser impertinente Kerl die Kühnheit haben konnte, in diesen heiligen Ort der Justiz mit seinen angeblich stinkenden Gerätschaften einzudringen, diesen beiden Eimern, die durch einen Rahmen miteinander verbunden und durch ein Wachstuch geschützt waren, unter dem sich jeder x-Beliebige hinsetzte, um sich gegen ein paar Kupfermünzen zu erleichtern. Um ihn zu provozieren, trällerte Tirepot mit heiserer Stimme sein ewiges »Jeder weiß, was er zu tun hat.«

»Ganz ruhig, meine Lämmchen«, schimpfte Bourdeau am Rande eines Lachkrampfs. »Was hast du dem alten Marie getan, Kanaille, dass er sich so aufregt?«

»Ach, Monsieur Pierre, er wollte mich daran hindern, mit meiner Ausrüstung einzutreten, die er ekelhaft fand. Das ist nun mal mein Broterwerb, und ich rede mir den Mund fusselig, um ihm zu sagen, dass ich im Bewusstsein der Ehre, die mir widerfährt, meine Eimer geleert und sie mit reichlich Wasser am Ufer des Flusses ausgespült habe. Sie sind so sauber, dass man seine Suppe daraus essen könnte. Im Übrigen habe ich mein Notdurfthäuschen unten an der Treppe gelassen. Es ist Sonntag, es wird niemanden stören.«

»Dann schließt endlich Frieden«, sagte Nicolas. »Père Marie, bringen Sie vier Gläser Ihres Stärkungsmittels, damit wir ihn in aller Freundschaft besiegeln als Bretonen, die wir sind.«

Der Amtsdiener zog an seiner Stummelpfeife und schien einen Augenblick nachzudenken.

»Aber nur, weil Tirepot Bretone ist und aus Pontivy …«

Er besann sich und holte vier Gläser.

»Was gibt es Neues?«, fragte Nicolas schließlich und wandte sich Tirepot zu.

»So viel, dass Rabouine sich Sorgen machte, ich könnte das

eine oder andere vergessen«, erwiderte dieser. »Ich musste ihm versprechen, kein Detail auszulassen. Ich berichte dir alles brühwarm. Ich habe es mir unterwegs immer wieder vorgesagt.«

»Ich höre.«

»In der Rue des Douze-Portes gibt es gegenüber dem Pergamenter ein Haus, das weder arm noch reich aussieht. Im vierten wohnt ein alleinstehender Mann mit einer eher ältlichen Dienerin, die jeden Morgen kommt und gegen ein Uhr wieder geht. Der Mann hat keine regelmäßigen Gewohnheiten. Seit wir das Haus beobachten, kommt und geht er zu den unmöglichsten Tages- und Nachtzeiten, seine Mahlzeiten nimmt er häufig in einer kleinen Schenke in der Nachbarschaft, wo er pichelt, ohne mit irgendjemanden zu reden. Bei jeder Gelegenheit benutzt er verschlungene Wege, als fürchtete er, die Häscher wären hinter ihm her. Er ist schwerer zu verfolgen als ein Aal. Aber im Grunde führen all seine Schleichwege immer zum Haus vom Aiguillon.«

»Nicht schlecht!«, sagte Bourdeau.

»Gewiss«, sagte Nicolas, der vor Ungeduld brannte und das Glas, das der alte Marie ihm reichte, auf einen Zug austrank. »Aber du vergisst, uns das Wesentliche zu sagen. Wer ist dieser Mann? Habt ihr seine Identität herausgefunden?«

»Sie kennen ihn wie ich«, erwiderte Tirepot. »Es ist Camusot, der ehemalige Kommissar der Glücksspielpolizei. Derjenige, der mit der Paulet unter einer Decke steckte, ein falscher Fuffziger, mit dem du schon aneinandergeraten bist, Nicolas, er hätte dich beinahe erwischt mit seinem Mauval, diesem Ausbund von Schlechtigkeit, dem du es damals im *Dauphin couronné* so richtig heimgezahlt hast.«

»Er wurde des Amtsmissbrauchs überführt und noch vieler

anderer Dinge verdächtigt«, ergänzte Nicolas. »Er war der Geist, der die Hand von Mauval geführt hat, und die einzige Strafe, die er bekommen hat, war, dass ihm die Leitung der Glücksspiel- polizei entzogen wurde. Ich dachte, er hätte sich aufs Land zu- rückgezogen.«

»Keineswegs«, sagte Tirepot. »Rabouine hat mich beauftragt, euch zu sagen, dass der Erste Minister ihn fürs Grobe benutzt und dass er außerdem eine Apotheke eröffnet hat, die zu allen Gefälligkeiten bereit war, vorausgesetzt, sie wurden großzügig entgolten.«

»Bei Camusot muss man auf alles gefasst sein«, sagte Bourdeau. »Er kennt besser als wir unsere Tricks und Gewohn- heiten.«

»Rabouine denkt wie ihr«, fuhr Tirepot fort. »Entsprechend hat er sein Vorgehen geändert. Die Sicherheitsabstände wurden verlängert, unschuldige Personen, alte Männer und Kinder an- geworben, die die Verfolgung im Wechsel übernehmen. Die Rue des Douze-Points ist entsprechend abgeriegelt. Die Zugänge zur Rue Saint-Louis und zur Rue Neuve-Saint-Gilles stehen unter der aufmerksamen Überwachung durch unsere Männer, die in den oberen Stockwerken der Häuser postiert sind. Ein bezahlter Diener des Hôtels von Aiguillon informiert uns. Das Tier ist be- reits in der Falle, obwohl es sich in Freiheit glaubt. Wir brauchen die Schlinge nur noch zuzuziehen.«

»Gut«, sagte Nicolas. »Jean, ich bin zufrieden mit dir!«

»Was täte man nicht alles für ein so großzügiges ›Land‹!«

Er zwinkerte und streckte die Zunge heraus, Nicolas verstand die Mimik, kramte in seinen Taschen und holte ein paar Louis d'or heraus, die er in eine bereits ausgestreckte Hand legte.

»Mach deinen Frieden mit dem alten Marie und warte auf eine Nachricht für Rabouine«, sagte er. »Er darf mir auf keinen Fall in die Quere kommen. Richte ihm aus, dass er meine Anweisungen befolgen soll. Bourdeau und ich werden unseren Schlachtplan ausarbeiten.«

Hochbeglückt verließ Tirepot das Büro. Nicolas und Bourdeau schwiegen einen Augenblick. Der Inspektor sprach als Erster.

»Ich glaube«, sagte er, »wir müssen versuchen, den Mann auf der Straße mit Camusot in Verbindung zu bringen. Dieser Cadilhac hat schon vor fünfzehn Jahren für den ehemaligen Kommissar gearbeitet. Jetzt hat er versucht, Sie zu töten, und wir entdecken Camusots Adresse bei ihm. Dieser weiß noch nicht, dass sein gedungener Mörder tot ist, zumindest hoffen wir es.«

»Versuchen wir uns in Camusots Lage zu versetzen«, fuhr Nicolas fort. »Vermutlich informiert von Gaspard über meine Mission für den verstorbenen König, lässt er mich verfolgen. Zwischen der Übergabe des Kästchens und meiner Abreise nach Paris sind mehrere Stunden vergangen. Ich werde beschattet, und der Versuch, mich zu bestehlen, ist eine ganz natürliche Folge. Catherine rettet, wenn ich so sagen darf, was zu retten ist. Aber ich werde überwacht. Das Übrige kennen wir: Straße nach Meaux, Angriff, Fehlschlag, Tod. Das ist Camusots Lage. Er hat keine Nachrichten mehr von Cadilhac. Was mag er sich denken? Wenn das Stillschweigen bewahrt worden ist, hat er keinen Grund zu vermuten, dass sein gedungener Mörder tot ist. Alles Übrige versteht sich von selbst. Beunruhigt, nimmt er an, dass sein Komplize zu einem höheren Preis gekauft worden ist oder dass er, sich des Wertes seines Funds bewusst, geflohen ist, um die Beute selbst zu Geld zu machen. Camusot verfügt über so viele Informationsquellen, dass ihm das von uns verbreitete Gerücht, ich sei auf der Straße nach Meaux beraubt worden, bestimmt zu Ohren gekommen ist.«

»Cadilhac war alles andere als dumm«, bestätigte Bourdeau, »da er seit vielen Jahren in Camusots Gaunereien eingeweiht war. Camusot wird wohl annehmen, dass Cadilhac die für Madame du Barry bestimmten Diamanten an sich genommen hat.«

»Und«, fuhr Nicolas fort, »er denkt vermutlich auch, dass der Mann an ein Dokument geraten ist, das ihm noch viel mehr einzubringen scheint, wenn man mit gewissen hochgestellten Personen darüber verhandelt. Sie werden gleich verstehen, worauf ich hinauswill. Nehmen wir an, Camusot, engmaschig überwacht und anscheinend in keiner Weise in den Fall verwickelt, mal abgesehen von seiner Adresse, die wir in Cadilhacs Kleidung gefunden haben, wäre auf die eine oder andere Weise geködert worden, ginge auf diese Einladung ein und würde schließlich anbeißen, dann hätten wir mit ein wenig Glück die Möglichkeit, die Kette dieser Verschwörung zurückzuverfolgen.«

»Gut«, sagte Bourdeau nachdenklich. »Aber wie soll diese Falle aussehen? Er ist kein kleiner Fisch. Er wird umso misstrauischer sein, da er weiß, dass Sie nicht weit sind.«

Nicolas antwortete nicht; er dachte nach, die Augen halb geschlossen. Er ging einen Augenblick hinaus, um sich die Beine zu vertreten, dann kam er zurück und setzte sich Bourdeau gegenüber.

»Wir müssen in die Haut dieses Schurken Cadilhac schlüpfen, wenn er sich in der Situation befunden hätte, in die wir ihn versetzen wollen. Natürlich könnte er sich mit den Diamanten zufriedengeben. Aber er tut es nicht, da er sich bewusst ist, dass dies die Chance seines Lebens ist, der große Coup, auf den er so lange gewartet hat. Allerdings muss er geschickt vorgehen. Er könnte zum Beispiel eine Anzeige in den *Mercure* oder in die *Gazette* setzen der Art: ›Gegenstand gefunden auf der Straße nach Meaux, Rückgabe gegen Belohnung.‹ Sofortiger Einwand: Er würde sich verraten und riskieren, bei der Aufgabe des Anzeigentextes erkannt zu werden.«

»Außerdem ist es keineswegs sicher, dass dieses Angebot gelesen wird.«

»Nehmen wir …«, murmelte Nicolas in fieberhafter Aufregung, »nehmen wir also an, dass Cadilhac einen Boten zu Camusot schickt, wenn unser Mann in der Stadt ist, dass der alten Dienerin ein Schreiben übergeben wird und dass der Emissär sofort verschwindet. Es bleibt ein ordnungsgemäßes Schreiben, durch das Camusot mitgeteilt wird, dass sein Geschöpf aufbegehrt, dass es aufgrund ihrer gemeinsamen Vergangenheit zuerst mit ihm verhandeln will, dass es aber andernfalls an die Tür einer gewissen Pagode klopfen werde, deren Herr im Übrigen seit Kurzem wieder in seiner Pariser Residenz weile. Monsieur de Choiseul sei sicher hocherfreut, ein Dokument zurückzuerlangen, das ihn schwer belasten kann.«

»Das ist besser«, sagte Bourdeau. »Überlegen wir weiter. Um unserer Finte den letzten Schliff zu verleihen und die Sicherheit unseres falschen Cadilhac zu gewährleisten, muss darauf hingewiesen werden, dass das erste Treffen, das reine Höflichkeit ist, Vorverhandlungen über die Bedingungen dient. Es reicht hinzuzufügen, dass sich das Original der Dokumente an einem sicheren Ort befindet zusammen mit einem an die zuständige Person gerichteten Anzeigebrief für den Fall, dass Cadilhac zum angegebenen Zeitpunkt nicht gekommen sein sollte, um seine Papiere zu holen.«

»Einwand«, sagte Nicolas. »Derjenige, der zum Treffen kommt, muss von Camusot erkannt werden. Wenn er ihn nicht sieht, wird er Zweifel bekommen, und die Sache verläuft im Sande.«

»Wir werden ihn auf der Stelle verhaften, was das Problem löst.«

»Genau«, sagte Nicolas. »Ich sehe die Sache so: Cadilhac will nicht selbst verhandeln, er schickt daher einen Freund. Das Ganze könnte im Schatten einer Kirche stattfinden.«

»Camusot wird nicht mit einem Stellvertreter verhandeln.«

»Lassen Sie mich bitte ausreden. Er wird mit einem Stellvertreter verhandeln, wenn das Original da ist, nur ein paar Schritte entfernt, nicht zugänglich, aber da. Sichtbar auf einer Orgelempore zum Beispiel. Ich kann mir gut vorstellen, wie er spöttisch mit der Hand winkt.«

»Und Sie wollen einen Toten wieder zum Leben erwecken?«

»Mein Gott, nein! Aber ich kenne Sie gut genug, mein lieber Pierre, um zu wissen, dass Sie Cadilhacs Klamotten sorgfältig aufbewahrt haben. Jeder unserer Spitzel oder Sie oder ich könnte im Schatten oder aus der Entfernung die Rolle Cadilhacs spielen.«

Bourdeau rieb sich begeistert die Hände.

»Ihr Plan scheint mir perfekt zu sein«, sagte er. »Bleiben der Text und der Ort.«

»Wir müssen eine Formulierung finden, die neugierig macht, so etwas wie: »Geschliffener Stein bringt kaum etwas ein. Die Nachfrage steigt auf dem Papier; der Zuschlag wird an den

Meistbietenden gehen. Um mehr zu erfahren, finden Sie sich am Dienstag, den 17. Mai um sieben Uhr abends …«

Nicolas überlegte eine Weile.

»… in dem großen Saal des Palais des Thermes der Abtei von Cluny ein, allein und ohne Waffen. Seien Sie versichert, dass man auf der Hut ist.«

Bourdeau schüttelte wenig überzeugt den Kopf.

»Der Inhalt ist richtig, die Form sehr viel weniger. Das klingt nach Kommissar im Châtelet, das ist nicht Cadilhacs Stil. Das müssen wir neu formulieren.«

Er nahm ein Blatt Papier und eine Feder und begann zu schreiben, mit ein paar Korrekturen.

»Also. Gäbe der Teufel, dass es Ihnen zusagt: ›Ich sage es Ihnen ganz offen, zerstückelte Steine aus Meaux bringen meine Milch nicht lange zum Kochen. Der Preis richtet sich nach den Geboten auf Papier. Ich gebe dem Meistbietenden den Zuschlag, denn die Kundschaft ist sehr gemischt und von erlesenem Geschmack, ich sage nur Pagode. Finden Sie sich diesen Dienstag, den 17. Mai, um sieben Uhr abends in dem großen Saal des Palais de Julien ein. Man wird auf der Hut sein.‹«

»Ah!«, rief Nicolas, »das ist trefflich formuliert! Jetzt muss ich nur noch das entsprechende Papier und die ungeschickte Hand finden.«

»Und die unsichere Rechtschreibung«, sagte Bourdeau. »Der alte Marie wäre der Richtige.«

»Das meinen Sie nicht ernst! Camusot hat hier gearbeitet; er würde die Schrift erkennen.«

»Richtig. Wir werden jemanden finden. Man könnte den Liebesbrief mit der Post schicken.«

»Das hätte den Nachteil, dass er geöffnet werden könnte oder nicht ankommt. Wir müssen sicher sein, dass er innerhalb einer angemessenen Zeit zuverlässig eintrifft. Unsere Mausefalle muss richtig aufgestellt werden. Bei diesem Treffen geht es nicht um eine Festnahme, sondern um den Versuch, die Kette zum wichtigsten Glied zurückzuverfolgen. Wir müssen den Ort wiedererkennen, abends, zu der Zeit, die für das Treffen vorgesehen ist. Das ist ein Marionettentheater, das wir nach allen Regeln der Kunst spielen müssen.«

»Und wer wird Cadilhacs Rolle spielen?«

»Die werde ich übernehmen«, sagte Nicolas.

»Das ist eine ganz schlechte Idee, und ich werde nicht zulassen, dass Sie diesen Fehler begehen. Stellen Sie sich nur mal vor, unser Gesprächspartner schießt auf sie, selbst aus einiger Entfernung. Ich möchte das nicht Monsieur de Sartine erklären müssen. Außerdem sind Sie der Einzige, der diese Angelegenheit in ihrer Gesamtheit überblickt. Und schließlich haben Sie nicht Cadilhacs Statur, und dieses Argument scheint mir ausschlaggebend.«

»Ich höre aus Ihren Worten eine verhaltene Kritik heraus. Beruhigen Sie sich, Sie werden alles erfahren … sobald ich meiner Sache sicher bin. Was Ihr Argument gegen meinen Vorschlag betrifft, so akzeptiere ich es, wenn auch widerstrebend. An wen sollen wir uns dann wenden? Unsere Leute wären dieser Aufgabe nicht gewachsen. Rabouine vielleicht?«

»Nein«, sagte Bourdeau, »der ist Camusot ebenfalls bekannt. Wir dürfen kein Detail vernachlässigen. Der Kerl war in den Fünfzigern, ziemlich kräftig, mit einem grauen Schnurrbart. Ich denke, mit einem Toupet könnte ich ihm recht ähnlich sehen.

Beruhigen Sie sich, ich werde einen Harnisch unter dem Wams tragen, was meine Leibesfülle noch betont und die Ähnlichkeit verstärkt.«

Nicolas dachte einen Augenblick nach.

»Das alles gefällt mir nicht so recht«, sagte er schließlich. »Aber wie es scheint, werde ich mich damit abfinden müssen. Es ist größte Vorsicht im Detail geboten. Wir werden den Ort besichtigen, am besten kostümiert. Unser Vorrat an Verkleidungen wird uns ein paar Lumpen liefern, die uns unkenntlich machen werden. Und schließlich denke ich, dass außer Ihnen und mir niemand vor Ort anwesend sein sollte. Allerdings wird ein engmaschiger Absperrungsgürtel ein Gebiet umschließen, das von der Rue Saint-Jacques, der Rue du Foin, der Rue de la Harpe und der Rue des Mathurins begrenzt wird. Nichts und niemand darf hinein oder heraus, ohne dass er sofort gemeldet und eventuell verfolgt wird unter Beachtung der größten Vorsichtsmaßnahmen für diejenigen, die möglicherweise Hôtel Cluny verlassen. Ich werde Pelven schreiben, einem ehemaligen Seemann, der jetzt Hausmeister der Comédie italienne ist. Er ist mir gewogen. Er wird Sie hineinlassen, damit eines der Mitglieder der Truppe Ihnen hilft, sich zu schminken und etwas aufzutreiben, das Cadilhacs Aussehen gleicht.«

»He«, wandte Bourdeau ein, »die Theater sind einen Monat lang geschlossen wegen des Todes des Königs.«

»Er wird schon eine Lösung finden, verlassen Sie sich auf ihn. Bringen Sie ihm eine Rolle Kautabak und eine Flasche Schnaps mit meinen Grüßen mit.«

»Vergessen wir nicht«, sagte Bourdeau nachdenklich, »dass die Vorsichtsmaßnahmen, die wir treffen, vermutlich ebenfalls von unseren Gegnern beobachtet werden. So könnte ich selbst nach dem Gespräch verfolgt werden. Das müssen wir auch noch bedenken.«

»Ihr Wagen wird durch die Rue des Deux-Portes zur Rue Hautefeuille fahren. Ein Heuwagen, der im richtigen Augenblick, nachdem Sie durchgefahren sind, umkippt, wird die Verfolger zurückhalten.«

»Und Sie?«

»Ich werde da sein, um Ihnen zu Hilfe zu eilen. Um keinen Verdacht zu wecken, werde ich schon einige Stunden vorher aufkreuzen, Aber was mir auch Sorgen macht, ist, ob Camusot jemanden schickt, jemanden, der Cadilhac kennt, um sich der Identität des Erpressers zu vergewissern. Möglicherweise wird Camusot erst dann persönlich erscheinen, wenn er sicher ist, dass Cadilhac auch wirklich Cadilhac ist.«

»Sie sollten darauf achten, nicht zu knapp vor dem Treffen zu kommen, Sie könnten sonst demjenigen begegnen, den Sie demaskieren wollen.«

»Das ist nicht sehr wahrscheinlich«, sagte Nicolas. »Tatsächlich werde ich die Nacht von Montag auf Dienstag dort schlafen.«

Bourdeau wirkte überrascht.

»Ist die Frist nicht zu kurz?«

»Wir müssen sie in Panik versetzen. Alles, was passieren kann, ist, dass der Bote Camusot nicht antrifft, dann müssen wir die Sache verschieben. Allerdings denke ich, dass er auf glühenden Kohlen sitzt und dringend auf Nachricht wartet. Er wird also zwangsläufig nach Hause kommen. Wir werden ihm einen Boten schicken, der pfiffig und im Châtelet nicht bekannt ist und dem wir empfehlen, sich mehrere Tage lang zu verkriechen. Sollte es Schwierigkeiten geben, soll er behaupten, er sei von einem Mann mit grauem Schnurrbart angesprochen worden, der ihn für die Besorgung großzügig bezahlt habe. Ich denke, ich habe nichts vergessen. Wie wäre es, wenn wir mittagessen gingen?«

Sie begaben sich zu ihrem üblichen Schlemmerlokal in der Rue du Pied-de-Bœuf, nur ein paar Schritte vom Grand Châtelet entfernt, und plauderten über die Nachrichten des Tages, deren wichtigste die Veröffentlichung eines Briefs des neuen Königs an Monsieur de *Maurepas* war. Bourdeau, bissig wie immer, machte sich über den Ton des Schreibens lustig, den er zu naiv fand. Wozu passte, dass der neue Herrscher zugab, nicht über alle Kenntnisse zu verfügen, die für sein Amt notwendig sind. Nicolas hingegen fand diese Bescheidenheit rührend; sie diskutierten lange darüber. Er verspottete seinen Assistenten, der die absolute Macht der Monarchie scharf zu kritisieren pflegte, sich aber diesmal, auf dem falschen Fuß erwischt, ärgerte, dass er gegen den neuen König eine voreilige und ungerechte Kritik formuliert hatte.

Das Kalbsbries, das der Wirt ihnen servierte, vereinte sie wieder in gemeinsamem Lob. Sie verlangten Auskunft über die Zubereitung, wie üblich unter dem Vorwand, Sachkenntnis verdoppele den Genuss, was den Wirt natürlich freute. Man müsse, sagte dieser, während er sich an ihren Tisch setzte und ein Glas gut gekühlten Weißweins akzeptierte, das Kalbsbries gut wässern, mit dünnem, vorher in einer Kräutermischung gerolltem Speck spicken und alles in frische Speckscheiben wickeln, sanft anbraten und halb mit Wein und halb mit Bouillon double angießen und Salz, Pfeffer, ein Bouquet garni, ein paar Zitronenscheiben, bei denen man das Fruchtfleisch und die Kerne entfernt habe, und schließlich eine Mischung aus in etwas Essig zerdrückten Stachelbeeren hinzufügen. Um das Gericht zu vollenden, sei ein leichter Karamell nicht zu verachten. Das alles müsse auf kleiner Flamme köcheln, nicht länger als eine Dreiviertelstunde. Dann das Kalbbries herausnehmen, die Brühe durchpassieren und die Sauce so lange reduzieren, bis der Boden der Kasserolle nur noch mit einer glänzenden Schicht überzogen sei. Dann, erst dann rolle man das Kalbsbries darin, um es zu glasieren, und serviere es auf einem Bett aus Sauerampfer, der in dem Kochgefäß, in dem die Sauce reduziert wurde, nur weichgekocht worden sei.

Ihr Festmahl endete mit ein paar Gläsern einer Art Ratafia, den der Wirt auf der Grundlage von Schnaps, Safran, Zimt, Bittermandeln, Nelken, Orangenblüten und Zucker herstellte und dessen verdauungsfördernde Eigenschaften er rühmte.

Sie trennten sich vor dem *Apport de Paris*. Bourdeau würde sich um den Brief an Camusot und seine eigene Kostümierung kümmern, für die er Cadilhacs Kleidung aus der Basse-Geôle holen musste. Sie würden sich um vier Uhr wiedertreffen, um sich zu verkleiden, bevor sie sich den großen Saal der Thermen von Cluny ansehen würden.

Montag, den 16. Mai 1774

Alles war so verlaufen, wie Nicolas es gewollt hatte.

Ein Junge hatte den Brief der alten Dienerin von Camusot ausgehändigt, die versicherte, dass sie ihn ihrem Herrn noch am selben Tag geben werde.

Der Hausmeister der Comédie italienne war hocherfreut, dass

Nicolas an ihn gedacht hatte, und half Inspektor Bourdeau nach Kräften dabei, sich in einen sehr glaubwürdigen Cadilhac zu verwandeln.

Da Tirepot wie verabredet Rabouine Nicolas' Befehle übermittelt hatte, war die Überwachung entsprechend ausgedehnt worden. Nicolas und Bourdeau hatten, bis zur Unkenntlichkeit entstellt, am Sonntagabend den Ort inspiziert und ihren Vorbereitungen den letzten Schliff gegeben. Die Wohnung in der Rue des Douze-Portes und das Hôtel d'Aiguillon standen unter der scharfen Beobachtung von zahllosen Spitzeln, unter ihnen Priester, Klatschweiber und gut zwanzig falsche Blinde, Krüppel und andere Tagelöhner.

Nicolas hielt an seinem Plan fest, lange vor der vereinbarten Zeit am Treffpunkt zu sein. Er hatte sich so sehr verwandelt, dass Rabouine ihn, als er seine Befehle entgegennehmen wollte, für jemanden hielt, der aus Charenton oder *Bicêtre* entlaufen war. Er hätte ihn glatt vor die Tür gesetzt, wenn nicht Bourdeau eingegriffen hätte, der sich über das Missverständnis fast totlachte. Nicolas würde die Nacht im Palast der *Thermen des Julian* verbringen, um jede verdächtige Person sofort erkennen und rechtzeitig einschreiten zu können, sollte das Leben des Inspektors in Gefahr sein.

Und so ging Schlag sieben eine merkwürdige Gestalt humpelnd die Rue de la Harpe entlang, eine dunkle und schmale Gasse, in die gerade mal zwei Karren nebeneinander passten. Der furchtlose Fußgänger, der sich dort hineinwagte, hatte die Wahl, sich entweder an die feuchten Mauern der Häuser zu drücken oder sich von den Rädern der Kutschen zermahlen zu lassen. Nachdem er sich vergewissert hatte, ob sein wunderlicher Anblick Aufsehen erregt hatte, öffnete der Bettler das Eisengitter des Palasts der Thermen und betrat den großen Saal. Die einst von dem römischen Kaiser Julian errichtete Therme war inzwischen verwahrlost und das Ziel heimlicher Spaziergänge von obskuren Menschen. Ein hängender Garten nach dem Vorbild derjenigen von Babylon krönte über soliden römischen Gewölben noch immer den Saal; ein anderer war zusammen mit dem Gewölbe, das ihn gestützt hatte, 1737 zusammengebrochen. Doch der riesige, majestätische Saal, der aus einer so fernen Vergangenheit auftauchte, machte immer noch großen Eindruck auf Nicolas.

Die kühn geschwungenen Gewölbebögen fielen auf Konsolen zurück, die wie der Bug eines Schiffes geformt waren. Der Anblick der Archivolten, Arkaden und Nischen fesselte Nicolas, der sich in eine ferne Welt versetzt fühlte, welche die Vorstellungskraft nur mit Mühe zu rekonstruieren vermochte. Zerbrechliche Gebäude aus Strohlehm stellten Bauernhäuser, Schuppen und Hütten dar. Über eine Stufenleiter gelangte man auf eine Plattform. Er stieg die Leiter hinauf. Eine Art Heuboden vermoderte unter Haufen verschimmelten Heus und vergessener Reisigbündel. Es gab dort Stroh in jeder Menge, kaputte Kisten und alle Arten von Fässern. Die Plattform überragte den gesamten Saal, und man konnte von dort aus den äußeren Eingang und die Gebäude des Palastes sehen. Er hatte das Gefühl, dieser Ort wäre ein idealer Beobachtungsposten. Sicher, hier wäre ihm jeder Fluchtweg abgeschnitten, doch die Position wäre dafür leicht zu verteidigen.

Nachdem Nicolas sich vergewissert hatte, dass er allein war, begann er, sich aus den unterschiedlichsten Materialien einen Unterschlupf zu bauen; das auf diese Weise entstandene Bau werk erinnerte ihn an die Hügelburgen, in denen Holzkohle hergestellt wurde. Er baute es so, dass es einen Eingang und einen Ausgang gab. Ein bewegliches Brett diente als eine Art Schießscharte ähnlich der, die der Marquis de Ranreuil einst benutzt hatte, wenn er von einem Entenhaus aus, das er auf einem Weiher in der Nähe des Schlosses errichtet hatte, auf Stockenten geschossen hatte. Zum Schluss bedeckte er diesen angedeuteten Kohlenmeiler mit Ästen und Heu.

Catherine hatte Nicolas mit einer kräftigen Pastete und einer Flasche Cidre versorgt, und er hatte die Miniaturblendlaterne mitgenommen, ein Geschenk von Bourdeau, sowie die ebenso kleine Pistole und seinen Degen. Um sich die Zeit zu vertreiben, hatte er ein Buch mit moralischen Reflexionen von Marivaux mitgenommen, das den Titel *Le Spectateur français* trug. Er machte es sich also auf einem Jutesack bequem und schlug das Buch auf.

Ihm gefiel der Stil, und er las diese Betrachtungen über Gefühle und Herzensangelegenheiten wie eine angenehme Philosophie, deren einzelne Kapitel man stichprobenartig genießen konnte. Der Autor verstand es, der Tugend einen besonderen Reiz zu verleihen und dem Laster die Farben, welche die rechtschaffenen Gemüter erschrecken. Im Palast schlug es neun Uhr. Nicolas las noch in aller Ruhe, als er schwere Schritte im großen Saal hörte. Ein Mann aus dem Volk mit schwarzer Wollmütze und einer Jacke aus grobem Baumwollstoff ging zur Gittertür des Ausgangs, einen Schlüsselbund in der Hand. Kurz darauf hörte er in der Ferne das Quietschen der Gittertüren, die geschlossen wurden, und das Geräusch des Zuschließens. In der Nacht blieb die Ruine der Therme also geschlossen; er konnte auf eine ruhige Nacht hoffen. Aber er hatte die Rechnung ohne die heimtückischen Ameisenkolonnen gemacht, die er sich durch wiederholte Massaker und das Überlassen von Lebensmittelresten vom Hals schaffen musste. Angelockt vom Geruch derselben Überreste tauchten anschließend Mäuse auf, denen schon bald Ratten folgten, deren Aggressivität Nicolas so lange beunruhigte, bis eine kleine schwarz-weiße Katze erschien, mit bettelnder Pfote, eine Geste, die sie mit leisem, schüchternem Miauen begleitete. Mithilfe des Fleisches der Pastete konnte er sie schließlich verführen und machte sie zu seiner Verbündeten gegen das Volk der beißenden Nager.

Er hörte erneut Schritte. Der Wächter kam zurück mit einer Laterne in Begleitung eines Paars, das er mit der Lampe allein ließ, nachdem er sich hatte bezahlen lassen. Die Thermen des Julian dienten also als Schauplatz heimlicher Rendezvous, die dem Cicerone, der sie bewachen sollte, einen schönen Gewinn einbrachten. Nicolas musste die Koketterien, die Schwüre, die inständigen Bitten und den Widerstand der Schönen mit anhören und schließlich zum krönenden Abschluss, wie Mann und Frau ebenso lust- wie geräuschvoll übereinander herfielen. Das wiederholte sich mehrmals bis in die frühen Nachtstunden. Ein anderes Paar fand es reizvoller, ins verlockende Heu hinaufzuklettern, und die Glut ihrer Liebesspiele hätte beinahe Nicolas' schöne Architektur zum Einsturz gebracht. Dieser konnte sich das Lachen kaum verkneifen, während die kleine Katze sich verängstigt in seinen alten Klamotten verkroch. Als alles vorbei war, schlief er endlich ein.

Die Vögel weckten ihn. Erst hörte er das Pfeifen der Amseln, dann die Tenorarien einer Nachtigall und schließlich das Gurren verliebter Tauben, das im Gewölbe widerhallte. Der Tag verstrich, ohne dass irgendetwas passierte. Die Monotonie wurde lediglich durch ein paar Besucher, weniger kühne Liebespaare und einen Bauern unterbrochen, der mit einem von einer alten Schindmähre gezogenen Karren kam, um ein paar Armvoll Reisigbündel zu holen.

Das Warten fiel ihm allmählich schwer. Er begann Anagramme zu bilden mit den Namen ihm nahestehender Personen, Bourdeau, Sartine, Noblecourt, La Borde, Semacgus, und dann mit Balbastre, Camusot, Müvala und Cadilhac. Die Ergebnisse dieser Zerstreuung befriedigten ihn nicht besonders. Wieder und wieder würfelte er die Buchstaben durcheinander, bis da plötzlich ein Name entstand, bei dem er aus allen Wolken fiel. Hatte der Zufall ihm da gerade den Ansatz einer Erklärung für einen Teil der schmachvollen Ereignisse geliefert, denen er seit Jahresbeginn ausgesetzt war? Er konnte seinen Augen nicht trauen und begann die Operation mehrmals von vorn. Er dachte lange über seine Entdeckung nach, die zu unglaublich war, um sie jemandem anzuvertrauen. Wenn seine Vermutung richtig war, dann hatte der Zufall einer geistigen Ablenkung das fehlende Kettenglied seiner Ermittlungen wie ein bedeutungsvolles Zeichen aufblitzen lassen. Plötzlich schienen sich alle bisherigen Ergebnisse in diese neue Theorie einzufügen wie die disparaten Stücke einer zerschnittenen Pappe; einige Episoden erschienen nun in einem ganz neuen Licht.

Er fasste sich wieder, rief sich zur Ordnung und fragte sich, ob dieses lange Warten ihn auf verrückte Gedanken gebracht habe. Vielleicht fantasierte sein Geist ja, und er suchte, wie man in der Bretagne sagte, »Pflaumen im Gestrüpp«. Er musste einen klaren Kopf bewahren, abwarten und hoffen, weitere Indizien für seine verrückte Hypothese zu finden.

434

Er versuchte seine Gedanken abzuschalten und konzentrierte sich wieder auf die Überwachung. Der Tag zog sich fürchterlich in die Länge. Gemüsegärtner holten ihre Gerätschaften. Kinder, die Verstecken spielten, kamen ihm so nahe, dass er fürchtete, entdeckt zu werden. Die kleine Katze, die ihm wirklich eine große Hilfe geworden war, rettete ihn, indem sie ihren gemeinsamen Unterschlupf verließ und sich mit gekrümmtem Rücken und gesträubten Haaren fauchend größer zu machen versuchte, als sie war. Erschrocken rannten die Kinder weg. Er teilte sich den Rest seiner Vorräte mit seiner Gefährtin. Weitere Besucher kamen, die am helllichten Tag nicht so weit gingen wie die Paare in der Nacht zuvor.

Gegen sechs zuckte er zusammen. Er hörte wieder Schritte. Bourdeau erschien; in Cadilhacs Klamotten wirkte er echter als das Original. Der Inspektor stellte sich deutlich sichtbar auf eine Plattform gegenüber der, auf der Nicolas sich befand.

Um sieben Uhr erschien ein schwarz gekleideter Mann. Nicolas konnte nur sein Profil sehen. Plötzlich drehte der Mann sich um, und er erkannte einen der jungen Männer, die bei Madame de Lastérieux verkehrten und an dem verhängnisvollen Abend des 6. Januar Karten gespielt hatten. Bourdeau stellte sich an die Brüstung. Der Unbekannte sah ihn sofort und trat einen Schritt vor; in diesem Augenblick tauchte der Spitzel auf, der die Verhandlungen führen sollte. Ein paar Worte wurden gewechselt. Nicolas erriet die Worte, indem er sie von den Lippen ablas: Da wurde ein Preis für das widerrechtlich angeeignete Kästchen genannt, Sicherheitshinweise und schließlich die Vereinbarung eines neuerlichen Treffens. Es folgte eine lange Erklärung des Emissärs der Polizei, der darauf hinwies, dass, sollten Cadilhac oder sein Vertreter wider Erwarten nicht imstande sein, sich in den Stunden, die dem Treffen folgten, an einen bestimmten Ort zu begeben, alles der zuständigen Person enthüllt werde. Die Dinge überstürzten sich. Der Mann grüßte und zog sich nach einem letzten eindringlichen Blick auf die geheimnisvolle Gestalt Bourdeaus zurück. Der Spitzel verschwand in Richtung Abtei, wo er in einem abgeschiedenen Raum warten sollte, wodurch er sich den Blicken derer entzog, die zwangsläufig auf ihn warteten. Nicolas lächelte bei dem Gedanken an die disparate Menge der Polizisten des Châtelet und der gedungenen Mörder der Gegenseite; zum Glück kannten die Spitzel sich untereinander. Manche von ihnen hatten keine andere Aufgabe, als jedes gegnerische Manöver zu behindern.

Bourdeau-Cadilhac verließ in aller Eile seinen Beobachtungsposten und eilte nach draußen, um wieder in seine Kutsche zu steigen. Alles war bereit, um eventuelle Verfolger abzuhängen. Was Nicolas betraf, so würde er sich als Bettler unter Bettlern unter den Pöbel mischen. Das größte Problem war, sich von der kleinen Katze zu trennen, der eine gemeinsame Nacht Hoffnung gemacht hatte, ein neues Herrchen gefunden zu haben. Sie bot ihren ganzen Charme auf, um ihn davon zu überzeugen. Leider vergeblich, obwohl es ihn schon gereizt hätte; Cyrus hätte eine Katze im Haus sicher nicht akzeptiert. Er nahm sich vor, darüber nachzudenken, überließ ihr die letzten Reste seiner Pastete und nutzte die Unaufmerksamkeit des Leckermäulchens, um sich in aller Stille zurückzuziehen. Doch als er zur Gittertür der Thermen kam, stand sie da, mit fragendem Blick, und betrachtete ihn mit schelmischer Ratlosigkeit. Er wehrte sich nicht länger, packte sie mit einem raschen Griff am Genick und setzte sie in seinen Bettelsack, in dem sie es sich hochzufrieden bequem machte.

Nicolas schlüpfte nach draußen und ließ sich für einen Augenblick an der Ecke eines Portals zu Boden sinken, in einem so penetranten Gestank nach Pisse, dass »Mouchette«, wie er sie zu nennen beschlossen hatte, ihr kleines Köpfchen herausstreckte und den Geruch angewidert schnupperte. Er nahm den Weg, der vom Châtelet wegführte, und ging dann durch die Gassen zum Quai des Grands-Augustins. Dort fand er ein Boot, das ihn zum Apport de Paris brachte, im schlammigen und stinkenden Morast der Ufer des Flusses. Die übliche Betriebsamkeit um das königliche Gefängnis herum erfreute ihn: Die Obst- und Gemüseverkäuferinnen klappten gerade ihre Sonnenschirme zusammen und bauten die Stände ab. Das lebhafte Hin und Her, das Palaver der Kunden, die sich mit vollen Taschen auf den Heimweg machten, verdrängten die Schrecken des Theaters der nahen Justiz.

Er verschwand in der Menge, um zu dem gotischen Portal zu gelangen, und schlüpfte ins Innere der alten Festung. Das leere Bereitschaftsbüro bot ihm die nötige Diskretion für einen Kleiderwechsel, während Mouchette sorgfältig den Ort inspizierte, mit kleinen vorsichtigen Sprüngen und angewidertem Gesichtsausdruck; schließlich sprang sie auf den Tisch, streckte sich lange, rollte sich zusammen und schlief friedlich ein. Nicolas wartete lange Stunden, bis seine Leute sich meldeten.

Plötzlich ging ihm eine Idee durch den Kopf. Er war sogar überrascht, dass sie ihm erst jetzt kam. Denn der Gedanke drängte sich ja geradezu auf: Dass einer der jungen Männer, die an dem Abend bei Julie eingeladen gewesen waren, soeben als

Abgesandter Camusots im Palast der Thermen aufgetaucht war, schien ihm doch ein erster Beweis für eine Verbindung zwischen dem Verbrechen in der Rue de Verneuil und den politischen Machenschaften um den verstorbenen König und die Comtesse du Barry. Er nahm diese Erkenntnis in das Raster seiner Überlegungen auf. Sie passte wunderbar zu einer Hypothese, die sich abzuzeichnen begann, deren Folgen er jedoch noch nicht zu formulieren wagte.

Lautes Gepolter riss ihn aus seinen Gedanken. Bourdeau, der immer noch Cadhilhacs Kleidung trug, inzwischen aber den Schnurrbart abgenommen hatte, kam aufgeregt hereingestürmt. Polizisten und Männer der Nachtwache verstopften die Galerien, sie führten drei Gefangene mit sich.

»Große Fische der letzten Flut!«, rief der Inspektor fröhlich.

»Erzählen Sie mir das haarklein«, sagte Nicolas.

Bourdeau setzte sich schwerfällig.

»Stellen Sie sich vor, nach der kleinen, um nicht zu sagen mehr als kurzen Unterhaltung in den Thermen, in der unser Emissär einen Preis und die Bedingungen genannt und vor großen Wagnissen gewarnt hat, habe ich den Ort verlassen. Meine Kutsche wurde sofort von einem Cabriolet verfolgt, das in die Rue des Deux-Portes fuhr. Zum Glück hat der Heukarren ganze Arbeit geleistet und mir erlaubt, mich aus dem Staub zu machen und mein Inkognito zu wahren.«

»Und Ihr Gesprächspartner im Palast?«

»Gemach! Sie sind etwas zu schnell für mich! Er ist nach allen Regeln der Kunst beschattet worden. Und ich habe Posten in der Nähe der Samaritaine bezogen, des Gebäudes mit der Wasserpumpe. Boten, die sich ständig ablösten, informierten mich mit erstaunlicher Geschwindigkeit über die Bewegungen des Feindes. Auf diese Weise konnten wir nach und nach den interessanten Teil der Stadt einengen. Unser Mann hat Notre-Dame betreten, kurz bevor die Türen geschlossen wurden, und sich dort einschließen lassen. Die Unseren waren unauffällig nach ihm hineingeschlüpft und hatten, im Inneren versteckt, sein Treiben beobachtet. Über eine Galerie wurden uns Nachrichten übermittelt. Schon bald war die Kirche umstellt …«

»Wir brachen mit fünfhundert auf, und durch rasche Verstärkung …«

»Machen Sie sich nur lustig! Nach einer halben Stunde sind drei Männer durch eine Seitentür herausgekommen. Einer von ihnen war Camusot. Ich gab den Befehl, ihm zu folgen, da ich sein Ziel kennenlernen wollte, damit er, sobald ich darüber Bescheid wüsste, verhaftet würde. Das geschah ein paar Meter vom Hôtel d'Aiguillon entfernt. Die beiden anderen haben einen Fiaker genommen, nachdem sie die Tür, die zum Kloster und zur Rue des Chanoinesses führte, wieder geschlossen hatten. Zugeschlossen hatten, ich bitte Sie, dieses Detail zu beachten.«

»Balbastre?«

»Es ist möglich und sogar wahrscheinlich, dass er ihnen die Schlüssel verschafft hat. Wer könnte besser als der Organist von Notre-Dame über die Schlüssel der Kathedrale verfügen? Um auf unsere Vögel zurückzukommen, sie haben sich in die Rue du Paon begeben …«

Nicolas brach in Gelächter aus. Bourdeau begriff nicht.

»Ich kann darin nichts Lustiges erkennen«, sagte er pikiert.

»Die Vögel, Rue du Paon«, sagte Nicolas, der fast erstickte.

»Schön, ich sehe, Sie sind fröhlich aufgelegt! Kurz, sie haben ein Haus betreten. Als ich kurz darauf ankam, habe ich auf der Stelle die beiden Enden der Straße von Polizisten absperren lassen, die einerseits auf die Rue Saint-Victor und andererseits auf die Rue Traversine gehen. Auf diese Weise konnten sie nicht entwischen. Nach einer Weile sind wir in eine Mansarde unterm Dach eingedrungen. Sie haben nicht lange Widerstrand geleistet, und die Handschellen waren schnell angelegt.«

»Wer sind sie?«, fragte Nicolas, der wieder ernst geworden war.

»Ah! Nachtvögel.«

»Und sonst?«

»Ein unbekannter junger Mann und jemand, den Sie kennen.«

»Müvala?«

Bourdeau bekam ein Art Schluckauf vor Überraschung.

»Nicolas, Sie erstaunen mich immer wieder!«

»Haben Sie ein paar interessante Beweisstücke mitgenommen?«

»Weniger als nichts. Die drei haben sich wohl von Versteck zu Versteck bewegt. Nur Pistolen, Degen und ein Ring mit einem Band.«

Bourdeau reichte ihn Nicolas. Dieser nahm ihn und betrachtete ihn aufmerksam, bevor er ihn in seine Tasche steckte.

Er ging hinaus, um sich die Gefangenen genauer anzusehen. Camusot war seit ihrer letzten, lange Jahre zurückliegenden Begegnung unverhältnismäßig gealtert, wie Nicolas mit einer gewissen Schadenfreude registrierte. Gleichwohl musterte der frühere Kommissar ihn provozierend. Der Unbekannte aus den Thermen hingegen senkte den Kopf. Müvala schloss gleichmütig die Augen und öffnete sie nicht einmal, als Nicolas sich näherte und ihn lange betrachtete. Es war zu spät, um mit den

Vernehmungen zu beginnen. Es wurde Befehl gegeben, die drei Männer in Einzelhaft zu stecken. Nicolas erteilte dem Kerkermeister nachdrücklich die üblichen Anweisungen. Er hatte Angst vor mysteriösen Todesfällen in den Gefängnissen, die nicht immer auf Selbstmord zurückzuführen waren. Die Vergiftung von Casimir hatte es erst jüngst noch bewiesen. Er befahl daher, den Gefangenen alle Gegenstände abzunehmen, mit denen sie sich das Leben nehmen könnten, und ihnen strengstens jeden Kontakt mit der Außenwelt zu verbieten.

Nicolas kehrte in die Rue Montmartre zurück. In seinem Zimmer legte er Mouchette, die eingeschlafen war, auf ein Paradekissen und versank dann selbst in tiefen Schlaf.

Dienstag, den 17. Mai 1774

Die Einführung der Katze in den Haushalt von Monsieur Noblecourt hatte Nicolas sich komplizierter vorgestellt. Cyrus, der am frühen Morgen zu seinem alten Freund gekommen war, stieß auf Mouchette, als diese gerade aufwachte. Nicolas bewunderte die Verführungskünste des pfiffigen Kätzchens: Keineswegs erschreckt, wusste sie ihre ganze geschmeidige Anmut einzusetzen und behandelte die Schnauze des verdutzten Cyrus mit Samtpfötchen. Schließlich packte der alte Hund sie, sich seiner Verantwortung diesem jungen Geschöpf gegenüber bewusst, vorsichtig am Hals; sie ließ es bebend und schnurrend geschehen. Sie verschwanden alles beide.

Nachdem Nicolas seine Toilette beendet hatte, fand er sie in der Küche wieder, wo Cyrus aufmerksam zuschaute, wie die Scheinheilige die Milch schlabberte, die Marion und Catherine ihr hingestellt hatten. Mit Fragen bedrängt, erklärte Nicolas, wo er »die Neue« gefunden hatte. Die Köchinnen waren ganz hingerissen, hatten sie sich doch schon seit Längerem die Unterstützung einer Katze in ihrem täglichen Kampf gegen die Ratten und Mäuse gewünscht. Monsieur de Noblecourt, den Nicolas vorab unterrichtet hatte, machte gute Miene zum bösen Spiel und nahm den Eindringling in sein Haus auf, unter der ausdrücklichen Bedingung, dass sie nicht in seine Gemächer eindringe, woraufhin die Schelmin sich in den folgenden Stunden einen privilegierten Platz auf den Knien des alten Staatsanwalts erkämpfte. Und Cyrus wirkte durch diese neue Gefährtin geradezu verjüngt.

Die folgenden Tage waren der wiedereröffneten Untersuchung gewidmet. Camusot drohte Nicolas mit dem Zorn einer Macht, die er nicht nannte. Der Unbekannte weigerte sich zu reden, ebenso wie Müvala, dem Nicolas nicht einmal einen Seufzer entlocken konnte. Nicolas verabscheute es, die peinliche Befragung anwenden zu müssen, und wollte die Schuldigen weniger mit Gewalt als mit den Mitteln einer scharfsinnigen Argumentation überführen.

Balbastre war völlig gebrochen, als er verhaftet wurde. Der Organist von Notre-Dame war vor Angst so gelähmt, dass man nichts aus ihm herausbekam.

Maître Tiphaine, der von einer geheimnisvollen Stimme gewarnt worden war, wurde auf der Flucht mit unbekanntem Ziel an den Toren von Paris gefasst. In seinen Erklärungen beschränkte der Notar sich auf das strikte Minimum und gab lediglich zu, ein Testament erhalten zu haben, ohne genau dessen Abfassung und Unterschriften zu kontrollieren.

Das Datum, zu dem Nicolas und die Gefangenen vor der von Monsieur de Sartine geleiteten Kommission erscheinen sollten, wurde auf den 31. Mai festgelegt.

Dienstag, den 24. Mai 1774

In der Kutsche, die ihn von Vaugirard nach Paris zurückbrachte, dachte Nicolas über die lange Unterhaltung nach, die er beim Souper mit Semacgus unter einer großen Linde gehabt hatte, welche die Nacht mit ihrem Duft erfüllte. Er dachte an die Sitzung der Untersuchungskommission, die bald stattfinden würde. Drei hohe Staatsbeamte würden sie leiten: Monsieur de Sartine, Monsieur Testard du Lys und Monsieur Le Noir, Staatsrat, der für die Verwaltung des Limousin im Gespräch war als Nachfolger von Monsieur Turgot, der von Maurepas in die Regierung gerufen worden war. Seine Teilnahme an der Sonderkommission war vom König beschlossen worden. Sartine betrachtete sich als seinen langjährigen Freund. Er hatte Nicolas anvertraut, dass er das Vertrauen das verstorbenen Königs genossen hatte, da er mit einem Fall betraut worden war, der die Interessen der Bretagne und Briefe des Monarchen betroffen hatte, die einer unbekannten Dame gestohlen worden waren. Er war mit den geheimen Angelegenheiten vertraut. Das beruhigte Nicolas kaum, da er überzeugt war, dass Le Noir ein enger Vertrauter von Monsieur de Maurepas war, der immer mächtiger wurde und ein Cousin des Duc d'Aiguillon war, und von Monsieur de Florentin, Duc de La Vrillière.

Er würde äußerst wachsam sein müssen, sagen und nicht sagen, mit Andeutungen angreifen, keine berühmten Namen nennen und die Unversöhnlichen versöhnen. Das alles ging Nicolas nicht aus dem Kopf; es würde ein harter Kampf werden. Dennoch fühlte er sich Manns genug, sich mit diesem Areopag zu messen, indem er auf die Unterstützung seines Chefs hoffte. Und Monsieur Testard du Lys schätzte ihn, auch wenn er die Gewohnheit hatte, sich nach der Meinung der Mehrheit zu richten.

Sollte Nicolas mit seiner Beweisführung jedoch keinen Erfolg haben und die Sitzung nicht zur Anklage einiger der Beschuldigten führen, bestand die Gefahr, dass der Fall ad acta gelegt würde, und er würde niemals den Verdacht loswerden, der auf ihm lastete. Diejenigen, die den Mord in der Rue de Verneuil und seine Folgen ansprechen würden, könnten dafür sorgen, dass ausgiebig darüber getuschelt würde. Das üble Gerücht könnte leicht den Hof und die Stadt erreichen.

Gewiss, er hatte noch ein paar Trümpfe im Ärmel. Was Semacgus ihm über das Gespräch von Awa, seiner afrikanischen Köchin, mit Julia, der Sklavin von Madame de Lastérieux, erzählt hatte, eröffnete zahlreiche Perspektiven. Allerdings müsste sie bereit sein, ihre vertraulichen Mitteilungen und Geständnisse auch vor dem Gerichtshof zu wiederholen. Und dann war da noch das, was der Marinewundarzt ihm enthüllt hatte, als er ihn über eine ganz bestimmte medizinische Sache befragt hatte, die ihm keine Ruhe ließ. Nachdem er lange nachgedacht hatte, hatte sein Freund seine Bibliothek auf den Kopf gestellt und eines seiner Hefte von den Feldzügen, eingebunden in Wachstuch, um es vor den Angriffen des Meerwassers zu schützen, gefunden, in dem er seine Operationen, seine Landaufenthalte und seine Bemerkungen über die Fauna und Flora der Länder, durch die er gekommen war, eintrug. So hatte er sich 1755 in Madras eine ganze

444

Nacht lang mit Hindu-Heilern, buddhistischen Mönchen und einem arabischen Arzt unterhalten. Nicolas' Frage hatte seine Erinnerung geweckt und sich mit dem gedeckt, was er an erstaunlichen Dingen im Verlauf dieser Gespräche erfahren hatte. Er hatte Nicolas die Sache in allen Einzelheiten erklärt, und dieser hatte sofort die Konsequenzen daraus gezogen, doch er war nicht sicher, diese Information zum richtigen Zeitpunkt verwenden zu können.

XIII

Das Siegel der Verschwiegenheit

O Cäsar! Unerhört sind diese Dinge;
Ich fürchte sie.

SHAKESPEARE

Dienstag, den 31. Mai 1774

Da die Sitzung der Kommission für zehn Uhr vormittags anbe-
raumt worden war, begab Nicolas sich zu Fuß zum Grand Châtelet. Vor dieser Belastungsprobe musste er sich unbedingt ein
wenig bewegen. Als er eintraf, stellte der Polizeipräfekt ihn
Monsieur Le Noir vor. Er war mittelgroß, nicht übertrieben korpulent, bildete aber dennoch einen eindrucksvollen Kontrast zu
der dürren Gestalt von Monsieur de Sartine. Sein volles und ge-
rötetes Gesicht mit seiner Hakennase und sinnlichen Lippen schien
erhellt zu werden von überaus sanften braunen Augen. Wenn
man genau hinsah, wirkte sein Gesicht aufgrund einer merkwürdigen Asymmetrie wohlwollend oder streng, je nachdem von
welcher Seite man es betrachtete. Das linke Auge, tiefliegend

und unbeweglich, schien seine Gesprächspartner zu durchbohren. Ordentlich frisierte natürliche Haare ließen die Stirn frei und fielen auf jeder Seite in drei Reihen von Locken herunter. Seine Stimme klang sanft und beherrscht.

Die vorgeladenen Personen befanden sich in dem Saal, in dem der Polizeipräfekt seine wöchentliche Audienz abhielt. Monsieur Testard du Lys, der Lieutenant criminel, schlich sich in den Saal, dicht an der Wand entlang, grüßte seine Kollegen und warf Nicolas, den er seit Langem kannte, einen liebenswürdigen Blick zu. Von Natur aus schüchtern, war seine Verlegenheit, sich mit zweien seiner Vorgänger in dem wichtigen Amt, das er bekleidete, in einem Raum zu befinden, nicht zu übersehen. Monsieur de Sartine befahl, die Türen zu schließen, bevor er das Wort ergriff.

»Ich erkläre die Sitzung der königlichen Sonderkommission für eröffnet, die den Auftrag hat, die Ermordung von Dame Julie de Lastérieux, Casimir, Sklave von den Antillen, und Monsieur du Maine-Giraud sowie die begangenen und versuchten Angriffe gegen die Person von Sieur Nicolas Le Floch, Commissaire im Châtelet und beratender Sekretär des Königs, den wir mit der Untersuchung der erwähnten Fälle betraut haben, aufzuklären. Die Handlungen, Informationen, Zeugenaussagen und alle anderen Feststellungen unserer Kommissare, Inspektoren und Polizisten unterliegen der absoluten Geheimhaltung angesichts der Interessen der Krone. Monsieur le Commissaire, Sie haben das Wort, und alle hören Ihnen zu.«

Nicolas verbeugte sich und holte Atem. Im Bruchteil einer Sekunde durchlebte er noch einmal die vergangenen, von Angst und Fragen geprägten Monate. Ihm wurde bewusst, dass er zum ersten Mal nicht nur als Ermittler und Ankläger handelte. Er musste versuchen, diesen Fall aufzuklären und das Andenken einer Frau, die er lange geliebt hatte, zu rächen, aber auch seine Ehre zu verteidigen und seine Unschuld zu beweisen. Die Rufe und Geräusche der Stadt drangen durch das offene Fenster herein und erinnerten ihn an die Wirklichkeit.

»Meine Herren«, begann er, »es mag Sie überraschen, dass ein Mann, der so tief in eine Intrige mit so dramatischen Folgen verstrickt ist und der von Anfang an verdächtigt wurde, eine entscheidende Rolle darin gespielt zu haben, die Möglichkeit erhält, auf Befehl des Königs hier vor Ihnen Beweise vorzulegen und Anklage zu erheben. Ich habe mich um diese furchterregende Ehre nicht gerissen, die mir durch das Vertrauen Seiner Majestät und dasjenige des Polizeipräfekten zuteilwird. Und jetzt komme ich zu den Ereignissen, deren Verlauf ich Ihnen in allen Einzelheiten schildern werde.«

Monsieur de Sartine glättete die Locken seiner Perücke, Monsieur Le Noir schrieb, und Monsieur Testard du Lys blickte den Redner aufmerksam an.

»Am Donnerstag, den 6. Januar 1774«, fuhr Nicolas fort, »verließ ich die Rue de Verneuil gegen sechs Uhr abends, nachdem ich ein paar Worte mit Madame de Lastérieux, meiner Freundin, gewechselt hatte. Es waren anwesend Julie, ihre beiden schwarzen Diener, Casimir und Julia, Monsieur Balbastre, Organist von Notre-Dame, Monsieur von Müvala, der aus den Schweizer Kantonen stammt, und vier mir unbekannte junge Leute. Ich begebe mich zum Théâtre-Français; Kommissar Chorrey kann bezeugen, mich dort getroffen zu haben. Anschließend nehme ich, ruhiger geworden, gegen zehn Uhr einen Fiaker, um in die Rue

Verneuil zurückzukehren. Ich gebe dem Kutscher ein so großzügiges Trinkgeld, dass er sich daran erinnern muss. Da ich über einen Schlüssel verfüge, gehe ich hinauf und betrete Julies Wohnung. Jetzt muss ich etwas ausführlicher werden. Das Fest ist in vollem Gang, und gekränkt darüber, dass sich niemand für mich interessiert, beschließe ich, mich erneut zurückzuziehen, aber ich möchte eine Flasche Wein aus der Küche mitnehmen. Ich werde von Monsieur von Müvala und, als ich hinausgehe, von Casimir erkannt, den ich anrempele. Ich verlasse die Rue de Verneuil und kehre ins Hôtel de Noblecourt zurück, wo ich gegen Mitternacht krank das Bewusstsein verliere. Am nächsten Tag, den 7. Januar, wache ich um zwei Uhr nachmittags auf und erfahre von Madame de Lastérieux' Tod. Ich habe nicht die geringste Ahnung, was ich am 6. zwischen zehn Uhr fünfzehn und Mitternacht gemacht habe und wohin ich in meinem Herumirren gegangen bin.«

»Sie geben also zu, über keinerlei Information zu verfügen? Das begreife ich nicht«, sagte Monsieur Le Noir.

»Monsieur, ich bin verdreckt und mit nach Schnaps stinkenden Kleidern nach Hause gekommen. Am nächsten Tag hat Monsieur de Sartine mich gebeten, mich in Versailles bei Monsieur de La Borde zu verstecken, mit der Komplizenschaft von Gaspard, dem blauen Jungen. Ein Doppelgänger hat meinen Platz eingenommen, und ich habe verkleidet Inspektor Bourdeau bei seinen Ermittlungen begleitet.«

»Ich denke«, sagte der Lieutenant criminel, »das bedeutet nicht, dass der Polizeipräfekt geduldet hat, dass einer seiner Leute, der in einen Mord verstrickt hat, sich an diesem Karneval beteiligt. Das könnte ich nicht verstehen.«

»Sie werden es aber müssen, mein Lieber«, schaltete Sartine sich ein. »Bedenken Sie, dass das die einzige Möglichkeit war, den Wahrheitsgehalt und die Aufrichtigkeit der Behauptungen unseres Kommissars zu überprüfen. Sein Verhalten musste von Bourdeau unter die Lupe genommen werden und seine Schuld oder Unschuld beweisen.«

»Das will ich Ihnen gern glauben!«, rief Testard du Lys und erhob die Arme.

»Diese List«, fuhr Nicolas fort, »erlaubte mir, an einem ersten Besuch in der Rue de Verneuil teilzunehmen, wo der Tatort, der nicht verändert worden war, auf eingehendere Untersuchungen wartete. Der Leichnam bot das Bild eines entsetzlichen Todes ...«

Nicolas musste einen Augenblick innehalten.

»Wir fanden Julie im Nachthemd auf ihrem Bett. Entgegen ihren Gewohnheiten waren die Fenster geschlossen. Bourdeau und ich fanden einen Teller mit Huhn zubereitet nach Art der Inseln und ein halb geleertes Glas mit einer weißlichen Flüssigkeit. Des Weiteren fanden wir grüne Wachsstäbe und schlammige Fußabdrücke. Bourdeau bemerkte, dass diese Abdrücke genau mit denen der Stiefel übereinstimmten, die ich trug.«

»Bedeutet das, Monsieur, dass diese Abdrücke von denselben Stiefeln stammten?«, erkundigte sich Monsieur Le Noir lebhaft.

»Nein, Monsieur. Ich besaß zwei Paar, von denen sich eines dauerhaft in der Rue de Verneuil befand, wo ich ständig etwas Wäsche und Kleidung hatte.«

»Und wo befand sich dieses Paar?«, fragte Sartine.

»Es war aus dem Wandschrank verschwunden, in dem es normalerweise aufbewahrt wurde. Ganz offensichtlich wollte jemand den Eindruck erwecken, ich sei noch am selben Abend zurückgekommen, um Julie zu sehen. Ich erinnere daran, dass es geschneit hatte und dass der Boden schlammig war. Und nur Julie und ihre beiden Diener wussten von der Existenz dieses Stiefelpaars. Die Öffnung der Leiche des Opfers erbrachte den Beweis für die Vergiftung, brachte aber auch irritierende Tatsachen ans Tageslicht: Sie hatte keine feste Nahrung zu sich genommen, was ihren Gewohnheiten entsprach. Für wen war also dieser Hühnerflügel bestimmt gewesen? Offensichtlich sollte auch dieser meine Anwesenheit beweisen, da diese Speise mein Lieblingsgericht unter den von Julia und Casimir zubereiteten Gerichten war. Die Ärzte wandten ihre Aufmerksamkeit der Flüssigkeit zu. Zusätzliche Untersuchungen bestätigten diese Vermutung. Wenn das Geflügel nicht vergiftet war, dann war es die Flüssigkeit. Aber auch da war ich der Hauptverdächtige. Ich hatte die Gewohnheit, Julies Eiermilch zuzubereiten. An dem Abend hatten wir uns gerade über sie öffentlich gestritten.«

»Wissen Sie, um was für ein Gift es sich handelt?«, fragte der Lieutenant criminel.

»Leider nicht! Wir haben Fragmente zerstoßener Samenkörner gefunden, die auf die Verwendung eines Pflanzengifts schließen lassen. Allerdings hat sich eine andere Hypothese aufgedrängt: Diese Fragmente könnten ein Täuschungsmanöver sein, das die Existenz eines starken, nur schwer erkennbaren Gifts verschleiern soll.«

»Und das Ziel dieses Manövers?«, fragte Monsieur Le Noir.

»Den Verdacht auf einen Vertrauten des Hauses zu lenken, der wusste, dass die beiden Sklaven Gewürze von den Inseln mitgebracht hatten, die sie in ihrer Küche verwendeten. Und das bewies auch, dass ich selbst Zugang zu diesen Produkten haben konnte. Die zahlreichen Vermutungen wurden noch verschlimmert durch einen Anklagebrief des Sieur Balbastre, der erwähnte, dass ich am Abend des Dramas in der Küche gewesen war. Wer außer Friedrich von Müvala hatte ihm diese Tatsache, die er nicht kennen konnte, erzählt? Monsieur de Sartine enthüllte mir daraufhin die sehr spezielle Rolle von Madame de Lastérieux, die ein Geschöpf der Staatspolizei war und deren Wohnung als Informationsbüro diente und erlaubte, gegebenenfalls die Loyalität der guten Diener des Königs zu überprüfen.«

Niemand verzog eine Miene angesichts dieser Enthüllung, mit Ausnahme von Sartine, der seine schmalen Lippen zusammenpresste.

»Von Bourdeau verhört und in die Enge getrieben, bestätigte Balbastre das alles und gestand, beauftragt worden zu sein, mich mit Julie zusammenzubringen, wobei er die Angst vor einer einflussreichen Person zu erkennen gab, deren Namen er verschwieg.«

Nicolas verzichtete vorsichtshalber darauf, Balbastres hypothetische Zugehörigkeit zu einer geheimnisvollen Freimaurerloge zu erwähnen.

»Sollten Sie, mein Lieber, Balbastre zu diesem Schritt veranlasst haben?«, fragte Le Noir Sartine.

»Keineswegs«, erwiderte dieser schroff. »Es handelt sich um eine Initiative unbekannten Ursprungs.«

»Zur gleichen Zeit«, fuhr Nicolas fort, »verschwand Monsieur von Müvala in der Stadt; vorher fand er allerdings noch die Zeit, dem Lieutenant criminel einen Brief zu schicken, in dem er mich beschuldigt.«

»Gewiss«, sagte Monsieur Testard du Lys, »wäre es in jeder

Hinsicht besser gewesen, wenn er dem Hauptverdächtigen unbekannt geblieben wäre. Dieser hätte verhaftet, in eine Justizanstalt gebracht und ordnungsgemäß verhört werden müssen und dann vor Gericht gestellt und …«

»Und verurteilt und gehängt werden müssen! Zum Glück, mein Lieber«, sagte Sartine, »hat der verstorbene König anders entschieden, denn sonst hätten Sie jetzt einen Justizirrtum und den Tod eines Unschuldigen auf Ihrem wie ich weiß pedantischen Gewissen. Ich habe das im Interesse des guten Rufs der Justiz und des Staatswohls verhindert.«

Der Lieutenant criminel brummte irgendetwas und seufzte.

»Ich füge hinzu«, sagte Nicolas, »dass dieser neue Ankläger sehr mysteriös geblieben ist. Keine Spur, weder von seiner Einreise ins Königreich noch von seiner Ausreise. Nur eine Bemerkung Balbastres, der zufolge er sich für die Botanik interessiere, und mein eigener Eindruck, dass er recht gut Cembalo spielte. Ich bitte Sie, meine Herren, diese Punkte im Kopf zu behalten. Diese Person ist seitdem verschwunden, und all unsere Bemühungen, ihn zu finden, sind erfolglos geblieben. In diesem Stadium unserer Ermittlungen sagte mir ein alter Freund und guter Ratgeber, dass ›Julies Ermordung etwas anderes verberge, das vermutlich mehr als eines sei‹. In dieser Bemerkung lag viel Wahrheit.«

Monsieur de Sartine hob die Hand und ergriff erneut das Wort.

»Meine Herren, Commissaire le Floch wird Ihnen nun Ereignisse schildern, die so eigenartig sind und die so sehr die Interessen des Throns und des verstorbenen Königs berühren, dass es mir notwendig erscheint, Sie zu bitten, strengste Diskretion zu wahren hinsichtlich dessen, was Sie erfahren werden. Wir hören Ihnen zu, Monsieur Le Floch.«

Nicolas räusperte sich und fuhr fort:

»Gebeten, mich vom Tatort fernzuhalten, werde ich vom verstorbenen König mit einer geheimen Mission in London betraut. Madame du Barry, auf unbekanntem Weg informiert, fängt mich in Chantilly ab. Es folgen mehrere Anschläge auf mein Leben und Versuche, mir meine Bevollmächtigungsschreiben zu stehlen. Wie durch ein Wunder überlebe ich diese Überfälle. Zurück in Paris, erfahre ich, dass das Testament von Madame de Lastérieux mich als ihren Alleinerben einsetzt. Außerdem deutet ein Brief von Julie, aufgegeben von Casimir, ihrem Diener, in der Nacht des 6. oder 7. Januar, an, dass eine Versöhnung zwischen uns möglich sei.«

»Ich gebe zu bedenken«, sagte Sartine, »dass dieser Brief überaus merkwürdig ist, denn wenn wir von einer Verschwörung gegen Sie ausgehen und dem Wunsch, Sie als eifersüchtig hinzustellen, entschuldigt dieser Brief Sie und scheint alle Gründe für Gewaltanwendung abzuschmettern.«

»Dazu hätte ich ihn rechtzeitig erhalten müssen! Gewiss, Monsieur, das Argument ist nicht von der Hand zu weisen, und ich habe selbst lange darüber nachgedacht. Allerdings ist die Echtheit dieses Dokuments zweifelhaft. Ein Meister in der Wissenschaft, Fälschungen zu erkennen, könnte das vor diesem Gericht bestätigen. Wenn nun dieser Brief gefälscht ist, könnten der- oder diejenige, die mich mit ihrer Rache verfolgen, hoffen, dass er eingesetzt wird, um mir zu schaden. Wer kannte die Handschrift von Julie de Lastérieux besser als ich? Wer außer mir war im Besitz zahlreicher Beispiele ihrer Handschrift? Und obendrein noch ein Molière-Zitat, das so gekünstelt eingefügt wurde, dass es auffallen musste. Wenn wir diesen Feststellungen hinzufügen, dass das Testament ebenfalls gefälscht ist und regelwidrig aufgesetzt wurde, dann konnten diese Schriftstücke ganz leicht gegen mich verwendet werden und mich mit ihrer Unechtheit erdrücken.«

»Wollen Sie damit sagen«, fragte Le Noir, »dass der Brief von Madame de Lastérieux und ihr Testament Fälschungen sind, die Sie beschuldigen sollten?«

»So ist es, Monsieur. Aus den Untersuchungen von Doktor Semacgus im Jardin du roi geht eindeutig hervor, dass eine Schublade, die ein Gewürz von den Inseln mit dem Namen *Bockspiment* enthielt, kurz vor der Ermordung von Julie de Lastérieux von einem Besucher geleert wurde. Dieser, Monsieur du Maine-Giraud, bewohnte in der Rue Saint-Julien-le-Pauvre ein möbliertes Zimmer, das Monsieur Balbastre, einem der an besagtem Drama Beteiligten, gehört. Unsere Entdeckungen wurden vermutlich ihrerseits entdeckt, und dieser junge Mann wurde in einer grausamen Vortäuschung eines Selbstmords ermordet. Zwei Verdächtige scheinen in dieses Verbrechen verstrickt zu sein. Der eine betrat, als Kapuziner verkleidet, die Unterkunft in Gestalt eines jungen Mannes, der andere, der als Balbastre erkannt wurde, ging in das möblierte Zimmer und verließ es einige Zeit später, um sich in das Haus von …«

Sartine warf ihm einen herrischen Blick zu, der den erwarteten Namen in seinem Mund sterben ließ.

»… einer amtierenden mächtigen Person zu flüchten. Und Sie müssen auch wissen, Monsieur, dass bei dem Organisten von Notre-Dame Schuhe und eine Kapuzinerkutte gefunden wurden, die mit Blut besudelt waren. Und schließlich tauchten die ominösen Stiefel, die mir gehören und deren Spur wir in der Rue de Verneuil verloren hatten, wie durch ein Wunder in dem Zimmerchen in der Rue Saint-Julien-le-Pauvre wieder auf.«

Die drei Staatsbeamten sahen sich an. Sie wirkten bestürzt über die Wendung, die Nicolas' Darstellung der Ereignisse nahm.

»Mir wurde die traurige Ehre zuteil, zu denen zu gehören, die Seine Majestät, den verstorbenen König, bei seiner letzten Krankheit umgaben«, fuhr dieser fort. »Kurz vor seinem Tod betraute er mich mit einer neuen Mission. Ich wurde zu Madame du Barry in die Abbaye de Pont-aux-Dames geschickt, um ihr ein Kästchen zu übergeben, das Edelsteine und ein Dokument enthielt. Diesen Gegenstand, der zunächst in der Rue Montmartre im Hôtel de Noblecourt aufbewahrt wurde, versuchte man mir zu stehlen, meine Herren, und ich begriff, warum mir während meiner Reise nach England meine Schlüssel gestohlen worden waren. Einerseits erklärte das die merkwürdige Nachricht, die uns veranlasste, die Seine am Pont Royal abzusuchen, um dort ein leeres Schmuckkästchen zu finden, und andererseits, dass ein Fremder in meine Wohnung in der Rue Montmartre eindringen konnte. Im ersten Fall wollte man einerseits den Eindruck erwecken, ich hätte die Schlüssel von Madame de Lastéricux' Wohnung loswerden wollen, und andererseits versuchte man, das heilige Kästchen unseres sterbenden Herrn zu entwenden.«

»Das entwickelt sich zu einer Geschichte, deren Glaubwürdigkeit im Laufe Ihrer Erzählung zerfasert, Monsieur«, sagte der Lieutenant criminel kopfschüttelnd.

»Der Fortgang der Dinge wird Sie noch mehr überraschen, Monsieur«, erwiderte Nicolas. »Angegriffen auf dem Weg nach

Meaux, verdanke ich mein Leben nur den Vorsichtsmaßnahmen von Inspektor Bourdeau, der meinen Angreifer tötet. Es handelt sich um Cadilhac, ein Schurke niederster Art und Handlanger des ehemaligen Kommissars Camusot. Er hat ein Papier mit der Adresse von Letzterem im Revers seines Anzugs. Ich erspare Ihnen die Überraschung der Comtesse du Barry angesichts des Kästchens, das mit Kieselsteinen und der *Gazette de France* gefüllt ist. Der König selbst, meine Herren, unser neuer König enthüllt mir die Vorsichtsmaßnahme, die sein Großvater ergriffen hat. Ich war in gewisser Weise der Hase, der vor den Jagdhunden davonlief. Seine Majestät war im Besitz der Diamanten und des Dokuments.«

»Und wie wird das alles enden?«, fragte Le Noir.

»Wir haben eine Falle gestellt, um die Macht, die das Kästchen des Königs an sich bringen wollte, glauben zu lassen, sie sei von ihrem Emissär Cadilhac betrogen worden. Eine vorgetäuschte Erpressung und ein Hinterhalt im Palast der Thermen des Julian erlaubten, drei Verdächtige zu verhaften: Kommissar Camusot, Friedrich von Müvala und einen unbekannten jungen Mann, der sich bis jetzt hartnäckig weigert, seine Identität preiszugeben.«

»Beweise, Monsieur, Beweise!«, rief Sartine.

»Ich werde mich bemühen, Sie zu befriedigen. Zuvor werden Sie Zeugen anhören müssen, deren Aussagen sich mit meinen Überlegungen zu dieser Angelegenheit decken. Anschließend werde ich die Verdächtigen vernehmen, und mit Gottes Hilfe werde ich versuchen, Sie von ihrer Schuld zu überzeugen und sie dazu zu bringen, ihre Vergehen und ihr Verbrechen zu gestehen.«

Nacheinander wurden Maître Tiphaine, Julies Notar, Maître Bontemps, der Doyen der Compagnie, Monsieur Rodollet, öffentlicher Schreiber, und dann die Männer des Châtelet, Bourdeau, Rabouine und Tirepot, und schließlich Doktor Semacgus hereingeführt und von Nicolas und den drei Richtern befragt. Ihre Aussagen widersprachen in keinem Punkt dem, was Nicolas vorgetragen hatte. Maître Tiphaine beschränkte sich auf zerknirschte Entschuldigungen; über die Gründe für seine Reise nach Holland und über seine zweite gescheiterte Abreise schwieg er sich aus. Maître Bontemps, trotz der Hitze in eine Tunika aus Katzenfell gehüllt, vernichtete mit ein paar ätzenden Worten den Ruf seines Kollegen. Monsieur Rodollet trug seine Feststellungen über die ihm vorgelegten Dokumente mit einer Liebe zum Detail vor, welche die Verwirrung der Kommission noch verstärkte. Bourdeau schilderte seine Ermittlungen. Rabouine und Tirepot erzählten die Abenteuer der Beschattungen und die Ereignisse, die auf die Falle im Palast der Thermen folgten. Schließlich kam Julia, Casimirs Lebensgefährtin, an die Reihe, eine kleine, dunkle, in Tücher gehüllte Gestalt. Nicolas näherte sich ihr und sprach sie sanft an.

»Julia, könnten Sie uns wiederholen …«

Monsieur Testard du Lys unterbrach ihn.

»Es erscheint mir unangebracht, in unserer Kommission eine schwarze Sklavin anzuhören. Das wäre fast ein Formfehler, zu dessen Komplizen ich mich nicht machen kann.«

Die drei Richter begannen einen Wortwechsel, der Nicolas ziemlich lebhaft vorkam; er sah, dass Monsieur de Sartine seine Argumente mit Faustschlägen auf das Holz des Tischs begleitete, an dem die Kommission saß.

»Fahren Sie bitte fort«, sagte er schließlich zu Nicolas. »Die Mehrheit wünscht die Zeugin zu hören.«

»Julia«, fragte Nicolas erneut, »ich möchte, dass Sie wiederholen, was Sie Awa vor einem Monat anvertraut haben.«

Die junge Frau sprach mit eintöniger Stimme und in einem leicht singenden Französisch.

»Casimir war sehr böse auf Madame Lastérieux«, sagte sie. »Sie hielt ihr Versprechen nicht, uns in Frankreich freizulassen. Sie wollte nicht mehr. Er wusste weder ein noch aus. Beinahe hätte er es Monsieur Nicolas gesagt, der immer so nett zu uns war. Viel netter als Madame, die manchmal so hart war.«

»Und warum hat er es nicht getan?«, erkundigte sich Monsieur Le Noir.

»Casimir sagte, die beiden Turteltauben seien so eng verbunden, dass das nicht funktionieren würde. Als der andere, der junge Mann, regelmäßig zu Besuch zu kommen begann ...«

»Monsieur von Müvala?«

»Ja. Casimir hat ihm davon erzählt. Und dieser Monsieur hat ihm schließlich einen Handel vorgeschlagen. Er wollte von ihm einen Liebestrank, um leichter ... na ja, Sie verstehen schon. Er versprach eine sehr hohe Summe in Gold, sehr hoch, genug, um zu entfliehen. Casimir hat lange gezögert, dann dachte er, dass da nichts Schlimmes dabei sei. In der Nacht von Madames Tod hat er eine Eiermilch zubereitet mit einem Pulver, das er von Monsieur von Müvala bekommen hatte. Dieser bat auch um ein Hühnchengericht und verlangte von Casimir, immer zu behaupten, er habe in der Nacht einen Brief von Madame eingeworfen. Ein anderer Mann ist in der Nacht gekommen und hat ihm unter Drohungen befohlen, immer zu behaupten, er habe Monsieur Le Floch in der Küche gesehen. Wir begriffen gar nichts. Erst nachdem wir Madame tot aufgefunden hatten, bekamen wir es mit der Angst. Ich musste Casimir versprechen, nichts zu sagen, er selbst würde niemals zugeben, Monsieur Nicolas getroffen zu haben. Ich glaube, dass er es nicht getan hat.«

»Ein Mann?«, fragte Nicolas. »Ein anderer Mann?«

»Ja, in einem weiten Regenmantel und mit Stiefeln.«

»Würden Sie ihn wiedererkennen?«

»Nein, ich habe ihn nicht gesehen. Ich habe nur seine Stimme gehört, die eines alten Mannes.«

»Monsieur Balbastre?«

»Nein, seine ist sehr hoch.«

»Haben Sie noch etwas hinzuzufügen?«

»Das Geld haben wir in unserer Kammer unter dem Teppich versteckt.«

»Die Kommission«, erklärte Nicolas, »möge zur Kenntnis nehmen, dass die Louis-d'or-Rollen noch in die Papierstreifen der Generalinspektion gewickelt gefunden wurden.«

Er machte eine Handbewegung; zwei Polizisten kamen aus der Ecke des Raums, näherten sich dem Tisch der Kommission und legten vier schwere Rollen aus Goldmünzen darauf. Monsieur Testard du Lys, bei dem das Nachdenken Monsieur de Sartine zufolge immer den Worten folgte, anstatt ihnen vorauszugehen, rief beim Anblick dieses Haufens:

»Was hat es Ihrer Meinung nach zu bedeuten, dass diese Louis d'or noch in die Papierstreifen der Generalinspektion eingewickelt sind?«

Sartine blickte Nicolas an.

»Monsieur, ich habe mich bei den Kassierern besagter Inspektion erkundigt. Das in dieser Form verpackte Gold entspricht dem, das üblicherweise an die großen Ministerien geliefert wird.«

»Und was schließen Sie daraus?«

»Ich begnüge mich damit festzustellen: Das Geld, das Casimir von diesem Unbekannten erhalten hat, stammte aus einem Ministerium, nicht mehr und nicht weniger.«

Man führte Julia hinaus, und Monsieur Balbastre wurde gerufen. Nicolas erkannte ihn kaum wieder; von dem kleinen. gepuderten und sorgsam herausgeputzten Mann war nichts mehr übrig. Ohne Perücke, nachlässig gekleidet, schlecht rasiert und mit gräulicher Gesichtsfarbe bot der Organist das Bild größter Niedergeschlagenheit, wie jemand, der plötzlich aus der gewohnten Bahn des Lebens geworfen worden war.

»Monsieur Balbastre, sind Sie bereit, uns mit aller Aufrichtigkeit zu sagen, was Sie über den Mord an Madame de Lastérieux, seine Folgen und die Ermordung von Monsieur du Maine-Giraud, der Ihr Mieter war, wissen?«, begann Nicolas. »Ich lenke Ihre Aufmerksamkeit auf die Tatsache, dass Sie Ihre Erklärungen vor drei Richtern machen, die vom König berufen wurden, in dieser Angelegenheit zu entscheiden.«

Balbastre betrachtete den Gerichtshof mit verstörtem Blick.

»Ich habe keine Ahnung«, sagte er stammelnd, »was mich hier vor Sie führt. Erlauben Sie mir, meiner Verwunderung darüber Ausdruck zu geben, dass der eines abscheulichen Verbrechens Verdächtige damit beauftragt wird, mich vor Ihnen zu befragen. Ich protestiere … Ich bin Organist von Notre-Dame, ein bekannter Komponist und Virtuose und der Cembalolehrer von …«

Sartine hob die Hand.

»Unterlassen Sie es bitte, Monsieur, berühmte Namen zu nennen, die vor dieser Kommission keine Bedeutung haben. Monsieur Le Floch ist entlastet und von jeder Anklage freigesprochen worden per Entscheid Seiner Majestät. Er untersucht diesen Fall, und ich wäre Ihnen verbunden, wenn Sie die Fragen, die Ihnen gestellt werden, mit der größten Offenheit beantworten würden.«

»Was haben Sie gemacht«, fuhr Nicolas fort, »nachdem Sie die Rue de Verneuil am 6. Januar verlassen haben?«

Balbastre schwieg und starrte vor sich hin. Er weigerte sich, auch nur eine Frage zu beantworten, auch nicht die nach seiner Anwesenheit in der Rue Saint-Julien-le-Pauvre während des vorgetäuschten Selbstmords von Monsieur du Maine-Giraud. Nicolas ahnte ein weiteres Mal, dass der Musiker davon besessen war, bedroht zu sein. Würde man jemals erfahren, was der Grund für Balbastres panische Angst war?

»Ich bitte darum, den Verdächtigen hinauszuführen, denn ich bin noch nicht mit ihm fertig. Eine letzte Formalität ist unabdingbar. Man führe Kommissar Camusot herein.«

Der Mann, der jetzt erschien, hatte nichts mehr gemein mit demjenigen, dem Nicolas vor vierzehn Jahren, zu Beginn seiner Laufbahn in der Polizeipräfektur, begegnet war. Sie hatten sich niemals persönlich gegenübergestanden. Doch Nicolas wusste, dass Camusot mehrmals versucht hatte, ihn von Mauval, seinem Handlanger, töten zu lassen. Der groß gewachsene Mann war inzwischen krumm geworden, das schüttere gelbliche Haar ließ die kahle Schädeldecke erkennen. Das tief zerfurchte Gesicht zeigte keinerlei Regung. Nicolas wusste, dass er kein leichtes Spiel haben würde. Auf dem ehemaligen Kommissar lastete keine direkte Anklage. Eine Adresse in der Tasche eines Auftragsmörders, eine Begegnung in Notre-Dame und seine dauerhafte Anwesenheit im Hôtel d'Aiguillon waren keine Verbrechen. Es schien unmöglich, Camusot nur mithilfe des üblichen Frage-Antwort-Spiels zu überführen. Nicolas musste eine andere Strategie anwenden, über die er lange nachgedacht hatte.

»Monsieur, ich kenne Sie nur allzu gut und zu lange, um auch nur einen Augenblick zu glauben, Sie könnten mir die Wahrheit sagen; ich rechne nicht im Entferntesten damit.«

Camusot hob den Kopf.

»Nun, es wäre auch recht schwierig für einen Unschuldigen, auf diese unverschämte Einleitung zu antworten«, erwiderte er. »Immerhin bin ich Prophet genug, um Ihnen vorherzusagen, dass Sie und diejenigen, die Sie aufhetzen, es sehr bald schon bitter bereuen werden, dass Sie mich ungerechtfertigterweise und ohne triftige Gründe verhaftet und inhaftiert haben.«

»Monsieur«, sagte Sartine, »mäßigen Sie Ihre Worte. Ein Skandal ist es, dass ein ehemaliger Kommissar wie Sie die Richter des Königs beleidigt.«

»Was haben Sie in Notre-Dame gemacht«, fuhr Nicolas fort, »mit Monsieur von Müvala und einem jungen Mann, der sich als Ihr Gesandter ausgab? Warum haben wir Ihre Adresse im Revers von Cadilhacs Ärmel gefunden, nachdem dieser versucht hatte, mich zu töten?«

»Ich habe in der Kathedrale gebetet, stellen Sie sich vor, und mir war nicht bewusst, wie spät es bereits war. Denn ich war sehr vertieft in mein Gebet. Was diesen Cadilhac betrifft, ich kenne ihn nicht und verlange, ihm gegenübergestellt zu werden, dann werden wir sehen, wer lügt.«

Nicolas biss sich in die Lippe. Zweifellos hatte Camusot, der seit mehr als einem Monat in Isolierhaft saß, Wind bekommen vom Tod seines Auftragsmörders. Das weitere Verhör verlief ergebnislos im Sande und verstärkte Nicolas' Unsicherheit nur noch.

»Ich könnte Dutzende von Zeugen aufmarschieren lassen, die beweisen würden, dass Cadilhac regelmäßig den Kommissar besuchte, aber wozu?«, sagte Nicolas. »Meine Herren, haben Sie die Güte, mir zu erlauben, ein kleines Experiment zu machen.«

Bourdeau, der ein paar Meter entfernt saß, stand auf und brachte ihm ein Paar Stiefel.

»Das hier sind Stiefel«, sagte Nicolas. »Ein schönes Paar Stiefel von einem ausgezeichneten Schuhmacher. Sie gehören oder gehörten mir. Diese Stiefel, meine Herren, begegnen uns ständig in unserem Drama. Sie verschwinden gleich nach dem Tod von Madame Lastérieux aus der Rue de Verneuil, dem Ort, wo ich sie gewöhnlich zurückließ. Allerdings hinterlassen sie auf dem Parkett frische und sehr deutliche Abdrücke voller Schlamm und nassem Schnee. Es ist nicht mehr von ihnen die Rede, werden Sie einwenden. O doch! Wie durch ein Wunder finden wir sie in dem möblierten Zimmer von Monsieur Balbastre wieder, wo sie eine Rolle in dem furchtbaren Kampf zwischen Monsieur du Maine-Giraud und seinem Angreifer spielen. Ein Samenkorn ragte seit Langem hervor, auch davon zeugt das Parkett. Es ist von den Bewegungen des Angreifers zerkratzt. Man könnte annehmen, dass sie zu dem Zeitpunkt von ihrem Besitzer getragen worden sind. Keineswegs! Sie sind ordentlich in einen Wandschrank gestellt worden, wo Bourdeau und ich sie sorgfältig gereinigt gefunden haben. Monsieur Camusot, tun Sie uns den Gefallen, diese Stiefel anzuprobieren.«

»Ich weigere mich, das ergibt keinen Sinn.«

»Wachen!«, rief Nicolas. »Packen Sie den Beklagten und ziehen Sie ihm die Stiefel gewaltsam an.«

»Das werde ich nicht dulden!«, brüllte Camusot.

Es ging alles sehr schnell, in einem großen Durcheinander von Widerstand und Gewaltanwendung, unter Seufzern und Wutgeheul. Zwei Wachen packten Camusot von hinten und legten ihn auf eine Bank; zwei weitere hielten seine Beine fest. Als ihm die Stiefel angezogen worden waren, ging Nicolas zu ihm.

»Wie es aussieht, Monsieur, passen sie Ihnen perfekt. Wir haben die gleiche Größe. Wir könnten sie in Zukunft austauschen. Ziehen Sie ihm die Stiefel aus und führen Sie ihn hinaus.«

Das Gericht verharrte in langem Schweigen, das Monsieur Le Noir schließlich brach.

»Monsieur le Commissaire, würden Sie so freundlich sein, uns armen Unwissenden zu sagen, was Sie mit dieser unerquicklichen Szene bezwecken? Sie scheinen auf gut Glück auf verschlungenen Pfaden zu wandeln, die nur Sie allein kennen.«

»Monsieur«, erwiderte Nicolas, »interessant ist nicht, dass die Stiefel ihm perfekt passen, interessant ist das Gegenteil.«

»Sie werden sich daran gewöhnen müssen, mein Lieber«, sagte Sartine zu Le Noir. »Monsieur Le Floch versteht sich wie kein Zweiter auf solche sibyllinischen Sätze. Er nähert sich der

Wahrheit stets in konzentrischen Kreisen, und er ist dem Zentrum immer dann am nächsten, wenn er am weitesten von ihm entfernt zu sein scheint.«

Le Noir schüttelte wenig überzeugt den Kopf.

»Man führe Monsieur von Müvala herein«, sagte Nicolas.

Ein junger hochgewachsener Mann in grauem Anzug kam mit großen Schritten herein und grüßte höflich in die Runde.

»Würden Sie bitte Ihren Namen nennen«, sagte Nicolas.

»Friedrich von Müvala.«

»Es heißt, Sie stammen aus den Schweizer Kantonen.«

»Das ist richtig. Ich bin in Frauenfeld geboren, im Thurgau.«

»Wie kommt es, dass Sie so gut und akzentfrei Französisch sprechen?«

»Ich hatte das Glück, Unterricht von einem Privatlehrer dieser Nation zu bekommen.«

»Ihre Eltern?«

»Gestorben kurz nach meiner Geburt.«

»Der Grund für Ihren Aufenthalt im Königreich?«

»Studien- und Vergnügungsreise. Paris kennenlernen und bewundern.«

»Wir haben gehört, dass Sie sich für die Botanik interessieren.«

»Unter anderem. Aber mein Interesse gilt vor allem der Musik. Und dem Cembalo, wie Sie wissen.«

Er sprach gewandt, wandte sich bei jeder Antwort Nicolas zu und betrachtete ihn mit einer Art ironischer Herablassung.

»Sind Sie bereit, die Fragen zu beantworten, die diese Kommission Ihnen mit meiner Stimme zu stellen wünscht?«

»Ich hätte mir einen anderen Gesprächspartner als Sie

gewünscht, Monsieur. Aber ich werde mit all dem Respekt antworten, den ich den Autoritäten dieses Landes schulde.«

»Gut. Wie standen Sie zu Madame de Lastérieux?«

»Eine gemeinsame Liebe zur Musik hatte uns angenähert. Ich war so kühn, mir zu schmeicheln, dass sie für die diskreten Huldigungen, die ich ihrer Intelligenz und ihrer Schönheit entgegenbrachte, nicht unempfänglich war. Durch unsere zahlreichen Begegnungen hatte ich ihr Vertrauen gewonnen, und sie hatte sich angewöhnt, mir ihren Kummer und ihre Sorgen anzuvertrauen.«

Wie geschickt das alles war, dachte Nicolas. Das würde unmerklich, das spürte er, zu perfiden Andeutungen führen, die ihn, den Ankläger, ins Unrecht setzen würden. Müvala spielte mit seiner sanften, scheinbar treuherzigen Ausdrucksweise weiter seine heimtückische und für Nicolas gefährliche Musik.

»Sie war nicht glücklich. Ihr gegenwärtiger Liebhaber – Sie, Monsieur, glaube ich …«

Der Ton und die Ausdrucksweise waren derart respektlos Julie und ihm gegenüber, dass Nicolas die Fäuste ballte.

»Bitte, fahren Sie fort.«

»Ihr Liebhaber, sagte ich, quälte sie mit seinen ewigen Vorwürfen. Seine Eifersucht wurde immer schlimmer und äußerte sich in endlosen heftigen Vorwürfen und Gesten, die sie nicht zu beschreiben wagte, aber ich ahnte, wie übergriffig sie waren. Kurz, sie fürchtete ihn.«

»Wollen Sie damit andeuten«, fragte Monsieur Le Noir, »dass Madame Lastérieux die heftigen Reaktionen ihres Liebhabers fürchtete?«

Sartine, dessen Perücke gefährlich ins Rutschen geriet, schien diese unpassende Einmischung nicht sehr zu schätzen.

»Das ist schwer zu sagen«, erwiderte Müvala. »Aber manchmal schien es mir so.«

»Monsieur«, erklärte Nicolas, »wir würden gern Ihre Version des Abends des 6. Januar 1774 hören.«

»Ich war mit vier meiner Freunde eingeladen.«

»Freunde?«

»Bekannte. Es handelte sich um eine dieser Abendgesellschaften, die Madame de Lastérieux wie keine andere zu organisieren wusste. Eine Mischung aus Freiheit, Sorglosigkeit, zwanglosen Unterhaltungen, Musik und Spielen. Einer dieser seltenen und besonderen Abende, die diesem Herrn so sehr missfielen.«

Furchtlos deutete er mit dem Kinn auf Nicolas.

»Vier unserer Freunde spielten Karten. Monsieur Balbastre, der berühmte Komponist, plauderte und gab Anekdoten und Neuigkeiten zum Besten. Ich spielte Cembalo, Julie blätterte die Seiten um, entspannt und ruhig durch die sorglose Stimmung. Dieser Herr kam herein und störte die friedliche Versammlung durch einen mürrischen Ton und immer heftigere Worte und Gesten. Er verließ die Wohnung wütend wie ein Wahnsinniger, und alle waren froh, ihn los zu sein und sich in guter Gesellschaft zu befinden.«

Für Nicolas waren diese boshaften Worte wie Faustschläge.

»Und nachdem dieser Störenfried weg war?«, fragte er frostig.

»Julie war traurig, aber sie hat ihre Melancholie schnell wieder vergessen angesichts der Fröhlichkeit ihrer Gäste während des Abendessens. Wie ich bereits Gelegenheit hatte zu bemerken, ich bin diesem Herrn begegnet …«

Erneut deutete er mit dem Kinn auf Nicolas.

»… der mit einem Gesichtsausdruck herumlief, der mich

erschreckte und der eine so geballte Wut ausdrückte, dass ich heute noch zittere.«

»Und was machte dieser ›Monsieur‹?«

»Er durchsuchte die Küche, vermutlich suchte er etwas. Ich wollte dort eine Flasche holen, um dem überlasteten Personal zu helfen. Ich erinnere mich genau an seine erschrockene Reaktion, als er mich sah. Ich habe keine Ahnung, was er in seinem Mantel versteckt hat. Anschließend hat er den schwarzen Diener von Madame de Lastérieux angerempelt.«

»Das ist sehr detailliert!«

Monsieur Le Noir wollte etwas sagen, doch Sartine legte die Hand auf seinen Arm, um ihn daran zu hindern.

»Monsieur«, fuhr Nicolas fort, »fahren Sie bitte fort mit Ihrem Bericht über diesen Abend.«

»Er endete ziemlich spät.«

»Spät, was bedeutet das?«

»Oh, gegen elf. Ich habe Madame Lastérieux dann in ihr Boudoir begleitet. Sie wollte mir ein neues Parfum vorstellen. Wir wechselten ein paar belanglose Worte, und zehn Minuten später bin ich gegangen.«

»Das ist sehr präzise. Sie sind ein bemerkenswerter Zeuge, und ich bezweifle nicht, dass Ihre Aufmerksamkeit Ihnen erlauben wird, meine weiteren Fragen zu beantworten.«

»Ich möchte Ihnen gern in allem entgegenkommen.«

Er deutete eine leichte Verbeugung an, die Nicolas unangebracht und provozierend fand.

»Sie können es tun, indem Sie mir sagen, um was für ein Parfum es sich handelte.«

»Ein Modeparfum.«

»Ich verstehe. Ich frage Sie das, weil ich die Antwort kenne. Julie war ganz verrückt nach dem *Eau de la Reine de Hongrie*. Darum handelte es sich doch?«

»Ja, sie rühmte mir seine Vorzüge.«

»Das Fläschchen ist von außergewöhnlicher Eleganz.«

»Es ist der exquisiteste Pariser Geschmack.«

»Mit einem sehr bunten Etikett.«

»Sehr hübsch.«

»Ich nehme an«, fuhr Nicolas fort, »dass sie sich, wie es ihre Gewohnheit ist, damit bespritzt hat. Ich habe ihr manchmal vorgeworfen, es allzu großzügig zu benutzen, sodass sie ihre Umgebung mit Ausdünstungen überschwemmte, die zu Kopf stiegen.«

»Da haben Sie recht, Monsieur. Sie schüttete es in rauen Mengen über die Spitzen ihres Nachthemds.«

Einen Augenblick herrschte Schweigen.

»Nachthemd? Sie meinen wahrscheinlich: das Kleid? Der Fehler ist verständlich, und die Zeit verwirrt Sie oder … etwas anderes.«

Zum ersten Mal während der Vernehmung verlor Müvala seinen Hochmut. Es gelang ihm nicht, ein Gefühl zu verbergen, das Nicolas nicht so recht einschätzen konnte. Er würde jetzt frontal angreifen. Der erste Schlagabtausch hatte sein Ziel erreicht: das Selbstbewusstsein des Beschuldigten zu ramponieren und ihn in eine schwierige Lage vor den drei aufmerksamen Richtern zu bringen.

»Wenn ich Sie recht verstehe«, fuhr Nicolas in liebenswürdigem Ton fort, »haben Sie, nachdem Sie ein paar Minuten über Parfum gesprochen haben und während Madame de Lastérieux ihr Nachthemd trug – nein, ihr Kleid, entschuldigen Sie bitte, ihr Kleid – die Rue de Verneuil verlassen. Oh, ein Detail noch, zu Ihrer Orientierung. Julie hasste Parfummischungen. Sie benutzte bestimmte Essenzen, Bergamotte oder Zedrat-Zitrone, aufgelöst in Alkohol. Monsieur Gervais, Apotheker in *La Cloche d'Argent*, zählte sie zu seinen Kunden und kann es bezeugen. Sie benutzte es nur am Morgen, niemals auf dem Hals und sehr wenig auf den Armen. Ein letztes Detail schließlich für das Gericht, dieses Parfum befand sich in einem Flakon aus damasziertem Silber, der verschlossen wurde mit einem Kristallstöpsel, den ein Kristallschwan krönte. Sie können ihn auf ihrer Frisierkommode finden.«

»Das behaupten Sie«, erwiderte Müvala, »Sie, auf dem ein so schwerer Verdacht lastet und der in der Lage war, die Dinge und Zeugenaussagen so zu arrangieren, wie es Ihnen passt.«

»Die Richter, Monsieur, werden Ihre kleinen Ungereimtheiten zu schätzen wissen. Sie haben die Rue de Verneuil verlassen. Wohin sind Sie gegangen?«

»In mein Hotel im Marais.«

»Welches? Die Polizei hat keinerlei Spuren von Ihren Aufenthalten gefunden. Ebenso wenig übrigens wie von Ihrer Einreise ins Königreich.«

»Das habe ich vergessen. Ich habe es so oft gewechselt und bin unter falschen Namen abgestiegen.«

»Und der Grund für diese Geheimniskrämerei?«

»Da der Fremde in dieser Stadt eine bevorzugte Beute für Gauner und Hochstapler aller Art ist, ist es, wenn man seine Ruhe haben will, besser, sein Inkognito zu wahren.«

»Und danach verschwinden Sie?«

»Aber nein. Ich reise in Ihrem schönen Land, besuche seine Sehenswürdigkeiten und botanisiere.«

»In der Picardie vermutlich? Die schöne Kirche von Ailly-le-Haut-Clocher hat gewiss Ihre Aufmerksamkeit erweckt?«

»Nein, ich bin durch Burgund gereist, habe Clamecy, Montbard und andere Orte besucht.«

»Auch dort werden wir keine Spuren von Ihren Aufenthalten in den Hotels finden?«

»Da ich einen sehr umgänglichen Charakter habe, wurde ich stets von Privatleuten eingeladen und speiste bei verschiedenen Gastgebern.«

»Ich überlasse das Urteil erneut dem Gericht. Was machten Sie in Notre-Dame?«

»Ich habe gebetet und mich einschließen lassen.«

»Mir scheint, dass ich das schon aus einem anderen Mund gehört habe. Ich fahre fort: der Grund für Ihre Anwesenheit in einem erbärmlichen Loch in der Rue du Paon?«

»Ich wohnte dort mit einem Freund, der meine Mittellosigkeit teilte. Ich hatte mein Geld beim Pharao verloren und wartete auf einen Wechsel von meinem Bankier.«

»Und wie durch Zufall betete dieser Freund mit Ihnen in Notre-Dame. Damit sich das Glück beim Spiel wendet vielleicht? Was für ein Gottvertrauen!«

Müvala antwortete nicht.

»Noch ein Detail. Wie kommt es, dass Inspektor Bourdeau bei Ihrer Verhaftung in dem Loch in der Rue du Paon das hier gefunden hat?«

Nicolas zeigte dem Angeklagten und dem Gericht einen Ring, der an einem Band aus blauem Satin hing.

»Dieser Gegenstand ist mir unbekannt«, erwiderte Müvala.

»Ich werde Ihnen auf die Sprünge helfen. Dieser Ring und dieses Band wurden mir von Madame de Lastérieux geschenkt, um meine Schlüssel daran zu hängen, diejenigen der Rue de Verneuil, wo ich häufig war. Dieser Ring, dieses Band und diese Schlüssel sind mir bei einem nächtlichen Überfall in der Herberge in Ailly-le-Haut-Clocher gestohlen worden. Und nun finden wir diesen Gegenstand in Ihrem Besitz. Eine Erklärung?«

»Ein Taschenspielertrick. Ich komme mir vor wie auf der Foire Saint-Victor!«

»Ich bitte den Angeklagten, sich zu mäßigen«, sagte Sartine. »Außerdem stelle ich fest, dass er für einen Fremden erstaunlich gut über unsere Gewohnheiten unterrichtet ist. Nur die alten Pariser kennen die Foire Saint-Victor und seine Volksbelustigungen.«

»Sie vergessen«, sagte Müvala, »die Führer für ausländische Reisende und andere Almanache, in denen die Vergnügungen dieser Stadt ausführlich beschrieben werden.«

Also, dieser Mann lässt sich wirklich nicht unterkriegen, dachte Nicolas. Er machte eine Handbewegung, und man brachte das Paar Stiefel.

»Eine letzte Formalität«, sagte er. »Seien Sie so gut, Monsieur, und probieren diese Stiefel an.«

Müvala warf Nicolas einen ausdruckslosen Blick zu, zog seine Stiefel aus und versuchte, den rechten anzuziehen.

»Wie es aussieht, haben sie nicht meine Größe«, bemerkte er. »Mein Spann ist zu kräftig.«

Bourdeau näherte sich, um es zu überprüfen; er bestätigte die Aussage.

»Es ist gut«, sagte Nicolas, »man führe Monsieur hinaus. Allerdings sind wir mit ihm noch nicht fertig und werden die Vernehmung fortsetzen.«

»Man kommt sich wirklich wie bei einem Stiefelhändler vor!«, bemerkte der Lieutenant criminel griesgrämig. »Stehen diese wiederholten Anproben wirklich im Einklang mit der Würde dieses Gerichts und der Majestät der Justiz?«

»Mehr, als es scheint, Monsieur. Sie werden es selbst sehr schnell feststellen.«

Sartine stand auf.

»Ich muss jetzt eingreifen, bevor ich Commissaire Le Floch seine Beweisführung fortsetzen lasse. Wir haben alle dieses Dossier und seine Elemente im Kopf. Der junge Mann, der mit Monsieur von Müvala verhaftet wurde, derselbe, der sich im Palais des Thermes befand, um als Mittelsmann zwischen Cadilhac und Kommissar Camusot zu dienen, trägt einen berühmten Namen.«

Er seufzte.

»Man hat mich mit eindringlichen Ratschlägen bombardiert, um die Ehre einer Familie zu schonen. Sie wissen, was wir in solchen Fällen zu tun pflegen. Ich konnte mich dem Einfluss dieser Einmischungen nicht entziehen. Der Mann hat daher vor mir ausgesagt, und zu dieser Stunde befindet er sich auf dem Weg nach Lorient, wo er an Bord eines Schiffes gehen wird, das zu unseren Kontoren im Senegal ausläuft. Man wagt zu hoffen, dass er sich bessern und dort eine ehrenhafte Stellung finden wird. Der Kommissar wird Ihnen die wesentlichen Punkte seiner Aussage zusammenfassen, die ich Ihrer besonderen Aufmerksamkeit empfehle.«

»Meine Herren«, begann Nicolas, nachdem er tief Luft geholt hatte, »dieser junge Mann, dessen Name und der Einfluss seiner Familie sein Erscheinen hier bedauerlicherweise unmöglich machen …«

Sartine rutschte auf seinem Sitz herum.

»… dieser junge Mann, sagte ich, hat uns anvertraut, dass er am Abend des 6. Januar von Monsieur von Müvala beauftragt wurde, mir zu folgen. Seine Kenntnis dessen, was ich wo an diesem Abend gemacht hatte, besser als meine eigene, erlaubte ihm, mich zu beschuldigen, ohne fürchten zu müssen, widerlegt zu werden. Ich erinnere das Gericht daran, dass dieser Teil meiner Nacht bis jetzt im Nebel eines Augenblicks der Verwirrtheit und der Verzweiflung verborgen war.«

»Beachten Sie, meine Herren«, bemerkte Sartine, »dass diese Aussage Monsieur Le Floch vollkommen entlastet, falls einer von Ihnen jemals an seiner Unschuld gezweifelt haben sollte.«

»Wir hätten lieber den Mann persönlich gehört«, sagte Testard du Lys.

»Bedeutet das, dass Sie eine Aussage, die ich selbst aufgenommen habe, in Zweifel ziehen, Monsieur?«, sagte Sartine und richtete sich auf, und in seine Wangenknochen schoss eine Röte, wie Nicolas sie noch nie an seinem Chef bemerkt hatte.

»Keineswegs, keineswegs! Reden wir nicht mehr davon«, stammelte der Lieutenant criminel zerknirscht.

»Was folgt, ist ebenso aufschlussreich«, fuhr Nicolas fort. »Er hat uns berichtet, dass Müvalas Verschwinden genau in die Zeit fiel, in der ich Paris verließ, um nach London zu reisen. Und schließlich hat er uns eine ganz neue Sicht auf den Mord an Monsieur du Maine-Giraud geliefert. Eine perfide Inszenierung hat selbst unsere Spitzel getäuscht. Dieser unbekannte junge Mann ist in der Tat als Kapuziner verkleidet in das Haus gekommen und hat es dann ohne diese Kutte verlassen. Aber es gab jemand anderen vor Ort. Dank seiner Aussage haben wir erfahren, dass Monsieur Balbastre mehrere möblierte Zimmer in dem Haus besaß. Als Bourdeau den zu Tode gefolterten Körper des Opfers fand, hatte der Mörder das Haus noch nicht verlassen. Er versteckte sich in einem anderen Zimmer und wartete, bis die Aufregung, die der Entdeckung der Leiche folgte, sich beruhigt hatte. Er scheint ein vorausschauender Mann zu sein, der die Gewohnheiten und Usancen der Polizei gut kennt. Er weiß, dass er sich auf keinen Fall zeigen darf. Er begreift, dass, wenn der vorgetäuschte Selbstmord die Ermittler nicht überzeugt, der Verdacht sofort auf den unbekannten jungen Mann fallen wird, auf den Kapuziner oder auf beide. Er lässt also ein Paar Stiefel zurück, die er getragen hatte, als er sein Verbrechen beging. Er hat keine Ahnung, wo ich mich befinde, aber er geht die Wette ein, dass diese Stiefel mich ohne Alibi eines neuen Verbrechens beschuldigen werden. Da der Zufall manchmal gute Arbeit leistet, wird das die Feststellungen über das Verbrechen in der Rue de Verneuil bestätigen. Bewundern Sie die Fülle von Details! Was für eine diabolische Intelligenz!«

»Und wem gilt diese Anhäufung von Komplimenten?«, fragte Monsieur Le Noir.

»Es ist noch zu früh, ihn zu enthüllen; eine letzte Überprüfung ist noch nötig. Ich verspreche Ihnen jedoch, dass Sie diesen Raum nicht verlassen werden, ohne es erfahren zu haben. Ich füge hinzu, dass die Tatsache, dass Monsieur Balbastre in dieses Haus geschickt wurde, die Inszenierung noch perfider macht.

Die offensichtliche Erpressung, die auf ihm lastet, wird noch verschlimmert durch seine Anwesenheit am Tatort eines Verbrechens, dessen er gegebenenfalls ebenfalls beschuldigt werden könnte.«

»Und diese geheimnisvollen jungen Leute?«

»Meinen Sie damit jene, die in der Rue de Verneuil anwesend waren und die nicht gefunden worden sind?«

»So ist es«, sagte Monsieur Le Noir.

»Der Briefwechsel von Monsieur du Maine-Giraud mit seiner Schwester, den wir beschlagnahmt haben, gibt uns Auskunft und veranlasst uns zu der Annahme, dass sie durch Glücksspiel, Schulden, Geldleihen, Ausschweifung und Sauferei, alles zusammen, eine leichte Beute waren. Auch hier lieferte eine Erpressung sie an Händen und Füßen gefesselt denen aus, die sie wie Marionetten bewegen. Die Stadt ist ein Abgrund, in dem viele unschuldige junge Leute den Versuchungen nicht widerstehen können. Ich bitte, Monsieur Balbastre noch einmal hereinzuführen.«

Bourdeau rückte einen kleinen Tisch und einen Stuhl in die Mitte des Raums. Er stellte ein Tintenfass, eine Feder, fünf grüne Wachsstäbchen sowie ein rotes, ein Blatt Papier und einen brennenden Kerzenleuchter darauf. Und schließlich tauchte auch das Paar Stiefel wieder auf. Balbastre wirkte immer noch mitleiderregend niedergeschlagen.

»Monsieur«, erklärte Nicolas, »würden Sie bitte dieses Paar Stiefel anprobieren.«

Der Musiker gehorchte zitternd. Sie waren ihm viel zu groß, und er konnte nur stolpernd in ihnen gehen.

»Gut«, sagte Nicolas. »Nehmen Sie Platz an diesem Tisch. Sie haben Notenpapier vor sich. Seien Sie so freundlich und schreiben Sie in das erste Notensystem eine beliebige Melodie; anschließend schreiben Sie: ›Letzter Wille von Jean Philippe Rameau‹. Dann falten Sie das Papier und versiegeln es mit rotem Wachs.«

Monsieur Balbastre tat, wie ihm befohlen. Nicolas ließ sich das Papier bringen und bedeutete mit einer Handbewegung, den Angeklagten hinauszuführen.

»Es war von der Foire Saint-Victor und von Taschenspielertricks die Rede. Was bedeutet das alles?«, fragte Testard du Lys.

»Das sollen Sie erfahren, Monsieur. Ich rufe erneut Monsieur von Müvala herein.«

Bevor dieser eintrat, nahm Bourdeau das rote Wachsstäbchen vom Tisch. Der junge Schweizer trat wieder so arrogant wie zuvor auf. Nicolas verlangte von ihm das Gleiche wie von Balbastre und bat ihn, das Papier mit rotem Wachs zu versiegeln. Im Handumdrehen waren die Noten und der entsprechende Vermerk geschrieben. Ebenso rasch griff Müvala nach einem der grünen Wachsstäbchen, erhitzte es und ließ das zähflüssige Wachs auf das Schreiben laufen.

»Aber sehen Sie denn nicht …«, begann der Lieutenant criminel, wurde aber sofort von Nicolas unterbrochen.

»Monsieur, bitte!«

Er dankte Müvala und ließ ihn wieder hinausführen. Anschließend wurde Monsieur Rodollet hereingeführt. Er setzte sich hinter Nicolas.

»Meine Herren«, fuhr dieser fort, »es ist meine Aufgabe, eine Reihe von Ereignissen aufzuklären, die in Verbindung stehen mit drei Morden, mehreren Angriffen auf meine Person und dem

Wunsch, hinter Staatsgeheimnisse zu kommen. Hier meine Sicht der Dinge. Madame de Lastérieux, ein Werkzeug der politischen Polizei, stand unter der Aufsicht der Fraktionen, in denen es gärt, während jeder ahnte, da der König älter wird, dass der Tag seiner Nachfolge näher rückt. Kommissar Camusot, der Handlager von einem der Anführer dieser Fraktionen, gibt Balbastre den Befehl, mich mit Julie zusammenzubringen. Man ahnt, dass ich mit Sondermissionen betraut werde. Balbastre wird eindeutig erpresst wegen einiger Fehler, die er begangen hat, sodass er panische Angst hat und tut, was man von ihm verlangt. Er stellt mich nicht nur Madame de Lastérieux vor, sondern führt auch Monsieur von Müvala bei ihr ein. Unglücklicherweise für sie! Wir müssen uns erinnern, dass Camusot mich hasst, seit er seine Karriere durch Amtsmissbräuche, die ich aufgedeckt habe, aufs Spiel gesetzt hat. Er will mich in einen Hinterhalt locken, den ich nicht erkennen soll. Madame de Lastérieux hat keine Bedeutung für ihn. Er und sein Kumpan bedienen sich ihrer und ermorden sie kaltblütig. Sie treffen zahlreiche Vorsichtsmaßnahmen und machen den Sklaven Casimir zum unschuldigen Werkzeug ihres Machiavellismus. Ihre Vorsichtsmaßnahmen sind so zahlreich, dass manche von ihnen das Gegenteil dessen bewirken, was sie bezwecken.«

Während seines Vortrags lief Nicolas durch den Raum, mit geschlossenen Augen und gefalteten Händen.

»Ihr Unglück war, dass sie Julies wahre Gewohnheiten nicht kannten. Erster Fehler: der Teller mit Essen in ihrem Schlafzimmer, so etwas duldete sie überhaupt nicht. Zweiter Fehler: die geschlossenen Fenster. Und es gab weitere. Kommen wir zu den Vermutungen, die zahlreichen Anproben von Stiefeln, die den Lieutenant criminel so irritierten, beweisen, dass abgesehen von mir, dem sie gehören, nur Kommissar Camusot sie benutzen und Fußspuren in der Rue de Verneuil am Abend des 6. Januar hinterlassen konnte. Das beweist, dass Monsieur von Müvala an dem Abend nicht allein in der Wohnung war. Und was soll man – es wird Ihnen nicht entgangen sein – von dieser erstaunlichen Bemerkung des Betroffenen über die Kleidung halten, die Julie getragen hat. Ich glaube nach wie vor, dass keinerlei Verbindung, abgesehen von der Koketterie einer Frau, die ihren Liebhaber eifersüchtig machen will, zwischen ihr und ihrem Mörder bestand. Ja, ihrem Mörder. Er hat sie tot im Nachthemd gesehen. Wie hätte er sonst wissen sollen, was sie trug. Sie hätte ihn nicht im Negligé empfangen. Das ist der erste Punkt, der gesichert ist.«

»Und der zweite?«, fragte Sartine.

»Müvala verstrickt sich in Lügen und tappt in die Falle, die ich ihm mit Julies Duftwasser gestellt habe. Dritter Punkt, wir wissen auch, dass er durch Monsieur du Maine-Giraud Bockspiment-Samenkörner im Jardin du roi hat stehlen lassen, um die Verwendung eines starken Gifts zu kaschieren, von dem wir noch nicht wissen, was für eines es ist. Vierter Punkt, mein Angreifer in der Picardie stiehlt mir die Schlüssel, mit denen ich überführt werden soll. Das in die Seine geworfene Kästchen, das so leicht auffindbar ist, wenn man den Fluss absucht, enthielt vermutlich den Schlüssel der Rue de Verneuil. Die Schlüssel meiner Wohnung in der Rue Montmartre werden benutzt, um in das Hôtel de Noblecourt einzudringen und meine Sachen nach einem Kästchen zu durchsuchen, das der verstorbene König mir anvertraut hat.«

»Man munkelt«, sagte Monsieur Le Noir, »dass weitere Anschläge auf Sie verübt wurden während Ihrer Reise nach London.«

»Auf meinen Kopf war ein Preis ausgesetzt worden, unseren
englischen Freunden zufolge. Zwei Fraktionen verfolgten mich.
Ich habe lange geglaubt, dass mir diese Meute durch eine Indiskretion von Madame du Barry auf den Hals gehetzt worden war.
Tatsächlich wissen wir jetzt, dass an dem Tag, an dem der König
mich in Anwesenheit von Monsieur de Sartine mit der englischen Mission betraut hat, ein Mann aus seiner Umgebung zu-
gehört hat, versteckt in dem ehemaligen Perückenkabinett. Es ist
derselbe, der mit angehört hat, dass der König mir das Kästchen
für die Favoritin anvertraut hat. Er hatte sich in einem Kabinett
versteckt, das auf den Alkoven im Zimmer des Königs ging. Er
ist entlarvt worden. Es handelt sich um einen blauen Jungen
namens Gaspard, der auf mehreren Hochzeiten tanzte und die
beiden rivalisierenden Fraktionen, die alle beide aus entgegen-
gesetzten Gründen am Ergebnis meiner Mission in London sowie an dem Dokument, das der verstorbene König Madame du
Barry zugedacht hatte, interessiert waren, mit Informationen
versorgte. Auf diese Weise verbinden sich die Geheimaffären
der Politik mit dem ersten Mord und deshalb versucht die eine
der Fraktionen, mich auf dem Weg nach Meaux zu töten, um
das Mittel in die Hand zu bekommen, mit dem sie die Rückkehr von Monsieur de Choiseul in die Politik verhindern kann.
Und auf diese Weise setzt dieselbe Fraktion alles daran, mithilfe
von Camusot und Müvala das angeblich von Cadilhac, der inzwischen tot und begraben ist, entwendete Papier zurückzuerlangen.«

»Monsieur le Commissaire«, sagte Le Noir, »wir hören Ihnen

aufmerksam zu. Was ist mit dieser Anhäufung von Anklagen gegen Sie, die jeglicher Vernunft widerspricht?«

»Ich wollte gerade dazu kommen«, erwiderte Nicolas. »Der Hass auf mich, den diese beiden Schuldigen empfinden, ist so stark, dass ihnen alles recht ist, um mich anzugreifen und zu beschuldigen. Daher diese überspannten Spiele, diese Irreführung durch Anklagen, gefälschte Briefe, ein zu meinen Gunsten verfasstes Testament und dieses in die Seine geworfene Kästchen. All das kann nur die Konsequenz eines Hasses sein, der so stark ist, dass er seinen Ursprung vor langer Zeit haben muss, in einer Vergangenheit, die man vergessen haben könnte.«

»Das ist alles schön und gut, aber für mich sind das nichts als Vermutungen, die zwar schwerwiegend sind und zusammenpassen, aber dennoch keine schlagenden Beweise, die die Ehre und die Unschuld eines ehemaligen Kommissars kompromittieren können. Da steht Aussage gegen Aussage.«

»Ein wenig Geduld, Monsieur. Darf ich Sie erinnern, dass diese Affäre schon acht Monate dauert und dass alles unternommen wurde, um sie über Gebühr immer komplizierter zu machen. Ich werde Monsieur Rodollet befragen.«

Der öffentliche Schreiber stand auf, wie es schien nicht sehr beeindruckt von einem so furchterregenden Publikum.

»Monsieur Rodollet«, sagte Nicolas, »Sie haben uns heute Morgen die Unechtheit einer gewissen Anzahl von Dokumenten bestätigt. Das hier sind zwei Schriftstücke mit Musik auf einem Notensystem und einem handschriftlichen Vermerk. Sie haben mir vor einiger Zeit gesagt, dass der mutmaßliche Fälscher ein Musiker sein könnte oder jemand, der es gewohnt ist, Musik zu kopieren. Welches dieser Exemplare könnte von der Hand des

Schuldigen stammen? Ich gebe Ihnen erneut die Originale von Julies Handschrift, um Ihnen das Urteil zu erleichtern.«

Nicolas reichte ihm die von Balbastre und Müvala beschriebenen und versiegelten Papiere.

Monsieur Rodollet ging zum Fenster und drückte die beiden Schriftstücke und die Originale auf die Scheibe. Sie mussten so lange warten, dass Monsieur de Sartine mit der Hand nervös mit seiner Perücke spielte und Monsieur Le Noir mit dem Bleistift Gehängte zeichnete, die er in Fünferreihen anordnete. Schließlich kehrte der öffentliche Schreiber zu Nicolas zurück und reichte ihm das Blatt, dessen grünes Siegel zerbrochen war.

»Hier, Monsieur le Commissaire. Derjenige, der das hier geschrieben hat, ist eindeutig derjenige, der die Fälschungen angefertigt hat. Die Besonderheiten und die Schriftbewegungen sprechen eine deutliche Sprache.«

»Ich danke Ihnen, Monsieur«, sagte Nicolas, »Sie können gehen.«

Er drehte sich zu den Richtern um und fuhr fort:

»Erinnern Sie sich an die Aussage von Julia, der Dienerin von Madame de Lastérieux. Casimir ist gebeten, nach und nach gedrängt und sogar gezwungen worden zu behaupten, er habe einen Brief aufgegeben. Und dieser Brief – eine Fälschung, wie wir wissen – ist nicht in der Rue de Verneuil geschrieben und versiegelt worden. Madame de Lastérieux besaß nur grüne Wachsstäbchen, eine Farbe, nach der sie verrückt war. Er ist woanders – wo, weiß ich nicht – mit einem roten Wachsstäbchen versiegelt und in einen Briefkasten im Viertel der Rue de Verneuil geworfen worden. Und unser Schriftexperte – dieser Monsieur Rodellet, dessen Wissen und Scharfblick von niemandem im

Palais in Zweifel gezogen wird – hat es uns offenbart: Das ist die Schriftprobe des Fälschers, desjenigen, der einen Brief und ein Testament gefälscht hat.«

Er schwenkte das Blatt Papier über seinem Kopf.

»Die Schriftprobe desjenigen, der Musik kopiert, der Cembalo spielt, einer der Mörder von Madame de Lastérieux: Monsieur von Müvala.«

»Auf diesem Gebiet kommt es häufig vor, dass man sich irrt, Sie sollten daher vorsichtig mit Ihren Behauptungen sein«, sagte Monsieur Le Noir, »und ...«

»Es tut mir leid, Sie zu unterbrechen«, erwiderte Nicolas, »aber lassen Sie mich bitte meine Beweisführung beenden. Warum bin ich so sicher, dass diese Fälschungen von der Hand des mutmaßlichen Schuldigen stammen? Ein weiteres Element begründet meine Überzeugung. Sie haben alle beobachtet, dass Monsieur von Müvala, als ich ihn bat, mit dem roten Wachs zu siegeln, ohne zu zögern nach dem grünen gegriffen hat. Warum? Warum hat er nicht bemerkt, dass er kein rotes Wachs hatte? Er hat sich auf die falsche Farbe gestürzt, so wie er zweimal, um einen angeblichen Brief von Julie an mich und ein Testament, das mich als Universalerben von Madame Lastérieux einsetzte, zu verschließen, das rote Wachs, das üblichste, benutzt hat, dasjenige, nach dem man ganz natürlich greift. Genau das, das Julie de Lastérieux niemals benutzt hätte. Also? Es handelte sich um einen schlimmen Fehler, der Zweifel aufkommen ließ an Papieren, die das Ziel hatten, unwiederbringlich einen Unschuldigen zu überführen. Ja, warum dieser wiederholte grobe Fehler bei einem so geschickten Mann? Die Lösung, meine Herren, kam mir während einer Unterhaltung mit Doktor Semacgus, Marinewundarzt. Als ich diese Farbengeschichte erwähnte, fiel ihm eine Unterhaltung ein, die er in Madras während einer Kontroverse mit orientalischen Ärzten gehabt hatte. Die alten Perser und die arabischen Ärzte hatten entdeckt, dass eine bestimmte Fehlsichtigkeit manche Menschen daran hindert, die Farbe Grün von der Farbe Rot oder denjenigen, die ihnen ähneln, zu unterscheiden. Ich glaube, dass das bei Monsieur von Müvala der Fall ist.«

»Schön«, sagte Monsieur de Sartine, »das ist recht originell. Gleichwohl, wenn wir auch verstehen, dass Camusot Sie wegen der Vergangenheit hasst, wie erklären Sie, dass dieser junge Mann, wenn er nicht ein törichtes Werkzeug in den Händen des ehemaligen Kommissars war, Sie derart erbittert verfolgte, dass er Madame de Lastérieux ermordete, um Sie zu kompromittieren?«

»Meine Herren«, sagte Nicolas lächelnd, »ich bin in der Lage, Ihnen den wesentlichen Punkt zu enthüllen, der meine Beweisführung begründet und meine Schlussfolgerungen beglaubigt. Während meines langen Wartens im Palais des Thermes erinnerte ich mich an ein Spiel meiner Jugend, das der Anagramme. Ich bin viel zu lange ziemlich blind gewesen! Müvala ... Die Eigenartigkeit dieses Namens hat uns getäuscht. Dabei musste man nur einen Buchstaben umstellen, einen einzigen, das *a* am Ende vor das *u* stellen, und das ergab MAUVAL. Logisch, nicht wahr? So logisch und so offensichtlich, dass wir nicht darauf gekommen sind. Was den Hass von Monsieur Müvala auf mich begründet und nährt, ist, dass er der jüngere Bruder von Mauval ist, dem ständigen Auftragsmörder des brillanten und einflussreichen Kommissars Camusot von der Glücksspielpolizei vor vierzehn Jahren, ein korrupter Beamter, der durch eine meiner Untersuchungen sein Amt verloren hat. Ich war die Ursache für sein Unglück. Im Salon des *Dauphin couronné* habe ich in Notwehr diesen Mauval getötet, der ebenfalls, angestiftet von Camusot, versucht hatte, mich zu ermorden. Der angebliche Müvala wurde in Montbard in Burgund geboren, weswegen er auch so perfekt Französisch spricht und unser Land so genau kennt.«

Er holte ein Papier aus seiner Tasche.

»Das hier ist eine Kopie des Registers seiner Pfarrei, in der seine Geburt registriert wurde. Er hatte vor ein paar Augenblicken die Kühnheit besessen, Ihnen den Namen seiner Geburtsstadt zu nennen, denn er kam ihm spontan in den Sinn. Geboren 1751, verliert er seine Eltern sehr früh. Ihr Tod stellt ihn unter die Vormundschaft seines Bruders. Nach dessen Tod kümmert sich Camusot um ihn, lässt ihm eine anständige Bildung zuteilwerden, impft ihm aber den einzigen und unheilvollen Gedanken ein, eines Tages seinen ungerechterweise von einem gewissen Commissaire Le Floch ermordeten Bruder rächen zu müssen.«

»Warum hat er Sie nicht ganz einfach getötet oder zum Duell gefordert?«, fragte Le Noir.

»Vermutlich hätte er es früher oder später getan. Aber aufgehetzt von Camusot, war er davon besessen, mich zu vernichten und zu erleben, wie ich wegen eines Kapitalverbrechens das Schafott besteige. Vergiftung beispielsweise. Zufällig haben sich unsere Wege bei Julie de Lastérieux gekreuzt.«

»Ist sie seine Geliebte gewesen?«, fragte Testard du Lys. »Die Lektüre des Eröffnungsberichts scheint …«

»Das werden wir niemals wissen. Ich bin es dem Andenken an

487

eine Frau, die mir teuer war, schuldig, nicht daran zu denken. Abschließend, meine Herren, stelle ich fest, dass Camusot und Mauval Madame de Lastérieux, Casimir und schließlich Monsieur du Maine-Giraud ermordet haben, deren Indiskretion sie fürchteten.«

»Die Schuldigen erneut hereinzuführen scheint mir überflüssig«, sagte Sartine.

Die drei Richter besprachen sich einen Augenblick leise. Dann ergriff der Polizeipräfekt verärgert erneut das Wort.

»Der Lieutenant criminel und der Conseiller d'État wünschen eine letzte Vorführung.«

Camusot und Müvala wurden hereingeführt.

»Camusot«, sagte Sartine, »wir sind von Ihrer Schuld ebenso wie von der Schuld Müvalas am Tod von Madame de Lastérieux, des Sklaven Casimir und von Monsieur du Maine-Giraud überzeugt. Sie werden daher an die Strafkammer überstellt und der peinlichen Befragung unterzogen. Was Sie betrifft …«

Er wandte sich an Müvala.

»Sie, den wir als den jüngeren Bruder von Mauval identifizieren, wie Commissaire Le Floch uns anhand von Beweisen enthüllt hat, werden sich für Ihre Verbrechen verantworten und das gleiche Schicksal erleiden, sobald Sie vor Gericht gestellt werden.«

Nicolas sollte sich noch lange an die Reaktion des jungen Mannes erinnern. Sie war furchtbar und ließ plötzlich das Bild des bösen Engels seines Bruders wieder auftauchen, was bei Nicolas die Albträume einer toten Vergangenheit weckte. Wie ein Mund der Hölle erbrach der Mann Beleidigungen und verdammte seine Richter zu ewigen Qualen. Er brüllte so laut, dass er sogar Camusot erschreckte. Mit einer Fülle schrecklicher

Details beschrieb er den Todeskampf von Madame de Lastérieux und verfluchte Nicolas so heftig, dass dieser sich schließlich die Ohren zuhielt, um diese Litanei des Hasses nicht mehr anhören zu müssen. Wenn es noch einen Zweifel hätte geben können, dann hätte die verräterische Reaktion des jungen Mauval ihn ausgeräumt. Die beiden Schuldigen wurden in aller Eile hinausgebracht, und sie ließen die Assistenten und Richter voller Entsetzen über das, was sie da eben gehört hatten, zurück.

In diesem Augenblick trat ein Mann ein, ein schwarz gekleideter Reiter, der Monsieur de Sartine einen großen, mit dem Siegel Frankreichs versehenen Brief übergab. Nachdem er ihn geöffnet und gelesen hatte, hob er den Kopf, blass und verstimmt.

»Meine Herren«, sagte er, »man informiert mich über den Rücktritt des Duc d'Aiguillon und einen strikten Befehl, auf der Stelle und ohne dass eine Verfolgung eingeleitet wird, Kommissar Camusot und Monsieur von Müvala aus dem Königreich zu verbannen. Monsieur Balbastre muss auf freien Fuß gesetzt werden. Der Befehl ist vom Duc de La Vrillière im Namen des Königs unterzeichnet.«

»Monsieur …«, protestierte Nicolas.

»Es reicht«, schnitt Sartine ihm das Wort ab. »Wir müssen uns einer Entscheidung beugen, die sich uns, den Verteidigern des Gesetzes und Richtern des Königs, aufdrängt, auch wenn sie uns schwerfällt.«

Le Noir und Testard du Lys grüßten Nicolas frostig und zogen sich sofort zurück. Monsieur de Sartine näherte sich ihm und legte ihm die Hand auf die Schulter, eine unerhörte Geste seinerseits.

»Sie haben Montesquieu gelesen, Nicolas. Es gibt einen Satz

von ihm, der mir nicht aus dem Kopf geht: ›Aber man glaubt, dass es Vorsicht sei, die Verfolgungen einzustellen, denn man würde Gefahr laufen, einen großen Feind zu finden, dessen Feindseligkeit man vor sich verbergen müsste, damit er nicht unversöhnlich wird.‹ Sie haben diese Angelegenheit glänzend gemeistert und haben sich nichts vorzuwerfen. Wir sind die Säulen eines Staats, den manche zu erschüttern versuchen. Davon zeugt unter anderem diese Geschichte. Was die Schuldigen betrifft … Bleiben Sie auf der Hut; eines Tages werden Sie diesem Schuft erneut begegnen.«

Epilog

*Sollte innerhalb eines Augenblicks ein
schüchternes Bedenken
ins Verderben führen? ... aber welches Glück
führt Atalide zu uns?*

RACINE

Mittwoch, den 24. August 1774

Nicolas wurde in aller Frühe ins Hôtel de Gramont gerufen. Dort
herrschte eine ungewöhnliche Geschäftigkeit. Diener gingen mit
schweren Weidenkoffern die Stufen hinauf und hinunter. Übermäßig beladene Kutschen verstopften den Hof. Das alles wirkte
wie die Vorbereitungen für einen Umzug. Er wurde ins Büro
des Polizeipräfekten geführt. Dieser überwachte das Einpacken
seiner geliebten Perücken in Schachteln aus edlem Leder. Als er
den Besucher bemerkte, hielt er inne.

»Ganz kurz«, sagte Gabriel de Sartine, »ich bin soeben vom
König ins Marineministerium berufen worden, wo ich als Minis-
ter Monsieur Turgot nachfolge, der zum Generalkontrolleur der
Finanzen ernannt wurde. Ich muss meinen Platz Monsieur Le
Noir überlassen, den ich als meinen Nachfolger vorgeschlagen
habe. Der Duc de Chalabre vermietet mir ein nahe gelegenes
Haus in seinem Garten; Sie sind dort stets willkommen. Ich muss

unverzüglich nach Versailles. Ich habe kaum Zeit, Ihnen zu sagen, was ich empfinde ...«

Er ließ mehrmals den Verschluss einer Schachtel klicken.

»... und Ihnen zu sagen ... Nun ja, ich habe Sie meinem Nachfolger empfohlen. Gehen Sie sofort zu ihm; die ersten Stunden sind entscheidend, und diejenigen, die sich in diesem Augenblick nicht vordrängeln, haben für immer verspielt. Es ist noch zu früh, um einen Posten an meiner Seite für Sie in der Marine zu finden, wenigstens im Augenblick. Aber das bedeutet nicht, dass ich Sie nicht eines Tages rufen werde. Das werde ich gewiss tun. Auf Wiedersehen, mein Freund.«

Und er wandte sich wieder dem Einpacken seiner Perücken zu, indem er ungeschickte Diener zurechtwies. Nicolas zog sich wie betäubt inmitten der allgemeinen Aufregung zurück. Auf diese Weise endete innerhalb von Sekunden eine Arbeit, die er vor vierzehn Jahren begonnen hatte. Sartines unterdrückter Gefühlsausbruch rührte ihn. Ob er allerdings dem Ausmaß von Ergebenheit, Treue und Loyalität gerecht wurde, mit dem er im Laufe der Jahre und Prüfungen seine Aufgabe im Dienst des Polizeipräfekten erfüllt hatte, dessen war er sich nicht so ganz sicher.

Er beschloss, nicht ins Châtelet zu gehen, wo ihn nichts Dringendes erwartete, und sich einen Tag des Nachdenkens zu gönnen. Er würde in der Bibliothek von Monsieur de Noblecourt lesen und so dem spätsommerlichen Unwetter entgehen, das Paris bedrohte. Der Tag würde drückend sein, wie das Gewicht, das auf seinem Herz lastete.

Er wusste nur allzu gut, was geschehen würde. Schon »alter Hof«, wie La Borde sagte, bekannt als treuer Polizeibeamter des verstorbenen Königs, gezeichnet, ob er wollte oder nicht, von den Stigmata einer Affäre, die nach draußen gedrungen war und von der die guten Geister nur eine Seite kannten, ohne ihre geheimen Abläufe zu kennen. Nicolas machte sich keine großen Hoffnungen für seine weitere Laufbahn. Seine bisherige Position im Dienst von Sartine, der von nun an beflügelt war von seiner ministeriellen Ehre, würde nichts mehr wert sein, und man würde ihn hundertfach den Groll darüber spüren lassen, dass man ihn hatte ertragen müssen, obwohl er darauf geachtet hatte, seine Macht und seinen Einfluss nicht zu missbrauchen. Die geleisteten Dienste lösten, wie er wusste, mehr Undankbarkeit als Dankbarkeit aus.

Was Monsieur Le Noir betraf, würde er eine Rolle und eine Funktion verlängern wollen, die so besonders war im Umgang mit außerordentlichen Fällen? Bestenfalls würde er unter Beobachtung gestellt werden, bevor über sein Schicksal bestimmt würde; schlimmstenfalls würde man ihn aus dem Amt drängen und mit subalternen Aufgaben betrauen. Seine Treue zum Vorgänger würde keine Rolle spielen, ja sogar als Makel und Nachteil betrachtet werden.

Als er in die Rue Montmartre kam, wartete eine Equipage in der Toreinfahrt. Der Kutscher, rotgesichtig und schwitzend, hatte die Uniformjacke ausgezogen und trank kühlen Cidre, den Catherine ihm servierte. Die Bäckerlehrlinge bildeten eine fröhliche und schwatzende Gruppe, die dieses außergewöhnliche Ereignis kommentierte. Der Älteste erzählte Nicolas lachend, dass alle hatten mithelfen müssen, um eine dicke Dame in den ersten Stock zu hieven, der die Schminke in Stücken vom Gesicht fiel, wie die bemehlte Kruste eines Brotlaibs. Neugierig geworden, begab Nicolas sich zur Wohnung von Monsieur de Noblecourt. Bevor er den Salon betrat, blieb er stehen, überrascht vom Klang einer heiseren Stimme, die er nur zu gut kannte.

»Dieses Getränk, mein lieber Herr, ist zuckersüß!«

»Zuckersüß?«, fragte Monsieur de Noblecourt beunruhigt.

»Ja! Er gleitet so sanft durch die Kehle, dass er mich an einen alten Ratafia erinnert, nach dem Nicolas ganz verrückt war. Und diese Zitronenkuchen. Sie sind so wunderbar weich! Ich muss Ihnen sagen, dass ich für mein Leben gern Süßigkeiten esse.«

Nicolas riskierte einen Blick durch die halb offene Tür. Er sah die Paulet, deren Fleischmassen in einem Wust aus blassviolettem Satin und violetten Bändern über die Ränder des Ohrensessels quollen, in dem sie zusammengesunken saß. Der Ruhestand in frischer Luft schien ihr zu bekommen. Ihr Gesicht, immer noch mit Bleiweiß geschminkt und mit rougebetonten Wangenknochen, strahlte eine Art Würde und Ruhe aus, vermutlich das Ergebnis der Frömmigkeit und des Dienstes an den Armen, dem sie sich trotz ihrer Gebrechen mittlerweile widmete. Monsieur de Noblecourt – die schlafende Mouchette auf den Knien und Cyrus zu Füßen – spielte im schwarzen Anzug und eine Régence-Perücke auf dem Kopf den Seelsorger mit dieser höflichen Bonhomie, die so gut einen immer noch wachen Scharfsinn verbarg.

»Madame«, sagte er, »was verschafft mir die Ehre Ihres Besuchs?«

»Sie sind sehr höflich und feinfühlig, mein lieber Herr. Glauben Sie mir, ich habe lange gezögert, Sie zu besuchen. Ich musste mich richtiggehend dazu zwingen. Na los, alte Kuh, sagte ich mir, was riskierst du schon, wenn du dein Herz diesem Herrn öffnest, von dem Nicolas dir so viel erzählt hat? Ich habe mich schier verrückt gemacht, indem ich mich fragte, ob Sie wohl bereit sein würden, eine ehemalige Inhaberin eines Vergnügungsetablissements zu empfangen. Stellen Sie sich vor, ein Staatsanwalt! Also frisch drauflos. Ich habe die Verantwortung für mein Haus, *Le Dauphin couronné*, einem meiner ehemaligen Mädchen anvertraut, der Satin. Und ich muss Ihnen sagen, dass sie vor Ewigkeiten …«

»Nicolas' Freundin war.«

»Ah! Umso besser, Sie wissen Bescheid. Es gibt immer noch ein Maiglöckchen zwischen ihnen …«

»Ein Maiglöckchen?«

»Ja, na ja, Gefühle eben, und oft ein Neuaufflackern der Leidenschaft. Sie müssen wissen, dass, nachdem ich mich nach Auteuil zurückgezogen habe, für die groben Arbeiten eine Dienerin aus der Rue du Faubourg Saint-Honoré kommt, um meiner Köchin zu helfen. Die Kleine ist nett und sehr gesprächig. Ich bringe sie zum Sprechen und halte mich so auf dem Laufenden, was in meinem Etablissement vor sich geht. Sie hat mir anvertraut, dass unser Nicolas neulich einem jungen Mann begegnet ist. Er soll sehr bewegt gewesen sein, was beweist, dass die Ähnlichkeit dieses jungen Mannes mit ihm selbst ihn erschüttert hat. Er hat sich bestimmt Fragen gestellt. Die Satin hat davon erfahren, und die Ärmste ist ganz krank vor Angst.«

»Er ist ihr Sohn.«

»Ganz genau. Louis heißt er. Sie hat es ihm immer verschwiegen, aus Rücksicht, aus Feingefühl. Stellen Sie sich nur vor, eine Ehe zwischen einem Kommissar und Marquis, wie man sagt, und einem Freudenmädchen! Der Junge ist sehr gut erzogen worden, Collège bei den Mönchen und der ganze Kram. Er hat das Zeug, Karriere zu machen.«

Nicolas hörte die Fortsetzung des Gesprächs nicht mehr. Sein Herz schlug wie wild, und eine Welle des Glücks durchflutete seine Brust. Nichts war mehr wichtig. Er hatte seinen alten König verloren, Monsieur de Sartine stieg in höchste Höhen auf, und seine eigene berufliche Zukunft verdunkelte sich. Er lief Gefahr, in den kommenden Zeiten Verbitterung und Groll zu spüren zu bekommen. Verachtenswerte Höflinge, die sich geschickt am Hof eingeschmeichelt haben und sich mit Intrigen Vorteile verschaffen, könnten sich einfallen lassen, ihn zu demütigen, indem sie ihn bei jeder Gelegenheit den Verlust seiner Beschützer und seines Einflusses spüren ließen. Aber was kümmerte es ihn? Ein anderes Gewicht war auf die Waage seines Schicksals gefallen. Die Paulet sang nur wenige Meter von ihm entfernt mit volkstümlichen Worten ein Loblied auf seinen Sohn. Konnte das Schicksal ihm ein wertvolleres Geschenk machen? Das Leben nahm und gab, wie der freie Ozean, den er als Kind am Strand von Batz betrachtet hatte. Die Angst und die Traurigkeit wichen von ihm, wie das Wasser sich von der Küste zurückzieht vor der zwölften Welle, die alles mit sich reißt. In dem Augenblick, in dem das Glück ihn zu verlassen schien, wurde ihm ein Sohn geschenkt.

Danksagung

Mein Dank richtet sich zuallererst an Isabelle Tujague, die mit Kompetenz, Wachsamkeit und Geduld die Entstehung dieses Textes begleitet hat. Er gilt auch Monique Constant, Conservateur général du Patrimoine, für ihre Ermutigung und die Entdeckungen, die sie in den Archiven über die Periode gemacht hat. Darüber hinaus versichere ich erneut Maurice Roisse meines Danks für seine intelligente Lektüre des Textes. Schließlich danke ich meinem Verleger für das Vertrauen, das er mir mit der Veröffentlichung des vierten Bandes der Reihe bewiesen hat.

Anmerkung

Für die deutsche Ausgabe wurde der Apparat der Anmerkungen des Autors in ein *Glossar* über- und umgearbeitet. Anmerkungen, die lediglich Erklärungen französischer Wörter und Ausdrücke und daher für den Leser der deutschen Übersetzung nicht von Interesse sind, wurden gestrichen. Neu aufgenommen wurden Anmerkungen zu einer Reihe von historischen Persönlichkeiten, die in dem Roman genannt werden oder eine mehr oder weniger große Rolle spielen, wie Nicolas Le Flochs Chef Gabriel de Sartine, der Scharfrichter von Paris Charles Henri Sanson oder der Erste Kammerdiener des Königs de La Borde (siehe *Verzeichnis der historischen Persönlichkeiten*).

Verzeichnis der im Roman auftretenden oder genannten historischen Persönlichkeiten

MARIE ADÉLAÏDE DE BOURBON, genannt Madame Adélaïde (geboren am 23. März 1732 in Versailles, gestorben 27. Februar 1800 in Triest), war die vierte Tochter und das sechste Kind König Ludwigs XV. und seiner polnischen Gemahlin Maria Leszczyńska. Sie war die Ururenkelin des Sonnenkönigs Ludwig XIV. Adélaïde erwies sich schon seit frühester Jugend als sehr selbstbewusst und dickköpfig. Sie galt als so stolz und eitel, dass sie sämtliche Heiratsanträge ablehnte. Sie lebte daher wie ihre Schwestern unverheiratet in Versailles. Dabei galt sie als eine der attraktivsten Frauen bei Hof, sprach fließend Italienisch und Englisch und war eine hervorragende Mathematikerin.

Ludwig XV. liebte seine Töchter über alles; seine besondere Liebe aber galt Adélaïde, von der er geradezu vergöttert wurde. Doch obwohl sie die Lieblingstochter des Königs war, blieb ihre politische Rolle bedeutungslos.

1768 starb ihre Mutter, und Adélaïde stieg in den Rang der ersten Dame Frankreichs auf. 1770 wurde sie jedoch schon wieder in die zweite Reihe gedrängt, da Ludwig XVI. am 16. Mai mit der österreichischen Erzherzogin Marie-Antoinette verheiratet wurde. Als Ludwig XV. Ende April 1774 an den Pocken erkrankte, durften nur Adélaïde und ihre jüngste Schwester ihren im Sterben liegenden Vater pflegen.

Nach dem Ausbruch der Französischen Revolution musste Adélaïde Versailles verlassen und nahm zusammen mit ihrer

Schwester Victoire das Schloss Bellevue, das einstige Lustschloss von Madame de Pompadour, als Wohnsitz. Aus Si-
cherheitsgründen sahen sie sich gezwungen, am 20. Februar
1791 nach Italien zu fliehen. 1799 ließen sie sich in Triest nieder, wo sie in ärmlichen Verhältnissen lebten. Victoire starb
1799 und Adélaïde 1800 als letztes Kind Ludwigs XV.

Duc Armand d'Aiguillon (geboren 31. Juli 1720 in Paris, gestorben 1782 in Paris), Kriegs- und Außenminister unter Ludwig XV.

Alsaharavius, im Arabischen Al-Zahrawi – geboren 936 bei
Cordoba, gestorben 1013, der muslimische Arzt gilt als der
bedeutendste Mediziner des Mittelalters und als Vater der
Chirurgie.

Claude Balbastre (geboren 8. Dezember 1724 in Dijon, gestorben 9. Mai 1799 in Paris) erhielt ersten Orgelunterricht von seinem Vater; später unterrichtete ihn Claude Rameau. Durch
Vermittlung von dessen Bruder Jean-Philippe Rameau bekam
er 1750 die Möglichkeit, in der Pariser Adelsgesellschaft aufzutreten, und erhielt ein Jahr später den Posten des Organisten an der Kirche St. Roch. 1755 wurde er zum Leiter der
»Concerts Spirituels des Tuileries« ernannt, eine Position, die
es ihm ermöglichte, hochangesehene Posten zu bekleiden:
1760 die des Organisten von Notre-Dame de Paris, 1766 die
des Organisten beim Bruder des Königs und späteren Königs
Ludwig XVIII. und die des Cembalisten am Hofe des Königs,
wo er Marie-Antoinette und den Herzog von Chartres unter-

richtete, sowie 1776 die des Organisten beim Grafen der Provence und an der Chapelle Royale. Seine 14 Orgelkonzerte sind bis auf eines alle verschollen. Außerdem schrieb er zwei Bände mit Cembalowerken (1748 und 1759), vier Suiten mit »Noëls variés« (1770, Bearbeitungen und Variationen über volkstümliche Weihnachtslieder) und Variationen über die Marseillaise (1792).

JEAN-FRANÇOIS LEFÈBVRE, CHEVALIER DE LA BARRE (geboren 12. September 1745 im Schloss von Férolles, gestorben 1. Juli 1766 durch Hinrichtung in Abbeville/Somme) war ein französischer Adliger, der Opfer eines religiös motivierten Justizmordes wurde. Sein Fall wurde in ganz Europa bekannt, weil sich Voltaire, wenn auch vergeblich, für seinen Freispruch eingesetzt hatte. Als man am 9. August 1765 entdeckte, dass das hölzerne Kruzifix auf der Brücke über die Somme Schrammen und Kratzer aufwies, wurde sofort eine bewusste Schändung vermutet und auf Betreiben des Bischofs von Amien eine Hatz auf den oder die mutmaßlichen Täter eröffnet. Der Verdacht fiel auf drei junge Leute, de la Barre, d'Étallonde und Moinel. Das zuständige Gericht des Seneschalls von Abbeville verurteilte de la Barre am 28. Februar 1766 wegen Blasphemie zum Abschneiden der Zunge, zum Abschlagen der rechten Hand und zu anschließender Verbrennung. Das Urteil wurde vom Parlement von Paris als Oberstem Gerichtshof bestätigt und am 1. Juli 1766 in Abbeville von Pariser Henkern vollstreckt. Die Hinrichtung de la Barres verursachte Bestürzung unter den Parteigängern der Aufklärung in Frankreich, den Philosophes, die ebenfalls um ihr Leben fürchten mussten. Voltaire

riet im ersten Schrecken seinen Freunden, Zuflucht im preußischen Kleve zu suchen. Er selbst recherchierte eingehend über
den Fall und veröffentlichte 1768 einen ausführlichen Bericht,
der in ganz Europa gelesen wurde: *Relation de la mort du chevalier de la Barre*. Sein Kampf für die Sache La Barres und gegen
das Pariser Parlement war mitentscheidend für die Justiz-
reform, die Ludwig XV. seinen Justizminister Maupeou 1771
durchführen ließ, die allerdings von Ludwig XVI. bald wieder
rückgängig gemacht wurde. Auf Antrag des Adels von Paris
von 1789 wurde de la Barre am 15. November 1794 rehabilitiert.

MARIE-JEANNE BÉCU, COMTESSE DU *BARRY* (geboren 19. August
1743 in Vaucouleurs (Meuse), Lothringen, gestorben 8. Dezember 1793 in Paris) war die uneheliche Tochter der Näherin
Anne Bécu und – vermutlich – des Franziskanermönchs Jean
Baptiste Casimir Gomard de Vaubernier. Als sie nach Paris
kam, arbeitete sie zunächst in dem Modehaus Labille und später als Kurtisane. Unter dem Namen »Mademoiselle Lange«
arbeitete sie im Etablissement von Madame Gourdan. Sie fiel
dem Grafen Jean-Baptiste du Barry auf, der plante, die Acht-
zehnjährige dem König als Mätresse zu vermitteln, um seinen
eigenen Einfluss am Hof zu vergrößern. Um sie hoffähig zu
machen, fälschte er ihre Geburtsurkunde und verheiratete sie
am 1. September 1768 mit seinem Bruder Guillaume du Barry,
um ihre Herkunft zu vertuschen. Am 22. April 1769 wurde sie
als nunmehr Adlige am Hof eingeführt.

Bald konnte sie den alternden König Ludwig XV. mit ihrer
Schönheit, ihrem Charme und ihrer Jugendlichkeit erobern.
Er stellte ihr eigene Wohnräume im Schloss Versailles und den

früheren Pavillon des Eaux im nahe gelegenen Louveciennes zur Verfügung. Nach der bürgerlichen Madame de Pompadour galt die du Barry als neuer, noch größerer Skandal am Hof. Zu ihren größten Gegnern zählten Étienne-François de Choiseul, der damalige Finanzminister, und dessen Schwester, die sich selbst Hoffnungen auf ein enges Verhältnis zu Ludwig XV. gemacht hatte. Der Einfluss von Madame du Barry am Hof von Frankreich beschränkte sich im Gegensatz zu ihrer Vorgängerin mehr oder weniger auf persönliche Intrigen. Sie war maßgeblich am Sturz von Choiseul beteiligt. An den Hochzeitsfeierlichkeiten von Ludwig XVI. und Marie-Antoinette nahm sie gegen den Widerstand des Hofs an der Seite des Königs teil. Doch auch das Thronfolgerpaar lehnte sie von Anfang an ab.

Auf seinem Sterbebett verfügte der König 1774, sie in ein Kloster zu verbannen. Sein Nachfolger Ludwig XVI. kam dem Befehl nach. Die Gräfin wurde in die Abtei Pont-aux-Dames in Couilly gebracht, wo sie mehr als ein Jahr lebte, bevor sie im Oktober 1775 in ihr Haus in Saint-Vrain (Essonne) umziehen durfte. 1776 kehrte sie auf königlichen Befehl in ihr Schloss in Louveciennes bei Versailles zurück. Auf einer Reise nach England erfuhr sie von der Hinrichtung Ludwigs XVI. Obwohl kurz zuvor auch ihr neuer Geliebter, der Herzog von Brissac, ermordet worden war, sah sie die Situation in Frankreich für sich persönlich als ungefährlich an und kehrte im März 1793 nach Paris zurück, wo sie im September desselben Jahres verhaftet, vor ein Revolutionstribunal gestellt und wegen Unterstützung der Konterrevolution, Kontakten zu Emigrierten und Verschwendung öffentlichen Eigentums angeklagt wurde.

Am 8. Dezember 1793 wurde sie auf der Place de la Révolution durch die Guillotine hingerichtet.

PIERRE AUGUSTIN CARON DE BEAUMARCHAIS (geboren 24. Januar 1732 in Paris, gestorben 18. Mai 1799 in Paris), ursprünglich Pierre-Augustin Caron, ab 1757 mit dem Zusatz Beaumarchais, 1762 nobilitiert, war ein französischer *Uomo universale* der Aufklärungszeit. Im Verlauf seines abenteuerlichen Lebens betätigte er sich als Uhrmacher, Spekulant, Schriftsteller, Verleger, Geheimagent, Waffenhändler und Revolutionär. Bekannt wurde er vor allem als Autor von Bühnenwerken und Streitschriften. Sein Drama *Eugénie* und seine *Mémoires* dienten Goethe als Grundlage für sein Trauerspiel *Clavigo*. Seine *Trilogie espagnole* – die Komödien *Le barbier de Séville*, *Le mariage de Figaro*, *La mère coupable* – diente als Vorlage für Opernlibretti, die u.a. von Paisiello, Mozart und Rossini vertont wurden.

JEAN BAPTISTE DE BEAUVAIS (geboren 10. Dezember 1731 in Cherbourg, gestorben 4. April 1790 in Paris) entschied sich nach einem Philosophiestudium an der Universität von Paris für das Priestertum. Am Seminar von Saint-Nicolas-du-Chardonnet und am Collège de Navarre studierte er bürgerliches Recht und Kirchenrecht. Nach der Priesterweihe in Coutances 1756 kehrte er in die Pariser Pfarrei Saint-André des Arts zurück. Er wurde schnell in ganz Paris durch seine Predigten berühmt. Großvikar des Bischofs von Noyon, blieb ihm aufgrund seiner Herkunft aus bescheidenen Verhältnissen der Aufstieg zum Bischof verwehrt. Schließlich ernannte ihn der König 1773 zum Bischof von Senez, einem der kleinsten Bistümer Frankreichs. In seiner Gründonnerstagspredigt machte er Ludwig XV. für das Unglück des Volks verantwortlich und zitierte die Worte des Propheten Jonah: »Noch vierzig Tage, und Ninivé wird zerstört.« Vierzig Tage später starb Ludwig XV. Dennoch bat Ludwig XVI. ihn, die Grabrede auf den verstorbenen König zu halten.

JEAN-BENJAMIN DE LA BORDE (oder Laborde) (geboren 5. September 1734 in Paris, gestorben 22. Juli 1794) war Komponist, Historiker, Finanzinspektor und Generalsteuerpächter. Außerdem war er Erster Kammerdiener und Favorit von Ludwig XV. Er studierte Violine bei Antoine Dauvergne und Komposition bei Jean-Philippe Rameau. Am 22. Juli 1794 starb er durch die Guillotine.

JEAN-CHARLES DE BORDA (geboren 4. Mai 1733 in Dax, gestorben 19. Februar 1799 in Paris) war Mathematiker, Physiker, Politologe und Seefahrer. Nach einigen Jahren im Collège Henri-IV de La Flèche ging Borda zu den Pionieren und zur Leichten Kavallerie. 1756 verfasste er ein *Mémoire sur le mouvement des projectiles*, Ergebnis seiner Studien als Militäringenieur, das ihm die Tore zur Académie des Sciences öffnete. Er veröffentlichte auch Mémoires über die Hydraulik und den Flüssigkeitswiderstand. 1767 ging er als Schiffsbauingenieur zur Marine. 1771 stach er unter dem Befehl von Verdun de la Crenne an Bord der Fregatte *La Flore* zu den Kanarischen Inseln und den Antillen in See, um für die Académie des Sciences neue Modelle von Meereschronometern zu testen. 1776 wurde er zu den Kanarischen Inseln geschickt, um deren Position exakt zu bestimmen. Zwischen 1777 und 1778 nahm er am amerikanischen Unabhängigkeitskrieg teil. 1781 erhielt er das Kommando über mehrere Schiffe der französischen Militärflotte, um ein Expeditionskorps nach Martinique zu eskortieren. Am 6. Dezember 1782 wurde er von den Briten gefangen genommen. Wieder zurück in Frankreich, entwickelte er als Schiffsbauingenieur der französischen Marine Verbesserungen der Pumpsysteme. Er entwickelte auch ein Wahlsystem, das unter dem Namen »Méthode Borda« (»Borda-Wahl«) die Reformatoren von Wahlsystemen weltweit inspiriert hat.

CHARLES *BOSSUT* (geboren 11. August 1730 in Tartaras, gestorben 1814 in Paris) war ein französischer Mathematiker und Ingenieur und Experte für Hydrodynamik. Mit vierzehn Jahren besuchte er das Jesuitenkolleg in Lyon und setzte, nachdem er die niederen Weihen zum Abbé empfangen hatte, sein Mathematikstudium in Kontakt mit Jean-Baptiste de Rond d'Alembert, Charles Étienne Louis Camus und Alexis-Claude Clairaut fort. 1753 wurde er korrespondierendes Mitglied der Académie des Sciences. 1752 wurde er Mathematikprofessor an der École du Génie in Mézières, die 1748 gegründet worden war. Nachdem er seinen Lehrstuhl 1768 aufgegeben hatte, blieb er Examinator der Schule bis 1794. 1774 schuf der Finanzminister Anne Robert Jacques Turgot einen Lehrstuhl für Hydrodynamik am Louvre in Paris, den Bossut bis 1780 innehatte. 1762 gewann er den großen Preis der Akademie mit einem Aufsatz über den Flüssigkeitswiderstand der Planeten beim Umlauf um die Sonne. Mit d'Alembert und Condorcet nahm er 1775 an Experimenten über Flüssigkeitswiderstand teil. Er verfasste mehrere Lehrbücher der Mechanik und Mathematik und gab 1779 die Werke von Blaise Pascal in fünf Bänden heraus. Er wirkte am mathematischen Teil der *Encyclopédie ou Dictionnaire raisonné des sciences* unter d'Alembert und Diderot mit und trug zur *Encyclopédie méthodique* bei. 1802 erschien seine Mathematikgeschichte. Er war Mitglied der Akademien in Turin, Bologna, Göttingen und St. Petersburg.

VICTOR-FRANÇOIS DE *BROGLIE* (19. Oktober 1718 in Broglie, gestorben 30. März 1804 in Münster) kämpfte unter seinem Vater François-Marie de Broglie in der Schlacht bei Parma und der Schlacht bei Guastalla sowie im Österreichischen Erbfolgekrieg in Böhmen, Bayern und am Rhein und stieg zum Maréchal de camp auf. Nach dem Tod seines Vaters nahm er im Siebenjährigen Krieg unter Marschall d'Estrées an der Schlacht bei Hastenbeck und unter Soubise an der Schlacht bei Roßbach teil, kommandierte dann in Hessen, eroberte Kassel (1758), siegte über die Hessen im Gefecht bei Sandershausen, wurde Kommandant in Frankfurt am Main und schlug den Herzog Ferdinand von Braunschweig am 13. April 1759 bei Bergen, wofür er vom Kaiser zum deutschen Reichsfürsten erhoben wurde. Nach der Niederlage von Marschall Contades in der Schlacht bei Minden (August 1759) wurde er am 16. Dezember 1759 zum Marschall von Frankreich ernannt. Im Siebenjährigen Krieg bewährte er sich als der tüchtigste Feldherr der Franzosen. Doch dann geriet er in Streit mit dem neben ihm kommandierenden Fürsten von Soubise und wurde unter Verweis auf einige verlorene Gefechte infolge von Hofintrigen der

Marquise de Pompadour 1762 seines Kommandos enthoben und auf seine Güter verbannt. 1764 erhielt er das Generalgouvernement von Metz und Lothringen. 1789 zum Maréchal des camps et armées du roi und beim Ausbruch der Revolution zum Kriegsminister ernannt, befehligte er die zwischen Paris und Versailles zusammengezogenen Truppen, nach deren Abfall er emigrierte. 1792 übernahm er den Oberbefehl über die Armee der Brüder des Königs, wurde nach der Hinrichtung Ludwigs XVI. Mitglied des Regentschaftsrats des sogenannten auswärtigen Frankreichs, errichtete 1794 ein Korps im Dienste Englands und trat nach dessen Auflösung 1797 mit dem Rang eines Feldmarschalls in russische Dienste. Die Konsularregierung lud ihn 1804 zur Rückkehr nach Frankreich ein, was er mit Verweis auf sein Alter jedoch ablehnte. Er starb im selben Jahr in Münster und wurde im Chor der Kirche St. Lamberti beigesetzt. Victor-François de Broglie war einer von nur sieben Generalmarschällen von Frankreich.

ÉTIENNE-FRANÇOIS DE *CHOISEUL* D'AMBOISE (geboren 28. Juni 1719 in Nancy, gestorben 8. Mai 1785 in Paris) war der älteste Sohn von François Joseph II. de Choiseul, Marquis de Stainville (1700–1770). Er trat in die Armee ein und diente während des Österreichischen Erbfolgekriegs 1741 in Böhmen und Italien, wo er sich bei der Schlacht von Coni 1744 auszeichnete. Von 1745 bis 1748 war er mit der Armee auf dem Gebiet der Niederlande und nahm an der Schlacht bei Mons, Charleroi und Maastricht teil. Er gewann die Gunst von Madame de Pompadour, indem er ihr einige Briefe beschaffte, die Ludwig XV. an seine Cousine Madame de Choiseul geschrieben hatte. Nach

Jahren in Rom und Wien ersetzte er Abbé François-Joachim de Pierre de Bernis als Außenminister (1758–1761, 1766–1770) und steuerte während des Siebenjährigen Kriegs die französische Außenpolitik. Obwohl in den Jahren 1761 bis 1766 sein Cousin César Gabriel de Choiseul-Praslin das Amt des Außenministers bekleidete, wurde die französische Politik doch weiterhin von Choiseul bestimmt, indem er phasenweise zugleich als Kriegsminister (1761–1770) und Marineminister (1761–1766) amtierte. 1766 tauschte er mit seinem Cousin das Marineministerium wieder gegen das Außenministerium. Choiseuls Sturz wurde herbeigeführt durch seine Maßnahmen gegen die Jesuiten. Nach dem Tod von Madame de Pompadour 1764 wurden seine Feinde, angeführt von Madame du Barry und Kanzler Maupeou, zu stark für ihn, und 1770 wurde er gezwungen, sich auf seinen Landsitz in Chanteloup zurückzuziehen.

CLAIRE *CLAIRON* (Clair(e) Josèphe Léris, selbst geadelt Claire Josèphe Hippolyte Léris de La Tude, auch kurz mit dem Künstlernamen Hippolyte Clairon, geboren 25. Januar 1723 in der Nähe von Condé-sur-l'Escaut, gestorben 18. Januar 1803 in Paris) war die führende französische Tragödin des 18. Jahrhunderts und über dreizehn Jahre Hofmätresse in Ansbach. Sie debütierte am 8. Januar 1736 im Alter von 12 Jahren in Paris in einer Nebenrolle von Marivaux' Stück *L'Île des esclaves* im Théâtre-Italien. Es folgten Engagements in der Provinz (Rouen, Lille, Dünkirchen, Gent). 1743 gelang ihr die Rückkehr nach Paris und eine Anstellung an der Großen Oper. Schon nach fünf Monaten wechselte sie jedoch zur Comédie-Française, wo sie am 19. September 1743 mit der Hauptrolle in

Racines *Phèdre* debütierte. Sie wurde zur Nebenbuhlerin von Marie Dumesnil, mit der sie eine zwanzigjährige Abneigung und Feindschaft verband. Eine enge Freundschaft verband sie dagegen mit Voltaire, in dessen Privattheater sie die Rolle der Zaire in dessen gleichnamiger Tragödie spielte. 1765 entfachte sie durch ihre Weigerung, zusammen mit dem missliebigen Kollegen Dubois im Historiendrama *Le Siège de Calais* aufzutreten, einen Theaterskandal, der ihre Inhaftierung im Fort-l'Évêque zur Folge hatte, die jedoch nur fünf Tage dauerte. Anschließend erholte sie sich in Ferney und betrat nie wieder eine öffentliche Bühne. Es folgten jedoch weiterhin Auftritte in Privat- oder Hoftheatern. Auf Einladung des Markgrafen Karl Alexander begab sie sich 1773 an dessen Hof nach Ansbach. Als Mätresse des Landesherrn nahm sie auch offizielle Verpflichtungen wahr und Einfluss auf die Entscheidungen des Fürsten. Am 18. Januar 1803 starb sie verarmt in Paris. Zunächst auf dem Friedhof Saint-Sulpice bestattet, wurden ihre sterblichen Überreste am 29. August 1837 auf den Friedhof Père Lachaise umgebettet.

LOUIS JOSEPH DE *BOURBON*, PRINCE DE *CONDÉ* (geboren 9. August 1736 in Paris, gestorben 13. Mai 1818 in Paris,) heiratete 1753 Charlotte de Rohan (1737–1760), die Tochter des späteren Kriegsministers und Marschalls Charles de Rohan, Prince de Soubise. Condé kämpfte im Siebenjährigen Krieg (1756–1763) als General der französischen Armee. Beim Ausbruch der Französischen Revolution 1789 war er einer der ersten Adligen, die im Ausland Schutz suchten und von dort aus gegen die Revolutionäre agitierten.

JEAN-NICOLAS *DUFORT DE CHEVERNY* (geboren 3. Februar 1731 in Paris, gestorben 28. Februar 1802 in Blois) kaufte mit 21 Jahren von Nicolas Sainctot das Amt des *Introducteur des ambassadeurs*, wurde ein Vertrauter von Ludwig XV. und verkehrte in den Kreisen des Hochadels. 1764 zog er sich vom Hof zurück und kaufte das Schloss Cheverny, das sich in einem sehr schlechten Zustand befand. Er richtete es wieder her und legte einen Park an. Von Ludwig XV. erhielt er das Privileg, »Comte Dufort de Cheverny« genannt zu werden. 1789 akzeptierte er das Kommando über die Nationalgarde, weigerte sich aber, in die Generalstände gewählt zu werden. Diese Entscheidung und seine Vergangenheit als Officier de la Maison du roi machten ihn verdächtig. Er wurde im Mai 1794 verhaftet; im Gefängnis von Blois begann er seine Memoiren zu schreiben. Nach seiner Freilassung ließ er sich in Blois nieder, wo er 1802 im Alter von 71 Jahren starb.

CHARLES-GENEVIÈVE-LOUIS-AUGUSTE-ANDRÉ-TIMOTHÉE *D'ÉON DE BEAUMONT* (Chevalier d'Éon, geboren 5. Oktober 1728 in Tonnerre, gestorben 21. Mai 1810 in London) war französischer Diplomat, Soldat, Freimaurer, Schriftsteller und Degenfechter. Berühmt wurde er, weil er große Teile seines Lebens als Frau lebte und erst eine Leichenschau die Zweifel über sein tatsächliches körperliches Geschlecht ausräumte. Nachdem er am Collège Mazarin den Doktor beider Rechte erworben hatte, wurde er als Advokat am Parlement zugelassen und Sekretär der Finanzbehörde sowie königlicher Zensor. Schon bald bewegte er sich in einflussreichen Kreisen und erregte die Aufmerksamkeit des Prinzen von Conti, der ihn Ludwig XV.

empfahl. Dieser schickte ihn im Rahmen der Geheimdiplomatie (»Secret du roi«) 1756 als Spion (offiziell als Sekretär des Botschafters Douglas) nach Russland, wo er Elisabeth, die Zarin von Russland treffen und so die brachliegenden Beziehungen zwischen Frankreich und Russland befördern sollte. D'Éon gewann das Vertrauen der Zarin, die mit Ludwig XV. eine Korrespondenz begann. 1757 wurden die diplomatischen Beziehungen wieder aufgenommen und Russland auf die Seite Frankreichs und Österreichs in den Siebenjährigen Krieg gezogen. 1761 kehrte er nach Frankreich zurück. Im Siebenjährigen Krieg kämpfte er unter Marschall de Broglie.

1763 wurde er als Sekretär des Botschafters Louis-Jules Mancini-Mazarini, insgeheim aber als Diplomat mit Verhandlungsvollmachten (*ministre plénipotentiaire*) nach London geschickt. Er war in zahlreiche Intrigen verstrickt und knüpfte Kontakte in Kreise des britischen Adels durch Belieferung mit selbst angebauten Weinen. George III. wählte ihn als Überbringer der Ratifikationsurkunden für die Friedensschlüsse aus, woraufhin er von Ludwig XV. in den Rang eines Chevaliers erhoben wurde. Da er in London in direktem geheimem Auftrag des Königs handelte, der seinen Außenminister nicht einweihte und offiziell jede Verbindung abstritt, geriet er mit diesem in Konflikt, als der neue Botschafter de Guerchy nach London entsandt wurde. Nachdem er sich geweigert hatte, sein diplomatisches Amt abzugeben und London zu verlassen, blieb er als politischer Exilant in London, wobei er wichtige Staatspapiere in seinen Besitz brachte.

Ab 1763 lebte d'Éon zumindest zeitweise in weiblicher Identität. In London wurde er Freimaurer in der *Loge de l'Immortalité*

No 376, einer französischen Loge unter englischer Konstitution. Im Januar 1769 wurde er zum Meister erhoben. 1766 erhielt er von Ludwig XV. eine jährliche Pension von 12 000 Livres und setzte seine Spionagetätigkeit fort.

Nach dem Tod Ludwigs XV. 1774 bemühte d'Éon sich um die Rückkehr nach Frankreich. Der König setzte ihm für die Rückgabe geheimer Staatspapiere eine hohe Pension aus, machte aber ausdrücklich zur Bedingung, dass er Frauenkleider tragen müsse. 1777 kehre Chevalier d'Éon als »Chevalière Charlotte d'Éon« nach Frankreich zurück. Als er zwei Jahre später diese Rolle satthatte und wieder als Mann auftrat, wurde er von Ludwig XVI. inhaftiert und erst wieder freigelassen, als er zustimmte, erneut Frauenkleider zu tragen.

1785 übersiedelte er erneut nach England. Infolge der Französischen Revolution verlor er seine Pension und musste seinen Lebensunterhalt durch den Verkauf seiner wertvollen Bibliothek und öffentliche Fechtduelle in Frauenkleidern verdienen, die er bis zu einer schweren Verwundung 1796 veranstaltete. In seinen letzten Jahren lebte er mit einer Witwe namens Cole zusammen. 1805 begann er mit dem Schreiben seiner Autobiografie, die postum erschien. Von der britischen Königin Sophie Charlotte von Mecklenburg-Strelitz, die er seit seiner Fahrt 1756 nach Russland kannte, erhielt er eine Pension. 1810 starb er in London im Alter von 81 Jahren.

ANGE-JACQUES *GABRIEL* (oder Jacques-Ange Gabriel, geboren 23. Oktober 1698, gestorben 4. Januar 1782 in Paris) war von 1742 bis 1775 erster Hofarchitekt Ludwigs XV. Er gilt als einer der wichtigsten Vertreter des französischen Klassizismus. Er arbeitete am Schloss Versailles, insbesondere an der Hofoper, errichtete das Petit Trianon im Grand Parc de Versailles sowie die École Militaire in Paris. Er lieferte die Pläne für die Place de la Concorde in Paris und für die Fassaden der Gebäude, die diesen Platz im Norden abschließen.

LOUIS ANTOINE DE *GONTAUT-BIRON*, DUC DE LAUZON, COMTE, DANN DUC DE BIRON (geboren 2. Februar 1701, gestorben 19. Oktober 1788 in Paris) entstammte dem Haus Gontaut-Biron, einer Familie des französischen Hochadels aus der Provinz Guyenne, deren Stammbaum sich bis ins 12. Jahrhundert zurückverfolgen lässt. 1716 trat er in eine Kompanie der Garde-marine, die zur königlichen Marine gehörte, ein, wechselte aber noch im selben Jahr in das Heer über. 1729 war er Lieutenant-colonel im Régiment Royal Roussillon, mit dem er während des Polnischen Erbfolgekriegs ab 1733 unter den Marschällen de Villars und de Coigny in Italien diente. Während seiner Zeit in Italien (bis 1735) war er am Angriff auf Mailand, an der Schlacht bei Tortona und der Schlacht bei Parma beteiligt. Seine Verdienste brachten ihm 1734 die Beförderung zum Brigadier des armes du roi und zum Maréchal de camp sowie 1735 die zum Lieutenant-colonel und Inspecteur des Régiment du roi-infantérie ein. Im Österreichischen Erbfolgekrieg nahm er 1741 unter dem Marschall de Belle-Isle am Feldzug nach Böhmen und nach Mähren teil. 1742 wurde er nach der Schlacht bei Dettingen zum Lieutenant général des armées du roi ernannt. 1744 wurde ihm der Orden eines Chevalier des ordres du roi verliehen. Danach zog er nach Flandern in den Krieg, wo er bis 1748 blieb. In der Schlacht bei Fontenoy übernahm er am 11. Mai 1745 das Kommando über das Régiment des Gardes françaises. Gleichzeitig wurde ihm der Posten des Colonel général des Gardes françaises übertragen, den er bis zu seinem Tod behielt. 1749 wurde er zum Pair von Frankreich ernannt und 1757 zum Marschall von Frankreich. Von 1775 bis zu seinem Tod war er der letzte Gouverneur des Languedoc.

ANDRÉ-ERNEST-MODESTE *GRÉTRY* (geboren 8. Februar 1741 in Lüttich, gestorben 24. September 1813 in Montmorency bei Paris) war in der zweiten Hälfte des 18. Jahrhunderts der wichtigste Komponist Frankreichs. Er prägte die Entwicklung der Opéra comique (Singspiel mit gesprochenem Dialog) maßgeblich mit, schrieb aber auch klassische Opern mit gesungenen Rezitativen. Er schuf rund 70 Bühnenwerke, unter denen die Komödien überwiegen, dazu auch Vokalmusik anderer Genres. Die eingängige Melodik und der Ausdruck edler Gefühle gewichtete er höher als eine reiche Harmonik und eine komplizierte Orchesterbegleitung.

THOMAS ARTHUR DE *LALLY-TOLLENDAL* (Graf von Lally, Baron von Tollendal, geboren 1702 in Romans, gestorben 7. Mai 1766 in Paris) stammte aus einer irischen, mit Jakob II. von England in Frankreich eingewanderten Familie, diente seit 1720 in einem irischen Regiment, das sein Vater Sir Gérard Lally-Tollendal befehligte, focht seit 1741 in Flandern, Schottland und den Niederlanden, zeichnete sich bei Fontenoy 1745 aus, wurde zum Brigadier des armes du roi befördert und 1756 zum Lieutenant-général und Gouverneur aller französisch-ostindischen Niederlassungen ernannt. Dort eröffnete er sofort nach seiner

Ankunft den Kampf gegen die britischen Besatzungen, eroberte viele Plätze und Städte und belagerte selbst Madras, musste sich aber nach einer schweren Niederlage unter den Mauern von Vandarachi auf das bedrohte Pondicherry zurückziehen, wo er, im März 1760 von einer weit überlegenen britischen Armee und einer Flotte von 14 Linienschiffen eingeschlossen, sich nach tapferer Verteidigung am 16. Januar 1761 ergeben musste und als Kriegsgefangener nach England gebracht wurde. Auf die Nachricht hin, dass er in Frankreich der Feigheit und des Verrats beschuldigt werde, erwirkte er seine Befreiung und begab sich 1764 nach Frankreich, wo er in die Bastille geworfen und am 6. Mai 1766 zum Tode durch das Schwert verurteilt wurde, weil er die Interessen des Königs und der Indischen Kompanie verraten habe. Am Tag darauf wurde er enthauptet.

MARC-ANTOINE *LAUGIER* (geboren 22. Januar 1713 in Manosque, gestorben 5. April 1769 in Paris) war ein Jesuiten-Priester, Literat, Historiker und Architekturtheoretiker. Mit 14 Jahren trat er in das Jesuitenkolleg zu Avignon ein. In den folgenden Jahren studierte er Theologie in Lyon, Besançon, Marseille, Nîmes und Arles. Nachdem er in Paris das Ordensgelübde abgelegt hatte, wirkte er zunächst an der Kirche St. Sulpice de Paris. Kurze Zeit später wurde er Hofkaplan in Paris. 1754 hielt er vor dem König und dem Hofstaat in Versailles während der Fastenzeit eine Predigt, die zum öffentlichen Skandal wurde, weil Laugier den königlichen Hof wegen seiner Vergnügungssucht, Verschwendung und des Lebenswandels des Adels kritisierte. Auch die politischen Verhältnisse seiner Zeit kritisierte er heftig. Nach seiner letzten Predigt am Ostersonntag 1754 wurde Laugier von seinem Superior nach Lyon zurückgerufen, wo er sich Disziplinarmaßnahmen stellen musste. 1756 wechselte er zum Orden der Benediktiner. Aufgrund seiner Vorgeschichte wurde er von den diözesalen Pflichten entbunden und widmete sich der Kunst, Architektur und Musik. In den Folgejahren verfasste er verschiedene theoretische Schriften zur Architektur und Kunst.

Laugiers *Essai sur l'architecture* (zuerst 1753 anonym, 1755 unter dem Namen des Autors veröffentlicht) war einer der meistgelesenen und durch Übersetzungen meistverbreiteten Traktate des 18. Jahrhunderts. Laugier wollte die Architektur auf eine natürliche und vernünftige Grundlage stellen. Grundlegend ist für ihn das Modell der bereits bei Vitruv beschriebenen Urhütte: vier an den Ecken eines vorgestellten Grundrissquadrats angeordnete Baumstämme, die durch vier Rundhölzer verbunden sind und eine Art Satteldach aus gegeneinandergestellten Ästen tragen. In den Steinbau übersetzt sind dies die Elemente des antiken Tempels mit seinen Säulenstellungen und dem Horizontalgebälk. Allein diese nach seiner Auffassung wesentlichen Elemente bewirken für Laugier die Schönheit eines Gebäudes; Wände oder Gewölbe sind dagegen nur bedürfnisbestimmt, da Menschen nicht in offenen Säulenhallen leben können. Laugiers Theorie hat die Vorliebe für die Säule und die Kolonnade in der Architektur des Klassizismus gefördert. Laugier propagiert die Verwendung »reiner« Formen und wendet sich gegen die Formverschleifungen des Barock und Rokoko. Für den Kirchenbau fordert er die Verbindung der Kolonnade als Stützsystem nach Art antiker

Tempel mit der Schwerelosigkeit und konstruktiven Kühnheit gotischer Gewölbe. Die Architektur der Gotik bewertet er positiv, nur ihre Schmuckformen lehnt er als barbarisch ab. Noch weiter in der Wertschätzung der Gotik gehen die *Observations sur l'architecture* (1765). Laugier kann sich nun Innenräume von Kirchen in direkter Anlehnung an die Gotik vorstellen, wenn auch die Einzelformen im Sinne des Klassizismus zu verbessern sind. In Deutschland haben Laugiers Vorstellungen den Architekten Carl Friedrich Dauthe bei der Neugestaltung des Inneren der Leipziger Nikolaikirche gegen Ende des 18. Jahrhunderts beeinflusst.

LEKAIN, EIGENTLICH HENRI LOUIS CAIN (geboren 14. April 1728 oder 31. März 1729 in Paris, gestorben 8. Februar 1778 in Paris) war ein französischer Schauspieler. Bei Aufführungen eines von ihm zusammen mit anderen jungen Leuten gegründeten Privattheaters in Paris entwickelte der junge Lekain eine solche Schauspielkunst, dass Voltaire auf ihn aufmerksam wurde und ihn förderte. Vor seiner Abreise nach Berlin im Juli 1750 erlangte Voltaire für seinen Schützling die Erlaubnis, am 15. September 1750 als Titus in Voltaires *Brutus* an der Comédie-Française aufzutreten. Lekain erntete großen Beifall, doch aufgrund der Feindseligkeit der Schauspieler gelang es ihm erst eineinhalb Jahre später auf ein Machtwort Ludwigs XV. hin, Mitglied der Bühne zu werden. In der Folge entwickelte er sich zu einem der bekanntesten und bedeutendsten Tragöden seiner Zeit. Er zeichnete sich dabei vor allem durch die Einführung einer natürlicheren Deklamation und das Bemühen um historische Exaktheit des Spiels aus.

MARIA KAROLINA ZOFIA FELICJA *LESZCZYŃSKA* (geboren 23. Juni 1703 in Trebnitz, Schlesien, gestorben 24. Juni 1768 in Versailles) aus dem Adelsgeschlecht der Leszczyński war durch Heirat mit Ludwig XV. Königin von Frankreich. Ludwig der XV. und Maria bekamen in den ersten zwölf Ehejahren zehn Kinder, von denen drei schon im Kindesalter starben. Die acht Mädchen des Königspaares wurden als »Mesdames de France« bezeichnet.

ABEL-FRANÇOIS POISSON DE VANDIÈRES, MARQUIS DE *MARIGNY* ET DE MENARS (geboren 18. Februar 1727 in Paris, gestorben 11. Mai 1781 in Paris), wuchs im Milieu der Pariser Finanzwelt auf. Als seine ältere Schwester Jeanne-Antoinette 1745 die Mätresse von Ludwig XV. wurde, holte sie als Marquise de Pompadour »Monsieur de Vandières«, den jungen mittellosen Provinzler, an den Hof, wo er sich bald das Wohlwollen des Königs erwarb. Zwischen Dezember 1749 und Dezember 1751 hielt er sich mit Empfehlungsschreiben seiner Schwester in Italien auf. Als Le Normant de Tournehem 1751 starb, übernahm er als dessen Nachfolger das Amt des Directeur général des Bâtiments du roi, einen Posten, den er bis 1773 bekleidete.

THEVENOT DE *MORANDE* (geboren 9. November 1741 in Armay-sur Arroux, gestorben 23. Mai 1833 in Armay), Skandaljournalist.

JEAN-FRÉDÉRIC PHÉLYPEAUX, COMTE DE *MAUREPAS* (geboren 9. Juli 1701 in Versailles, gestorben 21. November 1781 in Versailles), Sohn von Jérôme von Pontchartrain, Staatssekretär für die

Marine und den königlichen Haushalt, wurde schon als Kind in den Malteserorden aufgenommen und nach dem Tod seines Vaters mit vierzehn offiziell zu dessen Nachfolger ernannt. Er begann seine Funktionen im königlichen Haushalt 1715 und übernahm die tatsächliche Verwaltung der Marine im Jahr 1725. 1749 fiel er in Ungnade und wurde wegen eines Epigramms gegen Madame de Pompadour aus Paris verbannt. Nach der Thronbesteigung Ludwigs XV. wurde er Staatsminister und Hauptberater des Königs. Er legte das Finanzministerium in die Hände von Turgot, den königlichen Haushalt in die von Malesherbes und machte Vergennes zum Außenminister. Neidisch auf Turgots Einfluss auf Ludwig XVI., intrigierte er gegen ihn. Nach der Entlassung Turgots 1776 folgen sechs Monate Durcheinander und danach die Ernennung Neckers, den er wegen seiner Reformversuche 1781 ebenfalls entlassen ließ.

Louis-Guillaume Le *Monnier* (27. Juni 1717 in Paris, gestorben 7. September 1799 in Versailles) war ein französischer Arzt, Botaniker, Mykologe und Enzyklopädist. Er arbeitete auf den Gebieten der Physik, der Geologie, der Botanik und der Medizin. Er studierte Medizin an der Universität von Paris und beendete sein Studium 1740. Bereits ab 1738 praktizierte er in einem Krankenhaus in Saint-Germain-en-Laye als Arzt. Er führte elektrophysikalische Versuche durch; so ließ er etwa elektrischen Strom, der durch eine Leidener Flasche erzeugt wurde, durch ein Kabel von etwa 1850 Metern Länge transportieren, womit er bewies, dass sich elektrischer Strom über einen Leiter transportieren lässt. 1759 wurde er Professor für

Botanik am Jardin du roi. Ab 1761 wurde er in der Funktion als Leibarzt von Ludwig XV. bestallt, zunächst nur als *Premier médecin ordinaire du roi* (1770) und später sogar als *Premier médecin du roi* (1789). 1786 trat er die Nachfolge von René Desfontaines als Professor für Botanik am Collège de France an. Neben selbstständig veröffentlichten Publikationen trug er auch mit fünf Artikeln zur *Encyclopédie* von Diderot und d'Alembert bei. 1743 wurde Le Monnier in die Académie des Sciences aufgenommen. 1745 wurde er Fellow of the Royal Society. Seit 1746 war er auswärtiges Mitglied der Preußischen Akademie der Wissenschaften.

FRANCESCO *PROCOPIO* CUTÒ ODER DEI COLTELLI (geboren 9. Februar 1651 in Aci Trezza oder Palermo, gestorben 10. Februar 1727 in Paris) wird als Erfinder der Eiscreme betrachtet und ist Gründer des *Café Procope* in Paris. Der Name dei Coltelli soll auf eine Fehlinterpretation des Namens Cutò in Frankreich zurückgehen, Procope-des-Couteaux (das französische Wort für »Messer« wird genauso ausgesprochen wie der Name Cutò), zurückübersetzt in »dei Coltelli«. 1670 nach Paris gekommen, arbeitete er als Kellner bei einem armenischen Schankwirt namens Pascal in der Rue de Tournon. 1685 erhielt er die französische Staatsbürgerschaft und gründete 1686 in der Rue des Fossés Saint-Germain das *Café Procope,* das erste Kaffeehaus von Paris. Der große Erfolg des Lokals führte rasch dazu, dass sich Kaffeehäuser als Pariser Institution durchsetzten. Neben Kaffee bekam man im *Procope* auch eine weitere Neuheit serviert, die Eiscreme. Hier hielten auch die Damen der Bourgeoisie in ihren Kutschen, um sich auf einem silbernen Tablett

Kaffee an den Wagen bringen zu lassen. Das Café wurde schnell zu einem beliebten Treffpunkt der Pariser Gesellschaft, vor allem aber auch zu einem Diskussionsforum von Literaten und Philosophen, sodass es sich schon bald zum ersten Künstler- und Literatencafé entwickelte, in dem die Philosophen der Aufklärung wie Voltaire, Rousseau, Diderot, aber auch wichtige Protagonisten der Französischen Revolution wie Robespierre, Danton, Marat verkehrten, ebenso wie Napoléon Bonaparte und Autoren wie Beaumarchais, Balzac, Victor Hugo, Verlaine und viele andere. Procopios erste Frau, Marguerite Crouin, schenkt ihm acht Kinder; mit seiner zweiten Frau Anne Françoise Garnier bekommt er weitere vier Kinder. Und 1718 bekommt er, nachdem er Julie Parmentier geheiratet hat, noch ein letztes Kind.

RICHELIEU, LOUIS FRANÇOIS-ARMAND DE VIGNEROT DU PLESSIS (geboren 13. März 1696 in Paris, gestorben 8. August 1788 in Paris), seit 1715 der 3. Herzog von Richelieu, seit 1720 Mitglied der Académie française und seit 1748 Marschall von Frankreich, war der jüngste Großneffe von Kardinal Richelieu. Abgesehen von seinem Ruf als Mann von lockerer Moral zeichnete er sich trotz seiner wenig profunden Bildung als Diplomat und General aus. Dank der Protektion der Marquise de Prie war er von 1725 bis 1729 Botschafter in Wien und diente im Polnischen Erbfolgekrieg 1733/34 im Rheinfeldzug. Seine eigentliche Karriere begann zehn Jahre später. Im Österreichischen Erbfolgekrieg zeichnete er sich in der Schlacht bei Dettingen und der Schlacht bei Fontenoy aus; drei Jahre später war er an der Verteidigung Genuas beteiligt. Zu Beginn des Siebenjährigen Kriegs vertrieb er 1756 die Engländer durch die Eroberung der Festung San Felipe aus Menorca. 1757/58 führte er Raubzüge im Kurfürstentum Braunschweig-Lüneburg durch, die ihm den Spitznamen »Väterchen Marodeur« eintrugen. Nach den Kriegen stürzte er sich wieder in Hofintrigen, begünstigte Madame du Barry und unterstützte seinen Neffen, den Duc d'Aiguillon. Ludwig XVI. war ihm nicht günstig gesinnt.

CHARLES-ANTOINE DE LA *ROCHE-AYMON* (geboren 17. Februar 1697 auf Schloss Mainsac, gestorben 27. Oktober 1777 in Paris) wurde nach dem Studium der Theologie in Paris Domherr in Macon und 1724 Generalvikar für das Bistum Limoges. Papst Benedikt XIII. ernannte ihn am 11. Juni 1725 zum Titularbischof von Sarepta und Weihbischof in Limoges. Der Bischof von Meaux, Kardinal Henri de Thyard de Bissy, spendete ihm am 5. August 1725 in der Kathedrale von Meaux die Bischofsweihe. Papst Clemens XII. ernannte ihn am 2. Oktober 1730 zum Bischof von Tarbes und Papst Benedikt XIV. am 11. November 1740 zum Erzbischof von Toulouse. Seit dem 8. Dezember 1752 Erzbischof von Narbonne, war er von 1760 bis 1777 Großalmosenier des Königreichs Frankreich. Papst Clemens XIII. ernannte ihn am 24. Januar 1763 zum Erzbischof von Reims und zum päpstlichen Legaten in Frankreich. 1771 wurde er auch Kommendatarabt von St. Germain des Prés. Am 16. Dezember 1771 wurde er von Papst Clemens XIV. zum Kardinal ernannt.

DIE *RUCKERS* (Varianten: Rückers, Rueckers) waren die bekanntesten flämischen Cembalobauer im Antwerpen des 16. und 17. Jahrhunderts.

HANS RUCKERS (1533/55–1598) war der Begründer der Familiendynastie. Er ließ sich 1575 in Antwerpen nieder. 1579 erhielt er die Zulassung als Musikinstrumentenbauer durch die Sankt-Lukas-Gilde, die Antwerpener Zunft für Kunsthandwerke und Künstler.

JOHANNES RUCKERS (1578–1642) übernahm die Geschäfte nach dem Tod des Vaters; er erhielt die Zulassung der Zunft 1611. In seiner Verantwortung lag der Unterhalt der Orgeln in mehreren Kirchen des Antwerpener Raums.

ANDREAS I. RUCKERS (1579–nach 1645) arbeitete zunächst mit seinem Bruder und eröffnete dann eine eigene Werkstatt in der Nachbarschaft. Sein Sohn Andreas II. Ruckers (1607–1667) erhielt nach der Lehre bei seinem Vater 1637 die Zulassung der Zunft. Er arbeitete höchstwahrscheinlich gemeinsam mit dem Vater und überlebte ihn nur um drei Jahre.

LOUIS III PHÉLYPEAUX, COMTE DE *SAINT-FLORENTIN*, Marquis (1725), dann Duc (1770) de La Vrillière (geboren 18. August 1705, gestorben 27. Februar 1777) war von 1756–1770 Kanzler und Siegelbewahrer des Ordre du Saint-Esprit, 1761 Staatsminister und von 1749 bis 1775 Secrétaire d'État à la Maison du roi von Ludwig XV. Nach der Entlassung von Choiseul

1770 war er für kurze Zeit vom 24. Dezember 1770 bis zum 6. Juni 1771 Staatssekretär im Außenministerium.

CHARLES HENRI *SANSON*, EIGENTLICH CHEVALIER CHARLES-HENRI SANSON DE LONGVAL (geboren 15. Februar 1739 in Paris, gestorben 4. Juli 1806 in Paris) war seit 1778 offizieller Henker von Paris und wurde als »der« Scharfrichter der Französischen Revolution bekannt. Als Henker wurde er als »Monsieur de Paris« bekannt. 1757 assistierte er seinem Onkel Nicolas-Charles-Gabriel Sanson (1721–1795, Henker von Reims) bei der extrem grausamen Verstümmelung und Hinrichtung des Königsattentäters Robert François Damiens. 1778 bekam er schließlich offiziell den blutroten Mantel, das Zeichen des Henkermeisters, von seinem Vater Charles-Jean Baptiste und hatte dieses Amt bis 1795 inne. Charles Henri Sanson führte 2918 Enthauptungen durch, darunter auch diejenige von Ludwig XVI. Sanson war ein eifriger Befürworter des Vorschlags des Arztes Joseph-Ignace Guillotin, der einen einfachen Mechanismus zum Köpfen für eine humanere Art der Hinrichtung hielt. Zu Sansons Hobbys zählten die Sezierung seiner Opfer und die Herstellung von Medikamenten mittels Heilkräutern, die in seinem Garten wuchsen. Außerdem spielte er gern Violine und Cello und traf an den Musizierabenden öfter mit dem Cembalo-Hersteller und Musikfreund Tobias Schmidt, einem Deutschen, zusammen, der als tüchtiger Handwerker später die Guillotine nach dem Konzept von Antoine Louis, dem Leibarzt des Königs, und Vorschlägen des Königs selbst herstellte.

ANTOINE RAYMOND JUAN GUALBERT GABRIEL DE *SARTINE*, COMTE D'ALBY (geboren 12. Juli 1729 in Barcelona, gestorben 7. September 1801 in Tarragona) war der Sohn des aus Lyon stammenden Finanziers Antoine Sartine oder Sardine (1681–1744), der von Philipp V. zum Intendanten von Katalonien ernannt worden war. 1752 kaufte er das Amt des *Lieutenant criminel* im Châtelet, 1755 wurde er geadelt und 1759 zum obersten Polizeichef von Paris, zum *Lieutenant général de police* (Polizeipräfekt) ernannt, ein Amt, das er bis 1774 bekleidete. Ab 1763 war er auch Chef der Zensurbehörde. Von 1774 bis 1780 war er Staatssekretär im Marineministerium. Er war der Organisator eines engmaschigen Spitzelnetzes zur Bekämpfung revolutionärer Umtriebe zur Zeit der Aufklärung. 1790 emigrierte er nach Spanien.

FRANÇOISE MARIE ANTOINETTE JOSÈPHE SAUCEROTTE, BEKANNT GEWORDEN UNTER DEM KÜNSTLERNAMEN MADEMOISELLE *RAUCOURT* (geboren 3. März 1756 in Paris, gestorben 3. Januar 1815 in Paris) soll bereits mit zwölf Jahren auf spanischen Bühnen aufgetreten sein. In Paris erhielt sie Schauspielunterricht von Clairon Caron. 1770 debütierte sie in der Rolle der Euphémie in Pierre-Laurent Buirette de Belloys Trauerspiel *Gaston et Bayard* im Theater von Rouen. Nach nochmaligem Schauspielunterricht trat sie 1772 unter dem Namen *Mlle Raucourt* in Paris in der Rolle der Didon in der gleichnamigen Tragödie von Jean-Jacques Lefranc de Pompignan auf. Es folgte eine Karriere an der Comédie-Française. 1776 wurde sie wegen exorbitanter Schulden in Höhe von 400 000 Livres inhaftiert, erlangte aber durch die persönliche Verwendung und den Schutz von Königin Marie-Antoinette ihre Freiheit wieder, die sie zu einer Reise nach Berlin nutzte. 1777 soll der Hof ihre Schulden beglichen haben. Nach einem längeren Aufenthalt in Deutschland erhielt sie auf Fürsprache Marie-Antoinettes 1779 ihr Engagement an der Comédie-Française zurück. 1793 wurde sie mit anderen royalistisch eingestellten Schauspielern für sechs Monate inhaftiert. 1799 erlebte sie ein Comeback und wurde großzügig durch den ersten Konsul Napoléon Bonaparte gefördert und mit einer Pension ausgestattet. Er übertrug ihr von 1806 bis 1814 die Mailänder Leitung der in Italien auftretenden französischen Theatercompagnien. Mlle Raucourt reihte sich damit in die napoleonische Propaganda ein und wandte sich insofern auch gegen die Verhältnisse des Ancien Régime.

Als junge Schauspielerin konnte sie sich Liaisons mit einflussreichen Gönnern nicht entziehen. Voltaire unterstellte ihr Ende 1772 in einem Brief an den Jugendfreund Richelieu, bereits in Spanien ein Verhältnis zu einem Genfer eingegangen zu sein. Ihre bereits in den 1770er-Jahren offen eingestandene und zur Schau gestellte sexuelle Präferenz für Frauen verursachte einen Dauerskandal. Bekannt wurde ihr Verhältnis mit Sophie Arnauld. 1801 mietete sie das im Osten von Orléans gelegene Château des Hauts in La Chapelle-Saint-Mesmin und widmete sich der Aufzucht exotischer Pflanzen im ausgedehnten Park des Schlosses. Sie starb am 3. Januar 1815 in Paris. Ein kirchliches Begräbnis wurde ihr aufgrund ihrer früheren Tätigkeit als Schauspielerin und ihrer öffentlich ausgelebten sexuellen Präferenz verweigert. Eine aufgebrachte Menge brach daraufhin die Türen der Kirche Saint-Roch auf und erzwang die Zustimmung des Königs Ludwig XVIII. zur Bestattung. 15 000 Pariser sollen ihr auf den Friedhof Père Lachaise gefolgt sein.

GIOVANNI NICCOLÒ *SERVANDONI* (geboren 2. Mai 1695 in Florenz, gestorben 19. Januar 1766 in Paris), Architekt und Bühnenmaler.

Glossar

À LA PISTOLE – siehe CELLULE À PISTOLE

ABBAYE DE THÉLÈME – die erste Utopie der französischen Litera-
tur, beschrieben von François Rabelais (1494–1553) in den Ka-
piteln 52–57 seines Romans *Gargantua*. Rabelais entwirft in
satirischer Zuspitzung ein Kloster als verkehrte Welt. Hier
leben junge Männer und Frauen gemeinsam, tragen kostbare
Kleidung, unterhalten sich mit Spielen und Festen, können
heiraten und jederzeit die Abtei verlassen. Die Menschen leben in völliger Freiheit: »Ihre ganze Ordensregel bestand aus
einem einzigen Paragrafen, der lautete: Tu, was dir gefällt!«
Die Schilderungen der Abtei Thélème stellen somit eine ge-
sellschaftliche Utopie dar, die darauf gründet, dass »freie
Menschen von edler Geburt, guten Kenntnissen und in acht-
barer Gesellschaft aufgewachsen […] das Laster fliehen, welchen Trieb man Ehre nennt«.

APPORT DE PARIS – Das Wort *apport* diente ursprünglich dazu,
eine große Menschenansammlung zu bezeichnen, wie ein Fest
oder auch einen Markt. So hatte etwa Paris einen Markt oder
Apport, der Apport de Paris genannt wurde, in der Nähe des
Grand Châtelet.

BASSE-GEÔLE – der Name der Morgue, des Leichenschauhauses
in den Kellern des Châtelet.

BAVAROISE – ein typisches Getränk der französischen Gastro-
nomie, das ursprünglich aus Tee, Milch und Likör zubereitet wurde. Heute und auf Martinique, wohin französische
Auswanderer es brachten, wird es meist statt mit Likör oder
Sirup mit Rum zubereitet und heiß und gesüßt getrunken. Es
existieren zahlreiche Verfeinerungen und Varianten, etwa
Grün- oder Kräutertee statt Schwarztee und Sahne statt Milch.
Die Bezeichnung entstand in Paris im berühmten Kaffeehaus
Café Procope, das der Sizilianer Francesco Procopio 1686 eröffnete. In diesem Café schauten häufig bayerische Prinzen
aus dem Hause Wittelsbach vorbei, die den Tee so bestellten.

BICÊTRE – ein Schloss, ein Hospital, ein Irrenhaus und ein Gefängnis im heutigen Le Kremlin-Bicêtre in der Nähe von Paris.
Der Name stammt von einer Burg, die auf Grund und Boden
errichtet wurde, den Jean de Pontoise, Bischof von Winchester
(1283–1304), 1286 gekauft hatte. Die Verballhornung des Orts-
namens machte Winchester erst zu Vincestre, dann zu Bicestre
und schließlich zu Bicêtre. 1633 ordnete Ludwig XIII. den Bau
eines Hospizes für verkrüppelte, alte und gebrechliche Soldaten auf den Ruinen der Burg an. 1647 wurde das Hospital auf
Initiative von Vinzenz von Paul zum Heim für Findelkinder
erweitert. Unter Ludwig XIV. wurde das Haus ab 1656 Teil
eines allgemeinen Krankenhauses und diente der Aufnahme
von Bettlern und sonstigen unerwünschten Personen. Später
nahm Bicêtre alle Problemfälle der Pariser Bevölkerung auf,
wobei nicht unterschieden wurde zwischen Armen, Kranken
und Kriminellen: Geisteskranke, Betrüger, Mörder, Vagabunden und Delinquenten jeglicher Art, auch in flagranti ertappte

Homosexuelle, seitdem man sie nicht mehr öffentlich verbrannte. Die Gefangenen wurden ausgepeitscht, um ihnen ihr Fehlverhalten auszutreiben. In Bicêtre erfand der Tapissier Guilleret 1770 die Zwangsjacke. Auch die ersten Versuche mit der Guillotine wurden hier am 17. April 1792 durchgeführt, zuerst an lebenden Schafen, dann an den Leichen von drei Vagabunden. 1836 wurde die Einrichtung als Gefängnis geschlossen.

BLAUE JUNGEN (»garçons bleus«) – so genannt nach ihrer blauen Livree, sind junge Burschen, die ausschließlich im Dienst des Königs standen. Sie unterstanden den vier Ersten Kammerdienern des Königs und waren insgesamt 18. In Gruppen zu sechs taten sie im Turnus von zwei Wochen rund um die Uhr Dienst. Sie waren gefürchtet und kannten das Schloss in Versailles bis in seine geheimsten Winkel.

CABINET NOIR – siehe SCHWARZES KABINETT

CALEMANDE – grober Baumwollstoff, der glänzend gemangelt wurde und einem Demin ähnelt.

CELLULE À PISTOLE – eine Einzelzelle für privilegierte Personen, die zahlten, um in ihr untergebracht zu werden, und die sich ihre Mahlzeiten von draußen bringen lassen konnten.

CHÂTELET – die beiden Châtelets in Paris waren die Kastelle, die im Mittelalter die Brücken über die Seine sicherten. Als nach dem Ende der Normannenüberfälle Ende des 9. Jahrhunderts die römische Steinbrücke (der heutige Pont Notre-Dame) durch eine neue Brücke 150 Meter flussabwärts, den Grand Pont (heute Pont-au-Change), ersetzt wurde, bekam dieser Neubau ein Kastell, das Grand Châtelet genannt wurde, im Gegensatz zum Petit Châtelet, das für die Sicherheit des Petit Pont zuständig war. Ende des 12. Jahrhunderts ließ König Philipp August eine Stadtmauer bauen, wodurch die Sicherungsaufgabe der Châtelets entfiel. Der König ließ das Grand Châtelet renovieren und wies es dem Prévôt de Paris, dem königlichen Stadtvogt, und seiner Justizverwaltung als Amtssitz zu. In den Folgejahren dienten beide Châtelets als Gefängnis. Während das Petit Châtelet lediglich ein mit zwei Türmen flankiertes Tor war (es wurde 1780 abgerissen), war das Grand Châtelet ein fast quadratischer Bau mit einem Hof in der Mitte und zwei Türmen Richtung Vorstadt. Im Mai 1783 zählte man dort 305 Gefangene, im Mai 1790 350, die als gefährliche Kriminelle galten. Am 25. August 1790 wurde der Gerichtshof im Châtelet aufgelöst, seine Arbeit endete am 24. Januar 1791. Das Gefängnis blieb allerdings erhalten. 1802 wurde das Grand Châtelet auf Befehl Napoleon Bonapartes abgerissen. Die Baulücke wurde genutzt, um die Place du Châtelet anzulegen.

FEUILLANTS – Feuillanten, Fulienser, ein Reformzweig der Zisterzienser, gegründet von Jean de la Barrière, Abt der Feuillants bei Toulouse, päpstlich bestätigt 1589. Während der Französischen Revolution war das Kloster der Feuillants in Paris Sitzungslokal eines 1790 von den Gemäßigten gegründeten, am 28. März 1791 vom Pöbel auseinandergetriebenen Clubs, der danach den Namen *Feuillants* führte.

GARDES FRANÇAISES – dieses Regiment war eines der beiden Infanterieregimenter der königlichen Garde (Maison militaire du roi). Es wurde 1563 auf Anregung von Pierre de Bourdeille, genannt Brantôme, als »Régiment de la Garde du Roi« für König Karl IX. aufgestellt. Es handelte sich um eine Elitetruppe, die zusammen mit der Schweizergarde die »Garde de l'extérieur« bildete und die königlichen Paläste von außen bewachte. Die Rekrutierung erfolgte aus den besten Leuten der Linienregimenter. Es handelte sich dabei meist um nicht adlige Soldaten, weswegen sie nicht Offiziere werden konnten, die dem privilegierten Stand angehörten. Die Uniform war blau mit roter Abzeichenfarbe und weißen Verzierungen. Einige der Kompanien der Gardes françaises waren in Paris stationiert, um in der Hauptstadt für öffentliche Ruhe und Ordnung zu sorgen. Das Regiment stand in enger Beziehung zur Pariser Bevölkerung, was auch an der großen Anzahl der von den Gardes françaises besetzten Wachen lag. Am 1. September 1789 wurden die Gardes françaises aufgelöst.

GROSSALMOSENIER VON FRANKREICH (GRAND AUMÔNIER DE FRANCE) – ein Beamter der französischen Monarchie zur Zeit des Ancien Régime. Das Amt gehörte zu den Großämtern des Haushalts des Königs von Frankreich und betraf die religiöse Seite des Hoflebens, die Chapelle. Der Großalmosenier spielte vor allem eine symbolische Rolle als wichtigster Kleriker bei Hof. Oft von bischöflichem Rang, meist sogar Kardinal, verfügte er über wichtige Privilegien wie zum Beispiel die Jurisdiktion über die Pariser Hospitäler. Das Amt wurde häufig von den großen Adelsfamilien besetzt, vor allem durch Mitglieder des Hauses Rohan. Der Großalmosenier wurde von einem *Premier Aumônier* unterstützt und vertreten. Zu seinen Aufgaben gehörte es, dem König die Kommunion zu spenden sowie die Taufen und Hochzeiten von Angehörigen der königlichen Familie zu feiern.

HUNDERTSCHWEIZER (CENT-SUISSES) – eine aus Schweizer Söldnern gebildete Einheit, die von 1497 bis 1792 bestand und zur Garde *(Maison militaire du roi)* des Königs von Frankreich gehörte. 1497 schuf Karl VIII. diese Einheit, die jedoch eher eine reine Hofgarde als eine militärische Truppe war. Die Kompanie der Hundertschweizer war am Hof für die Wache im Inneren der königlichen Paläste zuständig und wurde daher auch als »Innere Garde« bezeichnet, im Gegensatz zum Schweizergarderegiment, das für den äußeren Dienst zuständig war. Der Konzertsaal im Tuilerienpalast, in dem von 1725 bis 1791 die Concerts spirituels stattfanden, trug die Bezeichnung *Salle des Cent-Suisses.*

INTRODUCTEUR DES AMBASSADEURS – ein Offizier des Service des cérémonies des Hauses eines Herrschers, der dafür zuständig ist, die ausländischen Botschafter und Fürsten zu den Audienzen des Herrschers, seiner Gemahlin und der Prinzen und Prinzessinnen von Geblüt zu geleiten. Er erhält seine Befehle nur vom König und ist dessen Vertreter gegenüber den ausländischen Botschaftern und Fürsten.

LETTRE DE CACHET (»versiegelter Brief«) – ein vom französischen König unterzeichnetes versiegeltes Schreiben. Dieser Brief war die schriftliche Niederlegung eines königlichen Auftrags und einer Willensbekundung, die in der Folge häufig zu einer Inhaftierung ohne Gerichtsverfahren oder einer Exilierung führte. Die Lettres de cachet wurden entweder im Namen oder im Auftrag des Königs ohne andere Kontrolle als die Signatur eines Ministers auf Papier geschrieben und mit dem kleinen königlichen Siegel geschlossen. Besonders seit Ludwig XVI. wurde, um missliebige Personen unschädlich zu machen, ein so großer Missbrauch mit diesen Briefen getrieben, dass der Polizeipräfekt gewöhnlich im Voraus ausgefertigte Lettres de cachet besaß, in die er nur den Namen des zu Verhaftenden eintrug. Eine solche Verhaftung konnte jedoch auch eine königliche Gnade sein, indem der Betroffene der Justiz entzogen wurde, wie beispielsweise der Marquis de Sade auf Ersuchen seiner Schwiegermutter.

LIT DE JUSTICE (»Bett der Justiz«) – ein Ausdruck der königlichen Justiz der mittelalterlichen und frühneuzeitlichen Herrschaft (Ancien Régime) in Frankreich, der eine besondere Sitzung des Parlaments in Anwesenheit des französischen Königs bezeichnet. Abgeleitet wurde der Ausdruck vom baldachinartigen Königsthron in der Ecke des Versammlungssaals, der an ein Himmelbett erinnert. Fünf Kissen bildeten das Bett, auf einem davon saß der König, zwei stützten die Arme, eins den Rücken und das fünfte die Beine. Für private Gespräche war der Platz vor dem Thron leer. Die Sitte geht weit zurück bis vor die Zeit der Versammlungen, als der merowingische fränkische König seine Gerichtssitzungen, durch einen Baldachin geschützt, unter freiem Himmel abhielt. An der Sitzung, die normalerweise in der »Großen Kammer« (*Grand-Chambre*) des Pariser Parlements im königlichen Palast (heute Justizpalast) abgehalten wurde, waren die Großen des Reichs anwesend: Prinzen von Geblüt, Herzöge und Pairs, Kardinäle und Marschälle sowie der Dauphin. Der König eröffnete diese Versammlungen nach einem festen Ritus und gab das Wort mit der Formulierung »Mein Kanzler wird den Rest vortragen« an den Kanzler als Sprecher, der dann die königliche Erklärung (Regierungserklärung, Edikt, Kriegs-, Friedenserklärung) vorlas. Die Anwesenheit des Herrschers übertrug die Gerichtsbarkeit des Parlements, das dann als Berater fungierte, auf den König nach dem Grundsatz »Bei Erscheinen des Herrschers schweigt der Magistrat (als Richter)« (»adveniente principe, cessat magistratus«). Allerdings war nicht jede Anwesenheit des Königs im Parlement auch gleichzeitig ein *lit de justice*. Seit Ludwig XIII. blieb das *lit de justice* auf das Pariser Parlament beschränkt, unter Ludwig XIV. wurde es kaum einberufen, da er das Parlement nahezu vollständig entmachtete. Unter Ludwig XV. wurde es erneut belebt und diente auch der Durchsetzung der absolutistischen königlichen Herrschaft, rief aber zunehmend Widerstand hervor. Das letzte *lit de justice* wurde unter Ludwig XVI. in Versailles abgehalten.

LOUVECIENNES – eine französische Kleinstadt im Départment Yvelines in der Region Île-de-France, etwa 20 Kilometer westlich von Paris. Ursprünglich war Louveciennes ein kleines Dorf am Ufer der Seine mit Obst- und Weinbau. Im 17. Jahrhundert wurde nach der Verlegung des Hofes von Ludwig XIV. nach Versailles das Aquädukt von Louveciennes gebaut, das damals noch Luciennes hieß. Madame du Barry, die Maitresse von Ludwig XV., lebte im Pavillon des Eaux, den sie zum Schloss erweiterte.

MAIN DE JUSTICE (»Gerechtigkeitshand«) – eine Art Zepter mit einer Hand an der Spitze, Sinnbild auf dem Siegel der französischen Könige seit Ludwig X.

MENUS-PLAISIRS DU ROI – üblicherweise »Les Menus« genannt, bildeten sie einen wichtigen Bereich der Verwaltung der Maison du roi. Sie umfassten die Vorbereitungen der Zeremonien, Feste und Vorstellungen des Hofs. Sie unterstanden zunächst einem »trésorier«, später dann einem »intendant«, sogenannten »intendants des menus plaisirs et affaires de la chambre du roi«. Eine der wichtigsten Aufgaben des Intendant des Menus war die Organisation der Theatervorstellungen, wodurch es zu Überschneidungen mit denen der Oper kam, da unter Ludwig XIV., der in der Regel in Versailles oder Saint-Germain wohnte, die ersten Vorstellungen neuer Stücke fast immer in einer dieser beiden Städte gegeben wurden, ebenso wie sie unter Ludwig XV. in Fontainebleau gegeben wurden, wohin sich der König jedes Jahr begab. Einer der letzten Intendants des Menus Plaisirs war Papillon de la Ferté.

LA MUETTE (CHÂTEAU DE LA MUETTE) – ein Schloss, das fast zwei Jahrhunderte als Residenz des französischen Königshauses diente. Es befand sich bis in die 1850er-Jahre inmitten einer ausgedehnten Parklandschaft zwischen dem ursprünglichen Pariser Vorort Passy (im Osten) und dem Bois de Boulogne (im Westen). Nach der 1860 erfolgten Eingemeindung von Passy zu Paris erhielt ein ganzes Stadtviertel des Namen Muette. Der Ritterkönig Franz I. ließ in den 1540er-Jahren am Rand des Bois de Boulogne eine Jagdhütte erbauen, die den Namen *La Meute* erhielt; 1572 wurde sie auf Anordnung von Karl IX. zu einem kleinen Schloss umgebaut, das er seiner Schwester Margarete von Valois vermachte, die durch ihre im selben Jahr vollzogene Heirat mit Heinrich IV. Königin von Frankreich wurde. Aufgrund des zunehmend sanierungsbedürftigen Zustands wurde das Schloss seit 1787 nicht mehr von der königlichen Familie bewohnt.

MORANDERIES – Presseartikel nach Art des Skandaljournalisten Thevenot de Morande.

NEPENTHES – ein aus Pflanzen erstelltes Heilmittel gegen Traurigkeit, von Homer erwähnt.

PARLEMENT – eine Institution der Rechtsprechung im mittelalterlichen und vorrevolutionären Frankreich. Das französische Wort *parlement*, das sich von *parler* »sprechen« ableitet und ursprünglich »Rede, Gespräch, Diskussion« hieß, bezeichnete seit der zweiten Hälfte des 13. Jahrhunderts speziell auch die königlichen Gerichtssitzungen (lateinisch *curia regis*, französisch *la cour du roi* bzw. *la cour de parlement*). Um 1300 wurde in Paris für Berufungen gegen die Urteile der Baillis und Seneschalle (königliche Gerichtsbeamte) ein ständiger höchster Gerichtshof errichtet. Dieser behielt den Namen *la cour de parlement*, der mehr und mehr zu *le Parlement* verkürzt wurde.

Die Bezeichnung wurde dann auch für die zwölf weiteren gleichartigen obersten Gerichtshöfe verwendet, die später nach seinem Muster in den einzelnen Provinzen, z.B. in Rouen für die Normandie, in Rennes für die Bretagne, in Toulouse für das Languedoc usw. eingerichtet wurden.

PAVILLON FRANÇAIS (Französischer Pavillon) – Gartenpavillon im Park des Petit Trianon nordwestlich von Schloss Versailles. Er wurde 1750 von dem französischen Architekten Ange-Jacques Gabriel für Ludwig XV. und Madame de Pompadour errichtet und bildet das Herzstück des Französischen Gartens. Seine hohen Fenstertüren öffnen sich nach allen Seiten hin auf dessen Sichtachsen. Sowohl als Zentrum und natürliche Erweiterung des »neuen königlichen Gartens« erschaffen, diente er zum privaten Vergnügen als Musik-, Spiel- und Konzertsaal. Der Bau gilt als Paradebeispiel für den Louis-Quinze-Stil. Sein außergewöhnlicher Grundriss beruht auf einem achteckigen Saal, der von vier kleinen, in Kreuzform angeordneten Nebenräumen flankiert wird. Während der Französischen Revolution in ein Café umgewandelt, diente der Pavillon zur Kaiserzeit wie zu Zeiten des Ancien Régime wieder als Festsaal, bevor er dann langsam dem Verfall preisgegeben wurde. 2008 wurde er vollständig restauriert.

PEINLICHE (oder auch *hochnotpeinliche*) BEFRAGUNG – ein Verfahrenselement der Blutgerichtsbarkeit des hohen und späten Mittelalters sowie der frühen Neuzeit. Sie wird auch »scharfe Frage« oder »Tortur« genannt. Der Begriff »peinlich« ist dabei abgeleitet von »Pein«, das damals entsprechend seiner Her-

kunft aus dem lateinischen *poena* die Bedeutung von »Strafe«
hatte. Ursprünglich war die peinliche Befragung die Haupt-
vernehmung des Angeklagten bei Inquisitionsprozessen, später verstand man darunter allgemein den Einsatz von Folter.
Berühmtheit erlangte sie in Europa in der frühen Neuzeit im
Zuge der Inquisition und der Hexenverfolgung. Die peinliche
Befragung sollte erst dann eingesetzt werden, wenn zuvor
weder durch ein Geständnis, das Urgicht genannt wurde,
noch durch Beweisführung der Angeklagte überführt worden
war. Außerdem musste ein dringender Tatverdacht vorliegen.

PHARAO, PHARO, französisch PHARAON – ein Glücksspiel mit
französischen Karten. Der Name des Spiels wird so erklärt,
dass einer der Könige im Kartenspiel als Pharao dargestellt
wurde und diese Karte als besonders glücksverheißend galt,
weshalb auf sie am häufigsten gesetzt wurde. Pharo wird mit
zwei Paketen französischer Spielkarten zu 52 Blatt gespielt. Die
beiden spielenden Parteien sind einerseits der *Bankier* und andererseits bis zu vier *Pointeure,* die gegen den *Bankier* spielen.

RÉCOLLETS, FRANZISKANER-*REKOLLEKTEN* – von lateinisch *se recol-
ligere* »sich zurückziehen«, *recollectio* »Rückzug«; sie bildeten
vom 16. bis zum Ende des 19. Jahrhunderts einen Reformzweig des Franziskanerordens. Er entstand nach der Teilung
des Ordens in die Konventualen (Minoriten) und die Observanten (Franziskaner) 1517 sowie der Abspaltung der Kapuziner 1528 innerhalb der observanten Richtung und bedeutete
eine weitere Verschärfung der Ordensdisziplin im Sinne der
Ordensregel des Gründers Franz von Assisi.

RAMPONNEAU, ein Kabarett im Pariser Vorort La Courtille.

ROUTE DE LA RÉVOLTE – der Name einer alten Straße, die Versailles unter Umgehung von Paris mit Saint-Denis und Compiègne verband. Ludwig XV. ließ sie anlegen, weil er eine befahrbare Straße haben wollte, auf der er sich auf direktem Weg von Versailles nach Saint-Denis begeben konnte. Die alte Straße war in einem so schlechten Zustand gewesen, dass der Leichenzug seines Urgroßvaters Ludwig XIV. am 9. September in einer Kurve bei Saint-Ouen im Schlamm stecken geblieben war. Genau diesen Weg nahm 1774 auch der Leichenzug Ludwigs XV. von Versailles zur Kathedrale von Saint-Denis. Die Straße trug offiziell den Namen »Route des Princes« oder »Route de Versailles à Saint-Denis«. Seit 1750 wurde sie vom Volk »Route de la Révolte« genannt.

KATHEDRALE VON *SAINT-DENIS* – ehemalige Abteikirche in der Stadt Saint-Denis nördlich von Paris. Die Kirche ist dem heiligen Dionysius geweiht, dem Schutzpatron und ersten Bischof von Paris. Seit dem Ende des 10. Jahrhunderts bis 1830 wurden fast alle französischen Könige und viele Königinnen dort beerdigt. Im Zuge der Französischen Revolution kam es 1793/94 zur Plünderung der Königsgräber.

SCHWARZES KABINETT *(Cabinet noir)*, auch Schwarze Kammer – die an wichtigen Postämtern eingerichteten Stellen, an denen auf Anordnung der Staatsregierung alle von einer Person aus- oder eingehenden Briefe heimlich geöffnet, eingesehen, abgeschrieben, wieder verschlossen und in den Postverkehr zurückgeleitet wurden. Anfangs dienten diese Schwarzen Kammern nur für Staatszwecke. Kuriere und Postillone waren verpflichtet, die ihnen von privater Seite übergebenen Briefe auf für den König schädliche Nachrichten durchzusehen. Im Laufe der Zeit kam für die Schwarzen Kammern auch immer stärker die Aufgabe der Entzifferung verschlüsselter Nachrichten dazu. Erst im Revolutionsjahr 1848 wurden in Paris (ebenso wie anderswo in Europa, beispielsweise in Wien) diese Schwarzen Kabinette aufgelöst.

SKAPULIER (von lat. *scapularium* »Schulterkleid«) – ein Überwurf über die Tunika einer Ordenstracht. Es besteht aus einem vorn und hinten bis fast zum Fußboden reichenden Tuch, das normalerweise durchgehend gerade oder an den Schultern etwas breiter und auf Saumhöhe geringfügig schmaler ist. Diese »großen« Skapuliere gehören zum Habit der meisten Orden (Benediktiner, Zisterzienser, Trappisten, Kartäuser, Karmeliten, Dominikaner, Prämonstratenser und Kreuzherrn); seit dem späten Mittelalter gehörte das Skapulier auch zum Habit der Nonnen. Der Zweck des Skapuliers ist geistlicher Natur, es symbolisiert das »Joch Christi«.

THERMEN DES JULIAN – der römische Kaiser Julian ließ um das Jahr 200 in Paris, das damals noch Lutetia hieß, auf einer Anhöhe eine Therme erbauen. 380 wurden sie fast vollständig zerstört, erhalten blieb lediglich das Kaltwasserbad, das mit einer Länge von über 20 Metern damals als größtes seiner Zeit galt.
1330 erwarb der Abt der Abtei Cluny die Überreste der Anlage und richtete sich hier eine Unterkunft ein, in der er sich

bei Besuchen am königlichen Hof aufhielt. Diese wurde 1485 zum Palast (Hôtel de Cluny) mit Stilelementen der Spätgotik und der Renaissance umgebaut. Im Staatsbesitz befindet sich das Ensemble seit 1842, und bereits 1844 wurde es als Museum eröffnet.

WAPPENKÖNIG – der oberste Herold seines Einflussbereichs. Er wird von den anderen Herolden gewählt und von seinem weltlichen Herrn ernannt. Der Wappenkönig ist, wie alle Herolde, mit der Kenntnis und Führung der Wappenrolle beauftragt, das heißt, er hat Adlige anhand ihrer Wappen zu identifizieren sowie die Ausgestaltung der Wappen seines Herrn und dessen Familie gemäß den heraldischen Regeln durchzuführen. In der Hierarchie des Heroldswesens folgt unterhalb des Wappenkönigs gelegentlich noch ein Marschall sowie eine unterschiedliche Anzahl von einfachen Herolden und Perseveranten (Pursuivants). Bei mittelalterlichen Turnieren oblag es dem Wappenkönig, Herausforderungen an andere Turnierteilnehmer zu übermitteln. Wappenkönige standen im Mittelalter in hohem Ansehen; neben ihren zeremoniellen Aufgaben fungierten sie als Botschafter und sogar Richter.

WIRKLICHES ZIMMER – der König bereitete seine Nachtruhe im *chambre de parade* vor, im Beisein ausgewählter Gäste und Höflinge, und schlief dann im *chambré réelle*, einige Räume weiter entfernt.